Gertrud Fussenegger

# Das Haus der dunklen Krüge

Gertrud Fussenegger

# *Das Haus der dunklen Krüge*

Roman

Birgit

Langen Müller

Besuchen Sie uns im Internet unter
www.langen-mueller-verlag.de

1. Auflage 2002
2. Auflage 2003 – Sonderproduktion


Umschlaggestaltung: Wolfgang Heinzel
Umschlagmotiv: Sudetendeutsches Archiv, München
Satz: MPM, Wasserburg
Gesetzt aus: 12/13 pt. Adobe Garamond
Druck: Jos. C. Huber, Garching
Binden: Thomas Buchbinderei, Augsburg
Printed in Germany
ISBN: 3-7844-2851-7

*Inhalt*

Viertes Hauptstück

## Die Wendekreise *151*



Fünftes Hauptstück

## Die Verheißungen *257*

## Sechstes Hauptstück
## Der Vorhang fällt *365*

*Das Haus der dunklen Krüge ist das Haus der Vergangenheit. Es hat viele Kammern, viele Keller, viele Treppen zu verlassenen Gewölben, zu verschütteten Brunnen. Auf dem Grund dieser Brunnen schlummern die dunklen Krüge.*
*Es ist nicht jedermanns Sache, das Verschüttete heraufzuholen aus seinem Versteck. Wer es ans Licht bringen will, darf Begegnungen nicht scheuen, Begegnungen auch mit sich selbst. Wir wissen nichts von dem, was war, wenn wir uns weigern mehr zu wissen, als uns zu jeder Stunde lieb sein kann. Und wir wissen sehr wenig von uns, wenn wir nicht wissen, was war.*
*Darum die Krüge aus den tiefen Brunnen,*
*die dunklen Krüge.*

ERSTES HAUPTSTÜCK

# *Die dunklen Krüge*

## *Die Hochzeitsnacht*

Es war im Jahre 1870: Im Hause Bourdanin wurde Hochzeit gefeiert.

Ehe die Sonne des langen glühendheißen Augusttages unterging, führte der Bräutigam, der kaiserliche und königliche Rittmeister Balthasar Bourdanin, seine jungangetraute Frau aus der Gesellschaft der Festgäste in die für ihn eingerichteten Gemächer seines Vaterhauses. Die Stuben waren still und leer. Die Fenster standen offen; durch die weißen Schleierbahnen der Vorhänge drang, in schräge Strahlen gebrochen, das schwere gelbrote Abendlicht. Der Rittmeister warf Hut und Handschuhe ab und schwang seinen Hochzeitsrock über die Sessellehne. »Und nun«, sprach er, »nun sage mir auch, Marie, wie glücklich du bist!«

Zwischen den Fenstern hing ein Spiegel. Der Mann konnte es sich nicht versagen, sein Bild mit einem Blick zu messen.

Balthasar Bourdanin war ein schöner Mann, fest und gedrungen gebaut, breitschultrig, rundköpfig, von kräftiger Hautfarbe und dunklem Haar. Die Nase stand zwar ein wenig schief in dem Gesicht und zielte mit ihrer Spitze abwärts gegen den buschigen Schnurrbart; doch stand sie nicht übel zu dem festen Munde, zu der starken Braue, zu dem dunkelrollenden hephaistischen Blick. Der Rittmeister mußte es sich selbst gestehen, er war ein in seiner Art prächtiger Mann; darum hielt er die Frau, die ihn bekommen, für ein vollendet glückliches Geschöpf. Die Frau saß hinter ihm auf dem geblümten Ruhebett. Die gute Marie! – der Mann lachte ein wenig in sich hinein: hatte *das* einer Mühe bedurft, bis er sie bekam,

seine Base und Kindheitsgespielin, obwohl ihr doch, soviel er wußte, vorher die Freier nicht gerade das Haus eingelaufen hatten.
Diese Ehe hatte eine eigentümliche Vorgeschichte.
Als Kinder schon waren Balthasar und Marie im Spiel darauf verfallen, einander Treue zu geloben. Viele Jahre später hatte er sich des kindischen Verspruchs wieder erinnert. Es war damals, als er, durch dienstliche Ungelegenheiten verärgert und des rastlosen Lebens in den Garnisonen müde geworden, beschlossen hatte, den Abschied zu nehmen und in der Heimat einen Hausstand zu gründen. Er schrieb an Marie, sie willigte ein. Aber als sie ihre Verlobung bekanntgaben, erhob sich die ganze Verwandtschaft dagegen. Mariens Eltern, seine eigene Mutter, seine vier Schwestern, alle fielen über sie beide her: Marie sei kränklich, sie passe nicht zu ihm, er nicht zu ihr, und überhaupt tauge es nicht, wenn Vetter und Base einander ehelichten.
Der Rittmeister verlachte alle diese Gründe. Aber Marie schien beeindruckt und hätte sich, nach Frauenzimmerart, leicht abspenstig machen lassen. Da riß ihm die Geduld, und er beschloß zu handeln. In einem offenen Zweispänner war er eines schönen Sonntagmorgens vor ihrem Hause vorgefahren; unter einem Vorwand gelang es ihm, das Mädchen aus der Wohnung und über die Treppen herabzulocken. Marie war, weil sie am Morgen nie fertig werden konnte, noch in Schlafrock und Häubchen.
Hinter dem Tor umfaßte er sie und trug sie auf den Armen aus dem Haus. Der Wagen wartete; ehe sie sich entwinden konnte, hatte er die Braut hineingesetzt, den Schlag zugeworfen und dem Kutscher zugerufen, frisch drauflos und dreimal um den Ringplatz zu fahren.
Es war noch früh am Tage; aber die Maiensonne schien schon recht dreist hernieder, die Leute waren auf dem Weg zur Kirche. Sie machten Augen wie gläserne Teller, als sie die sittsame Marie Bourdanin ungekämmt, im Hausrock, das Rüschenhäubchen im Genick an der Seite des Vetters vorbeikutschieren sahen. Das Mädchen jammerte, schrie, machte einen Versuch, den Schlag zu öffnen und hinauszuspringen. Der Mann ließ sie lachend gewähren, denn er wußte, Marie würde nicht springen; sie sprang auch nicht, sondern gab sich darein, kauerte kläglich in ihrer Ecke, ein

Häuflein Elend, und wagte nicht aufzuschauen. Dafür blickte er stolz umher und weidete sich daran, wie die Leute gafften. Nach der dritten Runde ließ er den Kutscher halten und entließ die Schluchzende in die Dunkelheit des heimischen Torflurs. Eine Stunde später erschien er, einen riesigen Rosenstrauß in der Hand, bei Mariens Eltern. Jetzt, gab er ihnen zu verstehen, könnten sie ihm die Hand der Tochter nicht mehr verweigern.

So begann Balthasar Bourdanins Brautzeit.

Von nun an erschien er täglich, eine Blume im Knopfloch, bei den Verwandten. Er blieb zum Kaffee, er spielte mit Mariens Bruder Schach oder führte achtungsvolle Gespräche mit ihrem Vater, seinem Onkel. So gewalttätig er aufgetreten war, um seinen Willen durchzusetzen, so sehr bemühte er sich jetzt, die gekränkten Eltern durch artig-ritterliches Wesen zu versöhnen. Sie schienen sich auch bald beruhigt und abgefunden zu haben; nicht so die Braut: sie hielt sich meist abseits, wenn der Bräutigam zu Besuch kam. Sie hatte nie viel mit ihm zu reden gewußt. Jetzt ließ sie sich manchmal entschuldigen, sie habe Kopfschmerzen oder Herzklopfen, und schloß sich in ihrem Zimmer ein. Ihre Mutter, Frau Margaret, blickte den Neffen kummervoll an und seufzte: Ja, es sei nur zu wahr, Mariechen sei ein doch gar zu schwächliches Kind.

Der Rittmeister lachte. Ein Kind war Marie wahrlich nicht mehr zu nennen mit ihren bald dreißig Jahren, und für schwächlich konnte man sie ebensowenig halten, war sie doch eher rundlich geraten und zu früher Behäbigkeit neigend. Sie sollte nur froh sein, daß sie noch unter die Haube kam, dazu in der eigenen Familie.

Die längst vorbereitete Ausstattung wurde aus ihren Truhen und Verstecken gehoben. Leinen und Damaste stapelten sich zu wahren Gebirgen. Von Zeit zu Zeit wurde ein Teil in Buckelkörbe verpackt, und Mariens Mutter zog mit drei Lastträgerinnen in die zukünftige Wohnung der Tochter. Dort füllte sie die Schränke, steckte Vorhänge auf und zierte die Wände mit frommen Bildern. Diese Arbeit des Nestbaues stimmte die gute Frau wie jede ehrliche Mutter, die ihrer Tochter das Ehehaus bereitet, wehmütig, aber zufrieden.

Nur das eine war merkwürdig, daß Marie selbst niemals den Wunsch zeigte, sich an diesen Unternehmungen zu beteiligen.

Balthasar Bourdanin wohnte in der Neustadt, in einem Haus, das sein Vater gekauft hatte; es hieß »das Kamerale«, weil in einem seiner Flügel eine Behörde, eben das Kameralamt mit seinen Registern und Katastern, einquartiert war. Die Bourdaninschen Wohngemächer nahmen den anderen, besseren Trakt ein.
Er war ein großer, gelbgestrichener Kasten im nüchternen Stil der josephinischen Fiskalbauten. Der Weg dahin war nicht weit. Aber Marie, die sonst eine eifrige Spaziergängerin war, schien in jener Zeit den Gang vor die alte Stadt zu scheuen. Wenn die Mutter sie aufforderte, mitzukommen und sich doch auch einmal in ihrem neuen Heim umzutun, senkte die Tochter das ein wenig schwere, ein wenig gelbliche Gesicht und erwiderte mit sanfter Stimme: »Ach, Mamachen, das wirst du allein alles viel besser machen.«
Aber am Abend des Hochzeitstages gab es keine Ausflüchte mehr, da halfen nicht Kopfschmerzen oder Herzbeschwerden: Das Weib mußte dem Manne folgen, wie das Gesetz es befahl. So stieg sie in den Wagen, nahm Abschied, sie streckte die Hände noch nach den Ihren aus, als die Pferde schon anzogen. Eine späte pomeranzenfarbene Sonne stand über dem Horizont und schien der Braut in das hochglühende Gesicht. Sie tastete nach dem Miederrand: dort stak das Muttergottesbild, das ihr die alte Küchenmagd heute morgen ins Schnupftuch geschmuggelt, es sei dreimal stark geweiht, hatte ihr die Alte zugeraunt, dreimal mit besonderem Segen. Daran dachte die Braut, während sie an der Seite des Mannes saß, und es war ihr in diesem Augenblick der einzige Trost.
Balthasars Mutter und seine Schwestern waren dem jungen Paar schon vorausgefahren. Marie kam nicht als Herrin in ein eigenes Heim. Die alte Witwe Bourdanin herrschte noch immer dahier, und ihr Sohn, der Rittmeister, fand es nur natürlich, daß seine Frau unter der Regentschaft seiner Mutter, ihrer Tante, hausen sollte. In *einer* Küche sollten sie wirtschaften, von demselben Gesinde bedient werden. Von den vier Bourdanin-Töchtern, seinen Schwestern, waren drei verheiratet. Aber auch diese tauchten fast alle Tage im Kameralamt auf. Das lag den Bourdaninschen so im Blut, daß sie sich eng beinander hielten oder, wenn sie schon einmal getrennt waren, unfehlbar zurückstrebten in dasselbe Nest.

Der Torbogen des Hauses war bekränzt. Als die Neuvermählten ankamen, standen die Mutter und die Schwestern des Ehemannes schon davor. Sie traten auf die Braut zu und hießen sie willkommen, wie es sich gehörte. Sie hatten alle ein wenig Furcht vor Balthasar. Auch hätte es gegen die Spielregeln ihres Standes und ihrer Bildung verstoßen, heute, am Tag der Vermählung, in starrsinniger Ablehnung zu verharren. Sie waren Bürgersfrauen und Österreicherinnen und also erfahren, wie man Feldzüge mit Anstand verliert und wie man halsstarrige Absolutismen durch mildere Patente ersetzt.

Später am Abend weilte Frau Josefin Bourdanin in der Küche und überwachte die Arbeit der Mägde, die das durch die vorausgegangenen Feierlichkeiten in Unordnung gebrachte Silberzeug putzten und polierten. Unablässig liefen die Augen der Frau zählend und prüfend über die Reihen der Bestecke, aber ihre Gedanken irrten ab und suchten das junge Paar, das allein zu lassen jetzt Sitte und Anstand geboten. In der Mutter des Mannes wallten allerlei Ahnungen. Ihr war bänglich zumute, und doch empfand sie eine Art Genugtuung, als nun das Stubenmädchen zu ihr trat und mit einem schlecht verhehlten Lächeln raunte: Die Gnädige möchte so gut sein, zur jungen Gnädigen zu kommen. Die junge Gnädige liege auf dem Sofa und weine.

Die Hausmutter warf dem Mädchen einen eisigen Blick zu, band sich die weiße Schürze vom schwarzen Taftkleid ab und begab sich in die Wohnung der Neuvermählten.

Balthasar war nicht zugegen. Die Schwiegertochter lag abgewandt auf dem Ruhebett, sie hatte den Arm über das Gesicht gelegt und atmete hörbar.

»Marie«, sagte Frau Josefin und berührte sie an der Schulter.

Marie ließ den Arm sinken. Sie hatte nicht geweint, aber ihre Augen blickten starr voll dumpfer Ängstlichkeit. –

»Tante!« rief sie und richtete sich auf. – »Ich glaube, ich muß nach Hause. Zu Hause wird mir besser.«

»Ist dir denn schlecht, Mariechen?« fragte Frau Josefin.

»Ja, o ja, ich spüre mein Herz. Ich kann nicht atmen.«

»Nach Hause kannst du jetzt nicht«, sagte Frau Josefin. »Du mußt dich auch hier beruhigen.«
»Daheim habe ich den Baldrian«, sagte die Jüngere.
»Baldrian habe ich auch«, antwortete die Schwiegermutter. Sie ging, die Flasche zu holen. Der Widerstrebenden flößte sie einen Löffel ein. Danach lag jene still, mit geschlossenen Augen. Frau Josefin betrachtete ihr Gesicht. Es war noch nicht alt, aber auch nicht mehr jung, es war nicht schön und nicht häßlich. Es war stark geprägt, die Stirn rund, auf der Oberlippe zeigte sich ein dunkler Anflug und am Kinn der Ansatz zu einer Doppelfalte. Die Schwiegermutter reckte sich empor, daß ihr schwarzseidenes Kleid in den Nähten krachte. Sie selbst war nie schön gewesen, riesig von Gestalt und knochenschwer, mit einer überhängenden Nase in einem zu kupferner Färbung neigenden Gesicht. Aber ein tüchtiges Weib war sie doch gewesen, voll verläßlicher Vernünftigkeit, ohne Faxen und Alfanzereien und eingebildeten Herzbeschwerden.
»Nun, Mariechen?« sagte sie, »wird es besser?«
Diese lag unbeweglich. »Nein«, flüsterte sie nach einer Welle. »Es ist der rechte Baldrian nicht, der rechte schmeckt anders.«
»Er ist von Rübsamen«, erwiderte die Schwiegermutter mit Bedeutung. Rübsamen war einer ihrer Schwiegersöhne, Doktor der gesamten Heilkunde, und die Familie war übereingekommen, ihn für ein medizinisches Genie hoher Grade zu halten.
Marie bewegte ihre bläulichen Lippen, als betete sie. – »Tante«, sagte sie nach einer Weile, »Tante, glaubst du, daß ich gleich ein Kind bekommen werde?«
Frau Josefin verbiß ein Lachen. – »Warum solltest du denn gleich ein Kind bekommen?« fragte sie zurück.
»Das ist doch so«, murmelte Marie. »Bei dir, war es bei dir nicht auch so?«
»Ja, die Rosine hab ich bald bekommen«, antwortete Frau Josefin in unwillkürlichem Stolz. »Und im andern Jahr kam die Emma und bis zum Balthasar hat es dann auch nicht mehr lange gedauert. Aber bei dir«, fügte sie hinzu, »braucht das doch alles nicht so zuzutreffen.«
»Ach Gott«, stöhnte die junge Frau und wälzte den Kopf in den Kissen hin und her.

»Du bekommst vielleicht gar keine Kinder, Marie, wo du doch kränklich bist.« Marie rührte sich nicht.
»Soll ich dir ein Glas Wermut holen?« fragte Frau Josefin. Als Marie abwehrte, sagte sie: »Du hast recht, du hast ohnehin zu viel getrunken.«
Auf einmal setzte sich Marie auf und griff flehentlich nach Josefinens Hand. »Bleib heute bei mir, Tante, ich bitte dich. Ich bitte dich nur dieses einzige Mal. Der liebe Gott wird es dir vergelten.« – Jetzt weinte sie wirklich.
Frau Josefinens Schwarzseidenes krachte wieder in seinen Nähten. Sie saß eine Weile starr und blickte geringschätzig auf dieses Häufchen Elend nieder. »Wenn du es durchaus willst«, sagte sie. »Aber zuvor muß ich mit Balthasar reden. Meinst du nicht auch?«
Nach einer Zeit kam sie zurück und sagte: »Gut, ich bleibe. Die Baruschka wird mir das Bettzeug bringen.«

Indessen stand der – vielleicht zu Recht – erzürnte Gatte in seinem Zimmer nebenan und goß sich ein Glas Tokaierwein nach dem anderen ein. Das erste Glas hatte er noch zum Fenster hinaus, in die Tiefe des Hofes geschleudert. Dem zweiten Glas hatte er nur mehr den Stengel abgebrochen. Beim dritten fühlte er Beruhigung und Gelassenheit in seinem Innern einziehen. Weibergetue und Geflenne, was konnten sie ihm eigentlich anhaben?
Die Nacht fiel rasch unter dem dunstigen Himmel herein. Die Baumkronen regten sich nicht, schwarz standen die Massen der Wipfel, stumm geduckt Blatt an Blatt. Die Luft war schwer, sie roch nach Stall und Erde. Ein rotes Lichtauge glomm im Hof. Es brannte im Stall bei des Rittmeisters Pferden, dem Rappenhengst Aladin und der Kutschstute Berenike. Der Rittmeister sog den Geruch von Pferdeschweiß und Leder ein. Immer wenn er ihn spürte, zog ein unnennbares Gefühl durch seine Brust: Reitersehnsucht und -entzücken, gemischt mit einem tiefen Gleichmut gegen alle anderen Belange des Lebens. Dieser Gleichmut machte ihm das Wesen männlicher Freiheit aus.
Sein Lebtag lang hatte er sich um das verworrene Getriebe der Weiber nicht sonderlich geschert. Nie hatte er die Erfahrung des-

sen gemacht, was man in seiner Zeit eine Passion nannte. Da er aber doch heiraten wollte, hatte er sich die Base gewählt, die er so gut zu kennen glaubte wie eine seiner Schwestern. Als Knabe von zehn, als Mädchen von fünf Jahren hatten sie miteinander Hochzeit gespielt, er, Balthasar, im Zylinder seines Vaters, Marie mit einem weißen frischgestärkten Vorhang als Schleier über dem Haar. Weil niemand zugegen war, der sie hätte trauen können, besorgte der Bräutigam selbst die Kopulierung. Er band Mariens Hand mit einer hänfenen Schnur an die seine. Danach schlichen sie in der Mutter Speisekammer und kosteten den Hetschepetschwein. Er schmeckte ihnen vorzüglich, so kosteten sie immer noch einmal. Endlich stiegen sie auf den Dachboden, legten sich jedes in eine Kiste und schliefen ein.

Der Knabe erwachte dadurch, daß sein Vater ihn am Kragen gepackt hielt und aus der Wolle hervorzog. Es zeigte sich, daß Balthasar auf des Vaters neuem Zylinder gelegen und daß Mariens Brautschleier über und über mit Staub und Spinnweben bedeckt war. Der Vater achtete die Würde des jungen Ehemannes so wenig, daß er ihn im Angesicht der rußschwarzen Braut über sein Knie legte und ihn verdrosch. Es waren die letzten Schläge, die Balthasar erhielt. Danach rührte ihn der Vater nicht wieder an. Trotzdem vergab ihm der Sohn diese letzte Züchtigung niemals.

Vielleicht war es der Trotz gegen den nun schon lange Verstorbenen gewesen, der den Rittmeister veranlaßt hatte, so beharrlich und zuletzt auf so ungewöhnliche Weise um die Base zu freien. Jetzt war Marie doch die Seine geworden, er hatte das Kinderspiel mit ihr im Ernst besiegelt.

Als Balthasar das dachte, erschrak etwas in ihm. Der Wein hatte seine Wirkung getan; seine Sinne waren auf merkwürdige Weise geschärft und umnebelt zugleich. Er goß sich zum vierten Male das Glas voll. Doch trank er nicht mehr davon. Im Hintergrund der Stube ließ er sich auf einem Ruhebett nieder, lehnte sich zurück, so saß er lange.

Im Hause wurde es still. Nach einer Zeit geisterte über die Decke des Zimmers der Widerschein einer kleinen Laterne, die drunten im Hof vorbeigetragen wurde. Die Mutter trug sie, das wußte Balthasar. Frau Josefin, die heute, wie alle Tage, ehe sie schlafen ging, mit einem Licht durch Haus und Hof wanderte und nach dem Rechten sah. Sie schloß Fenster, sie versperrte Türen, hob da einen verkollerten Apfel auf, fand dort einen vergessenen Besen stehen. Das war ihre Sparsamkeit, mit diesem Verfahren glaubte sie das Heil des Hauses gerettet. Die gute Mutter! Sie war kleiner Leute Kind. Er, der Sohn, hatte in der großen Welt gelebt.

An diese Zeit gemahnte ihn der Geruch von Pferden, Sätteln, Feldern und Fernen. Es war die Zeit, die er, der Bürgerssohn, in einem feudalen Reiterregiment in Ungarn gedient hatte; da er mit einer Gräfin eine gläserne Wand durchtanzt, da er die Spielschulden seiner fürstlichen Kameraden bezahlt und räuberischen Zigeunern seine Monatsgage geschickt hatte als ritterliche Anerkennung dafür, daß er sie mit seiner Schwadron zwei Tage und Nächte vergeblich in den Wäldern der Tatra gejagt hatte.

Herrlich dünkten ihn heute die Zeiten, der Erinnerung bunte Bilder tanzten um ihn.

Als er nachts erwachte, glaubte er ein paar Sekunden lang, er habe den gestrigen Tag, seine Hochzeit, nur geträumt. Hastig erhob er sich und schlug Licht: da lag vor ihm Mariens abgelegter Schleier samt dem welkenden Kranz aus Rosmarin. Der Mann blickte darauf nieder, und ihm war auf einmal, als habe hier jemand ein Spiel zu weit getrieben.

## *Die Mitgift*

Marie war die einzige Tochter Johann Bourdanins, eines sanften und duldsamen Mannes.

Während die Balthasarischen Bourdanins, die ältere Linie, vor etwa dreißig Jahren in das josephinische Kameralamt gezogen waren, wohnte jener mit den Seinen im alten Stammhaus an der Ecke des großen Ringplatzes und der schmalen Dominikanergasse. Es war ein sehr altes Haus, mit Kreuzgewölben im Unterstock, an dessen Mauerrippen noch uraltes fratzenhaftes Bildwerk zu sehen war. Wir nennen es das Haus der dunklen Krüge.

Einmal nämlich, als der Hausherr Johann Bourdanin einen neuen Eingang in den Kohlenkeller brechen lassen wollte, war man ganz unvermutet auf einen verborgenen Schacht gestoßen. In dem Schacht führte eine Treppe abwärts, auf bröckelnden Stufen gelangte man in ein neues Kellergelaß. Von diesem ging abermals eine Treppe nieder, man stieß auf ein drittes Stockwerk unter der Erde, weit in den gewachsenen Felsen eingehauen. In diesem Keller war ein Brunnen. Aus seinem tiefen Grunde glänzte es schwarz von unversiegtem Wasser. Ein beherzter Mann ließ sich an einem Seile hinunter. In den Morast des Grundes eingesunken fand er eine Menge Scherben und Gefäße gehenkelter und ungehenkelter Krüge. Mit diesen waren wohl vor vielen hundert Jahren die wasserschöpfenden Frauen herabgestiegen in die Quellkammer, und dieser oder jener mochte das Gefäß entglitten und durch das Wasser langsam hinabgetrudelt sein bis zum Grunde, wo es alsdann liegen blieb und verloren war.
Nun brachte man Stück für Stück herauf. Die Gefäße hatten sich alle mit der Farbe der Finsternis und des Moders, mit einer dunkelgrünen, ja schwarzen Patina überzogen. Der Fund erregte Aufsehen, man begehrte, die neuerschlossenen Verliese untersuchen und nach weiteren, vielleicht noch verborgenen Höhlungen abklopfen zu dürfen.
Da aber erschien der Hausherr, der sich bisher ferngehalten hatte. Auf der ersten Kellerstiege stand er und schrie, er dulde nicht, daß man noch weitere Kellergelasse freilege oder auch nur die schon geöffneten durchsuche. Den Maurern gebot er, den Schacht zu schließen, er achtete nicht auf Einwände und Vorstellungen. Sein Gesicht war bleich, er zitterte, sein feines blondes Haar sträubte sich vor Entsetzen. – »Mauert zu, mauert zu!« rief er und floh dann, wie von Geistern gejagt, die letzte Treppe zur Oberwelt hinauf.
So gehorchten die Arbeiter und gebrauchten ihre Mörtelkellen, rasch wurde der Schacht geschlossen.
Die geborgenen Gefäße aber ließ der Ängstliche aus dem Hause schaffen. Die meisten schenkte er dem Stadtmuseum, einige nahm sein Neffe Balthasar, der Rittmeister, an sich. Er nahm sie weniger aus Kunstverständnis und aus Freude an den schönen, schlichten

Formen, sondern eher, weil die Krüge so lange unter einem *Bourdaninschen* Hause gelegen hatten.

Mariens Vater hatte sich, ganz gegen seine Gewohnheit, schon um sieben Uhr früh aus dem Bett geschält. Ein Plan, den er noch heute ausführen wollte, hatte ihn um jede Ruhe gebracht und machte seine Nerven zittern. Dazu schmerzte ihn der Kopf, und in seinem Magen revoltierten die Säfte.
Er nahm seinen täglichen Trunk Karlsbader Salz, dann schlürfte er einen Minzentee. Dann tauchte er sein Gesicht kurz in laues Wasser. Nebenan lag seine Garderobe bereit, Stück für Stück säuberlich ausgebreitet. Er hätte den vorbereiteten Staat anlegen und im Augenblick fertig sein können. Aber die ängstliche Unentschlossenheit seiner Natur hinderte ihn daran. Er verwarf das gewählte Beinkleid, suchte ein neues, suchte auch ein anderes Hemd und brachte dabei seine sämtlichen Schränke in Unordnung. Mit Hilfe eines bestellten Barbiers soignierte er Haar und Bart. Am späten Vormittag geschah dann das Malheur, er schüttete sich eine flüssige Pomade auf den Rock. So mußte er noch einmal wechseln, die Gattin schalt, der Barbier grinste, die Küchendirn kicherte hinter der Tür.
Schlag zwei verließ er, am ganzen Leib schwitzend, das Haus. Seit einer Stunde wartete der Wagen. Der Kutscher empfing den Fahrgast mit unverhohlenem Ärger und rüdem Peitschenknallen. Bestürzt zog Onkel Johann seine Börse und reichte im voraus ein fürstliches Trinkgeld. Der Wagen fuhr zum Kameralamt.

Balthasar hatte mit seiner Mutter und seiner Frau zu Mittag gespeist. Jetzt saß er allein in seiner Stube bei einer Schachpartie. Er war ein großer Liebhaber dieses Spiels und pflegte, wenn er keinen Partner hatte, allein gegen sich selbst zu spielen. So grübelte er auch heute über einer Konstellation. Die Damen hatte er gleich zu Anfang abgetauscht, es behagte ihm heute besser, nur mit den behenden Läufern, den kühnen Springern, den bärbeißigen Türmen zu verfahren als mit den majestätischen Königinnen, die ja doch nur immer bewacht, dreifach gedeckt und hofiert sein wollen. Dazu rauchte er eine riesige Pfeife; er stopfte sie aus einer dickbauchigen Dose mit grobem und

höchst unlieblich duftendem Kraut. Dieses war das Geschenk seines ungarischen Burschen Korman Bencze, das alljährlich in ansehnlichen Paketen eintraf und das aufzuschmauchen der Rittmeister aus Anhänglichkeit an den alten Haudegen um keinen Preis unterlassen hätte. Alle diese Erinnerungen und Treulichkeiten pflegte der Rittmeister mit Sorgfalt, ja, mit Leidenschaft. Er ließ sich in ihnen durch keine Vorurteile stören. Die kroatischen Bauernsöhne, die er bei Solferino ins Feuer geführt hatte, kehrten in seinen Erzählungen ebensooft wieder wie die kommandierenden Generale.
Was verstand Onkel Johann, der Lavendelduftende, von den bittersüßen Opfergerüchen, die Balthasar Bourdanin der alten Kameradschaft aus seiner Meerschaumpfeife darbrachte! Verzweifelt stand er auf der Schwelle und blickte in den wogenden Qualm.
»Du bist es, lieber Onkel oder Schwiegerpapa!« erscholl des Rittmeisters Stimme in jovialem Ton. »Nur hereinspaziert, wenn ich bitten darf. Meinen gehorsamsten Diener. Wie hast du geruht?«
»Dank dir, dank dir!« stammelte Onkel Johann und sank auf ein Stühlchen nieder. – »Du entschuldigst, daß ich dich so formlos überfalle, zu dieser Zeit, ach und in diesem Aufzug! Sieh mich nicht an, ich bitte dich.«
»Ei, warum denn gar?« fragte Balthasar und trug die Pfeife in den abgeschlossenen Alkoven. Er wußte, daß der Onkel den Knaster nicht vertrug. – »Du bist doch immer wie aus dem Ei geschält. Ich dagegen, ich rauher Krieger –«
Onkel Johann tat, als wolle er sich erheben. – »Keine Umstände«, flehte er. »Du willst doch dein Pfeifchen nicht verbannen, ich müßte sonst gleich wieder gehen.«
Der Neffe legte seine Hand auf des Onkels Schulter. – »Da bleibst du sitzen und: Ruhe! – – Marie!« rief er aus dem Türspalt. »Dein Vater ist hier, laß einen Mokka bringen.«
»Laß Mariechen nur ruhen«, flüsterte Onkel Johann mit gesenktem Blick. »Die Lina, das Mädchen, hat mir schon angedeutet, daß sie sich heute nicht ganz wohl fühlt, leider.«
»Hat dir angedeutet!« murmelte Balthasar und runzelte die Stirn. – »Verfluchtes Weibervolk, muß immer schwatzen.«
Er schob das Schachbrett zur Seite. Onkel Johann war kein Partner.

Eine der Damen fiel zu Boden. Der Rittmeister schubste sie rasch mit der Stiefelspitze unter den Kasten. Jetzt heftete er den Blick auf des Schwiegervaters Gesicht. – »Wie siehst du aus, Onkel? Bist du krank?«
Dieser hatte sein Schnupftuch hervorgezogen und tupfte sich den Schweiß von der Stirne. Seine Züge waren zart und eigentlich schön. Auf den Schläfen trat die feine Zeichnung der Adern hervor. Die Wangen waren schmal, eingefallen, die Nase länglich, die Augen hell und blickten immer, als wollten Tränen unter ihre blaue Iris dringen. Übrigens hatte er, anders als der Neffe, der schon zur Kahlheit neigte, dichtes Haupthaar, und sein Bart lockte sich. Er war hochgewachsen und hielt sich in Gesellschaft aus Artigkeit gerade wie eine Tanne; alleingeblieben, ließ er sich leicht gehen, wölbte die Schultern und ließ den Kopf gegen die hohle Brust sinken.
»Lieber Schwiegersohn«, begann er jetzt, seine Stimme klang belegt, – »lieber Schwiegersohn, du wirst meinen Besuch erwartet haben. Denn ich bin dir, wie du weißt, eine Erklärung schuldig, eine höchst wichtige Erklärung, welche ich dir, woran du nicht zweifeln kannst, längst gegeben hätte, wenn du mir erlaubt hättest zu sprechen. Allein bis heute warst du nie so gütig –«
»Ach, deshalb!« fiel ihm Balthasar ins Wort. – »Wegen der Mitgift! Laß es gut sein, mein Bester, da habe ich so meine eigenen Ansichten.«
»Nein, o nein!« Onkel Johann knöpfte seinen Frack auf und zog aus der geschwollenen Westenjacke ein ledernes Portefeuille hervor. Aus der Tasche seines linken Frackschoßes förderte er ein Brillenfutteral zu Tage, aus den Tiefen seines rechten Frackschoßes eine Lupe. Da er Balthasars Schachspiel nicht zu zerstören wagte, schichtete er das ganze Quodlibet auf seine zusammengeklemmten Knie, von denen es alsbald abglitt und sich über den Boden verstreute. Der Neffe bückte sich danach, der Onkel desgleichen, beide rannten die Köpfe aneinander. Nach tausend Entschuldigungen wurde endlich Raum zur Ausbreitung der Johannitischen Umständlichkeit geschaffen. Und endlich konnte der Zitternde in seinen unterbrochenen Erklärungen fortfahren.
»Hier ist ein Überblick über das gesamte Bourdaninsche Vermögen vom Jahre 1710 an, hier ist ein Überblick über das – wenn ich

so sagen darf – auf mich gekommene Erbe und dessen Entwicklung bis zum letzten Jahr, hier ist eine Abschrift der letztwilligen Verfügungen, welche wir, meine Frau und ich, getroffen haben. Hier endlich die Erklärung über Mariechens Mitgift.«

Balthasar Bourdanin warf einen flüchtigen Blick auf die Papiere. Sie waren mit den allersorgfältigsten Schriftzeichen auf das wunderbarste bemalt. Nächte hatte Onkel Johann geopfert, um in verzweiflungsvollen Mühen, von Bergen verschriebener, zerknüllter, weggeworfener Blätter umhäuft, diese kalligraphischen Wunderwerke herzustellen. Aber dem Neffen gewannen sie keine Aufmerksamkeit ab.

»Laß mich in Ruhe mit Mariens Mitgift«, sagte er. »Ich will nichts sehen und hören davon.«

In Onkel Johanns Augen schossen Tränen. Wie ein Kind, welches mit unendlicher Mühsal seine Lektion zuwege gebracht hat und sie jetzt um jeden Preis an den Mann bringen will, hob er flehend die Hände. – »Habe die Güte, mein Bester, bitte, habe die Güte! Ich habe sonst keine ruhige Stunde mehr. Du und Mariechen, ihr seid Mann und Frau, mit Gottes Hilfe. Es ist jetzt die Stunde, die allerletzte, um dir Mariens Mitgift zu unterbreiten.«

»Die letzte«, sagte der Schwiegersohn ingrimmig lachend. »Und ich hoffe auch, das allerletzte Mal davon gehört zu haben.«

Onkel Johanns Hände irrten zitternd über die Blätter, und während er nach einem suchte, welches vielleicht doch noch Gnade finden würde, fühlte er sich sanft zur Seite geschoben und sah die Früchte seiner Mühen – o Schreck! – unter dem Mokkatablett begraben, welches die Küchendirn indessen unbemerkt hereingebracht hatte.

»Alles zu seiner Zeit«, sagte der Jüngere gemütlich. »Aber nach dem Essen gehört sich nun einmal der Mokka. – Warum, du verdammtes Weibsstück, bringst du den Zucker so grob zerstoßen?«

Onkel Johann wagte nicht zu sagen, daß er noch nicht gegessen habe, deshalb auch keines Mokkas bedürfe. Aber schon stürzte der Rittmeister den heißen Strahl in die Tassen. – »Kapuziner oder Gold?« fragte er. – »Ja, ihr soliden Leute zieht das Helle vor, der Teufel hol's, mir kann der Satan nicht schwarz genug sein.«

»Höre mich an«, sagte er dann, nachdem er getrunken und den

Zuckerschleim aus der Tasse gelöffelt hatte. »Höre mich an, ich habe die Marie gegen deinen Willen geheiratet; keine Widerrede, lieber Schwiegervater. Es war ja jene – hm – Sonntagmorgen-Spazierfahrt notwendig, um dich davon zu überzeugen, wie unabänderlich mein Entschluß feststand. Marie wäre, wie jedermann weiß, eine gute Partie gewesen, sie wäre es auch für mich gewesen, wenn ich sie unter anderen Umständen bekommen hätte. So ist's deine Schuld, Teuerster, nur deine Schuld. Ich kann es mit meinem Standpunkt nicht vereinbaren, die Ehe mit einer begüterten Frau erzwungen zu haben. Die Ehe«, er räusperte sich, »ist vollzogen. Als Ehrenmann bleibt mir nur eins zu tun übrig: ich verzichte auf die Mitgift.«
»Ja, aber wieso denn?« stammelte Onkel Johann entsetzt.
»Habe ich eben erklärt. Hiermit stelle ich in aller Form fest, daß ich von dir und der verehrten Tante keinen roten Heller annehme, und wenn ihr mir die Marie in Gold und Perlen einpacken wolltet. Und damit basta.«
Onkel Johann saß mit offenem Munde. O Gott, meine Arbeit, meine Mühe, dachte er. Alles vergeblich. – »Ich bitte dich«, begann er noch einmal, »lieber Neffe, lieber Schwiegersohn, nur einen Blick!«
»Nicht nötig«, wehrte Balthasar ab. »Jetzt lasse ich einen Sherry kommen, und wir trinken auf unseren Entschluß.«
Einen Sherry nach dem Mokka, das auch noch! dachte Onkel Johann, und sein Herz versank in Verzweiflung.

Nach dem Abendessen teilte Balthasar Bourdanin seiner Frau und seiner Mutter mit, was er heute mittag Mariens Vater eröffnet hatte. Er tat es im gleichgültigsten Ton, als wäre die Sache kaum der Rede wert. Während er sprach, trommelte er mit den Fingern einen Marsch auf der Tischplatte.
Man hatte schon abgedeckt, nur der Brotkorb stand noch da. Ihn drehte der Rittmeister nun gegen Marie und sagte: »Du bist also eine arme Braut, mein Kind. Merke dir das! Aber du hast dein tägliches Brot bei mir.«
Die junge Frau saß mit gesenktem Blick, sie war dunkelrot geworden. Jetzt schlug sie die Augen gegen den Mann auf, geraden glühenden Blickes, so hatte Marie Balthasar noch niemals angeschaut. –

»Nein«, stieß sie hervor, »ich will dein tägliches Brot nicht, Balthasar, ich will keine arme Braut sein, ich will nicht von dir dazu gemacht werden, ich will es nicht.«

»Erlaube einmal!«

»Nein«, schrie Marie. »Denn wer nichts hat, der ist verkauft und verraten, und ich will nicht verkauft sein. Was geht mich das an, was du willst? Es ist mein Geld, worauf du verzichtest und was du herschenkst, du kannst mein Geld nicht verschenken, es gehört mir und niemandem sonst.«

»So«, sagte Balthasar, und auch sein Gesicht lief dunkelrot an. – »Dir ist es also gleichgültig, wenn die Leute mit Fingern auf deinen Gatten weisen?«

»Niemand weist mit Fingern auf dich«, ergriff Frau Josefin das Wort. »Das ist wieder so eine tolle Kavalleristen-Idee! Seit wann ist es denn eine Schande, ein reiches Mädchen zu heiraten? Das wäre mir noch schöner.«

»Das verstehst du nicht, Mutter«, brauste der Sohn auf. »Was ich meinem Standpunkt schuldig bin, das weiß nur ich allein.«

»Aber was du mir schuldig bist, das weißt du nicht«, gellte Marie. Sie bebte am ganzen Leib. – »Du machst mich zur Bettlerin, ehe ich noch einen Tag in deinem Hause gelebt habe.«

»Zur Bettlerin?« rief Bourdanin aufspringend. – »Morgen verschreibe ich dir fünftausend Gulden, das ist ein Drittel meines Vermögens.«

»Aber ich hätte siebentausend bekommen«, schluchzte Marie.

»So werde ich dir siebentausend verschreiben«, schrie Bourdanin. »Morgen oder, wenn du willst, noch heute.«

»Balthasar, Balthasar!« rief Frau Josefin warnend dazwischen.

»Ja, heute noch!« Er riß eine Schublade aus einem Schreibtisch hervor, einen Bogen heraus, stieß die Feder ins Tintenfaß, daß die Kleckse spritzten. Dann schrieb er mit wilden Zügen die Erklärung. Als er fertig war und sie Marie über den Tisch hinhielt, stand diese unbeweglich. – »Und wenn ich sterbe«, flüsterte sie, »was wird dann mit dem Geld?«

»Sterben!« schrie der Gatte. »Du wirst achtzig Jahre alt oder hundert, und wirst mich zehnmal begraben!«

Die Frau schaute auf, und etwas änderte sich in ihrer Miene, als dämmerte ein ängstlich-dumpfes Hoffen in ihr auf. »Meinst du?« murmelte sie, »meinst du, daß ich so alt werde? Ach, wenn ich nur fünfzig würde, wenn ich nur fünfzig Jahre zu leben hätte –«

## *Die Herkunft oder das Große Glück*

So hatte Balthasar Bourdanins Ehe mit seiner Base Marie begonnen.

Begonnen? Noch hatten sie einander nicht einmal als Mann und Frau besessen; noch wußten sie nichts von aller Lebensfolge, die sich an ihre Ehe, nichts von den tausendmaschigen Verstrickungen, die sich an ihre Personen knüpfen sollten. Die Nacht, die sich über sie senkte, war die echte Nacht schwarzer Undurchschaubarkeit, eine erst zu erlebende, zu erleidende Nacht, unaufhellbar durch das Licht irgendeiner Deutung. – Wir, die so viel Späteren freilich, wir blicken auf die beiden zurück als auf ein längst Vergangenes; wir sehen sie im Gefängnis ihrer menschlichen Ohnmacht, sehen sie eingekreist von den geheimen vorbereitenden Strömungen im magnetischen Feld des Schicksals. Im voraus scheint uns alles entschieden.

So überlassen wir sie einander in der finsteren Zelle ihrer Bestimmung und gehen hinaus, um uns die Landschaft ihres Daseins anzusehen, in der wir uns einzurichten haben für eine lange Geschichte. Es ist an Stadt und Land nicht viel Bemerkenswertes im Sinne der Poesie: ein flachwelliges Hügelgelände, recht fruchtbar und ergiebig; eine Stadt, tüchtig und planvoll erbaut, ziemlich alt, aber beileibe keine strahlende Sehenswürdigkeit: In der Mitte ein großer viereckiger Marktplatz, Ring genannt, in rechten Winkeln ziehen die Straßen von ihm, da und dort eine Gasse in der Quere; in der Mitte des Marktes die Kirche mit dem sehr hohen Turm; die Kirchenhalle aus der gotischen Zeit, aber auch sie ohne besonderen Aufwand oder großes Genie erbaut, mit einer rundbäckig und bäurisch blickenden Madonna auf dem Hochaltar.

Überhaupt zeigt die Stadt in allen Stücken ein solid-vernunftgemäßes Wesen. Exzesse und Abenteuer blieben ihr fern, und was sie etwa an Belagerungen auszustehen hatte, bestand sie jeweils in Ehren und Anhänglichkeit an das Hergebrachte. Deshalb hatte sie in fernen Zeiten den Beinamen die Treue oder sogar Allzeit-Getreue erhalten. Der Boden, auf dem sie stand, war wackeres Ackerland, in dem die Kartoffel gedieh, vor allem aber das brave Gewächs der Gerste.

Aus der Gerste darrte man das Malz, und aus diesem wieder gewann man das Bier; unfern wuchs der Hopfen, und die nahen Wälder gaben das Holz, aus dem die Küfer Bottiche und Fässer bauten: so kam es, daß in der Stadt Bier gebraut wurde, mehr und vorzüglicheres als an anderen Orten.

Gott Gambrinus ist ein behaglicher Gott; in seinem Dunstkreis gedeihen keine Revolutionen, keine Umstürze und geistige Heldentaten; wer gerne Bier trinkt, wird friedlich-dumpf und still-behäbig. So blieb auch diese Stadt friedfertig, auf stilles Wachstum bedacht. Nur *ein*mal trug sich in ihren Mauern etwas so Bedeutsames zu, daß es die Weltgeschichte in ihren Annalen erwähnt, ja, daß sich sogar ein berühmter Dichter des Vorgangs bemächtigt hat: Da war ein verwegener und sehr gefürchteter Mann, ein Kriegsheld und Glücksritter. Ihm hatten die Konstellationen der Gestirne große Macht und höchste Würden verheißen. Eben damals, als er in dieser Stadt Quartier bezogen, wollte ihn Fortuna verlocken, die höchste schwindelnde Sprosse ihrer Leiter zu ersteigen, den großen Sprung zu wagen und zum kühnsten Schlag auszuholen. Es war eine Spitzbüberei dabei im Spiel mit abgelisteten Unterschriften und vom Wein bacchantisch verwirrten Gemütern. Aber da brach das schwindelhafte Gebäude plötzlich zusammen. Das von den Sternen verheißene Glück stob davon, und der betretene Kriegsheld verließ die Stadt. Er wurde an einem anderen unfern gelegenen Ort bald darauf durch ein paar tüchtige Meuchelmörder vom Leben zum Tode gebracht.

Die Stadt aber, die nüchtern tüchtige, fuhr fort, Gambrinus, dem Gott des behaglichen Mittelsmaßes, zu dienen.

In vielen kleinen Braustuben, so war es Brauch, wurde von den Bürgern, die dazu ermächtigt, also bräuberechtigt waren, der kräftige Malzsaft gesotten. Gassen und Straßen, Höfe und Häuser dufteten

säuerlich nach Hefe, und ein Wettstreit war entbrannt zwischen den Bürgerhäusern, welches von ihnen die allervorzüglichste Spielart des insgesamt vorzüglichen Bieres braute.
So kam es, daß eine Zeitlang der Eigensinn regierte, aber er schlug, wie das manchmal geschieht, plötzlich in Gemeinsinn um: die Hausväter taten sich zusammen und gründeten das Allgemeine Bürgerliche Bräuhaus. Auf der Gründungsurkunde stand unter anderen Namen auch der eines Bourdanin.
Ein Gerücht erzählt, die Bourdanins seien aus dem Böhmerwald eingewandert. Eine Art Vorzeit-Nebel verdeckte ihren Ursprung. Sie hatten freilich ein Gewerbe mitgebracht, das nicht zu den ursprünglichen ländlichen Gewerben gerechnet werden kann: Buchdrucker waren sie, und es mag erst ein recht kärgliches Dasein gewesen sein, das sie damit hatten fristen können. Dennoch waren die Bourdanins nicht von diesem Gewerbe gewichen, der Sohn wurde, was der Vater war: so prägte sich ihnen früh ein starkes Selbstbewußtsein. Weil sie aber hübsche Leute waren, bekamen sie hübsche Frauen und auch solche, die ihnen etwas zubrachten an Geld und Gut. Unter diesen Mitgiftgaben war auch ein bräuberechtigtes Haus gewesen. So geschah es, daß ein Bourdanin, Josef, die Gründungsurkunde des Bürgerlichen Bräuhauses mit unterschrieb.
Der Gemeinsinn hatte, wie sich's bald zeigte, mit dieser Gründung das Rechte getroffen, das gemeinsam gebraute Bier wurde im ganzen Land, ja, über die Grenzen hinaus berühmt; schon liefen Aufträge ein aus aller Herren Ländern, überall begehrte man dieses und eben nur dieses Bier zu trinken. So fand sich die Stadt belohnt für ihren treulichen Geist, der durch Jahrhunderte dem behäbigen Gott ergeben gewesen. Vor allem belohnt fanden sich freilich jene, welche an der Gründung teilgenommen und ihr Braurecht – ihren Braurang – an das »Allgemeine Bürgerliche Bräuhaus« abgetreten hatten.
Weil man aber von Anfang erpicht gewesen war darauf, die Rechte den Kindern der Stadt zu wahren, so hatte man die *Häuser* zu den Besitzern des Werkes gemacht, die Häuser also zu den Trägern des Reichtums und der Geschäfte. Nur mit einem solchen Haus konnte ein Braurang vererbt, verkauft oder sonstwie veräußert werden. Wer

das Haus besaß, besaß auch den Rang und schlüpfte in seine Nutzung wie in ein vorgewärmtes Nest. Warme Nester, das also waren diese Häuser, man konnte bequem von ihnen leben und brauchte keine Not zu fürchten.
Die Töchter solcher Häuser wurden als Bräute umworben; und die Söhne, mochten sie Faulpelze oder Leimsieder sein, durften ihr Gerstel genießen, während sich andere plackten; sie durften die Daumen über rundlichen Westen drehen.
Das war nun nicht Bourdaninsche Art, und der Josefus, der auf der Gründungsurkunde unterschrieben, hätte ein solches daumendrehendes Dasein für seine Person gar nie ertragen; er hatte seinen Stolz auf das ihm vom Vater überkommene Handwerk und trieb es nach Brauch. In späteren Jahren ließ er sich und seine Ehefrau von einem heimischen Maler abkonterfeien.
Es ist allemal ein Wendepunkt in der Geschichte einer Familie, wenn ein Mann sich und sein Weib porträtieren läßt. Es ist ein Anspruch an die Welt, ein Anspruch auf Ehre und Würde. Nicht, daß sich Josefus einer falschen Eitelkeit erdreistet hätte in einem aufgedrehten Prachtporträt: kleine Tafeln in blassem Pastell hatte er, der Sparsame, bestellt und mit scharfem Mißtrauensblick äugte er gegen den Farbenschmierer, der ihn da malen sollte, äugte mit schwarz glühender Iris unter den buschigen Brauen. Sein schon ergrautes, in einer Spitze gegen die Nasenwurzeln gewachsenes Haar stand bürstenstarr in die Höhe, die niedere Stirn verriet Charakter, aber Charakter von einer galligen und aufbrausenden Art. Er war ein eingefleischter Provinzler, war sein Lebtag nur ein einziges Mal aus dem Lande gekommen, nämlich als er im Jahre achtzehnhundertdreizehn an der Schlacht von Leipzig teilgenommen und bei dieser Gelegenheit, wie er zu sagen pflegte, den Franzmann windelweich zu dreschen wacker mitgeholfen hatte. Er war unverwundet geblieben, obwohl er immer vorneweg im Kugelregen gestanden war. Nichts, so rühmte er sich, habe ihm von all dem Donner und Doria anhaben können und nicht eher habe er geruht, bis der letzte bonapartische Wurstzipfel aus dem Leipziger Feld gefegt war.
Bei diesen Erzählungen schlug seine Frau, die blauäugige Sabine,

still die Augen nieder und blickte in ihren Schoß; ein heimliches Lächeln geisterte um ihren Mund, aber kein spöttisches etwa, ein zärtlich frommes vielmehr: denn sie hatte dem Josef, dem trotz seines zornmütigen Wesens geliebten Mann, heimlich, ehe er Abschied genommen, einen geweihten Taler in den Rock genäht, und sie glaubte, daß es dieser Taler gewesen sei, der den Tollkühn-Eigensinnigen vor allen Gefahren beschirmt habe. Nie wagte sie ihm das zu sagen, aber ihren Kindern überlieferte sie die Mär und später ihren Enkeln; seither stand der Taler bei der Familie Bourdanin in hohem Ansehen.

Sabine war ganz anderer Natur als ihr Gatte. Mondesmild blickte sie aus einem runden gütigen Antlitz, aus treuherzig blauen Augen. Ein weißes gefälteltes Häubchen trug sie über dem glatten Scheitel und ein kleines weißes Kräglein über dem blaugrauen Kleid. Nur mit Mühe hatte man sie bewegen können, sich malen zu lassen. Immerfort, so erzählte später der Künstler, habe sie nur den Kopf geschüttelt und beteuert, es sei ihr gar nicht recht, daß man die schöne Tafel und die kostbaren Farben an ihr Konterfei verschwende, es werde es ja doch niemand ansehen wollen.

Aber man sah es gerne an und beinahe lieber als das nächste Bildnispaar, das um ein halbes Menschenalter später gemalt war. Da war schon eine andere Zeit gekommen; da tat es das kleine Täfelchen nicht mehr und nicht mehr die trockene Pastellkreide, es mußte eine große Leinwand aufgespannt und die saftige Ölfarbe bemüht werden. Es waren auch die kleinen Bürger nimmer, die sich halb mißtrauisch und halb schamhaft abbildern ließen, sondern zu Ehren gekommene Herrschaften: ein schöner Herr mit modisch geschnittenem Backenbart, über der Weste trug er die goldene Uhrkette, der goldene Siegelring steckte an der absichtsvoll aufgestützten Hand. Vom Scheitel der Frau war das sittsame Häubchen der Schwiegermutter verschwunden, ihre Schultern hoben sich aus glänzendem Atlas, und selbstbewußt zeigte sie den Schmuck an Ohr, Hals und Armen.

Der Herr war Balthasar Bourdanin, der erste dieses Namens, und die Frau war seine Gattin Josefin, geborene Silbernagel. Aber leider, sie war nicht schön, die in Atlas Gekleidete; sie trug eine große, abwärts weisende Nase im kupfernen Angesicht, ihre Augen waren schwarz wie die des Schwiegervaters und nicht ohne Hinterhalt gegen den Beschauer. Aber sie war, wir haben sie kennengelernt, eine rechtlich denkende Frau, sie schämte sich ihrer einfachen Herkunft auch in den Tagen des Glückes nicht. Als ihr Mann, der schöne berühmte Balthasar, sie hatte malen lassen, da bestand sie darauf, daß man auch ihre Eltern konterfeite, die Bäckersleute aus der Sedlatschekgasse.

So geschah es, denn der Gatte tat ihr gern was zuliebe, er ehrte sie trotz ihrer Nase und trotz ihrer großen Knochengestalt; er hielt die Ehe heilig und machte der Frau keinen Vorwurf daraus, daß sie ihm eine Tochter nach der anderen brachte und nur einen einzigen Sohn, und der war ihm nicht ganz nach dem Herzen.

Doch zuvor etwas über seine jüngeren Jahre.

Balthasar Bourdanin war der ältere von zwei Knaben. Wie das üblich war bei den Bourdaninschen, trat er in seines Vaters Unternehmen als Lehrling ein. Der Josefus war seinem Sohn ein strenger Meister. Nach einer harten Zeit wurde Balthasar Geselle und zog mit dem Stecken in der Hand und mit einem Bündel auf dem Rükken in die weite Welt.

Damals fauchte noch keine Eisenbahn durch die Länder. Auf Schusters Rappen, das heißt: auf heiß- und wundgelaufenen Sohlen, in Regen und Sonnenglut pilgerte der junge Bourdanin über die böhmische Grenze nach Deutschland bis Hamburg. Dabei hielt er die Augen offen und hatte einen Begriff von der großen Welt gewonnen, als er nach sechs Jahren wieder heimwärts nach Böhmen zog.

Dort war der Vater noch am Werk; und dann war Johann da, der jüngere Bruder.

Der war nicht zu bewegen gewesen, mit Balthasar zu ziehen, noch ihm nachzukommen, als dieser von Hamburg schrieb, er möge ihm folgen; er, Balthasar, sei daran, sich hier in der Weltstadt seßhaft zu machen und eine Holsteinerin zu freien, ein schönes begütertes Mädchen, die einzige Erbin eines aufstrebenden Kaufhauses. Nein, Johann war nicht zu bewegen gewesen.

Er war lieber daheim gesessen und hatte gekränkelt und hatte Katzenfelle über der Brust getragen und sich den Puls gefühlt unter den wollenen Stutzen. Ein Jahr sprach er nur mit Flüsterstimme und spuckte Blut ins Taschentuch. Der Vater hatte ihm die Hölle heiß gemacht, weil er glaubte, der Sohn mache den Kränkelhans nur aus sträflicher Faulheit oder aus eingeborener Widersetzlichkeit gegen ihn, den Erzeuger. Die Mutter hatte gelitten und geweint um die zwei in Fehde liegenden Männer, aber Johann war unerbittlich geblieben mit seinem Hinter-dem-Ofen-Hocken, der Vater hatte vergeblich getobt und das Haus durchwettert. Da hatte Frau Sabine dem Balthasar geschrieben, er möchte doch kommen um Gottes willen, sie könne es nicht mehr ertragen, er solle doch den armen Bruder nicht verlassen.

Das war eine schwere Zumutung an ihren Erstgeborenen, ein schweres Opfer, das sie ihm abverlangte um des Jüngeren willen. Sie wartete einen Monat und zwei, und am ersten Tage des dritten Monats stand der Sohn vor ihr, größer und schöner als er gegangen war, braun und ernst und zum Manne gereift. Die Mutter konnte nur die Arme ausbreiten und ihm weinend an die Brust sinken.

Da war er nun, und niemand fragte ihn danach, was er dort an dem Elbestrand verlassen und worauf er verzichtet hatte. Er war da, als hätte sich das immer von selbst so verstanden, daß er heimkehren würde zu dem gallenbittern Vater und zu dem wispernden Bruder im Ofeneck.

Der Vater war damals schon sehr krank; er litt an der Leber, war gelb im Gesicht und von Zeit zu Zeit von gräßlichen Krämpfen gepeinigt. So übernahm der Heimgekehrte das Geschäft.

Sein Kopf war voller Pläne und neuer Gedanken. Klein schien ihm die Stadt, die um den Ringplatz erbaute, wie ein Spielzeug klein und fast nichtig, vor seinem inneren Auge sah er immer noch die Schiffsmasten über dem Himmel ziehen und sah die Segel gebläht und gefüllt von Weltwind. Das verlor sich nach einer Weile, er gewöhnte sich an die engen Stuben und an die kurzen Gassen, an den Markt, auf welchem statt der reichen silbrig schuppigen Fracht des Meeres die bescheidene Ernte des Landes verkauft wurde: Kapuste, Zwiebel, grellschreiende Gänse.

Hier also hatte er sein Leben. Statt an die Alster und statt in die Nicolaikirche, die er so oft besucht hatte um der dort gepflegten wunderbaren Orgelmusik willen, ging er nun am Abend zu seiner Großmutter, der alten Frau Köhler. Die war sehr fromm. Sie hatte einen alten Schrank in ihrer Küche stehen, und nach dem Abendessen wurde der Schrank geöffnet. Drinnen hing ein uraltes geschwärztes Marienbild, vor diesem kniete nun die Großmutter nieder, das Hausgesinde rings um sie, und indes es langsam dunkel wurde, beteten sie alle den Rosenkranz. Der weitgereiste Enkel saß hinten auf einem Stuhl und hörte dem Gemurmel der Weiber zu, das ihm ungewohnt klang nach den Jahren des Fernseins, seltsam wie aus einer sagenhaften Frühzeit. Er war der erste in der Geschlechterfolge der Bourdanins, den eine Ahnung anwehte von der Verwandlung des Jahrhunderts.

Dennoch sollte ihm eben an einem solchen Abend und bei einer solchen Zusammenkunft das Schicksal begegnen; es erschien ihm in Gestalt der Bäckermeisterstochter Josefine Silbernagel. Sie war aus der Nachbarschaft herübergekommen, um einen Krug Essig zu leihen. Sie erhielt den Krug von der alten Frau Köhler und blieb, weil man eben mit dem Rosenkranz begann, über das Gebet zu Gast. Danach trug ihr der junge Buchdruckermeister den Krug hinüber ins Haus. Oft dachte er später an den Sauerduft, der ihm damals in die Nase gestiegen war, es war ein guter, gesunder, zuträglicher Duft gewesen, und Balthasar hatte es nie zu bereuen gehabt, daß er nicht weiter umhergeschmeckt hatte, wählerisch suchend nach süßeren Gerüchen.

Dies eine war ihm also gelungen; aber mit dem Vater ging es nicht gut. Gallig und bitter war der Alte geblieben, hatte mit Mißgunst nach dem übergebenen Geschäft geäugt, hatte sich alle Neuerungen verbeten, sich jede Entscheidung vorbehalten wollen. Endlich starb er, von seinem Leiden erlöst.

Der Sohn betrauerte ihn ehrlich. Dann freilich ging er daran, sein Handwerk mit den Freiheiten und Vorteilen auszustatten, die er draußen in der weiteren Welt kennengelernt hatte. Er schaffte Maschinen an, traf Verbesserungen und blieb nicht dabei stehen, nur das zu drucken, was ihm in Auftrag gegeben wurde. Er begann sich selbst nach Werken umzutun, die er verlegen konnte; er brachte eine Geschichte Böhmens heraus, ein Lehrbuch der Mathematik, ein Reisetagebuch und ein Bändchen Gedichte zuletzt, von dem ihm freilich nur siebzehn Exemplare abgekauft wurden; dennoch war ihm dieses Bändchen das heimlich liebste von allen diesen Werken.

Auch seine Vorliebe für die musikalischen Dinge behielt Bourdanin. Er blies die Flöte, und eines Tages trug man ihm die Leitung der Stadtkapelle an, fleißig zog er mit seinen Bläsern ins Grüne und übte mit ihnen.

So vergingen die Jahre, seine Mutter war gestorben, vier Kinder waren ihm geboren worden. Weit hinten lag der Hamburger Traum, in blaugoldenen Nebelfernen der Erinnerung. Der Bruder, dessentwillen er heimgekehrt war, der kränkliche Johann, saß noch immer im Ofeneck. Nach des Vaters Tod war er zwar ein wenig munterer geworden, hatte das Katzenfell und die hüstelnde Flüsterstimme abgelegt, er schien sich nun doch darauf einzurichten, noch in der Welt zu verweilen, während er zu des Alten Lebzeiten unentwegt vom Frühjahr auf den Herbst und vom Herbst auf das nächste Frühjahr seinen Tod prophezeit hatte. Unter *einem* Dach lebten die Brüder, aßen an demselben Tisch, und es war der Frau des älteren längst zur Gewohnheit geworden, daß sie auch den jüngeren mit zu verköstigen hatte.

Am Morgen, wenn der Ältere in sein Geschäft ging, lag Bruder Johann noch im Bett. Die Schlafmütze auf dem Kopf, in wollene Tücher gewickelt, besann er seufzend die Mühsal des Daseins. Erscholl draußen Balthasars kräftiger Schritt, fuhr Johann gequält aus den Kissen empor, schloff in den wattierten Rock und lief auf den Flur, streckte den Kopf über das Treppengeländer. Balthasar! Balthasar! – Über das Geländer geneigt, schwor er, daß er heute ganz gewiß in der Druckerei erscheinen werde.

Schon gut, schon gut! klang es begütigend von unten herauf. Da kehrte der Schlafrockmann in sein Nestchen zurück, rieb sich die Füße unter der Decke warm, wohlig seufzend zog er sich die Mütze noch einmal über die Augen.

Johann erschien niemals in der Druckerei. Das Geschäft ging gut durch Balthasars Arbeit und Tüchtigkeit; das Bräuhaus jenseits des

Flusses trug ohne jedwedes Hinzutun ein. So hatte sich die Gepflogenheit gebildet, daß Balthasar das Seine aus dem Geschäft bestritt und Johann die Brauränge einheimste. Mehr konnte ihm, der doch schwach auf der Lunge war, nicht zugemutet werden! Immerhin mußte er an jedem Ersten eines Jahresquartals über die Brücke zum Bräuhaus pilgern und dort die Dividende holen. Das ging bei Johann nicht ohne einige Feierlichkeit ab. Festtäglich hatte er sich dazu gekleidet, strich mit frommer Miene das Sümmchen ein, setzte seine zierliche Unterschrift in ein dickes Buch und bedankte sich bestens. Manchmal hatte die Dividende ein wenig mehr betragen, manchmal ein bißchen weniger. Daran knüpften sich Johann Bourdanins weltbetrachtende Bemerkungen: ging alles gut, so meinte er, man dürfe sich nicht allzusehr auf das Glück verlassen, man wisse nie, was in der Zeiten Hintergrund noch lauere. War es geschehen, daß das Sümmchen gekappt war, weil in der Welt vielleicht eben wieder ein Krieg den Appetit auf das gute Bier verminderte oder weil sonst Sorgen und schwere Finsternisse über dem Horizont hingen, dann seufzte Johann und sagte, als gläubiger Christenmensch müsse man die Heimsuchung als Strafe Gottes verstehen. Dann lüftete er seinen Hut; mit einem freundlichen: Auf Wiedersehen! und Gehorsamster Diener! wandelte er, aufrecht wie ein Tännchen, davon.

Eines Tages geschah, was niemand im Ernst für möglich gehalten hätte: auch Bruder Johann nahm eine Frau. Margaret hieß sie, eine geborene Krejci. Das war ein Wagnis und ein gefährliches dazu, es hätte alle Tage zwischen den Schwägerinnen, die nebeneinander wirtschaften sollten, Zwist und Zank geben können. Aber Margaret war gut, bescheiden und herzlich bereit, sich der riesenhaften Josefin in allen Stücken zu fügen. So war es schließlich diese selbst, die der Schüchternen entgegenkam und sie in dieselben Rechte einsetzte, die sie für sich in Anspruch nahm.

Schon hatte Josefin ihrem Gatten drei Töchter und einen Sohn geboren, und nach vielen Bedenklichkeiten und einigen Wallfahrten zur Mutter Gottes am Bergl hatten es auch Johann und Margareta schließlich zu einem Pärchen, Hans und Marie, gebracht. Nach wie vor ging Balthasar zur Arbeit, nach wie vor brachte Johann seine

Tage hin in sanfter Nichtsnützlichkeit. Und es wäre vielleicht allezeit so fortgegangen in dem Trott der einander angeglichenen, wenn auch so ungleichen Lebensbahnen, wenn – ja, wenn nicht einmal über Nacht das Unglaubliche, Unwahrscheinliche, schier Verrückte geschehen wäre: daß nämlich der Ältere, daß Balthasar das große Los gewann, es gewann, ohne jemals selbst in der Lotterie gespielt zu haben. Ohne gespielt zu haben, zog er den Haupttreffer, den einmaligen Staatsgewinn, das waren hunderttausend Taler.

So etwas hatte man noch nie gehört. Die Stadt stand kopf. Der Ochsenhirt trieb seine Herde in die Mitte des Ringplatzes, pflanzte sich vor ihr auf und rief: »Víteli to, vy voli, že Bourdanin vyhral?« Ob ihr's auch wißt, ihr Rindviecher, daß Bourdanin gewonnen hat?

Nur im Hause des Gewinners, im Hause der dunklen Krüge, war es eigentlich beinahe drückend still. Die balthasarischen Kinder wollten jubeln. Aber Mutter Josefin drückte die Hand an die Lippen und befahl ihnen still zu sein. Das war am ersten Tag, vielleicht auch noch am zweiten und dritten. Aber dann ging es, wie es gehen mußte: Balthasar hatte gewonnen, und nicht Johann. Die Frauen fielen einander in die Arme, die Brüder drückten einander still die Hand. Aber der alte innige Lebenszusammenhang war schon zerrissen. Die vom Glück Betroffenen verließen das Haus, sie zogen im Kameralamt ein, das sie sich in aller Eile erworben hatten, sie kauften andere Häuser und weite Strecken Landes. In allen Zeitungen stand Balthasar Bourdanins Name. In einer eigenen vierspännigen Kutsche fuhr er nach Wien und wurde dort bei Hof empfangen. Der gute Kaiser Ferdinand, dem alle Dinge schief auszulaufen begannen, hatte den Mann zu sehen verlangt, den seltsamen, der so viel Glück auf einmal gehabt hatte.

In Wien wollte man Bourdanin festhalten, wollte ihn dazu bewegen, mit seinem Geld zu spekulieren. Aber vor seinem inneren Auge schwebte eine andere Landschaft, die er einstmals gesehen und die ihm das Herz hatte schlagen lassen. Das Ungemeine, das ihn damals heimlich erfüllt, und das Ungemeine, das nun über ihn gekommen war, flossen in seinem Gemüt in eins zusammen. Es war viel zu spät geworden für ihn, daß er hätte ein neues Leben beginnen können; der Beruf hielt ihn fest, das häusliche Leben, – die knochige Riesin hatte ihm soeben das fünfte Kind geboren. Aber als das neue Jahr aufging, das achtundvierziger Jahr, da gor das einstmals Gewesene in Bourdanin empor, es dünkte ihn auf einmal unerträglich, tatenlos daneben zu sitzen, es dünkte ihn wunderbar und erhebend, wie die Jugend stritt und sich anschickte, die alte griesgrämig-mißtrauische Ordnung umzuwerfen. Das armselige und ein wenig kindische Kaiserlein in seinem goldenen Vogelkäfig kam ihm bedauernswert vor: was konnte es denn Schlimmeres geben, als daß eine Last auf Schultern lag, die dieser Last nicht gewachsen waren? Das große deutsche Vaterland lag drüben wie ein Reich der Verheißung, man sah das Wartburgfeuer wie ein fernes Morgenrot auch jenseits der böhmischen Wälder glühen. So stellte sich Bourdanin den Freiheitlichen zur Seite. Zum Bürgermeister wurde er ernannt, und die Stadtmusik übte unter seiner Führung die neuen Weisen:

»Erhebt euch von der Erde,
Ihr Schläfer aus der Ruh' ...«

und:

»Sind wir vereint zur guten Stunde ...«

Doch leider war die gute Stunde nur kurz, denn gleich mischten sich in die hochgestimmten Gesänge die trüben und mißtönenden Geräusche tumultuarischer Geschehnisse; wüste Gerüchte drangen herein von schlimmen Dingen, von Ausschreitungen, Verrätereien und Blutbädern.

Die Revolution wurde niedergeworfen. Ein neuer blutjunger Kaiser bestieg den Thron; zwar: der alte leisetreterische Klügler Metternich mußte verschwinden, und das Ärgernis, der arme Ferdinand, wurde abgeschafft. Aber in Ungarn feuerten die Pelotons, der Spielberg füllte sich. In der Residenz zu Olmütz knieten schwarzgekleidete Frauen und flehten den jungen Monarchen um Gnade für ihre verurteilten Männer, Brüder und Söhne.

Balthasar Bourdanin blieb im Amt. Er hatte es geführt, wie nie-

mand es hätte in schlimmen Zeiten besser führen können; das sagte jedermann, und so erlebte er die matte Freude, daß ihn der obsiegende Gegner bat, auch weiterhin das Regiment im Rathaus zu versehen. Er tat es denn, nur die Leitung der Kapelle legte er nieder. Er entsagte ihr, verschloß auch seine geliebte Flöte in ihrem Futteral. Dafür ließ er in der Stadt das neumodische Gaslicht einführen, ließ eine Wasserleitung legen und gründete ein Waisenhaus. Er alterte in jenen Jahren, und es waren deren nur zwei, die er noch zu leben hatte; eine Tochter, Rosine, hatte er zuvor schon vermählt und, die sein Augenstern gewesen, Emma, verlobte er einem muntern Geschäftsmann namens Wanka.
Eines Tages nahm er Urlaub und reiste wieder einmal gegen Norden. Als er zurückkehrte, trug er den Keim einer tödlichen Krankheit in sich. Die Cholera war es, die damals überall wütete, zwei Tage, nachdem er angekommen, legte er sich nieder und starb.
Zwar wollte sich die Familienfama nie dazu verstehen, daß der verehrte Hausvater und glückgesegnete Patriarch einer gemeinen grauenvollen Seuche erlegen war. So hieß es immer, der Vater und Großvater sei durch den Genuß einer fetten Ente vergiftet worden und habe nur deswegen sterben müssen, weil er auf die verderbliche Mahlzeit auch noch ein Glas eiskaltes Wasser getrunken habe; hätte er ein Glas heimischen Bieres getrunken, so folgerte man, wäre ihm nichts geschehen und er lebte heute noch.

## *Marie oder »Die Truthühner«*

Frau Josefinens Prophezeiung, daß eine so kränkliche Person wie ihre Schwiegertochter Marie nicht so bald in die Hoffnung kommen werde, ging leider nicht in Erfüllung. Ein paar Monate nach der Hochzeit entdeckte die Unglückselige an sich die untrüglichen Zeichen einer Schwangerschaft. Sie suchte ihren Arzt auf und teilte ihm ihre Beobachtungen mit. Zugleich änderte sie ihre Lebensweise und begann, sich auf die Entbindung vorzubereiten.
Vor allem ließ sie ihr Bett aus dem gemeinsamen Schlafzimmer in eine andere, entfernte, an die Wohnung ihrer Schwiegermutter an-

schließende Stube bringen. In diese Stube ließ sie einen großen Holzzuber setzen, der jeden Morgen um acht Uhr mit lauwarmem Kamillenabsud gefüllt werden mußte. Die Zurichtung kostete die Dienstmägde viele Mühe, denn die Küche, in der das Wasser erhitzt wurde, lag am anderen Ende des Hauses. In dem Absud badete Marie allmorgendlich, um nachher noch einmal für einige Zeit das Bett aufzusuchen. Danach kleidete sie sich an, wickelte ihre Beine in enganliegende Verbände und begab sich auf einen bis in die Nachmittagsstunden währenden Spaziergang. Zuerst pflegte sie eine kleine Wallfahrtskirche aufzusuchen, die eine geringe Gehstunde vor der Stadt im Grünen lag. Eines Tages aber begegnete sie dort einem Leichenzug. Seither mied sie den Platz und spazierte lieber zwischen den Äckern umher, die in eintöniger Öde rings um die Stadt ausgebreitet lagen. Auf diesen einsamen und traurigen Gängen betete sie den Rosenkranz. Kam jemand des Weges, verbarg sie die kleine Kugelkette schamhaft in dem Pompadour. Sie verlor schon frühzeitig ihre Gestalt und war schon nach der ersten Hälfte ihrer Zeit so schwerfällig geworden, daß man ihr eine baldige Niederkunft für sicher ankündigte. Dann floh die Bedauernswerte und schloß sich in ihrer Stube ein. Doch nach wenigen Tagen nahm sie ihre verzweifelten Übungen wieder auf.
Von ihrem Gatten hatte sich Marie ganz zurückgezogen; auch bei ihren Eltern ließ sie sich kaum mehr blicken. Von allen Menschen stand ihr jetzt die Schwiegermutter am nächsten. Sie rief sie manchmal nachts zu sich ans Bett. Dann mußte Frau Josefin erzählen, wie es ihr ergangen war, als sie ihre Kinder bekommen hatte. Marie las ihr jedes Wort gierig von den Lippen. »Und hast du dich nicht gefürchtet, Mutter? Ach, Mutter, du warst eine Heldin –«

Im Erdgeschoß des Kameralamtes, getrennt sowohl von den Stuben der Behörden als auch von dem Logis der Bourdaninschen Familie, wohnte ein Professor mit seinen beiden Töchtern. Der Professor war ein stiller Mensch, der seine Frau früh verloren hatte und sich nach deren Tod nur noch seinem Beruf und der Erziehung seiner Kinder widmete. Er war böhmischer Herkunft; wenn er deutsch sprach, so tat er das zwar fehlerlos und in gewählten Wendungen, aber in der sanft singenden Tonart der Slawen. Er hatte lange in der Elementarschule unterrichtet und war erst in reiferen Jahren unter Mühen und bitter ersparten Kosten zum Lehrer an einem Gymnasium aufgestiegen; dort hatte er die Fächer der Naturkunde, des Freihandzeichnens und die Pflege der schönen Schrift. Zu diesen Wissenschaften und Fertigkeiten hegte er eine tiefe Neigung. Die Stubenwände seiner Wohnung waren mit Tafeln geschmückt, auf denen gepreßte Farne, Blumen und Moose säuberlich aufgeklebt und zu kleinen Kunstwerken geordnet waren. Unter Glas war das Bild zweier Vögel, die aus echtem Gefieder zusammengefügt worden waren, und auf einer anderen großen Tafel sah man die heimischen Schmetterlinge vom farblosen Kohlweißling bis zum stolzen Pfauenauge.

Die guten Leute hatten neben ihrer kleinen Küche nicht mehr als zwei Stuben und ein Kämmerlein. Die eine Stube gehörte dem Vater; sie enthielt das wenige an poliertem Hausgerät, was vorhanden war. Die andere, die die Töchter bewohnten, war ganz schmucklos und beinahe bäuerisch eingerichtet. Die Kammer neben der Küche diente als Ferienquartier des Sohnes, der in Prag die Jurisprudenz studierte.

Die beiden Töchter hießen Ernestine und Marie.

Ernestine, um zwei Jahre älter als Marie, hätte anderswo für eine auffallende Schönheit gegolten. Sie war hoch und schlank gewachsen und trug das Haar wie eine Krone aufgesteckt. In einer großen Stadt wäre sie verehrt und geliebt worden, aber die bescheidenen Verhältnisse, in denen sie lebte, schienen derlei zu verbieten. Auf dem Lande und in einer kleinen Stadt ist große Schönheit ein fremdartiges Element. Man hilft sich gegen sie, indem man sie übersieht. So lebte Ernestine ganz zurückgezogen und fast unbeachtet zwischen den Ihren. Ihre Schwester Marie war in jener Zeit noch ein Kind.

Eines Tages im Spätherbst oder, wenn man will, im Frühwinter jenes Jahres geschah es, daß die Rittmeisterin, als sie eben zu einem ihrer Spaziergänge ausrücken wollte, von einem Unwetter überrascht wurde. Der Tag hatte licht und mit südlichem Wind begon-

nen. Aus einer sich rasch aus dem Norden nähernden Wetterwolke hatte mit einem Male Hagel, mit Schnee und Regen vermischt, niedergeschlagen; eisig blies die verfinsterte Luft. Die Frau wurde eben an der Ecke des Kameralamtes von dem Unwetter angefallen. Das abwehrend aufgespannte Parapluie stülpte sich um, mit wehender Mantille und zerfleddertem Hut wurde die Keuchende gegen das Pförtchen der Halikschen Wohnung getrieben, als die Tür aufging und das Kind Marie auf der Schwelle erschien. »O Gott, die gnädige Frau! Ist der gnädigen Frau etwas geschehen?«
Dienstbereit ergriff sie den zerstörten Schirm, hob das entfallene Ridikül auf und führte die noch Atemlose in die kleine Küche hinein.
Frau Bourdanin ließ sich ächzend auf einem Schemel nieder. So etwas von bösem Wetter, beteuerte sie, habe sie noch gar nie erlebt. – Ihr Rocksaum triefte, auch das Schuhwerk schien Wasser eingelassen zu haben.
Das Mädchen kniete nieder und knüpfte ihr die Stiefel auf. Dann brachte sie die neuen Pantoffeln des Vaters, hängte den Umhang vor den Herd und bog den Schirm wieder in seine Form. – »Der Hut!« sagte das Mädchen. »Schade um den schönen Hut!«
»Laß es gut sein, Kind«, sagte Marie Bourdanin. »Um den Hut ist es nicht schade. Aber kalt ist mir noch. Kannst du mir nicht ein Täßchen Kaffee geben, daß ich mich einwärme? Ich möchte ja nach Hause gehen, aber sieh nur, wie es draußen tobt.«
Graue, waagerecht gepeitschte Flockensträhne trieben gegen die Scheiben.
»Ja, gnädige Frau«, sagte das Mädchen, »den Kaffee habe ich fertig. Er steht im Rohr. Und wenn ich dürfte –«, fügte sie errötend hinzu: »Ich habe nämlich eine Buchtel gebacken, es ist eine ganz gewöhnliche Buchtel. So etwas wird die gnädige Frau nicht essen wollen.«
Marie Bourdanin hatte seit dem Beginn ihrer Schwangerschaft alle schweren Speisen gemieden. Aber mit einem Male empfand sie Lust, in das goldbraune Gebäck zu beißen, das ihr das Kind vorsetzte. – »Ja, ich nehme mir ein Stückchen, Marie! – Marie heißt du doch?«
Die Junge errötete wieder und knickste.

Aber Marie habe gut kochen gelernt, lobte die Frau. So gute Buchteln wie diese habe sie schon lange nicht gegessen.
Jetzt wurde das Mädchen so rot, daß ihm beinahe Tränen in die Augen traten. – O nein, sie habe das Backen nur einmal so für sich probiert.
Nun blieb es eine Weile still. Frau Bourdanin trank ihre Tasse leer. – »Du hast keine Mutter mehr?« fragte sie. »Wann ist sie denn gestorben?«
»Ich war sechs Jahre alt«, antwortete das Mädchen. »Die Ernestine war acht und der Bohusch war zehn. Da ist zuerst die Warwara bei uns gewesen.« Das Mädchen unterdrückte einen Seufzer. – »Die Warwara war eine fremde Frau, sie war nicht sehr gut, und weil ihr der Vater so viel Geld zahlen mußte und weil er das Geld für die Prüfungen brauchte, so ist sie fortgegangen, und dann haben wir dem Vater den Haushalt gemacht, die Ernestine und ich.«
»So? Ihr beide? Und wie alt seid ihr denn da gewesen?«
»Die Ernestine war elf«, antwortete das Mädchen. »Aber sie hat auch noch in die Schule gehen dürfen.«
»Und du hast nicht mehr in die Schule gehen dürfen?«
»Nein«, sagte das Kind, »die Ernestin ist halt die Gescheitere.«
»Wirklich?« sagte Frau Bourdanin lachend und nahm sich noch eine Buchtel vom Teller. – »Aber du bist gescheit genug, gute Sachen zu backen, und das ist auch etwas.«
Wieder errötete das Mädchen vor Freude: »Darf ich der gnädigen Frau noch einmal einschenken?« – Und als sie das getan hatte, fragte sie, ob sie ihren Strickstrumpf holen dürfe. – Der Bohusch zerreiße alle Socken, da müsse sie die Fersen einstricken.
Der Bohusch sei der Bruder?
Ja.
Und er studiere in Prag?
Ja.
Das koste gewiß ein großes Stück Geld?
»Der Bohusch ist brav«, sagte das Mädchen, und ein zärtliches Lächeln erblühte in seinen Grübchen. Dann fuhr es ernsthaft fort: Der Bohusch hätte ja gerne die Naturwissenschaft studiert, weil der Vater sie, die Kinder, immer schon darin unterrichtet habe, wenn er

mit ihnen spazierengegangen sei; auch am Abend zu Hause zeige er ihnen seine Bücher. Aber die Jurisprudenz sei billiger, da komme man früher ins Brot. Und deshalb habe der Bohusch die Jurisprudenz gewählt.

Ach, sagte Frau Bourdanin, und es ergriff sie ein Mitleid mit diesem einfachen guten Kind und mit dessen Bruder, der auf seinen Lebensberuf verzichtet hatte, um rascher »ins Brot« zu kommen. Eine Ahnung streifte ihr Herz von allen den ungezählten stillen Tragödien, die Jünglinge unter ein ungeliebtes Arbeitsjoch und Mädchen in lieblose Ehen treiben – des Brotes wegen. – »Und du, kleine Marie?« fragte sie. »Was wirst du tun?«

»Ich?« fragte das Mädchen so verwundert zurück, als wenn ihm noch nie der Gedanke auch an eine eigene Zukunft gekommen wäre. – »Mich braucht doch der Vater.«

»Ja, aber später? Willst du denn immer bei deinem Vater bleiben?«

»O ja«, sagte das Kind.

»Da hast du recht«, antwortete Frau Bourdanin. »Heiraten ist schon gut, aber es ist nicht immer leicht, das, was dann kommt.« Sie versank in ein grüblerisches Schweigen.

»Du weißt doch, daß ich ein Kind bekommen werde?« murmelte sie nach einer Welle. »Nicht wahr, das weißt du auch?«

»Nein«, sagte Marie mit dem Ausdruck vollkommenster Überraschung. Wieder strahlte ein Lächeln in ihren Zügen auf. »Oh – ein Kind bekommen, das ist aber schön.«

»Ist das so schön, Marie?« fragte Frau Bourdanin.

»Aber freilich«, erklärte das Mädchen. »Meine Tante in Wscherau hat auch zwei Kinder, den Franzerl und die Anuschka; wenn wir dort sind, dann darf ich sie spazierenfahren in ihrem Wagen. Ach, es ist kein schöner Wagen, und die gnädige Frau wird sicher einen viel schöneren haben.« – Marie verstummte.

»Erzähl nur weiter!« ermunterte sie Frau Bourdanin.

»Wir stopfen immer ein paar Kissen hinein und zwischen ihnen sitzen dann die Kinder. Sie wollen immer das Bergl hinunterfahren, aber das erlaub ich nicht, da könnte etwas passieren.«

»So«, sagte Frau Bourdanin. »So vorsichtig bist du? Weißt du was? Im nächsten Frühjahr darfst du mein Kind spazierenfahren.«

»Oh!« Die kleine Marie erglühte vor Glück.
»Möchtest du das?«
Das Mädchen nickte ganz überwältigt.
»Und jetzt, Mariechen«, sagte Frau Bourdanin, »sei nicht bös und gib mir noch ein Täßchen Kaffee, es schmeckt mir so gut bei dir.«

»Wo war denn heute die Marie so lange?« fragte Balthasar Bourdanin seine Mutter, ehe das Abendessen aufgetragen wurde. – »Ist sie am Ende heute auch spazierengegangen?«
»Sie ist bei Haliks gesessen«, antwortete Frau Josefin, »und ist ganz aufgeräumt zurückgekommen, ich habe sie schon lange nicht mehr so lustig gesehen.«
»So«, sagte Balthasar mürrisch, »dazu muß meine Frau zu fremden Leuten laufen.«
»Ach, laß es gut sein«, sagte Frau Josefin, »es sind brave Menschen. Die Marie wird sich schon ändern, wenn sie einmal das Kind hat.«
»Ja, ja«, murmelte Balthasar, »in dem Stück haltet ihr Frauenzimmer alle zusammen.«
Raschen Schrittes kam Marie herein, ihre Augen glänzten, die sonst so Schwerfällige war wie von Freude beflügelt. – »Guten Abend, Mutter. Guten Abend, Bourdanin. Entschuldigt, ich habe mich verspätet, aber ich sehe, ihr habt ja noch nicht begonnen.«
»Wir pflegen nicht zu speisen, ehe nicht alle beisammen sind –«, versetzte Bourdanin mit Schärfe. »Nimm Platz, ich bitte dich.«
Marie beachtete den Tadel nicht. Sie lüftete die Deckel von den aufgetragenen Platten, warf einen zerstreuten Blick hinein. Dann wandte sie sich an die Schwiegermutter: »Das Mariechen, Mutter«, begann sie, »das wäre die Richtige, die mir helfen könnte, wenn – wenn – einmal dein Sohn geboren ist, Bourdanin. Das Mariechen gefällt mir, es ist ein so liebes, gutes Kind.«
»Woher du das nur wieder wissen willst«, knurrte der Gatte.
»Das fühle ich, das weiß ich«, rief Marie. »Hätte ich sie nur früher gekannt, dann hätte ich sie zu mir gebeten oder ich hätte sie mitgenommen auf meine Spaziergänge. So war ich ja immer allein. Du, Mutter, hast ja nie Zeit, Bourdanin findet es lächerlich, aber das Kind – das Kind wäre sicher mit mir gegangen.«

»Willst du nicht endlich vorlegen, Marie?« fragte der Rittmeister.
»Ach so.« – Marie schöpfte die Speisen in die Teller. »Ich wäre nicht so allein gewesen«, fuhr sie fort, »nicht so einsam. Hätte ich sie nur früher gefunden, die kleine Marie.«
»Apropos«, sagte Bourdanin und stieß die Gabel in ein Stück Ragout, »hast du ein paar ordentliche Truthühner besorgt?«
»Truthühner?« fragte die Frau.
»Truthühner!« bestätigte Bourdanin und legte Messer und Gabel klirrend zur Seite. – »Du erinnerst dich wieder einmal nicht, was ich dir gesagt habe: zu Mutters Geburtstag essen wir keine Gänse wie Krethi und Plethi, wir essen Truthühner. Und die ganze Verwandtschaft kommt –«
»Die ganze Verwandtschaft?« stammelte Marie.
»– so müssen es mindestens ihrer drei sein«, schloß der Gatte.
»Ja, Marie«, sagte Frau Josefin, »und Balthasar wünscht, daß du dich diesmal selbst darum kümmerst.«
»Morgen ist Markt, soviel ich weiß«, sagte der Rittmeister. »So wirst du morgen auf den Markt gehen und die Truthühner besorgen.«
»Aber Bourdanin«, sagte Marie, »es hat doch geschneit.«
»Ja, es wird im Winter öfters schneien«, erwiderte der Mann, »und der Schnee wird – wie ich dich kenne – dich von keinem deiner Spaziergänge abhalten. Zwei Truthühner werden mit Kastanien gefüllt, eines mit Zwetschgen, das ist für die Schimkowitzen, die haben den preußischen Geschmack.«
In der Nacht verspürte Marie Bourdanin die ersten Wehen. Sie weckte die Schwiegermutter und trank einen beruhigenden Tee. Gegen Morgen schlief sie wieder ein; als sie erwachte, spürte sie nichts mehr.
Trotzdem hielt sie sich ängstlich in ihrem Zimmer. Es war neun Uhr, als Katschenka, die Köchin, anklopfte und meldete, der gnädige Herr lasse fragen, wie die Truthühner beschaffen seien, welche die gnädige Frau heute morgen besorgt habe. Sie habe keine Truthühner besorgt, ließ Marie dem Gatten zur Antwort geben. Nach fünf Minuten klopfte die Köchin wieder: Der gnädige Herr lasse die gnädige Frau bitten, die Truthühner unverzüglich zu besorgen. – Sie fühle sich heute krank, ließ Marie entgegnen, und sie werde

heute nicht auf den Markt gehen. Die Köchin, die Hausmagd, das Fräulein Franziska, alle Welt könne es an ihrer Stelle tun. Weder Fräulein Franziska, noch die Köchin, noch die Magd, noch sonst wer könne das tun, lautete die Antwort, sondern nur Frau Bourdanin selbst, und zwar augenblicklich.

So eilte die Köchin mit Wort und Gegenwort zwischen den Zimmern der Gatten hin und her. Das Hausgesinde lief zusammen, und die Köchin, so eilig sie es hatte, versäumte nicht, die ihr jeweils aufgegebene Botschaft der rasch wachsenden Gemeinde zuzurufen. Die Meinungen der Zuhörer waren, wie meist in solchen Fällen, geteilt: während die Männer das Gehaben der Frau zu albern fanden, meinten die Frauen wieder, es sei von Herrn Bourdanin doch gar zu kleinlich, auf seinem Willen zu bestehen, wo doch die Katschenka ohnehin ganz gewiß die zarteren und fetteren Exemplare zu ergattern verstünde. Das unheilschwangere Hin- und Hergeplänkel währte schon eine Zeit, da trat Frau Josefin bei Marie ein. »Ich bitte dich, Marie«, sagte sie, »steh auf und geh! Balthasar will es nicht anders, und du weißt –«

»Du aber weißt doch auch –«, rief die junge Frau aufgeregt. »Du hast es selber gesagt, daß es Wehen waren.«

»Indessen fühlst du dich wohler. Ich bitte dich, geh! Nur dieses eine Mal –«

»Ja, eben nur dieses Mal!« schluchzte Marie. »Wie kann er so hartherzig sein?«

»Es handelt sich nicht um das Trutgeflügel«, antwortete Frau Josefin. »Es handelt sich darum, daß Balthasar einmal einen Wunsch geäußert hat. Diesen einen Wunsch mußt du ihm erfüllen. – Er hat ohnehin mehr Rücksicht auf dich genommen, als du fordern konntest«, fügte sie hinzu.

Marie saß weinend.

»Rasch!« drängte Frau Josefin. »Er erträgt vieles: Ungeschicklichkeit, Untüchtigkeit. Du wirst nie ein Wort des Vorwurfs deshalb von ihm zu hören bekommen. Aber du kennst ihn nicht, wenn er seinen Willen für mißachtet hält.«

Marie blickte auf. Frau Josefin erschrak über diesen Blick, und sie bereute, was sie gesagt hatte. Beinahe betreten sah sie zu, wie sich

die Schwiegertochter hastig erhob, sich wortlos in ihre Kleider zwängte. Zehn Minuten später blickte die alte Frau der Hochschwangeren nach, wie diese mit schwerfälligen Schritten durch den Schneebrei stapfend um die Ecke bog.
Am nächsten Tag schenkte Marie Bourdanin einem Zwillingspärchen das Leben. Zuerst kam der Knabe zur Welt, und der Vater, der wartend in seinem Zimmer gesessen hatte, wurde in den Vorraum der Entbindungsstube gerufen. Krebsrot und atemlos nahm er die Kunde und kurz darauf auch ein in riesige blaubebänderte Wickelkissen eingerolltes Etwas entgegen, das mit kreischender Stimme schrie. Der Vater zitterte vor Aufregung und konnte, obwohl ihn eine ganze Schar Weiberleute umdrängte, nicht verbergen, daß ihm ein paar Tränen der Freude über die Backen rollten.
In seine Stube zurückgekehrt, öffnete er mit Onkel Johann eine Flasche Champagner. Sie hatten eben die Gläser auf den Stammhalter erhoben, da riß Frau Josefin die Türe auf und rief: »Ein Mädchen, Balthasar, ein Mädchen!«
Die Männer standen erstarrt. – »Wieso ein Mädchen?« fragte der Rittmeister erblassend. »Es war doch soeben noch ein Bub ...«
»Auch noch ein Mädchen«, rief Frau Josefin. Sie lachte und weinte. »Zwillinge! Balthasar, Zwillinge!«

Mutter und Kinder hatten die schwere Stunde gut überstanden. Arzt und Hebamme versicherten, sie hätten eine so glatte Zwillingsgeburt noch selten erlebt. Die beiden kleinen Bourdaninchen machten auch dem zuletzt erreichten Umfang ihrer Mutter alle Ehre und waren beinahe so groß und rundlich, als hätte jedes von ihnen sein Gehäuse die ganze Zeit allein für sich bewohnt.
Die Tage vergingen, und Marie zeigte, obwohl alles gut zu gehen schien, wenig Lust sich zu erheben. Es war der zehnte, der zwölfte und der vierzehnte Tag, und die allzu ängstliche Wöchnerin klammerte sich immer noch an ihr Lager. Erst ließ man sie gewähren, dann redete man ihr zu, doch endlich einmal aufzusitzen. »Nein, nein«, sagte sie und vergrub sich tiefer in ihre Kissen. »Ich will nicht, ich will nicht.«
Nach drei Wochen vermochte sie dem Zureden der Schwiegermut-

ter, des Gatten, des Arztes, der Hebamme und der gesamten Verwandtschaft nicht mehr zu widerstehen. Morgenrock und Pantoffeln wurden bereitgelegt, die herzstärkenden Tropfen entkorkt auf das Nachttischchen gestellt. Marie bekreuzigte sich, betete still ein Vaterunser, dann ließ sie die Beine aus dem Bett gleiten und stand auf. In diesem Augenblick veränderte sich ihr Gesicht. Es wurde rot, dann blaß, Schweißperlen traten auf ihre Stirn. Ihr Augen weiteten sich unnatürlich. Mit einem Schrei: »Ach, meine Kinder!« – sank sie rückwärts und verschied. Ein in ihre Herzkammer verirrtes Blutgerinnsel hatte ihrem Leben ein Ende bereitet.

Diesem unerwarteten und fürchterlichen Zufall entsprach die allgemeine Anteilnahme an Leichenfeier und Bestattung. Zuletzt versammelten sich die von auswärts angereisten und nächstverwandten Trauergäste zu einem feierlichen Mahl.

Weil Frau Josefin die zahllosen Besuche empfangen und an die Bahre geleiten, Briefe und Botschaften abfertigen, kurz, die ganzen makabren Geschäfte allein bewältigen mußte, war die Sorge um dieses Mahl der altbewährten Köchin überlassen. Sie war es, welche die drei für das fröhliche Geburtstagsfest besorgten Truthühner aus ihrem Stall holte. Tiefsinnig bedachte es ihr zu philosophischen Betrachtungen neigendes Gemüt, daß die Hühner an der bitteren Tragödie doch auch ihr Teil mitagiert hatten und daß es deshalb nur billig und gerecht sei, wenn sie bei dem Gedächtnismahl nicht fehlen würden. Also drehte die Köchin den Truthühnern den Kragen um und schickte sie in die Pfanne.

Doch jedermann, der davon zu kosten bekam, gewann bei sich selbst die still-ingrimmige Überzeugung, daß er ein so zähes und saftloses Geflügel noch nie zwischen die Zähne bekommen habe.

## ZWEITES HAUPTSTÜCK

# *Der Witwer*

### *Die Schwäger*

Es sieht beinahe aus, als wäre ein toter Mensch allemal mehr wert als ein lebender«, sagte Doktor Rübsamen, Eduard Rübsamen, Doktor der gesamten Heilkunde und Gatte der Rosine, geborenen Bourdanin; er saß mit seinem Schwager, dem Mann der Sibylle, Cyrill von Schimkowitz, im Besuchszimmer des Kameralamtes. – »Haben Sie es gesehen, Herr Schwager? Der Balthasar war rot wie ein Puter, als sie die arme Marie hinaustrugen, er schnaubte so heftig und seine Stirnadern schwollen so hoch, daß ich schon fürchtete, es werde ihn der Schlag treffen.«

»Na, der Schlag wird ihn ohnehin bald treffen«, versetzte der andere. Er lümmelte langgliedrig mit schlenkernden Gelenken über einer zartgedrechselten Chaiselongue, die unter seiner Last zu wanken schien. Sein Gesicht erinnerte mit dem kurz gestutzten fahl-blonden Backenbart ein wenig an die Physiognomie eines großen gelblichen Katers; ein kleines rundes Feuermal zeichnete sich auf seiner linken Backe ab. »Was wollen Sie, Bester? Der gute Balthasar soll in Ungarn ein tolles Leben geführt haben. Daß er sich dann in der Ehe mit der seligen Marie zu restaurieren suchte, das habe ich ja nie begriffen. De mortuis nihil und so weiter, nicht wahr? und: de gustibus non est disputandum. – Aber die Marie kam mir immer vor wie eine etwas brüchig gewordene Landkalesche, und der Balthasar wie ein allzu feuriger Gaul, und daß, nachdem er sich ihr vorgespannt hatte, die Fahrt im Graben – pardon, im Grabe endete, wen will das wundern?« Und Schimkowitz lachte sich selbst ausgiebigen Beifall.

Der zart gesinnte Rübsamen lächelte säuerlich. Er liebte solche Scherze nicht. – »Die Marie ist eben eine Johann Bourdanin gewesen.«
»Ein Kapitel für sich, diese Familie der Johanniter.« Der Lange reckte sich im Vollbewußtsein seiner zähen Gesundheit. »Seltsame Leute, ohne Saft und Kraft, ausgeblasene Eier. Bin ja nun neugierig, was aus dem Zwillingspärchen wird, das der erlauchten Vereinigung entsprossen ist. Daß sie den Buben wieder Balthasar getauft haben, finde ich ja reichlich abstrus. So schön ist der Name doch wahrlich nicht.« Und abermals beschloß Cyrill seine Rede mit einem gewaltigen Gelächter.
»Mich hat es auch gewundert«, gab Doktor Rübsamen zu, »denn es heißt doch – und die Bourdanins legen auf derlei ansonst Gewicht –, daß der dritte eines Namens seine Mannbarkeit nicht erlebt.«
»Hahaha!« bleckte von Schimkowitz seine großen Beißwerkzeuge. Er ahnte, daß auch des Doktors einfaltsfrommes Gemüt zu abergläubigen Anwandlungen neigte. »Das nenne ich ein köstliches Altweibergeschwätz, echte Hinterwäldler-Idiotie. Sie als Arzt wissen am besten, was es mit solchem Unfug auf sich hat. Aber die Bourdanins, sehen Sie, verehrter Schwager, die fühlen sich nicht als schlichte Bürgerfamilie, die sie doch eigentlich wären; sie fühlen sich als Dynastie. Hören Sie das nur an: Balthasar I., Balthasar II., Balthasar III.! Sie müssen zugeben, diese Terz macht einen geradezu bombastischen Eindruck.«
»Ja«, sagte Rübsamen, »sie halten nun einmal auf Tradition.«
»Und nun wieder diese Idee mit dem neuen Haus«, räsonierte von Schimkowitz weiter. »Als müßte dem eben geborenen Kronprätendenten eine neue Residenz errichtet werden!«
»Bourdanin hat es Marie versprochen«, versetzte Rübsamen. »Sie hat nicht gern im Kameralamt gehaust. Und nachdem sie ihm einen Sohn geboren hat, legte er ihr das Gelöbnis gleichsam als Geschenk auf das Wochenbett.«
»Auf das Sterbebett, wollen Sie sagen. Nun, da Marie nicht mehr ist, so wäre Balthasar seines Gelöbnisses doch glücklich ledig?!«
»Da kennen Sie den Rittmeister aber schlecht«, erwiderte Rübsamen. »Der hält, was er einmal versprochen hat. Das liegt den Bour-

daninschen so im Blut. Ehrenmänner sind sie vom Scheitel bis zur Sohle.«
»Aber seltsame Patrone«, warf der von Schimkowitz ein.
»Seltsame?« sagte Doktor Rübsamen. »Ja, vielleicht seltsame. Bei ihnen läuft alles auf das Besondere hinaus. – Sie haben den ersten Balthasar nicht gekannt, mein Bester. Das war – ich kann es nicht anders sagen – eine in ihrer Art verehrungswürdige Gestalt.«
Der von Schimkowitz hob die Brauen und schob die Unterlippe vor zum Zeichen dafür, daß er die Verehrungswürdigkeit aller Gestalten der Vergangenheit, der Gegenwart und der Zukunft für äußerst fragwürdig halte. »Pah«, sagte er. »Wenn einem das Glück gleich scheffelweise durch den Schornstein fällt, kann man leicht verehrungswürdig sein – oder nicht? Der alte Bourdanin, er hätte sich ja mit Dukaten ausstopfen lassen können.«
Rübsamen schwieg.
»Na, Geld ist Geld«, fuhr der von Schimkowitz fort. »Aber ein bißchen stinkt es immer.«
»So?« tat Rübsamen. Er warf einen Seitenblick auf den Schwager. »Ich wußte nicht, daß Sie so idealistisch sind.« Von Schimkowitz lief das Gerücht um, daß er, nachdem er Sibylle geehelicht, nur von ihren Zinsen und Einkünften lebte.
Schimkowitz überhörte des Doktors spitze Bemerkung. »Sagen Sie mir, bester Rübsamen, da war doch dieser mysteriöse Glücksfall mit dem Los. Man sagte mir, der alte Bourdanin habe nicht in der Lotterie gespielt. So hat er das Los wohl gar nicht gekauft? Hat man das je gehört, daß einer nicht kauft und doch gewinnt? Da sitzt doch irgendwo ein Häkchen, nicht?«
»Da sitzt kein Häkchen, lieber Schwager«, versetzte Rübsamen. »Nicht das kleinste Häkchen! Es ging ganz ordentlich zu mit dem Los und mit dem Gewinn, wenn auch so merkwürdig wie vielleicht kein zweites Mal in der Geschichte der Staatslotterie. Balthasar Bourdanin war in seinem Geschäft; da kam eines Tages ein Agent und drang ihm ein paar Lose auf: zum Wiederverkauf oder wie man sagt, in Kommission. Bourdanin bezahlte und brachte die Lose alle an den Mann, bis auf eines, das sich in irgendeiner Schublade verkramt hatte. Schon hat Bourdanin die Sache vergessen. Da trifft die Nachricht ein, in Wien

sei der Haupttreffer gezogen worden, der einmalige Staatsgewinn von hunderttausend Gulden. – Jeder, der ein Los gekauft hat, glaubt, daß es das seine ist. Aber keiner hat die Glückszahl, keiner kann sich mit dem rechten Los melden. Hunderttausend Gulden liegen in Wien bereit – man hält Umfrage, man setzt ins Tageblatt, man schlägt an den Rathäusern an, vergebens. Im Gasthaus stecken die Leute die Köpfe zusammen und beraten den merkwürdigen Fall. Der Balthasar Bourdanin sitzt auch dabei und hört sie palavern. Auf einmal zuckt etwas in ihm auf, er legt seinen Groschen still auf den Tisch und geht hinaus. Draußen ist sternklare Nacht, Bourdanin spaziert durch die Stadt, er macht einen Umweg, steigt zum Fluß hinunter, steht auf dem Steg und weiß: er hat das große Los daheim.«

»Außerordentlich poetisch«, sagte der Schimkowitz. »Aber woher wissen Sie denn das alles so genau?«

»Von Rosinchen, meiner Frau«, antwortete der Doktor. »Der alte Balthasar hat es seinen Kindern oft erzählt, zur Belehrung, denn er meinte, in jener Nacht habe er es bei sich überlegt, ob er sich zu dem Glückslos bekennen solle oder nicht. Das viele Geld, das habe er gewußt, sei auch eine große Versuchung.«

»Er habe es sich überlegt!« rief Schimkowitz und klatschte sich auf die Schenkel. »Köstlich, Rübsämchen, Sie sagen das mit einem tödlich ernsten Gesicht. Er beschloß natürlich, sich zu bekennen, der alte Balthasar. Möchte den wohl sehen, der sich anders entschlossen hätte.«

»Möglich«, sagte der Doktor verschnupft, »möglich, daß das keiner zuwege gebracht hätte. Aber ein anderer wäre gerannt und hätte den Wisch brüllend über den Stammtisch geschwenkt.«

Schimkowitz zuckte die Achseln. »Und die Frau?«

»Nun, Sie kennen unsere gemeinsame Schwiegermama. Eine prächtige Dame! Sie hat deshalb keinen Strumpf verkommen und keinen Suppenrest wegschütten lassen. Aber als der Mann davon sprach, daß er seinen Besitz hier verkaufen und nach Wien ziehen könnte, weil sich ihm dort große Aussichten boten, da fiel sie ihm zu Füßen und flehte ihn an, er möge doch bleiben.«

»O Gott! Die ängstliche Provinz!«

»Spotten Sie nur«, sagte Rübsamen. »Die Kleinstadt hat auch ihre Meriten.«

»Gewiß«, sagte Schimkowitz. »Wie sagt Caesar? Ich will in einem Dorf lieber der Erste als in Rom der Zweite sein. Und sie waren ja auch hier die Ersten, die Bourdanine aus dem Kameralamt. Sie haben die anderen, die Johanniter aus der Dominikanergasse, hübsch an die Wand gedrückt, die blieben dort sitzen in ihrem Gemäuer, sie reisten nicht vierspännig nach Wien und wurden nicht bei Hof empfangen. – Wie war das doch, lieber Schwager? Das Los gehörte nur *einem* Bruder?«
»Ja, *einem* Bruder«, sagte der Doktor, »wie denn anders?«
»Verzeihen Sie, wenn ich der Sache auf den Grund zu gehen versuche«, sagte Schimkowitz und rückte vertraulich näher. »Hat der alte Balthasar das Los als Privatmann oder hat er es als Besitzer der Firma Bourdanin gekauft?«
»Was wäre denn da für ein Unterschied?« fragte Rübsamen.
»Hat er es als Privatmann gekauft«, antwortete von Schimkowitz, »gehörten ihm Los und Gewinn allein. Hat er es als Inhaber der Firma gekauft, hätte er mit seinem Mitinhaber, seinem Bruder, teilen müssen. Ist das klar?«
Rübsamen schwieg einen Augenblick betreten. »Ja«, stotterte er dann, »das habe ich mir noch nie überlegt.«
»Nun sehen Sie«, sagte Schimkowitz, »hunderttausend sind allemal mehr als fünfzigtausend, und dem guten Johann ist es gewiß nicht eingefallen, Lärm zu schlagen.«
»Aber lieber Schwager«, Rübsamen hatte sich erhoben. »Was setzen Sie da für einen Gedanken in die Welt? Bourdanin war ein Ehrenmann, er hat seinen Bruder reichlicher als reichlich versorgt. Johann lebte mit seiner Familie wie die Lilien auf dem Felde. Dem Älteren, Balthasar, ist alle Arbeit geblieben, alle Last hat er allein getragen. Er war für die Seinen ein wahrer Christophorus.«
»Das haben Sie hübsch gesagt«, antwortete Schimkowitz. »Aber da kommt Rittmeister Balthasar Bourdanin der Jüngere. – Willkommen, Allerverehrtester«, rief er aufspringend. »Wir singen seit Stunden das Lob Ihrer Familie. Es geht nichts über eine solide Bürgerlichkeit. Was haben wir armen Edelleute gegen sie auszurichten? Der Bürgerstand ist der neue Adel.«

## *Das Haus der Atlanten*

Balthasar Bourdanin hatte sich seit dem Tod seiner Frau sehr verändert. Er war bleich, abgemagert, er sah gealtert aus. Überflüssig zu sagen, daß er Trauer trug. Sein Gram hatte etwas Verbissenes; er *wollte* sich grämen.

Er haßte sich selbst, weil ihm die Gabe der Tränen versagt war. Sogar in dem schrecklichen Augenblick, in dem Mariens Sarg geschlossen, sogar als die schwarze Truhe in die Grube gesenkt wurde, selbst damals war sein Blick trocken geblieben und sein Herz wie ein Klumpen Blei in der Brust. Jetzt waren seine Augen rot gerändert. Das aber kam nicht vom Weinen, sondern daher, daß er sich nächtelang keinen oder nur wenig Schlaf gönnte; er ging in der Stube umher, in der Marie gestorben war, und zwang sich immer wieder die Szene vor das innere Gesicht: wie er sie hatte stürzen sehen, mit verdrehten Augen rücklings gleitend. »Nimm dich zusammen!« hatte er gerufen. Und gleich darauf war sie erloschen.

Artig – wie immer gegen Fremde – reichte er jetzt seinen Schwägern die Hand. Er bat um Verzeihung, daß er sich verspätet habe; durch dringende Geschäfte sei er aufgehalten worden.

Nachdem er ihnen ein Glas Portwein eingeschenkt und eine Zigarre angeboten hatte (er selbst schloß sich seit Mariens Tod fast immer von solchen Genüssen aus), begann er von seinem Anliegen zu sprechen.

Er gehe wohl nicht fehl, sagte er, wenn er vermute, daß die Kunde von dem Plan eines neuen Hauses schon zu ihnen gedrungen sein werde.

»Ein Gelöbnis, höre ich«, antwortete Schimkowitz, »eine Art religiöser Verpflichtung.«

Bourdanin runzelte die Brauen. Er komme eben von seinem Baumeister, man könne sagen, von seinem Bau*künstler*. Der Auftrag sei erteilt.

Und wo, fragte Doktor Rübsamen, solle das neue Gebäude zu stehen kommen?

Das eben sei der Casus, sagte der Rittmeister, betreffs welchen er sie beide nicht nur um ihren Rat, sondern sogar um ihre Erlaubnis bit-

ten müsse. Denn er habe an die Parzelle gedacht, die, nahe dem Kameralamt, an die geplante Jagemannstraße grenze; die Parzelle stoße an der einen Seite an Rübsamens und auf der anderen an Schimkowitzens Grund. So erbitte er sich ihrer beider Zustimmung.
»Aber mein lieber Balthasar«, sagte der Doktor, »es wird mir zur Ehre gereichen, was kannst du denn anderes denken?«
Schimkowitz spitzte den Mund. »Aha, ich verstehe, hier wird Fronde gemacht gegen die alte Stadt.«
»Fronde? Wieso?«
Schimkowitz landete seine Pranke auf der Schulter des Rittmeisters. »Bravo, bravissimo! Man will sich nicht zuvorkommen lassen! Man setzt sein Haus an einen imaginären Boulevard und hat die Lehmwüste und Schafweide damit zum künftigen Wohnviertel der städtischen Nobilität gemacht. Was Rittmeister Bourdanin tut, hat höhere Bedeutung. Es lebe der neue Stadtteil, es lebe die neue Zeit, es lebe die neue Baukunst!«
Darin hatte Schimkowitz recht: der Platz, den sich der Rittmeister für den Neubau erwählt hatte, lag außerhalb der städtischen Siedlung auf noch ganz ländlichem Grund. Da waren Wiesen, alte Ställe und Scheunen. Da lief ein von Karrenspuren zerpflügter Lehmweg, den die städtischen Herden allabendlich heimwärts wandelten; ein Brünnlein floß in der Nähe, daraus sie sich tränkten. Auf einem Sandsteinsockel verwitterte das Bild der Heiligen Dreifaltigkeit. Die einst vergoldeten Strahlenkränze waren bis auf wenige Reste und die Flügel des Heiligen Geistes waren zur Gänze abgebrochen. Das Kniebänklein vor dem heiligen Bild stand unbenutzt seit vielen Jahren.
Auf solchem Grund wollte also Bourdanin ein Haus bauen. In keiner Weise sollte es etwa der armseligen Sorte gleichen, aus welcher die Altstadt bestand, Gasse an Gasse. Verächtlich blickte man damals auf ungeschmückte Fassaden, auf krumme Mauern, die einstmals, als man es eben noch nicht besser verstand, von ungebildeten Maurern zusammengepfuscht worden waren. Heute verfügte man über ganz andere Meister; sie hatten nicht nur daheim ihr Handwerk gelernt, hatten vielmehr auf den Hohen Schulen studiert, in Prag, in Wien, vielleicht sogar in München, wo die neue Baukunst

ganz königlich fortschritt. Sie hatten von dort große Mappen mitgebracht, in denen Geschmacksmuster von allen Völkern und Zeiten zur Auswahl standen. Fein, mit spitzigsten Bleistiften, waren die Muster gezeichnet, Schliche und Ränke waren den fernstvergangenen Stilepochen abgeguckt. Rundbogen und dräuend gebündelte Pfeiler wie an alten Pfalzen und Domen liehen ein Ansehen von Kraft, Grimmigkeit und urgermanischer Geradheit; das feine Zierwerk venezianischer Palazzi weckte den Eindruck leichter Grazie; von kaiserlichen Palästen abkonterfeite Löwen und Adler stritten mit griechischen Karyatiden um den größeren Effekt.
Kein Wunder daher, daß Herr Rittmeister Bourdanin stundenlang vor den Mustermappen seines Baumeisters sitzen mußte. Es war nicht nur die Wahl, welche ihm Qual verursachte, sondern auch der Umstand, daß die meisten der dargebotenen Stilarten in dieser oder jener Form von einem Mitbürger schon beschlagnahmt worden waren: so hatte der reichgewordene Bäcker Slezak seinen uralten Kasten in der Sachsengasse barock ausstaffiert, so hatte ein zu Geld gelangter Messerschmied einen gotisierenden Turm in die Mansfeldová gezwängt. Nur die Renaissance fand Bourdanin noch unbesetzt; ihr markig-kühnes Wesen zog sein Herz mächtig an, ihr halb prächtiges, halb gestrenges Schmuckwerk lachte ihm wie mit verwandten Zügen in die Seele.
So konnte er es kaum erwarten, daß die Bauarbeiten in Gang kamen. Immer wieder trieb er sich rund um das Grundstück herum, am liebsten hätte er selbst Pickel und Schaufel ergriffen, um den Rasen für die Baugrube abzustechen. Fast unleidlich war es ihm, tatenlos zuzuschauen, wie gemächlich sich die Baraber bewegten. Kaum hatten sie ein paar Griffe getan, ließen sie ihr Werkzeug ruhen und bliesen sich in die roten Hände. Um sie anzueifern, ließ ihnen der Rittmeister Bier und Würste bringen, und immer wieder Bier und Würste, bis er merkte, daß auch dies ihren Eifer nicht erhöhte. So gab er auf und kehrte in seine Wohnung zurück. Dort suchte er in seinen gewohnten Tätigkeiten Zerstreuung, im Schachspiel, in der Mathematik und der Lektüre von Kriegsbüchern.
Als Mann von Prinzipien liebte er die drei Disziplinen: das Spiel, weil es Kombinatorik verlangte; die Rechenkunst, weil sie den Geist

zu großen Höhen führte, und die Kriegswissenschaft, weil er sich einbildete, man müßte die Formel des sicheren Sieges, das Geheimnis der unverlierbaren Schlacht, ergrübeln können.
Aus vielen Büchern zog er Notizen und schrieb, wenn er in den Texten einen Fehler entdeckt zu haben glaubte, geharnischte Repliken. Doch da die Autoren meist schon entweder verstorben oder von höherem militärischen Rang gewesen waren, verzichtete er darauf, seine Protestschreiben zu verschicken, sondern verschloß sie in die Schubladen seines Schreibtischs.
Die besten Stunden seines Tages aber war der Morgen. Nachdem er sich mit eiskaltem Wasser gewaschen hatte, bestieg er Aladin, seinen sorgfältig gepflegten und gehätschelten Rappen. Das Pferd, das aus einem berühmten Gestüt stammte, war auf einen ausdauernden flotten Trab trainiert. Es trug seinen Herrn täglich weit hinaus ins flache Land. Oft erklomm es ein im Westen der Stadt gelegenes kleines Felsengebirge, auf dessen schmalem Grat man wunderbar frei und waghalsig dahinreiten konnte. Man blickte in das Tal hinab, auf den geschlängelten Fluß, auf das demütig zusammengedrängte Häuflein Häuser; mitleidig und halb verächtlich sah der Rittmeister auf die emsig rauchenden Kamine, auf das dampfumwölkte Gelände der Eisenbahn; im Herzen lebte ihm ein Begriff von alter Freiheit, Größe und ritterlichem Geist, eine Sehnsucht nach Unnennbarem.
Aber seit seiner Eheschließung und noch mehr seit dem Erscheinen der Zwillinge war dem Rittmeister ein guter Teil dieser männlichen Vorlieben und Genüsse verkümmert worden. Freilich hatte Frau Josefin nach Mariens Tod das Pärchen zuerst in ihre eigenen Zimmer schaffen wollen. Dem aber hatte er sich widersetzt und hatte eigensinnig darauf bestanden, daß die Säuglinge im Bannkreis seiner väterlichen Gewalt blieben. Also war neben seiner Stube die Kinderstube eingerichtet worden, und dort schrie nun sein Sohn Balthasar, und mitunter fiel die Schwester, das Margaretchen, mit ein. Das gab, wie es in der Natur der Sache liegt, ein herzliches Duett. Es war den Ohren des Vaters nicht immer erfreulich, er riß die Tür auf und donnerte nach den Weibern.
Nun waren die ja meist schon längst um die Schreihälse versam-

melt, hatten je ein Bündel auf den Arm geladen und wanderten damit summend und tänzelnd auf und ab. Oder es wurden dampfende Säckchen bereitet und auf die kleinen Bäuche gelegt, oder es wurde eine Wanne mit Wasser gerichtet, aber auf alle Fälle wurden Windeln und Wickelbänder umhergeschleudert, Puderbüchsen geschwungen und ein mächtiges Feuer im Ofen unterhalten. Der Herr Vater stürzte sich in die Verwirrung, ratlos selbst, aber ergrimmt; er schrie die Weiber an, sie sollten ihre Sache besser machen, aber die Kinder schrien den Vater nieder. Mitten in dem Tohuwabohu saß die Amme, ein feister Buddha mit mandelförmigen träumerisch-feuchten Augen, sie saß wie ein Fels im brandenden Meer, ein heiliges Eiland. Sie durfte nicht angefahren, durfte nicht in Tätigkeit versetzt, durfte in keiner Weise erregt werden; das einzige, wozu sie berufen war, bestand darin, daß sie von Zeit zu Zeit ihr ungeheures Miederleibchen aufnestelte und den Quell des Lebens darreichte.
Diese erste Zeit nach dem Tod seiner Frau fand Balthasar Bourdanin oft in seltsamen Gedanken. Er versuchte sich vorzustellen, daß Marie hier hätte hausen und regieren, daß sie sich hätte als Herrin über alle diese Widerwärtigkeiten erweisen sollen; nachts, statt zu schlafen, hätte sie wachen und wiegen und umherlaufen und die kleinen Racker zur Ruhe bringen sollen. Balthasar Bourdanin dachte, daß Marie dies nie und nimmer vermocht hätte und daß sie sich – rein aus Furcht vor allen diesen Strapazen – lieber ganz still und sacht aus dem Leben gedrückt hatte. So war sie billiger davongekommen, dachte der Mann bei sich, und er empfand beinahe einen Groll auf die Davongegangene, die ihn mit dem Weiberchor und mit dem Fettgebirge von einer Amme so schmählich hatte sitzenlassen.
Indessen wuchs das Haus in der Jagemannstraße, und nach Jahresfrist konnte der rittmeisterliche Haushalt umquartiert werden. Das Haus war prächtig geraten, vor allem seine Schauseite war jedenfalls bemerkenswert: der Sockel in rauher Rustica, die oberen Stockwerke mit glasierten Backsteinen überzogen, darüber ein mächtiger Architrav, mit Balusträdchen aus Sandstein besetzt. Doch das Schönste war zweifellos die Loggia im ersten Stockwerk; die Loggia war es ge-

wesen, die dem Rittmeister auf den Plänen seines Baukünstlers am meisten ins Auge gestochen hatte.
Zwar: wozu sollte sie dienen? Von Loggien ihrer Paläste sprechen Herrscher und Päpste zu ihren Völkern. Zu wem wollte der Rittmeister von der seinen sprechen? Es war auch nicht denkbar, eine solche Loggia zu häuslichen Verrichtungen – wie Wäschetrocknen oder Teppichklopfen – zu benützen; Gott bewahre! Das wäre mit der Würde eines solchen Bauteils nicht zu vereinen gewesen, denn unter ihr standen, das Haustor beidseitig flankierend, zwei Giganten, atlantische Jünglinge mit grimmig ernsten Gesichtern und hochgestemmten Armen, an denen bedeutende Muskelpakete hervortraten und die die Loggia zu tragen schienen; zu tragen *schienen,* denn die Grimmigen waren weder aus Stein gehauen noch aus Bronze gegossen, sondern nur aus einer gipsartigen Masse verfertigt und damit innen hohl.
Immerhin: sie waren die Wächter des Hauses – und blieben es auch und wurden mit ihm treulich alt und schwarz, schwarz von dem Ruß, der in späteren Jahrzehnten in dichten Schwaden durch die Lüfte zog.
In jenen Tagen waren die Lüfte freilich noch unschuldig rein und von ländlichen Gerüchen durchwittert. Weil die neue Straße noch nicht angelegt, sondern vorerst nur in den Plänen der Stadtbaumeister eingezeichnet war, klaffte zwischen Weg und Haus ein lehmiger Abgrund, und man mußte über ein hölzernes Steglein balancieren, um zum Portal der atlantischen Jünglinge zu gelangen.
Der Flur war puritanisch schlicht und kahl. Als ein Mann des Verstandes und der Moral hatte Herr Bourdanin statt irgendwelcher üppiger Malereien nur drei Sinnsprüche auf die weißgekalkten Wände pinseln lassen. »Üb immer Treu und Redlichkeit!« lautete der eine, »Arbeit ist des Bürgers Zierde« der andere, in die Mitte aber hatte der Bauherr die Devise malen lassen: »Lieber tot als Sklav.«
So richtete sich der Rittmeister mit den Seinen in dem neuen Hause ein. Aber nur zu bald mußte er einsehen, daß der Umzug in eine neue Wohnstätte nicht zugleich ein Umzug in ein besseres Dasein ist; daß Tücken und Schwierigkeiten nicht nur in die neue Umge-

bung mit übersiedeln, wie gewisse Arten blutsaugerischer Ungeziefer es tun, sondern daß uns das ersehnte Gebäude sogar mit einer ganzen Menagerie anderer, noch ungekannter Plagen empfangen kann.

Schon die steil gewundene Wendeltreppe bereitete Mühen und Fährlichkeiten. Schlimmer war es, daß die Wohnung des ersten und zweiten Stockwerks, statt mit einer, gleich mit drei Türen auf den Treppenflur mündete. Der Plan des Hauses, das Genie dieses Planes, beruhte auf dem Einfall der dreifachen Öffnung: denn die eine der Türen, so hatte der Baukünstler gedacht, sollte der Herrschaft, die zweite dem Dienervolk, die dritte aber dem heimlichen Gaste dienen, damit auch er ungesehen und ungehört Einschlupf finden könnte. Im ersten Überschwang bauherrlicher Begeisterung hatte der Rittmeister diesen Plan gebilligt. Jetzt aber fand er ihn bald unglücklich genug. Denn er mußte nun statt eines Schlüssels deren drei führen, handhaben und verwahren; stets war zumindest einer verwechselt, verlegt, entliehen oder sonstwie verloren. Wer will auch, ist er auf fremder Leute Hilfeleistungen angewiesen, Mißbrauch und Unterschleif verhindern und die Ehre des Hauses bewachen, wenn die eigene Wohnung drei Türen hat? Darum ergriff Herr Bourdanin kurze Zeit nach seinem Einzug einen Hammer und nagelte mittels einiger langer Eisenstifte zwei von den drei Ausgängen kurzerhand zu.

Damit war dem Leiden noch kein Ende gesetzt.

Der Rittmeister war in die Wohnung des ersten Stockwerks gezogen, in die *Prunkwohnung,* wie sie der Baukünstler ruhmredig nannte. Er hatte sie mit allen möglichen Zieraten versehen, die Flächen der Wände mit Pilastern und Nischen unterbrochen auch einen marmornen Kamin gesetzt, der in keinen Schornstein mündete. Man kann sich denken, daß die so ausgestatteten Räume, als man sie nicht nur bewundern, sondern auch bewohnen wollte, sich für diesen Zweck ziemlich untauglich erwiesen. Es war kein Platz vorhanden für Schränke, Betten, Kommoden. In die Nischen hätten sich zum Beispiel allerlei erbauliche Figuren fügen lassen, nicht aber simple Kleiderhaken oder ähnliches unpoetisches, aber unentbehrliches Gerät.

Das Mobiliar, das sich im Kameralamt bescheiden und anmutig ausgenommen hatte, fand hier in der Prunkwohnung – trotz deren Größe – keinen rechten Platz. Dazu rauchten die Öfen, wollten die Fenster nicht schließen, und auch die Küche taugte dem Weibervolk wenig; es klagte, daß es die Füße auf dem steinernen Boden strapaziere, klagte auch noch über Zugluft und Kälte, denn aus der Küche führten zwei Türen ins Freie, ein Pförtchen auf einen eisernen Balkon und eines auf die Pawlatsche.
Was eine Pawlatsche ist, weiß jedermann, der einmal in Böhmen oder in Wien gewesen ist. Sie ist ein Gang, der, verglast oder unverglast, die Rückseite des Hauses entlang führt, ein luftiger Aufenthalt, im Winter eine Eisgrube. Die Pawlatsche ist der Ort, an dem man die Kleider klopft, die Betten sonnt, die Schuhe reinigt. Sie stellt den Zugang zu jener stillen Örtlichkeit dar, welche wir nicht näher bezeichnen müssen. Nun zeigte es sich aber gleich nach Bourdanins Einzug, daß der Herr Baukünstler jene Örtlichkeit rein vergessen hatte. Zum erstenmal wurde der Rittmeister an seinem Künstler irre, verlor die Geduld und nannte ihn einen Einfaltspinsel. So wurde dieser Teil des Hauses nachher in Eile noch aufgestellt, fiel aber, wie alles, was zu einem fertigen Ganzen hinzugeflickt wird, ungeschickt genug aus, indem er so weit von den bewohnten Gemächern lag als nur irgend möglich und nur durch eine mäandrisch gewundene, viele Türen passierende und im Winter höchst abkühlsame Reise zu erreichen war. Diese Widerwärtigkeiten ertrug Rittmeister Bourdanin als abgehärteter Kriegsmann mit stoischem Gleichmut.
So wäre er wahrscheinlich aller Unbill zum Trotz doch für sein Lebtag in dem ersten Stockwerk sitzengeblieben, wenn sich in seiner Lebensbahn nicht damals schon eine Wendung vorbereitet hätte, der er nicht anders begegnen zu können meinte, als daß er aus der fürstlichen Etage in die höhere, aber bescheidenere übersiedelte.
Dieser Umzug geschah, wenn auch nicht unter der Leitung, so doch unter der stillen Mühewaltung einer zweiten jungen Frau Bourdanin, der anderen Marie.

## *Der Witwer*

Die Witwerschaft eines Mannes, der in den besten Jahren steht und noch dazu zwei kleine Kinder hat, ist ein seltsamer Stand. Zwar bejammert jeder sein Unglück, zugleich ist aber jedermann überzeugt, daß dieses Unglück nicht dauern könne und daß er alles dazutun müsse, eine rasche und gründliche Wendung herbeizuführen.

Das erfuhr auch Balthasar Bourdanin. Schon am dritten Tag nach Mariens Begräbnis sagte seine Mutter zu ihm: »Das eine, mein Lieber, kann ich dir sagen: du wirst wieder heiraten müssen, und zwar bald.«

»Erlaube mal!«

»Du hast zwei kleine Kinder, und du wirst erst merken, was das heißt.«

»Ich habe eine Mutter, hoffe ich«, erwiderte der Sohn.

»Ach.« Die Riesin lächelte traurig. »Ich bin schon alt, wer weiß, wie lang ich's mache.«

»Dann werde ich eben Dienstboten mieten.«

»Dienstboten? Mit Dienstboten zieht man Kinder nicht groß. Eine Mutter brauchen sie, und du, Balthasar, brauchst eine Frau.«

Der Rittmeister zuckte verächtlich die Achseln. Er sollte eines Weibes bedürfen? Lächerlich.

Aber die Umstände schienen sich gegen ihn zu verbünden. Nachdem Frau Josefin bedeutet hatte, daß sie sich zu alt fühle, die Aufzucht der Enkel zu bewältigen, hatte es sich der Sohn in den Kopf gesetzt, die Zwillingswirtschaft in das neue Haus gleich mit zu übersiedeln. Dort wurde sie in dem sogenannten »letzten Zimmer« eingerichtet.

Dieses Zimmer war hinter einer der vernagelten Türen gelegen und nur durch die mäandrisch gewundene Flucht aller anderen Gemächer zu erreichen. Nun aber weiß jeder, der kleine Kinder aufgezogen hat, daß immerfort irgend etwas für sie gekocht, gewärmt, gewaschen, ausgeleert, getrocknet oder anderweitig zubereitet werden muß. Der Ort dieser Zubereitungen ist in unserem Falle die nur nach Durchquerung beinahe sämtlicher Gelasse erreichbare Küche. Wer mag sich wundern, daß in der ganzen Wohnung ein unaufhör-

liches Hin und Her, ein Trippeln und Rennen, ein Huscheln und Tuscheln herrschte, Weiberröcke über Dielen fegten, daß Türen flogen? Der Rittmeister saß an seinem Schreibtisch, aber immerzu blies ihm der Zugwind in den Nacken, immerzu war hinter ihm dieses Knistern und Rascheln, als wären nicht nur drei Weiber um zwei kleine Kinder beschäftigt, sondern als führe eine ganze Heerschar unseliger Geister und eine Unzahl Mäuse dazu rastlos aus und ein; der Kopf quoll ihm von dem Treiben. Und sprang er einmal auf und schrie, es müsse doch endlich einmal Ruhe werden, zum Donnerwetter, dann begegnete er gekränkten Blicken und vorwurfsvollen Mienen. Baruschka, die im Dienste des Hauses ergraute Magd, maulte, es seien doch *seine* Kinder, welche zu betreuen so mühselig sei, er möge das nicht vergessen.
Trotz aller um ihretwegen verursachten Bewegung widerfuhr den Kindern doch immer wieder irgendein Unfall. Einmal zertrümmerte der Knabe seine Milchflasche und schnitt sich in die Finger. Ein anderes Mal patschte das kleine Mädchen vom Wickeltisch kopfüber auf den Boden. Zehn andere Male geschahen jene Malheurs, welche in Kinderstuben unausbleiblich sind, aber eine Menge Gejammer, übler Gerüche und ausgedehnter Säuberung zur Folge haben. Eine Kette von Fatalitäten stellte sich mit dem Zahnen ein. Dann wieder wurden die Kinder von Ausschlägen befallen, die man durch Bäder und Salben zu bekämpfen suchte. Alle Tage drang ein Schwall neuer Ratschläge auf den Rittmeister ein. Jedermann wußte für jedes Übel andere Mittel anzupreisen, Parteien bildeten sich für diese und jene Kur, die Parteien bekämpften einander, und der Vater sollte schiedsrichterlich zwischen ihnen entscheiden.
Das alles hätte den Rittmeister binnen kurzer Zeit mürbe und verdrossen machen können. Nichts untergräbt doch die heroischen Entschließungen gründlicher als eine Reihe lächerlicher Mißhelligkeiten. Dennoch blieb Balthasar Bourdanin in Treuen fest bei seinem Vorsatz – bis zum Frühling.

Noch immer herrschte die Amme in der Kinderstube, die Schwerlötige, die schon vor Jahresfrist im Kameralamt gesessen hatte.

Nicht mehr freilich hatte sie ihres einzigartigen Amtes zu walten, denn die Kleinen waren längst andrer Kost zugeführt worden. Doch sie erfreute sich nach wie vor eines fast mythischen Ansehens, wie damals, als sie, eine Art heiliger Götterkuh, die lebenspendenden Quellen gehütet hatte.
Jetzt, da die Sonne des erneuerten Jahres mit jedem Tage lockender und wärmender schien, pflegte sie die Zwillinge auszufahren. Meist war sie zu bequem, sich großer Plage zu unterziehen, sie setzte die Kinder in einen breiten Kastenwagen und schob sie bloß in den Garten hinab.
Der Garten war eine mit mageren Zwetschgenbäumen bestandene Wiese, die sich wohl an die dreihundert Schritte gegen den Hof des Kameralamtes hinzog. In seiner Mitte befand sich die Mulde eines ausgetrockneten Gänsetümpels. Nebenbei stand eine Bank; auf dieser liebte die Amme zu sitzen. Die Kinder krochen in ihrem Wäglein herum und wollten gefahren sein, allein die Wärterin gab nicht acht auf sie, gähnte und räkelte sich und verfiel lieber in einen kleinen Schlummer.
Die Kinder waren groß gewachsen, ein wenig dick und ein wenig bleich, auf ihrer beider Stirnen hatten sich die kleinen Höcker gebildet, welche die englische Krankheit anzeigen. Das Knäblein hatte drüber einen dichten Schopf brauner Locken und darunter ein Paar aufgeweckter und glänzender Augen, die dunkelbraun und von einem Strich schwarzer Wimpern umsäumt waren. Sein Mund war nicht hübsch, seine Nase breit, aber wenn es die Augen aufschlug, strahlte ihr Blick aus einer frühgeweckten Seele wie aus einem tiefen goldenen Grund. Jedermann hatte den Knaben lieb, und das Mädchen neben ihm hatte es schwer, an der Seite dieses Bruders zu bestehen. Das jedoch focht es unterdessen noch nicht an, es war sanft und still und lächelte jedem so freundlich zu, daß sein Lätzchen immer ganz vollgetrenzt war. Auch heute hätte es sich vielleicht damit zufriedengegeben, daß das Wäglein stillestand, aber der Knabe wurde rebellisch und rüttelte an seinem Behälter. Das Wäglein setzte sich in Bewegung, und weil der Boden an dieser Stelle ein wenig abschüssig war, rollte es und rollte immer schneller der Mulde des ausgetrockneten Gänsetümpels zu.

Dort tat es einen Knacks, ein Rad war abgebrochen, das Wäglein stürzte um. Die Kinder, welche sich erhoben hatten, fielen kopfüber in den Morast.

Die Amme fuhr empor und starrte mit runden Augen auf das zappelnde Durcheinander. Dann erhob sie sich, so rasch als sie in ihrer Schwerlötigkeit vermochte, und watschelte eilends dahin. Sie zog den Knaben an den Beinen heraus und dann das Mädchen, es währte einen Augenblick, bis sie zu schreien anhuben, aber dann war es ein wahrhaft ungeheures Gebrüll, das sie ausstießen, indem sie mit allen ihren Gliedern hilfesuchend und verzweifelt umherruderten. Und zugleich schoß ihnen das Blut über die schlammverschmierten Gesichter.

»Ježiš Maria! Mlčte, děti! Jesus Maria! Kinder seid still!«

Die Amme spähte angstvoll um sich und wollte mit ihrer Last hinter den Heckenrosen verschwinden, doch es war schon zu spät. Einen Stock schwingend, glühend vor Zorn, gleich einem rächenden Gott, erschien der Vater am Gartentor. Er hatte von der Pawlatsche aus den Unfall wahrgenommen, hatte den Stock seines Großvaters, des gestrengen Josefus, ergriffen (der eine Reliquie war in der Familie Bourdanin) und war, das Werkzeug der Strafe schwingend, die Treppe herabgeeilt. So brauste er auf die erstarrende Amme zu. Er gebot ihr, die Kinder niederzustellen, und klopfte ihr, nachdem sie es getan, den roten gefältelten Überrock samt allen weißen gestärkten Unterröcken aus. Die Amme schien in eine Salzsäule verwandelt, setzte sich aber dann mit langen wogenden Sprüngen in Bewegung und floh heulend dem Hause zu. Da stand der Rittmeister allein mit dem Stock in der Hand, und seine beiden Kinder saßen zu seinen Füßen und schauten der entwichenen Wärterin, der auf so plötzliche Weise entzauberten Götterkuh, aus staunenden Augen nach. Aber gleich erhoben sich wieder ihre Stimmen. Der Vater mußte sich ihnen zuwenden, den Stock unter den Arm klemmen und sie aufheben, den blutenden Jungen und das gleichfalls blutende Mädchen, und Blut und Schlamm und Tränen flossen einträchtig über sein Gilet.

Wohin sollte er sich wenden?

Er kehrte seinem Haus den Rücken und schritt auf das Kameralamt

zu, obwohl ihm im Augenblick einfiel, daß er dort heute niemanden antreffen werde, weil Frau Josefin und seine Schwester Franziska und alles Gesinde zum Markt gegangen waren. Doch in einer verzweifelten Lage erkühnt sich der Mensch, auch auf das Unmögliche zu hoffen, und Rittmeister Bourdanin mochte meinen, er sei eben in eine verzweifelte Lage geraten, und es sei ausgeschlossen, daß niemand von den Seinen daheim sein werde, da er ihrer Hilfe so dringend bedurfte.
Indessen fand er die Türen wirklich verschlossen, er mochte an den Glockensträngen zerren und gegen die Scheiben donnern, es blieb totenstill in den verlassenen Räumen. Ächzend setzte der Mann die beiden Kinder auf ein niederes Fensterbänkchen und ging anderwärts Hilfe suchen. Aber auch jetzt schien ihm das Glück nicht hold. Erst nach geraumer Zeit traf er den Hausknecht, ein altes Männchen, das gewiß ebenso ungeschickt war wie er selbst, das verunglückte Geschwisterpaar wiederherzustellen. Dennoch brachte er den Alten mit. Aber seltsamerweise war, als sie das Kameralamt betraten, das Gezeter verstummt, sie fanden das Plätzchen leer, worauf die Kinder gesessen. Schon vermutete der Rittmeister ein neues Unheil, und schon wollte ihm der Zorn frisch emporschwellen: da passierten die Männer an der Halikschen Wohnung vorbei, der Hausknecht blieb stehen, hob den Zeigefinger und sagte: »Da sind sie drin!«
Und wirklich vernahm nun auch der Rittmeister die beiden Stimmchen, allein sie jammerten nicht mehr, sie gurrten und zwitscherten vielmehr ganz vergnüglich, und eine andere Stimme antwortete und sprach ihnen zärtlich und heiter zu.
Der Rittmeister blieb verwundert stehen, der Knecht öffnete die Tür.
In der kleinen Küche saßen die beiden auf der Bank vor dem Herd und waren nicht wiederzuerkennen. Ihre Gesichter waren gesäubert, ihre Haare geordnet, die schlammbedeckten Kleider waren ausgezogen. Statt ihrer hatte man den Kindern große wollene Tücher umgebunden, die sie possierlich kleideten. Unter den Zipfeln und Fransen baumelten die nackten Beinchen hervor, auch sie gesäubert, weiß, mit rosigen Zehen. In den Händen hielt jedes der

Kleinen ein Stücklein Wecken. Die kleine Margret kaute mit vollen Backen. Vor den beiden aber kniete ein Mädchen, ein fremdes Fräulein. Herr Bourdanin kannte es nicht, er glaubte es sein Lebtag noch nie erblickt zu haben und staunte über die unerwartete Erscheinung. Sie war lieblich, rosenrot und nußbraun, in kleinen Löckchen wippte das Haar über dem milchweiß schimmernden Nacken. Wer, dachte Herr Bourdanin, mochte denn das sein? Die Ernestine Halik war es nicht, die kleine Marie erst recht nicht, die war doch noch ein Kind.

Und dennoch war es die Marie. Vor Verlegenheit erglühend sprang sie jetzt auf und knickste vor dem Herrn: Ach, der Herr Rittmeister möge verzeihen, sie habe die Kleinen weinen gehört und habe sie deshalb hereingeholt. Die armen Kinder! Was sei ihnen denn geschehen?

Herr Bourdanin antwortete nicht. »Bist du die Marie?« fragte er verwundert, »wirklich die Marie?« Und als das Mädchen abermals knickste und antwortete, ja, die sei sie allerdings, sagte er: »Aber ich hätte Sie nicht wiedererkannt, so groß sind Sie geworden.«

Das Mädchen schlug die Augen nieder, und wieder wallte eine liebliche Röte über ihre Wangen.

»Sie hat die Masern gehabt«, sagte der Hausknecht und lachte gutmütig, »erst im letzten Winter, und seither will sie niemand wiedererkennen, weil sie auf einmal ein Fräulein geworden ist.«

»So?« sagte der Rittmeister und schaute das Mädchen an. – Die Masern, eine bedenkliche, eine höchst bedenkliche Krankheit. – Aber dabei wird ihm so seltsam gut und licht zumute, als wäre das Erblühen dieses Kindes zu einer schönen Mädchenrose ein holdes Geschenk an ihn selbst; er denkt daran, daß er einmal – wie lange ist es her? zwei Jahre oder vielleicht auch drei – diesem Kind die Wangen gestreichelt hat. Es zuckt in seiner Hand, das wieder zu tun und nach dem zarten Kinn zu greifen, aber ein neues Gefühl hält ihn davon zurück, etwas wie Scheu vor dieser wie aus einer Knospe gesprungenen Lieblichkeit.

Da fällt sein Blick auf die Zwillinge zurück, die immer noch vergnügt an ihrem Wecklein beißen; er nimmt den Jungen auf den Arm und betrachtet sein Gesicht, auf der Nase zeigt sich eine kleine

Schramme und auf der Stirn eine rote Stelle, die allmählich zur Beule schwillt. Aber des kleinen Balthasars Augen lachen schon wieder, seine schönen, goldbraunen Augen, die selbst ihm, dem Vater, noch nie so schön erschienen sind wie eben jetzt. So drückt er ihn, den kleinen Sohn, an die Brust und küßt ihn, was er sonst niemals tut, auf die eine der apfelrunden Backen. Er danke schön, sagte er alsdann zu Marie, daß sie die Kinder so gut versorgt habe, er werde die Tücher zurückschicken und die beschmutzten Kleider holen lassen, und er bitte, dem Vater, dem Herrn Professor Halik, eine schöne Empfehlung zu bestellen. Dann reicht er dem Mädchen die Hand, das Mädchen ergreift sie und knickst und lächelt ihm ahnungslos und kindlich vertrauend ins Gesicht. So geht Rittmeister Bourdanin, ihm folgt der Hausknecht, der das Töchterlein aufgeladen hat; über die Schulter zurück sieht Bourdanin, wie das Jungfräulein dem Knäblein zuwinkt und ihm eine kleine Kußhand nachschickt.

## *Das Paradies*

Eines Abends, zwei Wochen später, saßen Ernestine und Marie Halik in ihrer Schlafstube auf ihren Betten und flochten sich die Haare für die Nacht. Ernestine hatte ihre Zöpfe gelöst, und wie eine dunkle Flut stürzte ihr die Fülle über Schultern und Brust. Mariens Haar war nur ein feines, leichtes Gespinst, wie aus Seide, und ließ sich weder flechten noch winden. Deshalb hatte die ältere Schwester sie gelehrt, ihr Haar in kleine Strähnen zu teilen und über selbstgedrehte Papilloten zu rollen, so daß dann am Morgen ein Kranz kleiner Löckchen rings um das junge Gesicht schwebte.
Marie war schon zu Ende mit ihrer Arbeit, während Ernestine immer noch strählte und flocht; dann ließen sie die Arme sinken und schauten zum Fenster hinaus, durch das noch ein wenig Licht hereindrang: draußen spannten die frühen Apfelbäume ihre weißen Blütenzelte auf, die in der Dämmerung schimmerten, als wären sie mit tausend selbstleuchtenden Blumenaugen besteckt.
Der nächste Tag war der Weiße Ostersonntag und ein besonderer

Sonntag noch dazu. Denn die beiden Mädchen sollten mit ihrem Vater zu einer Hochzeit fahren. Sie wurde draußen auf dem Dorf gefeiert, zwei Stunden vor der Stadt; der Bräutigam, mit dem sie verwandt waren, hatte versprochen, sie in aller Morgenfrüh in einem Wagen abholen zu lassen. So gingen sie heute zeitig zu Bett, wollten mit dem ersten Hahnenschrei heraus. »Zur Hochzeit, zur Hochzeit!« summte Ernestine vor sich hin.

Eine böhmische Bauernhochzeit: da gab es Gänsebraten und gebackene Hühnchen und Kolatschen und Kuchen und Nußtorten, da gab es Musik und Tanz, aber die Mädchen dachten nicht an die einzelnen Lustbarkeiten, sondern sie dachten – im Goldschein eigener bräutlicher Ahnung – an den morgenden Tag wie an ein himmlisch entrücktes Freudenfest. Alles hatten sie vorbereitet: das Geschenk an die Braut, ihre eigenen Kleider – die hingen außen am Kasten, auf den Schragenhölzern, frisch gewaschen, neu gestärkt und steifgebügelt mit allen ihren Rüschen und Falbeln; die frischen schneeweißen Strümpfe lagen auch auf dem Tisch, schon auseinandergerollt, und die Höschen, deren luftig gestickte Volants unter dem Kleidersaum hervorgucken sollten. Jede wird einen Strauß früher Primeln und einen Märzenbecher anstecken, und auf dem Heimweg werden sie ein Zweiglein von der Myrte tragen, um es nachher in das Gebetbuch zu legen und es aufzubewahren bis zu ihrer eigenen Vermählung.

Nun war es beinahe ganz dunkel; eben wollte Marie noch zur Schwester ins Bett schlüpfen zu einem Tuschel-Plausch unter der Decke, da steckt der Vater den Kopf zur Tür herein und sagt: »Marie, bist du noch auf?«

»Nein, Tatinek, aber willst du etwas?«

Er steht zögernd. – »Ja, ich hätte mit dir noch zu reden.«

»Mit mir?«

»Ja, aber zieh dir etwas an, dann komm herüber. Es ist besser, ich sage es dir jetzt gleich.«

»Ich komme schon«, sagt Marie und angelt eilig die Babutschen unter dem Bett hervor. Während sie den Rock überstreift und in die alte Hausjacke schlüpft, denkt sie verwirrt und erschrocken darüber nach, was sie denn angestellt haben könnte, daß der Vater noch mit

ihr zu reden hat. Er ist – fällt ihr jetzt ein – heute den ganzen Abend so ernst gewesen und hat mit kummervoll nachdenklichen Augen auf sie geschaut. O Gott, fragt sich Marie, was habe ich denn nur getan? Ist es das, daß ich um zehn Kreuzer von dem roten Samtband gekauft, oder, daß ich das alte Buch von Komensky, das doch schon ganz zerrissen war, zum Auskleben der Schublade verwendet habe, oder – – Marie errötet in der Dunkelheit, sie fühlt, wie ihr die Glut über Nacken und Rücken läuft –, weil ich neulich mit dem jungen Navratil gesprochen habe? Aber er war ja nur am Zaun stehengeblieben, weil er ihr einen Gruß an den Vater auftrug und fragen ließ, ob er den Herrn Professor einmal besuchen dürfe.
Draußen in des Vaters Stube brennen drei Kerzen, das ist ein seltener Aufwand im Hause Halik, und der Vater sitzt im dunklen Rock feierlich hinter den Lichtern. Dem Mariechen will das Herz ganz versinken. Was habe ich nur getan, denkt sie, o lieber guter Vater, schau nicht so streng!
»Setz dich nur zu mir, Mariechen«, beginnt er und seine Stimme klingt nicht ärgerlich, nur ernst und kummervoll. Er legt ihr die Hand auf den Arm und verharrt eine Weile so, und mit der anderen Hand streift er sich über die Stirn, als hätte er schwere Gedanken.
»Was ich sagen wollte, Kind«, hebt er dann wieder an, »es ist besser, wenn du es heute erfährst, dann hast du mehr Zeit, dich zu besinnen. Du mußt dich gut besinnen. Mariechen, ich rede dir nicht zu und rede dir nicht ab; mit deinem Herzen allein mußt du zu Rate gehen und mit dem lieben Gott und mit der Erinnerung, die du an deine Mutter hast, der Herr habe sie selig. Sie wird dir beistehen. Es ist ja eine große Ehre für dich, Marie, du bist ein armes Mädchen.«
Marie sitzt wortlos, blaß; sie weiß nicht, was sie denken soll. Es ist das Schicksal, das Schicksal, das hier in der Stube hinter ihr steht, und jetzt – jetzt spricht es der Vater aus, und jetzt hat es sie im Genick:
»Der Herr Rittmeister Bourdanin hat heute bei mir um deine Hand angehalten.«
»Oh –«
»Ja, der Herr Rittmeister –«
»Oh, um meine Hand?«
»Ja, Mariechen, es ist eine große Ehre.«

»Um meine Hand«, flüstert Marie. Sie schaut auf ihre Rechte nieder, auf diese kleine Hand, welche Spuren der Hausarbeit zeigt. Sie dreht sie hin und her, als wäre sie ihr mit einemmal ein fremdes kurioses Ding geworden. – »So!« sagt sie und schluckt und schüttelt den Kopf, »um meine Hand.«
»Du mußt es dir gut überlegen«, sagt der Vater. »Es ist eine ernste Entscheidung, die schwerste Entscheidung deines Lebens. Du bist noch so jung, du wirst im Herbst erst siebzehn. Aber es ist eine große Ehre, ich hätte nie gehofft, daß ein solcher Mann um dich anhalten könnte, das hätte ich nie zu hoffen gewagt.«
»Ja, Vater«, sagt Marie.
»Du brauchst keine Ausstattung für diese Ehe«, fährt der Professor fort. »Du weißt, ich könnte dir keine Ausstattung geben, und du brauchst auch keine Mitgift. Herr Rittmeister Bourdanin ist ein vermögender Mann. Und Bohusch, das weißt du, Bohusch würde sich freuen.«
»Ja, Vater«, sagte Marie. Eine Weile sitzt sie ganz in sich versunken. – »Und um die Ernestin hat er nicht gefragt?«
»Nein, um die Ernestin hat er nicht gefragt.«

Anderntags ist also Hochzeit in Kratowil, es ist eine böhmische Hochzeit auf dem Dorfe. Es fließt viel Bier, viel Bratensoß und Melniker Wein, es fließen auch Tränen der Rührung und der Freude. Vor dem Gasthaus »Zum Schimmel« sind Tische und Stühle ins Freie gestellt, drinnen im Saal tanzen sie zur Musik. Der altmodische Dudelsack ist abgesetzt, man liebt jetzt Geigen und Klavier. Ein alter Mann, der noch immer auf seinem Hundebalg blasen und damit ein paar Kreuzer verdienen will, wird unter Gelächter davongejagt.
Dem Gasthaus gegenüber ist das Haus der Braut. Seine Tür steht allen offen. In einer Stube sind die Geschenke aufgebaut, die das junge Paar bekommen hat, die ganze Ausstattung, und jeder darf eintreten und die Pracht bewundern; es sind so viele Leute da, man kann sie gar nicht zählen, die meisten sind vom Land, einige auch aus der Stadt. Diese sind stiller als jene und halten sich von den lauten Vergnügungen fern.

Der Professor Halik mit seinen beiden Töchtern gehört zu den allerstillsten. Der Professor sitzt neben dem Pfarrer und führt mit ihm ein langes ernsthaftes Gespräch über die Bienenzucht und den Gregorianischen Choral. Die beiden Mädchen gehen Arm in Arm umher, sie sind blaß und stumm, sie tanzen nicht und essen nur wenig, am Wein haben sie gerade nur die Lippen genetzt.
Am Nachmittag aber holt sich der Bräutigam die Ernestine zu einem Walzer, da darf sie sich nicht verweigern. Marie wird es so weh ums Herz, wie sie die Schwester an der Hand des schönen glücklichen Mannes durch den Saal wirbeln sieht. Sie kehrt sich ab und schleicht hinaus. Sie weiß nicht was tun, so geht sie noch einmal hinüber in das Brauthaus, um noch einmal die Ausstattung zu bewundern und allein zu sein mit ihrer ratlosen Seele. Aber sie ist hier nicht allein.
Auch der junge Navratil ist auf der Hochzeit zugegen, und er hat schon den ganzen Tag nach einer Gelegenheit gesucht, mit Marie zu reden.
Nun hat ihn die Brautmutter gebeten, daß er die neue Kuckucksuhr in Ordnung bringe; er ist Uhrmachergesell, wird demnächst Meister. Der Kuckuck, der kleine Ausschreier, klemmt in seinem Gehäuse, er kommt beim Rufen nicht ordentlich zum Türchen heraus. Die Marie möchte gleich wieder gehen, aber der junge Navratil verwickelt sie rasch in ein Gespräch. Er bittet sie, daß sie ihm die Kuckucksuhr halte, während er die Schrauben löst und die Feder an dem kleinen Blasebälgchen anzieht; er erklärt ihr das Werk und den Mechanismus des kleinen Stundenverkündigers. »Sieht Sie, Mariechen«, sagt er, »wenn das Vogerl nicht zum Türl heraus und rufen kann, dann will das ganze Werkl nicht gehen. Das ist so wie mit dem Herzen, das will auch reden und sich Luft machen, sonst bleibt drinnen alles stehen.«
»Ja«, sagt Marie. Sie versteht den Vergleich nicht und nicht, wohin er zielt, aber ihr wird so seltsam gut und leicht zumute, sie schaut dem jungen Burschen in das freundliche Gesicht. Er hat blaue Augen und blonde Brauen und sein Backenbart ist hell und weich wie Flaum. Da beugt er sich herüber, und sie fühlt seine Wange an der ihren, und ehe sie den Kopf abwenden kann, fühlt sie einen Kuß auf

ihrem Mund, einen so zarten sanften Kuß, daß ihre Lippen die seinen nur eben erraten haben.
Mit einemmal aber erschrickt sie, als hätte sie jemand mit einem glühenden Eisen gebrannt. Sie wird rot und blaß, das Uhrgehäuse entfällt ihren Händen und rasselt nieder auf den Tisch. Ohne ein Wort hervorzubringen, dreht sich Marie um und läuft aus der Tür, läuft blindlings über den Hof, in den Garten, und dort versteckt sie sich hinter den Holunderstauden, fällt in die Knie und weint bitterlich.

## *Das Verlöbnis*

Am andern Tag holte sich der Rittmeister das Jawort der kleinen Marie. Sogleich wurde die Verlobung bekanntgegeben und das Aufgebot bestellt. Nach drei Wochen, so hatte es der Bräutigam beschlossen, sollte die Hochzeit sein.
Am Abend feierte man in der Wohnung der Braut. Frau Josefin war geladen worden; die Schwestern des Rittmeisters zu laden, hatte man noch im letzten Augenblick unterlassen, weil es sich herausstellte, daß im Halikschen Haushalt weder Stühle noch Teller noch Gläser genug vorhanden waren, daß so viele Gäste hätten bewirtet werden können. Der Professor war, in altfränkisch-steifer Höflichkeit, im Frack erschienen, der Rittmeister im schwarzen Salonrock. Frau Josefin hatte ihr Atlaskleid angelegt.
Die Fenster der kleinen Stube standen halbgeöffnet, die Düfte des lauen Frühlingsabends strichen süß und milde herein, die weißen Vorhänge bauschten sich leise. Das Essen war einfach und gut, die Getränke leicht und bekömmlich, in stiller Heiterkeit floß das Gespräch dahin. Der Rittmeister war wohlgelaunt, er scherzte mit der Schwester der Braut. Ernestine war die munterste von allen, sie hatte feurige Augen und eine flinke Zunge, das winzige Schlücklein Rotwein, das sie genommen, war ihr sogleich in den Kopf gestiegen; der Rittmeister hatte über ihre schelmische Unschuld ein paarmal schallend lachen müssen.
Marie trug ihren neuen Schmuck, das erste Geschenk des Bräuti-

gams, das er erst heute morgen bei dem Goldmacher Jablonka erstanden: Armband, Brosche und Ohrgehänge, auf feierlich sonnenhaften Scheiben strenge schwarze Sterne aus aufgelegtem Email und in der Mitte der Sterne blasse Rautensteine. Sie hatten kein Feuer, und ihr Schimmer glich dem von Perlen. Seltsam stand dieser strenge Schmuck zu Mariens jungem Gesicht, zu ihrem einfachen Kleidchen, zu ihrem unwissend kindlichen Blick.
Als die Tafel aufgehoben und die Feier zu Ende war, begleitete der Rittmeister seine Mutter in ihre Wohnung hinauf. Es schlug erst die elfte Stunde, Frau Josefin ließ sich in ihrem Lehnstuhl nieder, der Sohn merkte, daß sie mit ihm zu reden wünschte.
»Jetzt kann ich ruhig sterben«, sagte sie. Auf ihrem grobknochigen Gesicht, unter ihrer kupferroten Nase spielte ein friedliches Lächeln. – »Gott segne die kleine Marie«, fuhr sie mit lebhafter Stimme fort. »Du hast dir ein Juwel entdeckt, ich möchte nur wissen, ob du es weißt.«
Der Sohn schwieg. Obwohl er vergnügt und seiner Wahl gewiß war, hätte er der Mutter doch am liebsten ein wenig widersprochen.
»Nur jung ist sie noch, sehr jung«, fuhr die alte Frau fort. »Und es wird noch lange mit ihr dauern.«
»Was soll noch lange dauern?« fragte der Sohn. »Wir heiraten bald, ich habe keine Zeit zu warten.«
»Ach, Balthasar«, sagte die Mutter, »wann hättest du jemals zu warten Zeit gehabt? – Warum hast du ihr den schwarzen Schmuck gegeben?« fragte sie dann. »Er ist zu ernsthaft und zu prächtig für sie. Sie ist doch noch ein Kind. Du hättest ihr die Korallen geben sollen, die lustig-roten, die passen zu ihrem Alter, die hätten ihr Freude gemacht.«
»Aber Mutter«, erwiderte der Sohn. »Die Korallen hatte doch die selige Marie.«
»Gewiß, die hatte sie.« Die Mutter schaute ihn an. »Auch dich hatte die selige Marie einmal. Jetzt sollst du der lebenden gehören. Glaub nicht, daß sie weniger ist als die andere, und mach ihr nichts zu schwer! Gute Nacht jetzt«, sagte sie dann. Sie hob die Augen zu ihm empor, er fühlte: sie wartete darauf, daß er sich zu ihr herniederneigen und sie küssen würde auf Wange oder Mund.

Aber er tat es nicht. Artig zog er ihre Hand an die Lippen, dann ging er.

Auf dem Weg nach Hause war er immer noch froh gestimmt. Er dachte an Ernestine, an den alten braven höflichen Professor, an die Glückwünsche, die ihm von allen Seiten zuteil wurden. Daheim angekommen, lauschte er vor der zugenagelten Tür des letzten Zimmers; aber auch hier war alles still und friedlich. Er begab sich zur Ruhe und träumte:

Ihm war, als wanderte er an einem schönen Sommertag durch einen dämmrigen Laubengang. Jemand schritt vor ihm, aber weit voraus, daß er ihn nicht erkennen konnte. Einmal dünkte ihn, es sei sein Vater, dann Marie, die tote Frau, dann wieder war es Ernestine. Er schritt schneller aus, voll Ungeduld, die Gestalt einzuholen, da aber wuchs die Entfernung jedesmal, und schließlich war alles finster.

Nun kam es ihm vor, als wäre er plötzlich in ein Kellerverlies geraten. Eisig umhauchte ihn die Luft, der Boden war rauh und holprig; er, der Träumende, setzte ängstlich Fuß vor Fuß. Da stieß er an etwas, es war ein Brunnenrand, er tastete die Fugen zwischen den Steinen und roch das Wasser. Und wie es im Traume geschieht, daß es finster ist und dennoch hell, als hätte der Träumende Phosphoraugen, das Dunkel selbst zu sehen, so sah er die schwärzlich spiegelnde Wasserfläche tief unter sich, und auf dem Grund, in einem Krug, lag, wie von einem Schatzgräberlicht erhellt, etwas Lachsfarbnes, Ungeformtes, das einem Seetier glich, das schwankte und mit Fangarmen zu zucken schien, so daß die Wasserflut darüber in Ringen schauerte. Plötzlich aber sah er deutlich, was da in der Tiefe lag, es war der Korallenschmuck, den die selige Marie getragen und von dem er, der Rittmeister, und seine Mutter gesprochen hatten.

Dieses Erkennen fiel dem Rittmeister schon in das Erwachen, er fuhr empor in seinem Bett und saß aufrecht.

Ihm war, als hätte jemand gerufen. Hastig griff er nach den Zündhölzern, rieb eines an und leuchtete die Wände ab.

»Ist jemand da?« fragte er, und als es stumm blieb in allen Winkeln, wiederholte er die Frage: »Ist jemand da?«

Mit der verflackernden Flamme steckte er eine Kerze an.

Er stieg aus dem Bett und wanderte im Zimmer umher. Ihm war,

als müsse er nach dem Schmuck sehen, den er eben im Traum erblickt hatte; der Schmuck war in Mariens Kommode verschlossen; seit ihrem Tode hatte niemand die Kassette geöffnet.
Der Mann nahm die Schlüssel und zog das Schubfach hervor.
Da lagen Mariens Dinge, ihr Pompadour, ihre Handschuhe, ihr Gebetbuch. Ein Bündel Briefe lag auch dabei, die hatte er ihr aus Ungarn geschrieben in jenen Jahren, als sie auf ihn warten sollte.
Endlich geriet er an die Kassette und öffnete sie.
Doch wie erschrak er, als der Deckel aufsprang. Der Schmuck lag drinnen, aber er war zerstört: die Schnüre waren zerrissen, Ringe und Armbänder zerbrochen. Das konnte niemand anderer getan haben als die Verstorbene selbst. Mit Gewalt mußte die Frau die Fassungen zersprengt, die Perlen zerstreut, die Schließen zerstampft haben. Den Schmuck hatte sie auf ihrer Hochzeit getragen.
Der Rittmeister bedeckte sein Gesicht mit den Händen. Nach einer Zeit ließ er den Deckel über die Kassette fallen. Er erhob sich, tappte durch den Raum, ließ sich auf dem Rand seines Bettes nieder. Ein Zittern begann seinen Körper zu erschüttern. Am Ende rüttelte es ihn wie ein Krampf; er preßte Zeigefinger und Daumen gegen die Augäpfel; langsam rollten ihm die Tränen hervor.

Am andern Morgen trug er den Schmuck zum Goldarbeiter Jablonka. Er wolle, sagte er, alle Stücke unverzüglich wiederhergestellt haben. Der Goldarbeiter betrachtete sie, sagte, er werde tun, was er könne, und trug sie gleich in seine Werkstatt. Dann kehrte der Rittmeister in seine Wohnung zurück und rief die Magd Baruschka herein.
»Pack Sie das ein!« befahl er und wies auf ein blaues, mit vielen Rüschen besetztes Kleid, das er eben aus einem Schrank gezogen hatte.
»Jesus Maria«, sagte die Magd, »ist das nicht die Staatsrob' der gnädigen Frau, Gott hab sie selig.«
»Schweig Sie!« fuhr der Rittmeister sie an. »Ich hab Sie nicht gefragt.«
Diensteifrig faltete die Magd das ungeheure Gewand zusammen.
»Leg Sie es in den Reisekorb«, gebot der Mann.
Die Baruschka tat, wie ihr geheißen worden war.

»Bestell Sie mir einen Wagen!«
Nach kurzer Zeit stand das Gefährt bereit. Der Fahrgast verlangte in die Smetanapromenade gefahren zu werden.
Dort hauste in einem der neueren Bauten, in einem unter dem Dach gelegenen Atelier der Kunst- und Bildnismaler Prohaska. Er war ein kurz geratener, dicker, zwergenhafter Mann mit einer roten Knollennase. Sein Malermantel war über und über mit Ölfarbe verkleckst und starr von dem seit Jahren an ihm haftenden Schmutz. Unter dem Mantel trug er eine geblümte Weste und an dieser eine Uhr, die offenbar den Stolz seiner Existenz bildete. Denn, wenn er mit Fremden sprach, vergaß er nie, die Uhr zu ziehen, einen scheinbar unabsichtlichen Blick auf das Blatt zu werfen und sie dann an der Kette wirbeln zu lassen.
Heute aber, als er den Rittmeister empfing, kam ihm sogar diese Gewohnheit abhanden, so vollständig erstarb er vor Ehrfurcht und Staunen. In gebückter Haltung nach rückwärts schreitend geleitete er den hohen Gast, fegte einen Stuhl frei und bat den Besucher, Platz zu nehmen. Der Rittmeister lehnte ab. Der Kutscher hatte ihm den Reisekorb nachgetragen. Neugierig starrte der Zwerg auf den rätselhaften Behälter. Aber der Rittmeister eröffnete sich noch nicht. Er wünschte, sagte er, nur Herrn Prohaskas Atelier zu besichtigen. Der Zwerg tat einen Satz der Untertänigkeit und riß die Vorhänge von den schräg geneigten Fenstern. »O welche Ehre«, rief er, »welche Ehre wird meiner Kunst zuteil!«
Nun befanden sich hier in der Werkstatt einige Gerätschaften und Apparate, die nicht kunstbeflissenen Sterblichen unbekannt und deshalb wunderbar sind: Neben einem Totenschädel lag ein mit Drähten zusammengekettetes Handskelett, an den Wänden hingen verstaubte Gipsmodelle von Beinen und Armen und im Hintergrund der Abguß eines entblößten Frauenbusens. Dieser war für gewöhnlich mit einem ausgedienten Halstuch bedeckt und wurde nur für Kenner enthüllt. Überall standen Staffeleien, lagen alte Farbpaletten, und aus vielen verkleckststen Marmeladekrügen starrte ein Gestrüpp schlecht gewaschener Pinsel. Herr Prohaska hielt es für richtig und förderlich, die Kartons seiner bereits gefertigten Meisterwerke immer zur Schau zu stellen. Sie waren ringsum aufge-

hängt und bewiesen, daß ihr Künstler sowohl in biblischen und allegorischen Stoffen wie auch im mythologischen Fach sattelfest war.

Die merkwürdigsten Stücke seines Inventars aber waren eine ausgestopfte Puppe in Lebensgröße, aus Rupfenstoff genäht und mit Seegras gefüllt, und eine Anzahl Bartmodelle und angestaubter Perücken. Diese sollten die Puppe zum Gebrauch vervollständigen, wenn Herr Prohaska den Auftrag erhielt, eine abwesende, womöglich schon verstorbene Person nach photographischen Bildern zu konterfeien.

Auf die Puppe richtete der Besucher sein Augenmerk. Er näherte sich ihr, streckte die Hand gegen sie aus und berührte ihren fühllosen Busen. »Hören Sie«, sagte er, »getrauen Sie sich, meine verstorbene Frau zu malen? Ich habe Ihnen hier etwas mitgebracht.«

Er öffnete den Reisekorb und entnahm ihm eine Mappe. In dieser Mappe lagen alle Bilder der ersten Marie beisammen. Ehe er sie noch aufgeschlagen, hüpfte der Zwerg vor Freude und rieb sich die Hände: »Ei freilich«, rief er, »freilich getraue ich mich die verewigte Allergnädigste zu malen, was wäre mir leichter als das!« – Und vor Eifer bibbernd, verfiel er in sein altes Spiel und ließ die Uhr vor seinem Gaste gleißen.

Dieser aber hatte keinen Blick für solche Eitelkeiten. – »Gut«, sagte er und ließ die Mappe offenstehen – »und hier ist das Kleid.«

Die Männer griffen zu und entfalteten die Robe. Ungeschickt streiften sie sie über die mit Seegras gefüllte Puppe. Sie setzten den Popanz in einen Stuhl, darauf wählten sie aus Herrn Prohaskas Vorrat eine Perücke, schließlich hielt der Rittmeister ein Schmuckstück – das einzige unzerstörte – dem Rupfenleib vor die Brust.

»Vortrefflich, vortrefflich!« rief der knollennasige Zwerg und sprang von einem Fuß auf den andern. »Das wird ein Bild, ein Bild!« Und er küßte voll Entzücken die Spitzen seiner ungewaschenen Finger.

So geschah es, daß Marie, die nun schon fast zwei Jahre in ihrem Grabe moderte, noch einmal in eine Art Scheinleben heraufgenötigt wurde. Der Rittmeister brachte den Schmuck, den Herr Jablonka wiederhergestellt, und die Puppe wurde mit ihm ausstaffiert. Über ihre Brust hingen die neugefädelten Ketten, um ihre plumpen

Arme waren die neugefaßten Brasselets gelegt. Die Puppe saß da in dem starr gefältelten Kleid, ihr Gesicht war ein leerer Rupfenfleck unter dem künstlichen Haar. Herr Prohaska malte das Gesicht, so gut als es sich den blassen Bildern ablesen ließ; sicherer hielt er sich mit seiner Kunst an Gewand, an Schmuck und an die falsche Haarfrisur.

Der Gatte sagte, er wolle dabei sein, wenn das Werk entstehe, und vereinbarte die Stunden. Dann stand er neben dem Pinselmann und gab ihm seine Weisungen. Der Pinselmann trat zurück, legte den Kopf schief in den Nacken, kniff ein Auge zu und bestätigte pflichtgemäß die Ansichten seines Mäzens.

»Immer natürlich, immer natürlich!« rief er aus und tänzelte auf kurzen Beinen. »Die Imitation ist der Sinn wahrer Kunst. Was denken Sie, Herr von Bourdanin, die großen Meister haben Früchte gemalt und totes Geflügel, daß selbst die Fliegen glaubten, es sei echt, und scharenweise geflogen kamen. Scharenweise!« wiederholte er und setzte ein Glanzlicht auf die Korallenbrosche.

»Wo bleibt denn heute der Rittmeister?« fragte Vater Halik. »Wollte er nicht zum Nachtmahl kommen?«

»Ich weiß es nicht, Vater«, sagte Marie.

»Sie weiß es schon«, rief Ernestine. »Er ist wieder bei dem Maler und schaut dort zu, wie das Bild gemalt wird. Ach – ich könnte mich ärgern.«

»Ärgern? Aber warum denn, Ernestin?« fragte der Vater.

»Warum?« rief Ernestine. »Könnte er nicht das Mariechen malen lassen statt dieser blauen ausgestopften Puppe?«

»Aber pfui, mein Kind!« verwies ihr Vater Halik. – »Es ist doch nicht die Puppe, die gemalt wird, es ist doch seine selige Frau, und die Puppe ist nur ein armes Mittel zum höheren Zweck. Daß Bourdanin gerade jetzt die Tote verewigen läßt, ist ein Zeichen seiner Pietät, ich kann seinen Entschluß nur loben.«

»Wie du meinst, Vater«, sagte Ernestine. »Aber ich bin nur neugierig, ob er das Mariechen auch einmal wird malen lassen.«

»Geh, Ernestin, wie dir so etwas einfallen kann!« sagte die Schwester. »Und außerdem: *ich* bin ja noch am Leben.«

»Du bist noch am Leben, Mariechen, Gott sei Dank, und du sollst auch leben, Mariechen, und glücklich sein! Komm her und laß dich ansehen!«

Ernestine ergriff die Schwester an den Händen und drehte sie zum Licht. – »Weiß Gott«, rief sie, »du bist so lieb, so lieb! Ich weiß nicht, ob er dich verdient!«

»Aber Ernestin!«

»Und schön bist du«, rief die Ältere, während ihr die Tränen in die Augen schossen, »und sollst schön sein, Mariechen, und alle Tage schöner werden, und dein Mann soll es dir alle Tage sagen, daß du die Schönste bist und die Liebste und die Kostbarste auf der ganzen weiten Welt.«

Damit schloß sie die Schwester in die Arme und verschloß ihr den Mund mit heißen Küssen.

## DRITTES HAUPTSTÜCK

# *Die andere Marie*

### *Die Hochzeitsreise*

In jener Zeit war der Rittmeister bei seiner Schwester Emma, der verehelichten Wanka, zur Jause geladen. Weil er mit dieser Schwester immer schon auf besonders vertraulichem Fuße gestanden, nahm er nicht Anstoß daran, sie in der Küche zu begrüßen. (Die Küche war Frau Emmas liebster Aufenthalt.) In ihrer Jugend war sie eine Schönheit gewesen, aber nach der Geburt ihres ersten und einzigen Kindes war sie so fett geworden, daß sie sich, in ihr Schicksal ergeben, aller Eitelkeit entschlug und von nun an nur mehr den Genüssen ihres Gaumens lebte. Jetzt beaufsichtigte sie, wie in die aus Sahne gekochte Schokolade fein verquirlte Dotter gerührt wurden. Das war ihr Lieblingsgetränk.
Sie hatte dem Bruder zur Verlobung gratuliert. – »Und wohin«, fragte sie, »soll die Hochzeitsreise gehen?«
»Nach Wien«, antwortete er.
»Nach Wien!« rief sie schwärmerisch und seufzte aus dem hochgeschobenen Busen. – »Gerade jetzt nach Wien! Du hast es gut, da wäre ich auch gern dabei!«
»So fahre mit uns«, sagte der Rittmeister.
»Aber geh!« Frau Emma richtete die dunklen Augen auf ihn, die, wie fast immer, seit sie ihre Schönheit verloren, in majestätischer Traurigkeit blickten. – »Was dir nicht einfällt, Balthasar!«
»Und warum denn nicht?« fuhr der Mann lebhaft fort, »wen glaubst du zu stören? Am Ende mich –?«
Frau Emma schwieg. »Das Billchen wollte auch so gerne einmal reisen«, sagte sie dann. »Das Billchen hätte es nötig, sich zu zerstreuen.«

»Sehr gut«, versetzte der Mann. »So soll sie die vierte sein.«
Wenige Tage darauf war das Bildnis der ersten Marie fertig gemalt, in einen goldenen Rahmen gespannt und in des Rittmeisters Zimmer aufgehängt worden. Auch die Zeit des Aufgebots war abgelaufen, der Witwer konnte sich mit der kleinen Marie Halik vermählen.
Wie die Verlobung war auch die Hochzeit nur im engsten Kreise gefeiert worden. Am Nachmittag reiste man, wie besprochen, zu viert nach Wien ab. Prächtig aufgeputzt saß Frau Emma Wanka, neben ihr etwas bescheidener Frau Billchen von Schimkowitz im Fond der Kutsche; das neuvermählte Paar nahm auf den Rücksitzen Platz. Die Leute blickten dem Aufzug nach und schüttelten die Köpfe. Das war ihnen noch nicht untergekommen, daß ein Mann gleich zwei seiner Schwestern auf die Hochzeitsreise mitnahm, als stünde es ihm nicht dafür, allein mit seinem süßen, noch unverkosteten Schatz in die Welt hinauszureisen.
Bei der Trauung, die am Vormittag in der Bartholomäuskirche stattgefunden, hatte sich ein kleiner Unfall ereignet. Die Braut war ohne ihr Blumenbukett angekommen, die arme Kleine hatte es in der Aufregung zu Hause vergessen. Keine Mutter hatte sie an das Gebinde mahnen können; so hatte sie nur ihr schwarzes Gebetbüchlein in der weißbehandschuhten Hand gehalten, fest an das Herz gedrückt, und war erschrocken, über und über mit Glut übergossen, als Frau Josefine sie am Kirchenportal empfing: »Mariechen, wo hast du deine Rosen?«
Gleich lief ein Raunen durch die Reihen der Zuschauer, und gleich gab's welche, die meinten, das sei kein gutes Omen, und das arme Kind werde wenig Glück haben im Leben; gilt doch das Brautbukett als ein Pfand der Liebe, der Freude, der zarten Hoffnung.
Marie erzitterte, als sie so mit leeren Armen, nur mit dem schwarzen Büchlein in der Hand vor den Bräutigam treten mußte; es war ihr zumute wie einer Schülerin, welche die Hälfte ihrer Aufgabe vergessen hat. Sie wagte gar nicht, den Blick zu dem Mann zu erheben, und sprach ihr »Ja« mit fast von Tränen erstickter Stimme.
Das alles bemerkten die Leute, vorzüglich die Weiber, die für derlei immer gestielte Augen und feine Ohren haben. Und wieder lief ein

leises Tuschelraunen durch die Bänke und wieder wurde von Vorzeichen geredet, die nicht eben auf Glück deuteten.
Das Glück, es war das große Schlagwort der Zeit, es war das Idol, die vielbeschriene Gottheit des Jahrhunderts. Das Glück, dieses Ding, von dem niemand recht sagen kann, was es ist: aber es flimmerte gleich hunderttausend bunten Sonnenfäden in den Lüften. Man mußte es nur zu erhaschen verstehen. Es schwebte über der Menge, über den großen blumenüberladenen Hüten der Damen, über den glänzenden Kutschen und tänzelnden Reitpferden, über Parkwegen und Promenaden. Glücksverheißung knisterte in den Frou-Frou-Dessous der Frauen, funkelte auf den Uniformen der Männer, gleißte auf Epauletten, Orden und Sternen. Die blitzenden Schienenstränge der Eisenbahn schienen Wege des Glückes durch alle Länder zu legen. Glücksverlangen atmete im Gewühl der Menge, im Drängen und Wogen der Marktplätze und Basare, Glücksversprechen dudelte aus den Wirtshausgärten und lockte zum Tanz. Die neuen, schwindelnd kühn gebauten Brücken schienen es zu bezeugen, die neugegründeten Fabriken, die Aktiengesellschaften, die überall wie die Pilze aus dem Boden schossen, die Banken, Geldgeschäfte und Schiffahrtsgesellschaften. Man riß die alten Städte nieder und stellte immer neue und neuere glänzende Paläste und Bauten auf. Vor allem aber kletterten die Aktien- und Börsenpapiere von Gewinn zu Gewinnen und schütteten ihr Geld aus über die glückberauschte Menschheit, eine Goldwolke des Reichtums, des Wohllebens und eine ungeheure Zuversicht auf den Fortgang dieser Herrlichkeit. Alle Länder nahmen daran teil: nicht nur das junggebackene Deutsche Reich, sondern auch die Reiche und Republiken, die nicht eben einen frischen Lorbeer an ihre Fahnen geheftet hatten: das kaiserlos gewordene Frankreich und das ebenfalls ein wenig angeschlagene Österreich; es hatte seine Niederlagen vergessen, auch seine kleinen inneren Indispositionen: die Kämpfe zwischen den Ländern und Völkern und den ewigen Wechsel in den Regierungen. Österreich war es, das heuer zum großen Hochfest des Glückes rüstete, es rüstete zur großen Wiener Weltausstellung.
Seit Monaten waren die Zeitungen voll von Berichten über die Wunder, die da erstehen und der staunenden Menschheit vorge-

stellt werden sollten. Alle Erfindungen und Errungenschaften der Zeit sollten einander dort ein Stelldichein geben auf dem fröhlichen Pratergelände. Am ersten Mai sollte der Kaiser die Ausstellung eröffnen in einer noch nie gesehenen Entfaltung von Glanz, in einer großen Parade der Macht, der Schönheit und des verwöhntesten Reichtums.

Diese Parade hatte Frau Emma Wanka verführt, gerade jetzt nach Wien zu reisen, und diese Parade sollte auch Frau Billchen zerstreuen, die ansonst mit ihrem riesigen Cyrill ein leider wenig paradehaftes Leben führte. Darum hatten sich die beiden Damen der brüderlichen Begleitung versichert; war doch zu erwarten, daß es in der ausstellenden Stadt einen großen Wirbel geben werde, einen Wirbel, dem sich zwei Frauen allein am Ende nicht ganz gewachsen hätten fühlen können.

Die Zimmer in den Hotels waren bestellt, die Geldbörsen wohl versehen, denn es hieß, daß die Preise auf der Woge der allgemeinen Begeisterung horrend steigen würden. Unerhörterweise hatten eben die Wiener Droschken- und Fiakerkutscher einen Streik ausgerufen, so daß, wie es hieß, man Fahrgelegenheiten nur für tolle Summen mieten konnte. Der Rittmeister glaubte das zwar nicht und er sagte, er würde mit einer einzigen Kompanie schon wieder Ordnung zu bringen wissen unter das aufrührerische Gesindel.

»Verlaßt euch nur auf mich«, beruhigte der Bruder die Schwestern. »Ich werde euch schon geleiten.«

So fuhr man gemeinsam auf die von anderen belächelte Hochzeitsreise.

Die einzige, welche es nicht nur ganz natürlich, sondern sogar tröstlich und erfreulich fand, daß man zu viert ausrückte, war die junge Frau, Marie. Sie hatte nicht die mindeste Ahnung davon, was andere daran merkwürdig fanden; sie war gleich bereit, den so viel älteren Damen als eine Art Kammermädchen dienstbar zu sein. Sie hatte die beiden bislang nur vom Vorübergehen gekannt, hatte dann jedesmal ihr Knickslein gemacht und als wohlerzogenes Mieterkind ihr »Küß die Hand, gnädige Frau« artig hervorgebracht. Nun sollte sie mit den Damen im gleichen Abteil sitzen, sollte sie Emma und Sibylle nennen, sie duzen, das kam ihr seltsam vor. Aber es ging ihr

doch besser vonstatten als bei ihrem Gatten, zu dem sie lieber wie immer: Herr Rittmeister, und am liebsten Gnädiger Herr gesagt hätte.
Als sich der Zug in Bewegung setzte, blickte sie aus dem Fenster und versuchte aus dem Dächergewimmel der Heimatstadt das Dach des Kameralamtes herauszufinden. Dort, dachte sie, ist jetzt der Vater, sind Ernestin und Bohusch, oh, wäre ich doch bei ihnen.
Jetzt ratterte der Zug zwischen Böschungen dahin, Marie trat vom Fenster weg und setzte sich auf ihren Platz.
Ihr gegenüber saß der Rittmeister.
Die beiden Damen waren hinausgegangen, und mit Schrecken gewahrte Marie, daß sie allein war mit ihrem Mann. Er blickte sie an, und auf einmal war es ihr unmöglich, diesem Blick zu begegnen, sie wurde rot, die Röte schoß ihr über den Nacken und den Rücken hinab. Eine qualvolle Scham preßte ihr den Atem. Der Mann beugte sich zu ihr herüber und murmelte etwas, was sie nicht verstand. Was hat er denn? dachte Marie. Er nahm ihre Hand, kehrte deren Fläche nach oben und näherte sie seinem Mund. Das Mädchen zuckte ängstlich zurück. Er runzelte die Brauen, ließ ihre Hand augenblicklich los. Marie dachte: Jetzt habe ich etwas falsch gemacht. Und zitternd barg sie sich in ihren Winkel.
Der Mann sprach nichts zu ihr, und es drang ihr ins Bewußtsein, daß auch sie nichts mit ihm zu sprechen wußte, kein einziges Wort, und daß er ihr ein fremder Mensch war, der fremdeste Mensch auf Gottes weiter Erde, der allerfremdeste von allen Millionen, die da lebten.

Wie finster ist die Nacht des Daseins, wenn sie über die Unschuld hereinbricht. Und wie schrecklich ist das Erwachen am Morgen, wenn man die Augen aufschlägt und die Wand des fremden Zimmers sieht, die grelle Rosentapete, die blaue zyanenfarbene Kugel der Lampe; und wenn man sich erinnert, daß man nicht mehr Mariechen Halik ist, sondern Marie Bourdanin, Frau Rittmeister Bourdanin, ein anderer, ein vertauschter Mensch. Das Herz kann einem stillestehen darüber. Und dort, so nah! so nah! liegt er, der Gatte.

Marie faltet die Hände über der Brust, sachte dreht sie den Kopf und sieht: Ja, er liegt dort. Er schläft. Unter einem ungeheuren Federkissen liegt er und schläft. Die regelmäßigen Atemzüge stoßen aus seiner Nase und sträuben jedesmal ein paar Schnurrbarthaare empor.

Man wagt nicht, sich zu rühren, liegt steif und still und fühlt sich sinken, sinken ...

Vorgestern, war es erst vorgestern gewesen? An jenem letzten Abend, den sie daheim geschlafen hatte, da war Ernestine an ihr Bett gekommen. Die Schwester war blaß, hatte Schatten unter den Augen, und ihre Hände zitterten. Mit diesen zitternden Händen streichelte sie die jüngere Schwester.

»Sei nicht traurig«, sagte Marie, »sei nicht traurig, Ernestin, ich komme bald zurück.«

»Ja«, flüsterte Ernestine, mit Tränen kämpfend, »komm bald zurück!«

»Ich freue mich«, sagte Marie nach einer Weile, – sie wollte so gerne tapfer sein. »Ich freue mich ja auf die Kinder. Ist der Balthasar nicht lieb, der Kleine?«

»Ja«, hauchte die Schwester, »der Kleine ist lieb.«

»Und unser Vater ist froh. Glaubst du nicht, daß er froh ist? Jetzt kann er dem Bohusch doch mehr Geld schicken.«

Auf einmal lag die Ältere vor ihr auf den Knien. – »O Kind, Kind, armes, gutes armes Kind!«

Marie sprang erschrocken aus dem Bett, sie hatte nichts begriffen. Jetzt dämmert ihr etwas auf davon, warum die Schwester so geweint hat. Aber es kann doch nicht möglich sein, daß Ernestine etwas *weiß*. Nein, nichts weiß sie, nichts soll Ernestine jemals wissen, in Ewigkeiten nicht.

Und tiefer sinkt Mariens Herz in den Abgrund der Verzweiflung.

Da pocht es an die Tür, und Frau Emmas Stimme ruft draußen: »Mariechen, Mariechen, bist du wach? Komm mir helfen«, fährt sie gedämpfter fort, »du weißt, das Korsett – Billchen kann es nicht, sie ist zu schwach.«

Wie hurtig ist Marie auf den Beinen, wieselschnell hinter dem

Wandschirm verschwunden, wo sie, vor Eile zitternd, in die Kleider fährt: »Ich komme gleich, oh, gleich!«
Während sich der Gatte ermuntert, ist Marie schon in das Zimmer der Schwägerinnen gelaufen und hilft dort der schwächlichen Sibylle die Verschnürung an Frau Wankas Panzer zuzuziehen.
Sie sind beide atemlos und puterrot, Frau Wanka ist beinahe violett. Mit der Zeit verläuft sich die ängstliche Farbe. Indem sie sich das Kleid zuheftelt, lädt sie Mariechen ein, auf ihrem Waschtisch Toilette zu machen. – »Ich weiß, das machen die jungen Frauen nicht gerne vor ihrem Eheherrn. Nein, nein, mein Kind, du brauchst nicht zu erröten, du bist ja jetzt verheiratet. Und ich – ich war auch nicht immer so, wie du mich heute siehst, meine Liebe. Wenn du erst einmal ein Kind bekommen hast –«
»Laß sie doch«, flüstert Sibylle der Schwester ins Ohr, »siehst du denn nicht, wie sich die arme Kleine geniert.«
Nach dem Frühstückstisch rückten sie alle hinaus in die schöne Wienerstadt. Da wimmelte es von Menschen, es war kaum ein Vorwärtskommen in den Gassen der inneren Bezirke. Nachdem man dem Stephansdom seine Aufwartung gemacht und ehrfurchtsvoll über den Michaelerplatz spaziert war, trennten sich die Wege. Der Rittmeister begab sich ins Zeughaus und in das Archiv für Kriegsgeschichte, die Damen verloren sich in Geschäften und Magazinen. Frau Emma Wanka hatte Geld, Frau von Schimkowitz, die von ihrem Gatten an den eigenen Einkünften kurz gehalten wurde, gab sich den notdürftigen Anschein, eines zu haben. Marie hatte nur ein goldenes Fünfguldenstück, das ihr der Vater vor dem Abschied in das Börschen gesteckt hatte. Aber es wäre ihr gar nicht eingefallen, diesen Talisman zu wechseln und auszugeben. Wunschlos bestaunte sie alles, was sie sah, und freute sich mit den Schwägerinnen an deren Einkäufen. Wie ein Hündchen lief sie hinter ihnen durch das Gedränge, trug Mäntel und Parapluies und die sich bündelnden Pakete. Geduldig wartete sie, daß der zehnte Hut, den Frau Emma vergeblich anprobiert hatte, Frau Sibylle passen würde, nahm schließlich den Karton mit dem neuerstandenen Federungetüm freundlich entgegen und antwortete der Putzmachermadam, die ihr herablassend zugenickt hatte –

»Und das kleine Fräulein kann ihn ja tragen!« –, mit einem dankbaren Lächeln.
Daß sie einen so schönen Hut in das Hotel tragen durfte, schien dem armen Kind schon ein großer Trost. Aber das Wohnen dort gefiel ihr nicht so sehr, sie war verwirrt von der falschen Pracht der Halle und der Korridore, von der katzbuckelnden Dienstfertigkeit der Türhüter, Kellner und Zimmermädchen. Sie hätte sich viel lieber selbst das Bett gemacht und selbst die Schuhe geputzt, alle diese Handreichungen fremden Leuten zu überlassen, kam ihr widernatürlich und beinahe unanständig vor. Aber der Gatte schien es nun einmal nicht anders zu wollen; als sie sich einmal mit dem Kammermädchen in ein Gespräch einließ, bei dem sie erfuhr, daß jene in einem finsteren Bretterverschlag hauste und ihr Kind hatte fortgeben müssen, weil der Lohn nicht reichte, und daß dieses Kind mit Lungensucht auf den Tod lag, – als sie über diesem Gespräch von ihrem Gatten betroffen wurde, bekam sie es zu hören, daß sie sich ungehörig benommen habe. Denn mit dieser Sorte Menschen, so sagte Herr Bourdanin, rede man nicht in einer Großstadt; auf dem Land und zu Hause könne es noch allenfalls erlaubt sein, mit einem Angehörigen niederer Kaste ein paar Worte zu wechseln. Aber hier in der großen Stadt sei so etwas durchaus nicht am Platze.
Marie erstaunte über diesen Unterschied, sie sagte nichts.

Am ersten Mai wurde die Weltausstellung eröffnet. An diesem Tage blieb man im Hotel, denn das Gedränge auf den Straßen war unerträglich geworden. Im Pratergelände war dieser Tag den hohen und höchsten Herrschaften vorbehalten, den geladenen Gästen, die sich in einem ungeheuren Aufzug nach dem Praterstern und von dort zur Rotunde bewegten. Der Aufzug passierte auch an dem Hotel vorbei, in dem die Bourdaninschen Wohnung genommen. Das Fenster des ehelichen Schlafgemachs gewährte einen prächtigen Ausblick, und so saß man denn stundenlang dort und blickte hinab auf das Defilee der Wagen. Der Rittmeister kritisierte die Pferde, die Schwägerinnen weideten sich an den Toiletten. Wenn Uniformen erblinkten, beugte sich der Rittmeister vor und folgte ihnen mit den Blicken. Bei den preußischen Gästen runzelte er die

Brauen, bei den italienischen zuckte er die Achseln. Anfangs war das Wetter trübe, es regnete sogar eine Weile. Später heiterte der Himmel auf, man hörte Musiken schmettern, das Volk vergnügte sich auf seine Weise.

»Ein großer Tag«, rief Frau Emma Wanka, »ein Glückstag für die ganze Welt. Mariechen, weißt du es auch zu schätzen?«

Am Abend promenierte man auf dem Ring. Man speiste bei Meisl & Schadn, weil man bei Sacher keinen Tisch mehr bekam. Die Leute an den Nebentischen maßen die zarte, junge, schlicht gekleidete Frau mit verwunderten Blicken. Ein dreister Ulanenleutnant hob das Glas gegen sie und huldigte ihr mit einem Lächeln. Darauf zupfte sie den Gatten am Ärmel und sagte: »Schau, der Herr drüben kennt dich, er hat dich gegrüßt.« Der Ulan – über so viel weiblichen Unverstand verärgert – starrte angelegentlich in eine andere Richtung.

Nach einigen Tagen, als man erwarten konnte, daß das lebensgefährliche Gedränge im Ausstellungsgelände ein wenig abgeflaut sei, nachdem auch Frau Wanka ihre gewaltige Leiblichkeit in etliche neue Futterale gesteckt und Sibylle einigen, wenn auch bescheideneren Putz erworben hatte, fuhr man gemeinsam in die Lustgefilde jenseits des Donaukanals, zur neuen Rotunde.

Mariechen erstaunte, als sie das Gebäude sah, von dessen Ausmaßen und von dessen vielgerühmter Prächtigkeit sie sich gar keine Vorstellungen hatte machen können. Es war ihr beinahe, als hätte man ihre ganze Vaterstadt samt deren Kirchen und dem großen Ringplatz in dieses ungeheure funkelnde Gebäude stellen können, das aus gar keinen irdischen Stoffen errichtet zu sein, sondern eher wie eine Luftphantasie über dem Erdboden zu schweben schien. Allein die unzähligen Fahnen und Wimpel, die auf tausend Masten ihr Spiel trieben, waren ein blendendes Schauspiel für ihre unschuldigen Augen. Wenn man näher kam, verlor sich freilich dieser zauberhafte Eindruck. Offenbar war man nicht ganz fertig geworden mit dem ungeheuren Unternehmen. Überall sah man Spuren des Aufbaus, teilweise standen die Abteile noch leer oder waren wie Werkstätten anzusehen. Man richtete Wände und Behälter auf, packte Gegenstände aus Kisten und setzte andere aus ihren Be-

standteilen zusammen. Das gab ein Bild von tollem Durcheinander. Italiener, Slowaken, Ruthenen, Kroaten, Rumänen, Leute aus aller Herren Ländern waren hier beschäftigt, sie trugen ihre Trachten und stellten nicht ohne Eitelkeit und Absicht die Sitten ihrer Heimat zur Schau. So ließen sich die einen dabei beobachten, wie sie auf einem offenen Feuerchen ihre Polenta kochten und sie danach aus ihren Hüten aßen. So taten andere, als suchten sie einander die Läuse aus den Haaren. Der Rittmeister freute sich, wenn er die vielfältigen Idiome unterschied und den Burschen ein paar Worte in ihrer Sprache zurufen konnte. Besonders die Ungarn bedachte er mit seiner Vorliebe. Hier bei den fremden, kauderwelschenden Gesellen hatte er alle seine bürgerliche Zugeknöpftheit vergessen. Es seien gute Leute, versicherte er immer wieder, man müsse sie nur zu nehmen wissen, dann sei mit ihnen auszukommen, besser gewiß als mit den aufsässigen Mitbürgern deutscher Sprache; bei jenen gelte eben noch der *Herr.*
In dem runden Mittelraum des Ausstellungspalastes bewunderte man das Meer der Blumen und Blattpflanzen, das kühne Wasser-Spiel und die mit Purpur ausgeschlagenen Plätze der allerhöchsten Herrschaften, die hier bei der Eröffnung gesessen hatten. Marie durchrieselte ein frommer Schauder, als sie die Fußspitze auf den Rand des Teppichs setzte, über welchen, wie man ihr sagte, erst vor wenigen Tagen der liebe gütige Kaiser und die wunderschöne Kaiserin samt ihren herrlichen Kindern geschritten waren; dieselben, für welche dieses ganze schöne Österreich zu blühen, denen zuliebe der Himmel zu blauen und die Fluren zu schimmern schienen und denen zu Ehren, wie der Rittmeister erzählte, noch vor wenig Jahren so viele gute, junge, wackere Burschen ohne Wimpernzucken den Tod auf dem Schlachtfeld gestorben waren.
Die anderen Räume, die sich wie endlose Kirchenhallen aneinanderreihten, setzten Marie in Verwirrung: da waren Maschinen und tausend Dinge, deren Gebrauch, deren Nützlichkeit, deren Notwendigkeit sie ganz und gar nicht begriff. Wollten denn alle Menschen wie die Prinzen leben? Ihr fiel das arme burgenländische Stubenmädchen ein, deren Kind auf den Tod lag und für die aus der ganzen Fülle und Herrlichkeit nicht so viel abfiel, daß sie ihr Kind ernähren konnte.

Man war in den frühen Morgenstunden angekommen, zu Mittag war Marie bereits todmüde. Man kehrte in einen der großen Spiegelsäle ein und verzehrte ein opulentes Mahl.
Frau Wanka war von dem Zauber des Gesehenen wie berauscht. Sie hatte als einzige von den bisher vermählten Bourdanintöchtern einen Geschäftsmann geheiratet, einen tüchtigen Geschäftsmann, der sich umzutun wußte in der geschäftsfreudigen Zeit. Sie hatte sich an seiner wirtschaftlichen Begabung – wie an einer Art Influenza – angesteckt und schwärmte mit ihm, wie so viele damals, für Börsen- und Wechselgeschäfte. Sie betrachtete den allgemeinen Aufschwung und Fortschritt nur als einen Teil ihres eigenen ehelichen Glückes und bewunderte in ihrem Mann eine Art Personifikation des goldenen Zeitalters, wozu er freilich mit seiner großen fetten Gestalt, seinem goldfarbenen Kaiserbart und mit seinem zarten rosigen Teint vorzüglich geeignet schien.
Der Goldbärtige spielte auf der Börse; es war selbstverständlich, daß er spielte; ein so ingeniöser Geschäftsmann wie er konnte sich ein so todsicheres und einträgliches Geschäft wie das Börsenspiel doch keinesfalls entgehen lassen. Seine Frau war von seinen Erfolgen entzückt. Durch den Anblick der Weltausstellung aber, ungeahnter blendender Herrlichkeiten, war sie nun rein aus dem Häuschen geraten. Ihre runde Gestalt wallte vor Aufregung beinahe über die Ränder aller ihrer Korsette und Verschnürungen. Jetzt saß sie über dem Mittagsmahl: Karpfen, Wiener Schnitzel und Schlagrahmtorte. Während sie dieses ihrem ohnehin berstenden Umfang einverleibte, überschüttete sie ihren Bruder mit Ratschlägen zur Anlage seines Vermögens. Er hörte ihr mit halbem Ohr zu, sagte Hm und Ja und widersprach ihr nicht. Offenbar schien sie sich nicht ganz klar darüber, daß es seit einiger Zeit, seit seiner Schenkung an die erste Marie und seit der Errichtung des Hauses in der Jagemannstraße, nicht mehr so üppig um sein Vermögen bestellt war. Immerhin hatte auch er, von seinem goldbärtigen Schwager dazu bewogen, mit den geschmälerten Resten seines Geldes auf der Börse zu spielen begonnen, als ein Mann, der sich anständigerweise nicht drücken will, wenn der Ruf erschallt: Mesdames, Messieurs, faites vos jeux!
So saßen sie zu viert beisammen und tranken eben Kaffee, als der

Rittmeister mit einem Male aufsprang und heftig durch das Fenster winkte. Gleich nahm er auch seinen Hut und eilte hinaus.
Es währte eine Weile, bis er zurückkam. Da war sein Schritt rasch und federnd, sein Gesicht gerötet, seine Augen glänzten. Er habe den alten Korman getroffen, den guten alten Korman Bencze von Anno 59. Er sei hier in Wien und arbeite, trotz seines steifen Beines, als Zimmermann an der ungarischen Ausstellung. Es sei eine Schande, daß sich so verdiente Veteranen noch placken müßten, daß man ihnen keine bessere Rente zahle.
»Was tun wir nun?« fragte der Rittmeister. »Fahrt ihr zurück in das Hotel?! Ein Wagen wird aufzutreiben sein; ich bleibe mit Korman zusammen.«
Man brach auf und trat hinaus auf die Straße. Da stand auch schon der »alte Korman«, wie ihn Balthasar genannt hatte, ein Mann, nicht viel älter als er, mit schwarzem Haupthaar und Vollbart und einer glänzenden roten Nase in einem gutmütigen und fröhlichen Gesicht. Er trug eine abgeschabte, ihrer Abzeichen beraubte Militärmütze, hohe Stiefel und einen Schafspelz über dem weißen Hemd. Der Rittmeister ergriff seinen Arm.
Das seien seine Schwestern, sagte er, und das hier sei seine junge Frau. Der alte Korman verbeugte sich zweimal artig, aber das dritte Mal, vor Marie, zog er seine schwarzen glänzenden Brauen hoch, und über sein Gesicht verbreitete sich ein so unverhohlen entzücktes und liebendes Lachen, wie nur Kinder oder gewisse Sorten von Hunden zu lachen vermögen, und er verbeugte sich vor der kleinen Frau wie ein Pope vor dem Altar. Marie reichte ihm die Hand, er nahm die äußersten Spitzen ihrer Finger behutsam in die Höhlung seiner ungeheuren Pfoten und ließ sie behutsam wieder fahren und verbeugte sich abermals, zum Dank gleichsam für die Gnade dieser allerliebsten Handreichung.
Indessen hatte sich der Rittmeister bereits nach einem Wagen umgesehen. Als der Einspänner nun herangezuckelt kam – der Streik war glücklicherweise unterdessen beendet – und als die Damen, Frau Wanka und Frau Schimkowitz, in dem ächzenden Gefährt schon Platz genommen hatten und eben auch Marie den Fuß auf das Trittbrett setzte, zupfte der alte Korman den Rittmeister am Är-

mel und machte ein Zeichen. Er flüsterte seinem Herrn etwas ins Ohr, es konnte nichts anderes heißen, als daß dieser seine junge Frau doch nicht mit den anderen fortfahren lassen solle.
Der Rittmeister zögerte. Dann sagte er: »Marie, was sagst du dazu? Der Korman meint, du solltest bleiben.«
Marie hielt inne und lächelte, sie war froh-verstört. Ja, sie bliebe auch gerne, ganz gewiß bliebe sie gerne da.
So fuhren die zwei Damen allein davon, und die Neuvermählten standen mit dem freundlichen Rotgesicht auf der Praterallee, und eines blickte lächelnd zum anderen.
»Du weißt, wer der Korman ist?« fragte der Rittmeister und zog den Arm seiner Frau unter den seinen. »Er ist der tapfere Bursche, der mich bei Solferino gerettet hat, als ich verwundet unter dem Pferd lag. Er ist es auch, der mir immer den Tabak schickt für meine Meerschaumpfeife. Ja, ja, es gibt nur einen Korman auf der Welt.«
»Ise sie nix wahr, gnädige Frau«, sagte der Mann. »Nur eine Rittmeister gibt es auf Welt, was ist Mann Ihrer, ist einziger Herr! Was Grafen und Fürsten, nix wert! Rittmeister Ihrer einziger Held.«
»Glaube ihm nicht!« sagte der Rittmeister lachend. »Ich werde dir noch viel von ihm erzählen.«
Sie drangen noch einmal zu dem Ausstellungspalast vor, und der Rittmeister bat seinen alten Burschen für diesen Nachmittag los. Als sie wieder die Praterallee betraten, leuchtete ihnen die Sonne noch einmal so hell wie zuvor, die Kastanienbäume prunkten mit ihren Kerzen, und die tausend Farben des Lustgeländes funkelten durch das junge silbrig flimmernde Laub. Der alte Korman nahm Haltung an und sagte: »Und was ist Befehl?«
Der Rittmeister kraulte sich das Haar. »Dort drüben – dort wäre eigentlich der Wurstelprater. Wir haben ihn noch nicht gesehen, Marie, wie wär es, wenn wir mit dem Korman in den Wurstelprater gingen?«
»O ja«, sagte Marie, ihre Augen leuchteten auf. »Der Bohusch war auch einmal in Wien und hat uns von dort eine Karte geschrieben.«
Den Schafspelz zur Linken, den grauen Redingote zur Rechten, überschritt sie die breite Allee. Da lag schon die Budenstadt, und das protzige, von hundert Oriflammen wirbelnde Gelände der Aus-

stellung blieb hinter ihnen zurück. Sie traten durch ein buntbemaltes hölzernes Tor und waren nun da, wo das niedere Volk, das keine stolzen Träume des Fortschrittes träumt und keine Triumphe auf dieser mühseligen Erde erwartet, doch auch sein Stückchen Zauberei und Wunderwesen hat. Da waren die Hanswursttheater und Ringelspiele, die Bierschenken und Hippodrome und die kleinen Stände, bei denen sich die Kinder türkischen Honig, die Liebespaare Lebkuchenherzen kaufen konnten.

Für gewöhnlich mochte es um diese Zeit, in den ersten Stunden des Nachmittags, hier noch still sein. Jetzt aber, in der Zeit der Weltausstellung, rollte das Spiel pausenlos vom Morgen bis Mitternacht.

Zuerst wurde Korman an einem Ausschank getränkt und geatzt; Rittmeister Balthasar Bourdanin stieß mit ihm an. Auch Marie erhielt ihr Gläschen Likör und durfte es gegen Kormans Glas halten, und abermals verbeugte sich dieser vor ihr wie vor einem achten Weltwunder.

Er begann etwas zu erzählen von seinem Herrn, den er liebte und ehrte. Marie verstand nicht alles, aber sie begriff doch, daß es die Geschichte war, die ihr auch schon einmal zu Ohren gekommen, die Geschichte von der jungen Gräfin E., welche Bourdanin als junger Kavallerieleutnant vor einer verhaßten Ehe gerettet hatte. Es war zu N. gewesen, an einem schönen Frühsommersonntag: Das Offizierskorps der N.er Garnison war zu einem Ball in das Schloß geladen worden. Dieser Ball, das war ein offenes Geheimnis, war nur veranstaltet worden, well er einem ältlichen Marchese Gelegenheit geben sollte, um die Komtesse zu werben. Dieser Marchese war der Sprößling einer alten, vielleicht gar zu alten Familie, er war kahlköpfig, stieß mit der Zunge an und ließ sich täglich von seinem Kammerdiener darin unterrichten, was er heute zu tun und was er zu lassen habe.

Der Komtesse gefiel dieser Freier nicht. Die Frau Gräfin konnte die widerspenstige Tochter mit bösen Blicken fixieren, konnte ihr sogar heimlich in die Rippen stoßen, das Mädchen schnitt ein saures Gesicht, sie stand da wie ein Stock und knüllte das Spitzentuch zwischen den Händen.

Doch sie mußte die Polonaise mit dem Marchese tanzen, und nach der ersten Quadrille, da sich die anderen Paare in einem Walzer drehten, sollte der Freier, so war es ausgemacht, seine Werbung vorbringen. Das gräfliche Elternpaar verließ die Laube, in der das Paar, halb verborgen von Blattpflanzen, niedersaß. Alle wandten die Augen von dem Ort des delikaten Vorgangs ab, und alle waren doch gespannt darauf, welchen Ausgang er nehmen werde, und sie dachten an nichts anderes.

Da aber geschah es – etwas Furchtbares, etwas Unerhörtes geschah, ein junger Leutnant, irgendeiner von den Geladenen, bürgerlich war er noch dazu, fi donc! – ein junger forscher Mann, den das arme Mädchen dauerte, Bourdanin hieß er, hatte seinen Tschako unter den Arm geklemmt, näherte sich der diskreten Blattpflanzenlaube, nahm die Stufen dahin in einem Satz und bat die Komtesse zum Tanz.

Das Mädchen starrte ihn an, dann erhob es sich, zögernd zuerst, aber doch – man sah es! wie gerne, und folgte dem fremden jungen Mann hinab aufs Parkett.

Wer er denn sei, fragte sie, und wie er das gewagt habe?

Der Leutnant gab Bescheid. Er fürchte sich nicht, sagte er, nicht vor Tod und Teufel.

Für sie, antwortete das Mädchen, sei dieser Tanz leider nur ein Aufschub ihres Unglücks, ja! ihres Unglücks, das sage sie frank und frei, denn sie verabscheue den Marchese von ganzem Herzen. Aber die Eltern hätten ihr gesagt, sie müsse sich heute noch mit ihm verloben, und dürfe den Saal nicht verlassen, ohne daß sie dem Freier ihr Jawort gegeben habe. An allen Türen stünden die Späher und Sbirren.

Ei, habe der Leutnant darauf geantwortet, wenn es darauf ankomme, sie werde den Saal verlassen, und zwar augenblicklich, wenn auch schon durch keine Tür, sondern durch jene gläserne Wand.

Durch die gläserne Wand? staunte das Mädchen.

Richtig! hatte der Leutnant geantwortet, nur Mut! Und er habe sie auf einmal fest in den Arm gefaßt und habe auf die bis zum Boden reichenden Scheiben zugetanzt, die den Saal gegen die Terrasse abschlossen; hinter den Scheiben habe eine laue Sommernacht gestanden mit funkelnden Sternen und tausend Möglichkeiten in die

Freiheit zu entkommen. Achtung, habe der Leutnant kommandiert und das Glas in kühnem Schwung mit der Schulter durchgedrückt. Es habe gekracht und gesplittert, die Leute schrien und wollten zu Hilfe kommen. Aber der Leutnant habe, nachdem er noch ein paar spitzige Scherben mit dem gestiefelten Fuße weggetreten, die Komtesse durch die Lücke ins Freie geschoben.

Sie sei ihm draußen um den Hals gefallen, habe ihm einen Kuß auf jede Wange gegeben und sei dann, rasch wie ein Wirbelwind, die Freitreppe hinabgelaufen und in der Nacht verschwunden. Eine kleine Weile danach hörte er einen Wagen durch das äußere Hoftor rollen, hörte eine Stimme rufen und dann nichts mehr. Der Leutnant kehrte in den Saal zurück und verband sich lächelnd die zerschnittene Hand mit dem Taschentuch.

Die Komtesse habe zwei Jahre später einen reichen Schweinezüchter geheiratet, lebe mit diesem in glücklicher Ehe und habe ihm bereits acht gesunde, muntere Kinder geboren.

Marie schwieg und staunte zu ihrem Gatten empor. Ach, vor welch unendlicher Zeit mußte das gewesen sein, daß er eine junge unglückliche Komtesse vor einem ungeliebten Freier rettete, fast wie ein heilger Georg die Jungfrau vor dem Drachen. Das war schön gewesen von ihm, dem Mann, dem Gatten, in Marie wallte ein warmes Gefühl.

Unterdessen hatte sich Korman an einem Gulasch, an drei Paar Würstchen und einigen Gläsern Wein gestärkt. »Avanti, avanti!« rief er und schwang seinen Knotenstock: »Jetzt kommt das Beste.«

Der Rittmeister reichte seiner Frau den Arm und folgte dem lustigen Führer. Noch hielt er sich steif und würdig, strich sich nur mit verstohlener Geste unter den harten hohen Vatermörderkragen. Aber er lächelte stillvergnügt unter seinem buschigen Schnurrbart und ließ es geschehen, daß Korman sie an die Grottenbahn brachte und daß dieser, durch das Gedränge vor der Kasse bis an den Schalter durchstoßend, für des Rittmeisters Geld *neun* Billette erstand: neun Billette für die interessante Grottenfahrt, denn wer einmal gefahren sei, so versicherte er, der wolle immer noch einmal fahren, weil die Grottenbahn das Allerbeste sei an der ganzen Weltausstellung. Der Rittmeister machte ein zweifelhaftes Gesicht, doch gehorsam betrat er die hölzerne Treppe, von der man in die eisernen Wäglein stieg. Soeben hielt ein Zug, grelle Pfiffe ausstoßend, als wäre er atemlos angekommen von seiner Reise aus der finsteren Unterwelt. Die Jungvermählten nahmen auf einem Bänklein Platz und wurden mit einer Kette gesichert: das sei sehr nötig, beteuerte Korman, denn das Unternehmen sei gefährlich, und man müsse sich recht fest aneinanderklammern. Korman stellte sich hinter ihnen auf. »Mut!« rief er der jungen Frau zu. »Nix Angst haben vor Teufels Urgroßmutter!«

Der Zug begann zu rollen und fuhr immer rascher und unter wachsendem Getöse in die Grotte ein. Zuerst wurde es finster und kühl, die Musik verstummte, man hörte eine Glocke zwölfe schlagen. Irgendwo zeigte sich ein rotes und dann ein grünes Licht, und aus der Schwärze rückte ein geisterhaftes Bild daher: es zeigte eine grüne Wasserzelle, in welcher alle möglichen Meeresungeheuer schwammen und mit Schwänzen schlugen, mit Mäulern schnappten und aus Phosphoraugen Funken sprühten. – Dann kam ein anderes Bild heran, es zeigte eine Reihe brennender Häuser, im Vordergrund stand eine kleine Frauengruppe, die mit den Armen fuchtelte. Das sei, erklärte eine Stimme aus der Finsternis, das Unglück von Joachimsthal. Weiter fuhr die Grottenbahn, ein beleuchtetes Gerippe schwebte daher, und eine kalte Hand klatschte den Gästen ins Gesicht. Marie fuhr zusammen und faßte nach Bourdanins Arm. Er hatte sie an sich gezogen, und zum erstenmal wurde ihr wohl und tröstlich zumute: sie schmiegte sich näher an ihn und barg ihre Stirn an seiner Brust.

»Da sieh!« rief er. »Jetzt kommt des Teufels Urgroßmutter.«

Marie hob den Kopf und schaute.

Das Ding, das sich jetzt aus der Finsternis schälte, war glutrot und schrecklich. Es war eine Hölle, eine ganze Höllenlandschaft, mit kleinen Grotten und Herden, in denen Feuerchen brannten. Über den Feuerchen wurden arme Seelen geröstet; an Spießen staken sie oder saßen auf glühenden Stühlen, und kleine borstige Teufel zwickten sie mit eisernen Zangen. Aber in der Mitte der Hölle, auf dem Ararat des Inferno, saß eine ungeheuer dicke Frau: sie hatte ein Maul wie ein Haifisch und Augen, die ganz vor ihrem Kopfe lagen

wie große funkelnde Knöpfe. Ihre Augen drehten sich, und ihr Maul mahlte unentwegt. Auf kleinen Wäglein führten ihr die Teufel die armen Seelen zu, und mittels einer sinnreichen Vorrichtung stürzten sie ihr alle in das Gehege der Zähne.
Das war des Teufels Urgroßmutter, die alte Baubo, das Wunderwerk der Grottenbahn, das Mirakel der Weltausstellung. In den Zeitungen stand von ihr zu lesen, und man pries die mechanische Wissenschaft, welche ihr mit tausend geheimen Schrauben, Hebeln und Rädchen eine geradezu täuschende Lebendigkeit verliehen hatte.
Marie dachte nicht darüber nach, auf welche Weise sich das Ding bewegte, sie dachte nur, daß es sie an irgend jemand gemahnte, den sie selbst kannte, nur konnte sie nicht daraufkommen, an wen – –
Doch als sie später in einem der Wirtsgärten saßen und mit Korman eine Jause verzehrten und als die Musikkapelle spielte und der Rittmeister auf Kormans Mahnung seine junge Frau zu einem Ländler führte, da mit einem Male, als hätte ihr der rasche Taktschritt den Kopf ermuntert, fiel es Mariechen ein, und sie lachte hell auf.
»Was hast du denn, Marie?« fragte der Rittmeister.
»Ich lache«, sagte sie, »weil ich jetzt weiß, wem die Urgroßmutter in der Grottenbahn so ähnlich sieht.«
»Wem sieht sie denn ähnlich?« fragte der Rittmeister lächelnd.
»Der Frau Wrba«, versetzte Marie, »der Frau Wrba aus der Sachsengasse.«
Der Gatte runzelte die Brauen. Woher denn Marie die Frau Wrba kenne, fragte er. Ein anständiges Mädchen habe gar nichts von ihr zu wissen.
Sie habe doch bei derselben Greislerin eingekauft, antwortete Marie, bei der Sterbowa, weil diese am billigsten sei. Diese Auskunft schien der Gatte beruhigend zu finden, er zeigte sich rasch besänftigt.
Es war schon spät geworden, die schräge Sonne flimmerte golden durch die jungbelaubten Kronen. Der Rittmeister bestellte eine Flasche Rotwein und stieß mit Korman auf ein frohes Wiedersehen an. Die ungarische Ausstellung war fertiggestellt, und Korman wollte am nächsten Tag schon wieder nach Nagy-Kanizsa, wo er zu Hause

war, zurückreisen. Was er denn gar so eilig daheim zu bestellen habe, fragte Marie. – Oh, Korman setzte eine geheimnisvolle Miene auf. Das dürfe er vielleicht gar nicht sagen. Aber seine Frau – hm, hm – sie habe schon vier Buben und sei gar so erpicht darauf, auch endlich ein Mädchen zu bekommen, und da müsse er nun nachsehen, ob es ihr endlich gelungen sei, das mit dem Mädchen.
Marie lächelte und blickte zu Boden; es tat ihr leid, daß Korman wegfahren wollte, daß er so früh schon verschwand, der sie wie ein guter Engel durch die Grottenbahn geleitet hatte.
Sie mieteten nun einen Wagen und kehrten in das Hotel zurück. Korman saß neben dem Kutscher auf dem Bock. Vor dem Hotel schüttelten die Männer einander die Hände. Vor ihr, Marie, verneigte sich Korman, nicht ganz so zerschmolzen-ehrfürchtig wie das erstemal, sondern verschmitzt lachend und zutraulich geworden, aber womöglich voll noch überschwenglicheren Wohlgefallens als zuvor. Als sie durch die Drehtür nach ihm blickte, sah sie ihn noch draußen stehen, die alte Militärmütze schwenkend, und auf seinen lachenden Lippen lag ein Ruf wie: Eljen!
Mariechen erschrak, als sie sich droben im Zimmer im Spiegel erblickte. Ihre ganze Frisur war aufgelöst, und die kleinen Locken, die sie sich am Morgen mühsam aus den Papilloten gewickelt hatte, hingen ihr zerzaust um das erhitzte Gesicht. Hastig griff sie nach ihrem Gerät, um sich ein wenig hübsch zu machen, ehe sie nach unten gingen, um mit den Schwägerinnen zu nachtmahlen.
Auch der Rittmeister war beschäftigt, seinen Aufzug in Ordnung zu bringen. Er war vergnügt und pfiff leise vor sich hin:

Es war ein Grenadier,
der hatte Weib und Kind ...

In diesem Augenblick geschah es, daß über Mann und Frau, über Balthasar und Marie, die miteinander verbunden waren für ihr ganzes Leben, wie ein zarter, zitternder Lichtflaum das Glück erschien, nicht die falsche gläserne Kugel der Fortuna, sondern die schmiegsame Flocke, die winzige Segenszunge aus dem unendlichen heiligen Feuermeer der Liebe, und gerade als sich der Mann

niederbeugte, um der jungen Frau einen Kuß, den ersten nicht eheherrlich-fordernden, sondern zärtlich-werbenden Kuß, auf die Stirn zu drücken, da erscholl draußen ein Schrei.
Gleich darauf hastete ein Schritt, die Tür wurde aufgerissen, und Frau Emma stürzte herein, totenblaß, wankend, die schwarzen Augen aufgerissen. »Ah«, schrie sie, »alles ist aus – alles ist aus!«
Sie hielt ein Blatt in der Hand, ein Stück Zeitung. Und nachdem sie es dem Bruder zugeschleudert hatte, brach sie ächzend über dem Sofa zusammen.

## *»Wir sind arm geworden . . .«*

Mariechen war auf sie zugelaufen und hatte sie umklammert, aber der schwere Körper entglitt ihr. Sie lief an den Waschtisch, brachte ein Glas und Bourdanins Flasche mit Kölnischem Wasser. Frau Emma zerwühlte sich unterdessen die hochtoupierte Frisur.
»Das überleb' ich nicht«, wimmerte sie, »das überlebe ich nicht. Alles ist aus, alles ist verloren, mein armer Wanka, mein armer Mann.«
»Ist er denn tot?« flüsterte Marie.
Währenddessen stand der Rittmeister, hielt das Zeitungsblatt und starrte darauf nieder. Sein Gesicht verfinsterte sich, seine buschigen Brauen schoben sich gegeneinander, seine Zähne ergriffen die Spitzen seines Schnurrbartes und knirschten dabei, als wären sie aus Glas.
Mariechen blickte zu dem Gatten empor, das Herz wollte ihr stillstehen vor Schreck. – »Ach, du mein Gott«, flüsterte sie, und die Ahnung eines großen Unglücks breitete sich wie Finsternis über ihre Seele.

Es war ein Unglück, in der Tat, ein großes Unglück sogar. Denn zum erstenmal seit dem Beginn des neuen Zeitalters war etwas ganz Unvorhergesehenes geschehen. Die stolze Scheinwelt, die gläserne Kugel des Glücks hatte einen Sprung bekommen, und was sich an Pracht und Märchenherrlichkeit dem vor Stolz geblendeten Auge gezeigt hatte, brach mit einemmal in tausend Scherben auseinan-

der. Es war der große Bankkrach, das alle Länder umfassende allgemeine Debakel.
Das Geld war fort, das man auf die Banken gelegt hatte, damit es dort wachse und gedeihe und Zinsen trage, wozu Geld doch bestimmt und wozu es jedenfalls von der weisen Allmacht im Haushalt der Welt eingesetzt war. Die Börse war gestürzt. Alle Aktien und Papiere, die hoch oben auf den Gerüsten des Erfolges und Gewinns umhergeturnt waren, hatten mit einemmal, wie vom Blitz gefällt, ihren Stand verloren, sie waren gestürzt, in einen Schlund des Unheils gestürzt und hatten sich am Grunde des Schlundes alle zusammen die Hälse gebrochen. Die Spekulationen waren zerstört, die Industrien ruiniert; man hatte aufgebaut und gearbeitet ohne Aufträge und Absatzmärkte, in blindem Vertrauen darauf, daß die ganze Welt bereit sein werde, alles Produzierte mit gutem Gold zu kaufen. Auf einmal zeigte es sich, daß niemand kaufte und niemand danach fragte, was die allzu eifrig klappernden Maschinen hervorgebracht hatten. Die Gesellschaften waren zerkracht; die sich zu Tausenden über dem Boden der alten Wirtschaft aufgebläht hatten, jeden Tag zu Dutzenden hervorschießend, wie Schwämme, sie alle waren plötzlich zertreten und zertrampelt. Man wußte nicht, wer getreten und wer getrampelt hatte, aber in allen Ländern und Kapitalen war dieselbe Vernichtung angebrochen. Wieso denn nur? schrie man auf und faßte sich an den Kopf. Hatte der Mensch nur dazu seine eilig rotierenden Druckerpressen und seine schnellen Fahrzeuge erfunden, daß er die Hiobsbotschaft an allen Enden zugleich verkünden lassen konnte? Die Barometer der Hoffnung fielen mit einem Schlag von Schön auf Sturm, die Thermometer des bürgerlichen Glückes sanken von Siedehitze auf Nordpolkälte. Der Vorhang rauschte zusammen über der Bühne der Lustbarkeit, und die Nemesis erschien aus der Versenkung des Proszeniums und sprach ihr erstes Menetekel über das Bürgertum.

Rittmeister Bourdanin und seine Frau fuhren am anderen Morgen von Wien ab. Billchen reiste mit ihnen. Auch Frau Wanka hatte schon ihre Koffer gepackt, dann besann sie sich, daß sie ein Kostüm noch nicht erhalten hatte und daß sie darum bleiben müsse, bis die bestellte Robe fertig geworden sei. Zum Abschied umarmte sie Schwägerin und Schwester. – »Grüß meinen armen Wanka!« sagte sie wohl an die zehnmal und schnupfte ihre Tränen zurück. »Es wird ihn hart getroffen haben, ich darf nicht daran denken, wie hart!«

Sie kamen zu Hause an. Am Abend darauf fand im Kameralamt ein großer Familienrat statt. Die Töchter des Hauses, die Schwiegersöhne, die Schwäger – sie alle stellten sich bei Frau Josefin ein und berieten die Lage. Alle hatten verloren, fast alle, und wenn man es recht überlegte, war nichts mehr zu beraten und zu beschließen, sondern nur mehr das Unabänderliche hinzunehmen wie bei einem Todesfall. Dennoch hatten sie sich versammelt und saßen beieinander an einem langen, mit einem verschossenen grünen Tuch bedeckten Tisch. Frau Josefin war bleich und hatte rotgeränderte Augen; Herr von Schimkowitz lief keuchend auf und nieder. Doktor Rübsamen war still wie immer, hielt seine Frau Rosine neben sich – Sinchen nannte er sie – und streichelte ihr von Zeit zu Zeit tröstend die Hand. Wanka war nicht erschienen. Er hatte – so hieß es – die größten Verluste erlitten. Franziska Bourdanin, die noch Unvermählte, hielt ein Blatt vor sich ausgebreitet und studierte knöchernen Gesichts die Zahlenkolonnen, die sie selbst darauf notiert hatte, die hoffnungslosen neuen Kurse der Papiere, die Liste der zahlungsunfähig gewordenen Banken, der insolventen Gesellschaften.
Der Rittmeister erschien als letzter. Er küßte seiner Mutter die Hand, verbeugte sich in die Runde.
Bei Balthasars Erscheinen verstummte das Gespräch. Man maß ihn mit den Blicken, mit welchem man Jungverheiratete zu mustern pflegt. Aber Balthasars Mienen verrieten nichts.
»Wie geht es deinem Frauchen?« fragte Schwester Rosine.
»Du meinst Marie?« versetzte Balthasar. »Wie soll's ihr gehen? Es geht ihr gut.«
»Wo bleibt Wanka?« Schimkowitz stemmte die Fäuste auf den fahlgrünen Tisch. Schon ein dutzendmal hatte er dieselbe Frage gestellt. –

»Ich war bei ihm«, fuhr er fort. »Der Herr läßt sich verleugnen. Natürlich. Verleugnen! Ich werde mich auch verleugnen lassen, wenn meine Gläubiger kommen. Was hat er mir vorgeschworen, daß die Papiere reüssieren werden? Seinen Kopf wollte er für sie verwetten.«
Die anderen senkten die Blicke.
»Und seine Gattin?« tobte er fort. »Wo ist sie geblieben, die liebe Emma? In Wien? Sehr gut! Sie weiß sich aus der Affäre zu ziehen. Ein Loch haben mir die beiden in den Bauch geredet, bis ich ihre Pleiteaktien gekauft habe. Jetzt bin ich der Gerupfte. – Keine Seitenblicke, Sibylle, wenn ich bitten darf!« Der Lange rollte die Augen, sie glichen jetzt den Lichtern einer großen fauchenden Katze. Frau Josefin reckte sich in ihrem Ohrenstuhl. »Du irrst«, sagte sie. »Soviel ich weiß, hast nicht du dein Geld verloren, Schimkowitz. Es war Billchens Geld, mit dem du spekuliert hast.«
»Mutter, ich möchte bitten!« Der Rittmeister trat dazwischen. »Wie kannst du?! – Nein«, fuhr er fort, »so geht das nicht. Es ist ein Unglück, niemand trägt die Schuld, darum soll auch niemand einen Vorwurf erheben.« Und leise schloß er: »Es sollen sogar die allerhöchsten Herrschaften schwere Verluste erlitten haben.«
Nach diesen Worten wurde es still. Ein Schauder lief über alle Anwesenden hin, ein Schauder der Ergriffenheit. Nur Franziska, die die demokratischen Neigungen ihres Vaters geerbt hatte, blickte ungerührt auf ihre Notierungen.
»Aber es muß doch etwas *geschehen«,* ächzte Schimkowitz. »Es kann doch nicht gestattet werden, daß einer – mir nichts, dir nichts – den anderen in den Ruin reitet.«
»Gewiß.« Der Rittmeister blickte die lange Tafel hinab. »Aber ich bitte euch – bitte euch alle, Fassung zu bewahren. Es ist ja nicht nur eine persönliche Einbuße, es ist ein allgemeines Desaster. Das Vaterland« – der Rittmeister atmete schwer – »das Vaterland geht düsteren Tagen entgegen. Es heißt, es drohe der Staatsbankrott. Dagegen sind wir noch leidlich weggekommen.«
»Leidlich!« kreischte Schimkowitz. »Sagen Sie: leidlich, Schwager?«
»Ich möchte bitten.« Der Rittmeister hielt inne, er drückte Zeigefinger und Daumen gegen die Augäpfel, als wollte er einen in seinem Gesicht tobenden Schmerz für Sekunden eindämmen. »Ich

möchte bitten ... Ist jemand unter euch, der der Hilfe bedarf, er soll es bekanntgeben. Niemand aus der Verwandtschaft soll in Schwierigkeiten geraten. Die Familie wird ihre Pflicht tun.« Der Rittmeister zog seinen Notizblock. »Jeder nennt die Summe, die er verloren hat.«

»Dreitausendfünfhundert!« rief der von Schimkowitz überschnell, »dreitausendachthundert – nein, viertausend!« Der Rittmeister notierte.

Da erhob sich die Unvermählte, Schwester Franziska, ihre schwarzen, schief geschlitzten Augen sprühten vor Zorn. »Halt«, rief sie. »Was ist das? Willst du etwa bürgen, Balthasar?«

Der Rittmeister ließ den Block sinken. »Allerdings«, antwortete er. »Das will ich.«

»Nein! Ich nenne die Summe nicht, und dich, Mutter, fordere ich auf, die Summe nicht zu nennen, und dich, Onkel Johann, und dich, Rübsamen. Balthasar, du bist ja verrückt.«

»Franziska!«

»Ja, du bist verrückt. Du hast nichts mehr. Du bist von uns allen am übelsten dran, aber du willst noch nobel sein, ich kenne das.«

»Ich verbitte mir –«

»Franziska hat recht«, rief Frau Josefin.

»Aber«, rief der Rittmeister außer sich, »aber Wanka hat siebzehntausend verloren, soll er bankrott gehen, wie?«

»Wanka und bankrott? Er wird sich schon zu helfen wissen. Sag du uns, Balthasar, was dir von deinem ganzen väterlichen Vermögen geblieben ist?«

Der Rittmeister erblaßte. »Darüber verweigere ich die Auskunft.«

»Aha.« Die Schwester rief es in düsterem Triumph. »So hast du nichts mehr davon; jetzt wissen wir es: *nichts.*«

»Nichts, wie du es zu nennen beliebst, habe ich nicht. Man kann im Grundbuch Nachschau halten.«

»Ah!« Frau Josefin fuhr heftig empor. »Ich weiß schon, was du sagen willst. Du willst verkaufen, wieder verkaufen. – Was hast du getan dein Lebtag als deine Anteile verkauft? Den Weinberg, den Steinbruch, den schönen Garten an der Weleslawingasse. Der Garten hat zu meinem Heiratsgut gehört. Ich habe ihn dir geschenkt. Ach, dreißig Zwetschgenbäume waren in dem Garten, gute Bäume, schon meine Mutter hat von ihnen den Powidl eingekocht. Aber du, was hast du getan? Du hast den Garten verscheppert und hast dafür das Pferd gekauft, das widerwärtige Biest, den Aladin.«

»Mutter«, knirschte Balthasar Bourdanin.

»Wer bist du?« schrie sie, »wer bist du, daß du wie ein Herr leben willst, wie ein Kavalier? Dein Vater war ein einfacher Buchdrucker, und dein Großvater, mein Vater, hat noch mit eigener Hand den Brotteig geknetet. Woher kommt dir denn der Hochmut, der verdammte? Jetzt hast du alles verloren, alles, aber du willst den Noblen spielen immer noch.«

»Mutter, wahre deinen Mund!«

»Gib mir den Garten wieder!« rief sie in Tränen ausbrechend. »Den Garten wenigstens, für den du das Vieh gekauft hast.«

»Genug!« Der Rittmeister stieß das Wort hervor, daß seine Mutter erbebte.

»Genug«, murmelte er noch einmal. Seine Miene war eigentümlich verzerrt. »Ich – ich –«, sagte er. Er schluckte. »Ich empfehle mich. Ich bitte die Herren um Entschuldigung. Sie werden von mir hören. Guten Abend!« Damit drehte er sich um, griff nach seinem Hut. Er bewegte sich gegen die Tür, klinkte auf, trat hinaus, drückte die Tür leise hinter sich ins Schloß.

## *Das Schlachtopfer*

Indessen war Marie allein in dem neuen, ihr fremden Haus geblieben. Sie hatte die Kinder zu Bett gebracht und die Mägde fortgeschickt. In den Leuchtern steckten brennende Kerzen. An den Fenstern wehten die Vorhänge, als bliese hinter ihnen ein sanfter Atem. Marie hatte ihren Schrank geöffnet und legte ihre Kleider, ihre Wäsche und was sie mitgebracht hatte von Wien zu den Dingen hinein, die schon drinnen lagen. Alle Augenblicke mußte sie sich umsehen. Die Wände, die Kamine, die Decke, die Türen, alles kam ihr so seltsam vor. Auf Zehenspitzen schlich sie die Wand entlang und betrachtete die Bilder. Auf einem Ehrenplatz, in einem neuen gol-

denen Rahmen, hing das Bild der ersten Frau. Marie trat zurück und betrachtete es. Dann erschrak sie, lauschte, kehrte zu ihrer Arbeit zurück.
Sie trug ihr Haar in ein schwarzes Samtband geschlungen, glatt von den Schläfen gekämmt. Die Papilloten hatte sie im untersten Fach einer Kommode vergraben. Der Gatte hatte ihr verboten, die Haare zu locken. Er hatte ihr auch verboten, am Werktag auf dem schwarzen oder dunkelblauen Kleid einen weißen Kragen oder Schal zu tragen.
»Wir sind arm geworden«, hatte er gesagt. »Wir sind arm geworden. Ich dulde keinen Firlefanz. Was erwarte ich von dir? Fleiß und Pflichttreue, sonst nichts.«
Marie saß nieder, seufzte und schüttelte den Kopf. Sie dachte an den Nachmittag in der lustigen Prater-Au, an das Schellen der Grottenbahn, an Korman Benczes gutes, überschwenglich lachendes Gesicht. Sie sprang auf, ihr war, als müßte sie zu Balthasar laufen, als müßte sie ihn fragen, ob er nicht auch dessen gedenke; ob er's noch wisse, wie es war, als die Teufelsurgroßmutter die armen Seelen fraß und wie die kleinen Teufel in ihren rotbestrahlten Höhlen gehämmert und mit den Köpfen gewackelt hatten. Aber an der Tür hielt Marie inne, kehrte um und blieb.

In dieser Nacht lag Vater Halik auf seinem Bett und wälzte sich ruhelos in seinen Kissen. Seine Lider brannten, in seinen Ohren flüsterte es wie von tausend zischelnden Stimmen. Jeder Laut auf der Straße ließ ihn zusammenfahren. »Hilf, lieber Gott«, murmelte der alte Mann bei sich, »helft! Jesus! Maria!«
Seit Mariechens Hochzeit hatte er keine Ruhe gefunden. In seinem Herzen hatte ihn die Ahnung berührt, daß irgend etwas Falsches geschehen war. Etwas Grundfalsches. Immer wieder stieg ihm das herzzerreißende Bild auf, wie Marie an ihrem Hochzeitstag in ihrem weißen, schlicht geschnittenen Kleid, mit dem Rosmarinkränzchen im Haar die Stufen emporstieg zum Traualtar; wie sie den Blick dem Gatten zugewendet, den furchtsamen, unwissenden, kindisch ahnungslosen Blick; wie sie niedergekniet war und die Hände gefaltet hatte und die Hand dann hingegeben in die Rechte des Bräuti-

gams, ein Kind, das nicht weiß, wie ihm geschieht, das nicht ahnt, was ihm angetan wird.
Der Vater stöhnte laut. Was, o mein Gott, was hatte er nur getan, indem er Mariechen zuredete, den Antrag anzunehmen? Was hatte er sich einfallen lassen, dieses Kind in diese Ehe zu geben und es einem fremden Schicksal auszuliefern? Wie fremd, wie furchtbar fremd dieses Schicksal war, davon hatte der alte Halik heute eine Probe bekommen.
Manchmal leuchtet ein Ereignis tief hinab in den Brunnenschacht des menschlichen Herzens. Da werden die Farben der Tiefe sichtbar, der dunkle Purpur verborgener Lebensimpulse, die fahlen gebrochenen Tone längst verschütteter Schichten; ratlos und verlegen stehen die einen, wenn sie unversehens einen Blick hinabgetan, und sie wenden sich ab und schaudern. Andere wieder sind, die werden angelockt und beugen sich über den Brunnenrand und sehen es drunten funkeln und glühen wie von Schätzen edlen Gesteins.

Auch Ernestine lag wach in ihrer Kammer, auch sie vermochte nicht zu schlafen. Eine Kerze brannte neben ihrem Bett. Sie beleuchtete den weißgedeckten Tisch, den Schrank aus weichem Holz, die weiße, mit einem Kreuz geschmückte Wand.
Aber vor diesen Dingen oder hinter ihnen, sie durchdringend, wechselten vor des Mädchens Blick andere Bilder.
Auch sie sah Marie im Brautkleid an der Seite des Mannes stehen. Auch sie sah ihren unwissend kindischen Blick, doch sah sie auch den dunklen des Bräutigams auf der Schwester ruhen, der zu fragen schien, zu fordern ..., zu mißbilligen. Dann sah Ernestine, wie Marie aus Wien zurückgekehrt war, ein überanstrengtes, aufgeregtes und verwirrtes Kind, nicht mehr als ein Kind, immer noch nur ein Kind, und sie hatte doch zehn Tage und zehn Nächte mit dem Mann gelebt! Ach, du mein Gott! Hatte sie denn nichts anderes erfahren als Verwirrung, Schreck und Leid, war sie denn nicht *fähig* gewesen, etwas anderes zu erfahren? – Ernestine saß in ihrem Bett auf, sie vergrub die Finger in ihr Schläfenhaar. War es denn möglich: Marie – Balthasars Frau – und sie würde ihn nie-

mals verstehen, niemals auch nur die geringste Ahnung davon haben, was dieser Mann und wie einsam und stolz und wie unglücklich er war!?
An diesem Abend war etwas geschehen: Es war schon dunkel geworden, da war Ernestine in den Garten gegangen; die Luft war mild, still und weich, schon war der Jasmin verblüht und seine abgefallenen Blütenblätter lagen wie ein weißschimmerndes Tuch auf dem schwärzlichen Rasen.
Ernestine war gerade in das Salettel getreten, in das kleine Gartenhaus an der westlichen Mauer, da fiel ein Schuß.
Das Mädchen war zusammengefahren. Eine erste Regung, in das Kamerale zurückzurennen, unterdrückte sie, unwillkürlich kauerte sie sich hinter die Lattenwand, das Echo schauerte von den benachbarten Häusern, dann war wieder Stille.
Da erblickte sie zwischen den Stämmen der Obstbäume ein trüb glosendes Licht, es kam aus einem der Ställe, aus dem Pferdestall der Bourdanins. Eine Gestalt trat in das helle Viereck der Tür.
Ernestine erkannte, wer dort stand, wer die Hand jetzt hob, sich über die Stirn fuhr, eine Sekunde schwankte, als wüßte er nicht wohin. Dann fiel die Tür hinter ihm zu, Ernestine hörte eilige Schritte, sie knirschten im Kies, verloren sich in der Nacht.
Da plärrte eine Stimme aus dem Stall: »Haha, das Pferd, das Pferd. Herr Onkel, Herr Onkel. Bourdanin hat nur das Pferd erschossen.«

## *Gotteskinder*

Es war Schimkowitzens Stimme, die das schrie; und alsdann, in endloses Gelächter ausbrechend: »Haben Herr Onkel einen Selbstmord gefürchtet – –? Hahaha, nein, nein! Man hat den billigeren Weg gewählt.«

Onkel Johann und Herr von Schimkowitz waren eben aus der Familienversammlung aufgebrochen, um nach Hause zu gehen. Auf dem Weg über die Treppe hinab hatten sie den Schuß vernommen.

Beide waren, auf derselben Stufe, stillgestanden und hatten wie aus einem Munde gerufen: »Was war das?«
»Das war ein Schuß«, hatte Herr von Schimkowitz dem alten Johann und sich selbst geantwortet; »und«, fuhr er gleich fort, »der Teufel hole mich, wenn da nicht was passiert ist.«
Augenblicklich begann Onkel Johann zu zittern. »Was sollte denn um Gottes willen passiert sein?«
»Nun! Man weiß doch wohl – Bourdanin – dem trau ich alles zu.«
»Maria und Josef!« Onkel Johann bekreuzigte sich. »Heiliger Antonius, hilf!«
Der Riese sprang in den Flur hinab. »Kommen Sie, Onkel«, rief er. »Wir müssen nachsehen! Rasch!«
Onkel Johann steckte sein Gesicht in die Öffnung seines Zylinders und betete laut.
»Seien Sie ein Mann! Vorwärts!«
Da aber schwangen oben schon die Türen, Schritte rappelten die Treppe herab. Eine gellende Frauenstimme rief von oben: »Was ist geschehen?« Rübsamen hastete herbei. Auch im Gesindetrakt wurde es lebendig. Endlich fand sich eine ganze Schar im Stall zusammen.
Da lag Aladin, der Rappenhengst, das edle Pferd aus dem berühmten Gestüt, lag in seiner Box auf blutbesudeltem Stroh, und sein Kopf lag in der Rinne, mit lechzender Zunge, das eine Auge weit aufgerissen, das andere von Blut und Hirnmasse quellend.

Eine kleine Viertelstunde später wanderte Herr von Schimkowitz mit Onkel Johann nach Hause. Um keinen Preis der Welt hatte Onkel Johann mit den anderen in den Stall gehen, noch hatte er hinaufsteigen wollen zu der Witwe Bourdanin, noch überhaupt in dem Hause bleiben, in dem er sich so sehr erschreckt hatte. Unablässig hielt er sein Taschentuch vor die Lippen und spuckte, was ihm an Speichel zusammenlief, hinein. Das war eine Überzeugung in der Familie Bourdanin, daß man, wenn man erschreckt worden war, ausspucken müsse, je öfter und gründlicher, desto besser, damit man keinen Schaden nehme an Nerven oder Säften.
Herr von Schimkowitz brachte es nicht zuwege, den alten Herrn

zum Bleiben zu veranlassen, wo er selbst so gerne geblieben wäre, um über den Fall zu räsonieren und zu diskutieren. Aber weil er zuvor Onkel Johann seine Begleitung angeboten und weil dieser nun darauf bestand zu gehen, so konnte auch der Riese mit dem Feuermal nicht anders und hoffte, wenigstens auf dem Weg auf seine Rechnung zu kommen. Listig suchte er Johann auf eines der Bänkchen am Rande des alten Stadtgrabens zuzusteuern.

»Nein, dieser Balthasar, dieser Balthasar, schießt er den teuren Gaul zusammen! Hat man schon eine solche Tollheit erlebt? – Nun, Sie, Herr Onkel, werden ihn kennen, den Neffen – Schwiegersohn, den Gatten Ihrer seligen Tochter. Sie wird auch nichts zu lachen gehabt haben in dieser Ehe.«

Undeutlich murmelte der alte Herr in sein Taschentuch; tapfer drückte er sich an den Bänkchen vorbei. Er könne sich nicht niederlassen, bedeutete er seinem Begleiter, er vertrage die Feuchtigkeit nicht, er habe es im Kreuz.

»Und was sagen Sie dazu, daß sich diese Franziska so ereifert hat? Was wäre schließlich dabei gewesen, wenn ein jeder seine Verluste genannt hätte? Ich bin immer dafür, mit offenen Karten zu spielen. Sie, lieber Herr Onkel, sind es gewiß auch. – – Ihre Verluste, Herr Onkel, ich hoffe, sie waren nicht zu hoch?«

»O danke, danke, sie genügen. Nein, mein Bester, verzeihen Sie, ich kann keinen Umweg machen; mein Rückgrat – ich glaube, ich bin erkältet.« Und unbarmherzig strebte der leise, zarte alte Herr vorwärts nach Hause.

Der Riese zögerte bei jedem Schritt. »Haben Sie denn keine Aktien gekauft?« versuchte er nochmals sein Glück.

Ach, Johann kratzte es in der Kehle. Er räusperte sich, endlich hustete er aus Kräften. Seine Antwort ging in dem Anfall unter. Als sie in den Ringplatz bogen, hatte er den Hausschlüssel schon aus der Tasche gezogen.

»Ist es wahr, daß Balthasar nie zur Kirche geht? Am Sonntag geht er ins Dampfbad, hab' ich mir sagen lassen. Ein greulicher Ort. Nackte Männer, Wasser und Hitze. Möchte wissen, was er dort auszuschwitzen hat, der hitzige Knabe.«

»Hm, hm. – Da bin ich. Gute Nacht, Herr Neffe, empfehle mich tausendmal. Einen Gruß an Sibyllchen. Gute Nacht, gute Nacht!« – – Durch das nur ein Spältchen geöffnete Tor schlüpfte die schmale Patriarchengestalt in das Innere des Hauses.

Langsam stieg er die Treppe hinauf. Oben angekommen, trat er auf Zehenspitzen ein. Im Flur verwahrte er Zylinder, Stock und Paletot. In seiner Stube brannte noch Licht. In den Hausmantel geschlüpft, schloß er das offene Fenster. Auf dem Tisch wartete ein Täßchen Taubnesseltee, mit Honig gesüßt. Onkel Johann trank in kleinen Schlückchen. Dann holte er sich eine Pfefferminzpastille aus dem Glasservant. Endlich saß er nieder, faltete die feinen Hände auf dem Bauch, ein Lächeln verklärte sein Gesicht.

Das war sein Geheimnis, das er nicht hatte preisgeben wollen – und das er zuletzt Schimkowitz hätte preisgeben wollen, dem mißgünstigen Riesen: daß er *nichts* verloren hatte. Er, Johann Bourdanin, hatte nichts verloren, rein gar nichts in der großen Sintflut, und wie einst Noahs Haushalt, schwamm all sein Eigen in einer sicheren Arche über den Wassern. Die sichere Arche war ein kleiner eiserner Schrank, in dem Onkel Johann seine Goldgulden verwahrte, hübsche kleine Goldguldenrollen, ein ganzes Häuflein. Niemandem hatte er sie anvertrauen wollen, keiner Bank und keinem Unternehmen. Wie hätten ihn vor einer Woche noch die Wankas und Schimkowitze ausgelacht als hinterwäldlerischen Strumpfbankier, als Mann, der sein Glück nicht zu machen verstehe! Ja, ja. Wie hätten sie gelacht! Heute durfte er lachen. Aber er lachte nicht.

Er lächelte nur, und als es ihm zum Bewußtsein kam, daß er's tat, strich er rasch über sein Gesicht – versuchte seine Züge wieder in ernste Falten zu legen. Er fürchtete den Neid der höheren Mächte. Dort stand die Kasse, die seine Gulden bewahrte. Über ihr hing das wundertätige Muttergottesbild vom Weißen Bergl. Onkel Johann erhob sich, trat sachte hin. Rasch schlug er ein Kreuz.

Er war ein frommer Mann, der einzige, der letzte von den Bourdanin-Männern, der dem Glauben seiner Kindheit treu geblieben. Jetzt hatte Gott ihn dafür belohnt. Tränen der Rührung quollen ihm unter den Lidern. Ein süßes Schluchzen durchschütterte ihn. Der Regenbogen der Versöhnung schwebte über seinem Hause, über dem Haus der Auserwählten.

Oder – hatte auch er gesündigt?
Johann schlurfte an den Tisch zurück, starrte abwesenden Blickes in den Flammenkranz des Petroleumlichts. Wieder stand Balthasar vor seinem inneren Auge: Wie er ihn heute gesehen, wie er ihn neulich erblickt hatte bei der Hochzeitsfeier; dann: als sie Marie begruben, seine Tochter, das arme ahnungslose Kind. – Der alte Johann seufzte tiefer als zuvor. Alles Übel, dachte er bei sich, alles Übel kam vom Glück; von jenem Glück, das Balthasars Vater in der Form des großen Treffers heimgesucht hatte; es hatte diesen schon aus der alten, engen frommen Welt gelockt, er war ein Freigeist geworden, und der jüngere Balthasar war vollends kein Christ mehr.
Nein, Balthasar war kein Christ. Wie kann ein Mensch den Anspruch erheben, ein Christ zu sein, wenn er Sonntag für Sonntag, während andere zur Kirche eilen und ihre Seelen läutern, ins Dampfbad geht und dort seinen Leib ausgepichten türkischen und heidnischen Methoden unterwirft, um – Gott weiß was für – eingebildete Unreinheiten auszuschwitzen?
Einmal hatte der Neffe ihn sogar verführt, mit ihm zu kommen. Es war zu der Zeit, als Balthasar mit Marie verlobt war und als die enge Verbindung zwischen ihren Häusern florierte. – »Du wirst dein Vergnügen haben«, hatte Balthasar gesagt. »Wer nicht ins Dampfbad geht, ist gar kein Mensch. Nur vergiß nicht das wichtigste, die kalte Dusche zum Schluß; wer sich nicht eiskalt duscht, verweichlicht.«
So waren sie eingetreten. Aus einem Schalter waren ihnen zwei Marken gereicht worden, und damit waren sie in die inneren Gemächer eingelassen.
Dort hatten sie sich in kleinen Zellen entkleiden müssen. Johann wußte nicht, wie er den linnenen Lendenschurz fest genug um seine mageren Hüften schlingen sollte, um ihn ja nicht am Ende noch zu verlieren. Die Luft war warm, voller feuchter Dünste. Aus einer nahen Kellertiefe schallten dumpfes Stimmengewirr und das Tosen stürzender Wasser.
Als Johann aus der Kabine trat, erschrak er: denn der Neffe stand schon da, mit einem Schurz auch er, Gott sei Dank, dennoch aufreizend fremdartig, bräunlich, wie von der Sonne verbrannt, im

Schmuck eines schwarzen Brustfells, mit sehnigen Armen und Beinen und spielenden Muskeln. Unwillkürlich mußte Johann an eine heidnische Gottheit denken, und in seiner Seele regte sich etwas wie Sündenfurcht und Schrecken, daß seine Tochter Marie in wenigen Wochen diesen fremden panischen Mann zum Gatten bekommen sollte. »Komm rasch!« rief der Neffe. »Der Bademeister wartet schon.« Sie betraten einen Gang, das Geräusch von Stimmen, das Geplätscher und Rauschen verstärkten sich. Und schon traten sie in einen unterirdischen Saal, in der Mitte war ein rundes Becken, in dessen Fluten ein halbes Dutzend Männer strampelte, an dessen Rand andere saßen, sie alle waren rot am ganzen Leib, als kämen sie eben aus dem Siedetopf. Ihre Haupt- und Barthaare waren abenteuerlich verwirrt, und ihre Augen starrten wie gläserne Kugeln aus den gedunsenen Gesichtern.
Wieder erschrak Johann, als er gewahr wurde, daß die Nackten den Rittmeister mit fröhlichen Zurufen begrüßten; nun freilich, er war ja hier bekannt, und die Besucher der Dampfbäder bildeten wohl unter sich eine Art heidnischen Ordens.
Doch der Neffe hielt sich nicht auf, er führte den Onkel an die Tür eines neuen Gelasses. »Gib acht«, sagte er, »hier wird es heiß.« Sie durchquerten auch dieses Gelaß, das leer war, ausgestorben, wie die Vorhölle am ersten Ostersonntag. – »Und hier«, sagte Balthasar und riß ein letztes Pförtchen auf, »hier betrittst du das innerste Inferno.«
Onkel Johann fuhr zurück. Eine Dampfwolke quoll ihm entgegen, ein heißer, weißlicher Schwall. Lärm erhob sich, ein neuerliches wildes Geplätscher, und aus der weiß rauchenden Tiefe tauchten, gleich Ungeheuern aus der Urzeit, dicke rote aufgeschwemmte Gestalten, wankend und torkelnd von der übergroßen Hitze wahrscheinlich oder von einer Trunkenheit des Leibes, die von der unnatürlichen Lust herrühren mußte, sich dahier wie ein Haufen Krebse bei lebendigem Leib brühen zu lassen. Dieser Anblick war Onkel Johann zu viel. Er riß sich von Balthasar los und stürzte mit flatterndem Lendenschurz hinweg.
Als er damals heimgekehrt war, hatte er Margarete zu sich in das eheliche Schlafgemach gerufen, hatte sie zitternd umarmt: »Sie darf ihn nicht heiraten, Marketa, sie darf ihn nicht heiraten.«

»Wie? Was? Wer darf nicht heiraten?«
»Mariechen darf nicht heiraten, nicht diesen Mann, diesen Mann niemals.«
»Aber du lieber Gott, warum denn nicht? Wo doch die Wohnung schon eingerichtet ist.«
So sind die Frauen, weil eine Wohnung eingerichtet ist, muß geheiratet werden.
»Ich dulde es aber nicht«, hatte Johann gerufen, »mir ahnt ein Unglück.«
»Das hättest du dir früher überlegen sollen«, hatte die Frau geantwortet. »Ich mache mir die Mühe nicht noch einmal. Wie oft bin ich ins Kamerale gelaufen. O Johann! Davon weißt du freilich nichts.«
»Aber Marketa, ich bitte dich!«
»Und was ich gelitten habe«, fuhr die Frau fort, »die ganze Zeit gelitten habe durch meine Hühneraugen. Nein, das darf jetzt nicht alles umsonst gewesen sein.«
So ist es im Leben; die Entschlüsse des Herzens, die Entscheidungen der Seele, die metaphysische Furcht vor dem fremden bedrohenden Wesenselement – sie werden alle zunichte vor ein paar Hühneraugen.
»Oh, Jesus, Barmherzigkeit!«

## *... und deren Söhne*

Nach ein paar Wochen hatte sich das große Erdbeben beruhigt. Der Bankrott war hier in der Provinz kein so vollständiger gewesen wie in den Hauptstädten, weil hier auch der vorausgegangene Gewinn nicht zu so schwindelhaften Höhen aufgestiegen war wie dort. Etwelche Verlobungen waren gelöst, einige allzu üppige Winkelspekulanten gefänglich eingezogen, aber gegen eine Kaution wieder freigelassen worden. Herr Wanka hatte einige Tage schlecht ausgesehen und war, einen zerdrückten Hut im Nacken, ziellos umherstreifend in der Gegend des Großen Teiches gesichtet worden. Doch nach einer Frist stellte sich seine rosige Farbe wieder her, seine eingefallenen Wangen rundeten sich abermals, und Frau Emma, die zärtliche Gattin, versicherte glückstrahlend, Wanka habe das Essen wieder so vorzüglich wie eh und je geschmeckt.

Vor allem aber, und dies gereichte zum allgemeinen Trost, hatte das Bürgerliche Bräuhaus eine Erklärung verlautbart, daß es als wohlfundiertes Unternehmen von den Verlusten kaum betroffen worden sei. Gottlob, sagten die Bräuberechtigten, Ehre dem wackeren Gambrinus! Es mochten Kriege verlorengehen, Staaten erschüttert werden! Das gottgewollte Recht aber, Bier zu brauen und Bier zu trinken, konnte der Menschheit nicht beschnitten werden.

So wächst die gemeine Menschennatur (species humana vulgata) nach jedem Schlag, den sie empfängt, unentwegt weiter; sie zeigt sich gefeit gegen den Reif der Enttäuschung, gegen den Hagel des Unglücks. Munter rankt sie fort und nimmt Nahrung, wo sie nur welche kriegen kann.

Eine andere Spezies gibt es daneben, seltenerer Art, sie siedelt einsam, sucht sich den härtesten Boden und, wenn der Blitz sie trifft, trägt sie die Narbe im Mark.

Noch eine dritte nährt die geduldige Erde: Saftlos, aus schwächlicher Wurzel, kümmert sie hin, fröstelt im Winkel, duckt sich und stirbt doch nicht aus, weil sich kein Schicksal die Mühe nimmt, sie aus dem Beetlein Leben auszujäten.

Zu dieser Spezies hätte man des Johann und der Margareta einzigen Sohn, Hans, rechnen können. Er war zwei Jahre nach seiner Schwester Marie im Haus der dunklen Krüge erschienen; während sie der Mutter geglichen hatte, glich er dem Vater. Allerdings erreichte er niemals dessen hohen tannenschlanken Wuchs. Seit einer schweren, in der Kindheit erlittenen rätselhaften Erkrankung hatte sich seine Gestalt nicht mehr entwickeln wollen. Es gab Leute, die behaupteten, daß er einen Höcker habe; das war nicht ganz richtig, doch trug er seinen Kopf immer schief gegen die Schulter geneigt, diesen Kopf, der zu mächtig geraten war mit der überhohen, wulstigen Stirn und den milchweißen, blaugeäderten Schläfen. So machte das ganze Männchen eine in gewisser Weise mißratene und anfällig scheinende Figur, entbehrte aber doch nicht eines bestimmten schüchternen Reizes, und sein scheuer hellblauer Blick verriet eine empfindsame Seele.

Er hatte nach Johannitischer Art lange gezögert, einen Beruf zu ergreifen. Eines Tages hatte ihm sein Vetter, der Rittmeister, den Vorschlag gemacht, das Gewerbe ihrer gemeinsamen Voreltern, die Buchhändlerei, fortzusetzen; der Rittmeister erbot sich, Hans einen eigenen kleinen Laden einzurichten. So geschah es auch. Der Laden lag in der Reichsgasse, nahe dem Ringplatz, an einem der besten Plätze der Stadt. Der Rittmeister sparte nicht an Kosten; eine neumodische Auslage mußte das Geschäftchen haben, ein Gaslüster sollte drinnen brennen. Der Ladentisch war aus poliertem Kirschholz gemacht. Zwei Polsterstühle sollten den schmökernden Kunden Bequemlichkeit bieten.

Aber die Polsterstühle hatten nur selten Besuch. Selten brannte der Lüster, weil sich keine Hand regen wollte, ihn anzuzünden.

Am Abend, wenn die ganze Reichsgasse von Lichtern flammte, wenn zur Linken beim Delikatessenhändler Gottjeschowetz und zur Rechten beim Apotheker Fritsch die Lampen strahlten, versank das Bourdaninsche Bücherlädlein dazwischen in trister Finsternis. Höchstens, daß man irgendwo im Hintergrund den Schein einer Kerze umherflackern sah: dort saß der Buchhändler in seinem Magazin und las. Er las, am Morgen begann er damit und am Abend hatte er noch kein Ende gefunden. Wenn die Glocke schellte, schreckte er auf. Aber manchmal mußte der Käufer erst zwei- oder dreimal die klingelnde Tür auf- und zuschwingen, ehe der Leser dort rückwärts von seinem Stühlchen hochkam und mißmutig nach dem Ankömmling äugte: wer ist denn da schon wieder gekommen?

»Guten Abend, Herr Bourdanin, wollte mal bei Ihnen vorbeisehen, ich suche ein Buch, und der Grosch hat es nicht und der Döberl auch nicht, und da habe ich schließlich an Sie gedacht.«

»Stehe zu Diensten.«

»Es sollen die Lessingschen Fabeln sein; wissen Sie, mein Sohn, der Pennäler, soll darüber eine Arbeit schreiben.«

»So, so, so, so, sehr hübsch. Die Lessingschen Fabeln, stehe zu Diensten.« Der Buchhändler dienert. Aber er müsse erst Licht schlagen, es sei so dunkel, er habe gerade heute vergessen, den Lüster anzuzünden. Der Herr Kunde möge entschuldigen.

Bitte, bitte.

Der kleine Mann schleppt eine Staffelei herbei, rückt sie unter den Lüster und steigt hinauf. Oben angekommen, bemerkt er, daß er kein Streichholz hat. Nun ächzt er herunter und fragt den Kunden, ob er ihm vielleicht nicht ein Feuerzeug leihen könne. Nein? Der Buchhändler begibt sich nach hinten und kommt mit der Kerze wieder. Er werde mit der Kerze anzünden. Er hat sie sich zusamt dem Licht bei Herrn Gottjeschowetz ausgeliehen, Herr Gottjeschowetz, Gott segne ihn, ist ein gefälliger Mann.

Aber es ist ein Unglück mit einem schwanken heiklen Ding wie einer Kerzenflamme. Durch einen Wind erschreckt, lischt sie aus. Ach, nun muß der Herr Bourdanin erst recht noch einmal fort und muß beim Nachbarn sein Licht von neuem entzünden lassen.

Endlich ist es so weit. Mit einem kleinen dumpfen Knall springt die Flamme in der Gaslampe auf. Sieben Lampen kränzen den Lüster, sechs von ihnen – nun ja, – deren Asbeststrümpfe sind zerrissen. – »Wir werden auch mit *einer* Lampe sehen, nicht wahr?« Aber erst muß die Staffelei fort.

Man sieht es der wachsbetropften Leiter an, daß der Buchhändler die Gasflamme meist mit der Kerze anzündet. Man sieht es seinem Anzug, dem ganzen Gelaß an, daß er mit der Kerzenflamme nicht sehr geschickt umzugehen weiß. Er schleppt das Gerüst ab, dabei klemmt er sich den Finger ein.

»Und nun, verzeihen Sie, Herr ... Ach, jetzt erkenne ich Sie erst wieder, Herr – Herr – Tezzeli, ja, ganz recht. Daß ich mich nicht selbst besann. Womit, sagten Sie, dürfe ich dienen? Mit Fabeln, jawohl, mit den Lessingschen Fabeln, soso, vielleicht sind sie rückwärts im Lager. Wenn Sie sich einen Augenblick gedulden wollen ...«

Hans verschwindet. Eine Weile hört Herr Tezzeli ihn stöbern, dann hört er nichts mehr. Stille.

Die Gasflamme singt. Nebenan, zur Linken beim Delikatessenhändler hört man die Ladentür unablässig schwingen. Auch beim Apotheker geht es lebhaft zu. Hier ersteht man die Mittel gegen die Beschwerden, die man sich dort – durch allzu üppige Genüsse – eingehandelt hat. So fördert eins das andere, das ist der Lauf der

Welt. Wohl dem, der seinen Vorteil aus ihm zu ziehen weiß. Hier aber, zwischen den Scharteken, rührt sich nichts. Der einsame Kunde streift die Regale entlang, studiert die Titel auf den Bücherrücken. Er nimmt eins heraus, blättert darin, steckt es wieder an seinen Ort. Er räuspert sich, scharrt mit den Füßen, rappelt mit dem Stock. Endlich öffnet er die Tür.

Und steht sprachlos. Auf der obersten Sprosse seiner Staffelei, das Wachslicht in der Hand, kauert der Ladenbesitzer und liest. »Aber Herr Bourdanin!« ruft der Kunde erbost.

Jener fährt zusammen und starrt herab. Dann schwenkt er das kleine schwarze Büchlein. »Ich hab's«, ruft er, »ich hab's, hören Sie zu!

> Maître Corbeau, sur un arbre perché
> Tenait dans son bec un fromage.«

»Was ist das?« fragt Herr Tezzeli erbost.

»Die Fabeln, herrliche Fabeln, oh, niemand hat schönere geschrieben als La Fontaine. Hören Sie nur weiter!«

»Ich verstehe kein Wort«, erwidert Herr Tezzeli.

»Wie, Sie verstehen es nicht?«

»Nein.«

»Verstehen nicht Französisch? Da sollten Sie es aber lernen.«

»Ich bitte Sie, Französisch! Die Sprache einer heruntergekommenen Nation. Haben Sie Sedan vergessen?«

Herr Tezzeli ist ein alter Burschenschaftler, hat in Jena studiert und hat sich fleißig nach Komment geschlagen. Sein rundliches Gesicht ist von Schmissen zerstückt. Hans liebt diese Sorte von Leuten nicht. Er hat eine tiefe Abneigung gegen ihre selbstsichere Art. Jetzt sieht er die Spitze von Herrn Tezzelis Stock auf sich gerichtet. »Sie sollten gar keine französischen Bücher führen, Sie, Sproß eines alten deutschen Bürgergeschlechts.«

Betreten steckt Hans das schwarze Bändchen La Fontaine fort. Dann beginnt er, mit seinem Kerzchen leuchtend, die anderen Fächer zu durchstöbern. Gleicht er nicht selbst auf seiner Leitersprosse dem berühmten Maître Corbeau? – »Vielleicht habe ich noch deutsche Fabeln. Wenn Sie die Güte hätten, noch eine Sekunde –«

Doch der Kunde mißtraut nun Hansens Sekunden, er hat die Güte nicht mehr. Es schlägt sieben, kurz nach sechs hat er den Laden betreten. – »Nein, mein Bester, behalten Sie Ihre Herrlichkeiten, ich gehe.«
Hans rutscht die Staffeln herab und eilt dem anderen nach, ihm die Türe aufzureißen. Dann, allein geblieben, steht er, bedenkt sich, zuckt die Achseln, wirft den Riegel vor und trollt sich nach hinten. Hier liegt noch der La Fontaine. Hans schlägt das Bändchen auf, blättert nach der Stelle, von der er aufgestört worden war, beugt sich voll selbstvergessenen Entzückens darüber. Langsam brennt die Kerze nieder.
Um neun Uhr scheppert es an der Tür. – »Pane Honsa!« ruft eine Altweiberstimme. Es ist Fanda, die Köchin seiner Mutter. – »Hat der junge Herr wieder vergessen? Die Frau Mama wartet. Kommt der junge Herr nach Hause! Haben wir Knödel gekocht und Gansjung, wird alles trocken in der Trouba.«
»Ich komme ja schon, gehe Sie nur heim.«
Die draußen schlurft davon. Hans liest die Seite zu Ende, merkt an, dann schlüpft er in den wattierten Überrock. Da tut sich das schmale Hinterpförtchen auf. Ein struppiger Kopf erscheint im Spalt.
»Pane Honsa, Pane Honsa!« kräht es mit künstlich fistelnder Stimme. »Hat der junge Herr wieder vergessen, daß die Maminka wartet?«
Hans ist zusammengefahren. – »Du bist es, Uzel? Pfui, du hast mich erschreckt!« Und er spuckt aus. (Auch er spuckt, wenn er erschrocken ist.)
»Und viel Appetit auf die Knödel und auf das Gansjung«, fährt der Kerl fort und blitzt Hans aus weinseligen Äuglein an, »und auf das Grießpapperl und auf das Busserl von der Frau Mama. Gute Nacht, der Pane Honsa, und schlaft er recht schön in seinem seidenen Betterl.« – Damit zieht sich der struppige Schädel zurück, die Tür schnappt ins Schloß.
Hans Bourdanin steht eine Weile ohne sich zu rühren. Den La Fontaine preßt er an seine Brust. Plötzlich wirft er ihn im Bogen auf den Tisch, stülpt sich den Hut auf den Kopf, schlägt das Licht aus, sperrt und geht. Eilig geht er durch die nächtlichen Gassen. Vor der

Schenke zum »Blauen Hecht« späht er um sich, schlägt einen Haken und springt durch die Tür in den rauchigen Keller. Dort sitzt er schon, Kumpan Uzel, und schwenkt ihm das Schnapsglas entgegen.

So geht ein Tag um den anderen in Hansens Leben. Oft dauern die Nächte im »Blauen Hecht« bis weit nach Mitternacht, dann ist das Lädchen in der Reichsgasse am andern Morgen um neun und um zehn Uhr noch geschlossen. Da sich kaum eine Kundschaft dahin verirrt, macht es nichts aus. Nur einmal im Jahr ist schlimme Zeit. Da wird Bilanz gemacht. Sie zeitigt ein übles Ergebnis, leider wird es übler mit jedem Mal. Vater Johann hält seine Hand auf dem Erbe. – »Nein, Hans«, sagt er, »ich gebe dir noch nichts, sonst kommst du mir eines Tages als Bettler heim.« – Hans widersetzt sich nicht, er ist ein gehorsamer Sohn; im Grunde ist er froh, er kennt sich wohl selbst nur zu genau.

Seit neuester Zeit aber wird sein kleiner Laden von häufigem Besuch beehrt. Herr Cyrill von Schimkowitz ist es, der bei ihm zukehrt, der Riese mit dem Feuermal. Was mag er hier zu suchen haben? Kauft er Bücher? Zuweilen eins. Will er sich der Literatur oder sonst einer Wissenschaft ergeben?

Er lümmelt seine dürre Gestalt über die Budel und schwatzt. Schwatzt dies und jenes, was ihm so durch den Kopf fährt. Aber merkwürdig: alle seine Gespräche landen bei ein und demselben Gegenstand, bei dem wunderbaren Glückslos, das an die Linie Balthasar Bourdanin gefallen ist.

Herr Cyrill von Schimkowitz hat erst neulich die ganze Mitgift seiner Frau, runde zwanzigtausend Gulden in barem Gold, erhalten; jetzt hat er vom Bourdaninschen Vermögen nichts mehr zu erwarten, hat aber um so mehr Zeit und Muße, über die gerechte Verteilung des Restes zu räsonieren. Zwar sagt er nichts geradeheraus, das wäre zu gefährlich, aber er macht sich einen Spaß daraus, die Gedanken des kleinen Buchhändlers auf eine gewisse Fährte zu setzen. Ehe die Gedanken ihr Ziel erreichen, pfeift er sie zurück. – So sagt er etwa: Aber diese Balthasare sind solche Ehrenmänner, da schließt sich jeder Zweifel von selber aus. – Und dabei reibt er seine Hände und rollt seine Achseln unter den ausgestopften Modeschultern.

Hans Bourdanin verstummt. Er wirft einen scheuen Blick auf den anderen Mann. Er versucht vielleicht sogar ein Lächeln wie zu einem wohlgelungenen Scherz. Dann aber schleicht er unter einem Vorwand in sein rückwärtiges Kämmerchen. Dort steht er wie erstarrt.

Von Schimkowitz geht. – »Auf Wiedersehen, Bester. – Gute Nacht.«

»Gute Nacht«, flüstert Hans mit bleichen Lippen.

Er sperrt die Tür hinter dem Riesen zu, läßt den Rolladen niederrasseln. Er löscht das einzige Gaslicht aus. Erst jetzt ist es ihm einsam genug, finster genug in seinem Verlies; er kauert sich auf die unterste Sprosse der Staffelei und stöhnt.

Oh. Oh. Oh, was ist das gewesen?

Er fährt empor und schreit: »Es ist nicht wahr!«

Dann krümmt er sich wieder zusammen. – Und wär es doch? Haha! lacht er und rauft sich das Haar. Ich Narr, ich Narr, daß ich's jetzt erst begreifen muß. Er springt auf, läuft umher wie ein Tier in seinem Käfig. Endlich sitzt er und grübelt. Er grübelt der Geschichte seines ganzen Lebens nach.

Die Geschichte ist dürftig genug. Er war zu einer Zeit erschienen, als seine Eltern noch mit den Balthasarischen zusammenhausten. Ehe das Glück bei diesen zukehrte. Die Mütter hatten in derselben Küche gekocht, hatten die Kinder zusammen in derselben Stube gehalten. Fünf Kinder hatten die Balthasarischen gehabt, fünf schon halberwachsene, knochenstarke, kräfteberstende Kinder. Er, Hans, war der Jüngste gewesen unter ihnen, der Spielball ihrer Launen, der Gegenstand ihrer Gewalttaten. Ihn dünkte noch heute, die anderen hätten nichts getan tagaus, tagein, als ihn gefoppt und gepufft, ihn umhergeschleift, wenn er ruhen, ihn zum Stillesitzen verurteilt, wenn er sich regen wollte. Die Mädchen rissen an seinen Haaren, wenn sie ihn kämmten; und der Knabe, Balthasar, schleuderte ihn hoch in die Lüfte, daß er schrie. Hans schrie immer, wenn Balthasar in seine Nähe kam.

Als das Glück erschien und jene fortzogen, ward Stille. Allein blieb Hans mit seinem Schwesterchen Marie. Wenn die anderen zu Besuch kamen, verkroch er sich. Balthasar warf ihm einmal den Ball ins Gesicht. Als Hans darauf heulend zur Mutter lief, rief Balthasar

ihm ein Scheltwort nach; es war kein feines Wort, es hörte sich übel an. Dieses Wort haftete in Hansens Gemüt, es haftete wie ein Pfeil, der nicht mehr herausgezogen werden kann.
In jener Zeit wurde er krank. Monatelang lag er in seinem Bett und konnte kein Gelenk rühren. Der Vetter kam dann und wann, brachte Grüße von der Mutter, Leckerbissen, einen Laubfrosch im Glase. Wart, sagte er dann, ich mach dir was vor. – Räumte Tisch und Stühle beiseite und warf sich radschlagend im Zimmer umher. Das kranke Kind lächelte mühsam Beifall.
Später, in der höheren Schule, trafen die Vettern wieder zusammen. Balthasar war schon in eine der höheren Klassen gerückt, als Hans in die erste eintrat. Balthasar war der Herr und Meister der ganzen Schule. Wenn er in der Pause seine Sprünge vollführte, stand die ganze Horde und gaffte den Helden an. Wenn es Keilerei gab und die Buben, wie leider nur zu oft, über den schwächlichen Hans herfielen, brauste der Vetter zornflammend über die Rohlinge herein und drosch, daß jene davonstoben. Dann nahm er das Vetterlein am Kragen, stellte es auf die Füße, gab ihm einen gelinden Tritt hinten hinein und sagte jenes Wort, es schmerzte tiefer als die Schläge zuvor von den groben Fäusten.
Es schien, als wäre Hans, ansonst nicht unklug, nicht unbegabt, in der Schule wie von einer Kopfschwäche befallen. Es wollte nicht vorwärtsgehen mit seinen Kenntnissen oder vielmehr mit seiner Fähigkeit, diese Kenntnisse an den Mann zu bringen. Von jeder Prüfung stolperte er mit einem neuen Vierer auf seinen Platz zurück. Eines Tages drohte der ansonst so langmütige Vater mit der äußersten Strafe: »Ich werde dich in eine tschechische Schule schicken, Hans, dahin wird es noch kommen müssen mit dir.« Das Wort war ausgesprochen und gebar die Tat. Der kümmernde Schüler wurde aus der stolzen deutschen Schule genommen und in den alten Klosterbau bugsiert, wo sich einige tschechische Herren bemühten, den Söhnen ehrgeiziger Handwerker und reichgewordener Viehzüchter die notwendigen Kenntnisse in der damals noch recht ungelenken Wenzelssprache beizubringen.
So wurden Hansens Lebenswürzelchen aus dem unsanften teutonischen Boden in eine andere Pflanzschule, in den warmen slawi-

schen Humus übertragen und siehe, hier begannen sie auch gleich zu treiben. Hier war er nicht mehr ein armseliger Irgendwer, hier war er der junge deutsche Herr. Hier, unter den tschechischen Knaben, hatte er sich keines lausbübischen Insults, keines respektlosen Angriffs zu versehen. Man nahm seine Langsamkeit für Würde, man ehrte seine Umstandskrämerei als tiefgründig-beschauliches Wesen. Mit dem Glorienschein des Vorzugsschülers trat er endlich aus der böhmischen Anstalt hervor.

Zu jener Zeit jagte Vetter Bourdanin schon in Ungarn über die Pußta, hörte die Wölfe in den Wäldern heulen und holte sich beim Hindernisreiten Preis um Preis. Wenn der schöne Offizier auf Urlaub kam und bei Hansens Eltern – pflichtschuldigst – zu Besuch erschien, saß der Mißwachsene elend und bleich daneben: eine kränkelnde Krähe neben dem flügelstarken Adler.

Später, als Balthasar zurückkehrte, um sein Vermögen selbst zu verwalten, richtete er Hans den Laden ein. Das war wohl eine der balthasarischen Grillen: es sollte, weil doch die Bourdanins geschlechterlang Buchhändler gewesen, die Überlieferung fortgesetzt werden. Dazu hatte Balthasar den Vetter ausersehen, wahrscheinlich, weil, wie sich dieser selbst mit Bitterkeit eingestand, er, Hans, ohnehin zu nichts anderem zu taugen schien als dazu, als Bücherwurm zwischen staubigen Scharteken herumzukriechen.

Endlich waren die Vetterleute auch Schwäger geworden. An jenem Sonntagvormittag, an welchem der Rittmeister Marie entführt und in der Kutsche um den Ringplatz gefahren hatte, war Hans nicht zu Hause gewesen. Als er heimkehrte und erfuhr, was geschehen war und, daß man Marie jetzt wohl oder übel mit Balthasar werde verheiraten müssen, erfaßten den Bruder Zorn und Eifersucht. Tagelang lief er verstört umher. Er suchte sogar einen Rechtsberater auf und erkundigte sich bei ihm unter dem Siegel der Verschwiegenheit, unter welchen Bedingungen er den Beleidiger seiner Schwester fordern könnte. Nichtsdestoweniger war er, wenn der Vetter am Nachmittag zum Kaffee kam, fein und zahm gegen ihn und ließ sich kein Wörtchen der Widersetzlichkeit entschlüpfen.

Die Schwester starb; Hans hielt Balthasar für an ihrem Tode schuldig. Er haßte ihn, den stolzen, herrischen Mann, der – aus Mitleid oder Verachtung oder aus irgendeinem anderen Grund – immer so tat, als wolle er sich gerade gegen die Johanniter besonders freundlich betragen. Im Grunde seiner Seele schrieb Hans das Unglück seines Lebens Balthasar zu.

Er hatte nicht gewußt, was ihm jener angetan, er hatte es nicht *genau* gewußt. Jetzt aber war ihm, als wären ihm Schuppen von den Augen gefallen, Schimkowitz hatte ihn sehend gemacht – Oh, es war eine alte Schuld, sie wurde nicht geringer durch ihr Alter, sie wuchs nur an dadurch, daß schon des Vetters Vater an seinem Vater schlecht gehandelt, daß des Vetters Mutter sich – so schien es doch – widerrechtlich über Hansens Mutter erhoben hatte. Freilich, freilich, schrie Hans sich selbst zu und schlug sich mit Fäusten vor die Stirn, es war so, wie der Schimkowitz sagte. Geld – was lag am Gelde schon? Aber das, wofür es das Zeichen war, die Auserwähltheit durch das Schicksal, das Erstgeburtsrecht in der Gunst des Glückes: das alles hatte der andere für sich gekapert, der erste Balthasar, der tüchtige Handwerksmeister, der fleißige Frühaufsteher, der vielgereiste, in tausend Obliegenheiten bewanderte Biedermann.

So dachte Hans, und es quoll ihm der alte Groll aus der Tiefe des Herzens. Und er zweifelte und überlegte nicht mehr, sondern raste in Bitterkeit und grub dem blinden Haß das Nest. Armer Vater, arme, törichte Mutter, immer seid ihr im Schatten gestanden, habt immer im Winkel gesessen, fromm und bescheiden, habt nie wider den Stachel gelöckt, habt nie den Zauberschlag des Glücks empfunden.

So fand Hans in mancher Nacht keine Ruhe. Stundenlang wälzte er sich auf zerrütteten Kissen. Seine Mutter merkte es. Als sie ihn ängstlich auszuforschen anhub, wies er sie unwirsch ab. Eines Morgens hängte er ein Schild aus Pappe an die Tür seines Ladens. Auf das Schild war mit großen blauen Lettern gemalt:

WEGEN KRANKHEIT GESCHLOSSEN!

## *Die Ehefrau*

Langsam lebte sich Marie in ihrem neuen Haushalt ein. Es fiel ihr nicht leicht, um so weniger, als ihr Einzug gleich in eine Übersiedlung überging: Man zog aus der Prunketage in den bescheideneren zweiten Stock. Einige Tage wirtschaftete sie in einem unübersehbaren Wust. Mit der Zeit schichtete und schlichtete er sich, das neue Heim gewann sein Gesicht.

Am Tage, nachdem alles in Ordnung gebracht war, als alle Bilder hingen, vor allen Fenstern die Vorhänge aufgesteckt waren, ging Marie und pflückte aus dem Garten einen Strauß der allerschönsten Rosen. Diese frischte sie ein und stellte den Krug vor das Bild der ersten Marie.

Davon geschah ihr ein großes Leid.

Es war keine Viertelstunde vergangen, da bemerkte sie, daß der Strauß fortgenommen war von seinem Platz. Marie erschrak. Sie lief in die Küche hinaus, wo die Magd arbeitete. Marie wagte nicht sie zu fragen, aber nach einer Weile wagte sie es doch, und mit zitternder Stimme brachte sie hervor, ob es am Ende die Dienerin gewesen sei, welche die Blumen weggetragen habe. Nein, nein, sagte die alte Magd, wie hätte sie sich denn das getrauen sollen? Aber der gnädige Herr sei gekommen und habe gefragt, wer den Krug hingestellt habe, und da habe sie der Wahrheit gemäß geantwortet, das habe die junge gnädige Frau getan. Da habe der gnädige Herr seine Augen gemacht, den Krug genommen und ins letzte Zimmer getragen und habe gesagt, so etwas solle ihm nicht wieder vorkommen.

Dieses Ereignis verstörte Marie.

Sie war voll Ängstlichkeit, voll von tausend nagenden Sorgen. Sie wollte doch so gern, es ließ sich gar nicht sagen, *wie* gern, das in sie gesetzte Vertrauen rechtfertigen. Keine Mühe, das hatte sie sich geschworen, sollte ihr in ihrem neuen Leben zu groß und keine Anforderung zu schwer sein, ihr ganzes Herz strömte über von dem Vorsatz, alles zu tun, was sie nur vermochte. Aber es war eine große Aufgabe für sie, und sie verzweifelte fast daran, daß sie sie jemals erfüllen könnte. Ein Hauswesen führen – ach, sie hatte gedacht, daß sie das gelernt habe. Der Vater war immer zufrieden gewesen und hatte sie gelobt. Aber jetzt erkannte Marie den schrecklichen Unterschied zwischen einem Hauswesen und dem anderen, ihr war, als hätte sie bisher nur gespielt und nicht gearbeitet.

Dort, im Kameralamt, hatte sie zwei Stuben sauber gehalten, und hier waren es dreimal soviel große Zimmer mit tausend heiklen Dingen. Dort hatte man zu Mittag *ein* Gericht gekocht und für den Nachmittag eine Kanne Kaffee warmgestellt, und wer Lust hatte, ging und goß sich sein Töpfchen davon ein. Hier mußte immer gedeckt werden und aufgekocht, wie es daheim nur alle heiligen Zeiten einmal geschah, und der Kaffee war nicht ein gemütliches Hausgetränk, sondern ein scharfes Gift und Zauberelixier, das in Apparaten gefiltert, mit allen möglichen Finessen hergestellt und aus silbernen Schälchen getrunken wurde. – Wie still war es doch beim Vater gewesen; der ganze Tag hatte vergehen können, ohne daß jemand anklopfte. Hier aber schellte die Glocke immerfort; es kamen Leute, die empfangen, aber auch solche, welche abgewiesen werden sollten, und es kamen vor allem jeden Tag ein halbes Dutzend Verwandte zu einem »Plausch«. Die Damen sollten ein Gläschen Obstwein vorgesetzt bekommen, die Herren sollten mit einem Schnäpschen regaliert werden. Der Hausherr reichte die Zigarrenkiste –

Und dabei hieß es von früh bis spät: »Wir haben alles verloren, wir müssen sparen.«

Marie war ihr ganzes Leben arm gewesen, sie hatte von nichts anderem reden gehört, daheim und bei den Nachbarn und bei den Kollegen ihres Vaters, als daß man sparen und jeden Groschen dreimal umdrehen müsse. Das Wort Armut hatte keinen Schrecken für sie gehabt. Hier aber, in dem großen vornehmen Haushalt, der ihr so unübersichtlich schien wie ein Urwald, sah sie, wie durch unzählige Kanäle Geld und Geldeswert abfloß, und wußte kein Mittel dagegen.

Heimlich rang Marie die Hände, weil es ihr rätselhaft war, *woran* sie sparen durfte. Bourdanin hatte zwar befohlen, daß kein Tischwein mehr geschenkt werden dürfe, aber was nutzte das, wenn die Gäste nachher den so viel teureren Kognak tranken? Eine der schlimmsten Sorgen, wenn auch die süßeste, war die um die Kinder.

Um der Kinder willen, das wußte die junge Frau nur allzu gut, hatte Balthasar sie geheiratet. Für die Kinder hatte sie zu leben und zu sterben. Und wie gerne wollte sie das auch!

Aber sie hatte einen so anderen und offenbar ganz falschen Begriff von Kinderaufzucht mitgebracht.

Sie war doch oft bei ihrer Tante in Wscherau gewesen und hatte dort deren Kleinen betreut. Das war eine heitere, vergnügliche Sache, von Schwierigkeiten keine Spur. Zum Gabelfrühstück zum Beispiel schnitt man den Kindern ein Brot, gab ihnen – je nach der Jahreszeit – einen Apfel oder eine Handvoll Kirschen. Hier aber mußte jeden Vormittag wirklich und wahrhaft ein Rebhuhn gebraten, das Fleisch mußte von den Knöchlein gelöst und haschiert und dann den Kindern eingelöffelt werden. In Wscherau hatte man die Kinder spazierengefahren, wenn eben Zeit war und die Sonne schien. Hier aber mußten die Kinder Punkt eins frisch gewaschen, gekämmt und sauber angezogen zum Ausgang bereitstehen. Das war schwierig, denn nach diesem unverrückbaren Zeitpunkt mußte sich der ganze Haushalt richten. Eine Stunde wieder, gleichgültig wie das Wetter war, wurden die beiden in einem bestimmten Teil der Promenade auf und ab geführt, eine genaue Stunde, dann wurden sie heimgebracht, ausgezogen und ins Bett gelegt.

Bis vier Uhr sollten sie schlafen, und inzwischen sollte Marie mit ihrem Gatten in dessen Zimmer sitzen und ihm Gesellschaft leisten. Diese Zeit war die schwerste des ganzen Tages für sie. Denn sie wußte nichts mit ihm zu reden, wußte nicht, womit sie ihn unterhalten sollte. Wenn er ihr eine Frage stellte, antwortete sie darauf mit Ja oder Nein: oder: Ich weiß es nicht, Balthasar; ach, und selbst dieser Name kam ihr unbeholfen von den ängstlichen Lippen.

Um einundzwanzig Jahre war der Gatte älter als sie, das war eine unabsehbare Zeit, ein nie einholbarer Vorsprung an Erfahrung, Wissen und Würde. Ihr Vater hatte gesagt, daß sie an der Welt des Gatten teilnehmen und seinen Gedanken zu folgen versuchen solle. Aber was war diese Welt als ein Gebäude für sie unfaßbarer Begriffe? Was sie auch sagte und meinte, immer war ihr gleich nach dem ersten Wort, als habe sie das Falsche getroffen.

So saß sie neben dem Mann und führte ihr Strickzeug und war froh, wenn sie ihm doch wenigstens den Kaffee nachschenken oder ihm mit einer anderen Handreichung beispringen konnte. Manchmal sandte sie einen verzagten Blick zu dem Bild der ersten Marie. Gewiß, so sagte sie zu sich selbst, war diese viel gescheiter und geistreicher gewesen und hatte ihren Gatten viel besser zu unterhalten gewußt.

Manchmal dachte Marie auch an Korman. Aber jetzt war jener Nachmittag im Prater schon so weit fort, fast als wäre er nie gewesen; als wäre nie eine Fahrt in der Grottenbahn gewesen, nie der Anflug einer zarten Lust, in welcher sich Marie damals, ein einziges Mal nur, vertrauensvoll an des Mannes Brust geschmiegt hatte. – Ist das Kormans Tabak? fragte sie schüchtern, wenn Balthasar seine Meerschaumpfeife stopfte.

Nein, es war Kormans Tabak nicht mehr, Kormans Tabak war aufgeraucht.

Marie rieb dem Gatten das Hölzchen an und blickte auf die schwanke blaue Rauchsäule, die aus dem Pfeifenkopf emporstieg. Der Rittmeister paffte gewaltig und beugte sich über sein Tageblatt.

## *Ein letzter Besuch*

Es war Sitte im Hause Bourdanin, in den meisten Dingen des Lebens anders als andere zu verfahren. So verfuhren sie auch anders in bezug auf ihre Toten.

Die meisten Menschen vergessen gerne. Die Bourdaninschen aber wollten nicht vergessen; sie bestanden treulicher als die Masse ihrer Zeitgenossen darauf, das Andenken ihrer Abgeschiedenen zu bewahren. An seinem ersten Jahrestag wurde jedem ihrer Toten eine Messe gelesen; dann erschien die ganze Familie in dunkler Kleidung in der Kirche und fuhr nach dem Requiem auf den Friedhof hinaus. So wurde auch in diesem November der ersten Marie Bourdanin in der Bartholomäus-Pfarrkirche ein feierlicher Gedenkgottesdienst abgehalten. In schwarzen Trauergewändern füllte die Verwandtschaft die drei vordersten Betbänke in ganzer Breite. In der vordersten Bank hatten Frau Josefin, der Rittmeister und die Eltern der Verewigten Platz ge-

nommen; in der zweiten die Schwestern mit ihren Männern und Kindern; in der dritten hatten sich die Entferntverwandten, die Silbernagel, Köhler und Frohnhauser, versammelt. In der vierten endlich, allein mit ihrem Vater, kniete Marie.
Auf den ersten Blick war zu sehen, daß die junge Frau guter Hoffnung war. Als der Dekan die Gebete für die abgeschiedenen Seelen sprach und den Namen der Verstorbenen nannte, vergrub sie ihr Gesicht in den Händen und weinte bitterlich.
Nach der Messe fuhren die Wagen vor, und der Rittmeister und die Seinen in vier geschlossenen Kutschen zum neuen Friedhof. Die junge Frau ging zu Fuß nach Hause. Sie mußte die Stiefkinder versorgen. Es regnete in Strömen, der Wind klapperte in den kahlen Bäumen.

Der neue Friedhof lag weit entfernt vor der Stadt.
Auch darin gab sich die allgemeine Verwandlung der Zeit kund, daß man die Toten nur noch ungern in den Städten, auf den alten Gottesäckern in den Herzen der Siedlungen, begrub. Man sprach davon, daß es ungesund sei, die Verwesung neben den Lebenden zu beherbergen. In Wirklichkeit wollte man nicht gern daran erinnert werden, daß das Erdenleben nicht ewig währt, sondern im Gegenteil ein frühes, dunkles Ende findet. So trug man die Abgeschiedenen weit hinaus auf Plätze, die ohnehin unfruchtbar, um die es also nicht schade war. Dort sollten sie ruhen und modern und auch einmal auferstehen – wenn es dazu kam. Denn diese Auferstehung, an die frühere Zeiten so kindlich-glühend geglaubt hatten, schien seit neuestem eher fragwürdig geworden, unvorstellbar, phantastisch. Nichtsdestoweniger schrieb man – was konnte es denn schaden? – auf Grabsteine und Kreuze den tröstlich-höflichen Gruß »Auf Wiedersehen!« Die neue Zeit wollte sich in puncto Pietät auch nicht lumpen lassen, zumindest dort, wo einiges Geld vorhanden war. Da setzte man spiegelglatt polierte Marmorsteine, Säulen und Obeliske mit und ohne Figurenschmuck. Die Künstler kriegten Arbeit: weinende Engel und trauernde Frauen, und da und dort sogar ein Porträt des Verstorbenen, naturgetreu in Frack und Plastron und engen Röhrenhosen, und man konnte jedes Knöpfchen an der Weste und jedes Glied an der Uhrkette zählen.

Auch mit Blumen schmückte man die Gräber; nun freilich, man pflegte sie nicht selbst wie früher. Man mietete Gärtnerburschen, die alles besorgten für ein wenig Geld, darauf, auf das Geld kam es an, versteht sich. Ihm verdankten die Bürgergräber ihr respektables Aussehen. Die anderen, die kein Geld hinterlassen und für die niemand eines auszugeben hatte – nun ja, die waren auch irgendwo, aber sie kamen nicht in Betracht, sie lagen abseits, ein holpriger Weg führte zu ihnen hinab, zwischen wucherndem Unkraut standen die schmucklosen Holzkreuze, bei manchen hatte es nicht einmal für ein Namenstäfelchen gelangt, sie versanken in der Erde wie nie gewesen.

Marie Bourdanin war eine der ersten Toten gewesen, welche man auf dem neuen Friedhof begrub. Man mußte einen Wagen mieten, wenn man hinaufgelangen wollte. Zu Fuß wäre man an zwei Stunden unterwegs gewesen.

Trotzdem verschmähte es Rittmeister Bourdanin, das Grab von einem gemieteten Gärtner bestellen zu lassen. Der Hausknecht besorgte es, unter seiner Aufsicht. Auch war das Grab von allen anderen unterschieden. Der Stein war nicht aus Marmor, sondern eine Säule aus Granit, und nicht »Auf Wiedersehen« hatte der Rittmeister in ihren Sockel meißeln lassen, – er hielt nichts von diesem lauen Trost und weibisch-weichlichen Winke-Winke. Einen herrischen Spruch hatte er gewählt: »Steh auf und glänze, denn dein Licht kommt.«

Auch von Blumenschmuck wollte der Strenge nichts wissen. Schlichter Rasen bedeckte das Grab, zwei Zypressen waren gepflanzt, der Rand von Efeu umsponnen.

Es gefiel Rittmeister Bourdanin nicht, daß seine Frau so allein liegen sollte; am liebsten hätte er die Gebeine aller seiner Ahnen aus den alten Friedhöfen holen und hier versammeln lassen. Er merkte, daß seine Mutter den Vorgang scheute. So forderte er sie und seine Schwestern auf, sich wenigstens die anrainenden Gräber zu bestellen. Frau Josefin tat es. Auch Rosine und Franziska blieben nicht zurück. Sibylle wisperte dagegen, daß sie nicht umhin werde können, in die Familiengruft der Schimkowitzen einzuziehen. Frau Emma Wanka empörte sich: sie habe nicht vor, so schnell ab-

zufahren, der Gedanke an Gräber und Särge verursache ihr Übelkeiten.
An jenem Vormittag nach dem Totenamt versammelte sich die ganze Familie vor Mariens Ruheplatz. Im Halbkreis stand man, in der Mitte Balthasar. Während die anderen unter ihren Regenschirmen trippelten, ließ er sich das Naß über den entblößten Scheitel rinnen. Lange stand er so und hielt aus. Endlich bückte er sich, zeichnete mit der schwarzbehandschuhten Hand ein Kreuz auf die Erde. Das war, nach herrschender Sitte, das Zeichen zum Aufbruch.
Dann setzte sich die Kolonne in Bewegung. Unter wankenden Regenschirmen strebte man dem Ausgang zu. Erst flüsterten nur die Frauen miteinander. Dann fielen die Herren halblaut ein.
Beim Friedhofstor war schon eine lebhafte Unterhaltung im Gange. Obwohl es wieder stärker regnete, gab es vor den wartenden Kutschen ein umständliches Hin und Her. Man war sich nicht einig, wer mit wem fahren sollte. Onkel Johann war vom Rittmeister zu Tisch geladen worden, aber der Onkel fühlte sich krank und wollte lieber eilig zu Bett. Tante Margaret verließ ihn nicht. So blieb nur Hans, ihn nötigte der Rittmeister zu sich in den Wagen. Auch Hans hätte sich gerne von der Mahlzeit gedrückt, aber er gab dem Vetter nach wie immer.
Im Speisezimmer im atlantischen Haus war der Tisch schon gedeckt. Die junge Frau kam hochrot und sichtlich aufgeregt aus der Küche. Sie wollte sogleich auftragen lassen. Doch der Gatte winkte ungeduldig ab. Er werde mit Hans zuerst einen Scharfen trinken, das gehöre sich so bei Herrenbesuch. Marie lief hinaus, schüttete die Suppe aus der Terrine in den Topf zurück, blickte besorgt nach dem Braten und beträufelte ihn mit Soße. Um die Beilagen bangte sie, daß sie ihr nicht etwa zu weich gerieten; ach, und in die Mehlspeise war ihr ein wenig zu viel Zucker gerutscht, Balthasar verabscheute das Allzusüße, nie entging ihm ein Kunstfehler. Dabei drängelten die Kinder schon voll Ungeduld. Sie aßen bei Tische mit, die beiden Kleinen, der Vater wollte es so.
Endlich waren die Herren mit ihrem Vortrunk fertig, und das Mahl konnte beginnen.
Die Mahlzeiten waren, so dachte Marie manchmal bei sich, in ih-

rem langen Tagewerk die fast noch schlimmeren Prüfungen als die nachmittäglichen Mußestunden. Schüchtern saß sie zu Tisch neben ihrem Gatten. Balthasarchen und die kleine Margret saßen zu ihrer Linken in hohen, eigens für sie gezimmerten Stühlen. Sie waren mit Lätzchen versehen und hatten eigene kleine Löffel, mit denen sie aber nicht umzugehen wußten. Marie mußte die Kleinen füttern, das war nicht leicht: denn entweder sperrten sie die Schnäbel in so ungeduldigem Verlangen auf, daß sie nicht rasch genug gefüllt werden konnten, oder, wenn ihnen die Speise nicht behagte, hielten sie die Lippen festgeschlossen und nahmen nur dann und wann winzige Bissen, die sie dann tückisch im Mund behielten, um sie in einem unbewachten Augenblick wieder auszuspucken. Ihre Hände und Füße waren indessen bereit, mit blitzschnellen Wendungen Unheil zu stiften, über und unter dem Tisch. Salzfässer, Gläser und Teller mußten festgehalten werden. Das alles waren Mariens Obliegenheiten, daneben sollte sie den Gatten bedienen, die Speisenaufträgerin mit einem Wort oder Wink ermahnen; – blieb schließlich noch der eigene Hunger zu stillen und, wenn, wie heute, ein Gast zugegen war, sich mit unermüdlichem Anbieten, mit freundlichem Lächeln und teilnehmenden Fragen als artige Hausmutter zu erweisen. Auch heute war es wieder so.

Der Gatte widmete sich dem Vetter, aber dieser warf aus dem Gespräch manchen Blick herüber zu Marie, manchen nachdenklich mitleidigen Blick, wie ihr selbst vorkam, und von Zeit zu Zeit wandte er sich mit einem Wort an sie, tschechisch zumeist; er wußte wohl, daß sie daheim mit dem Vater manchmal tschechisch sprachen. Es ließen sich ja in dieser Sprache kleine gutmütige Scherzchen so herzlich anbringen.

»Und wo ist Ernestin?« fragt Hans. Er habe sie heute in der Kirche nicht gesehen –

Marie gab Auskunft: Die Schwester sei nicht ganz gesund, sie sei jetzt oft so müde.

Hans löffelt nachdenklich sein Kompott. »Sie ist eine Schöne«, sagt er leise. »Aber sie wird nicht heiraten. Ich seh es ihr an, daß sie allein bleiben wird. Sie ist zu fein für das Leben.«

»Ein Mokka gefällig?« – Der Rittmeister hebt die Tafel auf. Er führt den Vetter zu sich in den Alkoven.

Der Alkoven ist sein eigenes Zimmer, es ist mehr tief als breit, und hinten ist zwischen Mauerpfeilern ein Durchlaß geschaffen in eine halbdunkle Nische, die dem ganzen Raum den Namen gibt. Hier stehen Schränke und Truhen, im vorderen Raum aber hängen des Rittmeisters kostbarste Erinnerungsstücke: allerlei Kupfer und Gemälde und ihnen gegenüber an einer großen, mit Hirschleder bespannten Tafel des Rittmeisters Waffensammlung.

Hans sendet einen schiefen Blick danach.

Eifrig tritt der Vetter hinzu. – »Ah, du interessierst dich? Das wußte ich nicht.« – Er langt hinauf, nimmt einen Degen herab. – »Den hat unser Großvater, der Josef, Anno 13 einem französischen Oberst abgenommen. Das ist eine Hellebarde aus dem 17. Jahrhundert, soll von einem Mansfeldischen Söldner stammen. – Und das ist meine Pistole. Nein, sie ist nicht geladen. Ein gutes Stück. Ich weiß nicht, was die Leute mit den neuen Patenten haben, die alten haben auch ihren Dienst getan. – Und hier – warte, ich reich' ihn dir herunter! – hier ist der Säbel, mit dem ich bei Solferino dem französischen Chasseur eins über den Schädel versetzte. Was mußte er sich auch gerade meinen guten Korman aufs Korn nehmen? Das mußt ich ihm versalzen, ich glaub, er ist nicht mehr aufgestanden. Einen roten Bart hatte er, das weiß ich noch . . . Hm. Ich denke manchmal an ihn. Es ist nur gut, daß man keine Zeit hat, sich Gedanken zu machen, wenn man Attacke reitet; sonst möchte der Teufel Krieg führen . . .«

Hans lächelte mit schmalen Lippen. »Ja, das glaube ich.«

Der Rittmeister stand nachdenklich. – »Es ist im Kampf – ja, es ist wohl wie bei einem Sturz in die Tiefe. Tausend Gedanken jagen einem durchs Hirn, und man nimmt Einzelheiten wahr, so genau wie niemals sonst. Aber das Ganze geht doch in einer Art Gedröhne unter und in dem Gefühl: Drauf und dran, du oder ich, es bleibt keine Wahl. – Und dann ist's vorbei und geschehen –«

»Und damit basta!« vollendete Hans in erbittertem Ton.

»Und damit basta«, wiederholte der Rittmeister harmlos. »Ein Glück immerhin, wenn man Offizier ist. Die Gefahr ist dieselbe;

aber man gibt doch nur Befehle und muß dem Gegner nicht selbst an die Gurgel.«
»Man hetzt ihm nur die anderen an die Gurgel, wie?«
Noch einmal überhörte der Vetter den gefährlich bebenden Ton. In Gedanken versunken schritt er vor dem anderen auf und ab. – »Merkwürdig ist das«, sprach er. »Hier siehst du mich, im bürgerlichen Rock, als quasi Zivilisten. Ein Tag läuft hin wie der andere, man könnte meinen, man hätte alles nur geträumt: den Krieg, das Schlachtfeld, die Toten, die Attacken. – – Nichts davon ist noch wirklich, nur die paar Dinge da, die Pistole, der Säbel, der Tschako, na – und vielleicht noch die Kleinigkeit ...« Der Rittmeister griff nach seiner Uhrkette, an der, in Silber gefaßt, ein Granatsplitter hing, den hatte man ihm nach Solferino aus dem linken Arm operiert. Aber der Mißwachsene vor ihm blickte nicht nach dem Splitter, ihm blitzte der feurige Strahl eines Diamanten in die Augen.
An des Rittmeisters Rechten stak ein Ring. Ihn hatte er von seiner Mutter erhalten, als er wiedergenesen aus Italien zurückkehrte. Diesen Ring trug der Rittmeister nur bei feierlichen Gelegenheiten; er war ein Vermögen wert.
Hansens Blick sog sich funkelnd an dem Steine fest. Dieser, so dünkte ihn, durfte doch wohl auch als eine kleine Erinnerung gelten. Die Galle schwoll dem Mißwachsenen hoch.
Draußen klingelte es. Baruschka meldete Herrn von Schimkowitz, er käme wohl zu seiner Mittwoch-Schachpartie.
»Donnerwetter, ja richtig, das hätte ich bald vergessen. Nun, lieber Hans, du bist, wie ich gehört habe, mit Schwager Schimkowitz seit neuestem befreundet. Er soll ja dein bester Kunde geworden sein. Da stört er dich wohl nicht?! – Aber natürlich, es wird nicht gespielt, wenn du nicht selbst Lust dazu hast.« – Und beflissen eilte der Rittmeister dem neuen Gast entgegen.

Hans stand zitternd und lauschte. Draußen dröhnte schon des Riesen altgewohntes Gelächtergeschrei. Hans brach der Schweiß aus den Poren. Um nichts in der Welt wollte er Schimkowitz vor Balthasar, Balthasar vor Schimkowitz begegnen. Auf Zehenspitzen schlich er in den Alkoven. Während die beiden Männer den Raum

durch die vordere Tür betraten, wischte er hinten durch das Pförtchen in den Flur hinaus.
Keuchend rannte er die Treppe hinab.
»Nanu?« meinte der Rittmeister und sah sich in dem leeren Zimmer um. »Wohin ist der Vogel entkommen?«
»Welcher Vogel?«
»Schwager Hans, er hat hier gespeist.«
»Das Wasserköpfchen«, grinste der Riese.
Bourdanin runzelte die Brauen. »Nehmen Sie bitte Platz.«
Nach einer Weile, als Schwager Hans sich nicht mehr wieder zeigte, klappten die Herren das Schachbrett auf. Bourdanin zog Weiß, aber er spielte zerstreut, verlor die Mittelbauern und die Rochade. – »Das ist doch seltsam«, murmelte er. »Läuft dieser Hans davon, ehe er störte. Ein lieber Mensch, ein guter Junge.«

Am Abend desselben Tages nahm Hans Bourdanin das Schild von seiner Ladentür, auf welches er mit großen Lettern geschrieben hatte: Wegen Krankheit geschlossen. Er drehte es um und malte mit noch größeren Lettern hin:

FÜR IMMER GESCHLOSSEN!

## *Des Teufels Urgroßmutter*

Während die Männer, in eine Rauchwolke gehüllt, ihre schwarzen und weißen Figürchen schoben, saß Marie bei den schlafenden Stiefkindern und flickte. Hinter dem Fenster waren die Jalousien zur Hälfte niedergelassen. Marie kauerte zu Füßen des Bettchens, in welchem der Knabe Balthasar lag. Von Zeit zu Zeit ließ die Frau die Nadel ruhen und blickte auf das schlummernde Kinderantlitz hin. Es war rund und weiß, im Schlaf gelöst, von einem rosigen Schimmer überflogen. Die dunklen dichten Wimpern ruhten auf dem makellosen Licht der Wangen. Die Lippen standen halb offen wie die Blätter einer aufgehenden Blume. Das lange braune Haar lag in süßer Wirrnis über das Kissen gebreitet, daneben die kleine offene

Hand, die rosig gepolsterte Fläche nach oben gekehrt, die zarten Fingerkuppen wie von Blut durchleuchtet. Marie kniete von ihrem Schemel nieder und küßte das fremde Söhnlein auf die warme Hand.

Das Söhnlein zuckte, rührte sich, brummte, die Hand verschwand unter die Decke, der Kopf vergrub sich, die Nase abwärts, unter den Polsterzipfel.

Marie lächelte, aber in ihren Augen standen Tränen der Rührung. Dieser Knabe – ach, sie liebte ihn so sehr! Unaufhörlich, Tag und Nacht, hätte sie ihn betrachten mögen. Er dünkte sie schön, schöner als alles andere in der Welt. Er war das kostbarste Kleinod, die teuerste Himmelsgabe. Ach, und dieses Glück, daß er sie liebte! Ja, er liebte sie, vom ersten Augenblick hatte er sie geliebt. Majie, rief er, rief sie früh und spät aus seinem Kinderstühlchen, aus seinem Bett, aus seinem hölzernen Gitterstall. Der Vater befahl, er habe sie Mama zu nennen. Er aber blieb bei dem Namen, bis er einmal, als sie ihn triefend naß aus der Badewanne hob, die Ärmchen um ihren Hals geschlungen und an ihrem Ohr wie ein Geheimnis: »Mutter!« flüsterte und in ein endloses entzücktes Jubelgelächter ausbrach. Ihr, der Frau, drang das Wort bis ins innerste Herz und schloß es einer namenlosen Wonne auf.

Aber diese Wonne bewegte in ihrer Seele zugleich ein Meer von Tränen.

Es war ihr die beste Stunde des Tages, wenn sie – wie jetzt – hier allein sitzen und arbeiten und dabei den Schlaf der Kinder bewachen durfte. Dann durfte sie auch weinen, ungesehen und ungerügt, ihre Augen strömten über wie eine Quelle, jeder Atemzug löste ein Schluchzen aus der Tiefe des Herzens, das übervoll war, übervoll vor Entzücken über die ihr anvertrauten süßen Kinder, übervoll auch von Einsamkeit und Bedrängnis.

Sie wußte, daß sie bald sterben würde. Sie war krank, seit Monaten schon, fast seit Anfang ihrer Ehe. Es schmerzte sie der Rücken, ihr Atem war kurz, die Füße geschwollen, und es quälten sie Zeichen, über deren Bedeutung nachzudenken ihr Feuergarben des Schrekkens durch das Herz jagte.

Alle wußten es, daß sie krank war, aber geheimnisvollerweise sprach niemand mit ihr über das, was sie quälte. Der Vater blickte sie forschend an, die Schwiegermutter streichelte ihr die Hand, letzthin nahm ihr eine fremde Frau den Einkaufskorb am Markte ab. Ach, wenn ihre Mutter noch lebte, ihr hätte Marie alles sagen können. Noch nie hatte sich Marie so sehr nach ihrer toten Mutter gesehnt wie jetzt. Eine Ahnung regte sich in ihr, daß auch sie Schweres und Unsagbares erlitten hatte, daß auch sie die dunklen brennenden Geheimnisse kannte, unter deren Flammen sich ihre, Mariens, Seele windet.

Aber die Mutter ist tot, kaum kann sich Marie ihr Gesicht noch vorstellen. Und die, die ihr die Nächste wäre sonst auf Erden, die Schwester Ernestine, ist ihr wie entfremdet.

Doch hör! Es klingelt.

Marie läuft an die Tür und öffnet. Sie steht erschrocken.

Es ist Frau Wrba, die geläutet hat, die aus dem weißen Kopftuch zu ihr aufblickt, Frau Wrba aus der Sachsengasse mit der roten Knollennase, den schwarzen Augen, dem breiten Froschmaul, es ist die Teufels-Urgroßmutter aus der Grottenbahn, die dort die armen Seelen verschlang, die nackten, zappelnden, und kein Erbarmen kannte. »Sie sind es?« fragte Marie mit erblassendem Mund. »Was wollen denn Sie hier?«

»Was *ich* will, Kinderl?« fragt Frau Wrba und zieht ihre buschigen Brauen hoch. »Was ich will«, wiederholt sie und stemmt ihre Hände in die Hüften und lacht schließlich, indem sie ihr ganzes Gebiß mit allen Reiß- und Mahlzähnen bleckt. »Das muß doch *Sie* am besten wissen, Kinderl.«

Marie blickt zu Boden. Eine dunkle Ahnung steigt in ihr auf.

»Oder hat Sie sich vielleicht schon eine andere ausgesucht oder gar einen Herrn Doktor? Aber die Herren Doktoren brauchen unsereinen erst recht, da ist es mit der Wissenschaft nicht getan, nein, es braucht geschickte Hände, damit kein Unglück geschieht. Ein Unglück ist gleich geschehen, das hat man an der früheren gnädigen Frau gesehen, die war tot, mir nichts, dir nichts, aber ich habe keine Schuld daran gehabt, das hat mir auch der Herr Gemahl bestätigt. Schriftlich hat er es mir bestätigt, wo er doch sonst ein so strenger Herr ist, Gott behüte mich, wenn er seine schwarzen Augen macht.«

Über diese Rede war Frau Wrba in den Flur gedrungen, vom Flur in das erste und von dort in das zweite Zimmer, Marie wußte nichts zu erwidern und wich Schritt für Schritt zurück. – »Aber wer hat Sie denn hergeschickt?« fragte sie endlich.
»Wer mich hergeschickt hat, du mein Gott, du mein Gottchen«, sagte Frau Wrba und drang noch weiter vor. »Die Josefin hat mich hergeschickt, die gnädige Frau Schwiegermutter! Und übrigens – Sie darf nicht böse sein, die jungen Frauen wollen immer noch wie die Rehe ausschauen, auch im neunten Monat, aber die alte Wrbova müßte schon eine ganz Dumme sein, wenn sie nicht sähe, was da los ist. Na, sagt Sie schon, Kinderl, wann es denn sein soll?!«
Jetzt war sie im letzten Zimmer angekommen, und hier, in der Kinderwirtschaft, schien es Frau Wrba zu gefallen, hier hatte sie sich in einen Lehnstuhl niedergelassen und blickte Marie in das erglühende Gesicht.
»Aber ich weiß gar nicht«, stammelte Marie, es ergriff sie wie ein heftiges Beben. »Ich weiß gar nicht, Frau Wrba – was meinen Sie denn nur?«
Das rotgesprenkelte Antlitz der Teufels-Urgroßmutter erstarrte, als wäre ihr ein großer Bissen im Halse steckengeblieben und nähme ihr Atem und Besinnung. »Was?« tat sie und zwischen jedem Wort rang sie nach Luft. »Sie weiß *gar* nichts?«
Marie stand und knüllte den Schürzenzipfel zwischen den Händen. »Ich soll – vielleicht– ein Kind bekommen?« brachte sie bebend hervor. »Ich habe lange gedacht, ich wäre nur krank.«
»Nur krank!« rief des Teufels Urgroßmutter und schlug die Hände über dem Kopf zusammen. »Was soll es denn sonst sein als ein Kinderl, was Sie da so rund macht unter dem Röckl? Wenn eine aussieht wie Sie und wäre nur krank, dann müßte man ihr ja bald das Grab bestellen, du mein Gott, mein Gottchen, hat man so etwas schon einmal gehört?«
»Das Grab!« flüsterte Marie, sie wurde langsam blaß.
»Aber nein, nein!« schrie Frau Wrba und lachte abermals mit ihrem großen Maul. »Sie wird gesund werden, Hascherl, gesünder als je zuvor und leben wird Sie und lustig sein, das wird die Wrbova schon machen, darauf kann Sie sich verlassen, Liebe, Gute, Arme Sie! Sie

wird sich doch nicht fürchten wie die erste gnädige Frau, nein, nein, nein: so etwas an Angst hab ich ja noch nicht erlebt und hab schon zweitausenddreihundert Kindern aus der Patsche geholfen. Sind schon große Leut, sind selbst schon Vater und Mutter, und bald werden ihre Kinder wieder Kinder haben; so geht es immer weiter, immer weiter auf der Welt.«

Nachdem sie Marie ein Stühlchen herangezogen und eine Stunde lang leise und eindringlich mit ihr geredet hatte, Mariens Hände tätschelnd und immer wieder wie vor den Kopf geschlagen über eine solche noch nicht erlebte Unwissenheit, und als sie sich endlich erhob, um zu gehen und schon unterwegs zur Türe war, da drehte sie sich noch einmal um und sagte: »Und jetzt sag Sie mir auch, Kinderl, was Sie sich wünscht, einen Sohn oder ein Töchterl?«

Da errötete Marie noch einmal, und mit einem tiefen Atemzug antwortete sie: »Einen Sohn, bitte, einen Sohn.«

Ein Sohn! Sehnsucht und Entzücken jedes weiblichen Herzens. Krone des Daseins, Lohn aller Mühen und Schmerzen, Fülle der Seligkeit: ein *Sohn!*

Aber als Marie zehn Monate nach der Hochzeit an einem kalten, von Schneeschauern durchstöberten Märztag niederkam, war es eine Tochter, die sie unter Frau Wrbas Händen gebar, ein winziges, unansehnliches rabenschwarzes Ding. Die Mutter schloß es in die Arme. Sie vermochte sich nicht einmal zu wundern, daß der Vater dem Neugeborenen nicht viel Beachtung schenkte; es war ja nur ein Mädchen.

## *Ernestine*

Während das alles an Marie geschah, während sie sich vermählte, ein Kind empfing und gebar, lebte die Schwester Ernestine wie in einem Schattenreich. So ist es manchmal zwischen Schwestern, ihre Schicksale sind gekoppelt und ergänzen einander durch Gegensätzlichkeit; sie gleichen den beiden Hälften des Mondes in der Mitte seiner Verwandlung; die eine leuchtet im vollen Licht, und ihre silberne Wange überglänzt den Himmel; die andere Hälfte liegt im Schatten, kaum, daß sich ihr Umriß, von schwacher Schimmerhelle umgeben, abzeichnet im leeren Raum.

Es war seltsam zugegangen bei den Halik-Mädchen, daß Marie vor Ernestine erwählt worden war. Marie war die jüngere, kaum erst dem Kindesalter entwachsen, anmutig, lieblich, ein herziges Blümchen, eine Heckenrose, wie sie freundlich aus dem einfachsten Garten lacht. Marie war so, daß einem froh ums Herz werden konnte, wenn man sie sah; über Ernestine lag der Schimmer der Vollkommenheit.

Dem Vater nachfahrend, war sie hochgewachsen, zu hoch beinahe für eine Frau. Aber ihre Schultern waren ebenmäßig geformt, ihre Brüste hoben sich in Knospen, ihre Mitte war schlank, ihr Gang kräftig, ihre Hüften waren biegsam und alle ihre Bewegungen stolz und lieblich zugleich. Sie war wie ein edles Bild; aber was fängt der nüchterne Alltag eines kleinen Städtchens mit einem solchen an?

Er nimmt es nicht wahr, das edle Bild. In einem Waschkleidchen, ein Tüchlein über die Stirn gebunden, eilt die Schöne in den Gemüsegarten oder auf den Markt, um in dem Henkelkorb, den sie am Arm trägt, das Grünzeug für die Suppe heimzubringen. Daheim bindet sie eine Schürze vor, kocht und wäscht und führt dem Vater den Haushalt. Wer soll auf sie aufmerksam werden? Wer soll um sie freien?

Da sind die Kollegen des Vaters, meist ältliche Leute, alle längst beweibt. Dann die Schreiberlinge im Kameralamt, sie haben tintige Finger und krumme Rücken, ehe sie dreißig sind, sie haben auch eine schlechte Besoldung, sie können sich gar keine Freiergedanken erlauben. Da ist die ländliche Verwandtschaft mit allerlei Vettern, aber die sind Bauern und müssen darauf sehen, daß ihre Frauen breite Rücken haben, um Buckelkörbe und Butten zu tragen, und grobe Hände für die Feldarbeit. Und dann sind noch ein paar Kaufleute da, ein paar Braurang-Erben, die könnten, wenn ihnen das Herz am rechten Fleck säße, die Schöne zu gewinnen trachten. Ihnen aber steht der Sinn nur nach Häusern, Aktien und Einnahmen, und die Tochter des Professors wird, das weiß man, keine Aussteuer

mitzubringen haben, von einem Besitz oder Haus oder Braurang ganz zu schweigen.
Wäre nur einer noch gewesen in der ganzen Stadt, der Brauränge und Besitztümer verachtet, der auf Mitgiften verzichtet, weil er selbst genug zu besitzen meint, und der auch noch zu verzichten bereit ist, wenn er nichts mehr besitzt. Dieser, nicht ganz so hochgewachsen zwar wie sie, Ernestine, aber doch männlich schön und feurig auf hephaistische Art; hatte er sie denn niemals gesehen?
Er mußte ihr doch oft begegnet sein, schon ehe er die erste Marie nahm, die schwerfällige, unhübsche Base, die man ihm noch nicht einmal in die Ehe geben wollte, die er erst entführen, die er sich erst ertrotzen mußte. Aber es hatte eben eine Bourdanin sein sollen, die er sich nahm, als wäre nur eine aus dem eigenen Stamme wert gewesen, von ihm geehelicht zu werden.
Und als sie dann ein und ein halbes Jahr später aus dem ersten Wochenbett aufstand, um tot umzufallen, und als er dann frei war und die Umstände ihn drängten, sich wieder zu verehelichen – hätte er nicht auf jene verfallen können?
Nein, die kleine Schwester, die kaum erst aufgeblühte Knospe, die hatte er bemerkt, die hatte er sich gepflückt.
Am Morgen nach Mariens und Balthasars Rückkunft aus Wien war Ernestine blaß und übernächtigt schon seit früher Stunde daran, die Wohnung aufzuräumen. Sie verfuhr leise dabei, um den Vater nicht zu wecken. Doch auch dieser kam früher als sonst aus seiner Stube. In der Küche stand der Kaffee bereit, daneben die halbe Scheibe Rosinenkuchen, den Ernestine Marien zu Ehren gebacken.
Aber sie rührten nichts an und entschuldigten sich voreinander, daß sie von gestern noch satt seien. Als die Schalen leergetrunken waren und der Vater dachte, nun werde sich das Mädchen erheben, saß es doch auf seinem Platze still und krümelte die Kuchenbrösel zwischen den Fingern.
Sie möchte fort, sagte sie auf einmal, ohne den Blick zu erheben. Nach Rokyzan möchte sie zur Großmutter.
Hm. Der Vater wunderte sich. Über Sonntag könne sie wohl fahren, meinte er, und vielleicht führe er mit, es tue ihm auch einmal wohl, ins Freie zu kommen.

Nicht nur über Sonntag wolle sie fort, antwortete Ernestine. Sie wolle am liebsten über das Frühjahr bleiben, oder noch länger. Am liebsten für immer.

Aber nein, fiel ihr der Vater rasch ins Wort, was sie denn denke! Oh, nichts so Unerhörtes, antwortete Ernestine. Der Vater sei alt, er wolle vom Schuldienst Abschied nehmen. Bohusch bekäme wohl seine Stelle, er habe ja alle Prüfungen mit bestem Erfolg bestanden. So würden sie zu leben haben, sie beide, und um so besser, je ländlicher die Gegend sei, in welche sie zögen. Da habe sie an Rokyzan gedacht; ein Städtchen, gewiß, aber ein so winziges Nest, und dort wohne die alte Großmutter, sie bedürfe vielleicht der Hilfe, der ständigen Pflege. Es wäre am besten, in ihr Häuschen zu ziehen, man würde sich einrichten können in Bescheidenheit.

»Und Mariechen?« fragte der Vater.

»Mariechen?« wiederholte die Schwester, als verstünde sie nicht, was der Vater mit dem besorgten Ausruf meinte.

Und Mariechen bliebe allein, gab der Vater zu bedenken, verwaist sozusagen bliebe das arme Wesen, ohne Trost und Beistand in ihrem schweren Leben.

Ernestine saß mit gesenktem Blick, sie war sehr blaß.

Der Vater sah es, daß es wie ein Frösteln über sie hinlief, und er sah, daß sich das schöne Gesicht um die Augen verschattete und aus der blutleeren Haut Flecke hervortraten, als wäre eine Krankheit im Anzug, ein sich ankündigender Verfall. – »Ernestine«, rief er, »was hast du?« Sie erschrak und errötete tief.

»Fahre denn«, sagte der Vater.

»Und du?« fragte die Tochter.

Der Vater schüttelte den Kopf. »Ich bleibe hier.«

Bei alten Menschen weilen, ist oft, als hause man bei Abgeschiedenen. Ihr Leben gleicht der leeren Puppe eines Schmetterlings. Der großartige Atem der Lebensvernünftigkeit ist daraus entwichen, und was sich darinnen begibt, ist fast unheimlich, es ist nur mehr der auf der Stelle tretende Eigensinn des Verkümmernden.

Ernestinens Großmutter, die Mutter ihrer eigenen Mutter, wohnte am Rand der kleinen Stadt in einem bescheidenen, niederen blaugestrichenen Häuschen. Sie lebte von der Rente, die sie als Witwe des Magistratsschreibers Niebscher bezog; früher hatte sie sich eine Kuh gehalten, jetzt hielt sie nur mehr eine Ziege und ein paar Hühner. Aber die Ziege war schon alt und gab kaum mehr ein Schöppchen Milch, die Hühner waren überständig, legten keine Eier mehr und schliefen, weil niemand sie schlachtete, vor Altersschwäche auf ihren Nestern ein.

Wie in diesem Betracht, so unsinnig war die Wirtschaft der alten Frau auch in anderen Stücken. In ihrer Küche hatte sie eine merkwürdige Einrichtung. In eingewurzeltem, durch viele Jahre bewährtem Sparsinn hatte sie die Gewohnheit angenommen, von jeder genossenen Speise ein Restchen übrigzulassen. Dieses Restchen bewahrte sie auf. So waren Tisch, Sitzbänke und Schränke mit einer Unzahl kleiner Tiegelchen vollgestellt. Insbesondere mit dem Kaffee trieb die alte Frau einen seltsamen Kult. Obwohl sie sich täglich frischen aufgoß, konnte sie es nicht über sich bringen, den schon ausgelaugten Satz nach einem Mal wegzuwerfen. Auch von der Milch pflegte sie unter Deckeln und Netzen siebenerlei Sorten zu ziehen. Daneben sammelte sie noch sauren und süßen Rahm und Käse in allen Spielarten und Reifezuständen.

Wie man sich denken kann, verbreiteten diese Kulturen die gemischtesten Gerüche. Das ganze Haus roch nach ihnen, und es roch, wenn Tür oder Fenster offenstanden, schon auf der Straße nach dem gärenden Vielerlei. Die Mahlzeiten der alten Frau bestanden meistens darin, daß sie die nächsten ihr erreichbaren Tiegelchen abdeckte, ein bißchen nahm, es in ihrem zahnlosen Mund mümmelte und mit einem Schlückchen Milch hinunterspülte. Danach saß sie auf ihrem Holzkorb nieder und trank einen Hafen Kaffee. Diesen im Schoße haltend, pflegte sie dann in einen kleinen Schlummer zu verfallen.

Die Wände ihres Häuschens waren mit bäuerlichen Hinterglasbildern und einer nie gelichteten Sammlung geweihter Palmkränzchen bedeckt. Diese, zwar verstaubt und oft bis auf die Gerippe abgebröselt, wurden dennoch niemals abgenommen. Im ganzen Hause befand sich kein anderes Licht als eine rote Gewitterkerze und zwei noch nie in Brand gesetzte, mit Bildchen gezierte Sterbekerzen. Die Alte ging mit ihren Hühnern schlafen. In den Monaten der kürzesten Tage und längsten Nächte leuchtete ihr allenfalls das Feuer aus den Ritzen des Herdes.

Niemals sah sie jemand bei sich. Nicht immer war sie so seltsam gewesen; Vater Halik hatte sie noch als heitere und umgängliche Frau gekannt. Da war ihr Mann gestorben, und kurz darauf war sie durch eine Krankheit fast ganz ertaubt. Dieser plötzlich über sie hereinbrechenden Vereinsamung war ihr Geist erlegen.

Leider war sie auch nicht über den Zuwachs erfreut, den ihr Haushalt durch die Enkelin erhielt. Mürrisch murmelnd räumte sie ihr, Ernestinens Widerspruch zum Trotz, die bessere Stube ein. Sie suchte aus den uralten Truhen die seit Jahrzehnten gilbenden Damastbezüge hervor, bezog damit die von vielen Pfunden Gänsefedern aufgeblähten Betten. Sie rollte den Teppich auf, der gegen Mottenfraß in vielerlei Hüllen eingewickelt gelegen, öffnete die Glasvitrine und holte das goldgeränderte Geschirr hervor. Ernestine mochte einwenden, was sie wollte: nur aus diesem, dem lang gehüteten Prachtservice, durfte die Enkelin essen. Dann begab sich das krumme Mütterchen in die Küche und begann unter Stöhnen und Schluchzen seit Jahren zum erstenmal wieder ein Mittagsmahl mit vielen Gängen zu bereiten. Ernestine stand daneben und trug ihr mit Worten und Gebärden und mit eigenmächtig versuchtem Zugreifen ihre Hilfe an.

Aber die alte Frau ließ sich nicht helfen. Ernestine durfte nichts anfassen, alles was sie tat, war falsch getan, und lieber wollte die Großmutter auf der Stelle tot umfallen, als die Enkelin an ihrem Herd rumoren lassen. So gab es Ernestine in Betrübnis auf.

Nicht einmal dazu ließ sich die Eigensinnige bestimmen, an Ernestinens Mahlzeit teilzunehmen. Auf ihrem Holzkorb draußen in der Küche kauerte das Weiblein; nachdem es zur Not aus seinen Restchen ein paar Bissen gemümmelt, war es vor Erschöpfung mit nickender Nase eingenatzt.

In der guten Stube saß Ernestine allein zwischen den verjährten Segenskränzen. Trübselig hielt sie einsame Tafel. Das war kein guter Anfang für Ernestine, er senkte eine tiefe Traurigkeit in ihre Seele. Dennoch blieb sie; sie blieb, weil ihr eine Rückkehr nach

Hause noch unmöglicher schien als der traurige Aufenthalt dahier.
Die Tage wurden ihr lang, da sie das Haus und seinen Garten selten verließ. Was hätte sie suchen sollen in der kleinen Stadt, in der sie zwar früher schon manches Mal gewesen, in der sie aber doch niemanden kannte? Ging sie aus, dann war es ihr erst recht, als irrte sie allein durch eine verhexte fremde Welt.
Das Städtchen war sehr still, als hätte sich seit undenklichen Zeiten hier gar nichts verändert. Die Häuser waren altertümlich, noch standen die Wehrbauten, Mauern und Tore, in den halbzerfallenen Gebäuden nisteten die Tauben. Manchmal spazierte Ernestine über den Wall: dort, in einem großen parkartigen Garten, stand ein einziges schönes neueres Haus. Vor dem Gittertor blieb sie manchmal stehen und blickte hinein.
Dieses Haus gehörte einer reichen Frau namens von Wetzstein. Sie besaß eine Fabrik, die einzige, die in dem Städtchen war; sie lag an einem feuchten Wassergraben und bestand aus einem Haufen langgestreckter grauer Hütten. Dort wurde, wie man Ernestine sagte, Baumwollzeug gewoben, Baumwollzeug von der schlechtesten Sorte, wie es nur die Ärmsten tragen, und die Allerärmsten woben es und spannen den Faden dazu.
Wenn Ernestine zur Kirche ging, am Morgen zur ersten Messe, da begegnete sie manchmal den grauen Gestalten; und wenn sie sich abends zur Andacht begab, da begegnete sie denselben Gestalten wieder. Es waren Männer, Weiber und Halbwüchsige, die in Holzpantinen über das Pflaster schlurften. Ihre Gesichter waren ausgemergelt und ohne Farbe oder vielmehr von der Farbe ihrer aus ungebleichtem Baumwollstoff gefertigten schmutziggrauen Kleider. An diesen hingen ihnen noch die Baumwollschwaden, und in ihr Haar hatten sie sich eingefilzt wie Spinneweben. Schweigend trotteten sie dahin.
Diese Leute waren alle im Dienst der reichen Frau von Wetzstein. Sie sei sehr hartherzig, sagte man Ernestine, man sehe sie fast niemals, nicht einmal zur Kirche käme sie. Sie hause allein mit ein paar Dienstleuten in der neuen schönen blankgeputzten Villa, nur der Rechnungsführer der Fabrik habe Zutritt bei ihr, alle Tage komme er und lege ihr die Bücher vor und bringe ihr den Gewinn.

Obwohl Ernestine das wußte und sich in ihr ein Abscheu regte gegen die reiche Geizhälsin, kam sie doch immer öfter an das Gitter des Hauses. Es war versperrt, und es wäre Ernestine nie eingefallen, Einlaß zu suchen. Aber irgend etwas an dem Hause zog sie an: die Fenster blitzten spiegelklar, und der Platz davor war mit dem feinsten weißen Kies bestreut, kein Grashälmchen durfte sich hervorwagen.

Eines Tages, als Ernestine vom Markt heimkehrte, staunte sie: vor dem Haus der Großmutter hielt ein Wagen. Zwei glänzende Pferde waren vorgespannt, und der Wagen war so blank und funkelnd, als wäre er eben mit frischem Lack überzogen worden. Auf dem Bock saß ein Kutscher in einem mit Messingknöpfen benähten Frack. Als er Ernestinens ansichtig wurde, lüftete er den hohen blauen Hut. Als sie in die Küche trat, sah sie eine fremde Frau bei der Großmutter sitzen. Sie wußte gleich: das konnte niemand anderer sein als jene Frau von Wetzstein.

Unwillkürlich machte Ernestine einen tiefen Knicks.

Jene lächelte. Dabei kamen ihre großen gelben auseinanderstehenden Zähne zum Vorschein. – »Da ist sie ja!« sagte sie. »Da ist das hübsche Kind.«

Sie hatte ein perlgraues Kleid von dem vornehmsten Schnitt und vor dem Busen ein Westchen aus Spitzen Brüsseler Art. »Ich bin gekommen. Sie zu holen«, fuhr sie fort. »Ich habe Sie oft gesehen, wie Sie vor meinem Gitter standen, und habe gedacht: die könnte meine Gesellschafterin sein, die wäre das Rechte für mich.«

Ernestine schwieg und blickte nach der Großmutter hin.

Die Großmutter aber stand an ihrem Tisch und zeigte ihr und der vornehmen Dame den Rücken und rumorte in ihren Häfen und Stürzeln, daß es klirrte.

»Ich weiß nicht«, sagte Ernestine, »ob ich darf.«

»So gehorsam, mein Kind?« fragte Frau von Wetzstein und lächelte wieder. »Ei, das findet man selten, ei, das ist rar.«

»Ich will meinem Vater schreiben«, sagte Ernestine.

»Tun Sie das, meine Liebe, tun Sie das!« sagte die Frau und erhob sich. »Sie werden bei mir wie eine Prinzessin leben und werden es nicht zu bereuen haben.« Sie reichte Ernestine die Hand zum Kuß.

Ihre Hand steckte in einem weißen gestickten Handschuh, dennoch sah man, daß sie auf eine merkwürdige Weise verkrüppelt war: ihre Finger bogen sich nach außen, und die Nagelglieder, die aus den Halbhandschuhen hervorsahen, waren so breit und die Nägel so plattgedrückt, daß sie den Schaufeln eines Maulwurfs ähnelten. Ernestine erschrak, dennoch küßte sie die dargebotene Hand.
Die Dame stieg draußen in den Wagen; der Kutscher ließ die Peitsche knallen, die Pferde bäumten sich, so fuhr das Gefährt die kleine Gasse hinab. Ernestine kehrte zu ihrer Großmutter zurück, die sich nicht verabschiedet und der Davongehenden nicht einmal einen Blick gegönnt hatte.
Ernestine stand stumm.
Noch immer rumorte die Alte mit ihren Töpfen, daß man merken konnte, wie sie voll Zorn und Erbitterung und vielleicht auch voll Furcht und Haß war. Als das Mädchen endlich sagte: »Und Großmutter, was sagst du?« – da schleuderte sie, was sie in der Hand hielt, auf den Boden und rief: »Geh nur, geh nur, geh nur zu deiner Hexe!«
»Aber Großmutter« – versuchte Ernestine leise.
»Geh heute noch!« Die Alte hob die hagere Greisenfaust wie zu einer Verfluchung empor. »Aber nie mehr komm mir zurück.«
Damit war die Sache fürs erste vorbei; Ernestine sandte Frau von Wetzstein ein artiges Billett, in dem sie für die hohe Ehre dankte und schrieb, daß sie sich einstweilen noch nicht entschließen könne.
Aber kurz nach diesem Besuch wurde die Großmutter krank. Ernestine saß bei ihr und pflegte sie. Eines Abends gebot ihr die alte Frau, die rote Gewitterkerze anzuzünden. Ernestine tat es, obwohl kein Gewitter am Himmel stand, obwohl die Luft still war, nur schwül und warm nach dem langen, trägen Septembertag.
Die alte Frau blickte auf die Flamme, die über dem roten Wachsstab schwebte. Dann wollte sie, daß Ernestine auch noch die zwei Sterbekerzen entzündete. Dagegen sträubte sich etwas in dem Mädchen, aber weil die Alte es ihr immer heftiger auftrug, so tat sie auch das. Danach ließ sich die Greisin den Weihbrunn bringen.
»Knie nieder«, sagte sie, »und bete mir ein Vaterunser.«
Ernestine gehorchte.

Doch als sie sich über die Großmutter beugte, sah sie, daß diese schon gestorben war.

Nachdem man die Witwe Niebscher begraben hatte – Vater Halik, Mariechen und Bohusch und eine Menge anderer Verwandter waren zu der Trauerfeier erschienen –, mußte sich Ernestine entscheiden, was sie nun zu tun gedächte.
»Willst du denn nicht wieder zu uns kommen?« fragte die Schwester.
Das Mädchen schüttelte den Kopf.
Ihrem Vater erzählte sie von dem Angebot der reichen Frau. »Ich hätte es gut bei ihr«, sagte Ernestine, »das hat sie mir versprochen; ich sollte es nicht zu bereuen haben.«
»Tu, wie du willst«, sagte der Vater.
»Gut«, sagte Ernestine, »dann will ich zu Frau von Wetzstein gehen.«

VIERTES HAUPTSTÜCK

# *Die Wendekreise*

## *Aus Hans wird Honsa*

Nach wie vor steckte an Hans Bourdanins kleinem Laden das Pappschild: »Für immer geschlossen«. Das Schild überzog sich mit Staub, das Fenster erblindete, modernde Fliegenleichen lagen auf den aufgeschlagenen Büchern: Ein seltsames Bild in der betriebsamen Straße, zwischen all den bunten Läden, die hier aufgemacht worden waren und zu denen immer wieder neue kamen. Immer größer wurden die Schaukästen, immer mannigfaltiger die Plakate und Firmentafeln; hinter den Scheiben stapelten sich die Waren: alles, was sich der Mensch ausdenken konnte, war in Fülle ausgelegt: für die vornehmen Herrschaften die glänzenden und soliden Dinge, für die Armen der billige Tand, für das Bauernvolk die grobe ungeschlachte Ware.

Auf den Firmenschildern zeigten sich neue Namen, Namen, die noch niemals so groß und selbstbewußt in der Inneren Stadt zu lesen gewesen waren; sie zeigten, daß Zuzug stattfand und daß sich an die Seite der alten erbeingesessenen Kaufmannsgilde, der Krejci, Porta, Marian, eine neue Gilde setzte; diese war aus der östlichen Vorstadt gekommen, wo sie bisher hinter der alten Synagoge ein beschattetes und unansehnliches Dasein geführt hatte. Jetzt aber, so hatte es den Anschein, ging der Glanz des aufgeklärten Jahrhunderts auch über den Levi und Kohn, über den Gans und Zunterstein auf. Und sogleich begannen sie sich im ersten Sonnenstrahl, der sie traf, lebhaft zu rühren. Sie eröffneten ihre Läden und Bazare und statteten sie mit einer Farbenpracht aus, als wären die Besitzer geradenwegs aus Damaskus und Jaffa, und nicht, wie in Wirklichkeit, auf dem jahrhundertelangen

Umweg über Podolien und Galizien und so viele Orte der Demütigung und Traurigkeit hierhergelangt.
Wenn die einen aus der Vorstadt kommen, so ziehen andere in die Vorstadt hinaus.
Die Vorstadt im Osten war grau und häßlich. Da war zuerst der Topfmarkt und die Kaserne, dahinter ein Gassengewirr aus kleinen schmutzigen Häusern und schließlich ein ebener Platz zwischen Plankenzäunen, das war der Vergnügungspark.
Auf ihm ließen sich die fahrenden Leute nieder, und in jener Zeit hatte dort ein Herr mit Namen Jungmann sein Vergnügungsetablissement eröffnet. Herr Jungmann war seinem gutdeutschen Namen zum Trotz ein Tscheche, in Husinetz geboren. Das Gansldorf Husinetz aber ist – wer Geschichte studiert hat, wird es wissen – das böhmische Bethlehem, denn in einer seiner Hütten wurde vor 600 Jahren der größte Mann der tschechischen Geschichte geboren: Jan Hus, Magister der Theologie, der als Wortführer der Armen und als Anwalt seines Volkes hervortrat, wofür er dann, weil er zu Freiheit und Gleichheit auch noch den Kelch und die Erneuerung der Kirche gefordert, auf dem Konzil zu Konstanz als Ketzer verbrannt wurde. Diesem selben Dorf also entstammte Herr Jungmann, und man darf sich nicht wundern, daß ihm von Jugend auf schon die Ideen seines berühmten Landsmannes verführerisch in die Nase stachen. Zwar: er wäre nie darauf verfallen, sich etwa für den Laienkelch oder für die Purifizierung des Christentums zu erhitzen. Dafür waren ihm die Ideen der Freiheit und Gleichheit und der Vorzüglichkeit aller Slawen um so schmackhafter. Durch eine Erbschaft war er in den Besitz einer Drehorgel, eines struppigen Zugpferdes und eines kleinen Karussells gelangt. Dazu kam ein dreirädriger Wohnkarren. So versehen machte sich Herr Jungmann auf den Weg und durchzog die Länder der Wenzelskrone kreuz und quer. Er war nicht ungeschickt, das Rad seines Glückes in Schwung zu setzen, denn schon hatte er zu dem einen Karussell ein zweites hinzuerworben, hatte seinem Unternehmen eine Schiffschaukel und ein Raritätenkabinett einverleibt und war, was seine Wohnung betraf, von der Dreirädrigkeit zur Vierrädrigkeit übergegangen, als er schließlich in der Stadt dieser Erzählung ankam und dort auf dem kärglich

begrasten und immer ein wenig kotigen Platz in Skurnan – so hieß der östliche Gürtel der Vorstadt – sein hölzernes Dorf aufschlug.
Herr Jungmann war ein großer fetter Kerl mit einem Spitzbubengesicht unter der schwarzen pomadisierten Frisur. Er ging mit einer Peitsche umher, als hätte er wilde Tiere zu bändigen, und ließ diese Peitsche spielerisch schnalzen, sobald er einer der mageren zerlumpten Gestalten ansichtig wurde, die bei ihm dienten. Gegen seine Kundschaft war Herr Jungmann, wie billig, voll Courtoisie, er dienerte vor jedem Federhut und machte, wenn ein Soldat für seinen Löhnungskreuzer bei ihm rundherum fuhr, keinen Unterschied, ob es nun ein tschechischer Bruder oder ein steirischer oder salzburgischer Seppl war. Aber was, nachdem der Husinetzer zehn oder vierzehn Tage in Skurnan kampiert hatte, einen Aufruhr erregte in der Stadt, in gewissen Kreisen zumindest und in gewissen Häusern, war, daß ein kleiner blasser zarter Herr an der Drehorgel des großen Ringelspiels gesichtet wurde, eine feine Gestalt in modischen Kleidern, mit einem kindlich milchweißen Gesicht. Er stand in der Mitte des Ringelspiels, unter blaubemalten Soffitten. Rund um ihn liefen die hölzernen Schimmel, auf denen die Knaben saßen, und die kleinen Kutschen, in denen die Liebespaare Platz genommen hatten. Der Kleine bewegte den schwarzen Metallgriff, da erklang die Musik. Vier Stücke waren auf der Walze, beinahe ununterscheidbar, so verstimmt und abgespielt von zehntausendfacher Wiederholung. Immer spielte er zwei hintereinander, dann stand das Werkchen still, die Leute sprangen ab, neue kamen und setzten sich, und wenn genug beisammen waren, zog das arme abgetriebene Pferdchen an, griff der Herr mit dem bläßlichen Gesicht an die Leier, und der Apparat begann abermals zu laufen.
So stand er dort, der Feine, Kleine, und es erkannte ihn einer und ein zweiter. Sie liefen in die Stadt und brachten andere mit, und jeder trat an das Ringelspiel und erblickte Hans Bourdanin in dem blauen Soffittenzelt als Drehorgelmann. Weil es warm geworden war, hatte er seinen schwarzen Rock abgelegt und stand im Gilet, hemdsärmelig, mit offenem Kragen, heiter lächelnd, als gefiele es ihm, die Leier zu drehen und den Hanswurst zu machen in Herrn Jungmanns Unternehmen.

Auch Herr Jungmann lächelte, als er den Zulauf sah, er verließ seinen Platz an der Kasse und machte in eigener Person die Honneurs auf dem Karussell. Dann sprang er zu dem Leierkastenmann hinein, pflanzte sich auf und tat vertraulich mit ihm, ließ sich ein Bier bringen und trank mit Hans Bourdanin zusammen aus einem Glas. Bald wußte die ganze Stadt davon, und die Bürgerschaft, die gewohnt war, die Bourdaninschen zu ihrem Patriziat zu zählen, war empört. Aber stärker als die Empörung war die Neugier: so zog man denn hinaus, um einen Blick auf das Unglaubliche zu werfen. Hei – wie sprang Herr Jungmann da in seinem Frack! Wo er einen goldgeränderten Zwicker eräugte oder eine gezückte Lorgnette, schoß er hinzu und fragte nach Belieben und Begehren und scharwenzelte so lange, bis er die Herrschaften aufs Karussell gebracht; es machte ihm ein höllisches Vergnügen, die würdigen Gehröcke rundumreisen und die Federhüte im Fahrwind wippen zu sehen: Solche Kundschaft hatte er nicht alle Tage.
Längst war Hansens Streich zum Stadtgespräch geworden, ehe jene von ihm erfuhren, die es am meisten angegangen wäre: Hansens Eltern, Johann und Margareta.
Das war ein schlimmer Tag für die beiden Alten: Hinter verschlossenen Türen saßen sie und rangen die Hände über des Sohnes Schmach. Die Mutter warf dem Vater vor, was er an Hansens Erziehung versäumt, Johann schrie kreischend dagegen, sie stritten sich bitterlich und fielen einander wieder weinend in die Arme.
Endlich saßen sie blaß und betreten still.
*Balthasar!* war ihnen eingefallen. Was würde Balthasar dazu sagen?
Der Rittmeister wußte noch nichts; ahnungslos saß er daheim, von einer kleinen Unpäßlichkeit an das Zimmer gefesselt, und wunderte sich, warum die Glocke heute so häufig schellte. Seine Schwestern kamen der Reihe nach, aber seltsamerweise hatten sie heute alle nur mit Marie zu sprechen. Endlich nahm Marie ihr schwarzes Hütchen und sagte, sie müsse auf eine Weile ins Kameralamt hinüber.
Dort erwartete sie das versammelte Familienkonzil: die Wankas und Schimkowitzen, die Rübsamen und Fronhauser. Schwägerin Franziska führte den Vorsitz. Sie berieten, wie es anzufangen wäre, den Rittmeister von Hansens Aufführung in Kenntnis zu setzen.

Marie hatte sich auf das niedrigste Hockerstühlchen am Ende der Tafel niedergelassen. »Gut, daß du kommst!« schwirrte es ihr vielstimmig entgegen. »Endlich bist du da! Balthasar weiß es nicht. Du mußt es ihm sagen, Marie, du mußt es tun.«
Marie ließ den Blick über die Reihe wandern, über die bärtigen Männer, die hochbusigen Frauen. Sie faltete die Hände. »Ich?« fragte sie. Und gegen Frau Josefin gewendet, leise: »Du, Mutter – –«
»Ich nicht!« rief die Witwe Bourdanin heftig. Sie war in den letzten Jahren sehr gealtert. Ihr Haar war ergraut, ihre große Knochengestalt war unter den hängenden Schultern zusammengesunken.
»Und du, Franziska?«
Diese schob die Unterlippe vor.
»Bist nicht du seine Frau?«
Da sprang Marie auf. »Aber was sitzen wir da und lassen den armen Teufel an der Drehorgel stehen? Ich laufe nach Skurnan und hole ihn.«
Da erhoben sich die Männer und riefen, das hätten sie ja selbst längst versucht und hätten dem Abtrünnigen aufgelauert. Doch er sei nicht allein des Weges gekommen. Dieser befrackte Zirkusmensch sei wie ein Sklavenhalter an seiner Seite gegangen, und als sich Schimkowitz ein Herz gefaßt und ihn angeredet habe, er solle doch Hans nach Hause schicken und den Skandal nicht auf die Spitze treiben, ansonsten – da habe der Kerl bloß höhnisch gelacht und habe aus seinem schmierigen Rock einen Wisch gezogen, den Vertrag, den er mit Hans geschlossen und in dem sich dieser für ein Jahr verdingt habe.
Als Marie nach Hause kam, herrschte schon die Gewitterschwüle dunkler Vorahnungen. Zitternd fragte sie, ob vielleicht jemand da gewesen sei. Nein, niemand war da gewesen, aber: Wo blieben die Zwillinge? Marie hatte sie mit dem Mädchen auf die Promenade geschickt.
Nun ging es auf die Nachtmahlzeit zu, und noch immer waren sie nicht zurückgekehrt. Marie stand am Herd und buk Omeletten aus. Die winzige Kläre rutschte auf dem Boden herum; sie hatte Augenentzündung, ihre Lider waren verklebt, von Zeit zu Zeit stieß sie irgendwo an, dann jammerte sie laut.
»Still, Kind, still, Liebes! Wenn der Vater dich hört –«

Im Vorzimmer ein schlurfender Schritt. Die Tür ging auf, der Rittmeister steckte den Kopf herein. – »Wo sind die Kinder?«
»Klärchen ist hier.«
»Was frag ich nach Kläre? Ich frage nach *meinen* Kindern.«
Marie zieht die Kleine an sich. – »Sie sind auf der Promenade«, bringt sie leise hervor.
»Was soll das heißen? Es ist halb sieben –«
Die Tür fällt schmetternd ins Schloß. Nach einer Weile hört man im Zimmer rumoren.
Marie läuft hinein. – »Du wirst doch nicht ausgehen, Balthasar?!«
Der Mann fährt in seinen Havelock.
»Du bist doch noch krank –«
»Wenn sich sonst niemand um die Kinder schert, muß ich es tun.«
Schon stülpt er den Hut auf den Kopf, greift nach dem Stock und geht. Marie stürzt zurück an die Omelettenpfanne. Nach ein paar Minuten trappelt es herein: rotglühend, das Käppchen im Nacken, fliegt Balthasar der Stiefmutter an den Hals. – »Der Onkel Hans«, schreit er, »der Onkel Hans macht Musik, er macht Musik.« – »Musik!« kräht das Margaretchen nach. Sie fassen einander an den Händen, ergreifen auch die kleine Kläre und schleifen sie im wilden Freudentanz rundum. – »Der Onkel Hans, der Orgelmann, rumdideldum . . .«
Marie schiebt das Mädchen an den Herd, drückt ihr die Pfannkuchenschaufel in die Hand und wirft sich in das Kindergetümmel. – »Ruhig jetzt, um Gottes willen. Wo seid ihr gewesen? Wo kommt ihr denn her? So spät, so spät! Der Vater ist euch suchen gegangen, der Vater ist doch krank und er ist euch suchen gegangen.«
Die Kinder stehen still. Ihre Mienen verändern sich, ihr Lachen verschwindet. »Aber der Onkel . . .!« – versucht es Margaretchen noch einmal.
Die Flurglocke scheppert, der Vater kehrt zurück. – »Kein Wort vom Onkel«, stößt Marie hervor. Die Kinder hängen an ihrem Schürzenband, das Mädchen drückt sich in den Herdwinkel. Da hat sich die Tür schon aufgetan, er steht auf der Schwelle.
Sein hephaistisches Auge zielt nach Marie. – »Sie waren nicht auf der Promenade. Wo also sind sie gewesen?«

Er fragt nicht das Mädchen, er fragt die Frau.
Marie schweigt.
»Sag der Person, sie verläßt morgen das Haus.«
Das Mädchen wimmert. Der kleine Balthasar lugt mit einem schmerzlichen Blick nach ihr. Unterdessen ist etwas mit Kläre geschehen. Hat sie sich wieder irgendwo gestoßen, oder ist ihr jemand unversehens auf das nackte Füßchen getreten? – Sie schreit gellend auf und fällt auf den Rücken. Mit einem Schritt ist der Vater bei ihr, hebt sie auf und brennt ihr einen Schlag auf das kleine Gesäß. Das Kind verstummt sofort. Lautlos fällt es in den Arm der Mutter.

Nach dem Abendessen werden die Kinder zur Ruhe gebracht. Die Zwillinge sind gebadet worden, Kläre hat die Mutter mit einem Läppchen die Augen gewaschen. Der kleine Balthasar steht im Nachthemd dabei. Sein stilles waches Gesicht blickt tiefernst auf der Mutter Tun.
Jeden Abend betet Marie mit den Kindern, zeichnet ihnen das Kreuzchen auf die Stirn. Heute kniet sie vor dem Knaben nieder, flüstert ihm zu: »Mach du mir heut ein Kreuzchen, Liebes!«
Das Kind hebt den Finger gegen ihre Stirn, aber auf einmal umwölkt sich sein Blick, es schüttelt den Kopf und flüstert: »Das sag' ich aber nicht: Im Namen des Vaters . . .«

An diesem Abend werden Johann und Margarete Bourdanin durch ein wildes Pochen gegen ihr Haustor aufgeschreckt. »Das ist Balthasar!« rufen sie wie aus einem Munde. – »Sei still, wir rühren uns nicht.« – »Er hat sicher das Licht gesehen.« – »Glaubst du? O Gott –!«
Der Torschlüssel wird in das Körbchen gelegt, das Körbchen an einem Strick aus dem geöffneten Fenster gelassen.
»Ist der Hans zu Hause?« donnert eine Stimme aus der Tiefe herauf.
»Nein.«
»Wo, in drei Teufels Namen, ist er dann?«
Tante Margarete streckt den Kopf aus dem Fenster. – Sie piepst: »Er wohnt nicht mehr bei uns.«
»Nicht mehr bei euch? Wo denn, zum Geier?«
»Sag es ihm doch«, flüstert der Gatte hinter ihr.

Aber eine Mutter gibt ihr Kind nur ungern preis. – »Ich weiß es nicht.«
»Dann geh ich zur Polizei, die wird ihn schon herausstöbern.« – Schon wendet sich die Gestalt drunten zum Gehen.
»Warte einmal!« piepst Margarete. »Balthasar, warte doch!«
Sie holt das Körbchen mit dem Schlüssel zurück, legt ein hastig bekritzeltes Zettelchen hinein und läßt es wieder hinab. Auf dem Zettelchen steht: Skurnan, Besovka 34, bei Witwe Ressl. Onkel Johann hat einen Blick darauf geworfen. – »Aber Mutter, es ist doch Besovka 43.«
»Eben drum.« – Und ein armselig spitzbübisches Lächeln kräuselt das verweinte Altweibergesicht. – »Vielleicht findet er den Hanserl dann doch nicht, den Armen.«

Aber die kleine ängstliche List der Mutter konnte es nicht verhindern, daß die Witwe Ressl in dieser Nacht unliebsamen Besuch bekam.
Zuvor schon war sie aus ihrem Behagen aufgestört worden. Der neue Mieter hatte seinen Freund mitgebracht, den Zirkushäuptling, und die beiden waren mit einer Flasche Kümmelschnaps in ihrer, der Witwe, gastfreundlichen Küche eingezogen. Nachdem sie die beiden Männer mit zwei Schnapsgläsern und einem Stück Buchtel versorgt hatte – die gab sie aus Gutmütigkeit darein –, zog sie sich hinter einem geblümten Vorhang in ebenderselben Küche zur Ruhe zurück. Das war so ihr Brauch, und sie dachte sich nichts dabei. Vor dem Vorhang brannte die Petroleumlampe, dort schwalbelten die Männer allerlei durcheinander, Männerunsinn, auf den zu horchen sie längst aufgegeben hatte. Nur wenn der Tisch unter einem Faustschlag erzitterte, schrak sie aus ihrem Schlummer empor und dachte an die beiden Kaffeetassen, die erst neulich bei einem solchen Diskurs kaputtgegangen waren.
Gleichwohl war die Witwe Ressl schon unter ihrem Federberg eingeschlafen, als ein heftiges Schellen und gleich darauf ein noch heftigeres Donnern gegen die Haustür erfolgte. Die Männer verstummten, der Mieter, Hans Bourdanin, erhob sich, um zu öffnen. Aber schon war die Witwe als pflichttreue Hausmutter unter ihrem

Oberbett hervor und in ihre Babutschen gefahren, hatte ein großes Tuch über die Nachtjacke und den roten, niemals abgelegten Unterrock geworfen und war aus ihrem Versteck hervorgesegelt. Neues Läuten und Pochen, so heftig, daß die Frau vor Schreck beinahe über die Stiege hinabgestürzt wäre. Im Schein der hastig entfachten Kerze sperrte sie das Haustor auf und öffnete es einen Spalt breit.
Draußen stand ein Mann, ein *Herr*, in einem schwarzen Salonmantel, einen altmodischen, aber eleganten Hut auf dem Kopf. Sein Gesicht war bleich, und seine Augen funkelten. Ob hier ein gewisser Herr Bourdanin wohne, Buchhändler am Ringplatz?
Ja, antwortete die Witwe, aber der Herr Bourdanin sei kein Buchhändler, sondern – ihres Wissens – ein Drehorgelspieler. Vielleicht sei es nicht derselbe.
»Doch, es ist derselbe!« – Der Herr war an ihr vorbei und in den Flur getreten. – »Rufen Sie ihn mir her.«
Die Witwe hastete über die Treppe.
Rittmeister Bourdanin wartete. Da erhob sich oben eine Stimme: »Was will sprechen Freund meiniges mitten in Nacht? Was will was von ihm, was er doch geworden ist mein Freind und Angestelltes, wenn wir trinken eine Schnaps, soll es holen Teufel, Sakrament, Sakrament!« Es polterte, und eine Gestalt schwankte haltsuchend die Staffeln herab. Jungmanns Kragen stand offen, die aufgebundene Krawatte hing ihm vom Hals.
Unten stand der Besucher stumm, hochaufgerichtet, wie eine Säule.
Herr Jungmann zögerte bei diesem Anblick. – »Was will sprechen Freind meiniges?« fragte er noch einmal, doch nur mehr mit halber Stimme und kaum noch aufbegehrend.
Herr Bourdanin maß ihn mit einem Blick, schritt an ihm vorbei und die Treppe hinauf.
Die Tür zur Küche war weit geöffnet: die Küche war hell vom Schein der Petroleumlampe, im Hintergrund stand der Vorhang offen. Vorne, zwischen Tisch und Wand, lehnte Hans Bourdanin, grünlichblaß im Gesicht. Er starrte dem Vetter und Schwager aus den schwarzen Augen der Todesangst entgegen, zugleich aber aus den Augen eines tief innen hausenden tierischen Trotzes. Rittmei-

ster Bourdanin hielt inne, unwillkürlich griff seine Linke nach dem Hutrand.

Die Witwe Ressl hatte einen Lehnstuhl aus ihrer geblümten Kemenate hervorgeholt und lud den fremden Herrn ein, er möchte gnädigst Platz zu nehmen geruhen. Leider fand sie nicht die geringste Beachtung.

»*Hier* also bist du«, sagte der fremde Herr. Er sprach leise, aber sehr deutlich. – »*Hier* also muß ich dich finden. Ich darf dich bitten mit mir zu kommen, da du mir kaum zumuten wirst, in – – dieser – – Umgebung – mit dir zu sprechen.«

»J–a«, stotterte der Mieter. »Ja, g-gleich.« – Er schob sich zwischen Bank und Tisch hervor, so geduckt, als erwartete er in jedem Augenblick einen Keulenschlag. Aber der fremde Herr rührte sich nicht. Er stand unbewegt, nur das Schwarze seiner Augen rollte beängstigend. Der Kleine angelte sich Hut und Mantel vom Haken und stolperte die Treppe hinab. Drunten hatte sich Herr Jungmann, schwankend wie ein Rohr, in den Hintergrund verzogen. – Er ließ die beiden vorbei, erst als Hans die Tür hinter sich geschlossen hatte, rief er mutig hinterdrein: »Morgen um die Zehn bei das Orgel, Honsa, auf die Punkt! Auf die Punkt!«

Draußen in der Gasse war es totenstill. Da und dort vor den niederen öden Häuserfluchten glomm eine grünliche Gaslichtfunzel. Rittmeister Bourdanin schlug den Weg stadtauswärts gegen die Brücke ein. Er ging rasch. Hans vermochte ihm kaum zu folgen.

Erst jenseits des Flusses – er führte Hochwasser – blieb der Rittmeister stehen. – »Ich erwarte deine Erklärung«, sagte er.

Hans atmete heftig. Aber ein unerklärliches Etwas flößte ihm Mut ein. In der Stadt, zwischen den Häusern oder gar in einer engen Stube hätte er vielleicht nicht zu antworten vermocht. Hier aber, wo das Wasser über das Wehr brauste, der Wind in den Wipfeln wühlte, erfaßte ihn eine verzweifelte Begeisterung. »Eine Erklärung!« sagte er. »Eine Erklärung forderst du von mir? Was bin ich dir für eine Erklärung schuldig? – Bin ich nicht ein freier Mensch? Ich kann tun und lassen, was ich will.«

»Du bist ein Bourdanin«, knirschte der Rittmeister. »Aber das scheinst du vergessen zu haben.«
»Und wenn ich es vergessen hätte«, erwiderte der andere, »so deshalb nur, weil ich ein Mensch sein will, ein Mensch und sonst gar nichts.«
»Unter diesen Subjekten!« rief der Rittmeister.
»Warum denn nicht? Ah, das ist euer Hochmut, eure Hoffart. Subjekte nennst du diese Leute, bloß weil sie keine Bürger sind, keine fettgefressenen, faulen, heuchlerischen, eingebildeten Bürger; weil sie keinen Braurang haben, keine Aktien, weil sie ihr Brot verdienen müssen –«
»Ja, ihr Brot verdienen!« schrie Herr Bourdanin dagegen. »Mit Schaubudenschwindel und Zirkusnarretei. Und du schämst dich nicht ...«
»Nein«, erwiderte der andere, an allen Gliedern bebend, noch immer berauscht, den Tränen nahe. – »Ich schäme mich nicht, armen Menschen eine unschuldige Freude zu bereiten, Kindern, jungen Leuten, Liebenden ...! Eine flüchtige nichtige Freude, gewiß«, fuhr er mit gebrochener Stimme fort, »ich weiß es, mein lieber Herr Vetter, aber jeder wie er kann. Sag du mir einmal, du, womit hast denn *du* schon einem Menschen Freude gemacht?«
»Das sind Redensarten.«
»Womit«, keuchte Hans, »kannst du dich denn rühmen, mit welchen edlen Taten kannst du dich denn brüsten? Daß du Menschen umgebracht hast, damit vielleicht?«
»Bist du wahnsinnig?«
»Du hast mir ja selbst den Säbel gezeigt, hast ihn noch ehrenvoll in deinem Zimmer aufgehängt. Aber ich weiß, ich weiß: es war im Krieg; da wird ja Mord befohlen, da ist er Heldentum.«
»Jetzt hört sich alles auf«, murmelte der Rittmeister.
»Aber eines Tages«, sprach Hans und reckte sich auf die Zehenspitzen, »eines Tages wird dieser Betrug entlarvt werden, wenn das friedliche Zeitalter anbricht, das Zeitalter unblutiger Völker, die bessere Welt.« – Er schluchzte auf. – »Du lachst«, fuhr er fort, obwohl der Rittmeister keinen Laut von sich gegeben hatte. »Du lachst, ihr Deutschen lacht, aber ihr werdet schon noch sehen ...«

»*Ihr?*« fragte der Rittmeister. »Bist du denn *kein* Deutscher, du?« Der andere schwieg einen Augenblick. »Ich – ich bin – Wir alle haben von unseren böhmischen Kinderfrauen zuerst Tschechisch gelernt.« Wieder reckte sich der Kleine auf den Zehenspitzen. »Ich *fühle* mich nicht mehr als Deutscher. Bei den Slawen, da liegt die Zukunft.«

»So, die Zukunft?« sagte Herr Rittmeister Bourdanin verächtlich. »Vorläufig sehe ich nichts von dieser Zukunft. Die Grünzeugweiber am Markt, die Dienstboten, die Schuster und Straßenkehrer und die Zirkusleute, nicht zu vergessen, die Zirkusleute! Die stellen wahrscheinlich die kommende Welt dar, die bessere Welt.«

»So *ist es* auch. Und ein Deutscher hat das erkannt, ein Deutscher namens Herder.«

Rittmeister Bourdanin wandte sich zornig zum Gehen. – »Von dem Geschwafel halte ich nichts.«

»Ha, ha.« Hans Bourdanin lachte höhnisch hinter ihm her. »Geschwafel«, schrie er. »Geschwafel nennst du alles, was dir nicht in den Kram paßt. Ihr Deutschen, ihr habt – das große Los gewonnen. Geehrt, geachtet steht ihr in der Welt. Wir –«, er hämmerte sich mit der Faust gegen die Brust, »wir sind die Enterbten, die Armgebliebenen, die Würmer. Ihr habt uns betrogen, belogen, bestohlen! – Bestohlen!« gellte es hinter Balthasar Bourdanin durch die Finsternis.

## *Pomaly von Pomaletz*

Am anderen Tag ließ sich Rittmeister Bourdanin beim Stadtoberhaupt Baron Pomaly von Pomaletz melden. Pomaly war ein feiner Herr alter Schule. Er saß in dem mit steifer Pracht ausgestatteten Amtsgemach und teilte seine durch die unnatürliche Hitze des Junitages und die natürliche Müdigkeit seiner sechs Lebensjahrzehnte beeinträchtigte Aufmerksamkeit zwischen der Politur seiner langen schmalen, ein wenig brüchigen Fingernägel und dem dicken Aktenkonvolut, das vor ihm aufgeschlagen lag. Da er allein war, hatte er sich schon etliche Male zu gähnen erlaubt. Sein von silberweißem

Haar umkränztes Haupt zeigte Neigung, sich zu einem kleinen Schläfchen auf den Schreibtisch zu betten. Da geschah es, daß der im Vorzimmer behauste Konzipient nach warnendem Pochen auf der Schwelle erschien und den Mitbürger Bourdanin anmeldete.

Der Baron ermunterte sich fast erschrocken. »Ich lasse bitten«, rief er und schritt, so rasch es seine hageren und schon ein wenig steifen Beine gestatteten, dem Angekündigten entgegen. Balthasar Bourdanin war im Rathaus kein häufig gesehener Besuch. Für gewöhnlich vermied er es, die Räume zu betreten, in denen sein Vater eine zwar kurze, dem Gedächtnis der Bourdanins aber unvergeßliche Zeitspanne das Stadtregiment geführt hatte. Die beiden Herren begrüßten einander mit Artigkeit.

Womit er dienen dürfe, fragte der Freiherr mit schonend gesenkter Stimme. (Er wußte schon Bescheid.)

Der Rittmeister umklammerte den Knauf seines Stockes. – »Sie werden gehört haben – –« Aber gleich verstummte er wieder. Der Herr mit den brüchigen Fingernägeln seufzte gefühlvoll. Er begriff, daß die Schande dem Rittmeister das Wort verschlug.

Der hob den gramvoll glühenden Blick. – »Herr Baron, Ehre und Anstand waren von jeher das oberste Gesetz in unserer Familie. Mein Vater hat in diesen Räumen als einer Ihrer Vorgänger gewaltet. Und nun – Ah! –«

»Ich fühle mit Ihnen«, murmelte der Baron.

»Ich danke ergebenst. Sie, Herr Baron, wissen es am besten: auf Ehre und Anstand beruht das Wohl der Stadt, ja des ganzen Staates. Wo Ehre und Anstand verfallen, ist alles verloren. Es muß etwas geschehen, nicht wahr? Dieser Schande muß ein Ende gesetzt werden, ein Ende!«

»Natürlich!«

»Ich rechne auf Sie!«

»Auf mich?«

»Ja, ja! Auf Sie, Herr Baron! Ein Mann von Verdienst, ein kaiserlicher Beamter von so hohem Ansehen –«

»Aber wieso auf mich? Was könnte ich tun?«

»Zwei Gendarmen«, rief der Rittmeister, »geben Sie mir zwei Gen-

darmen, Baron, ich hole den Hans ab, und die Sache hat ein Ende.«
»Oh!« – Der Baron hob die zarten Hände. »Das ist unmöglich«, rief er.
»Wie? Unmöglich?«
»Zwei Gendarmen? Herr Rittmeister?! Ich müßte einen Haftbefehl haben. Ihr Vetter ist großjährig.«
»Was geht mich seine Großjährigkeit an, wenn er sich beträgt wie ein – wie ein – – – mir fehlen die Worte. Wäre es mein Sohn, ich schlüge ihn tot.«
»Oh, nicht doch!« Der Baron erschrak. Er war ein Mann des Friedens und des Gesetzes, jede Idee von Gewalttat war ihm fürchterlich.
»Ja, ich schlüge ihn tot!« Der Rittmeister hämmerte mit seinem Stock auf den Boden. – »Und wer weiß, ob ich's nicht noch tue an seines Vaters Statt. Seine Schwester war meine erste Frau. Ihre Ehre, verstehen Sie, ist mitbefleckt durch seine Aufführung.«
»Ich begreife, ich begreife.« – Dem Baron begann der andere unheimlich zu werden.
»Dieser Hans«, fuhr Bourdanin fort, »ich habe nie viel von ihm erwartet. Er ist ein Schwächling, ein Rohr im Wind. Aber wie er an diesen Jungmann geriet, ist mir ein Rätsel.«
»Jungmann?« fragte der Baron.
»Nun, dieser Schaubudenmensch, dieser Galgenvogel. Baron, jagen Sie ihn aus der Stadt! Sperren Sie ihm seine Buden zu. Das Volk gehörte gestäupt.«
Der Baron tupfte sich mit seinem Tüchlein die Stirn. – »Wenn ich kann, mein Allerverehrtester, wenn ich kann.« – Er erhob sich und klingelte. Auf Filzpantoffeln kam ein Kanzlist herein. Der Baron verlangte nach Jungmanns Papieren, Abteilung fahrendes Gewerbe: Lizenzen und Gebühren. »Und rufen Sie mir Doktor Zerff!« Der Kanzlist verschwand. Die Herren blieben allein.
Der Baron versuchte ein ablenkendes Gespräch in Gang zu bringen. Doch der Rittmeister saß in Düsternis versunken.
Der Kanzlist kehrte mit einem Akt zurück. Der von Pomaletz setzte seinen goldenen Zwicker auf. Er prüfte Blatt für Blatt. »Eine Hand-

habe«, murmelte er, »wir müssen eine Handhabe entdecken.« – Aber seine Züge zeigten keinerlei Erhellung. Der Rittmeister saß wie auf Nadeln. – »Nun, findet sich nichts?«
»Bis jetzt noch nicht, fatal.« – Der Baron legte das letzte Blättchen um. – »Der Mann hat die Lizenz erworben, hat die Abgaben entrichtet.« – Er blätterte noch einmal von vorne: »Halt, hier ist eine Schuld von einem Gulden achtzehn Kreuzer. Er muß gemahnt werden, aber mehr läßt sich nicht tun.«
»Nicht mehr?« rief Bourdanin. –
»Ich bin desperat«, sagte der Baron. »Aber der Mann hat nicht einmal eine Vorstrafe. Das Gesetz schützt ihn, das Gesetz ist auf seiner Seite.«
»Das ist doch unmöglich!« rief der Rittmeister außer sich. »Die Obrigkeit kann doch nicht zusehen, daß mein Vetter, ein *Bourdanin,* den Leierkastenmann abgibt für einen Kerl von Jungmanns Art.«
»Die Obrigkeit!« sagte Pomaly und lächelte traurig. »Oh, reden Sie nicht von der Obrigkeit. Sie vermag heute wenig, sie hat kein Mittel zu verhindern, daß Ihr Herr Vetter die Leier dreht. Das ist die Freiheit, Verehrtester!«
»Freiheit!« Der Rittmeister schnob empört. »Wenn ich das Wort nur höre! Was braucht die Kanaille Freiheit, sagen Sie? Gehorsam soll sie lernen, Gehorsam!«
Der Baron erblaßte vor dem Ausbruch des anderen. Eilig erhob er sich. »Verzeihen Sie! Doktor Zerff wird Ihnen alles erklären. Doktor Zerff ist ein sehr beschlagener Mann. – Da, es klopft, da ist er selbst –«

Eine Stunde später schritt der Rittmeister die steinerne, im Laufe ihrer Geschichte schon ein wenig abgenützte Rathaustreppe hinab. Oben stand Bürgermeister Baron Pomaly und komplimentierte, bis der Besucher verschwunden war.
Drinnen saß Doktor Zerff, der Favorit des Barons. Ihn pflegte er zu Hilfe zu rufen, wenn er in seinen Amtsgeschäften nicht mehr weiterkam. Ihm trug der alte Herr alle schwierigen Fälle vor, auch heute hatte er beispringen müssen. Mit großer Zungengeläufigkeit und

an Hand aus dem Stegreif zitierter Verfassungsartikel war es Zerff gelungen, dem Rittmeister zu beweisen, daß – leider – leider! – gegen das Drehorgelspiel nicht das allergeringste unternommen werden könne.
Der junge Mann hatte es sich im bürgermeisterlichen Amtsgemach auf der Lehne eines Stuhles bequem gemacht und schmauchte gemütlich an seiner Virginia.
»Uff«, seufzte der Baron und ließ sich nieder.
»Uff«, sagte der junge Mann und schlenkerte gutgelaunt seine dünnen Beine. »Das war, parbleu! ein schweres Stück Arbeit. Wie hätten Herr Baron allein zurechtkommen wollen? – Ein seltenes Exemplar von einem Pfahlbürger, dieser Bourdanin, das muß ich sagen.«
»Ein Michael Kohlhaas«, sagte der Baron, der vor seinem bildungsklugen Sekretär gerne mit literarischen Kenntnissen prunkte.
»Ein böhmischer Tamerlan«, erwiderte der junge Mann. »Seine ganze Familie möchte er in Leibeigenschaft pressen. Was geht es ihn an, daß der verrückte Vetter die Orgel dreht?«
»Verstehen Sie denn nicht?« entgegnete Pomaly. »Das geht gegen die Familienehre.«
»Familienehre«, lachte der junge Mann und zeigte seine kleinen spitzen und gelblich belegten Zähne. »Lieber Himmel! Wir stammen doch alle von demselben Affen ab, und ich bin sicher, jeder führt einen gehenkten Strauchdieb und einen geköpften Straßenräuber unter seinen Vorfahren. Den Adel«, fuhr er mit einer Verbeugung fort, die zwar devot, aber doch auch dreist war, »den Adel nehme ich natürlich bei dieser Vermutung aus. Aber sagen Sie doch selbst, Herr Baron, wohin gelangt die Welt, wenn sich jeder Pfahlbürger auf Ehren versteift, die doch nur ganz wenigen Herrschaften zukommen?«
»Ja, ja«, nickte der Herr mit den brüchigen Fingernägeln. »Da können Sie recht haben, lieber Zerff. Es ist ein Elend, wenn die Allüren von oben nach unten abwandern, so fangen alle Male die Revolutionen an.«
»Haha, die Revolutionen. Das Bürgertum hat allerdings die seine

schon gehabt«, entgegnete der junge Mann und stäubte die Virginia über dem Teppich ab. – »Die nächste Revolution wird, schätze ich, noch viel gründlicher werden.«
»Nun geben Sie mir Ruhe«, rief der Baron. »Was denn in aller Welt soll denn noch revoltieren?«
»Oh«, versetzte der Junge, »keine Sorge. Es gibt eine Menge Zweibeiner, die noch unterhalb der bürgerlichen Klasse stehen. Sie sind sogar in der Mehrheit, in einer verdammt ansehnlichen Mehrheit nebenbei.«
»Sie sind ein Zyniker«, sagte der alte Herr.
»Dafür komme ich aus Wien«, erwiderte der andere. – Er zog ein Zeitungsblatt aus der Tasche. – »Übrigens: haben Herr Baron schon gelesen? Im Buschtehrader Stahlwerk sind wieder einmal sechshundert Arbeiter in den Streik getreten.«
Der Baron wehrte ab. Derartige Nachrichten pflegte er geflissentlich zu überhören. Er kehrte lieber zu dem ersten Thema ihrer Unterredung zurück. – »Dieser Bourdanin!« sagte er. »Sein Vater war selbst ein Achtundvierziger, sonst ein tadelloser Mann, man muß es sagen; aber ein Liberaler immerhin. Und sein Sohn, der möchte alle Freiheit in Grund und Boden stampfen.«
»Die Freiheit, die ich meine«, näselte Doktor Zerff, »ist immer nur die eigene Freiheit, das versteht sich.«
»Doch nicht«, rief der Baron, »um Gottes willen.«
»Ei freilich!« Der Virginiaraucher lächelte. – »Herr Baron sollten sich unterrichten: Man hat wissenschaftlich festgestellt, daß jeder Fortschritt in der Natur und jede Entwicklung nur dem Kampf entspringt, dem Kampf aller gegen alle. Von den zwei ersten lebendigen Zellen, die nebeneinander existierten, fraß die stärkere die schwächere auf und vermehrte sich. Die Vermehrten beliebten abermals zu fressen und sich zu vermehren. So ging es fort, bis der Affe vom Baum stieg und Gottes Ebenbild war.«
»Nun, ich danke –«
»Aber bitte«, versetzte der Junge wohlgelaunt. »Das alles ist nur natürlich und vernunftgemäß. Und was sich ansonsten noch tut auf Erden, das sogenannte Gute, Gewissen, Freiheit oder was der Redensarten mehr sind, ist nur die wahrhaft imposante Kulisse, die

sich das Leben selbst gebaut hat, um dahinter um so ungestörter seinem Geschäft des Mordes und Fraßes nachzugehen.«
»Aber Zerff – Sie sind ein wahrer Mephisto.«
»Um so besser«, erwiderte jener und verbeugte sich. »Somit gleichen Herr Baron Gottvater höchstselbst im berühmten Prolog des Herrn von Goethe:

Er darf nur immer frei vor mir erscheinen,
Ich habe seinesgleichen nie gehaßt,
Von allen Geistern, die verneinen,
Ist mir der Zerff am wenigsten zur Last.«

## *Geheimnisse*

Sieh da, sieh da«, sagte Vater Halik, indem er das Wochenblättchen auf dem Tische glattstrich. – »Unser guter Navratil hat es zum Meister gebracht. Hier: mit Auszeichnung hat er seine Prüfung abgelegt und hat sich eine Werkstatt eingerichtet in Pilsenec. Nun, alle Achtung, er war ein armes Waisenkind und hat es aus eigener Kraft geschafft.«
Marie trat leise heran und blickte dem Vater über die Schultern in das Blatt. Sie war dunkelrot geworden.
»Ja, ja, der Peter!« Der Professor lehnte sich in seinen Ohrenstuhl zurück. Ein Lächeln verklärte sein Gesicht. – »Vier oder fünf Jahre habe ich ihn in der Schule gehabt, da vergißt man so ein Menschlein nicht mehr. Fleißig und geschickt ist er gewesen, der Navratil, ein braver Bub. Jetzt ist er Herr Uhrmachermeister, das freut mich.«
Marie war an ihren Platz zurückgekehrt, wo sie gesessen war und genäht hatte.
Der Vater fuhr fort. »Was glaubst du, Mariechen? Unser alter Klapperkasten will nicht mehr gehen, immer bleibt er gleich eine halbe Stunde zurück. Sollen wir uns nicht eine neue Uhr bestellen beim Uhrmachermeister in Pilsenec?«
Marie bückte sich über ihre Arbeit, die Nadel bebte in ihrer Hand.
»Vielleicht eine Kuckucksuhr«, flüsterte sie nach einer Weile.

»Nun, warum denn nicht? So eine Uhr ist lustig, bringt einem gleichsam den Frühling ins Haus. – Ich werde ihm schreiben«, der alte Mann sah sich gleich nach Papier und Tinte um. – »Und auch ihn wird es freuen, den Peter, wenn einer seiner ersten Kunden sein alter Lehrer ist.«
Marie schwieg.
Der Vater hing seinen Gedanken nach.
»Du wirst dich nicht mehr erinnern können, Mariechen. Ehe du geheiratet hast, ist der Navratil manchmal bei uns gewesen. Wenn ich mich nicht irre, hat er dir dann nach deiner Hochzeit ein Glückwunschbillett geschickt. Wie, hat er dir eins geschickt?«
»Ich glaube, ja!« hauchte sie.
»Merkwürdig. Er hat sich damals so oft bei uns gezeigt, das fällt mir jetzt gerade ein. Seither ist er wie verschollen.«
Es blieb nach diesen Worten eine Weile still, daß man die Fliegen summen hörte. Die Sonne streifte die Pelargonien, die in den Fenstern standen, so daß deren Blätter und Blüten grüngolden und karminrot entbrannten. Mariens Händen war das Nähzeug entsunken. Sie sah keinen Faden mehr.
Zu Hause, unter dem geblümten Kattunfutter ihres Nähkörbchens versteckt, lag ein kleines goldgerändertes Kärtchen mit dem gedruckten Bild einer Rose und einer Zeile säuberlicher Schrift: das Glückwunschbillett des Uhrmachergesellen aus Pilsenec.
Der Vater faltete sein Wochenblättchen zusammen. »Da sieht man es wieder: aus Kindern werden Leute. Sicher ist er schon verheiratet.«
»Verheiratet«, ließ sich Marie von ihrem Platz vernehmen. »Nein, verheiratet ist er noch nicht.«
»Ach, wieso weißt du denn das?«
»Ich bin einmal seiner Schwester begegnet«, sagte Marie. »Sie hat es mir gesagt.«
»So, so.«
»Und sie hat mir gesagt, daß er auch gar nie heiraten will.«
Nun wurde es abermals still in der kleinen dämmrigen Stube, die brennendroten Blätter der Pelargonien am Fenster loderten geheimnisvoll wie aus Feuermündern. Der Vater blickte sich nach der

Tochter um. – »Das ist aber merkwürdig, daß sie dir das gesagt hat«, sagte er. »Hat sie damit etwas Besonderes gemeint?«
Marie schwieg. Nach einer Weile brachte sie leise hervor: »Etwas Besonderes, glaube ich, hat sie nicht gemeint.«

Einige Tage später betrat in dem Kreuzgang der Franziskanerkirche eine kleine dunkle Gestalt den Beichtstuhl des Pater Guardian. Das alte hölzerne Gehäuse ächzte, als sie sich niederkniete, das Gittertürchen knarrte, als sie es öffnete. Drinnen lehnte sich der geistliche Herr, mühsam schnaufend, gegen das Ohrenfenster.
»Ich arme Sünderin bekenne vor Gott dem Herrn ...«
Der geistliche Herr kannte die Stimme.
»Ich habe unandächtig gebetet, ich habe das Morgengebet vergessen, ich war in der heiligen Messe zerstreut ...«
Der Beichtvater seufzte in sein Taschentuch. Er mußte sich wappnen gegen die leichte Ungeduld, die ihm aufstieg bei der Aufzählung dieser läßlichen Kindersünden. Aber heute bebt die Flüsterstimme doch anders als sonst an seinem Ohr.
Der Beichtiger fragt: »Sind Sie fertig, mein Kind?« Die Stimme hinter dem Gitterchen schweigt. Der Beichtiger wartet. »Sind Sie nicht fertig?«
»Nein.« Ein Atemzug aus beklommener Brust. »Ich – ich habe geträumt.«
Der Beichtiger richtet sich auf. »Geträumt?«
Draußen nickt es, und eine bebende Hand zittert über die Gitterstäbe.
»Aber wovon denn geträumt?«
»Von – von einer Stube.«
»Was war das für eine Stube?«
»In einem Bauernhaus, Hochwürden, wo ich einmal war bei einer Hochzeit.«
»Hm, und was war denn in der Stube?«
Keine Antwort.
»Warst du allein dort?«
»Nein, damals nicht. Im Traum – im Traum, da war ich, glaube ich, allein.«

»Aber Kind, was soll denn das?«
»Es war eine Sünde«, klagt die kleine Stimme, sie schluchzt und schluckt. »Eine schwere Sünde, Hochwürden, ich weiß es.«
»Und es war nur ein Traum?«
»Ja, ja, nur ein Traum.«
»Lassen Sie sich etwas fragen, mein Kind! Lieben Sie Ihren Mann?«
Die Stimme gibt keine Antwort. Die Stille, in der sie verharrt, ist bestürzend. Nach einer langen Weile erst kommt die Antwort fast unhörbar: »Ich – ich liebe die Kinder.«
»Gott segnet die Liebe einer Mutter zu ihren Kindern. Aber Er segnet auch die Liebe einer Frau zu ihrem Mann. Diesem Segen sollen Sie Ihr Herz öffnen.«
Stille.
»Haben Sie verstanden, was ich gesagt habe, mein Kind?«
»Ja.«
»Und wollen Sie es beherzigen?«
»J – Ja – wenn ich kann.«
»Warum sollten Sie denn nicht können, mein Kind?«
»Ich weiß es nicht, ich – oh, Hochwürden, ich möchte einen Sohn. Ich denke, wenn ich einen Sohn hätte, dann wäre alles gut, dann hätte mein Mann mich auch lieb, dann würde alles anders werden. Hochwürden, ich möchte eine Wallfahrt machen. Glauben Sie, Hochwürden, daß mir eine Wallfahrt nützt?«
»Vielleicht.«
»Zur Mutter Gottes am Weißen Bergl?«
»Ja, vielleicht. Aber merken Sie sich's: Von Gott erzwingt man nichts, meine Tochter. Gott gibt, wie Er selbst will.«
Am anderen Sonntag machte sich Marie auf den Weg. Bourdanin war fortgefahren, Franziska blieb bei den Kindern. So war sie frei; das allein dünkte sie schon ein erstes Wunder; zum ersten Male frei nach drei und einem halben Jahr, aller Arbeit und Verantwortung ledig, ein leichtes Beutelchen mit Wegzehrung über den Arm gehängt, so schritt sie im sonntäglichen Gewand aus der Stadt.
Es war ein Maienmorgen; allmählich hellte er auf. Aus dem weichenden Dunst trat der blaue Himmel hervor.
Eine Strecke ging der Weg auf der Straße gegen Prag. Dann bog er

ab; an einem Dörflein vorbei ging er durch Ackerland. In der Ferne blitzte der Fluß, im zarten Grün schwebten die Wipfel der Bäume wie Wolken über der Erde. Lerchengesang stieg aus jeder Furche in unirdischer Verzückung empor.

Marie zog ihren Rosenkranz aus dem Pompadour. Der hochwürdige Pater Guardian hatte ihr aufgetragen, dreimal den schmerzhaften Rosenkranz zu beten, zum Schutze vor allen Sünden, zur tieferen Einsicht in die Leiden des Herrn, zur Demütigung vor den Qualen aller Kreatur.

Aber Marie war nicht zumute nach den schmerzhaften Geheimnissen der Erlösung. Ach, dachte sie, du schöne Gotteswelt! Du kannst doch gar nicht so traurig sein! Ich will lieber den glorreichen Rosenkranz beten. Mit dem Glorreichen will ich mir einen Sohn erbitten.

Einen Sohn. Was erhoffte sie sich von einem Sohn? Unsägliches. Auf die winzige Frucht, die sie, wie sie wußte, schon trug, war sie bereit, den Preis ihres Lebens zu setzen.

Klärchen! Wenn die Mutter des kleinen Mädchens gedachte, zog ein Strom bitteren Erbarmens durch ihr Herz.

Klärchen war die Frucht ihrer zerstörten Kindheit. Es jammerte Marie die Erinnerung, wie sie dieses Kind getragen hatte; blind, unwissend, voll entsetzlicher Bangnis. Und welches fürchterliche Gefühl der Enttäuschung hatte sie erfüllt, als Frau Wrba ihr nach überstandener Geburt das Bündel ans Bett gebracht: »Ein Mäderl ist es, gnä' Frau, gratulier auch recht schön.« –

Marie war es gewesen, als sinke und sinke sie. Sie hatte sich doch einen Sohn gewünscht.

Ihr Mann liebte den kleinen Balthasar. Der kleine Balthasar – das hatte sich in Mariens Gemüt eingebrannt, schien das einzige Wesen auf Erden, das Bourdanin wirklich liebte. Wem galt sein erster Blick, wenn er das Kinderzimmer betrat: dem Sohn. Wen zog er aufs Knie, wen schwang er scherzend durch die Luft? Für wen hatte er Spaß und Zärtlichkeit übrig?

Für den Knaben. Ihm lieh er die goldene Uhr zum Spielen. Wenn Marie der Atem stockte und sie ein leises Wort wagte: »Gib acht, Bourdanin, er macht sie dir am Ende noch kaputt!« – entfuhr ein

dunkler Blitz dem Auge des Gatten. »Und wenn schon«, erwiderte er. »Es ist ja mein Sohn, ihm gehört alles.«
Eine Weile später saßen Vater und Sohn über einem aufgeschlagenen Buch. Der Mann zeigte dem Vierjährigen Reiter- und Schlachtenbilder. Des Kleinen zarte, weiche rosige Wange war an die dunkelbärtige des Vaters geschmiegt, der kleine Rosenfinger folgte dem großen, von Rauch gebräunten Zeigefinger über die Tafeln hin. Marie blieb stehen, faltete die Hände. Hoffnung, Hoffnung: Einmal werde auch ich eines Sohnes Mutter sein.
Marie steigt den kleinen Berg hinan. Auf der Hügelkuppe steht, mit runden Zwiebeltürmen, die Wallfahrtskirche, der Gnadenort.
Marie hält ihre Kugelkette zwischen den Fingern. ». . . du bist gebenedeit unter den Weibern und gebenedeit ist die Frucht deines Leibes – o Maria, segne mich.«
Stufen führten empor zu der steinernen Terrasse. Die Kirche war ein schöner Bau, hoch und hell, aus der heiteren Zeit des Barock. Über dem Altar, von einem Kranz aus silbernen Rosen umgeben, stand das Gnadenbild in einem gläsernen Schrein.
Marie nahm den Weihbrunn und kniete nieder. Ein Kerzenweiblein hielt seine Waren feil. Auf großen eisernen Stöcken brannten die Kerzen. Marie nahm ihr Beutelchen und erstand eine, die Alte zeigte ihr den Dorn, auf den sie sie stecken sollte.
Aber Marie war es auf einmal, als sei ihr Anliegen um so viel wichtiger und größer als die der anderen, deren Opferkerzen an dem von Wachsresten betrenzten und verunstalteten Eisengerüst verflackerten. Sie ergriff ihr Licht und trug es zum Altar. Ihr war, als müßte sie dem Gnadenbild nahe kommen, nah und näher, und Gott bestürmen.
Sie achtete nicht der Blicke, die sie trafen, sie stieg die Stufen empor und kniete vor dem Speisgitter nieder.
Marie sah das Wunderbild in seinem gläsernen Schrein. Ach, so sieht es aus, dachte sie, so alt, so dunkel, ich habe es mir anders gedacht. – Ihre Augen irrten ab, da erblickte sie etwas, was ihr besser gefiel; auf dem Altarblatt war die Krönung der Mutter dargestellt. Es war ein liebliches Bild, das ein viel späterer Künstler gemalt hatte, in sanftem schmeichelnden Blau und zartem Rosa, und die Jung-

frau schwebte schwerelos im heiteren Glanz. Zwölf hellflammende Sterne senkten sich aus der Hand des göttlichen Sohnes auf ihren Scheitel herab. So muß es sein, dachte Marie, so und nicht anders: die Krone aus der Hand des Sohnes! Sie kam sich selbst schon beinahe erhoben und gesegnet vor: »Der dich, o Jungfrau, im Himmel gekrönt hat!« Aber sie bemerkte nicht, was der Maler an den unteren Bildrand gemalt hatte: da hing, gottverlassen und fern von der himmlischen Glorie, die dunkle Kugel der Erde im dunkelnden Weltenabgrund. Gewittersphären umzuckten ihre Ränder, Abendrot schlich wie der Abglanz vernichtender Brände um ihre Kontur. Hinter ihr tauchte, die Fledermausflügel spreizend, der Versucher empor.

## *Sorgen*

So feierte Marie im voraus die Ankunft ihres zweiten Kindes. Dem Rittmeister malte sich das Ereignis in anderen Perspektiven. Er hatte Sorgen. Seit dem großen Debakel des Jahres 1873 verließen sie ihn nicht mehr. Das große Erbe war ihm unter den Händen zerronnen. Er hatte nicht das Zeug in sich, einem Gewinn, ja, auch nur einem regelmäßigen Einkommen nachzulaufen. Er war zu stolz dazu. Wer stolz ist, wird kein Geld erwerben; wer Geld erwirbt, darf nicht zu stolz sein. Er muß listig und klug sein wie die Schlangen und auch zuweilen Staub fressen wie diese. Bourdanin verachtete jede List, jede Demütigung war ihm ein Greuel. Aber er sah, daß seine Kassen leer wurden. Das Gehalt, das er als »Rittmeister auf Wartegebühr« erhielt, war klein. Immer öfter mußte er sich fragen, wie er in Zukunft das anwachsende Hauswesen ernähren sollte. Außer dem Besitz in der Jagemannstraße hatte er noch einige wenige Parzellen Grund, die da und dort zerstreut lagen, aber an Wert gewinnen konnten, wenn sich die Stadt weiter entfaltete. Manchmal erreichte den Rittmeister ein Angebot.

In die mediceischen Prunkgemächer im ersten Stock war ein Rechtsanwalt eingezogen.

Doktor Weinstein war ein langer dürrer Herr mit einem spitzge-

schnittenen Kinnbart von rötlicher Farbe und war stets nach der letzten Mode gekleidet, wie aus dem Schächtelchen.
Eines Tages ließ er sich bei seinem Hausherrn, dem Rittmeister, melden. Dieser war eben über der Geschichte der Befreiungskriege gesessen, die Clausewitz so herrlich geschrieben hatte. Wie weit lag jene glorreiche Zeit zurück, und wie elend nahm sich die Gegenwart vor ihr aus! Widerwillig schloß er das Buch und wandte sich höflich, aber zerstreut dem eintretenden Doktor Weinstein zu.
Dieser hatte die artigste Miene aufgesetzt; er beteuerte, daß er mit seinem Quartier ausgezeichnet zufrieden sei, daß die Jagemannstraße sich bald zu einer der ersten Straßen der Stadt entwickelt haben würde und daß sein Geschäftsgang zum großen Teil der so vorzüglichen Lage seines Büros zu danken sei.
Nach diesen säuselnd vorfühlenden Artigkeiten begann Doktor Weinstein sein eigentliches Anliegen anzusteuern. Es werde eine neue Brücke errichtet, sagte er, und selbe müsse als dringendes Vorhaben betrachtet und solle in neuester Konstruktion ausgeführt werden.
So, so, meinte der Rittmeister, die eisernen Brücken seien ja scheußliche Ungeheuer.
Es sei auch schon der Platz für sie ersehen, fuhr der Doktor fort, bei der Großen Glocke nämlich, die, wenn er nicht irre, dem hochverehrten Herrn Rittmeister gehöre.
Das auch noch, sagte Bourdanin, ja, es sei schon ein Jammer heutzutage: auch nicht das schönste Idyll hätte noch Ruhe.
»Idyll, Idyll!« sagte Doktor Weinstein und wetzte auf dem ungewohnt harten Sessel ein wenig hin und her. »Sehr hübsch, die alten Idyllen!« Aber man müsse den Wertzuwachs bedenken, den ein solches Grundstück erfahre, wenn es in das Stadtgebiet einbezogen werde; der Wertzuwachs sei beträchtlich.
»Wertzuwachs«, murmelte der Rittmeister zweiflerisch, als nenne er ein Wort aus einer fremden Sprache.
»Ei freilich«, versetzte der Doktor. Man werde den Herrn Rittmeister schon demnächst um die Parzelle der Großen Glocke bestürmen. Und also möchte der Herr Rittmeister verzeihen, wenn er die

Frage stelle, ob nicht etwa die Große Glocke schon jetzt käuflich zu erwerben sei.
Bourdanin zuckte zusammen. – Siebenhundert Gulden! beeilte sich der rotbärtige Doktor, siebenhundert Gulden sei das Anwesen wert. Aber auch dieses Angebot, es war ein königliches, ein wahnsinniges Angebot, schien auf den Rittmeister keinen Eindruck zu machen. »Siebenhundert Gulden«, wiederholte er mit gepreßter Stimme, »ein schönes Stück Geld. Aber was, wenn ich fragen darf, Herr Doktor, brachte Sie auf den Gedanken, mir den Verkauf nahezulegen?«
Der andere erschrak. – »Aber, Herr Rittmeister, wie könnte ich mir erlauben Ihnen etwas nahezulegen? Ich wollte Sie doch nur *gebeten* haben.« Bourdanin saß schweigend da. Er biß die Spitzen seines Schnurrbartes. – »Es tut mir leid«, sagte er dann. »Die Große Glocke ist Erbbesitz. Ich verkaufe Erbbesitz, *wenn* ich verkaufe, nur in der Familie.«
»Oh!«
»Ja, nur in der Familie«, wiederholte der Rittmeister und drückte die halbgerauchte Zigarre im Aschenbecher aus. »Und sorgen Sie dafür, daß ich nicht – bestürmt werde, wenn ich bitten darf. Ich empfehle mich, Herr Doktor. Auf Wiedersehen.«
Der andere ging. Der Rittmeister blieb verstört zurück. – »Ja, ja«, murmelte er, das Gesicht gegen die Decke wendend. »So ist es. Die Spatzen pfeifen es schon von den Dächern, daß du verkaufen mußt.«
Er nahm Stock und Hut und verließ das Haus.
Er wanderte die Jagemannstraße hinab. Herr Doktor Weinstein hatte recht: sie machte sich, die Straße, die ganze Gegend machte sich heraus. Niemand mehr bezeichnete die Gegend mit den alten ländlichen Flurnamen: Am Backhaus, Zum alten Watzlawek, Zu den drei Brünndln. Jetzt redete man nur mehr von der Jagemann-, von der Luxemburger- und Kopernikusgasse. Schon zeigten sich die ersten Kaufläden und Werbeschilder. Um die Ecke, in der Goethegasse, hat ein unternehmender Mann ein großes Hotel aufgestellt. Hier geht es schon ganz wienerisch zu. Des Nachts funkeln die Fenster vom Licht der Gaslüster, die neumodische Drehtür schwingt,

und der ungarische Ober patrouilliert mit blasierter Miene hinter den Scheiben. An den Zeitungsständern hängt nicht mehr nur das kleine Lokalblatt, es hängen dort die großen Blätter aus Prag und Wien, aus Berlin und Zürich, und es rauscht in diesen Blättern von Streit und Widerstreit, Lockung und Verheißung der neuen Zeit. In den Köpfen der Leser rauscht es davon fort; da sitzen die Geschäftsleute und diskutieren, an anderen Tischen die Staatsbeamten, und auch sie leisten sich etwelche Meinungen; nur die Offiziere, die hier in der Stadt ihre Garnison haben, kümmern sich nicht um die hohe Politik, sie trinken ihren Mokka, machen ein Spielchen und blicken den Mädchen nach.
Der Rittmeister Bourdanin wird von ihnen allen gegrüßt. Aber er kennt nur wenige von ihnen und hegt, weil er doch schon vor anderthalb Jahrzehnten den Abschied genommen hat, allerlei Bedenken und Vorbehalte gegen die neue Armee. Heute schreitet er, tief in Gedanken versunken, stadtauswärts. Er steigt zum Flußufer nieder. Träge ziehen die schwärzlichen Fluten und kämmen die tiefhängenden Äste der Weiden stromabwärts. Von jenseits kommt die Zille gefahren, das altertümliche Wassergefährt, ganz langsam von der langsamen Strömung geschoben. Der Rittmeister betritt die Planken und reicht dem Fährmann seinen Obolus. Hier unten soll die Brücke errichtet werden, von welcher der Weinstein gesprochen hat. So wird auch diese Zille verschwinden, und der arme Teufel, der sie lenkt, wird als Bettler am Straßenrand sitzen. Der Rittmeister ist an die Große Glocke gelangt.
Es ist ein altes Gemäuer inmitten einer Wiese, ein Brand hat es vor Jahrzehnten zerstört. Holunder und Nesseln wachsen zwischen den Mauerstümpfen. Hier war vor hundert Jahren eine Glockengießerei gewesen, und hier hatte man in einer der jetzt zur Hälfte verschütteten Gruben die große Glocke gegossen, die jetzt im Turm von St. Bartholomäus hängt. Sie ist eine der größten Glocken des Landes und von herrlichem Klang. Die Familie Bourdanin war immer stolz darauf, daß das berühmte Geläut auf ihrem Grund und Boden entstanden war.
Aus vielen Gründen war der Platz dem Rittmeister teuer. Als Knabe hatte er oft die alte Buche erklettert, die hinter dem eingestürzten

Gemäuer wuchs, hatte halbe Tage in der ungeheuren Krone gesessen. Der Rittmeister blickte in das Gezweig empor. Es war Frühling, und eine Millionenschar kleiner herzförmiger oder noch fächerförmig zusammengefalteter Blättchen zitterte oben im Licht. Es schien dem Mann ein wenig gegen die Würde des alten Baumes, daß er sich mit so unzähligen frischen Trieben schmückte und tat, als wäre er der Jüngste noch und als hätte er nicht das Seine schon längst dahingehabt an Lust und Blust so vieler Lenze.
Der Rittmeister schlug mit seinem Stock nach einem der Äste. Wohin er blickte, war Bourdaninscher Grund, nicht mehr der seine freilich: Das Saatfeld zur Rechten war an Schwester Franziska gefallen, die es verpachtet hatte und davon guten Zins einheimste. Zur Linken unterhielt Schwester Emma eine rentable Gärtnerei. Frau Rosine, die Gattin des Doktors, herrschte über die Schottergruben. So waren die Schwestern Bourdanin tüchtig in Wirtschaftsbelangen, tüchtiger jedenfalls als ihr Bruder. Lag es an ihnen oder lag es an ihren Männern, dem jovialen Schimkowitz, dem betulich-heiteren Wanka? Wanka betrieb, seit er sich die Finger am Aktienwesen verbrannt hatte, aus Liebhaberei – wie sich der Rittmeister überreden wollte – ein wenig Makelei mit Grundstücken und Liegenschaften. Es mochte sich am ehesten schicken, wegen der Großen Glocke bei Wankas anzufragen. Der Rittmeister sandte einen vergrämten Blick nach dem lieben Feld und kehrte nach Hause zurück.

Dennoch vergingen Wochen, ehe er sich aufmachte, den Handel wirklich in die Wege zu leiten.
Die Wankaschen hatten sich am oberen Eck der Jagemannstraße ein neues Haus gebaut. Es war ein noch viel prächtigeres Haus als das der atlantischen Wächter. Ein neuer deftiger Begriff von Pracht hatte in den letzten Jahren um sich gegriffen in der Architektur wie in der allgemeinen Mode. Weil keine Stilart ausreichen wollte, diesem neuesten Begriff der Prächtigkeit zu genügen, so behalf man sich damit, daß man alle Stile zusammenmischte und das Auffallendste jeweils mit dem Auffallendsten verquickte. Unter einem hohen französischen Dach aus glasierten Ziegeln bauschten sich ba-

rockisierende Schaumschlägereien um venezianisches Maßwerk. Der Treppenflur war in Marmor inkrustiert.
In ihrem Damensalon thronte Schwester Emma auf einem Riesensofa.
Schwester Emma war jetzt nicht mehr in der Küche anzutreffen, dazu war sie zu vornehm geworden. Wankas hatten sich nach dem Börsenkrach bald ganz erholt, und es schien, daß sie beide durch die erlittenen Verluste nichts von ihrer Lebenslust eingebüßt hatten. Frau Emma war immer in die teuersten Stoffe gekleidet, ihr umfangreicher Busen mit Broschen und Ketten ausgelegt. Auch hatte sie, weil sie sich mehr und mehr einer ausgepichten und gefräßigen Feinschmeckerei ergab, seit jener Wiener Fahrt noch beträchtlich zugenommen. Ihr gourmandiser Appetit begann den ganzen Stolz ihres Lebens zu bilden.
Jede Weihnacht, zum Beispiel, wurde aus ihrer Küche zum abendlichen Fastenessen ein Schneckengericht serviert, und jede Weihnacht fand sich Frau Emma imstande, ein Dutzend mehr von den in ihren Schalen gebackenen Weichtieren zu verzehren. Auf dieses Dutzend war sie nicht wenig bedacht, und daß sie es verzehren konnte, schien ihr vielleicht ein Zeichen besonders tüchtiger Lebenskraft zu sein. Schon hatte sie dergestalt fast die Hundertgrenze erreicht, und der Rittmeister, der es in brüderlicher Spottsucht nie an spitzen Bemerkungen fehlen ließ, hatte kürzlich verlautet, es sei nur ein Glück für die Spezies der Weinbergschnecke, daß Emma in ihrer Gefräßigkeit nur nach der arithmetischen und nicht nach der geometrischen Reihe aufzusteigen gesonnen sei, ansonsten nämlich zu befürchten wäre, daß die arme Weinbergbewohnerin als zoologische Gattung überhaupt ausgerottet würde.
Frau Wanka zeigte sich durch die boshafte brüderliche Bemerkung verstimmt. Sie empfing den Gast heute nur kühl.
»Na, Balthasar«, sagte sie und richtete sich zwischen ihren knackenden Miederstäben auf, »ein Wunder, daß du dich einmal bei mir zeigst.«
»Erlaube einmal, Emma, ich war erst neulich hier, um dir zum Geburtstag zu gratulieren.«
»Zum Geburtstag? Ah – das versteht sich ja von selbst. Aber nimm

dir den Onkel Johann zum Beispiel oder den jungen Kalmus, die kommen alle Wochen zwei-, dreimal, um mir die Hand zu küssen.«
»Na, Emma«, sagte der Rittmeister und lachte, »der Onkel und der junge Kalmus mögen dir die Hände küssen, soviel sie wollen. Ich kann so viel Devotion nicht aufbringen. Zu gut kann ich mich an die Zeit erinnern, wo du der Mutter den Zucker aus der Dose stibitzt hast, ein Leckermaul bist du immer gewesen.«
»Du hast heute deinen medisanten Tag«, erwiderte die Schwester und lehnte sich beleidigt in das rote Samtsofa zurück. Ein seidenhaariges Hündchen wälzte sich unter kläglichen Lauten auf ihrem Schoß.
»Du gibst dem Vieh zu viel zu fressen«, bemerkte Bourdanin. »Es geht dir ein, wenn du so weitermachst. Es kann sich ja kaum noch auf den Beinen halten.«
»Was du nicht sagst.« Emma schoß einen giftigen Blick. – »Verhungern ließest du das arme Geschöpf. Nein, wir haben zu essen, nicht wahr, Ninottchen? So viel und so gut wir wollen.«
»Zu essen haben auch andere Leute«, versetzte Bourdanin erbost, »auch wenn sie sich nicht gerade zu Tode schlemmen. Das möchte ich bemerkt haben und dich einmal zur Vorsicht mahnen, denn du nimmst in beängstigender Weise zu.«
»Was dich das kümmert«, erwiderte die Dame, und es war, als wolle sie in Tränen ausbrechen. »Aber ich habe letzthin gesehen, lieber Balthasar, daß auch deine Frau wieder zunimmt – wie sagst du doch? – in *beängstigender* Weise.«
»Das laß nur meine Sorge sein«, versetzte der Mann und schluckte seinen Ärger herunter.
Die Schwester war durch des Bruders Verlegenheit rasch besänftigt. »Kinder sind ein Gottessegen«, sagte sie, »auch wenn man ein bisserl viel davon abkriegt wie du. Aber die Marie ist ja brav, die wird sich freuen. Ich habe nur *ein* Kind«, fuhr die Schwerlötige fort, »und bin's zufrieden. Ein Kind: das ist hübsch, nicht zu viel Arbeit, nicht zu viel Sorgen und doch etwas fürs Herz. Was hat sich unsere gute Mutter mit uns abwirtschaften können.«
»Ja«, sagte Bourdanin, »die gute Mutter.«
Wieder schwieg er eine Weile und starrte mit abwesenden Blicken vor sich nieder. »Emma, was ich sagen wollte –«

»Nun?«
»Wenn ich mich recht entsinne, hast du einmal an dem Ding da, an der Großen Glocke, Interesse bekundet. Sie schließt ja günstig an deinen Grund. Und da dachte ich, daß es mir schließlich recht sein sollt', wenn ich dir damit dienen könnte.«
»Ah!« Die Dame schnellte empor. »Ein nachträgliches Geburtstagsgeschenk, Balthasar? Sehr lieb von dir, sehr lieb! – Geh weiter, Ninotte, du bist lästig. – Ja, Anna, ich habe geläutet, bringe Sie den Hetschepetschwein und die Nußbusserln. – Du bist wirklich ein aufmerksamer Bruder, Balthasar. Die Glocke liegt mir recht praktisch bei der Hand. Na, sie ist ja zwar nichts weiter als ein Steinhaufen, aber ich hab sie doch immer gerne gehabt. Früher hat die Mutter dort ihre Wäsche gebleicht, das Billchen und ich haben die Wasserkannen geschleppt. Du weißt das nicht? – Nein, freilich, du warst ja immer schon nur der vornehme Kavalier.«
Mit einigem Unbehagen blickte Balthasar auf den vorgesetzten Imbiß. »Danke, mir nicht«, sagte er, »denn leider: *schenken* kann ich dir das Ding nicht. Wie du selbst sagst: Kinder sind ein Gottessegen, aber –«
»Aber das versteht sich ja ganz von selbst, Balthasar. Umsonst hätte ich die Große Glocke gar nicht genommen. Und weil die Marie wieder ein Kinderl bekommt, so will ich ganz splendid sein; zweihundert Gulden soll mir das Fleckerl wert sein! Gelt, da bist du baff.«

Eine Weile darauf verabschiedete sich der Rittmeister und wanderte in die Stadt hinab, ein seltsames Gefühl in der Brust wollte nicht weichen. – Er wollte, obwohl es schon spät war, noch einen Sprung zu Schimkowitzens machen. Schimkowitz war ein jovialer Mann. Vielleicht konnte man sich bei ihm ein wenig erheitern.
Aber ehe er noch das Haus erreicht hatte, zog ein neuer Schatten über Bourdanins Seele. Ach, diese Sibylle! Von weitem schon sah man, daß wenig Ordnung in ihrem Hause herrschte. In allen Fenstern brannte Licht; aber die Jalousien waren nur zur Hälfte herabgelassen, sie hingen schief, in einem Topf sah man die dürre Silhouette einer abgestorbenen Azalee.

Der Rittmeister zog die Klingel, der Strang war gerissen, er mußte fünf- oder sechsmal pochen, ehe Schimkowitz die Tür so heftig aufriß, als ob er einen lästigen Bettler von seiner Schwelle habe scheuchen wollen. Da erblickte er den Schwager. – »Donnerwetter, Allerverehrtester, welcher Glanz in meiner Hütte. Hereinspaziert und Platz genommen, wenn ich bitten darf. – Sibylle!«
»Ja, ja, sofort.« Sibyllens Stimme krächzte aus der Küche. Man hörte sie mit Geschirr klirren. Endlich erschien sie selbst. »O Balthasar, du bist's? Um Gott – wie seh' ich aus!«
Sie war, wie zu Hause meistens, unordentlich gekleidet. Von ihrer fleckigen Lüsterschürze hing eine Tasche abgerissen herunter. Ihr schon angegrautes Haar war in einem kleinen Knoten hoch auf dem Wirbel zusammengesteckt. Abenteuerlich starrten die Nadeln aus dem Nestchen hervor. – »Verzeih, ich bin mit dem Räumen noch nicht fertig geworden.«
»Als ob du jemals mit dem Räumen fertig würdest«, fiel ihr der Gatte rüde ins Wort. »Mein vielgeliebtes Weib! Hier liegt die Putzbürste seit heute morgen, hinter dem Ofen steht beschaulich der Besen. Hier« – er gab dem zusammengerollten Teppich einen Tritt mit dem Fuß – »diese orientalische Pracht hast du auch nicht zu entfalten geruht.«
Sibylle war verlegen. Hastig ergriff sie Besen und Bürste, dann bückte sie sich, um den schweren Perser aufzuschlagen, dabei stieß sie Balthasar an. Sie war so ungeschickt, daß sie fast keiner Arbeit oblag, ohne irgendein Malheur anzurichten. »Oh – oh, hab ich dir weh getan?«
Balthasar wehrte ab. Der Schwester Hände zitterten heftig. Er hatte das noch niemals so an ihr wahrgenommen.
Jetzt stürzte sie an den Tisch, um eine Decke über ihn zu breiten.
»Es ist genug«, winkte der Gatte gnädig ab. »Besorge uns lieber ein Nachtmahl! Nicht wahr, bester Bourdanin, Sie geben uns die Ehre? Aber das Nachtmahl, Teuerste, nicht erst um Mitternacht. Ah, es ist ein Jammer mit dem Sibyllinischen Haushalt. Madam kocht um vier Uhr das Mittagessen, badet um drei Uhr früh und stopft Strümpfe in der Wanne. Niemand begreift das. Auch kein dienstbarer Geist. Erst heute morgen ist einer ausgerissen. Seit ich

verheiratet bin, ist jeden Morgen ein anderer ausgerissen. Es ist heiter.«
Der Rittmeister antwortete nicht. »Ist Sibylle nicht krank?« fragte er nach einer Weile leise.
»Krank?« rief der Riese und lachte dröhnend. »Keine Spur. Sie ist gesund wie ein Fisch im Wasser.«
Später ging Schimkowitz für eine Weile aus dem Zimmer.
Diese Weile benutzte der Rittmeister, um seine Schwester in der Küche aufzusuchen.
Die arme Frau kramte mit bebenden Händen in einem Berg ungewaschenen Geschirrs herum.
»Höre, Billa«, sagte der Bruder. »Was hast du denn mit deinem Gezitter?«
Die Frau ließ eine Schüssel fahren. Ihr Gesicht verzerrte sich. »M-m-merkt man e-e-es denn?« fragte sie stotternd.
Der Bruder schwieg betreten.
»E-es ist«, fuhr sie fort, indem sie ihre Hände gegen die Schläfen hob, »es ist, seit ich die Grippe gehabt habe, v-verstehst du, die Grippe im Kopf.«
»Aber Billa«, sagte der Mann, »das muß sich doch einmal geben.«
»Ja, j-jaja! Das habe ich auch gedacht, aber es wird nicht besser, es wird nur schlimmer, ach, und ich fürchte mich sehr.«
»Wovor fürchtest du dich denn, um Gottes willen?«
Die Frau blickte nach der Tür, durch die Cyrill verschwunden war.
»Du solltest in einen Kurort fahren, wo du dich erholen kannst.«
»Das geht nicht. Ich ka-kann sie doch nicht allein lassen, Cyrill und den Buben. Ich habe auch kein Geld. Wirklich, Balthasar, ich ha-habe fast nichts. Cyrill meint, ich kann mit Geld nicht umgehen. Das-da-das ist sicher wahr. Glaub nicht, daß ich klage –, Cyrill ist laut und lustig, Go-gott sei Dank, daß er so lustig ist. Ich – ich bin zum Unglück geboren. Bin ja auch wohl ganz unnütz auf der Welt.«
»Aber Billa!« murmelte der Bruder.
»Du-du-du bist gut!« fuhr die Frau fort. Ihre Augen leuchteten auf. Dann fuhr sie zusammen. »Still! Er kommt.«
Der Riese schwenkte eine Flasche. »Da sind wir wieder! Ein edles Tröpflein soll uns munden:

Denn: wer nicht liebt Wein, Weib, Gesang,
der bleibt ein Narr sein Leben lang.«

Der Rittmeister brach auf. Er wußte nicht, was ihm das Bleiben mehr vergällt hatte: Sibyllens Geständnis oder Schimkowitzens geistreicher Trinkspruch. Ach, er hatte immer so große Stücke auf seine Schwäger gehalten.

Seine ganze Kindheit hatte er sich gesehnt Brüder zu haben. Statt dessen hatte ihm das Schicksal nur vier Schwestern beschert; die Überschwemmung des Bourdaninschen Hauses mit Weiblichkeit war ihm zuwider. Er widersetzte sich dem Element, das durch die Frauen in das Leben drang.

Es kam ihm unerquicklich, langweilig, niederdrückend vor.

Dann hatten die Schwestern geheiratet: Endlich waren Männer in die verweiblichte Familie eingedrungen. Der Rittmeister beeilte sich, mit ihnen Freundschaft zu schließen. Er vertraute ihnen. Er hielt sie, einen wie den anderen, für Ehrenmänner: Rübsamen, Wanka, Schimkowitz. Er zog keinen vor, weil er keinen zurücksetzen wollte. Er bewies ihnen Achtung, weil er es nicht für möglich hielt, daß ein Mann sie nicht verdienen könnte. Er hätte sich für sie verbürgen wollen, weil in seiner Seele ein uraltes Bedürfnis herrschte: das nach Treue.

Es hatte einmal eine Zeit gegeben – längst war sie zur Sage geworden –, da lebten Männergemeinschaften, Könige und Gefolgsleute, einander mit heiligen Eiden verbunden. Die Ehre des einzelnen war die Ehre aller, einer stand für den anderen ein. Etwas von dieser Zeit lebte in Bourdanin fort, unter Plastron und Krawatte schlug ihm ein wikingisches Herz. Es ist schmerzlich, in einer entfremdeten Welt zu leben, schmerzlich, als Anachronismus durch die eigene Zeit zu wandeln.

Die Straßen der Stadt flimmerten von grünem Gaslicht. Ein Blinder bot weiße Mäuse feil. Aus einer Bierschenke plärrte ein mechanisches Klavier:

»Und wer nicht liebt Wein, Weib, Gesang,
der bleibt ein Narr sein Leben lang.«

## *Bei Rübsamen*

In jener Zeit ereignete sich etwas Unerhörtes im Hause Bourdanin. Rosine, die älteste der Schwestern, und ihr Gatte, der Doktor, hatten bekanntgegeben, daß sie in Ermangelung eigener Leibeserben ein fremdes Pärchen, zwei Kinder, adoptieren wollten.

Rosine war die Erstlingsfrucht jener Ehe, die der aus weiter Ferne zurückkehrende Buchdruckermeister Balthasar mit der Bäckerstochter Josefin geschlossen hatte. Rosine glich weder Vater noch Mutter. Man konnte nicht sagen, wem sie ähnelte, noch, woher der wilde Ehrgeiz stammte, den sie schon als kleines Mädchen gezeigt hatte. Er saß wie ein Fraß in dem winzigen Persönchen; immer schon wollte sie die besten Noten erhalten, die besten Strümpfe gestrickt und das schmackhafteste Essen gekocht haben. »Vor lauter Ehrgeiz wächst du nicht, Rosine«, pflegte der Vater zu sagen, »vor Ehrgeiz bleibst du uns am Ende so klein wie ein Zwerg.«

Nun, Rosine wuchs dann doch, wenn sie auch nie ein volles Mittelmaß erreichte. Dennoch hatte ihre Gestalt einen eigentümlichen Reiz. Sie war flink wie eine Eidechse und schlank, um die Mitte biegsam, um die Schultern schmal. Ihre Stirn floh ein wenig zu stark zurück. Dieses Übel wußte die Geschickte durch ihre Haartracht zu verdecken. Das kleine Gesicht war weiß und zart, von einem Paar grüner zwinkernder Augen belebt, die sich früh in wechselnden Ausdrucksspielen geübt hatten. Niemand wußte die Lider bedeutungsvoller zu senken, den Blick träumerischer zu umschatten als Rosine. Die Nase war etwas plattgedrückt, und die Lippen, die immer ein wenig feuchten, ließen sich's angelegen sein, stets gefühlvoll zu lächeln. Frau Rosine galt als die gefühlvollste Frau der Stadt und als die zärtlichste Gattin.

Rosine hatte als erste von den Bourdanin-Töchtern geheiratet. Der Doktor hatte sich Hals über Kopf maßlos in sie verliebt, so wenigstens erzählte es Frau Rosine. Wie hätte Rübsamen dieser Liebessage zu widersprechen vermocht? Das wäre wenig kavaliermäßig gewesen. Und Rübsamen war ein Kavalier. Er trug sein Rosinchen auf Händen. Er fand in ihr auch die alleranschmiegsamste, demütig-liebreichste Ehefrau.

Niemand zweifelte daran, daß das Rübsamische Ehepaar das glücklichste war der ganzen Stadt. Wenn Mütter ihre Töchter für eine künftige Ehe belehrten, sagten sie zu ihnen: »Sieh, wie es die Frau Rübsamen macht! So benimmt sich eine musterhafte Gattin.«

Und in der Tat: der Tag des Rübsamischen Ehepaares war vom frühen Morgen bis zum späten Abend dem Kult ihrer Ehe gewidmet. In der Früh begann es damit, daß sie miteinander frühstückten. Rübsamen brachte das Tablett an Rosinens Bett, sie schenkte ihm die Schokolade, er schenkte sie ihr ein. Gegenseitig reichten sie einander die mit Butter und Marmelade beschmierten Kipfel. Später durfte der Gatte der Gattin das Mieder zuschnüren, die Kleider zuhäfteln, ihre Frisur beaugapfeln, durfte ihr das Schuhwerk an die herzigen Füße passen. Wenn die Schuhe geschnürt und zugebunden waren, bewegte das Frauchen prüfend die Füße in den Knöcheln. »Ach nein, Rübchen, mein Schatz, ich möchte doch heute lieber die Prünellen; du weißt, die knarren so hübsch.«

Rosine war einstmals ein recht energisches und scharfzüngiges Mädchen gewesen. Aber seit sie verheiratet war, schien sie seltsam verwandelt. Sie war nicht mehr fähig, auch nur den kleinsten Entschluß selbst zu fassen. Sie konnte sich nicht aufraffen, ohne die Begleitung ihres Mannes auf die Straße zu gehen. Sie erlitt nervöse Anfälle, wenn er von einem Krankenbesuch nicht zur rechten Zeit nach Hause kam. Er nannte sie immer sein gutes Sinchen, sein sanftes Röschen; sie trieb es noch weiter; sein »Eduard« fand sich als Edi und Didi mit allerlei Beifügungen und Schnörkelsilben wieder. Zu anderen Leuten sprach sie von ihrem lieben Rübchen, ja, sie vergaß sich einmal so weit, ihn vor seinem Schneider ihr Zuckerrübchen zu nennen. Diese Entgleisung kam dem Rittmeister zu Ohren, er erschien bei der Schwester und verwies ihr das läppische Getue.

Frau Rosine saß gekränkt in ihrem Ohrenstuhl. »Ach Balthasar, du weißt halt nicht, was Liebe ist. Du bist zwar vermählt, aber ich glaube, wirklich geliebt hast du noch nie.«

»Dumme Redensarten! Ich will nur nicht, daß du deinen Mann lächerlich machst.«

Diese Worte des Bruders hatten eine unerwartete Wirkung auf

Frau Rosine. Sie wurde über und über rot, erhob sich und lachte grell. »Lächerlich!« rief sie, ihre Stimme kreischte, »ich mache ihn lächerlich?! Eduard«, sie lief und riß die Tür zum Nebenzimmer auf, wo ihr Mann Ordination hielt. »Eduard, hast du's gehört? Balthasar sagt, ich mache dich lächerlich –!« Der Doktor murmelte etwas, rot vor Verlegenheit. Hinter ihm, von einem schwarzbespannten Wandschirm halb verborgen, schlüpfte eben eine grobknochige Arbeiterin in ihr graues Hemd. Laut schluchzend warf sich Rosine dem Gatten an die Brust; der machte dem Rittmeister ein Zeichen, verärgert wandte sich dieser ab und kehrte der Szene den Rücken.

Ja, Frau Rosine verstand, ihren Mann in Atem zu halten.

Um Rübsamens Ordination und ärztliche Tätigkeit war es merkwürdig bestellt. Einmal hatte er, nicht ohne Liebe und sogar mit viel Fleiß, studiert. Aber das war lange her, und seither war er nicht mehr dazu gekommen, seine Kenntnisse zu vertiefen. Wohl lag in Rosinens Salon ein Stapel medizinischer Bücher und Hefte. Aber wann hätte der Mann, der seiner Frau die Schokolade rühren und die Kleiderhaftel schließen mußte, Zeit gehabt, die Bücher zu studieren? Was er sich leisten konnte an Studium der Naturwissenschaften, war die Pflege und Wartung eines Kanarienvogels, der seiner Gattin gehörte, und einiger Aquariumfische, deren Besitz ihn selbst erfreute. Stundenlang saß er mit seiner Frau vor dem Käfig des Vogels oder vor der grünlichen Wasserwanne, und stundenlang unterhielt sich das Ehepaar damit, daß er der Frau die Kapriolen ihres Sängers, daß die Frau ihm die rüstige Gefräßigkeit seiner Lieblinge rühmte. Ungenutzt lagen daneben die Berichte über die Heilkunst, über die Entdeckung der Bazillen, über die Asepsis und andere Dinge, die seiner Aufmerksamkeit wohl würdig gewesen wären.

Wenn dann die Stunde der Ordination kam, da war das kalte unwirtliche Wartezimmer meist schon gefüllt. Fast alle, die da warteten, waren arme Leute. Arme Leute sind nicht heikel und knifflig und sind bald zufrieden, wenn sie nur merken, daß man ihnen geduldig zuhört; und im übrigen sind sie froh, wenn der Doktor keine Rechnungen schreibt und ein »Gott vergelt es!« anstatt eines Guldens nimmt. Ein solcher Doktor aber war Rübsamen, das konnte er sich auch leisten als bräuberechtigter Bürger, als Gatte einer Bourdanin. Trotzdem war sein Gewissen belastet, und nicht ohne Bangen eröffnete er seine tägliche Sprechstunde.

Da kamen sie herein, einer nach dem anderen, mit ungeschickten und ängstlichen Schritten. Die Männer zogen ihre Röcke aus, die Frauen knöpfelten ihre Blusen auf, den Kindern wurden die fadenscheinigen Hemden von den mageren Körpern gezogen. Der Doktor befragte sie nach ihren Beschwerden, er klopfte sie ab, behorchte ihren Herzschlag, er spähte in die Hälse und befühlte ihre Geschwülste und Verhärtungen. Manche hatten ihr Wasser in Fläschchen mitgebracht, damit trat der Doktor ans Fenster, hob es gegen das Licht, murmelte Hm und Ha und: »Gute Frau, lassen Sie den Mut nicht sinken.« – Dann schrieb er ein Rezept. »Dieses Säftchen«, sagte er, »wird gut tun, und warme Kamillen werden nicht schaden, und eine Tasse Himmelbrandtee treibt den Schweiß.« – Dann entließ er die Kranken, die Frauen mit den Gebärmutterkrebsen, die Männer mit den zerfressenen Lungen, die skrofulösen Kinder, die jungen Mädchen mit den venerischen Krankheiten. Er trat an die blecherne Waschschüssel, goß sich ein wenig Wasser über die Hände und sagte: »Und jetzt der nächste.«

Dabei war ihm schwer ums Herz, denn er wußte, wie hilflos er war; hilflos auch aus Unwissenheit. Aber wenn er sich schwor, heute werde er drangehen, seine Bücher zu studieren, so ahnte er doch: kaum würde er die Studierlampe angezündet, kaum würde er das erste Werk aufgeschlagen haben, würde sich die Türe leise hinter ihm öffnen, würde ein sachter Eidechsenschritt über den Teppich rascheln und eine sanft schmollende Stimme flöten: »Was ist denn heute mit dir, mein Zuckerrübchen? Weißt du denn nicht, wer auf dich wartet?«

Und seufzend würde er sein Buch zuschlagen und ihr folgen.

Dafür entschädigte ihn Rosine nach ihrer Art: Sie ließ es sich angelegen sein, ihres Gatten ärztliche Kunst, wo sie konnte, in den Himmel zu loben. Immer wußte sie von irgendeinem Fall zu berichten, den Rübsamen wunderbarer-, ja phänomenal-wunderbarerweise eben geheilt und gerettet habe: Er erkenne alle geheimen Krankhei-

ten, er wisse die wirksamsten Rezepte, verfüge über die zartesten Methoden. Rübsamen errötete, wenn er die Lobespreisungen seiner Gattin zu hören bekam, und murmelte verstört, Rosine übertreibe über alle Maßen.
Aber Frau Rosine klimperte mit den Augendeckeln und flüsterte ihrem Gesprächspartner zu: »Da hören Sie wieder, wie bescheiden er ist! Glauben Sie mir: Er *ist* eine Koryphäe.«

Seltsamerweise aber blieb diese – sozusagen – vorbildliche Ehe kinderlos. Die Jahre verstrichen. Der Doktor ging über die Fünfzig, und Rosine näherte sich ihnen, als plötzlich ein kühner Plan bei ihnen auftauchte. In einer philanthropischen Aufwallung hatte Frau Rosine geäußert, sie würde gerne ein Kind oder auch deren zwei als eigen annehmen. – »Ja, am besten ein Pärchen, Geschwister, ein Bübchen, ein Mädchen, sag, Rübchen, wäre das nicht süß?« – Der Doktor, gewohnt, jeden Wunsch seiner Frau zu erfüllen, machte sich auf, ein solches süßes Zweigespann ausfindig zu machen. Es war nicht leicht, ein solches Pärchen aufzutreiben, denn Frau Rosine wünschte, es sollte blond und blauäugig sein und aus einer ländlichen Gegend stammen. Nach einigen Mühen machte Rübsamen ein Ehepaar ausfindig, das sich allenfalls geneigt zeigte, seine zwei Kinder den reichen Stadtleuten zu überlassen. Die Leute lebten in einer elenden Keusche im Böhmerwald, hatten nichts zu beißen, der Mann schnitzte Kochlöffel, die Frau spann und wob Leinen. Mit diesen Waren zogen sie dann über Land, wanderten von Haus zu Haus und brachten als Erlös einen Bettel heim. Was sollten sie mit den Kindern beginnen, die auf diesen Wanderfahrten noch nicht mitlaufen konnten, die allein daheim zu lassen aber ebenso unmöglich schien? Der Doktor suchte die Leute auf und bot ihnen seine Bedingungen. Sie dürften, versprach er ihnen, die Kinder besuchen, sooft sie wollten, dürften weiterhin von ihnen Vater und Mutter genannt werden. Überdies wollte er ihnen eine Summe vorschießen, damit der Mann ein Handwerk beginnen und damit sich die Frau einen besseren Webstuhl anschaffen konnte.
Die armen Keuschler waren hoch zufrieden. Die Frau küßte dem Doktor die Hände, und der Mann drückte ihm unter mühsam zu-

rückgehaltenen Dankestränen die Rechte. Dem Doktor standen selbst die Tränen in den Augen, als er davon erzählte.
Aber Rosinchen machte dem Gatten ganz sacht einen Strich durch die Rechnung.

Es war schon fast alles abgemacht, bis die Adoption in der Familie ruchbar wurde. Es gab Aufregung, Entrüstung, sogar ein wenig Geschrei und Tränen. Selbst der Rittmeister fand sich bemüßigt, dem Doktor seine Verwunderung kundzutun. »Du weißt«, sagte er, »ich mische mich nicht in eure Angelegenheiten. Aber dieses Mal möchte ich dir doch raten: tritt, wenn du kannst, zurück.«
»Vielen Dank«, sagte Rübsamen, »aber ich habe mein Wort gegeben, Rosine wie auch den Eltern –«
»Ach so. Das ist was andres. Verzeih, ich ahnte nicht –«
»Es sind brave Menschen«, fuhr der Doktor mit weicher Stimme fort. »Du sollst nicht glauben, wir wollen ihnen die Kinder entziehen. Ich hielte das sogar für ein schweres Unrecht. Nur Zieheltern wollen wir den beiden sein, ihnen vorwärts helfen im Leben. Rosinchen hat sich das alles so liebevoll ausgedacht. Rosinchen ist wirklich eine große Seele.«
Zwei Tage später begab sich der Rittmeister zu seiner Mutter. Dort traf er Sibylle, Emma und Franziska. Er war lange nicht mehr hier gewesen. Sein Verhältnis zur Mutter hatte sich seit jenem Abend nach seiner Heimkehr aus Wien nie mehr gänzlich wiederhergestellt. Er erschrak über ihren Anblick. Sie war bleich, ihr Gesicht von tiefen Falten zerfurcht, hager, an den Lippen eingefallen. Sie saß in einem Lehnstuhl, die Füße auf einen mit Kissen beladenen Schemel gebettet.
Die Töchter thronten ringsum in dem Alkoven.
»Du bist es!« sagte die Greisin und richtete sich auf. Sie atmete mühsam. »Daß du nur einmal den Weg wieder findest zu mir.«
Der Sohn senkte verlegen die Stirn. Ein Schweigen entstand. Franziska schob dem Bruder einen Sessel zu.
»Ja. Ich wollte mit euch über Rübsamen sprechen. Ihr habt euch über ihn ereifert. Zu Unrecht. Er handelt auch diesmal als Ehrenmann.«

Die Mutter hob ihre groben, alten, einstmals von Arbeit, jetzt durch die Gicht entstellten Hände. »Was heißt da: Ehrenmann? Fremde Kinder sind es, fremde Kinder! So weit ist es gekommen: fremde Kinder statt der eigenen. Meine Mutter hatte sechzehn. Ich fünf! Und von meinen vier Töchtern sind zwei Enkelkinder da.«
»Aber Mutter – –«, warf Frau Wanka ein.
»Zwei!« schrie die Greisin klagend. »Das ist eine Schande.«
»Und Balthasar?«
Die alte Frau hielt inne. Sie schaute auf den Sohn. Ihr Gesicht zitterte. »Ja«, murmelte sie, »er hat drei. – Vielleicht wirst du vier haben? Marie ist gut. Aber ihr – –« Sie wandte sich gegen die Töchter, streitbar von einer zur anderen. »Was ist mit euch? Du, Emma, bist so fett. Du bist so fett, vor Faulheit. Ich habe gearbeitet mein Leben lang. – Von dir red' ich nicht«, sagte sie zu Franziska. »Du bist in Essig gelegt gewesen schon seit deiner Geburt. Und von dir auch nicht, Sibylle. Du hast Pech gehabt, du kannst nichts dafür. Aber die Emma, die kann dafür, und die Rosin! Die Rosin vor allem.«
»Liebe Mutter – –«, versuchte Bourdanin sie zu beschwichtigen.
»Lehr du mich sie kennen!« rief die Greisin hektisch. »Ich kenne die Rosin. Kalt ist sie bis ins Herz hinein samt ihrem ganzen Liebesgetue. Und jetzt will sie noch gar die edle Seele spielen. Einen Zeitvertreib hat sie sich eingebildet: müssen's Kinder sein? Gleich zwei! Ein Pärchen! Ach, wie niedlich. – – Und ich sage euch: nicht vier Wochen wird es dauern, so wird's ein übles Ende nehmen.«
»Aber Mutter –«, suchte der Sohn noch einmal zu beruhigen.
»Gestern haben sie sie hergebracht. In modischen Matrosenanzügen und Lackstiefeln, heulend vor Müdigkeit und krank vor Leckerbissen: so hat sie die Rosin auf das Sofa aufgebaut und wollt' sie vorführen wie Affen im Zirkus.«
»Mutter, reg dich nicht so auf.«
Aber die Greisin stieß die Beschwichtigenden von sich weg. »Laßt mich! Ich weiß, was ich sage. Ihr glaubt, ich sei schon dumm, nur weil ich alt bin. Aber ich bin's noch nicht. Ich habe ein Stück Leben gesehen, eine andere Zeit, die war besser als diese. Freilich: da gab es noch keine toupierten Frisuren. Und keine seidenen Unterröcke.

Und Schnecken aß man auch nicht und hatte keinen Firlefanz wie heutzutage. Aber man wußte, wozu man auf der Erde war.«
Emma warf dem Bruder einen Blick zu. Der bemerkte ihn nicht. Er schaute auf die Mutter. Nun saß sie ganz aufrecht da, groß, knochig, bebend. Sie hob ihre zur Faust geballte Rechte: Segen und Fluch, Mahnung, Warnung, Verdammung lag in dieser Geste. Die alte Frau verdammte eine Zeit, die sie nicht mehr verstand. »Alles Unheil«, keuchte sie, »kommt davon, daß ihr nicht wißt, wozu ihr lebt. Glaubt ihr, euer Vater und ich haben je von so was geredet wie von Liebe? Dummes Gewäsch und Pflanz. Aber unsere Ehe war noch ein Sakrament.«
»Ach Mutter«, rief Emma gekränkt, »du tust ja, als hätten wir nicht einmal in der Kirche geheiratet.«
Die Greisin verzog ihren Mund zu einer schmerzlichen Spottgrimasse. »Ja«, murmelte sie, »das habt ihr auch noch.«
Die Geschwister saßen verstört. »Geh jetzt!« flüsterte Franziska dem Bruder zu.
Er erhob sich. Franziska folgte ihm.
»Ich muß dir etwas sagen, Balthasar; es ist am besten, du erfährst es gleich. Die Eltern der adoptierten Kinder gehen nach Amerika. Sie verschwinden. Das hat die Rosin so eingefädelt, Rübsamen hat alles anders ausgemacht. Da ist die Rosin heimlich hingefahren und hat sich's unterschreiben lassen, nie mehr dürfen sich die Leute blicken, nie mehr etwas von sich hören lassen, sonst würden die Kinder des Erbes verlustig erklärt.«
Der Rittmeister blieb stehen und starrte die Schwester an.
»Ja. Die Mutter hat schon recht, wenn sie sagt: kalt bis ins Herz hinein.«

## *Das verlorene Paradies*

Es waren Monate vergangen, seit Marie zur Heiligen Muttergottes am Weißen Bergl gewallfahrtet war; Monate, seit sie im Beichtstuhl aus gepreßtem Herzen das sonderbare Sündenbekenntnis hervorgebracht hatte, sie habe geträumt. Träume können nicht Sünde sein nach der Morallehre der Kirche, denn in ihnen, so heißt es, fehle die Einwilligung in das Böse, ohne welche keine Sünde geschehen könne. Die Kirche tut gut daran, solches zu lehren, sie erweist sich damit ihren Gläubigen hilfreich, das ohnehin gebrechliche Wesen der Menschennatur nach unten abzudichten und es auf diese Weise notdürftig über Wasser zu halten. Hilflos genug treibt das Menschenschifflein in vielfach ziehender Drift.

Da liegt ein Mensch und schläft. Er weiß nichts von sich, er träumt. Was spielt auf seiner Stirn, was zuckt um seine Lippen? Wir wissen's nicht, wir werden es nie erfahren, und nicht einmal der Träumende selbst erfährt davon. Es sind vielleicht ungeheure, unausdenkliche Dinge, Dinge, die schlimmer sind, als wenn Häuser in Flammen aufgingen; Dinge, die Leben verderben, Ordnungen niederreißen, aber sie geschehen unten, in der Nacht, in der Tiefe, in Schweigen, Vergessen, Finsternis. Der Morgen erscheint, der Tag hebt an. Die Seele steigt auf und lebt ihre Tagesgestalt.

Marie träumte noch oft. Ihr Schlaf war unruhig; der Schlaf schwangerer Frauen ist oft peinvoll leise. Das kommt, weil sie nicht allein sind: das fremde kleine ungestüme Leben in der Höhle ihres Leibes schlägt und stößt und will nicht ruhen. Es war Sommer, die Luft dumpf und schwül; Marie litt. Am Tage schlich sie matt umher. Ihr Atem ging kurz, ihre Füße waren geschwollen, aus der Brust trat milchiges Wasser hervor.

Seit Menschengedenken war kein so glühender August über das Land gekommen. Tag für Tag hob sich die Sonne aus graublauen Dünsten, füllte den Himmel mit Strahlenwucht, goß die Straßen der Stadt mit brodelnder Hitze aus. Längst waren die Alleebäume zu grauen Gespenstern verkümmert, in den Anlagen verbrannte das Gras zu rötlichem Stroh. Das Wasser wurde knapp. Die öffentlichen Brunnen wurden gesperrt. Aus den Vororten wurde Typhus gemeldet.

Der Rittmeister brachte die Zwillinge in der Nähe der Stadt aufs Land.

Er besuchte die Kinder jeden Tag. So war Marie viel allein. Seit Ernestine in Rokyzan war, mußte sie auch ihrem Vater den Haushalt versorgen. Das tat sie meist in der Mittagszeit. War der alte Halik nicht zu Hause, fand sie den Schlüssel unter der Matte.

Es war stets ein süßer Augenblick für sie, wenn sie die alten kleinen bescheidenen Räume betrat, in denen sie aufgewachsen war. Hier liebte sie alles: die rauhen weichen, ein wenig hängenden Böden, die krummen Wände, die unregelmäßigen Fenstervierecke, in denen ein Gewirr blühender, grünender Topfpflanzen stand.
Ihre Arbeit begann sie damit, die Pflanzen aus einer kleinen Kanne zu laben. Dann machte sie das Bett des Vaters und kehrte den Estrich. Sie wusch das Geschirr, in dem sich der Vater selbst das Essen bereitet hatte. Es war ein so kleiner Haushalt, in dem der Vater lebte, rührend bescheiden in allen Zügen. Marie war oft überwältigt von der Einfalt dieser fromm-zufriedenen Armut. Zärtlich faltete sie die gestickte Wäsche, griff die alten henkellosen Töpfchen an, deren sich der Vater immer noch bediente, weil er es für schade hielt, neue zu kaufen. Friede herrschte in den stillen Stübchen, er dünkte Marie eine paradiesische Wohltat. Das Licht war gedämpft, es wehte ein vertrauter Duft von Kräutern – der Vater sammelte Pflanzen und trocknete sie zu heilsamen Zwecken. In irdenen Krügen stand die süße Fracht eingesottener Früchte auf den niederen Schränken, und auch sie dufteten anheimelnd süß.
Marie setzte sich auf das schmale Sofa, sie war müde. Eine Weile will ich ruhen, dachte sie, nur eine kleine Weile. Ihr sanken die Lider. Unbewußt zog sie die Füße auf das Ruhebett herauf, da war sie eingeschlafen.
Als Marie erwachte, wußte sie nicht: was hatte sie so jäh geweckt? War es das Kind –? Nein. Sie setzte sich auf. Vor ihr, schräg an der Wand gegen das Sofa geneigt, hing ein Spiegel, und in dem Spiegel war eine fremde Gestalt.
Marie erschrak, sie erschrak entsetzlich. Sie wollte auffahren, da erkannte sie den Mann; den Mann, der hinter ihr stand, halb über sie geneigt, und der ihrem gespiegelten Blick jetzt begegnete. Der Mann war Peter Navratil, der Uhrmacher aus Pilsenec; derselbe, der ihr damals begegnet war in der dämmrigen Hochzeitsstube, der ihr die Kuckucksuhr in die Hand gedrückt und die geheimnisvollen Worte von dem stehengebliebenen Uhrwerk gesprochen hatte. Und das waren dieselben Augen und derselbe hellblonde Bart und dieselben Lippen, und jetzt sprachen sie ihren Namen aus: »Marie.«

In Marie schoß eine Glutwelle empor. Instinktiv kreuzte sie ihre Arme über ihren Leib, das Kleid war über ihrer Brust geöffnet. Die Frau krümmte sich und verbarg ihr Gesicht.
Der Mann stand immer noch, schwankend, unentschieden: was sollte er tun? Gehen oder bleiben? Qual würgte auch ihn. Er versuchte es noch einmal: »Mariechen ...«
Aber sie kroch nur noch mehr in sich zusammen.
Da seufzte er tief, er stöhnte beinahe. Die Arme, die er erhoben hatte, sanken ihm nieder. »Z Bohem«, flüsterte er und kehrte sich ab. »Adieu.«
Marie hörte, wie er ging. Jeden Schritt hörte sie, und obwohl er leise auftrat, dröhnte ihr jeder Schritt in die Ohren. Er ging aus der Stube, durch die Küche, aus der Küche in den Flur. Dort zog er die Tür ins Schloß. Dort stand er, die Hand auf der Schnalle, verstört auch er. Marie meinte noch seinen Atem zu vernehmen. Dann wurde sein Schritt im Torflur laut, er eilte auf die Gasse und weg.
Marie stieß einen Schrei aus. Sie sprang auf, stürzte hinaus und stieß den Riegel vor. Dann floh sie in die finsterste entlegenste Kammer. Dort warf sie sich zu Boden und weinte. Sie weinte um das verlorene Paradies.

## *Roderich*

In diese bittere Welt gebar Marie acht Wochen später einen Knaben.
Die Geburt hatte lange gedauert. Doktor Rübsamen und Frau Wrba waren tuschelnd beisammengestanden und hatten ratlose Blicke getauscht. Der Sprößling konnte sich durchaus nicht entschließen, die Stellung einzunehmen, die seiner Stunde entsprach. Kreuz und quer, so hatte er sich's, wie es schien, in den Kopf gesetzt, wollte er ans Licht der Welt gelangen, und erst, als er seine Mutter fast schon zu Tode gequält hatte und als der von Doktor Rübsamen schon heimlich bestellte Chirurg seine Messer schliff, ließ er sich herbei und bequemte sich zur Pforte.
Marie lag noch todesmatt auf ihrem Schmerzenslager, aber so selig,

so selig, wie vielleicht nur Abgeschiedene sind, wenn sie zum Himmel entrückt werden. Ihr Blick, obwohl zu müde, sich offenzuhalten, war unter den sinkenden Lidern nach dem Körbchen gewandt, in dem das Neugeborene schlief. Von Zeit zu Zeit hob sich der Mutter Brust in einem erlöst schluchzenden Seufzer. Ihr war, als schwebte über ihrer Stirn ein Sternenkranz.
Mit einem Male fährt Marie hellwach empor. »Wo ist Bourdanin?« Frau Wrba raschelt aus ihrem Polstersitz. – »Will Sie etwas, Kinderl?«
»Wo ist mein Mann?« Marie will sich aufrichten. »Ist er denn nicht *hier?*«
»Ruhig, ruhig«, sagt die Hebamme. »Jetzt heißt es still sein und sich nicht mucksen.«
»Aber –«, Mariens Stimme klingt wie ein hoher verwunderter Klageruf. – »Er hat ja seinen Sohn noch nicht gesehen.«
»Er ist ins Kameralamt schlafen gegangen«, antwortet die Hebamme, »weil es so lange gedauert hat mit der gnä' Frau; das kann kein Mann aushalten.«
»Ja, aber!« Marie warf sich in den Kissen hin und her. »Hat man ihm denn nicht gesagt, daß es ein Sohn ist, ein *Sohn?*«
»Freilich, freilich! 's ist ja das Fräulein Franziska gleich zu ihm gegangen, aber da war's ja auch schon über Mitternacht, und da wird sich halt der Herr Rittmeister gedacht haben: morgen ist auch ein Tag.«
Marie sinkt zurück, liegt regungslos.
»Sag Sie mir«, beginnt sie nach einer Weile, »wie war's denn damals, wie der Balthi auf die Welt gekommen ist? War da nicht auch Mitternacht vorüber? Aber alle haben gewacht, und Bourdanin hat geweint?!«
Der alte Professor Halik kam beim ersten Tagesschein. Bei der Tür blieb er stehen, winkte der Tochter und lächelte. – »Mariechen, gutes, armes, Gott segne dich!«
Dann kam Fräulein Franziska, die gestern mitgeholfen und mitgewacht hatte. Schließlich erscholl draußen ein Getrappel und Rufen: der kleine Balthasar stürzte herein.
Geradewegs rennt er auf die Stiefmutter zu. Das kleine Gesicht vom

Weinen verzerrt, wirft er sich mit ausgebreiteten Armen quer über sie. – »Sie haben mich nicht zu dir lassen wollen, Mutter! – – O Mutter, was ist denn das gestern gewesen? Ich habe jemand schreien gehört. Das warst doch nicht du, Mutter, das warst doch nicht du?!«

»Sei ruhig, Kind, es ist alles gut.«

»Mutter, Mutter!« er wühlt sein Gesicht in ihr aufgelöstes Haar. – »Sie haben dir etwas getan.«

»Niemand hat mir etwas getan, aber ein Brüderchen hast du bekommen, mein Liebling, das erste Brüderchen, denk dir! Bis jetzt hattest du nur Schwestern.«

Staunend hebt der Knabe den Kopf.

»Du darfst es sehen. Dort liegt es, geh hin und schau.«

Der kleine Balthasar wendet die dunklen Augen. Franziska und die Hebamme lenken das Kind mit sanften Händen, zupfen das Bettchen zurück, heben das Winzige auf.

Der Knabe versinkt in Staunen. »Brüderchen!« flüstert er dann und streckt dem Neugeborenen den Finger entgegen. Plötzlich ruft er laut: »Mutter, er schaut, Mutter, er sieht mich an!« und lachend wirft er sich Marie in die Arme, sie umschlingt ihn, weinend vor Glück.

Da spricht eine Stimme: »Hier bin ich ja, scheint mir, nicht mehr nötig.«

Die Anwesenden fahren zusammen: Balthasar Bourdanin steht auf der Schwelle. Schon eine Weile steht er dort, hat sich geräuspert, hat mit der Spitze seines Stockes auf den Boden geklopft, aber niemand hat ihn bemerkt. Jetzt tritt er langsam herein. Das Zimmer ist groß, es gäbe ihm Zeit, daß er, es durchquerend, seine Freude zeigte. Die Frauen starren ihn voll Erwartung an.

Da ist der Mann, der einen Sohn bekommen hat in dieser Nacht; er soll einen Sohn begrüßen. Er soll den Gezeugten bezeugen, den bewußtlosen Bund des Fleisches anerkennen, ihn erhöhen zur freiwilligen Gemeinschaft der Liebe; er soll auch der Mutter danken, die ihm das Namenlose gab, das Namenlose erkaufte in kreischender Todesnot; er soll sich beugen und danken, sich beugen und beten. Auch ein Kuß kann Gebet sein.

Diese Erwartung steht in den Blicken der Weiber geschrieben. Marie breitet die Arme aus, ihr Lächeln bebt.

Aber da ist, was immer ist, tief innen in der hephaistischen Natur des Mannes: der Widerstand gegen die sanfte Gewalt, das männliche Aufbegehren gegen die weibliche Welt.
Er war eben noch voll Freude gewesen, von Neugier und Erwartung getrieben. Aber jetzt kommt es über ihn wie eine Ohnmacht: er kann Freude nicht zeigen. Er kann nicht danken. Verdüsterung zieht über sein Gesicht, die Brauen runzeln sich, die Stirnadern schwellen. Polternd stößt die Faust den Stock gegen den Boden. – »Ist hier ein Jahrmarkt, Gott verdamm? Habt ihr denn gar keinen Verstand, ihr Weiber? Was macht der Bub dahier? Marsch, marsch hinaus!«
»Balthasar!« ruft warnend Schwester Franziska.
»Aber Herr Rittmeister«, zischt die Hebamme.
Jetzt hat der Unmut freie Bahn: »Schluß da mit dem Theater! Erst wird gestöhnt und gejammert, und dann soll es wie auf Kirmes sein. Das könnt' euch passen. – Hinaus!«
Marie ist weiß geworden wie ein Tuch.
»Wird's bald? Verflixter Bub!«
Das Kind schrickt zusammen. – »Geh!« flüstert die Stiefmutter. Ihre Stimme ist rauh. – »Geht!« ächzt sie gegen die Frauen. Das Kind stolpert hinaus. Franziska folgt ihm widerstrebend. Die Hebamme sucht sich bei ein paar Handgriffen aufzuhalten, dann gibt auch sie es auf. Die Gatten sind allein. Allein wie damals, als sie zeugten, und dort, in dem Körbchen liegt es, das gestaltgewordene Geheimnis. Aber der Mann bringt es nicht über sich, danach zu sehen. Er tut, als wüßte er ohnehin, wie so ein Neugeborenes aussieht; es ist ja wohl eins wie das andere, was wäre dran zu beschauen und zu bestaunen?
Er geht an dem Bettchen vorbei, an der Frau vorbei, tritt ans Fenster, als schaute er nach dem Wetter, er tritt an den Ofen, rüttelt den eisernen Haken. Er schneuzt sich, zieht die Uhr und blickt auf ihr Blatt.
Dann läßt er sich weitab von Bett und Körbchen in dem Ohrenstuhl nieder. Marie liegt totenstill, mit geschlossenen Augen. In ihr aber dröhnt das Herz, es tut so weh, als blutete es aus sieben Wunden.

Am Abend brachte Frau Wrba die Ammen. Deren drei brachte sie, sie wußte, was sie einer so vornehmen Kundschaft wie den Bourdaninschen schuldig war: Unter den dreien war eine, die den Blick sogleich auf sich zog. Es war ein schönes fremdländisch-zigeunerhaftes Frauenzimmer von dunklem, fast ganz schwarzem Haar. Die blühende Aprikosenfarbe ihrer Wangen vertiefte sich in ihren Lippen zu einem sinnlichen Kirschrot. Sie lächelte beständig und rollte die dunklen porzellanblanken Augen. Als man sie ansprach, zeigte es sich, daß sie weder Deutsch noch Tschechisch konnte, sie radebrechte nur ein paar Worte Ungarisch. Das gab den Ausschlag für des Rittmeisters Wahl.
Marie versuchte schüchtern einzuwenden, daß sie der Fremden keine Weisungen werde geben können für den Umgang mit dem Kinde. »Ich könnte ja den Kleinen selber nähren«, wagte sie vorzuschlagen. Dagegen brauste der Gatte auf, sie sei keine Bäuerin und kein Grünzeugweib, solche Kleine-Leute-Gepflogenheiten würden in seinem Hause nicht geduldet.
Also band Marie ihre Brüste hoch und stillte sie mit kalten Kompressen. Roderich wurde von Frau Wrba der Orientalin in den Arm gelegt. Ohne zu zögern nestelte sie das buntgestickte Bulgarenhemd auf und legte sich des Knaben zartbeflaumten Kopf an die goldbraune Brust. Und gleich darauf griff der kleine saugende Mund zu, selig glucksend hing er an der fremden Quelle. Die Mutter lächelte traurig. – »Wie heißt sie denn?« fragte sie Frau Wrba. »Ich habe nicht einmal ihren Namen richtig verstanden.«
»Ihren Namen weiß ich auch nicht«, antwortete des Teufels Urgroßmutter. »Wir nennen sie Batschka Bastritza.«
So ging der kleine Roderich in deren Machtbereich über.

Der jüngste Bourdanin war ein seltsames Kind. Nicht nur, daß er seine Blicke sogleich keck umherschweifen ließ; schon regten sich auch die Glieder des winzigen Wesens aufbegehrend gegen Windel und Wickelbänder, sie tobten aus Kräften gegen jede Umschnürung. Mit drei Wochen bäumte er sich in seinen Kissen wie ein zappelnder Fisch, schrie wie am Spieß und war erst zufrieden, wenn er,

vor Anstrengung naßgeschwitzt, aber in seiner Blöße triumphierend, nackt in seinem Korbe lag.
Nur Batschka Bastritza wurde mit dem Knäblein fertig. Wenn sie ihn genährt hatte, lag er wenigstens für ein Weilchen still, freundlich und zufrieden. Bald konnte man es seinen Blicken ankennen, daß er die Morgenländerin von anderen Menschen unterschied. Wenn sie bei ihm erschien, gab er sich einen Ruck nach oben und ruderte mit seinen Ärmchen verlangend nach ihr.
Marie sah das mit Wehmut. Sie war noch schwach, erholte sich langsam, war wochenlang nicht fähig, ihrem Haushalt vorzustehen. Es ging dem Winter zu, und sie war noch nicht ein einziges Mal auf die Straße gekommen.
Batschka Bastritza herrschte unbestritten in der Kinderstube; sie liebte es, mit den Kindern auf dem Boden herumzukriechen, sie sang ihnen vor, sie zeigte ihnen, wie man einen Krug voll Wasser auf dem Kopf tragen kann. War sie mit den Kleinen allein, erwachte in ihr eine wilde Natur. Sie schürzte ihre Röcke, umwand ihren Kopf mit Flitterfetzen, nahm zwei Topfdeckel als Tschinellen in die Hände. Dann begann sie zu tanzen.
Margaretchen und Kläre klatschten dazu in die Hände und lachten Tränen. Nur der kleine Balthasar war durch Batschkas Tänze nicht zu entzücken. Wenn sie ihm am Ende einer schmachtenden Tanzfigur nahe kam und ihn umfassen und küssen wollte, stieß er sie zurück und rannte davon. Er lief zu Marie.
»Was ist denn geschehen, Balthasar? Du zitterst ja.«
»O Mama, die Batschka tanzt.«
»So laß sie tanzen, Kind!«
»Nein, Mutter, schick sie fort.«
»Ich kann nicht, Liebes. Der Vater hat sie ausgesucht, und du weißt, sie muß das Brüderchen tränken.«
»Nein, Mutter, schick sie fort!«
»Hat sie dir etwas getan?«
»Ja, Mutter, sie will mich küssen.«
»Ist das so schlimm?«
»Ja, und das Brüderchen küßt sie auch. Aber die Kläre und die Margret küßt sie nie; Mutter, schick sie doch fort!«

Marie wagte es nicht, mit dem Gatten über die Fremde zu sprechen. Diese war klug genug, vor dem Hausherrn die Demütige zu spielen. Aber Marie sah, daß aus Batschkas Natur ein gefährliches Feuer sprühte.

Es war merkwürdig: Seit die Orientalin im Hause war, läutete es alle Augenblicke. Der Kaminkehrer kam und behauptete, seine Rußkugel am Dachboden vergessen zu haben. Der Briefträger schob die Post nicht mehr wie früher in den Türspalt, sondern wollte sie in der Küche abgeben. Der Glasergeselle, der eine Scheibe einzusetzen kam, trieb sich einen halben Tag auf Flur und Pawlatsche umher. Alle Nasen lang tauchte ein Mann auf, die Luft rings um Batschka schien zu vibrieren von einer dem tugendhaften Hause Bourdanin ungewohnten Atmosphäre.

Mit strengen Blicken versuchte Marie dem Unwesen zu steuern. Aber es griff um sich und wuchs über Mariens Machtbereich hinaus.

Als Roderich vierzehn Tage alt war, erschien Schwager Schimkowitz und klagte dem Rittmeister, daß er an unerträglicher Langeweile leide. Er möchte statt einmal in der Woche doch zweimal zu einer Schachpartie erscheinen.

»Aber gerne«, sagte der Rittmeister, »komm, so oft du willst!« Also kam Schwager Schimkowitz, so oft er wollte.

Aber es war seltsam um sein Schachspiel bestellt. Zuerst verlangte er in die Kinderstube geführt zu werden, damit er sich einmal die lieben Kleinen betrachten könnte. Dann wollte er sich in der Küche die Hände waschen. Als der Kaffee kam, verlangte der feuermalgezeichnete Riese nach einem Glas Wasser und bestand darauf, es selbst zu holen. Bei dieser Verrichtung blieb er lächerlich lange aus. Als sich der Rittmeister einer Bemerkung nicht enthalten konnte, fand sich der Riese zu der schmählichen Ausrede bereit, es grimme ihm der Bauch, er leide an Koliken.

So verging der Nachmittag.

Am Vormittag sprach Schwager Wanka vor. Er sei eben des Weges gekommen, sagte er, und weil heute in der Zeitung eine so interessante Notiz stehe –: im Landtag berate man das neue Gesetz über die Kirchenverwaltung, was denn der Rittmeister zu diesen alarmierenden Neuigkeiten zu sagen habe?

Der Rittmeister warf einen flüchtigen Blick auf die lange Spalte, in der des Abgeordneten Pospischil freiheitliche Rede abgedruckt war. Er zuckte die Achseln. Er fand, daß die Machtvollkommenheiten der Landtage und Parlamente dem Kaiser zu viel Einbuße brächten. Es sei besser, ohne diese Patente und Verfassungen zu regieren; seit es Patente und Verfassungen gebe, gehe es abwärts mit Österreich.
»Meinst du wirklich? Nimm doch die Engländer zum Beispiel, ein prächtiges Volk, und wird seit Olims Zeiten durch Parlamente regiert. Und doch haben sie's weit gebracht, jetzt sitzen sie in Ägypten und lachen sich ins Fäustchen. Willst du nicht darüber lesen? Ich könnte dir eine Broschüre bringen –«
»Danke dir bestens, lieber Wanka.«
»Ja, morgen bringe ich dir also die Broschüre mit. – Apropos, was habt ihr denn da für eine türkische Schönheit? Ein süperbes Weib.«
»Es ist die Amme«, versetzte der Rittmeister trocken.
»Die Amme, soso. – Oh, der Teufel hole es!«
Der Rittmeister hatte dem Schwager ein Gläschen Kirschlikör eingeschenkt und mittels einer überungeschickten Bewegung hatte es sich der Goldbärtige über das Beinkleid gegossen.
»Da hab ich die Bescherung. Mein neuer Anzug. Verzeih, da muß ich doch – mit ein wenig warmem Wasser wird der Sache schon beizukommen sein!«
Und Wanka verschwand mit eiligen Schritten nach hinten.
Der Rittmeister blieb mit finsterem Gesicht vor Pospischils Rede sitzen.
Als der Schwager gegangen war, donnerte er nach Marie.
»Was ist, Balthasar?«
»Wo ist die Person?«
»Wer, die Batschka? Sie ist bei Roderich drinnen, stillt ihn gerade. Hast du etwas von ihr gewollt?«
»N-nein – nein.«
»Ist er jetzt fort?«
»Wer?«
»Nun, Wanka!«
»Ja.«
»Kommt Schimkowitz heute wieder?«

»Schimkowitz? Wieso Schimkowitz? Ja, ich glaube, er kommt heute wieder. Was fragst du danach?«
»Ich frage nur so. Es fiel mir gerade ein.«
»Aha.« Der Rittmeister schloß die Tür. Nach einer Weile suchte er Marie abermals auf. – »Wie lange soll sie noch bleiben?«
»Wer? Die Batschka?«
»Nun, freilich die!«
»Ich weiß es nicht, Balthasar.«
»Man könnte sie entlassen.«
»Das Kind ist noch nicht zwei Monate alt.«
»Nun, und?«
»Das ist zu früh.«
»Ach was, zu früh. Er wird es schon vertragen.«
»Nein, Balthasar, es ist wirklich noch viel zu früh. Frag doch die Wrbowa, frag doch den Rübsamen. Roderich braucht die Batschka noch.«
Der Rittmeister zog sich brummend zurück.
»Roderich! Roderich!« murmelte er zornig. »Roderich an allen Ecken und Enden.«

## *Die Festgäste*

Indessen war das Weihnachtsfest herangekommen, das Fest des Friedens und der Versöhnung. In allen Geschäften herrschte Hochbetrieb, an allen Ecken wurden Weihnachtsbäume feilgeboten. Unermüdlich übten die Kinder das Lied:

O du fröhliche,
o du selige
gnadenbringende Weihnachtszeit!

Dabei ließ der Winter noch auf sich warten. Das Wetter war mild. Dann und wann schauerte eine Wolke von Flocken vorbei, aber bald tat sich die Sonne wieder auf, blinzelte dreist und ungeniert hernieder. Batschka sagte, man könne die Windeln noch im Freien trocknen. Im

Garten zog sie Schnüre und reihte Roderichs Wäsche auf. Alle Augenblicke mußte sie die Stiegen hinabspringen, um zu fühlen, ob der Wind die weißen Wimpel schon getrocknet habe. Der Rittmeister spähte ihr finster nach. War ihm doch, als hätte er eine ihm leider nur allzu bekannte Stimme drunten zwischen Mauer und Salettel scharmutzieren gehört.

Gramvoll saß er in seiner Stube nieder. Später faßte er nach Stock, Mantel und Hut, er ging aus.

Vater Halik war bei Marie zu Besuch. »Ich wette«, sagte er, als er den Schwiegersohn fortgehen sah, »ich wette, Balthasar geht, dem Unfug ein Ende zu machen. Sei es, daß er den Schwägern das Haus verbietet, sei es auf eine andere Art. Sei froh, Mariechen, jetzt bekommst du Ruhe.«

Nach einer Stunde kehrte der Rittmeister zurück. Marie hörte, daß er sich lange im Flur aufhielt. Auch begab er sich wie immer, wenn er bedrückt war, zuerst in sein Zimmer. In der Frau stieg sogleich eine dunkle Ahnung auf.

Der Vater ging. Allmählich kam der Abend. Marie bedachte sich, ob sie bei Bourdanin eintreten sollte. Da kam er selbst. »Marie, was ich sagen wollte: Du wirst drei Karpfen kaufen müssen für den Heiligen Abend.«

»Aber Balthasar –«

»Drei Karpfen, sage ich. Und für den Christtag eine zweite Gans.«

»Du lieber Gott, warum denn nur so viel?«

»Ich habe Schimkowitz und den kleinen Cyrill eingeladen. Und du weißt, die Schimkowitzischen haben einen – besonderen Appetit.«

Marie faltete die Hände über der Brust. »Du hast – du hast –«

»Ihn eingeladen, den Schwager. Jawohl.« Der Rittmeister lachte grimmig. »Was ist dabei? Schau mich doch nicht so an, Marie, zum Donnerwetter! Wie ich dir sagte: Zwei Gänse und drei Karpfen …«

Als der Rittmeister das Haus verlassen hatte, war folgendes geschehen:

Er war kaum eine Gasse weit gegangen, als er dem Neffen, dem jüngeren Cyrill, begegnete. Der liebe Knabe vergnügte sich damit, das Wasser einer Pfütze mit einer Geißel zu peitschen und die Passanten, die ahnungslos um die Ecke kamen, von oben bis unten zu bespritzen. Der Onkel faßte ihn am Kragen.

»Was treibst du da, Kerl? Marsch, marsch zur Mutter heim, die wird dich lehren.«

»Da bring ich dir den Bengel, Billa! 's ist eine Schande, wie er's treibt. Zieh ihm die Hosen stramm, dem frechen Lümmel.«

Die Mutter kauerte in der Küche auf einem niedrigen Schemel. Ihr spitzes Gesicht glänzte gelb, ihre Augen blickten schreckhaft.

»Du hast ihn nicht erzogen«, fuhr der Bruder fort. »Ich schlüge ihm den Buckel voll.« Vergeblich suchte Sibylle sich zu erheben. Ihre Lippen zitterten: »Was hast du denn?« Bourdanin stutzte. »Ist dir nicht gut?« Jetzt blickte er sich um. Der Knabe nahm die Gelegenheit wahr und schraubte sich davon.

»Was ist denn hier geschehen, um Gottes willen?«

Man war's gewohnt, daß in Sibyllens Räumen stets ein gewisses Maß an Unordnung herrschte. Doch heute lag alles in unbeschreiblichem Durcheinander. Obwohl es lichter Tag war, brannten alle Lampen. Schränke und Schubladen standen offen. Es roch nach angebrannter Milch, ein Backblech lag voll schwarzverkohlter Kringel. Daneben trauerte ein halbgerupftes Huhn. Hier hatte ein verstörter Mensch in tausend wirren Handlungen ein Chaos angerichtet.

»Aber, Billa, was ist hier passiert?«

Die Frau fuhr zusammen, stieß einen leisen Schrei aus. »Ich ka-ka-kann – ich kann nicht mehr.«

»Nimm dich zusammen!«

Sie stieß ihn wild von sich. »Laß mich. Ich ha-habe geräumt, habe Wäsche gemacht, ha-habe gebacken, ich kann nicht mehr. Es ist mir alles verdorben. Das Backwerk ist verbrannt, die Wäsche ist vom Strick gefallen. Der Kübel ist umgestürzt. Ich kann nicht mehr.«

Die an allen Gliedern Schlotternde begann laut zu weinen.

»Billa, Billa«, murmelte der Bruder, »ich glaube, du wirst wieder krank.«

Von Zeit zu Zeit wurde die arme Frau von merkwürdigen Zuständen heimgesucht. Sie fiel in Fieber und tobte. Endlich schlief sie ein, schlief Tage und Nächte und erwachte zu spärlichem Leben.

Jedesmal nach einem solchen Anfall wurden ihre Hände zittriger, ihre Haut gelblicher, ihr Gang steifer. Jedesmal stand sie untüchtiger und verworrener zu ihrem mühseligen Dasein auf.

»Ich darf nicht«, schrie die Frau klagend schrill, »krank werden – ah – das darf ich nicht. Weih-Weihnachten steht vor der Tür. Ich muß putzen, kochen; ach, wäre ich tot, wäre ich tot.«

»Sei ruhig, Billa«, bat der Bruder betreten. »Ich hole dir wen. Ich hole dir Franziska zur Hilfe.«

»N-n-nein, nein. Franziska nicht, die mag der Cyrill nicht.«

»Dann also Emma?«

»N-n-nein, die ist so stolz.«

»Ja, wen denn sonst?«

»Ach, Balthasar, du bist gut. Wenn Cyrill – ah, er geht zu dir. Bei dir und Marie ist er gern, am liebsten ist er bei euch. Vielleicht – vielleicht nähme ihn Marie f-f-für die Feiertage an euren Tisch.«

Bourdanin stand starr.

»D-d-der liebe Gott tät's euch – vergelten.«

So kam es, daß der Rittmeister für das Weihnachtsfest statt eines Karpfens deren drei und statt einer Gans deren zwei bei seiner Frau bestellte. Freudestrahlend rückte der Riese an.

Auch den kleinen Cyrill brachte er mit. Er war ein großbelöffeltes, muntres, mit unstillbarem Appetit ausgestattetes Riesenbaby. Er fiel über Mariens Schüsseln und über die wohlgezügelte Friedensordnung der Bourdaninschen Kinderstube her; er kniff Margaretchen in das Hinterteil, trieb tückische Nägel in Balthasarchens Schaukelpferd und öffnete Klärchens Puppe eine Naht am Bauch. Die herausrieselnden Sägespäne schüttete er in die Suppe. Um Roderich kümmerte sich Cyrill nur insofern, als daß er ihm einige Male ins Gesicht zu spucken versuchte.

Batschka saß bei den Kindern. Marie hatte ihr strengstens verboten, sich in den vorderen Zimmern herumzutreiben. Sie trug noch immer ihr buntes Kostüm, an den Füßen weiße schmiegsame Pantoffeln. Mit diesen schlich sie leise wie eine Katze um jedes Eck. Obwohl sie kein deutsches Wort zu verstehen vorgab, schien sie doch verstanden zu haben, um welcher geheimen Zwecke willen der Riese die Bourdaninsche Gastfreundschaft in Anspruch nahm. Ihre Stimme gurrte vor Vergnügen.

Aber noch war die Stunde ihres höchsten Triumphes nicht gekommen.

Als Wanka erfuhr, daß Schimkowitz sich in der Jagemannstraße eingenistet hatte, schwoll ihm die Galle. Er glaubte keinen Augenblick an schuldlose Nötigung, sondern hielt es für ausgemacht, daß sich Schimkowitz schamlos rivalisierenderweise bei Bourdanins eingeschlichen hatte. Unverzüglich lief er nach Hause und trug Emma auf, daß sie sich um ihre kranke Schwester zu kümmern habe. Emma war nicht erfreut, aber der Gatte appellierte so lebhaft an ihr schwesterliches Gefühl, daß sie sich schließlich mit einer Magd an Sibyllens Krankenlager verfügte.

Nun war es für Wanka nicht mehr schwierig, auch seinerseits bei den Bourdaninschen eine Einladung zu erlangen. Mit beweglichen Worten stellte er dem Schwager dar, wie er als Strohwitwer verwaist und verlassen sei, wie sein Heim jeder Gemütlichkeit entbehre und wie hübsch es sein müßte, einmal – ganz anders als sonst – Weihnachten zusammen zu feiern.

»Das Karlinchen bringe ich mit«, ließ er sich freundlich vernehmen. »Und für Speis und Trank sorge ich auch, keine Sorge, Mariechen. Bei Gottjeschowetz gibt es fertige Platten. Ah!« Er küßte die Spitzen seiner rosigen Finger. »Ich sage euch: exquisit!«

Bourdanin zerbiß seinen Schnurrbart. Marie nickte bleich.

Als die Gatten allein waren, sprachen sie wie aus einem Munde: »Sie muß fort. Batschka muß fort.«

Doch nur die Mutter setzte, bang erbebend, hinzu: »Aber das Kind ...«

## *Frau von Wetzstein*

Während Marie tapfer in die Labyrinthe des Lebens eindrang, sich mühsam durchschlug und nicht abließ, nach einem gangbaren Weg zu suchen, lebte ihre Schwester Ernestine an einem abgelegenen Ort, einem Ort der Stille und des Stillstands, wo ihr zwar kein

Schmerz geschah, aber auch kein Glück gedieh: in einer Art bleicher Vorhölle.
Mit dem Tod der Großmutter hatte sie ihre Zuflucht in dem kleinen blauen Haus verloren. Andere Leute zogen ein, machten sich über den verwilderten Garten her, töteten die uralte Ziege und das unnütze Hühnervieh. Ernestine fand im Hause Wetzstein ein Unterkommen.
Es war das Haus, vor dessen geschmiedetem Gittertor sie schon oft gestanden hatte. Irgend etwas hatte sie angezogen: war es das Haus selbst, ein stattlicher Bau mit schieferblauem Dach; war es der Garten, durch den sich weiße Wege schlängelten; war es der Glanz der Fenster, das Funkeln der Messinggeländer? Immer hatte Ernestine nach dem Hause spähen müssen.
Jetzt lebte sie hier. Sie war von Frau von Wetzstein als Gesellschafterin aufgenommen worden.
Wenn ein Besuch kam, so war es nicht leicht für ihn hier einzudringen. Das Gittertor war versperrt. Er mußte läuten. Meist kam ein Gärtner und fragte nach dem Begehren. Hatte sich der Besucher ausgewiesen, daß er nicht betteln kam, durfte er sich dem Hause nähern. Zu diesem hatte der Gärtner keinen Schlüssel. Neben dem Tor war eine zweite Glocke angebracht.
Der Besuch schellte auch hier. Eine Weile blieb es still. Da bemerkte der Besucher, daß sich ein neben der Glocke in die Hausmauer eingelassenes Messingschild langsam zurückschob. Hinter einem dicken Glas starrte ein Auge. Eine Stimme sprach, der Besucher antwortete. Durch einen Schlitz durfte er die Karte einwerfen. Endlich wurde die Tür geöffnet. Der Portier führte den Gast in das Innere des Hauses.
Hier war alles blank, hell und glänzend. Die Böden waren aus poliertem Stein, Wände und Decke mit Lack überzogen.
Graugrüne Palmen standen in großen Kübeln. Die Stufen spiegelten vor Glätte. In der Tiefe eines Korridors sah der Besucher ein verkrümmtes Wesen über die Dielen fahren: es trug ungeheure, aus Filz genähte Stiefel an den Füßen. Mit den Füßen wetzte es den Boden; so wurde der Glanz noch glänzender und die Spiegelung noch spiegelnder gemacht. Am Ende des Korridors lag das Zimmer der Frau von Wetzstein.

Es war ein hoher kahler Raum wie fast alle anderen im ganzen Hause. Die Möbel waren mit Schutzhüllen umgeben. Im Erker stand ein Stühlchen neben einem Tisch. Dort saß Ernestine und leistete Frau von Wetzstein Gesellschaft.
Am Morgen begann sie damit. Wenn es finster wurde, wurde sie entlassen. In ihrer Kammer fand sie das Abendbrot bereitgestellt. Später holte eine alte Küchenmamsell das Brett zurück. Es war ihr verboten, mit Ernestine zu sprechen. Ernestine durfte kein Gespräch mit dem Gesinde führen.
Ihre Tagesarbeit bestand darin, der Herrin vorzulesen. Frau von Wetzstein stickte oder häkelte Spitzen; manchmal saß sie auch nur und knackte mit den Fingern. Ernestine las Bücher und Zeitungen. Frau von Wetzstein wollte immer hören, immer unterhalten sein. Von sich selbst redete sie nie. Sie schien keine Stimmungen zu haben, keine Sorgen, Hoffnungen oder Plagen. Immer war ihr Anzug tadellos, nie stand ein Härchen von ihrer Frisur, nie war ein Haftel offen an ihrem Kleid, nie ein Knöpfchen lose. Sie aß jeden Tag mit demselben Appetit, um dieselbe Zeit ging sie jeden Tag in den Garten hinab. Ernestine begleitete sie, trug ihr das Ridikül, den Schirm, das Schultertuch.
Rings um das Haus lief ein gefliester Weg. Auf diesem promenierten sie, wenn schlechtes Wetter war. War es schön, dann wandelten sie im Kies umher. Ernestine hatte noch nie einen Garten gesehen wie diesen. Die Wege waren wie mit der Schere aus dem Rasen geschnitten. Das Gras stand kurz, glänzend grün, alles Unkraut schien ausgerottet seit endloser Zeit. Auf dem Wege lag kein welkes Blatt. An die Ränder des Gartens waren Hecken gepflanzt. Diese beschnitt der Gärtner mit einer großen Schere; in abgezirkelten Beeten wurde ausländisches Zierkraut gezogen.
War eine Stunde um, kehrte Frau von Wetzstein in ihr Zimmer zurück. Ihr Stickrahmen war gespannt, mit flinken Fingern zog sie den Faden. Ihre Hände waren verkrüppelt, aber sie schienen nichts von ihrer Geschicklichkeit eingebüßt zu haben. Während Ernestine vorlas, fädelte sie auf und ab. Von Zeit zu Zeit stellte sie eine Frage. Immer wieder fragte sie nach Marie, nach deren Ehe. Ernestine gab ungern Auskunft. Die Neugier ihrer Patronin quälte sie.

»Wie alt war die Schwester, als der Herr Schwager sie nahm? Siebzehn – richtig. Und der Gatte? Nahezu vierzig. Ja, ich vergaß. Vierzig! und das Mädchen ein Kind.«
»Sonderbar«, fuhr Frau von Wetzstein fort. »Mademoiselle ist zwanzig, wenn ich nicht irre. Zwanzig und vierzig – das ginge immerhin an. Aber siebzehn! – Und dabei ist Mademoiselle doch nicht übel, hat ein Lärvchen. Hm. Hm. Das Schwesterlein muß ja eine süperbe Schönheit sein, daß es so jung gefreit wurde – oder?«
»Ja«, sagte Ernestine mühsam, »Marie ist wirklich sehr lieb.«
»Sehr lieb!« wiederholte Frau von Wetzstein und stieß ein meckerndes Gelächter aus. »Was nennt denn Demoiselle: sehr lieb? Das ist durchaus nicht immer, was die Männer lieben.«
Ernestinens Gesicht erglühte. »Ich weiß nicht, was die gnädige Frau damit meinen.«
»Nein? nicht? Na, dann lese Sie nur. Fahre Sie fort zu lesen. Aus den Büchern kann die Demoiselle erfahren, was ich meine.« Frau von Wetzstein liebte eine bestimmte Art von Lektüre. Sie hatte keinen Sinn für bescheidene Kalendergeschichten oder sinnige Gedichte oder gar für moralische Traktate von der Art, wie Vater Halik sie seinen Töchtern gerne vorgelesen hatte. Hier lernte Ernestine eine ganz andere Sorte Literatur kennen.
Frau von Wetzstein liebte neben den Zeitungen, den großen Gazetten, der Neuen Freien Presse, dem Berliner Tageblatt und dem witzigen Kladderadatsch vor allem französische Romane. Jeden Monat ließ sie sich zwei oder drei von einem über ihren Geschmack unterrichteten Buchhändler schicken. Ein gewisses Lächeln spielte in Frau von Wetzsteins Mienen, wenn sie der Vorleserin das geöffnete Buch zuschob: »Commençons, s'il vous plaît!«
Ernestinens Brauen zitterten leise. Dann begann sie.
Schon bald glaubte sie den Inhalt im voraus zu kennen. Da ging es immer um dasselbe, so schien es ihr, um Frauen, die ihre Männer betrogen, um Männer, die sich kostspielige Geliebte leisteten, um Schulden und Hintergehungen, um Erbschaften und Duelle. Die Väter waren Wucherer und haltlose Wüstlinge, die Mütter stritten sich mit den Töchtern um die Liebhaber, die Söhne mißbrauchten die Dienstmägde auf den Hintertreppen. Am Anfang hatte Erne-

stine dann und wann das Buch sinken lassen, hatte den Kopf geschüttelt und gesagt: »Das kann ich nicht lesen.«
Frau von Wetzstein lachte. »Wofür fürchtet die Demoiselle? Fürchtet die Demoiselle für ihre Tugend? Keine Furcht. Für Ihre Tugend bürge ich.«
Ernestine durfte das Haus niemals allein verlassen. Sie durfte nicht einmal zur Kirche gehen. Wenn ein Besuch kam, wurde sie aus dem Zimmer geschickt und mußte warten, bis Frau von Wetzstein wieder allein war.
»Für Ihre Tugend wird gesorgt«, pflegte Frau von Wetzstein zu sagen.
Dann und wann kam Vater Halik, um Ernestine zu sehen. Er fand sie mit jedem Male blässer, um die Augen tiefer verschattet, einsilbig, ja, beinahe stumm. Frau von Wetzstein unterhielt ihn mit vielen Artigkeiten. Während sie sprach, saß Ernestine am Rahmen und stickte. Ein einziges Mal gelang es dem Vater, die Tochter allein zu sprechen.
»Komm nach Hause«, sagte er. »Willst du nicht?«
»Nein, Vater. Ich darf nicht.«
Der alte Mann seufzte.
»Leb wohl, Vater, grüße Marie.«
Von Zeit zu Zeit verlangte Frau von Wetzstein, daß Ernestine den Flügel öffnete und sang. – »Sehr hübsch«, sagte Frau von Wetzstein, »Demoiselle hat Empfindung.«

So verging ein Jahr, es verging ein zweites und drittes. Auch über Frau von Wetzsteins Haus trieb jener unnatürlich laue Dezember sein launenhaftes Spiel.
Ernestine saß auf ihrem Platz. Unter ihren Füßen stand ein Bänkchen aus Filz, zu ihrer Rechten das Tischchen mit dem Glas und der Wasserkaraffe. In ihren Händen hielt das Mädchen ein Buch und las. Frau von Wetzstein stickte.
Viele Bücher hatte Ernestine auf diese Weise ausgelesen. Sie standen Rücken an Rücken im Hintergrunde des Zimmers in einem gläsernen Schrein gereiht. Ernestinens Stimme vermochte manchmal nicht mehr, sie sank zu einem rauhen Flüstern herab. Dann schaute

Frau von Wetzstein auf, hielt inne, räusperte sich. Ernestine nahm einen Schluck Wasser aus dem Glas.

Und wieder las sie einen französischen Roman. Er war erst neulich angekommen und er sollte, so hieß es, ein Unikum, seiner Art und eine Sensation in ganz Frankreich sein. Ja, er war anders als alle anderen Bücher, die Ernestine vorher gelesen und vorgelesen hatte, und ihr war, als verblaßten alle jene anderen vor diesem einen, alle Sünden, Verirrungen und Laster, die dort vorgekommen und beschrieben worden waren, verblaßten vor dem, was dieses Buch enthielt. Denn da war nicht fades Geschwätz und schwülstiges Geflunker, und es kam keine Wendung vor, die nicht von Leben strotzte. Da war Wahrheit, furchtbare, schreckenerregende Wahrheit: Die Liebe – verderbliche, wilde, markaussaugende Unzucht; Landschaft, Himmel und Erde – ein einziger Irrgarten sinnlicher Sünde, und die Menschenseele trunken von mörderischen Instinkten und dem Verderben verfallen. Da war eine Frau, lebendig wie ein Wesen aus Fleisch und Blut: sie hatte ihren Mann mit einem ersten Liebhaber betrogen, sie war jetzt mit einem zweiten im vollen Zug. Aus einem Gespinst verzweifelter Lügen hatte sie sich ein Netz gewoben, darin zappelte sie nun, von der Spinne ihrer Begierden ausgesogen. Madame haßte ihren Mann, und sie haßte auch ihr Kind, und es war klar, daß sie auch ihren Liebhaber zu hassen beginnen würde.

Wenn Madame am Abend das Hotel verließ, in dem sie sich mit ihrem Freund vergnügt hatte, begegnete ihr der Tod. Es war der Tod in der Gestalt eines Bettlers, der sich mit seinem zerfressenen Gesicht zwischen den Leuten umhertrieb und seine Lieder sang. Sie handelten von Frühlingswonne, jungen Frauen, Liebe und Sonnenschein.

Als Ernestine zu dieser Stelle gelangte, schlug sie das Buch zu. Frau von Wetzstein ließ die Nadel sinken. »Eh bien?«

Ernestine starrte sie an.

»Was ist geschehen?« fuhr Frau von Wetzstein fort. »Hat Demoiselle etwas einzuwenden?«

Ernestine begann zu beben.

»Das Buch ist gut. ›Madame Bovary‹ wird bald zur Weltliteratur gerechnet werden.«

»Das ist möglich!« versetzte das Mädchen.
»Aber ...?«
»Es ist nicht *wahr*«, sagte das Mädchen.
»O lala«, sagte Frau von Wetzstein und lachte. »Lehr Sie mich das Leben kennen, mein Kind. So ist es.«
»Nein«, rief Ernestine auf einmal überlaut. Dann fügte sie hinzu: »Gnädige Frau, geben Sie mir Urlaub. Ich bin drei Jahre bei Ihnen, das ist eine lange Zeit. Ich war nie zu Hause. Ich will zu den Meinen. Ich –«
»O lala!« wiederholte Frau von Wetzstein gedehnt.
In Ernestinens Augen traten Tränen.
»Tränen!« rief jene, plötzlich in verändertem Ton. »Aber warum Tränen? Demoiselle kann Urlaub haben, Urlaub, so lange Sie will. Wir gehen eine Wette ein auf die Wahrheit von ›Madame Bovary‹. Wenn Demoiselle die Welt so viel besser findet als in diesem Buch, so mag Sie bleiben. Wenn Sie sie aber ähnlich findet oder gar noch schlimmer, dann kommt Sie wieder.«
»Ja«, murmelte Ernestine.
»Gut.« Frau von Wetzstein erhob sich. »Lassen Sie sich küssen, liebe Kleine. Auf Wiedersehen.«
»Niemals, niemals«, flüsterte das Mädchen.

## *Eine Heimkehr*

Ernestinens Zug war keine ganze Stunde unterwegs, als der hohe, spitze Kirchturm von St. Bartholomäus auftauchte. Gleich darauf sah man das Dächermeer der Stadt in einer Wolke Rauches schwimmen. Eine Weile keuchte der Zug zwischen kahlen Böschungen und Kohlenhalden dahin. Dann fuhr er in den Bahnhof ein.
Hier hatte sich viel verändert. Ernestine schien alles fremd. Statt der niederen, rotgestrichenen Balkenhütten des alten Bahnhofes stand ein Bau aus Glas und Eisen da. Auf Stiegen und in Hallen herrschte Gedränge. Auf dem Platz hielt eine Reihe Droschken. Die Kutscher riefen das Mädchen an.
Sie faßte ihre Tasche und ging zu Fuß.

Ihr war, als hätte sie nicht drei, sondern sieben Jahre in einer Art Versteinerung gelebt. Die Menge der Menschen erschreckte sie. Die Frauen trugen eine andere Mode, die Dienstleute andere Mützen. Alles kam Ernestine verwandelt und vergröbert vor. Mit großem Getöse kam ein langer gelbgestrichener, mit großen Fenstern versehener Wagen angefahren. Das ist die neue Pferdebahn, dachte Ernestine. Davon habe ich in den Zeitungen gelesen. Drei Jahre habe ich in Zeitungen und Büchern gelesen. Aber ich habe nicht gelebt.
Im Kameralamt angekommen, öffnete sie leise die Tür.
Der Vater eilte ihr entgegen. »Du bist es! Gott sei Dank! Du kommst wie ein Engel vom Himmel.«
Sie lag an seiner Brust.
Nach einer Weile begann er zu erzählen:
Es war etwas Schreckliches geschehen. Mariens jüngstes Kind war sterbenskrank. Es war noch nicht drei Monate alt, ein Knäblein, süß, schön, vielversprechend. Seit drei Tagen siechte es dahin. Man hatte seine Amme häuslicher Verwirrungen wegen entlassen müssen. Nun war dem Kind die Entwöhnung nicht bekommen; so ein Kind – ein zartes Flämmchen; ein Lufthauch konnte es auslöschen. Wenn das geschah –
»Wir gehen hinüber«, sagte der Vater. »Marie ist außer sich. Es wird ihr ein Trost sein, daß du kommst.«
Als sie in die Jagemannstraße kamen, blieben sie vor der Tür des letzten Zimmers stehen. Ein kläglicher Laut scholl daraus hervor; es war ein krächzendes Geschrei, grell und heiser zugleich. Ernestine erschrak. »Was ist denn das?« fragte sie.
»Es ist das Kind«, sagte der Vater. »Weißt du nicht mehr, wie kleine Kinder schreien?«
Als sie das Zimmer betraten, sprang Marie von dem Bett auf, auf dem sie neben dem Säugling gelegen. Mit einem lauten Schrei stürzte sie der älteren Schwester an den Hals. Aber schon in der nächsten Sekunde riß sie sich los. Ihr Gesicht war verstört, vom Weinen gedunsen. »Da!« schrie sie. »Da ist er.«
Man hatte den kleinen Roderich auf das Bett eines Erwachsenen gelegt. Er war sehr klein und mager und wirkte auf der großen weißen Fläche um so kleiner, elender, gleichsam verloren. Die Mutter hatte

ihn soeben aufgewickelt. Die häßlich grün befleckten Windeln lagen noch neben ihm.
»Da ist er!« wiederholte Marie ihren schluchzenden Schrei. »Oh, was ist aus ihm geworden? Vor drei Tagen – nicht wahr, Vater, wie lieb er war, schön, blühend, gesund. Und seither – – Er verträgt nicht, was ich ihm gebe. Er bricht und bricht, und was er nicht bricht – – – Oh, Ernestine, du siehst es selbst ...«
Das winzige spitze Hinterteil war rot wie offenes Fleisch. Mit krampfhaft angehockten Beinen wand sich das Knäblein hin und her und schrie. Sein zahnloser Mund war kläglich verzerrt, in der Tiefe der Mundhöhle vibrierte die Zunge. Tränen drangen dem winzigen Geschöpf aus den Augenwinkeln.
Das Mädchen starrte darauf nieder. Ohnmächtig streichelte es der Schwester Arm.
Marie hatte das Kind jetzt in frische Tücher eingeschlagen, häufte Kissen darauf, rückte gewärmte Ziegelsteine heran. Aus einem Fläschchen versuchte sie ihm Tee einzuflößen. Noch hatte sie für die Heimkehrende keinen Blick gehabt.
»Er hatte eine Amme?« fragte Ernestine langsam.
»Ja. Die! Ja. Hätte ich ihn nicht selbst nähren können? Aber das sollte ich nicht. Wie eine Zigeunerin war sie, das Weib; wie eine Hexe. Ich hab sie gehaßt.«
»Ach, Marie«, flüsterte Ernestine traurig.
»Die Schwäger – – Hat es dir der Vater erzählt? Ja. Da mußte sie fort. Erst hab ich mich gefreut, als sie fortging. Aus Eifersucht habe ich mich gefreut. Ich dachte: jetzt gehört er mir allein. Aber ich sehe: ich werde gestraft.«
»Doch nicht, Marie –«
»Niemand weiß zu helfen. Alles habe ich schon versucht.«
»Arme Marie«, murmelte die Schwester. »Und Bourdanin?«
Die Jüngere blickte auf. Es war, als habe Ernestine einen ihr gänzlich fremden Menschen genannt. Dann ging es wie ein Ruck durch Mariens Körper. »Er liebt es nicht«, sagte sie. »Aber ein Kind lebt davon, daß man es liebt, und wenn es stirbt, dann –«
»Still«, sagte Ernestine, »sprich es nicht aus!«
»Aber ich«, rief Marie, »verstehst du, wie ich es liebe? Bis ans Ende

der Welt ginge ich dafür, bis in die Hölle, bis in die Mitte der Hölle.« – Später blieben die Schwestern allein. – Sie saßen eine Zeit beisammen und sprachen nicht. Marie hatte zwei Nächte nicht mehr oder doch nur wenige Augenblicke geschlafen. Von Zeit zu Zeit überwältigte sie die Müdigkeit. Ihr Kopf sank auf das Laken nieder. Ihre Lider schlossen sich für Sekunden. Aber bei der geringsten Zuckung des Kindes fuhr sie empor und heftete den brennenden, vor Angst erstarrten Blick auf das kleine Gesicht. Hundertmal bat Ernestine, sie möchte sich legen. Die Schwester schüttelte den Kopf. Ernestine machte ihr Vorstellungen, daß sie selbst krank werden müsse. Die Mutter winkte ungeduldig ab. Doch gegen Abend nahm ihre Unruhe zu. Auf einmal begann sie in dem Zimmer auf und ab zu gehen. »Und wenn ich sie suchen ginge«, flüsterte sie.

»Wen willst du suchen, Mariechen?«

»Fragst du noch?« erwiderte die Schwester. »Die Amme!«

»Weißt du denn, wo sie ist?«

»Nein, das weiß ich nicht.«

»Wo willst du sie denn dann suchen, Marie?«

Ein schlaues Lächeln erschien auf dem Gesicht der jungen Mutter. – »Oh«, sagte sie dann, »ich kann es mir schon denken, wo! Ich kann es mir denken«. Sie starrte die Schwester an, dann sagte sie langsam: »In den *Abruzzen.*«

»Marie«, rief Ernestine entsetzt.

»Freilich«, rief die Schwester. »Und ich gehe auch hin.« Marie hatte schon Hut und Mantel aus dem Schrank gerissen. »Hab ich nicht gesagt: In die Mitte der Hölle –? Du bleibst bei ihm. Du wirst ihn mir nicht sterben lassen unterdessen. Dem Vater – sag dem Vater, was du willst.«

»Und Balthasar?« rief Ernestine. »Was soll ich Balthasar sagen?«

Aber Marie war schon gegangen.

## *In den Abruzzen*

Es hatte ein wenig geschneit und dann getaut, von schwarzer Nässe glänzte das Trottoir. Noch war es nicht dunkel, und man sah die Dächer der Häuser scharf abgezeichnet vor dem gelblichen Himmel. Die Geschäfte standen offen, vor den Auslagen wimmelten die Menschen. Im Hotel Baldecky wurde heute die große Weihnachtstombola abgehalten: man sah schon alle Lampen hinter den Fenstern brennen, und die Kellner stürmten hinter den Scheiben hin und her. Vor dem Tor wurde ein Wagen Flaschen abgeladen. Durch die Gassen eilten die Friseure in weißen Kitteln, die Brennscheren schwingend; sie eilten in die Häuser, um die Frisuren der Damen, die auf der Tombola erscheinen wollten, noch einmal rasch aufzufrischen. Marie bewegte sich wie betäubt durch das Getriebe. Sie verließ die breiten, belebten Straßen und eilte der öderen und schlecht beleuchteten Vorstadt zu. Hier waren die Abruzzen.

Vor einem Pivovar blieb sie stehen, er trug den Namen »Zum letzten Groschen«. Der Name schien Marie zu ihrem verzweifelten Unternehmen zu stimmen. Sie ballte die Hände in ihrem Müffchen und trat ein.

Die dunklen Gestalten, die da unter der elenden Petroleumfunzel beisammensaßen, drehten die Köpfe neugierig nach ihr. Der Schankknecht kam hinter der Theke hervor. Was sich die gnädige Frau bestelle, fragte er auf tschechisch.

Marie schüttelte den Kopf. Ein Instinkt sagte ihr, daß sie hier nicht in der Landessprache antworten dürfe. Deutsch mußte sie hier sprechen, das würde ihr hier ein gewisses Ansehen verleihen. Der Schankknecht verstand sie nicht. Aber bereitwillig kamen ihm seine Gäste zu Hilfe; im Nu war Marie von einem Dutzend Gesellen umringt.

Sie fragte nach der verschwundenen Weibsperson.

Die Gesellen zuckten die Achseln, wiegten die Köpfe. Es wußte ihr keiner zu antworten. Aber vielleicht, schlug einer vor, könne man drüben beim »Siebenarmigen Lüster« fragen.

Was denn der »Lüster« sei, fragte die Frau. Gleich zeigten sich vier oder fünf der bierdampfenden Burschen bereit, sie dahin zu beglei-

ten. Wohl oder übel mußte sich Marie die Garde gefallen lassen. Gesenkten Hauptes und eiligen Schrittes machte sie sich auf den Weg, lief zwischen ihren seltsamen Schutzengeln dahin. Zwei von ihnen schwankten schon bedenklich, alle überragten sie mindestens um Spannenlänge. An ihrer Befangenheit hatten sie ihren gutmütigen Spaß. Halblaut wechselten sie allerlei Bemerkungen über ihr furchtsames Erröten, über ihre Jugend und daß sie, die sie da geleiteten, ein solches liebes Weibchen wohl zu schätzen wüßten. – »Ich ließe sie nicht allein fortgehen«, sagte der eine, »wenn sie die Meine wäre. Und ich würde ihr nicht erlauben, daß sie mit so häßlichen Buben ginge, wie wir es sind.« – »Nein«, sagte der zweite, »schaut nur, sie hat geweint, das hab ich ihren Äuglein gleich angesehen. So eine Liebe sollte nicht weinen, ihr ganzes Leben lang nicht.« – »Nicht, daß du ein Trinkgeld von ihr nimmst, Waclav, du schlechter Kerl!« mahnte ein dritter. »Keiner darf ein Trinkgeld von ihr nehmen, es ist eine Ehre, daß wir so eine begleiten dürfen; wir wissen doch auch, was sich gehört.«
Unterdessen waren sie beim »Lüster« angelangt. Das war ein Laden, in dem man Schnaps zu kaufen und auch zu trinken bekam. Im Schild trug er einen siebenarmigen Leuchter. Marie wollte die Männer verabschieden, sie aber fanden, daß sie keineswegs schon entlassen werden dürften; nein, sagten sie, sie würden die gnädige Frau weiter beschützen und nicht von ihren Fersen weichen. Zwei öffneten ihr die Tür und gingen voran, zwei folgten ihr auf dem Fuße, der letzte bezog Ehrenwache vor der von Staub und Fliegenkot erblindeten Tür.
Marie betrat einen fast finsteren Raum. Nur im Hintergrund des Gewölbes brannte ein Licht. Gleich stolperte sie auch schon über ein Paar Beine, das da quer über die Dielen ausgestreckt lag. Um ein Haar wäre sie der Länge nach gestürzt, aber zum Glück hatte sie einer der Begleiter aufgefangen.
»Du faules Schwein«, erhob sich ein Geschrei, »zieh deine Flossen ein, siehst du denn nicht, daß die gnädige Dame über dich hinfallen muß, du besoffener Sack?«
Die Beine zogen sich unter dem grollenden Gebrumm ihres Besitzers in abgelegenere Gegenden zurück.

Da schoß aus dem beleuchteten Hintergrund ein dienstfertiges Etwas heran. »Chüsse die Hand die Gnädigste, womit kann jach dienen Cheuer Gnaden?«
Es war der Wirt des »Siebenarmigen Leuchters«, der Marie begrüßte. Marie starrte ihn an. Des Mannes Aussehen erklärte den seltsamen Namen seiner Schenke: im Tempel zu Jerusalem war das siebenarmige Beleuchtungsgerät für ein Wahrzeichen Jehovas gehalten worden; und Jehovas war der Mann, der da vor Marie dienerte. Ihr waren die glattrasierten und modisch gekleideten Söhne des Stammes Juda wohlvertraut aus täglichem Umgang; dieser aber gehörte zu deren schon altertümlich werdender Gattung in langem Kaftan, mit schwarzen Peies.
Marie faßte sich und stellte ihre Frage.
»Batschka Bastritza!« wiederholte jener und legte den Zeigefinger nachdenklich an die gekrümmte Nase – »Chabe jach gehört den Namen, kommt mir scho vor.«
Dann sprang er auf ein Glockenschnürchen zu und riß daran. Es schellte. – »Gnädigste Dame können nicht chier stehen«, beteuerte er. »Gnädigste Dame können sich nicht chier chalten auf. Ist dieses Geschäft nur für gewöhnliches Volk, kein Aufentchalt für Cherrschaft, während wir gehen suchen das Weib. Lea!« wandte er sich an ein herbeieilendes weibliches Wesen. »Führe Chihre Gnaden zu uns hinauf.«
»Nein, ich danke sehr«, sagte Marie. »Das kann ich nicht annehmen.«
»Nicht annehmen«, rief der Wirt des »Siebenarmigen Leuchters«, »was doch für uns ist scho große Ehre. Nimm's das Licht, Lea, leuchtest hinauf.«
Da aber erhoben Mariens Begleiter aus dem »Letzten Groschen« ein Getöse. Sie gäben die gnädige Frau nicht her, riefen sie, die gnädige Frau gehöre zu ihnen, mit ihnen sei sie gekommen.
Marie wand sich in Verlegenheit.
Was? zischte der Siebenarmige Leuchter gegen die Garde aus dem »Letzten Groschen«, die betrunkenen Kerle, die sich erfrecht hätten, die Dame zu belästigen, spielten sich noch auf als ihre Begleiter? Fort mit ihnen, mit den Biersäufern, den chelendigen!

Ob Bier etwas Schlechteres sei als der verfluchte Schnaps, den er hier ausschenke, maulten jene zurück.
Gott der Gerechte schlage sie mit Pest und Fäulnis, schrie der Siebenarmige Leuchter dagegen.
Entsetzt bemerkte Marie, daß die Männer Miene machten aufeinander loszugehen.
Da fühlte sie, daß jemand sie am Ärmel zupfte. Jene Lea war es, die der Wirt gerufen, ein winziges Geschöpf, das wie ein Wichtelmännchen leise von hinten an Marie herangekommen. Mit gekrümmtem Zeigefinger winkend, forderte die Fremde sie auf ihr zu folgen. Ratlos, wie Marie war, gehorchte sie.
Über eine Wendeltreppe gelangte sie in die Wohnung hinauf.
Hier wurde sie genötigt, Platz zu nehmen. Man hatte sie offenbar in die beste Stube des Hauses geführt. An den Wänden hingen mit hebräischen Schriftzeichen bedeckte Tafeln. Aber alles andere Gerät zeigte den Zug zu neuem westlichen Wesen. Da waren mit Samt überzogene Stühle auf gedrechselten Löwenfüßen, Schränke mit gotischem Zierat. Die winzige Lea trippelte eifrig hin und her. Sie brachte alle verfügbaren Lichter zum Brennen, setzte dem Gast einen Imbiß vor und bat ihn zuzugreifen. Marie berührte nichts.
»Ich kann hier nicht bleiben«, sagte sie. »Ich muß doch die Amme suchen für mein krankes Kind.«
Die winzige Lea tröstete sie. Das alles werde der Vater besorgen; sieh da, da käme er schon und habe sich auch Glaubensbrüder zur Hilfe mitgebracht. – Und wirklich erschien der Siebenarmige Leuchter in einem, wie Marie wahrnehmen zu können glaubte, frischen Kaftan. Nicht allein kam er, sondern drei Kaftane waren mit ihm, und zwischen ihnen begann alsbald ein gewaltiges Palaver, wo denn und wie jene gewisse Weibsperson aufzufinden sei. Marie verstand nicht alles, was sie sprachen, denn sie redeten jiddisch, und wenn auch ein Gutteil dieser Sprache dem Deutschen entlehnt ist, so war sie für Marie doch entfremdet durch die Flut der Zisch- und Kehllaute und viele unverständlich exotisch klingende Wörter. So viel begriff sie indessen doch, daß die Juden nun ausziehen und Haus für Haus in dem ganzen Viertel durchkämmen wollten, bis sie Batschka Bastritza aufgestöbert haben würden. Als Marie sich äußerte, daß sie

mit ihnen zu gehen gedächte, ergoß sich ein Sturzbach biblischer Beschwörungen über sie: daß dies unmöglich sei, ganz und gar unmöglich, die gnädigste Dame könne – bei den Gebeinen der Väter! – solchen Wagnissen nicht ausgeliefert werden.

Matt vor Verzweiflung blieb Marie zurück. Vor ihren Augen schwebte die kleine Gestalt des kranken Roderich, und in ihren Ohren gellten seine schmerzlichen Schreie. Die Mutter rang die Hände, leise ächzte sie ein Gebet aus der gepreßten Brust.

Sie war eine kleine Weile allein geblieben. Da klapperte es draußen auf dem Flur von leichten Schühlein, und hinter der roten Samtportiere erhob sich ein Gewisper. Die winzige Lea hatte durch einen dienstbaren Geist oder durch irgendein Zeichen Nachbarinnen und Freundinnen zusammengerufen. Sie selbst hatte ihre wichtelmännische Gestalt in einen Taftstaat geworfen, durch stelzenhafte Stöckelschuhe erhöht, den Busen mit Gold und Perlen besteckt. Auch die Gefährtinnen zeigten sich in Grün, Violett oder Feuerfarbe und mit Schmuck versehen, daß der Gast, dem zu Ehren sie sich geputzt hatten, zuletzt wie ein grauer Sperling dasaß in der Gesellschaft der allerbuntesten Kolibris.

Marie war todmüde. Ihr wurde schwindelig vor Leere im Kopf, sie konnte kaum ein Wort hervorbringen, aber sie war doch gerührt über den Aufwand und über die Ehrung, die die freundlichen Leute ihr zugedacht. Die Frauen wußten schon, was es mit ihrem Anliegen für eine Bewandtnis hatte, und eine jede erging sich in geziemend jammerndem Bedauern des fernen kranken Kindes und der geängstigten Mutter und aller anderen mißlichen und schmerzlichen Umstände der Welt. Mit sanft singenden Stimmen redeten sie, die Frauen – anders als die Männer – der östlichen Kehl- und Zischlaute nahezu ledig. Milde blickten sie aus mandelförmig geschlitzten oder stark vortretenden dunklen, in einer uralten Melancholie feuchtschimmernden Augen. Keine versäumte es, Marien artige Tröstung zuzusprechen: Herr Gans, der Siebenarmige Leuchter, werde der verschwundenen Amme ganz gewiß und raschest habhaft werden.

Unterdessen waren Likörgläser und nach Gänsefett duftende Backwerkschüsseln aufgetragen worden. Die Israelitinnen nahmen

Platz, und es begann ein Nippen und Knabbern, ein Anbieten und Danksagen wie in den vornehmsten Salons. Die mit Diamantringen reichlich besteckten Finger spreizten sich zierlich von den Stengelgläsern, und die mohnrot bemalten Münder spitzten sich allerliebst nach den in koscherem Fett gebackenen Herzchen.
Marie blickte um sich. Träume ich? dachte sie, so merkwürdig war ihr, was sie sah; Sie dachte an die finstere Schnapsboutique im Kellergeschoß und an die unzähligen fürchterlichen Trödelläden, welche die Gewölbe der umliegenden Häuser füllten; über allen diesen Trödelläden, verrufenen Gasthäusern und dunklen Warenlagern befanden sich vielleicht Stuben wie diese hier, in der sie jetzt saß, Stuben mit Samtlehnstühlen und altdeutschen Kredenzen, mit Frauen, welche die Kehl- und Zischlaute der östlichen Herkunft schon aus ihrer Sprache getilgt hatten und einander nach westlicher Art bekomplimentierten. Die winzige Lea hatte bemerkt, daß sich Marie vor den geistigen Getränken scheute. Und schon wurde durch die Tür ein Tablett mit Kaffee hereingereicht. Den Kaffee trank Frau Bourdanin, und sie aß eine Semmel dazu, und weil sie nichts gegessen hatte seit dem Vortag, überfiel sie der Hunger, und sie aß noch eine zweite und dritte. Die Frauen applaudierten ihrem Appetit, als würde ihnen durch ihn die größte Auszeichnung angetan. Aber als Marie ihre Tasse leergetrunken hatte und auf deren Grund niederblickte, sah sie dort in fremden Lettern ein hebräisches Wort geschrieben. Da durchfuhr sie ein fremdes Gefühl, und es durchzuckte sie der lächerliche Einfall, daß die Schrift vielleicht ein Zauber- und uraltes Beschwörungswort bedeuten könne. Und hastig stellte sie die Tasse wieder hin.

## *Die Schwester*

Spät kehrte Balthasar Bourdanin aus der Stadt nach Hause zurück. Er war auf dem Gericht gewesen, wohin er als Vormund dreier verwaister Kinder gerufen worden war. Er hatte diese Vormundschaft auf sich genommen, weil ein Verwandter der Kinder, der vorher das Geschäft versehen, die Unmündigen offenkundig zu schädigen

drohte. Zornmütig focht jetzt der Rittmeister für die Rechte seiner Mündel und brachte deshalb Stunden und halbe Tage bei Gericht und Anwälten zu.
Langsam stieg er die Treppen hinauf. Im Flur legte er ab, vor der Tür zur Zimmerflucht blieb er stehen und lauschte.
Drinnen war es seltsam still. Sollte etwas geschehen sein? Der Doktor hatte ihm heute angedeutet, daß der kleine Roderich vielleicht nicht mehr zu retten sei.
Endlich drückte er die Klinke herab. Das erste Zimmer war leer, das zweite desgleichen. Im letzten, dem Krankenzimmer, brannte das kleine Nachtlicht.
Dort saß, wie Bourdanin schien, Marie.
Durch die rötlich schimmernde Blende angestrahlt, neigte sich eine weibliche Gestalt über das Bett des Kindes. Ihr Ellenbogen ruhte auf dem kleinen Tisch, in der aufgestützten Hand ruhte die Wange. Der rosig gedämpfte Schein zeichnete deren Kontur und zog eine schwache Aureole um Schultern und Brust. Von dem langen, schlanken Rücken fiel der Rock faltenreich aus der Taille und lag über den Boden gebreitet wie ein Rad.
Der Rittmeister stand und staunte. Da wandte jene den Kopf. »Du bist es, Ernestine«, rief er. »Ich dachte, es sei Marie.«
Ernestine erhob sich.
»Willkommen daheim. Ich wußte nicht, daß du gekommen bist. Hast du Urlaub? Das ist schön. Es sind viele Jahre her, daß du fortgingst.«
»Lange Jahre«, nickte das Mädchen.
»Lang oder kurz, wie man's nimmt. Es freut mich, daß es dir wohlergangen ist. Ich glaube gar, du bist noch schöner geworden.«
Ernestine ließ ein kurzes Lachen hören. Es war nicht wahr, was der Schwager sagte. Sie war nicht schöner geworden. Das freudlose Leben dort hatte ihr Gesicht gebleicht. Unwillkürlich wandte sie sich dem kranken Säugling zu. Der Mann folgte ihr. »Und wie geht es hier?«
Ernestine antwortete nicht. Sie bückte sich und nahm das Kind auf ihren Arm. Es lag so winzig und leicht darauf wie ein Spielzeug.

Bourdanin runzelte die Brauen.
»Geht es denn schlecht?« fragte er.
Ernestine blickte ihn an. Sie hielt die Hand mit ausgespreizten Fingern über das Haupt des Kindes. Ihre Lippen bewegten sich, aber der Mann verstand kein Wort.
Er trat weg und begann im Zimmer auf und ab zu schreiten.
»Wo ist Marie?« fragte er.
Das Mädchen blickte ängstlich nach der Tür. Er sah das scheue Flackern in ihrem Blick, da trat er heftig hin und rief hinaus: »Marie!«
Draußen schlurfte ein Pantoffel. Die alte Baruschka humpelte herein. Je, der gnädige Herr sei schon da?
»Wo ist meine Frau?«
»Die gnädige Frau – die Kinderl sind schon im Bett, und das Nachtmahl steht nebenan bereit.«
»Was frag' ich nach dem Nachtmahl? Ich frage nach meiner Frau.«
Die Magd äugte nach Ernestine.
»Geh Sie hinaus«, befahl der Mann. An Ernestine stellte er die Frage noch einmal.
Ernestine antwortete nicht. Es schlug acht, unerbittlich fielen die Schläge der Uhr in die Stille, Schlag um Schlag. Bourdanin zählte mit. Sein Gesicht verfinsterte sich.
»Lege das Kind hin!« sagte er barsch.
Das Mädchen gehorchte. Es hauchte: »Habe Geduld!«
»Geduld?« rief der Mann, als begriffe er nicht, wie von ihm Geduld gefordert werden könne. »Ich will wissen, wo sie ist.«
»O Bourdanin –«
»Es ist Nacht.«
»Trotzdem –«
»Ist sie zum Arzt?«
»Vielleicht – auch zum Arzt.«
»Vielleicht? Wo ist sie also wirklich?«
»Ich weiß es nicht.«
»Man verbirgt mir etwas.«
»Es ist doch nur – des Kindes wegen. Bourdanin, wenn es stürbe, ich glaube, das wäre auch ihr Tod.«

Der Mann hielt inne. Etwas wie Zorn wallte in ihm auf. Dann wandte er sich ab und wollte gehen.
»Bourdanin, was willst du? Willst du sie suchen? Du findest sie nicht.«
»Ich dulde nicht, daß sich meine Frau in der Nacht auf der Straße herumtreibt.«
Das Mädchen zuckte zusammen.
»Herumtreibt! – sage ich.«
»Wie kannst du dieses Wort gebrauchen? Marie ist ein Engel, ein Engel kann nicht reiner sein als sie.«
»Ei, ei –!«
»Sie kann hingehen, wohin sie will, es wird immer ein Himmel sein um sie.«
Der Mann sah das Mädchen an. Aus ihren Flechten hatte sich ein Strähn gelöst und hing geöffnet von ihrem Nacken gegen die Brust herab. Der Einsatz ihres Kleides hatte sich verschoben, Tränen hatten ihre Wangen genetzt. Eine Verwirrung ergriff den Mann, als habe er die schöne Gestalt, die er immer nur gleichsam von fern in holder Kontur gesehen, plötzlich zu nah, in einer Art enthüllender Intimität erblickt. Grollend wiederholte er ihr letztes Wort: »Ein *Himmel,* sagst du, sei um Marie?! Merkwürdig, ich habe noch keinen bei ihr gefunden.«
Still wurde es nach dem schrecklichen Wort. Ernestine senkte den Kopf. Der Mann sah einen Tropfen Blut aus ihren Lippen sickern. Er sagte: »Vielleicht – hätte ich *dich* heiraten sollen.« Da blickte sie auf. Schmerz, Verzweiflung und Wut flammten aus ihr. »Ja«, schrie sie und stieß beide Fäuste gegen seine Brust. »Ich wäre schon fertig geworden mit dir.«
Dann wandte sie sich ab, verhüllte das Gesicht. Ihm stockte der Atem. Er murmelte: »Ernestine!« Dann hob er die Rechte vor die Augen, preßte sie gegen die Lider, er ächzte leise und ging hinaus.

## *Der Gang in die Löwengrube*

Indessen saß Marie immer noch im Rat der Israelitinnen, in der guten Stube des Siebenarmigen Leuchters. Der Kaffee und der Likör und das nach Gänsefett duftende Süßgebäck hatten anderen Leckerbissen Platz gemacht. Man präsentierte Fischbrötchen, nicht einmal der Schinken fehlte für den Gast. Aber Marie saß in Schweiß gebadet, die Zunge lag ihr dick im Munde, sie vermochte sich kaum noch aufrecht zu halten. Jede Sekunde, die verging, durchschnitt ihr Herz mit neuer Pein. Längst verstand sie nicht mehr, was die Frauen parlierten; längst achtete sie nicht mehr darauf, wie jene ihre Gläser und Tassen balancierten. Sie gab keine Antwort mehr außer verworrenem Stammeln, sie hatte das Taschentuch in ihrem Schoß zerknüllt und sogar zerrissen. Eine Standuhr drehte ihre Zeiger, und Mariens Augen weilten öfter auf deren Blatt als auf den Gesichtern der Gesellschaft. Von Zeit zu Zeit erhob sie sich von ihrem Stuhl, sie wolle, sie müsse gehen.

Ob die gnädige Frau kein Vertrauen habe zu Herrn Gans?

Doch, doch –

Herr Gans kenne jedermann, Herr Gans habe seine Vertrauensleute, und wenn jemand es könne, werde Herr Gans die Amme zur Stelle schaffen.

Halb ohnmächtig sank Marie auf ihren Sitz zurück.

Endlich kreischte unten das Tor. Marie sprang auf, wie der Wind war sie aus dem Zimmer, auf der Treppe empfing sie den Siebenarmigen Leuchter.

Er kam nicht allein, zwei seiner Freunde kamen mit ihm.

Sie schienen im höchsten Grade erschöpft, verschwitzt und außer Atem. Sie hielten sich die Herzen und trockneten die Stirnen vor den in den Nacken geschobenen schwarzen Mützen. Dabei ächzten sie in allen Kehl- und Gaumenlauten, und Marie verstand in ihrer Verwirrung fürs erste nicht mehr als ein großes Wehklagen. Endlich fiel in ihr Ohr, und es klang wie himmlische Musik, daß es den Israeliten geglückt sei, die Gesuchte aufzustöbern, aber ach, chätten sie sie gefunden im Mond, so würde es nicht schlechter gewesen sein. Wo sie denn sei, rief Marie mit schriller Stimme.

Tscha, wo! Wie sollte man das verständlich machen der gnädigen Dame, wo sie so jung sei und, Gott behüte, noch so unschuldig! Man chönne nicht cholen die Person, bei Abraham und Jichzak, das sei unmöglich.
»Nichts ist unmöglich«, rief Marie. »Ich gehe! Oder glaubt ihr, ich lasse mein Kind sterben?«
O weh, o weh, erhob sich der ganze Chor. Die Frauen hatten sich hinzugesellt, sie schienen längst begriffen zu haben, wo man die Amme aufgestöbert hatte, wo sie aber so wenig zu holen sei, als wohnte sie im Mond. Auch die Frauen breiteten ihre Arme aus und hoben sie klagend über ihre Häupter, und die winzige Lea wagte es sogar und hängte sich Marie an den Hals.
Marie aber bahnte sich den Weg mit Gewalt. »Kommen Sie«, rief sie dem Siebenarmigen Leuchter gebieterisch zu. »Zeigen Sie mir den Weg, alles andere will ich alleine machen.«
Unter großem Gezeter folgte ihr die Gesellschaft. Die Frauen liefen ihr bis ans Haustor nach. Die Männer gaben ihr eine Gasse weit das Geleite. Nur der Siebenarmige Leuchter hielt eine zweite Gasse neben Marie aus.
»Se wissen nix, was Se mer tun, gnädige Frau, wenn es erfährt Chihr Gatte, der Cherr Rittmeister, was doch ist so gestreng! Glauben Se mer, daß mer ihn kennen auch hier in der Vorstadt; wenn es erfahrt Chihr Gatte, daß jach Se geführt hab an das Haus, Gott behüte, hinein! Dann schlagt er kaputt den armen Gans.«
»Seien Sie ruhig«, sagte Marie. »Ich nehme alles auf mich.«
Aber plötzlich stutzte sie doch und fragte mit versagender Stimme: »Haus – was für ein Haus denn?«
»Da sehn mer's schon«, sagte der Jude. Er hielt vor einem Torflur inne. Innen im Hof leuchtete eine rote Lampe.
Marie rang nach Luft. Dann sagte sie: »Es ist gut. – Ich danke Ihnen, Herr Gans«, fuhr sie dann fort, »und ich danke Ihrer Tochter und allen anderen. Sie alle waren sehr gut zu mir.«
»Und wenn gnädigste Dame haben Bedarf einmal, dann« – und der Siebenarmige Leuchter leierte mit geschäftsmäßiger Stimme herunter: »Schnäpse, Liköre, feinste Weine, alles bei Gans in den Abruzzen.«

»Ja, ja, bestimmt«, versicherte Marie. »Ich werde Sie überall empfehlen, ich werde es Ihnen nicht vergessen.«
Sie streckte die Hand aus ihrem Müffchen hervor und reichte ihre Fingerspitzen. Der Siebenarmige Leuchter zerschmolz in seinem tiefsten Bückling. »Der Herr wird Se retten in der Verderbungsgrube«, murmelte er, »und wird Se stark machen wider die Leven der Unterwelt und werd Se hillen in eine Wolke.«

Zwei Stunden später, es ging gegen Mitternacht, bewegte sich ein seltsamer kleiner Zug durch die schon stillen Straßen der Stadt. Wer ihm begegnete, blieb verwundert stehen. Da und dort öffnete sich ein Fenster an den schon nächtlich finsteren Häusern, neugierige Augen blickten herab, und rufende Stimmen stellten die Frage, was denn da los sei.
Voran schritt eine licht und phantastisch gekleidete Gestalt. Sie trug nicht gewöhnliche Schuhe, sondern silberne Sandalen, die mit roten und grünen Bändern über den Knöcheln befestigt waren, dazu einen kurzen roten, weiß gemusterten Rock. Der Kopf war mit einem grellbunten Tuch wie mit einem Turban umwunden.
Die Gestalt trug ein kleines Bündelchen unter dem Arm.
Hinter ihr schritt eine andere Figur. Sie war dunkel gekleidet, schmal, mehr klein als groß. Sie hielt sich sehr gerade. Ein Müffchen hing ihr an einer Schnur vor der Brust. Mit der Rechten regierte sie einen Schirm, den sie, wie einen Stab oder eine Lanze, bei jedem Schritt vor sich aufs Pflaster setzte.
Den Aufzug beschlossen zwei randalierende Männer. Sie schienen durchaus nicht einverstanden damit, daß die zweite Gestalt ihnen die erste, phantastisch geputzte, entführte. Sie ergingen sich, indem sie über die ganze Breite der Gasse schwankten, in wüsten betrunkenen Reden. Wenn sie aber versuchten, sich der bunten Person zu nähern, kehrte sich die kleine dunkelgekleidete Figur nach ihnen um und hob ihren Regenschirm drohend auf.
Dann hielten die Kerle inne; während sie ihr Schimpfen und Schreien verdoppelten, klammerten sie sich an einem Laternenpfahl oder an einem Alleebaum fest und wagten erst, wenn jene ih-

nen halb aus Sichtweite gekommen, den Weg hinter ihr fortzusetzen.

Was sollen wir hier von Mariens Heimkehr erzählen? Es widerfuhr ihr das Wunder, daß der Gatte sie mit Stillschweigen empfing. Beim Anblick der Amme ging er aus dem Zimmer. Die Amme nahm das Kindlein in den Arm und reichte ihm die Brust. Ernestine saß abgewandt und hielt das bleiche Gesicht im Schatten verborgen.

## *Der Streit oder »Es ist nichts geschehen«*

Am nächsten Morgen übersiedelten die Schwestern mit dem Kind und der Amme in die Wohnung des Vaters, ins Kameralamt. Es war kein Wort darüber verloren worden, warum man diese Maßnahme ergriff. Man versuchte das Gesicht zu wahren.

Mochten die Schwäger nun zum Heiligen Abend erscheinen, der eine, dem die Frau krank lag, der andere, der die seine mit List dazu gebracht jene zu pflegen: kein lüsternes Auge würde nach der Orientalin spähen können. Fräulein Franziska, die immer Hilfsbereite, hatte versprochen, im Haus des Bruders den Christbaum zu putzen, die Zubereitung des Karpfens zu überwachen und die Geschenke für die Kinder auszulegen.

Dabei wurde sie von Vater Halik unterstützt. Der gute Professor brachte auch Nachricht vom kleinen Roderich: es gehe ihm besser. Die junge Mutter sei überglücklich, Ernestine heiter, die Amme gedäftet, wie es sich gehöre; sie habe versprochen, sobald das Knäblein abgestillt und anderer Kost zugeführt sei, in ihre östliche Heimat zurückzukehren und den Sündenpfuhl zu meiden, in den sie die Verlockung des verderbten Westlandes gestürzt habe.

So schien sich alles noch zum besten zu wenden. Nur der Rittmeister blieb – in Erwartung seiner Schwäger – bei schlechter Laune.

Pünktlich um sechs schellte es. Schimkowitz und Sohn waren eingetroffen. Für halb sieben war der zweite Strohwitwer angesagt.

Die Mienen des älteren Schimkowitz funkelten vor Erwartung. Es war ihm zu Ohren gekommen, daß die fremdländische Schönheit nach kurzer Entlassung wieder zurückgeholt worden sei; in der tiefsten Tasche seines Stadtpelzes raschelte ein kleines Geheimnis, ein Geschenk, das, wie der Riese hoffte, ihm alle Aussicht auf zärtliche Triumphe einbringen würde.

Der jüngere Schimkowitz, Cyrill, brachte das unschuldige Recht seines Alters mit, vor Vorfreude sprang er von einem Bein auf das andere und schlug sogleich die im Flur zur Zierde aufgehängte Hellebarde vom Nagel, so daß sie der kleinen Kläre um ein Haar den Kopf zertrümmert hätte. Der Rittmeister ließ die Hellebarde um einige Ellen höher hängen; düster blickend bat er den Vater des Knaben in sein Zimmer.

»Gesegnete Weihnacht, Bourdanin, Allerverehrtester! Und einen guten Magen wünsche ich vor allem. Na, ihr Bourdanins seid ja die reinsten Sybariten. In der Küche stehen die Platten, reihenweise. Wir zu Hause feiern als gute Christen den Weihnachtsabend nur mit einem schlichten Fischgericht.«

»Du verzeihst«, erwiderte der Rittmeister, »wenn ich dir in bezug auf das angebliche Sybaritentum unserer Familie widerspreche. Was die Platten betrifft in der Küche – ich muß mich wundern, daß du schon in der Küche warst –, die Platten sind alle von Wanka bestellt und sind für Wanka gekommen.«

»Von Wanka? Wieso? *Für* Wanka?«

»Weil auch er kommt, heute.«

»Nicht möglich.«

»Du vergißt, er ist ebenso Strohwitwer wie du. Und was dem einen recht ist, ist dem andern billig.«

Der Schwager war auf seiner niedrigen Buckelstirn errötet. – »Äh, äh«, tat er, »ich muß schon sagen, deine Gastfreundschaft, lieber Bourdanin, geht beinahe zu weit.«

Der Rittmeister griff nach seinem Zigarrenkasten. »Bediene dich, sei so gut.«

Schimkowitz wählte als Feinschmecker. Wie immer verschmähte er ein Gerät zum Abspitzen der Zigarre. Er biß sie ab, spie die Spitze aus und leckte den Rand glatt. Das gebe Vorgeschmack, pflegte er zu sagen. Abgewandten Gesichts reichte ihm der Rittmeister das Zündholz.

»Es ist heute so still«, begann der Gast. »Wie geht es dem kleinsten

Filius? Wo ist die Dame des Hauses hinverschwunden?« Händereibend schweifte er hinter der gläsernen Tür umher.
»Die Dame des Hauses ist fort«, antwortete Bourdanin. »*Alle* Damen sind fort«, seine Stimme erhob sich bedeutsam, »alle, es sei denn, du wolltest die alte Baruschka noch zu den Damen zählen.«
Schimkowitz fuhr herum. »Alle?!« rief er. »Ich höre schlecht – parbleu! Ich habe doch gedacht –«
»Dann hast du falsch gedacht«, versetzte Bourdanin.
»Gemütliche Weihnacht!« brummte Schimkowitz in den Bart.
»In der Tat, gemütliche Weihnacht!« wiederholte der Rittmeister.
»Du hörst: es läutet. Das dürfte Wanka sein.« Emmas Gatte trat ein. Das Töchterchen Karline führte er an der Hand. Spöttisch lächelte er Schimkowitzen zu. In der Tasche auch seines Pelzes steckte ein kleines Geheimnis, und der Goldbart hoffte, den für knauserig bekannten Riesen damit weit aus dem Feld zu schlagen. Zum Glück waren in diesem Augenblick die Kinder zugegen, deren pflichtgemäße Verbeugungen und Knickse und widerwillig hervorgebrachten Weihnachtsglückwünsche nicht ohne Stockungen und Unarten vor sich gingen. Es gab Mahnworte, Schelte und von seiten der Väter verstohlen verabreichte Püffe; also war über die schlimmste Verlegenheit hinweggeholfen.
Schließlich erschien im längst veralteten Frack mit schneeweißem Gilet Vater Halik aus dem Bescherungszimmer. Er hatte den Christbaum schon angezündet. Es war soweit: Die Kinder wurden in den Flur gebracht, Vater Halik schwang die Christkindglocke, und die Kinder stürzten zur Feier.
Erst war Geschrei, Gewühl und Jauchzen. Der alte Herr spielte auf seiner Geige: Es ist ein Reis entsprungen. Als er geendet hatte, kam er kaum dazu, sein Instrument zu verwahren. Die ganze Bourdaninsche Schar und sogar der kleine Schimkowitz und das Karlinchen hingen an seinen Rockschößen. Die kleine Kläre rief nach der Mutter und wollte sie durchaus holen. Erst als der Vater sie – recht barsch – fragte, ob sie denn ihr Spielzeug schon angesehen, verstummte sie und verkroch sich in einem Winkel.
Der junge Cyrill Schimkowitz und das lockige Karlinchen gerieten in ein Geräufe um ein Bilderbuch. Margaretchen betrachtete die

Krippe aus Pappefiguren, die ihr die Johannitischen Großeltern geschickt. Der jüngste Balthasar quietschte mit dem Griffel auf der neuen Schiefertafel. Auch die Erwachsenen überreichten einander ihre Gaben und Aufmerksamkeiten.
Im Hintergrund hielten sich die beiden männlichen Gäste, sie schnitten mißvergnügte Gesichter. Auch Wanka hatte unterdessen erfahren, daß ihm der bunte Vogel, auf den er so vergnügliche Jagd zu machen gedacht, abgefangen worden war, daß er also Emma vergeblich auf Pflege geschickt, vergeblich auf die Gemütlichkeit seines Heims verzichtet hatte.
Beim Abendessen wurden die von Wanka bestellten Leckereien aufgetragen. Aber auch sie verbreiteten keine rechte Laune. Bourdanin weigerte sich davon zu nehmen und verbot auch seinen Kindern, Wankas Aufforderungen nachzukommen. Er und die Seinen sollten sich's am Karpfen genug sein lassen. So ließ sich die Mahlzeit nicht eben gemütlich an. Man schob die Schüsseln hin und her, die Kinder spähten begehrlich nach den Wankaschen Leckereien. Karlinchen und der kleine Schimkowitz futterten sich voll, die kleinen Bourdaninschen blieben beinahe hungrig. Margarete brach in Tränen aus.
Vater Halik bat um Urlaub vom Tisch, erhob sich und nahm das junge Volk mit in das Bescherungszimmer.
Nun saßen die Männer im Speisezimmer allein vor dem halbabgedeckten Tisch. Der Rittmeister hatte eine Flasche Pommard geöffnet. Sie schwiegen. Wanka trug seit neuestem einen Zwicker; er war dunkelrosig im Gesicht, es hieß, er litte an Wallungen.
Schimkowitz hatte sich halb vom Tisch weggedreht und streckte die dürren Beine lang über den Teppich. Er hob das Glas, blinzelte mit einem Auge durch die Flüssigkeit gegen das grünliche Gaslicht. Nun fragte er, was gebe es denn Neues auf der Börse?
Wanka zuckte zusammen, und seine rosige Farbe vertiefte sich. Seit dem großen Verlust des Jahres 1873 verabscheute er jede Spekulation in Papieren; seither spekulierte er nur mehr in soliderem Fach: er makelte mit Grundstücken. Von der Börse wisse er nichts, gab er zur Antwort.
Ei, das sei wunderlich, erwiderte der Schwager und feixte, wo die Börse doch einstmals Wankas Passion gewesen?

»Laßt es gut sein«, legte sich der Rittmeister ins Mittel. »Das sind alte Geschichten.« Und ablenkend fuhr er fort: er müsse den Herren gestehen, daß er sich selbst eine Weihnachtsfreude spendiert habe: ein Bild habe er sich gekauft und, wenn er die Herren bitten dürfe, er wolle es sie begutachten lassen.
»Aber herzlich gerne.« Wanka sprang auf.
Der Rittmeister öffnete die Tür zu seinem Zimmer. Unter Jagdtrophäen, von den Figuren der Morgen- und Abendröte flankiert, hing die Neuerwerbung, ein Stich nach einem Ölgemälde: Wallenstein und Seni bei Betrachtung der Gestirne.
»Süperbe«, sagte Wanka. »In der Tat: Süperbe.«
Bourdanin errötete vor Freude: ihm habe die Stimmung, die stolz und drohend sei, so sehr gefallen.
Bei seinem letzten Besuch in Wien, sagte Wanka, habe er Gelegenheit gehabt, ein Gemälde im neuesten Stil zu besichtigen. Man bevorzuge jetzt nicht mehr das Allegorische und Idyllische, sondern bewege sich hauptsächlich in dramatischen Motiven. Das erwähnte Gemälde habe den Titel geführt: Scheintoter erwacht in der Anatomie.
»Wie«, fragte Bourdanin, »in der Anatomie?«
»Ein grandioses Thema, nicht wahr?« rief der Goldbärtige lebhaft. »Ein echtes Nachtstück, schauerliche Beleuchtung, nackte Leichen, zum größten Teil schon zerstückelt. Und in der Mitte die hagere Gestalt des zum Leben Erwachten.«
»Glänzend«, sagte der Rittmeister.
»Glänzend«, rief Schimkowitz, der sich bis dahin mißvergnügt im Hintergrunde gehalten hatte. Und symbolisch, daß gerade dieses Gemälde dem Herrn Schwager so wohl gefallen habe. Man müsse eben verstehen, zwischen Leichen als einziger lebendig zu bleiben, als einziger munter und kregel, hahaha, in jeder Hinsicht.
Wanka wurde um einen Schein blässer, dem Rittmeister erglühten die Backen. – »Was soll das, Schimkowitz? Laß doch endlich die dreitausend Gulden begraben sein.«
»Viertausend sind es gewesen«, rief der Lange zurück.
»So sind es viertausend gewesen«, sagte der Rittmeister.
»Mein halbes Vermögen«, bellte der Schimkowitz.

»Seines!« murmelte Wanka in den Bart. »Das Vermögen seiner Frau, meint er wohl.«
Schimkowitz hatte feine Ohren. – »Wir leben in Gütergemeinschaft«, rief er wütend.
»Um so besser für dich«, zischte Wanka zurück.
»Aber meine Herren, meine Herren!« rief der Rittmeister fassungslos.
Sie hatten sich um den Spieltisch gedrängt, auf dem, wie fast immer, das Schachbrett mit der aufgebauten Partie stand. Wanka stand zur Rechten, Schimkowitz zur Linken, zwischen ihnen der Hausherr. Vergeblich versuchte er den entflammten Streit zu dämpfen. Ihm war, als kennte er die beiden nicht mehr, ihre Züge waren von Haß verzerrt. Wie zwei Raubkatzen fauchten sie einander ihre Wut in die Gesichter.
Oh! er kenne die Kavaliere, zischte Wanka, die vom Vermögen ihrer Frauen schmarotzten, nichts getan und geschafft hätten ihr Leben lang. Zwar führten sie des öfteren eine Krone im Wappen! Haha! Kronen gäbe es genug auf der Welt, man wisse ja, der Adel werde nachgeschmissen und jeder Polizeispitzel mit »von« und »zu« belohnt. Aber natürlich, woher der Adel rühre und wofür er verliehen worden sei, das stehe dann nicht auf der Visitenkarte, und was man nicht habe an echtem blauen Blut, das ersetze man, indem man sich die Nägel lang wachsen lasse.
Unwillkürlich blickte der Rittmeister auf Schimkowitzens krallenartig gebogene Fingernägel. – »Wanka, ich bitte dich«, stammelte er entsetzt.
So belfere der Neid, höhnte Schimkowitz und zog seine Pranken ein, indem er die Arme über dem Brustkorb verschränkte, der Neid des Proleten, des heraufgekommenen Geldsackes. Was sei man denn gewesen, ehe man die reiche Frau geehelicht, ehe man sich in das warme Nest gesetzt habe bei Schneckengerichten und Schokoladebonbons? Aber ungeachtet dessen, ungeachtet der ausstaffierten Übergemütlichkeit, halte man sich noch ein zweites Nestchen ganz im stillen, geheimen, und feiere dort jeden verfügbaren Abend seine Rosenfeste.
»Schimkowitz«, rief der Rittmeister, »das wirst du zu beweisen haben.«

Oh, man könne, wenn das etwa unglaublich erscheinen sollte, Adressen geben. Upeklo 17, zweiter Stock links, Mademoiselle Aimée, eine blonde Schlanke, Überschlanke, der Abwechslung wegen sicherlich, haha hihi.
Ah! Wanka riß sich den Zwicker von der fleischigen Nase, das Glas zitterte in seiner Hand. – Und wenn es so wäre, *wenn* – es sei ganz und gar nicht so. Immerhin: ihm könne niemand vorwerfen, daß er deshalb zu Hause seine Pflicht versäume. Seine Frau habe ein hübsches Leben, Reisen, Luxus, alles was ihr Herz begehre. Aber da seien andere Leute, Leute, die mit ihren angetrauten Frauen umgingen, als hätten sie Putzweiber vor sich. Aus dem Fenster gafften diese Leute und ließen die Frau mit dem Krug um Wasser laufen zum Gespött der ganzen Nachbarschaft.
»Schweigen Sie«, schrie Schimkowitz. »Kümmern Sie sich um Ihre Angelegenheiten.«
»Das tu ich auch«, fuhr Wanka fort, schweratmend, schwitzend, die Perlen rannen ihm über die Nase. – »Und wenn Sie mir immer vorwerfen, Herr von Schimkowitz, daß ich mich nach dem Bankkrach erholt habe, dann kann ich Ihnen sagen: ich habe auch nicht die Hände in den Schoß gelegt wie Sie und nicht nur Maulaffen feilgehalten auf der Promenade und bin auch nicht in Bücherläden herumgesessen und habe nicht Streit ausgesät in der Familie wie Sie, Herr Hochadeliger von des Herrn Polizeipräsidenten Gnaden, und weiß Kasse zu halten, jawohl.«
»Kasse«, kreischte Schimkowitz, »feine Kasse, Sie Halsabschneider. Das weiß man doch, wie Sie Kasse zu halten verstehen auf Kosten anderer Leute. Da ist auch einer, der ein Lied davon zu singen weiß.«
»Genug«, schrie der Rittmeister. »Kein Wort weiter. Sonst –« Und zitternd hob er die Hände.
Da kam ihm das brave Hausgerät, das Spieltischchen, zu Hilfe. Wie sich die Männer darübergebeugt und die Fäuste daraufgestemmt und krampfhaft daran gerüttelt hatten, knirschte es in seinen Fugen. Eines der schlankgeschwungenen Beine brach ab. Das Schachbrett rutschte und stürzte unter Gepolter zu Boden.
Die drei stierten verdutzt. Da tat sich die Türe auf.

Vater Halik erschien auf der Schwelle. »Was ist denn geschehen, um Gottes willen?«
Eine Sekunde lang standen die Männer erstarrt.
»*Nichts* –« Der Rittmeister hatte es gesagt. Mit halberstickter Stimme hatte er das Wort hervorgestoßen. – »Es ist *nichts* geschehen.«
Vater Halik war näher getreten, bückte sich nach den Scherben. Der Rittmeister kam ihm zuvor.
»Ich, *ich* habe mich an das Ding gelehnt. Ist ja schon alt, hält nichts mehr aus. Laß die Baruschka kommen und aufräumen. – Und die Herren – die Herren gehen jetzt.«
Die Schwäger waren voneinander gewichen. Wanka ging in das Kinderzimmer und rief nach Karlinchen.
Der große dicke Mann war bleich und zitterte an allen Gliedern. Der Zwicker war ihm zerbrochen, er schien es aber nicht gewahr zu werden und versuchte ihn immer wieder auf die Nase zu setzen. Vater Halik mußte ihm das Ding aus der Hand nehmen und in der Westentasche verwahren.
Kaum waren die Wankaschen fort, rüstete sich Schimkowitz zum Aufbruch. Er ließ sich mehr Zeit und versuchte noch ein unbefangenes Gespräch anzuknüpfen. Aber der Rittmeister gab ihm keine Antwort. Der kleine Balthasar und Margaretchen wurden zu Bett gebracht. Klärchen war schon unter dem Christbaum eingeschlafen. Die von den Schwägern halbgeleerten Gläser fegte Bourdanin vom Tisch. Seltsamerweise zerbrachen sie nicht. Vater Halik bückte sich im Vorübergehen und hob sie auf.
Danach ward Ruhe.
Aber was ist das für eine Ruhe, die einem Streit folgt? Wie trostlos starren die Wände, die gerade noch von einem wüsten Exzeß widerhallten! Gleichsam entehrt stehen die Dinge umher, die man eben noch zu Zeugen gemacht, zu Zeugen von Geheimnissen, die nur der blinde Haß entblößt. Die ganze Welt scheint entweiht, entwürdigt, sinnlos geworden.
Der Rittmeister vergrub das Gesicht in den Händen. So saß er lange. Die Uhr schlug elf.
Leise öffnete Vater Halik die Tür. – »Ich gehe jetzt«, sagte er mit behutsam schonender Stimme. »Die Kinder warten auf mich.«

Der Rittmeister blickte auf. – »Die Kinder?«
»Nun ja, Marie und Ernestine. Willst du nicht mit mir kommen?«
Bourdanin schüttelte den Kopf.
»Sie würden sich freuen«, sagte Vater Halik bittend.
Bourdanin schüttelte den Kopf noch entschiedener. Er hatte in seines Schwiegervaters Augen geblickt. Er hatte darin – Erbarmen gelesen. – »Nein. Nein.«
»Nun denn, eine gute Nacht. Ich werde Grüße bestellen.«
»Grüße, ja, meinetwegen Grüße.«
Der Mann wartete, bis Vater Haliks Schritt sich entfernte.
Obwohl er müde war, litt es ihn nicht zu Hause. Irgendwohin wollte er gehen, zu irgend jemand von den Seinen. Seine Mutter war im vergangenen Jahr gestorben, sein Vetter in einem erbärmlichen Leben verschollen. Aber Rosine – ihm fiel Rosine ein, zu ihr wollte er gehen, zu der glücklichen Gattin des braven Doktors.
Rasch schritt der Rittmeister aus, fast laufend kam er vor dem Rübsamischen Hause an. Er klopfte. Das Tor hatte keine Schelle, mächtig ließ der Rittmeister den bronzenen Türklöpfel anschlagen: trotzdem rührte sich nichts im Haus, und niemand öffnete ihm.
Ein Passant blieb stehen und fragte den Rittmeister, ob er den Doktor zu einem Kranken holen wolle; nebenan wohne Doktor Levy, der habe eine Klingel und sei Tag und Nacht zu erreichen.
Er brauche gar keinen Doktor, sagte Bourdanin. Er schämte sich seines ungestümen Einlaßverlangens und suchte das Weite.
Aber kaum war er ein paar Schritte gegangen, regte sich in ihm ein neuer Gedanke: an Onkel Johann dachte er und an Tante Margarete; aber auch hier hatte er kein Glück. Von weitem sah er, daß alle Fenster schon erloschen waren. Offenbar waren die beiden Alten schon frühzeitig zu Bett gegangen.
Es ging auf zwölf Uhr zu, die Straßen belebten sich von Mettegängern. Die Stadtkirche des heiligen Bartholomäus war innen hell erleuchtet. Es begann zu schneien. Langsam taumelten weiße Sterne hernieder, und bald war die Weite des Ringplatzes erfüllt von einem sanften stummen, rings um die Lampen schimmernden Flockenschweben. Droben im Turm ächzte der Glockenstuhl, dann hörte

man den ersten metallischen Schlag. Man läutete die große Glocke zum feierlichen Engelamt.
Seit vielen Jahren war der Rittmeister in keiner Mette mehr gewesen, die Bourdaninische Weihnacht wurde nicht mehr als Kirchenfest, sondern nur noch als Familienfest gefeiert. Bei diesem Gedanken wurde es finster in des Rittmeisters Herzen.
Er schritt auf das Portal zu. Von allen Seiten näherten sich die Menschen, einzeln und in kleinen Gruppen. Das Portal konnte sie kaum fassen.
Drinnen drängte sich die Menge, Kopf an Kopf. Dunkel drohend, ungeheuer hing das Kruzifix im Chorgewölbe. Ungeheuer strömten auch die Orgeltöne. Irgend etwas Goldenes bewegte sich in der Apsis, die Menge sank in die Knie wie hingemäht. Es war nur armes Volk, das sich zur Mette versammelt hatte; verhutzelte Weiber in schwarzen Kopftüchern, alte Männer mit ungepflegten Bärten. Untertänig beugten sie die Rücken.
Der Rittmeister wandte sich ab. Auf dem Heimweg sah er im Kameralamt die Fenster der Halikschen Wohnung blinken. Auf einmal war ihm, als hätte er doch nirgends anders hingehen können als zu seiner Frau. So öffnete er das Pförtchen des Vorgartens und näherte sich dem freundlichen Schein. Die Fenster saßen so niedrig in der Mauer, daß man sich beinahe bücken mußte, um hineinblicken zu können. Die Vorhänge waren zugezogen, dennoch sah man durch das weiße Gespinst: da war das kleine Bäumchen, mit roten Äpfeln geputzt; dahinter der schimmernd weißgedeckte Tisch. Dort saß Marie und rührte den Punsch.
Balthasar kannte Vater Haliks geliebtes Punschrezept: es enthielt viel Tee, viel Fruchtsaft und ein Löffelchen milden Geistes. Jemand spielte Pianino: es war wohl Ernestine, die sich da in ein paar leisen Akkorden versuchte.
Links von Marie, im tiefen Lehnstuhl, saß ihr Vater. Sie hatte ihm das Glas gefüllt und schob es ihm zu. Sie lächelte. Ihre Wangen waren rosig und rund. In ihren Grübchen spielte Heiterkeit. Sie sprach etwas, der Gatte konnte nicht verstehen, was sie sprach. Aber er dachte: so lieb redet sie nicht zu mir.
Er wollte pochen, schon hatte er die Hand erhoben, um mit dem

Fingerknöchel gegen das Glas zu schlagen. Da zuckte in ihm der Gedanke auf: Ich will doch sehen, ob sie nicht selbst merkt, nicht selbst empfindet, daß ich hier stehe; ob sie meinen Blick nicht spürt . . .?

Aber sie spürte offenbar nichts. – Sie setzte das Glas an die Lippen und trank. Dabei ging ihr Blick gerade an dem Fenster vorbei, hinter dem des Gatten Gesicht aus der Dunkelheit spähte. Sie lächelte, sie lachte und wandte den Kopf weg.

Da ließ der Mann die Hand sinken. Ein Stich durchfuhr ihn, und sein Herz zog sich zusammen in Enttäuschung und Ingrimm zu schmerzlichem Selbstgenügen. Mit einem Ruck richtete er sich auf und ging davon.

## *Das blaue Fensterkreuz*

Wer kann daran zweifeln, daß Hans, der Sohn des Johann, seines ausgefallenen Zirkusabenteuers bald satt geworden und nach der ersten Abkühlung seiner unbürgerlichen Triebe gerne in die warme Hürde der Familie zurückgekrochen wäre? Aber da war jenes Gespräch auf der Skurnaner Brücke gewesen: Was er seinem Vetter-Schwager unter Sternenschein und Windesschauer in trunken anklägerischer Wut zugeschleudert und nachgeschrien hatte, das war's, was Hans die Rückkehr abschnitt. Danach konnte er nicht mehr heimkehren.

Gleich am nächsten Tag verließ er die Stadt. Selbst Herr Jungmann billigte seine Flucht; denn auch der Husinetzer hatte keine Lust, dem deutschen Tyrannen noch einmal zu begegnen. Er versprach Hans, Nachricht zu geben, sobald er sich auf neue Fahrt begeben würde. Bis dahin sollte sich der Flaschinettldreher an einem sicheren Ort verstecken.

So zog Hans Bourdanin in ein Gasthaus, das abseits im Walde lag. Es war Frühsommer, der Kuckuck schrie, die Waldeswipfel rauschten, die Hühner gackerten auf dem Misthaufen. Hans half, weil es ihm an anderer Beschäftigung fehlte, der Wirtin beim Kartoffelschälen, er las den Kindern vor, schwärmte den Bach entlang

und glaubte das Paradies der slawischen Friedseligkeit, wie es Herder so golden-idyllisch für die Zukunft versprochen, schon angebrochen.
Nach einer Zeit aber meldete sich der Patron, und Hans gesellte sich, der Absprache gemäß, zu Herrn Jungmanns reisender Truppe. Sie hatte einen neuen Standort bezogen und ihre Buden und Zelte von neuem aufgebaut. Schon stand der schwarze Drehorgelkasten bereit, und Hans mußte antreten und seine Kurbel drehen. Er hatte den Kindern im Gasthaus oft von der schönen Musik erzählt, die er bei den Ringelspielen mache, und von den bunten, auf die Leinwand gemalten Papageien. Jetzt aber – es war Juli geworden, ein heißer, staubiger, mit jedem Tag noch unbarmherziger brennender Juli – kamen Hans die gemalten Papageien plötzlich fahl und verschossen vor, die Musik klang ihm verstimmt, die Stunden wurden ihm lang. Das Ringelspielpferdchen trabte und schlug mit dem Schweif nach den Fliegen; es waren lauter wildfremde Menschen, die das Karussell bestiegen; niemand sah nach dem Manne, der das Flaschinettl drehte, und wenn er sich eingebildet hatte, daß es ihm nie darum zu tun gewesen war, Aufsehen zu erregen, so schmerzte es ihn doch, daß sich jetzt wirklich niemand mehr nach ihm umsah, ganz, als wäre es die gewöhnlichste Sache der Welt, daß er, Hans Bourdanin, unter die Zirkusleute gegangen war. Auch trat niemand mehr zu ihm und brachte ihm ein Bier, obwohl er das Bier jetzt nötiger gehabt hätte als in den linden lustigen Frühsommerwochen zuvor. Er hätte sich gerne aus dem dumpfen Zelt gedrückt und sich irgendwo ins Grüne gelegt, wo er den Lärm nicht hätte hören müssen, das greuliche Gequietsche der Budenstadt; aber schon wagte er es nicht mehr, seinen Posten zu verlassen, und schon wagte er es nicht mehr, auszurasten, wenn seine Füße vom Stehen schmerzten, und kaum auszutreten wagte er, wenn Herr Jungmann in der Nähe war. Denn jetzt galt Hans Bourdanin nicht viel mehr als jeder Angestellte, das hatte er erfahren müssen, kaum daß er sich wieder der Gruppe zugesellt hatte. Längst hatte der Chef aufgehört, den kleinen Bürgersmann als seinen Freund zu traktieren und sich mit ihm über die Würde des tschechischen Volkes und über die Rechte des kleinen Mannes zu unterhalten. Alle diese Gedanken behielt der Chef jetzt

offenbar für sich. Nichts mehr war in Herrn Jungmanns breiter Brust von seinem goldenen böhmischen Herzen übriggeblieben. Es schien beinahe, als beherbergte er unter seinem schmierigen Frackhemd eine erbarmungslose Spitzbuben- und Sklavenhalterseele. Alle seine Angestellten lebten in Furcht vor ihm und vor seiner langen ledernen Peitsche. Zwar wagte Herr Jungmann nicht, sie gegen Hans zu schwingen, um so kräftiger zog der Zirkushäuptling mit gehässigen Witzen über ihn her. Nicht mehr tschechisch redete er ihn an, wie in den glücklichen Tagen des Einverständnisses, nur deutsch sprach er zu dem kleinen Buckelmann, als hätte er ihn nie als freiwilligen Artgenossen bei sich aufgenommen. – »Gehst mir aus Weg, Honsa,« hieß es, »glaubst, ich will fangen deine deutschen Flöh?« – »Friß nur Rüben, hast lang genug Braten gefressen bei Frau Mama!« – »Zwickt dir Bauch, Honsa, hast Bauchbinde vergessen, wo gestickt ist: bleibe in Hause und nähre dich redlich.«
Was war es denn nur, was Herrn Jungmann auf einmal gegen den Gesinnungsfreund empörte? Jedes kleine Zeichen der bürgerlichen Herkunft kitzelte seinen Zorn. Hans pflegte zum Beispiel allwöchentlich seine Wäsche zu wechseln, er pflegte sich auch die Zähne zu putzen und sich nicht in den Rockärmel zu schneuzen. Das alles war Herrn Jungmann plötzlich ein Ärgernis. Unter Zittern und Zagen mußte der Kleine eine günstige Stunde abpassen, damit er sich sein Hemd in einem Bach ausschlagen oder in dem Zuber einer mitleidigen Bäuerin durchwaschen konnte. Kam er mit sauberem Eßgerät zur Gulaschkanone und hielt es Herrn Jungmann hin – Herr Jungmann pflegte selbst seinem Personal aus dem Kessel zuzuteilen –, da tauschte dieser die blanke Schale mit der verschmierten und zerbeulten des Nebenmannes und fischte alle Flachsen und Knochen hinein.
Am schlimmsten trieb er es mit den Quartieren. Er selbst, der Chef, hielt in seinem mit Teppichen ausgestatteten Wagen üppiges Serail. Seine Bediensteten ließ er unter den Ringelspielen oder bei den Pferden kampieren. Aber Hans wußte er, unter dem Vorwand, ein so feiner Herr dürfe nicht auf Stroh schlafen, immer in die schlechtesten Vorstadtquartiere zu pressen. Dort lauerten Wanzen, und Herr Jungmann grölte vor Freude, wenn er Hans beim Waschen ertappte und sah, daß sein milchweißer Körper von Bissen entstellt war.

Wochen und fast Monate ertrug Hans alle diese Peinigungen in einer Art lächerlichen Heroismus. Wer hätte ihn daran hindern sollen, seinen Kontrakt für nichtig zu erklären und seiner Wege zu gehen? Im Boden seines Köfferchens führte er neben einem Sparbüchlein eine Summe Geldes bei sich, die ihn instand gesetzt hätte, alle Tage in einem anständigen Gasthaus abzusteigen und eine schmackhafte Mahlzeit einzunehmen. Aber der arme Wicht schämte sich vor sich selber, er schämte sich, fahnenflüchtig zu werden und der Prüfung auszukneifen, die er sich selbst auferlegt hatte. Manchmal schämte er sich sogar seines kleinen Mammons und warf sich vor, daß seine Armut immer noch nur gespielt und daß seine Demütigung bloß Maskerade war. Dann fühlte er sich versucht, sein Geld zu verteilen oder doch wenigstens seinen Genossen, dem Schaukelburschen und der Dame ohne Unterleib, eine Runde Schnaps zu spendieren.
Nun, er spendierte einmal; als er für das zweite Mal wieder an sein Versteck wollte, fand er den Boden des Köfferchens aufgeschnitten und beraubt.
Hans stieß einen Schrei aus, rannte aus seiner Kammer die Treppe hinab, die Straße entlang dem Budenplatz zu. Aber mitten am Weg hielt er inne, schlug die Hände vors Gesicht und sank auf einem Randstein nieder und kauerte dort: vernichtet.
Am Nachmittag, als die Budenstadt auftat, erwies es sich, daß der Schaukelbursche samt der Dame ohne Unterleib verschwunden war. Herr Jungmann tobte zwischen seinen Zelten, knallte mit der Peitsche und brüllte wie ein Stier. Zur Drehorgel heuerte er einen Buben an, Honsa mußte auf die Schaukel. Die Dame ohne Unterleib war freilich so rasch nicht zu ersetzen.
Herr Bourdanin machte auf der Schaukel eine schlechte Figur. Zu seinem Glück fand sich heute nur solche Kundschaft ein, die selbst schaukelte, oder ängstliche Mütter mit ihren Kindern, die waghalsigen Kunststücken abhold und zufrieden waren, wenn das schmächtige Buckelmännchen sie in bescheidenen Schwung versetzte. Dennoch stand Honsa in Schweiß gebadet, hemdärmelig im Luftzug, das schüttere Bärtchen bebte, und das langgehaltene seidenweiche Haupthaar flatterte in Strähnen um seinen Kopf. Die nahen Lichter der Zirkusbuden und die fernen der Stadt schwankten ihm ineinan-

der. Von Zeit zu Zeit stahl er sich beiseite und beugte sich in einem Winkel über die Brennesseln.

Als es zehn Uhr schlug und der Straschnik das Zeichen gab, daß jetzt Schluß gemacht werden müsse, talperte Hans wie nach einer stürmischen Meerfahrt blaß und elend davon. Er war in seinen Rock geschlüpft und hielt sich ihn am Halse zu, gleichwohl bibberte er am ganzen Leib.

Da, als er schon seine Schritte nach seinem elenden Quartier lenkte, geschah es, daß sich eine Hand unter seinen Arm schob und eine mitleidige Stimme an seinem Ohr murmelte: »Pojd chudacku, nech jsi vesri!« Komm, armes Hascherl, laß dich führen.

Hans blickte auf. Es war Katschenka, die Zirkusköchin, die sich ihm da gesellte.

Schweigend ließ er sich's gefallen.

»Diese Lumpen«, sagte sie, »dein Geld haben sie dir gestohlen, armer Kerl, haben sich noch groß damit getan. Zeig's doch an, dann kriegst vielleicht noch was zurück.«

»Ach nein.«

»Bist viel zu gut, Honsa, viel zu gut.«

Er schüttelte den Kopf.

»Du zitterst ja, merk' ich. Ist dir so kalt? Komm zu mir in mein Wagerl, mach dir noch einen Tschaj. Und ein Schnapsl – ha, wie wird ein Schnapsl schmecken?«

Katschenka wohnte in dem Gehäuse, das, auf drei Rädern laufend, zu der ersten Garnitur des Jungmannschen Unternehmens gehört hatte. In dem Wagen führte sie ihr Küchengerät, Töpfe, Pfannen und allerlei Vorräte mit. Daneben hatte nur noch ein Bett Platz. Auf diesem Bett hieß Katschenka Hans niedersitzen, sie häufte die rotkarierten Federbetten hinter seinem Rücken auf. Über einem Spiritusflämmchen kochte sie einen Grog.

Wieder redete sie ihm zu, den Dieben nachsetzen zu lassen.

»Wegen des Geldes ist's mir nicht«, wehrte Hans ab. »Hab noch das Sparkassenbüchl, das haben sie nicht genommen, haben es nur zerrissen aus Bosheit. Das aber ist's ja, Katschenka, weiß Sie: die Bosheit tut mir weh. Hab nicht gedacht, daß Menschen so schlecht sein können.« – Und er schluchzte auf.

Die Frau sandte ihm einen raschen Blick zu. – »Bist selbst zu gut«, murmelte sie, »bist aus lauter Gutheit zu uns gekommen.«
Hans schüttelte den Kopf. Jetzt weinte er bitterlich. Katschenka saß neben ihm auf dem Bett und legte ihm tröstend den Arm um die Schulter. Und es geschah, wie es geschehen mußte: seine Tränen netzten zuerst ihre Hände, dann ihre Wangen; an ihrem Halse versiegten sie. In den rotkarierten Federbetten umarmte Hans Bourdanin die Zirkusköchin.
Am Morgen weinte er nicht mehr.
Aber ihr rannen ein paar verstohlene Tränen über die Wangen. Sie lag still im Morgengrauen, mit offenen Augen, während er noch schlief. Ein wenig schnarchend schlief er, weit hinübergelehnt in den zerknitterten Kissen.
Leise saß sie auf und betrachtete ihn. Es rührte sie sein noch junges weißes Gesicht, die knabenhaft zarte, unbehaarte Brust, der halbgeöffnete Mund, selbst das leise Schnarchen rührte sie. Die Katschenka hatte viel Schlechtes erfahren im Leben, viel Roheit, Schmach und Schimpf. Was soll denn eine Zirkusköchin anderes erfahren als Rohheit und schmähliche Dinge? Dieser aber würde nicht roh sein zu ihr, das hatte sie heute nacht gefühlt, er würde sie nicht schmähen und verhöhnen, nicht grausam fortstoßen nach gebüßter Lust. Wie hatte er gestern gesagt, als sie sich ihm ergab: »Du bist gut, du bist besser als ich.«
Darüber rannen ihr jetzt die Tränen über das Angesicht.
Es war ein großes, gelbliches, von allen Wettern unsteten Daseins gegerbtes Gesicht. Irgendwann, vor Jahren, hatte man ihr gesagt, daß sie schön sei. Das war nun freilich lange her, aber vielleicht nicht so lange, als daß nicht doch manche Spuren davon in ihren Zügen zu entdecken gewesen wären. Ihr Haar war noch schwarz und die Zähne vorhanden, wenigstens die vorderen, die beim Reden und Lächeln zum Vorschein kamen. Ihre Augen waren groß und dunkel, aber müde, rotgerändert, fast wimpernlos. Sie mußte nachts Herrn Jungmanns Garderobe besorgen und seinen Frauenzimmern mit allerlei Nadelarbeit dienen.
Ihr Mann war Jungmanns erster Teilhaber gewesen. Miteinander, als Gleichberechtigte, hatten sie das Geschäft begonnen; aber Jung-

mann, der eigensüchtig Bedenkenlose, hatte den gutmütigen Partner mit der Zeit zum gewöhnlichen Schaukelburschen degradiert. Das Schaukeln aber hatte Katschenkas Gatte nicht vertragen, er war einmal, von einem Schwindel überkommen, gestürzt und hatte sich das Genick gebrochen. Der Witwe blieb nichts übrig, als dem Tyrannen weiter zu dienen.

Ehe es ganz hell geworden war an diesem Morgen, raffte sich Katschenka auf, stieg leise über Hans hinweg, knöpfelte sich die Bluse zu und strählte sich das Haar.

Als sie des Mannes erwachten Blick auf sich fühlte, sagte sie: »Ich geh jetzt, Honsa, steh auf oder bleib, mach's, wie du willst. Und denk nicht, Honsa, die Katschenka ist dumm und glaubt, du hast sie gern.«

»Warum willst du gehen?« fragte der Mann aus dem zerwühlten Bett hervor.

Die Katschenka erzitterte und sagte: »Was willst du denn noch von mir?«

»Dich«, sagte er und streckte den weißen Arm nach ihr aus. »Dich – dich –«

Die Stunden gingen, die aufsteigende Sonne schien auf das Dach des dreirädrigen Wagens, die hölzerne Verschalung glühte, es wurde innen heiß und stickig, die Vorräte dampften. Katschenka lag nackt in den rotkarierten Kissen, sie schämte sich nicht mehr, daß das volle Licht auf sie niederfiel, die Stunden dieses Morgens hatten ihre Scheu zerrissen. Der Mann saß neben ihr und befühlte seine mit roten Wundmalen bedeckten Schultern.

»Was hast du gemacht?« fragte er. »So ist noch keine zu mir gewesen.«

»Ja«, sagte sie, »es ist auch nicht so schnell eine wie ich.«

Nach einer Weile zog sie sich aber die Decke herauf. – »Ich war auch einmal eine Schöne, Honsa, wenn du es vielleicht auch nicht glaubst. In Prag war ich auf einem Schützenfest, da mußte ich als die Schönste dem Meisterschützen den Preis geben. Dann haben sie mich auf die Schultern gehoben und haben mich um den Saal getragen.«

»So ist es auch recht«, sagte Hans. »Schönheit muß man ehren, sie ist das höchste Gut auf dieser Welt. – Ja«, fuhr er fort, »was wahrhaftig schön ist, das bleibt auch schön in Ewigkeit, denn die Schönheit ist ein ewiges Gut. Freilich, freilich«, nickte er, als er ihrem zweifelnden Blick begegnete. »Das hat ein gescheiter Mann gesagt, ein Grieche, Platon hat er geheißen, vor vielen hundert Jahren hat er gelebt. Das Gute und Schöne, das hat er bewiesen, sind nicht umzubringen. Verstehst du das, Katschenka?«

Nein, Katschenka verstand das nicht, aber irgend etwas tat ihr wohl an dieser unverständlichen Rede, und in ihrem Herzen regte sich etwas wie eine Hoffnung, ein süßes, zärtliches, schmelzendes Verlangen. Sie legte die Hand auf Hansens Brust. – »Und wenn ich gut wäre«, flüsterte sie, »immer gut zu dir, Honsa, was wäre dann –?«

– So begann der neue Tag.

Herr Jungmann fand einen neuen Schaukelburschen, und Hans durfte wieder an die Drehorgel zurückkehren. Aber jeden Abend war er bei Katschenka zu Gast; er, der Vetter des Rittmeisters, war Gast bei der Zirkusköchin in dem dreirädrigen Wagen, in den rotkarierten Federbetten, in dem Dunst der in Kisten aufgestapelten Eßwaren. Oft brannte die kleine Spiritusflamme bei ihnen, dann braute Katschenka einen Grog. Oft wurde eine andere Flasche entstöpselt, und Hans trank mit der Witwe des Schaukelburschen, oder sie aßen zusammen einen aufgehobenen Leckerbissen von Herrn Jungmanns erlesenem Menü. Immer ging es mäßig dabei zu, denn Katschenka wußte, wo die Grenzen lagen, auch wenn sie in der Liebe keine Grenzen kannte. Hans erfuhr bei ihr, was zu erfahren er sich nie erträumt hatte, als er noch die Straßen seiner Heimatstadt entlangspaziert war. Der schwanke Kahn seines Lebens war in jener Stunde auf der Skurnaner Mühlenbrücke aus seinem Hafen fortgetrieben und irrte seither steuerlos auf stürmischen Wogen in einem, wie Hans sich manchmal weismachte, uferlosen Meer.

Doch als bei Einbruch des Herbstes die Jungmannsche Truppe in Budweis ankam, eröffnete ihm die Geliebte, daß sie nun ihrerseits dem Uferlosen ein Ende zu setzen und einen sicheren Port anzustreben beschlossen habe. Er, Honsa, sollte seine bürgerliche Reputa-

tion wiedergewinnen, und sie, Katschenka, wollte Honsas angetrautes Weib werden.
Hans hatte das Sparkassenbüchlein hergestellt, das von den geflüchteten Dieben zerstört worden war. Seine buchbinderischen Kenntnisse waren ihm dabei zustatten gekommen. Katschenka schaute ihm bei der Manipulation bewundernd zu. Es wäre unrecht zu sagen, daß sich in ihr auch nur für eines Augenblickes Dauer etwas wie habgierige Gelüste geregt hätten. Doch sie begriff es nicht – und wie sollte ihr einfaches Herz es je begreifen lernen? –, daß ein Mensch, der über einen solchen Märchenschatz verfügte, das verachtete Dasein eines Drehorgelmannes fristen sollte? Warum sollte er sich von Herrn Jungmann quälen lassen? Winters frieren und sommers schmachten im Zelt? Warum sollte er sich die Füße krummstehen und das Geplärr der Budenstadt ertragen, wenn es ihm, wie er beweglich klagte, von Tag zu Tag unleidlicher war?
So fragte sie sich, natürlicherweise und als vernünftige und praktische Frau. Als sie nun in Budweis kampierten, ergriff sie die erste Gelegenheit.
Hier nämlich besaß die Katschenka Verwandte. Burda hießen sie. Sie unterhielten in der Vorstadt einen kleinen Laden, eine Greißlerei. Seit Jahren suchten sie einen Teilhaber, der ihnen von ihren Schulden aufhelfen sollte. In diesem Umstand erblickte Katschenka einen Fingerzeig des Schicksals. Sie dachte, daß Hans den Kompagnon machen und damit wieder festen Grund unter den Füßen gewinnen könnte. Und sie war nach allem Elend ihres unsteten Daseins von der Aussicht auf eine seßhafte, ehrbare Ehe wie von der Aussicht auf eine ewige Glückseligkeit entflammt. Sie konnte sich nichts Herrlicheres denken, als – statt in einem hölzernen Wagen – in einem gemauerten Hause zu wohnen; nichts Süßeres, als daß sie, statt wie bisher eine hungrige, diebische, lüsterne und gemeine Meute zu füttern, einen einzigen zartgesinnten Kostgänger werde zu verpflegen haben. Von tausend Vorsätzen beflügelt, trieb sie ihre Pläne voran. Sie bot Hans den Burdas als Teilhaber an. Sie löste seinen Vertrag mit dem Zirkuspatron, mietete eine winzige Wohnung, versorgte diese aus Trödlerläden mit dem notwendigsten Hausrat und bestellte das Aufgebot.

Hans ließ das alles über sich ergehen.
Aber in seinem Inneren sah es seltsam aus. Er mochte sich sagen, was er wollte, und mochte sich selbst den platonischen Lehrsatz von der Unzerstörbarkeit des Schönen noch so oft wiederholen; er mochte sich sagen, daß er in Katschenka ein echtes Kind des slawischen Volkes und ein Opfer der ungerechten Weltordnung in Ehren zu halten habe; er mochte auch der Nächte gedenken, in denen er, in Finsternissen begraben, erfahren hatte, was die Liebe eines Weibes aus einem Mann machen kann: Katschenka, wie sie vor ihm stand, machte das alles nicht wett. Und wenn er denken sollte, daß sie nun das Schicksal seines Lebens bis zu dessen Ende werden sollte, daß er, der zu einem romantischen Abenteuer ausgezogen war, nun festwachsen sollte in einer mit Trödelkram ausgestatteten Wohnung als Teilhaber einer Budweiser Greißlerei, da blieb ihm der Atem stehen, und in seinen Adern erstarrte ihm das Blut vor Entsetzen.
Ängstlich und immer ängstlicher suchte er nach einem Hindernis bei der Einrichtung des neuen Lebens; mit starrem und immer starrerem Blick forschte er in Katschenkas Zügen nach den Spuren einstiger Reize; er war beschämt über ihr Glück und voll Furcht, daß sie seinen wahren Zustand entdecken und ihn mit Vorwürfen überschütten könnte. Wie von Basiliskenaugen gelähmt, ließ er es zu, daß die Braut die Hochzeitsgans kaufte, er folgte ihr mit dem Kramladenbesitzer zum Notar und setzte seine fahrige Unterschrift auf das schicksalhafte Papier. Aber dann schloß er sich in der neu gemieteten Wohnung ein und erhenkte sich an einem blaugestrichenen Fensterkreuz.

Um ein Haar hätte dies das Ende sein können und die letzte Tat des jüngeren Johann Bourdanin.
Aber der Zufall fügte es oder es fügte die Vorsehung, ohne deren Willen, wie es heißt, kein Sperling vom Dache fällt, daß eben auf dem First des Nachbarhauses ein Rauchfangkehrer einen Kamin putzte. Er sah den Unglücklichen in die Schlinge springen, sah ihn baumeln, zappeln, da fuhr der Schwarze seine rußige Leiter herab, schwenkte sie von der Dachrinne des Nachbarhauses zum Gesims

des Galgenfensters. Er kletterte hinauf, schlug die Scheibe ein und durchschnitt mit einem Messer den Strick.
Als Katschenka nach Hause kam, fand sie den Bräutigam quer über den noch uneingeweihten Ehebetten liegen; schwarzberußt war er, schwarzberußt waren die schneeweißen Laken, und eine rußige Gestalt kniete über dem Geliebten, hatte ihm Rock und Hemd aufgerissen und rieb ihm Hals und Brust aus Leibeskräften.
Auf dem Boden daneben lag der Strick.
Katschenka hob ihn auf, sie verbarg ihn in ihrer Hand und wußte alles –; und weit mehr, als was ihr der Kaminkehrer mitzuteilen imstande war.
Als sich am nächsten Tag die Bläue aus Hansens Gesicht verlaufen und als sich sein angegriffenes Herz erholt hatte, erschien sie bei ihm, um Abschied zu nehmen. Sie ließ ihren grüngestrichenen Reisekoffer vor der Türe stehen, um ihn nicht zu erschrecken. Mit schonenden Worten brachte sie es ihm bei, daß sie verschwinden werde. Vielleicht hätte es so vieler Schonung gar nicht bedurft; aber weil sie doch einmal angefangen hatten, auf zarte Weise miteinander zu verfahren, so blieb sie zart und schonungsvoll auch jetzt. Ein Leben habe er ja, sagte sie tröstend und streichelte ihm die Hand, der Vertrag bestehe ja mit dem Geschäft, und er, Hans, habe ein Heim, wenn es auch einfach sei und sicherlich weit weniger schön als das, woher er komme. Sie habe ihm eine Person bestellt, die werde ihm aufräumen, und die Frau Burda habe versprochen, ihn bei sich zu verköstigen. Somit empfehle sie ihn Gott, nur eine Postkarte solle er ihr schreiben, einmal im Monat, an die Adresse, welche sie ihm geben werde, denn sie gehe zu Herrn Jungmann zurück und steige wieder ein in den dreirädrigen Wagen und mache dort die Küche wie bisher.
Hier schwieg die Katschenka; vielleicht dachte und hoffte sie, jetzt werde der Geliebte einen Einwand erheben. Aber er erhob keinen Einwand, sondern nickte nur schwach; er sah sie nicht einmal an.
So ging sie hinaus und schloß die Tür hinter sich.
Honsa blieb allein in der Wohnung mit dem blaugestrichenen Fensterkreuz.
Er blieb, weil er nicht wußte, wohin er hätte sonst gehen können.

Vierzehn Tage saß er allein und zählte die Fliegen an der Wand. Dann erschien Herr Burda und fragte in ziemlich rauhem Ton, ob sich der neue Teilhaber nicht endlich um seinen Laden kümmern wolle; er, Burda, habe es satt, alle Arbeit allein zu tun. Also raffte sich Hans Bourdanin auf und ging mit in das Geschäft.
Wie man sich denken kann, hatte der Greißler an des Bürgersohnes Gulden zwar keinen schlechten Fang gemacht, an ihm selbst aber weder ein Geschäftsgenie noch einen Arbeitsberserker gewonnen. Immerhin ließ sich das Buckelmännchen dazu abrichten, Mehl und Kaffee auszuwiegen, Heringe einzuwickeln und das kleine Warenlager im Hintergrund des Gewölbes notdürftig sauber zu halten. Auch war er mit der Mäusejagd betraut und gewann darin mit der Zeit eine erstaunliche Geschicklichkeit. Er lernte sich auch auskennen in den Wünschen und Eigenarten der Kundschaft und in den kleinen Kniffen, mit denen das gewöhnliche Volk seinen Vorteil wahrnimmt. Er lernte, die gutmütigen Käufer ein wenig zu betrügen, dafür den scharfen und strengen vorzugeben.
Zwar hatte die Burdova versprochen, Hans an den eigenen Tisch zu nehmen; indessen kam man überein, daß Hans in der Mittagszeit den Laden hüten solle, indes das Ehepaar nach Hause ging. In einer verbeulten Menageschale brachten sie ihm dann das Essen mit, die zusammengekratzten Reste ihrer eigenen Mahlzeit. Wortlos nahm Honsa die Schüssel in Empfang, setzte sich neben die Heringsfässer auf eine Kiste und aß.
Wenn er am Abend nach Hause ging, war er todmüde. Er sperrte die Wohnung auf: kalt war es dahier, finster, unwirtlich. Es graute ihn, Licht zu schlagen; er streifte im Finstern die Schuhe von den Füßen und legte sich, wie er war, in Kleidern auf das Bett.
Später zündete er sich sein Petroleumlicht an und schlurfte umher zwischen Zimmer und Küche. Irgendwo lagen ein paar Bücher, die man ihm von zu Hause nachgeschickt hatte; aber wenn er eines davon aufschlug, starrten ihm die Buchstaben fremd und kalt entgegen; lieber ging er und goß sich das Schnapsglas voll.
So versank sein Geist immer mehr und mehr in einer abgrundtiefen Traurigkeit. Er kam sich so einsam vor wie ein Stein auf der Straße, und nicht selten betrachtete er das blaue Fensterkreuz, das ihn einst-

mals so wacker getragen. Er verfluchte das Messer des Kaminkehrers, das damals den Strick durchschnitten und damit seinen Lebensfaden verlängert hatte.

Jahr um Jahr ertrug er dieses elende Leben, bis er schließlich in schwere Krankheit verfiel.

Da jedoch erschien, ob durch eine Nachricht des Burda herbeigerufen oder durch eine sympathetische Ahnung ihrer Seele alarmiert, Katschenka an Hansens Krankenlager.

Sie hatte, wie sie beim Abschied vorausgesagt, wieder die Küche in Herrn Jungmanns Unternehmen besorgt. Sie hatte sich dort hänseln lassen als verlassene Braut; sie hatte die Zähne zusammengebissen, sofern sie solche noch besaß; denn in den Jahren der kummervollen Einsamkeit waren die Reste ihrer Schönheit rasch und gründlich in nichts zerfallen. Ihr Haar war ergraut, ihr Gesicht war faltig geworden, und zum Zeichen des endgültigen Verzichtes auf jeden weiblichen Anspruch hatte Katschenka das Mieder abgelegt. So kam sie eines Tages an Hansens Bett. Sie holte ihm einen Arzt und brachte seine zerrüttete Wohnung in Ordnung. Sie wachte bei ihm und pflegte ihn ins Leben zurück. Aber sie mochte einsehen, daß der verirrte Vogel in dem Bauer, in den sie ihn einstmals gesetzt, nicht gedeihen konnte. So machte sie sich, als die ärgste Gefahr gebannt war, daran, den kranken Nestling in den alten Käfig zurückzuführen.

Mit einem gewaltigen Federhut und einer zottigen Boa ausgestattet, setzte sie sich in die Eisenbahn und fuhr in Hansens Heimatstadt; sie fuhr zu seinen Eltern.

In allen diesen Jahren war Hans für Vater Johann und Mutter Margarete nicht etwa ganz verschollen gewesen. Sie wußten, nachdem er einmal seßhaft geworden, um seinen Wohnort, sie wußten auch, daß er sich in ein Geschäft eingekauft hatte, in ein Geschäft der Delikatessenbranche, wie sie sagten. Über die Art und Größe seines Unternehmens waren sie freilich nicht genau im Bilde. Unbefangen pflegten sie von der Firma »Burda und Bourdanin« (das klingt doch hübsch, nicht wahr?) zu plaudern. Zu Weihnachten und zu Ostern schickten sie dem Sohn kleine Päckchen. Sie schrieben ihm auch dann und wann. Von ihren Einkünften sandten sie ihm nichts, denn sie hielten ihn für versorgt und waren nicht wenig stolz darauf, daß der Sohn, nachdem er im Buchhandel lange ungünstig laboriert hatte, in der Lebensmittelbranche so prächtig prosperierte. Auch hatten sich die beiden niemals aufgerafft, nach Budweis zu fahren; Vater Johann war allen Ortsveränderungen von Natur abgeneigt, und Mutter Margarete war durch ihr Fußleiden an allen Unternehmungen verhindert.

Nun aber war Katschenka in der Johanniterklause erschienen und saß in dem Salon mit den dünnbeinigen Tischchen und zarten Nippsachen, sie saß auf dem zierlichen Sofa mit dem himmelblauen Bezug und erzählte die Geschichte des verlorenen Sohnes. Die Mienen der Eltern wurden bei dieser Erzählung lang und länger, blaß und betreten, wie nur je die Mienen von Eltern waren, die sich über die Schicksale ihrer Nachkommenschaft in rosenrote Hoffnungen gewiegt hatten und endlich zu einer bitteren Wahrheit aufgeweckt werden. Die Katschenka verschwieg ihnen nichts, auch nichts, was ihre eigene Person und was ihre Rolle in Hansens Leben betraf.

»No, hab ich mir halt gedacht, werd ihn heiraten, den Hascher, sonst verkommt er noch ganz. Aber, daß er sich gleich aufgehenkt hat, das wäre nicht nötig gewesen; hätt ihn doch auch verstanden, wenn er mir gesagt hätte: will dich halt nicht, Katschenka, bist mir nicht fein genug.«

»Aufgehenkt?« flüsterte Vater Johann.

»No ja, mit Strick an Fensterbalken, aber ist gekommen Komenik und hat ihn abgeschnitten.«

Johann und Margarete warfen einander einen entsetzten Blick zu.

»Swata Maria!« murmelte der Mann und wischte sich den Schweiß von der kalkweißen Stirne.

»Armes Buberl«, rang Frau Margarete die Hände. »Wenn ich das gewußt hätt!«

»Und jetzt ist er halt krank, der Honsa«, fuhr die Katschenka fort. »Und muß ihn wieder einer abschneiden und herunterholen, geradeso wie damals.«

»Was!« schrien die Eltern aufspringend. »Er hat sich wieder aufgehenkt?«

»Aber nein«, erklärte die Katschenka, »hab nur so gemeint, daß

gnädige Herrschaft versteht: Honsa muß man helfen, sonst ist er furt.«
»Was fehlt ihm denn?« stammelte Mutter Margarete mit bleichen Lippen.
»Is das und das«, antwortete die Katschenka, »hat er es am Magen und in die Gedärm von schlechtem Essen, was ihm die Burdova, das Mistvieh, gegeben hat, immer nur kalte Knödel und Bramburi und höchstens ein Paarek am Sonntag. Aber was die Hauptsache ist an dem Honsa seiner Krankheit, das ist das Gemüt. Ich kann ihm kochen Tee und kann ihm geben Medizin! Aber sein Gemüt –« Katschenka schüttelte das Haupt unter dem Federhut – »Wenn ich noch jung wäre, könnte ich ihm vielleicht auch Gemüt heilen, aber so, wie ich geworden bin, alte Frau.« – –
»Die Mutter kann niemand ersetzen«, fiel ihr Frau Margarete hastig ins Wort.
Ja eben, sagte die Katschenka, das bilde sie sich auch nicht ein, nicht mehr. – Der Widerschein eines Lächelns zuckte um ihren Mund, und in ihren Augen irrlichterte es wie von einer wilden, schmerzlichen Erinnerung. – »Wenn er jetzt braucht Mutter, muß Mutter fahren«, schloß sie, »und muß ihn herbringen, weil Honsa allein nicht kommen wird.«
»Ja«, ächzte Frau Margarete und blickte auf ihre Füße nieder, »dann muß ich es halt tun, dann muß ich ihn halt holen.«
So sei es recht, sagte die Katschenka, sie hakte die Boa über der Brust zu, drückte den Hut in die Stirn und erhob sich. – Morgen komme sie um dieselbe Zeit, da könnten sie gleich zum Zug gehen.
»Zum Zug?! Schon zum Zug?!« murmelte Vater Johann, und Mutter Margarete wandte ein, so schnell werde sie nicht reisen können, erst müsse sie sich die größten Hühneraugen operieren lassen.
»Und wir wissen ja nicht«, sagte Vater Johann, »wir wissen ja gar nicht, ob es der *Balthasar* dulden wird.«
Die Katschenka hielt inne und rollte fragend den Blick. – Wer denn das sei, der Balthasar?
Nun, der Rittmeister Balthasar Bourdanin, erklärte Vater Johann, die Augen gen Himmel hebend, als nennte er den Namen einer

mächtigen Gottheit. – »Der Herr Rittmeister, muß Sie wissen, ist der Chef von unserer Familie.«
»So, der Chef?« fragte die Katschenka zurück. »Hat mir Honsa erzählt von einem Wüterich, der alle haut mit eisernem Stock.«
»Nein, nein!« riefen Frau Margarete und Vater Johann wie aus einem Munde, und Johann fügte erklärend hinzu: »Der mit dem eisenbeschlagenen Stock, das war der Vater, Gott hab ihn selig, der alte Josefus.«
»Ist aber auch Wüterich«, beharrte die Katschenka, »der was jetzt noch lebt; und will ihm selbst sagen, was ist mit Honsa.«
»Nein!« schrien die Johanniter, das dürfe niemals geschehen.
Katschenka schwieg eine Weile. Man sah es ihr an, daß ein gramvoller Zorn ihre Brust durchwühlte, dann richtete sie sich empor und sprach: »Glauben die gnädigen Herrschaften, daß ich Schande bin für ihren Sohn, und daß Schande ist, daß so eine, wie ich bin, ihn heimbringen muß zu seinem Tati und seiner Mama? Aber die gnädige Herrschaft soll es gleich wissen, und es ist am besten, ich sag es jetzt schon: wenn der Honsa heimkommt, komm ich auch und werd mich nicht verstecken und geh nicht weg von ihm. Er ist einziger Mensch, den ich gern gehabt hab auf der Welt und laßt sich die alte Katschenka nicht wegjagen von ihm wie schlechter Hund. Laßt sich nicht wegjagen«, wiederholte sie, »weil sie sieht, daß der Tati und die Mami nicht ganz genau wissen, was Honsa braucht, und weil sie zwar sehr vornehme Herrschaft sind, sehr feine Herrschaft, aber Angst haben vor Wüterich, mehr Angst haben als um eigenes Kind. Und das ist traurig.«
Also sprach sie, und es war die letzte Erklärung, welche Katschenka für dieses Mal abgab im Johannitischen Hause. Sie ruckte noch einmal an ihrem Federhut, hakte die Boa noch einmal zu und fuhr zur Tür hinaus.

Das Elternpaar blieb allein zurück. Es war geschlagen durch die Nachricht vom Unglück des Sohnes. Aber noch schrecklicher stieg Balthasarens drohende Gestalt vor ihnen auf. Was würde sich über ihren Häuptern entladen, wenn er erführe, wie Hans zurückkehrte und wer ihn im Schlepptau führte? Eine Zirkusköchin, eine Gefallene.

Noch spät am Abend lief Onkel Johann in Nachthemd und Zipfelhaube händeringend im ehelichen Schlafgemach auf und ab. – »Er wird es nicht dulden«, jammerte er, »nie wird er es dulden. Er denkt doch immer nur, was die Ehre ist – und nun kommt diese Person, Margaretchen, diese Person!«
»Ja, schrecklich, schrecklich! Aber wir müssen ihr doch dankbar sein in gewisser Hinsicht.« – Frau Margarete saß auf dem Rand ihres Bettes, sie hatte einen ihrer entblößten Füße vor sich auf ein Taburettchen gestellt und versuchte, sich mit der Schneide eines Rasiermessers ihren schlimmsten Hühneraugen zu nähern; aber die Fülle ihres Leibes hinderte sie daran, sie ächzte schmerzlich.
»Dankbar«, rief Vater Johann, »dankbar sollen wir der Weibsperson sein? Hast du dir eine solche Schwiegertochter gewünscht?«
»Nein, wahrlich nicht.«
»Es wäre mir ja schon alles recht und es wäre ja schon alles gleich«, fuhr der Mann fort, »aber was können wir denn schon gegen Balthasar tun?«
Die Frau zog ihren Fuß stöhnend heran. – »Du mußt es ihm sagen«, brachte sie aus der gepreßten Brust hervor, »du selbst.«
»Ich?« fragte der Vater entsetzt.
»Ja«, stieß Margarete zwischen zusammengebissenen Zähnen hervor. Dann sank sie aufatmend zurück. Sie hatte heldenhaft bis an die Wurzel durchgeschnitten.
»Ich selbst«, flüsterte Johann mit versagender Stimme.
Am andern Morgen begab sich der Unglückliche in die Jagemannstraße. Es war wie damals, als er seinem Schwiegersohn nach dessen Vermählung den ersten feierlichen Besuch abstattete; stundenlang hatte er sich mit Kleidern, verlegten Hemdknöpfen und der ängstlichen Verwirrung seiner eigenen Seele abgequält. Unfähig den Weg zu Fuß zurückzulegen, hatte er einen Wagen bestellt, war für ein fürstliches Trinkgeld bis zu den Atlantischen Jünglingen gefahren und hatte schwitzend vor Aufregung das zweite Stockwerk erstiegen. Da aber öffnete sich die Tür, und der Gefürchtete selbst prallte mit Stock und Hut und einer Reisetasche hervor. – »Da bist du ja, Onkel!« rief Balthasar. »Ich wollte gerade noch bei dir vorbeisehen. Komm herein, ich weiß alles.«

Onkel Johann fand vor Zittern kaum aus seinem Überrock.

»Sie war gestern da, die Katschenka«, fuhr der Rittmeister fort. »Die Katschenka, eine kreuzbrave Person. Und jetzt fahre ich mit ihr nach Budweis und hole den armen Hans nach Hause.«

## FÜNFTES HAUPTSTÜCK

# *Die Verheißungen*

### *Keime*

Danach vergingen die Jahre.

Vorbei war die Epoche Bourdaninscher Eheschließungen, Hausgründungen und Erstgeburten. Es folgten eintönig fließende Jahre, die Zeit stehender Umstände, langwieriger Abwicklungen. In solchen Zeiten werden Kinder geboren, sterben Greise, beides gehört zur Lebensabfolge wie Tag und Nacht. –

Der große Koch des Daseins scheint Urlaub genommen zu haben. Die aufgesetzten Kochtöpfe sind sich selbst überlassen, die menschlichen Umstände sieden still in ihnen fort, bis sie gar sind. Dann aber – dessen können wir sicher sein – kommt der große Meister zurück, stürzt alle Häfen um, mischt alle Inhalte durcheinander und macht sich daran, das nächste überraschungsreiche Festmahl des Lebens zu bereiten.

So wollen wir uns bescheiden an die Tür setzen und warten.

Unsere Tür ist die uns wohlbekannte – die einzige benutzbare, weil nicht zugenagelte von dreien – in der Jagemannstraße, mit dem Messingschild des Rittmeisters Bourdanin.

Drinnen ist Stille, nur dann und wann ein Schritt. Aber schließlich stürzt innen jemand gegen die Klinke, reißt sie herab und die Türe auf. Es ist ein kleines Mädchen. Es ruft heraus: »Fritzl, wo bist du?«

Das kleine Mädchen kennen wir noch nicht. Es ist Marie Bourdanins jüngste Tochter Luise, das fünfte Kind. Die Sechsjährige steckt in einem verwaschenen Pepitakleid, hat einen Reifen aus braunem Schildpatt im Haar: es ist ein dünnes, blondes, seidenfeines Haar, das ihr fransig in den Nacken fällt. Die Wangen der Kleinen sind

länglich und blaß. Sie gleicht bei näherem Hinsehen der schönen Tante Ernestine, so etwa, wie ein zerzaustes Gänseblümchen einer stolz erblühten Margerite gleicht.
»Fritzl«, so ruft das kleine Mädchen noch lauter. »Wo bist du?«
Fritzl ist der jüngste Bruder, das sechste und letzte Kind.
Da sich im Treppenflur nichts regt, schlägt Luise die Tür zu und fährt fort, in der Wohnung zu suchen und zu rufen. Bald gesellt sich ihrer Stimme eine zweite: »Fritzl, Fritzl, gib Antwort!« Abermals geht die Türe auf, Luise kommt mit Kläre herausgestürzt; Hand in Hand trappeln sie die Treppe hinab.
Nun geht es durch Hof und Garten. »Fritzl, wo bist du?«
Wenn nur die Mutter nicht so krank wäre! Aber seit einer Zeit ist sie oft elend daran. Ein Steinleiden plagt sie, es sitzt in der Galle. Immer wieder kommen die Krämpfe. Dann wird sie blaß, wankt, ächzt und taumelt. Schweiß tritt auf ihre Stirn. Schließlich liegt sie auf dem Bett und windet sich. Erst gestern war es so.
Heute steht schon wieder die Nähmaschine vor Mariens Bett. Sie hat sich den Zupan über die Nachtjacke gezogen, die Füße in Babutschen gesteckt, so sitzt sie und näht. Das Stieftöchterchen hat morgen Namenstag, da soll das neue Schulkleid fertig werden. Mit bebenden Händen ist Marie daran, die meterlangen Volants an den Rock zu setzen. Die Räder rasseln, die Nadel zuckt in ihrem stählern blitzenden Füßchen. Ist die Naht zu Ende gebracht, ist auch die Mutter am Ende ihrer Kräfte. Sie sinkt zusammen, schließt die Lider, atmet tief. »Bald bin ich fertig, bald.« Die Kinder kommen, lehnen sich an ihre Schultern: »Mutter, erzähl uns was!« – »Mutter, wann kriegen wir Jause?«
Aber jetzt ist Fritzchen, der Kleinste, verschwunden. Eben war er noch da; niemand kann begreifen, wohin er geraten sein könnte. Die beiden Mädchen Kläre und Luise haben das ganze Haus durchstöbert.
»Auch im Keller ist er nicht, und bei den Fürthischen auch nicht. Überall haben wir gesucht, überall gerufen.«
»O Gott, o Gott, was quält ihr mich?! Wo ist denn Roderich? Wo ist Balthasar?«
»Balthasar sitzt nebenan und liest. Du weißt doch, Mutter, wenn Balthasar liest, dann hört und weiß er nichts.«

»Balthasar! Balthasar!«

Der große Knabe fährt von seinem Buch empor. »Mutter, was ist –? Du darfst nicht aufstehen.«

»Balthi, hilf mir!«

Dem Jungen schießt das Blut ins Gesicht. Auf dem Schulatlas liegt der »Robinson Crusoe«.

»Bring mir den Fritzl!«

»Ja, Mutter, ich bring ihn dir.« Diensteifrig stürzt er davon.

Frau Marie läßt sich auf einem Schemel nieder. Sie zieht die Knie an den Leib, sie krümmt sich zusammen. So zu kauern, das, dünkt sie, läßt sich noch am besten ertragen. Sie preßt das Gesicht in die Hände und flüstert Fritzls Namen. Sie flüstert ihn mit wilder Inbrunst wie ein Gebet. Wohin kann das Kind geraten sein? Es ist scheu und ungeschickt, es lauern tausend Gefahren überall. Der Vater ist fort, Gott sei Dank. Von allem, was geschehen kann, ist Bourdanin am meisten verhaßt, wenn eines der Seinen abhanden kommt.

Ein leises Scharren an ihrem Ärmel läßt Frau Marie aufschauen. Luise steht neben ihr. »Du, Mutter!«

»Ja.« Die Mutter ächzt es.

Die kleine Blasse ist noch um einen Schein blässer als sonst. In ihren lichtblauen Augen dunkelt der Kummer. »Mutter, der Fritzl – Mutter, du hast mir doch erlaubt, daß ich mir ein Stück Kuchen nehmen darf.«

»Ja, und?«

»Und dem Fritzl hast du's auch erlaubt. Er hat das seine aufgehoben auf dem Fensterbrett hinter dem Vorhang –«

Ja, das ist Fritzls Art. Wenn die Kinder ein Geschenk bekommen oder einen Leckerbissen, kann er sich an seinem Teil nicht erfreuen wie die andern. Fritzl geht und hebt das Ding auf, legt es in ein Versteck, um es später zu zeigen, zu verteilen oder sich auch nur heimlich an dem Schatz zu weiden. Nicht immer findet er ihn wieder, der arme Kleine.

Auch dieses Mal fand Fritz den Kuchen nicht mehr, Luise hatte ihn stibitzt. Das bekennt sie jetzt der Mutter, langsam, halb erstickt vor Reue. Tränen rollen ihr dabei, wie Diamanten blitzend, die Wangen herab.

»O Luise, das hättest du nicht tun dürfen. Du weißt doch, wie sich der Fritzl kränkt.«
Die Kleine nickt zerknirscht. Schluchzend kriecht sie der Mutter auf den Schoß und vergräbt ihren Kopf an deren Brust.
Unterdessen haben Kläre und Balthasar das Haus nochmals durchstöbert. Aber niemand hat den Fritzl gesehen, er ist verschwunden.
Die gutmütige Frau Fürth schnaubt die Treppen zum zweiten Stockwerk herauf. Als sie Mariens ansichtig wird, schlägt sie die Hände zusammen. – »Aber liebe, gute, gnä' Frau, wie schaun S' denn aus, Sie müssen ins Bett.«
Doch die Mutter klammert sich an ihrem Schemel fest. Hier will sie sitzen und warten, bis ihr Fritzchen gefunden ist. Wie kann sie liegen, solange das Kind umherirrt, weiß Gott denn, wo?
»Regen S' Ihnen doch nicht so auf, gnä' Frau, liebe, gute! Können S' Ihnen erinnern, wie der Roderichl, der Lauser, weggelaufen ist mit dem abgerissenen Hosenknopf und hat Zuckerl kaufen wollen damit beim Novak? Wer weiß, ob nicht der Fritzl auch hat Zuckerl kaufen wollen, der Dreikäsehoch, der patscherte.«
»Ach nein.« Der Schatten eines Lächelns geistert um den schmerzverzerrten Mund der Mutter. »Das macht der Fritzl nicht, der ist nicht übermütig wie der Roderich, der ist nur gekränkt.«
Jetzt hilft nichts mehr. Marie wendet sich an den Ältesten. »Balthasar, jetzt mußt du den Vater holen.«
Der Vater ist auf dem Gericht; wieder auf dem Gericht. Nach jenem einen Prozeß, den er für seine Mündel gefochten, kommt er von derlei Händel nicht mehr los. Die Stadt hängt ihm als einem Mann der allerunbestechlichsten Rechtlichkeit eine Vormundschaft nach der anderen an. Viererlei Waisen hat er nun zu betreuen, hat damit manchen Weg, manche Arbeit, manche Streitigkeit. Nicht selten denkt Marie im stillen, wie sehr seine eigenen Kinder des Eifers bedürften, den er für fremde Belange einsetzt. Die Ehrenämter bringen natürlich keinen Groschen ein. Dann schlägt sie die Anwandlung nieder, sie will nicht rechten und klagen, und es regt sich in ihr doch auch etwas wie ein Stolz auf des Gatten überstrenge Rechtschaffenheit.
Balthasar muß also dem Vater das Verschwinden des jüngsten Kin-

des melden. Man muß die Polizei rufen, man muß das Rathaus verständigen. Das alles ist Sache des Vaters.
O Fritzl, Fritzl, wo bist du? – Die Mutter hatte sich, nachdem sie Roderich bekommen, keinen zweiten Sohn zu dem ersten gewünscht. Der Vater liebte Roderich nicht, die Jahre hatten nichts daran verändert. Was sollte ein zweiter Sohn neben dem ersten, wenn der erste schon des Vaters Herz nicht hatte gewinnen können? Aber der zweite Sohn kam: er war klein, jämmerlich mager und sehr still. Roderich war in den Windeln schon ein Unband gewesen, immer nacktgestrampelt, blaugeschrien, und dann, wenn er zu lächeln geruhte, ein Engel voll Süßigkeit. Aber der kleine Fritz war so armselig. Sein Körperchen war aufgetrieben, sein Gesicht faltig wie das eines Greises. Er schaute mit trüben enttäuschten Augen, mit den Augen eines frierenden traurigen Äffchens. Er schrie selten, wenn aber, herzzerreißend schmerzlich. Als er laufen lernte, zog er einen Fuß nach. Die Mutter war verzweifelt. Sie befragte Doktor Rübsamen, der untersuchte das Kind, er maß und knetete und konnte keinen Fehler finden. Die Mutter brachte das Kind zu einem anderen Doktor. Der betrachtete das Bürschlein, ließ es spielen und nahm es mit sich in den Garten zum Kirschenpflücken. Dann fragte er die Mutter, ob sie das Kind oft ermahnt habe, weil es das Füßchen nachschleife. Freilich, sagte die Mutter, immer habe sie dem Knäblein zugeredet und es gebeten, doch nur einen einzigen geraden Schritt zu tun. Gerade das sei falsch gewesen, sagte der Mann, und gerade ihre Mahnungen hätten das Übel verstärkt. Man solle das Bürschlein ruhig gewähren lassen, als sei alles in Ordnung. Die Mutter wunderte sich und verstand nicht, was der Doktor bezweckte, aber sie tat, wie er geheißen. Und siehe, kaum waren drei Wochen vergangen, da vergaß sich das Kind und lief ohne zu hinken. Begann man aber von dem alten Gebrechen zu reden oder begegnete das Kind einem Stelzfuß oder Hinkebein, gleich tat es wieder wie vorher und knickte bei jedem Schritt in das linke Knie.
So steckte der Kleine voll seltsamer Grillen. Der Vater blickte wenig nach diesem Sohn. Und doch war es gerade Fritzchen, der, wie die Mutter erkannte, am Vater mit abgöttischer Bewunderung hing.

Nahm er Balthasar und Roderich mit sich auf einen Gang durch die Stadt, stand Fritzchen an der Tür und blickte stumm, verzerrten Gesichts hinter ihnen her. Die Mutter konnte ihn nicht trösten. Unablässig schien ein Meer von Kummer in diesem Kind zu wogen, ein Meer zugleich schmerzlich-süßer Bewunderung für die Vatergestalt.

Von Balthasar benachrichtigt, war der Rittmeister nun sehr zornig, weil nicht wenig erschrocken nach Hause zurückgekehrt. Er hatte den Verlust schon bei der Polizei gemeldet und wollte eben aufbrechen, die Runde zu machen in der Stadt bei allen Verwandten und Bekannten, zu denen sich das Kind vielleicht verirrt haben konnte; – da erscholl aus dem Nebenzimmer ein durchdringender Schrei. Luise, die Sünderin, hatte ihn ausgestoßen.

Sie lag bäuchlings auf dem Boden und zeigte unter das Bett der Mutter. – »Da ist er ja«, schrie sie. »Da ist er ja.«

Im Nu war die ganze Geschwisterschar neben ihr hingestreckt. Dort lag, in den hintersten Winkel verkrochen, ein winziges Häuflein Elend, das aus vor Jammer grellen Augen den anderen entgegenglotzte. – »Da ist er ja! Fritzl, Fritzl!« heulte der Chor.

»Ja, Herrgottsakrament!« schrie der Vater und schleuderte den Stock quer über den Tisch. »Bin ich in einem Narrenturm?«

Die Mutter lehnte zitternd an der Wand.

»Her mit dem Kerl, ich schlage ihn blau.«

»Nein!« Die Mutter schrie es laut. »Nein, nein!« – Und zu den Geschwistern gewendet rief sie: »Gebt ihn mir.«

Die größeren Knaben waren schon unter das Bett gekrochen und hatten den kleinen Bruder, der sich im eisernen Gestänge festzuklammern versuchte, mit vereinten Kräften hervorgezerrt. Sie förderten zuerst seine Beine, dann sein mageres Hinterteil in der verflickten Hose, schließlich Leib und Arme hervor; zuletzt erschien das Gesicht und ließ sich nur mit Gewalt dem Lichte zuwenden: Es war ein verweintes, bleiches, von wildem Kummer ganz verheertes Kindergesicht. Die Mutter war hinzugewankt, sie öffnete die Arme und empfing das Bündel an ihrer Brust.

Der Vater stand wortlos. Dann nahm er Stock und Hut und ging hinaus.

Er blieb den ganzen Abend fort. Das Mädchen brachte das Nachtmahl, für Frau Marie ein Täßchen Milch. Schweigend saßen die Geschwister bei Tisch. Fritzchen lag noch bei der Mutter im Bett. Er hatte sich in den Schlaf geweint.
Aber auch die anderen Kinder waren erschöpft von der Erregung. Erst nach dem Essen belebte sich ihr Gespräch; da war es auch schon an der Zeit, schlafen zu gehen. In der Küche wuschen sie sich. Kläre besorgte das Geschäft an Luise und bestand darauf, daß sich auch Roderich einiger Reinigung unterzog. Margaret war schon fertig, saß in Hemd und Nachtjacke auf ihrem Bett und betete den Rosenkranz. Ihr schönes braunes Haar baumelte in schweren Flechten über ihren Rücken herab. Kläre pirschte sich leise an die Schwester heran.
»Du, Margret –«
Diese blickte sich flüchtig um. »– – der für uns gegeißelt worden ist. Heilige Maria, Mutter Gottes, bitte für uns arme Sünder –«
Kläre saß eine Weile still. Dann versuchte sie es von neuem. »Du, Margaretchen –«
»Was ist denn?«
»Du, ich möchte dich kämmen.«
»Ach, schon wieder. – Gegrüßt seist du, Maria ...«
Kläre berührte die Zöpfe der Schwester wie herrliche Zauberdinge. – »Was willst du dafür, wenn ich dich kämmen darf?«
Margarete zuckte die Achseln.
»Ein Sechserl!« flüsterte Kläre atemlos. – »Margaret, willst du ein Sechserl haben?!«
»Und benedeit ist die Frucht deines Leibes – –« Es ist das letzte Ave des Schmerzhaften Rosenkranzes.
Gott sei Dank, denkt Kläre, jetzt darf ich sie kämmen.
Aber die Schwester nimmt das Kreuzchen noch einmal zwischen die gefalteten Hände, das bedeutet, daß sie von neuem beginnen will.
»Nicht mehr den Glorreichen!« fleht Kläre. – »Margaret, nur nicht mehr den Glorreichen. Ein Sechserl geb' ich dir und die gelbe Perle dazu.«
»Die weiße auch«, läßt sich die Schwester vernehmen.
Kläre schweigt erschrocken. Die schöne weiße Perle von Tante Er-

nestines Sonntagspompadour! Aber dann schluckt sie tapfer und willigt ein: Margaret soll auch die weiße Perle haben!
Schon hat Kläre Kamm und Bürste in der Hand. Voll Eifer löst sie der Älteren die Zöpfe auf, breitet die Flechten aus. Ach, so herrliches Haar! Nie wird sie so herrliches Haar haben. Sie hat der Mutter seidig zarten Haarwuchs, doch rabenschwarz. Darum hat man sie auch das Zigeunerkind genannt und hat ihr erzählt, daß man sie irgendwo aufgelesen habe. Wie lange hat dieser Scherz sie bitterlich betrübt! Jetzt hat sie darüber lachen gelernt, aber irgendwo sitzt noch ein Stachel.
Sie bürstet und kämmt und wühlt neidlos glückselig in Margaretens Haarfluten; dann aber ist die ihr gnädig bewilligte Zeit vorbei, sie muß das Sechserl bringen und die gelbe sowohl wie die weiße Perle abliefern. Schließlich wird finster gemacht.
Die Jalousien sind herabgelassen, aber weil Vollmond ist, dringt doch ein blasser Dämmerschein herein. Roderich und Luise schlafen schon, Balthasar hat sein Bett beim Vater, Fritzchen im Krankenzimmer der Mutter. – Da erhebt sich Margarets Stimme, sie dringt dumpf unter dem dicken Federbett hervor: »Du, Kläre!«
»Ja, Margret!«
»Siehst du es dort?«
»Was denn?«
»In der Ecke beim Kasten, es bewegt sich –«
»Aber nein.«
»Doch, und es hat Augen! Das ist ein böser Geist!«
»Das ist doch die Bettdecke, Margret!«
»Nein, nein.«
»Ich geh hin und greif sie an!«
»Nein, das wäre eine Versuchung!«
»Es ist doch nur die Bettdecke.«
»Aber ich sehe doch, daß es Augen hat!« – Und nach einer Weile flüstert die Stimme der Älteren bebend: »Geh halt hin und rühr's an!«
Kläre steigt aus dem Bett, geht auf das weißlich fahle Unding zu und faßt es mit beiden Händen. Es fällt zu Boden, Margret stößt einen Schrei aus. Aber Kläre hebt es auf und wirft es über die Ofenblende zurück, wo es vorher gehangen hat. »Es ist doch nur die Decke«, sagte sie und schlüpft in ihr Bett.

Nach einer Weile taucht Margrets verschwitzter Kopf aus den Kissen empor. – »Jetzt ist es wieder dort«, flüstert sie.
»Ja, freilich«, platzt Kläre heraus, »ich hab es ja hingehängt.«
Eine Weile herrscht Schweigen.
»Kläre, darf ich zu dir kommen?«
»Aber ja, komm nur.«
Die große Schwester huscht zu der Kleinen unter das Federbett. Sie ist vor Angst ganz naß geschwitzt. Zitternd schmiegt sie sich an der Jüngeren schmächtigen Kinderkörper. Nach einiger Zeit schläft sie ein. Kläre liegt bescheiden auf der Kante.

## *Ein Vermächtnis*

Im folgenden Winter kehrte das Unglück im Hause Wanka ein. Frau Emma starb an einer Bauchfellentzündung. Es war kaum zu fassen, daß gerade sie, die genußfrohe Lebenskünstlerin – als erste von ihren Geschwistern – Abschied nehmen mußte von dieser Welt, und nicht einmal an einem Schneckengericht starb sie, – hatte sie nicht oft genug beteuert, daß sie sich am liebsten an einem solchen totessen wollte? – Ein einziges simples tückisches Kümmelkörnchen hatte sich in ihren Blinddarm gebohrt und dort die tödliche Entzündung hervorgerufen. Die Ärzte wagten nicht, Frau Wanka zu operieren, und ließen sie aus Angst vor einem Kunstfehler an der unaufhaltsamen Vergiftung sterben.
Ehe es mit der Frau zu Ende ging, spielten sich in der Wankaschen Prachtwohnung die schrecklichsten Szenen ab. Die Zimmer widerhallten von Schmerzensschreien. In Fieberglut wälzte sich die arme Sybaritin auf ihrem Bett. Erst in der letzten Stunde ließ das Toben nach. Das Fieber fiel, aber das Herz stellte seine Tätigkeit ein. Man hatte nach einem Geistlichen geschickt, ließ ihn aber, als er kam, doch nicht in das Sterbezimmer; die Verscheidende, so glaubte Herr Wanka, müsse geschont und dürfe nicht durch die Spendung der Sterbesakramente erschreckt werden.
Indessen bewies die arme Frau selbst mehr Fassung, in der letzten Stunde zeigte sie sich nur noch um das Geschick ihres Kindes, des

lockigen Karlinchen, besorgt. Sie winkte ihrem Mann und winkte ihrer Schwester Franziska, mühsam stammelte sie den Namen der kleinen Tochter.
Karlinchen wurde aus dem Nebenzimmer geholt. Die Mutter ächzte, als sie das Kind sah. Sie ergriff die Hände des Gatten und die ihrer Schwester und fügte sie, indem sie sich mit einer beinahe übermenschlichen Anstrengung aufrichtete, über dem Scheitel des Kindes zusammen. In dieser Geste war Frage, Bitte, Beschwörung, alles, was sich in einem von Angst und Qual gepreßten Mutterherzen bewegen kann. Wanka und Franziska beeilten sich, überstürzte Versprechungen zu stammeln. »Wir wollen alles tun, wir beide! Beide und gemeinsam! Ja, wir verstehen dich, wir wissen, was du meinst!«
Wußten sie es wirklich? Und wollte nicht vor allem der Mann der Sterbenden nur einen raschen Trost gewähren? Aber die Flügeltüren standen offen, und im Nebenzimmer drängte sich die Verwandtschaft – stundenlang hatte man hier schon gewartet, gemurmelt, geseufzt, geweint –, und jetzt, da offenbar der letzte Augenblick gekommen war, erhaschte man das Bild: Wanka und Franziska vor Emmas Bett, zwischen ihnen das Kind und die Hand der Sterbenden zu einer Art Segenszeichen erhoben. Jetzt sank sie zurück, etwas wie ein Lächeln zog über ihr Gesicht, sie verdrehte die Augen, und die letzte Phase der Agonie begann.
Als alles zu Ende war, eilte Rosine auf Franziska zu. »Wir haben alles gesehen, alles gehört«, flüsterte sie, laut genug, daß ihre Worte in beiden Räumen zu vernehmen waren. »Die edle Emma, Gott mag es ihr vergelten.«
Wanka erblaßte, Franziska erhob sich. Ihr backenknochiges Gesicht war wie in Glut getaucht.

Emma war in einem Begräbnis erster Klasse auf dem Friedhof beigesetzt worden – wir erinnern uns, sie allein hatte nichts von Graberwerbungen und ähnlichen makabren Dingen hören wollen, und Schwester Franziska mußte im letzten Augenblick noch mit ihrem Grabplätzchen einspringen. Dieselbe Franziska ergriff nun die Zügel des verwaisten Haushalts. Von früh bis spät weilte sie jetzt in der Wankaschen Beletage, und bald sprach man in allen Salons von

einer baldigen Hochzeit. Franziska äußerte sich kaum, wenn sie darauf angesprochen wurde, ihr Schweigen war stolz und ernst: so schweigt ein Mensch, der sich vorgenommen hat, einen hohen Auftrag tadellos pflichtgemäß zu erfüllen.
Der Einzige, der tat, als hätte er die Szene an dem Sterbebett nicht bemerkt oder als hätte er sie sich nicht zu deuten gewußt, war der Rittmeister.
»Was soll das heißen, daß Franziska jetzt immer bei Wanka steckt? Es sieht geradeso aus, als ob – Wanka wird die Karlin in ein Kloster geben müssen.«
»Meinst du?« fragte Marie.
»Ei, freilich, warum denn nicht? In einem Kloster ist ein Kind ohne Mutter am besten aufgehoben.«
»Hm.«
»Hm! Was soll das geheimnisvolle Getue, zum Donnerwetter? Du wirst doch nicht sagen wollen –?!«
Marie beugte sich über ihre Arbeit. »Ach, Balthasar«, erwiderte sie. »Du mußt es doch längst gemerkt haben: Franziska wird Karls zweite Frau. Das ist eine beschlossene Sache seit Emmas Tod.«
Eine beschlossene Sache! Ah! War das möglich? War das denkbar? Der Rittmeister hatte jenen Weihnachtsabend nicht vergessen, an dem sich die Schwäger in seinem Hause entzweit hatten. Aus niedriger Eifersucht hatten sie sich entzweit, aus Rivalität um den Besitz eines käuflichen Weibes. Manchmal seither schien ihm, das Leben habe seinen Sinn verloren.
Alle hielten ihn für hartherzig. Nun wohl, er verachtete jede Schwachheit. Aber er fürchtete nichts so sehr wie Zwist und Schimpf und erniedrigende Auftritte; und wenn sie sich dennoch ereigneten, sollten sie gesühnt werden, wenn nötig, mit Blut. Aber zwischen seinen Schwägern war kein Duell erfolgt. Voll Bangnis hatte er nach jenem Weihnachtsabend darauf gewartet, daß Wanka Schimkowitz oder Schimkowitz Wanka fordern würde. Aber offenbar hielt sich weder der eine noch der andere für gründlich genug beleidigt, um entweder dem anderen die Haut mit einer Kugel zu durchlöchern oder die eigene Haut durchlöchern zu lassen. Schimkowitz und Wanka grüßten einander nicht mehr. Das war alles.

Bourdanin versuchte sich einzureden, die Schwäger hätten aus Rücksicht auf ihre Frauen vom gewaltsamen Austrag abgesehen; in seinem Herzen aber wußte er es anders.
Konnte er, der Rittmeister, sie zwingen, zur Waffe zu greifen? Er konnte nur schweigen.
Wanka war wenigstens nicht schamlos genug zu tun, als wäre nichts geschehen. Er mied den Rittmeister, schlug, wenn er seiner von weitem ansichtig wurde, einen anderen Weg ein.
Der von Schimkowitz nahm es auf die leichtere Achsel. Auf einem Spaziergang gesellte er sich, die harmloseste Miene schneidend, zu Bourdanin. Wenige Tage später erschien er zu seiner gewohnten Schachpartie. Bourdanin staunte über dieses Maß zutraulicher Unverschämtheit; aber er hatte nicht das Herz, ihr die gebührende Abfuhr zu erteilen. Irgendwo war sein gepanzertes Wesen doch weich und schwach. Nachdem Schimkowitz seinen alten Verkehr wiederaufgenommen, dachte der Rittmeister, daß es billig sei, nun auch dem Wanka einen Schritt entgegenzutun. So rückten die Dinge scheinbar in ihr altes Geleis. Nur für den Rittmeister blieben sie verstört und krank. Nie mehr erlaubte er sich mehr als einen karg-höflichen Ton gegen die Schwäger, nie mehr kam ihm das herzliche Wort: »Mein Lieber!« oder »Mein Verehrter« über die Lippen. Manchmal ertappte er sich dabei, daß es ihn zu dem einen oder anderen Schwager zog. Aber noch vor der Tür, ehe seine Hand die Klingel berührte, scholl es in seinen Ohren: »Mitgiftjäger – Halsabschneider!« und er zuckte zurück und ging weg. –
Nun stand er da und starrte vor sich nieder. Was hatte Marie soeben gesagt? Franziska werde Karls zweite Frau?! Das war beschlossen – beschlossen – ohne ihn! Was war das: kaum daß die eine Schwester aus der unwürdigen Ehe erlöst zur Grube gefahren war, wollte die andere ihr folgen? – schickte sich die andere an, sich von dem fetten Goldbart betrügen, belügen, entehren zu lassen?
Und das Franziska, der echtesten Bourdanin!
Des Bruders Seele quoll von Entrüstung und Zorn. Er riß den Hut vom Haken und begab sich ins Kameralamt.
Dort fand er alles schon in vollem Aufbruch begriffen: In dem ersten Zimmer, das er betrat, standen die Möbel von den Wänden ge-

rückt, die Teppiche lagen gerollt, der gläserne Lüster lag, von der Decke geschraubt, wie ein Haufen matt glitzernder Scherben auf einem Sack. Eine Magd kam, eine Kiste schleppend, vorbeigekeucht. Der Rittmeister fragte sie in barschem Ton, was das Tohuwabohu bedeute. Sie blickte verwundert. Aber der Herr Rittmeister wisse doch – das gnädige Fräulein ziehe aus, das gnädige Fräulein ziehe zu Herrn Wanka.

Franziska hatte zuletzt, nachdem Frau Josefin gestorben, ganz allein in dem alten Bourdaninschen Haushalt, in einer langen Zimmerflucht gewohnt. Es war öde geworden um sie; jetzt zeigte der jähe Aufbruch die Spuren abgelebter Jahre. In einer Ecke hatte man Trödel aufgehäuft, da lagen zermorschte Model, alte Krüge, Becher, Bänder und anderer Wegwurf. Rittmeister Bourdanin trat hin und wühlte darin.

Da rauschten Frauenkleider, Franziska trat ein. »Du bist's?« Sie faßte sich rasch. »Ich bin in Eile.«

Der Rittmeister vertrat ihr den Weg und heftete den finsteren Blick auf ihr Gesicht. »Das merke ich, leider! – Du ziehst um? Ich denke, ich hätte ein Anrecht gehabt zu erfahren, wohin du ziehst.«

Franziska schwieg.

Bourdanin blickte um sich. »Du brichst den Haushalt unserer Eltern ab. Hier!« Er bückte sich und hob ein Ding aus dem Trödel auf. »Was hast du damit vor?« Es war ein alter Tabaksbeutel.

Franziska zuckte die Achsel. »Ich bitte dich … Willst du den Plunder aufbewahren?«

Erbittert knüllte der Rittmeister den Beutel in seiner Hand. »Ja, ich will. Es war unseres Großvaters Tabaksbeutel –«

»Verzeih, ich habe nicht Zeit, dich über jeden Trödel räsonieren zu hören.«

»Und hier!« Der Rittmeister hatte einen dunklen Krug aufgehoben. »Die alten ehrwürdigen Krüge! Die werden zum Mist geworfen. So weit sind wir gekommen: man wirft die Andenken weg, man entledigt sich der guten Sitten. Ich hätte nie gedacht, daß ich's erleben sollte, daß eine meiner Schwestern zu einem fremden Mann zieht, als ob er sich nicht eine Mamsell nehmen könnte.«

Franziska kehrte sich mit einem Ruck um.

»Zu einem fremden Mann!« beharrte Bourdanin. »Wanka ist ein fremder Mensch für uns seit Emmas Tod.«
»Was du nicht sagst?! Im letzten Augenblick hat Emma entschieden, hat Karl und mich verbunden. Das war ihr Vermächtnis.«
Der Bruder wandte sich ab.
»Ihr Vermächtnis!« Franziska stampfte auf. Sie preßte die Hand vor den schluchzenden Mund. »Soll er mißachtet werden, der letzte Wunsch einer Mutter, einer Sterbenden?«
»Ach, geh –!«
»Mir!« schrie das alte Mädchen, »mir hat sie das Kind übergeben!«
»Das Kind – meinetwegen. Aber den Mann?!«
Franziska starrte den Bruder an. »Hast du etwas gegen ihn?«
Bourdanin wurde langsam dunkelrot.
»Kannst du etwas gegen ihn haben? Nun? Ihr wart, soviel ich weiß, immer gut Freund. Aber ich weiß«, fuhr die Schwester mit bebender Stimme fort, »es ist nicht so, daß du etwas gegen *Wanka* hättest. Da ist etwas anderes. Glaub nicht, ich könnte es mir nicht denken. Du hältst mich für zu alt und für zu häßlich. Du glaubst, meine Zeit sei vorbei; nicht wahr?!«
»Ja«, sagte Bourdanin. »Wenn du es durchaus hören willst. Nichts Lächerlicheres als ein alterndes Frauenzimmer, das sich unter die Haube drängt. Vierzig Jahre hast du auf dem Buckel. Dein Leben ist zu Ende. Bilde dir doch nichts ein! Und was Emma gemeint hat – was wissen wir? Was kann ein Sterbender entscheiden? Ein Sterbender ist nicht bei sich.«
Franziska nickte langsam, sie antwortete nicht, es wurde still, sehr still für eine Weile in dem halbgeleerten, im Umbruch befindlichen Zimmer. Gegen das Fensterglas stieß eine Fliege, von den Mauern rieselte Kalk, unter den Dielen raschelte es von Moder.
»Ich habe erwartet«, begann Franziska leise, »habe erwartet, daß du mir etwas Ähnliches sagst. Ich hätte dich nicht kennen müssen, Balthasar, wenn ich gedacht hätte, du würdest mir etwa – Glück wünschen?! Glück –«, Franziska lachte haßerfüllt. »Natürlich: Wann hättest du jemals an das Leben, an das Glück einer deiner Schwestern gedacht? Du für deinen Teil hast es dir ja genommen, auf deine Weise. Aber für eine Frau läßt du ja das alles nicht gelten. Oh, ich

kenne dich. Du kannst's nicht ertragen, daß sich auch in unsereinem ein Herz regt. – Aber –« ihre Stimme änderte sich und nahm einen noch erbitterteren Klang an. »Sei getrost! Bei mir ist es nicht das *Herz,* das sich regt. Ich heirate nicht, um glücklich zu werden. O nein. Ich heirate, um eine Pflicht zu erfüllen. Aber an der Pflicht halte ich fest, an ihr lasse ich mich nicht irre machen, auch durch dich nicht, Balthasar!«

»Närrin«, murmelte der Rittmeister. »Du wirst es bereuen.«

Am Abend desselben Tages kehrte Franziska erst spät nach Hause zurück. Sie gab sich in der Wankaschen Wohnung zu schaffen. Unermüdlich war sie; alle Winkel und Schränke, Laden und Fächer mußte sie durchstöbert und gereinigt, revidiert und registriert haben. Im Wäschezimmer fand sie manchen Wust. Emma war keine Musterhausfrau gewesen.

Zwei Wände weiter weilte der Hausherr in seinem Zimmer und versuchte die Zeitung zu lesen. Aber das Rumoren ließ nicht nach, es störte ihn, es scheuchte ihn aus seiner Behaglichkeit. Von Zelt zu Zeit legte er das Blatt aus der Hand, erhob sich und schritt auf und ab. Ihm kam es niederdrückend vor, daß Franziska schon in kurzer Zelt hier als Herrin hausen sollte. Er wußte nicht genau, wessen er sich von ihr zu versehen hatte.

Ihm war, als hätte sich jetzt schon sein Dasein verschattet.

Vor Emmas Bild blieb er stehen. Er hob es gegen seine ein wenig schwachsichtigen Augen und murmelte: »Was Schönes hast du mir eingebrockt, mir und Karlinchen und der armen Ninotte.«

Er fuhr zusammen, als die Türe sich auftat. Wie ertappt ließ er das Bild fahren. Franziska kam herein, langsam, ganz in Schwarz gekleidet, bleichen gespannten Gesichts. Es zuckte in ihrem Blick, als sie das Bild der Schwester in des Mannes Hand sah. »Ich bin fertig für heute. Drüben ist Ordnung gemacht.«

»Du machst ja alles ganz vorzüglich. Ich bin wirklich beschämt und weiß nicht, wie ich dir deine Fürsorge vergelten soll.«

Franziska schwieg.

»Willst du dich nicht ein wenig ausruhen? Du wirst müde sein. Eine Erfrischung –«

»Nein.« Franziska ließ sich langsam nieder. »So spät am Tage esse ich nichts.«
»Ah. Hm.« Der Mann nahm an der anderen Wand des Raumes seinen Platz ein. »Du hast feste Grundsätze.«
»Allerdings.«
»Stört dich der Rauch?« Wanka hielt eine Zigarre.
Franziska bewegte den Kopf. Es konnte so gut ja als nein heißen. Ein halb spöttisches, halb bitteres Lächeln verzog ihre Lippen. Die Uhr tickte. Im Nebenzimmer atmete Karlin.
Der Vater hob den Finger und deutete. »Willst du nicht noch zu ihr hinübergehen? Ich war vorhin bei ihr, sie schläft wie ein Engel.«
»Hm.«
»Sie wird reizend.«
»Sie ist verzogen.«
»Glaubst du wirklich? Oh. – Sie wird sich bessern.«
»Nicht von selbst.«
Der Goldbart schwieg. Er liebte seine Tochter. Ihre dichten Locken waren sein Entzücken, ihre Lebhaftigkeit erfreute ihn, und selbst den Trotz, den sie oft an den Tag legte, entschuldigte er gern als sein Erbteil: »Karlin hat mein Temperament!« pflegte er zu sagen. »Sie wird eine echte Wanka.«
Franziska schien wenig Sinn zu haben für dieses einzigartige Wankasche Temperament. Vom ersten Tag an führte sie dagegen einen erbitterten Feldzug. Karlinens Wuschelkopf war dabei zu einem Schlachtfeld erster Klasse geworden. Karline hatte sich niemals frisieren lassen wollen. Sie hatte gegen Kamm und Bürste, gegen die Hände der Mutter und gegen die der dienstbaren Geister gewütet, hatte nur unter ohrenbetäubendem Wutgetriller die allernotwendigsten Griffe an ihrem Lockenwust geduldet oder sich nur ergeben, wenn ihr ein neues Spielzeug oder ein besonderer Leckerbissen gebracht wurde. Diesem Unwesen hatte die Tante gleich ein Ende gemacht. Karlin selbst mußte strählen, bürsten, striegeln, mußte endlich auch flechten lernen, in stundenlangen Kämpfen zog sich die Prozedur täglich vom frühen Morgen bis zur Schulzeit, oder nach der Schulzeit bis gegen den Abend hin. Wanka hatte versucht einzugreifen. Aber Franziska hatte seine Vermittlung

weggewiesen, sie wollte die Nichte bis zur vollständigen Unterwerfung zähmen.

Überdies griff sie in alle hergebrachten Bräuche und Gewohnheiten von Karlinens Leben ein. Nicht mehr durfte das Kind maß- und sinnlos mit Süßigkeiten und Delikatessen vollgestopft werden. Eine wackere Tasse Milch und ein Stück trockenes Hausbrot leiteten den Tag in puritanischer Weise ein. Zum Mittagessen wurden Rindfleisch und Gemüse serviert, am Abend ein poveres Ei oder ein Teller Butterkartoffeln zugestanden. Vater Wanka sah diese Maßnahmen mit Schreckensregungen. Es mochten ihm, was ihn selbst betraf, düstere Ahnungen aufsteigen.

»Du bist zu gründlich, kommt mir vor. Man muß immer sachte machen. Unvermerkt stellt sich die Gewohnheit ein.«

Franziska faltete die Stirn. »Die *schlechte* Gewohnheit stellt sich ein«, erwiderte sie. »Die Natur des Menschen ist von Grund auf verderbt. Man muß sie zügeln und züchtigen, dann gewinnt sie bessere Einsicht und endlich die sittliche Freiheit.«

Wanka erschrak. Ihm waren solche Worte nicht genehm. Er suchte das Thema zu wechseln. Doch die Frau saß steinern, starr, auf einmal ging es wie ein Ruck durch ihren flachen Körper. »Balthasar«, sagte sie, »Balthasar ist heute bei mir gewesen.«

»So? Und – wollte er etwas Besonderes von dir?«

»Ja«, sagte sie. »Allerdings. Etwas Besonderes.«

Der Goldbart hielt den Atem an.

Franziska verschränkte die Hände im Schoß. »Er wußte offenbar noch nicht, daß ich umziehe. Er fand einen Haufen Plunder und ärgerte sich, daß ich ihn wegwerfen will. Er meinte, es sei schade drum.«

»Haha. Und sonst nichts?« Wanka lachte ein wenig zu laut, zu erleichtert. – »Das sieht ihm gleich.«

Franziska schwieg. Wanka verging das Lachen.

»Und dann war noch etwas. Er riet mir ab, dich zu heiraten. Er sagte: ich würde es sonst noch zu bereuen haben.«

Wanka wurde langsam dunkelrot. Das Zwickerglas zitterte auf seiner fleischigen Nase.

»Hast du etwas dazu zu sagen?«

»Ich?« Der Mann warf sich in die Brust. »Aber Fränzchen –! Was soll ich dazu zu sagen haben? Ich kann nicht begreifen, wie Balthasar dazu kommt. Hat Emma etwas zu bereuen gehabt? Ah! Kennst du mich so wenig? Hast du so wenig Vertrauen?«

Franziska lehnte sich zurück, sie schloß die Augen. »Ich *habe* Vertrauen«, sagte sie.

»Nun also – –« Wieder lachte der Goldbart. Aber sein Lachen klang so falsch, daß Franziska zusammenzuckte. »Ich wußte es. Liebes Fränzchen – –« Er streckte die Hand nach ihr aus und tätschelte ihre Backe. »Dieser Balthasar hat immer etwas zu mäkeln. Er ist eifersüchtig. O ja, das gibt es, daß Brüder eifersüchtig sind. Komm, komm, liebes Kind. Ich hole ein Schnäpschen und ein bißchen Konfekt – –«

»Nein. So nicht, Karl. So nicht.«

Wanka ließ die Arme sinken.

»Karl, du weißt – –« Die Frau umklammerte die Lehnen ihres Stuhles. »Wir heiraten einander nicht, weil wir uns etwa – liebten wie – junge Leute. Du – du trauerst um Emma. Ich sah es wieder, als ich hereinkam. Du sollst – sollst auch um sie trauern. In dieser Trauer, Karl, sind wir eins. Unsere Ehe –«, sie schluckte gewaltsam, »– unsere Ehe ist anders zustande gekommen, als Ehen sonst zustande kommen. Sie ist eine Ehe der Pflicht und des Gewissens, nicht wahr? Eine solche Ehe ist heilig.«

»Gewiß – gewiß.« Dem Goldbart wurde hohl zumute.

Franziska erhob sich, trat auf ihn zu. Sie berührte mit der Rechten den obersten Knopf seiner Weste. »Darum, Karl, ich bitte dich: Belüge mich nie!«

»Nein«, sagte er und schloß sie in die Arme. »Niemals. Das versteht sich von selbst.«

Nach einer Weile trat sie von ihm zurück und sagte: »Ich gehe jetzt.«

Der Mann brachte ihr Hut und Mantel. Er schickte sich an, sie zu begleiten. Für den anderen Tag war der Möbelwagen bestellt, war der Umzug angesetzt vom Kameralamt in die Wankasche Beletage. Sie wollten gehen, da kratzte es an der Tür. »Das ist Ninottchen.«

Das alte Mädchen runzelte die Brauen.

»Sie merkt, daß ich gehen will; sie will mitgenommen werden. Verzeih –« Wanka öffnete: die weiße Seidenpinscherin schoß aus dem Spalt, kugelte jaulend quer durch das Zimmer. Dann sprang sie auf den Herrn zu, wand sich um seine Knie, schnappte nach seiner Hand.

»Na, Ninottchen, na, na. Bin ja da, bin ja dein Herrl, tata!«

Franziska sah mit schrägem Blick.

»Komm, komm, sei brav. Wir gehen schon. Das Herrl vergißt dich nicht, i wo! Wie wird denn das Herrl die Ninotte vergessen?!«

»Ein ungezogenes Vieh!« sagte Franziska. »Und wie fett es ist, es könnte platzen.«

Auf der Straße durchschnupperte Ninotte alle Gossen. Wanka wagte nicht mehr nach ihr zu rufen. Einsilbig trottete er neben der Frau dahin. Vor dem Kameralamt küßte er ihr die Hand.

»Was mir soeben einfällt, liebe Fränze. Ich habe heute Nachricht bekommen, daß ich morgen verreisen muß. Leider – –. Zum Abend werde ich wohl wieder da sein. Ich bin sicher, du kommst auch ohne mich zurecht.«

Franziska zog die Hand zurück. »Gerade morgen –«, drängte es sich ihr hervor. Aber sie verschluckte das Wort. »Also adieu. Gute Reise und Erfolg!«

Rasch öffnete sie das Tor des väterlichen Hauses und verschwand. Aber innen hielt sie inne, neigte das Ohr zur Ritze. Sie hörte Wankas Schritt, hörte, wie er der Pinscherin rief; sie hörte ihn schnalzen, pfeifen; freudig winselnd raste die Hündin herbei. Wanka murmelte zärtliche Worte. Schließlich entfernte er sich.

In Franziskas Augen glänzte ein eisiges Licht.

## *In der Leckerstube*

Jeder Ort hat seine Geschichte. Auch das Herrenstübchen hinter Gottjeschowetzens Delikatessenladen hatte die seine. Es war einst Hans Bourdanins Laden gewesen: das Gewölbe, in dessen Fächern Oden und Balladen gestanden, in dessen Lüster das Gaslicht so selten gebrannt, auf dessen Kirschholztischchen so selten ein Kunde etwas Brauchbares gefunden hatte; nachdem Hans Bourdanin dem bürgerlichen Leben Valet gesagt und sich dem Zirkusabenteuer ausgeliefert hatte, war Herr Gottjeschowetz mit seinem Unternehmen in das aufgelassene Lädchen gezogen: er hatte es von Büchern und Gestellen, von Wachstropfen und Tintenflecken säubern lassen. Die noch vorhandenen kärglichen Bestände wurden in einer Auktion in alle Winde verblasen. Dann ließ Herr Gottjeschowetz ein Heer von Handwerkern anrücken, die in den frisch tapezierten Raum kleine Boxen und Büfetts bauten, gepolsterte Bänke und Stühle zu kleinen Tischen setzten und appetitanregende Stilleben an die Wände hängten. Da sollten nun die Schmausenden sitzen und sich's wohl sein lassen bei Wein, Champagner, Schnäpsen und erlesenen Platten.

Karl Wanka war ein fleißiger Besucher des Lokals. Er saß an einem der runden, weißgedeckten Tische, von einem Lämpchen beschienen, unter seinem Stuhl stand ein Koffer, und unter der Sitzbank lag die Schirmrolle samt dem Reiseplaid. Vor sich hatte der Goldbart ein Briefpapier. In seinem Hause hatte er verlauten lassen, daß er für einen Tag verreisen wolle. In Wahrheit wartete er hier auf den Wiener Schnellzug, der ihn zu einer weiten, vielleicht Monate dauernden Reise südwärts entführen sollte.

Der Goldbart hatte schon einen Bogen vollgeschrieben, als ihm einfiel, daß der Briefkopf zum Inhalt seines Schreibens nicht wohl passen werde. Es war nämlich Gottjeschowetzens Firmenbriefpapier und war mit dem Bild eines gebratenen Spanferkels, einer Weinflasche und eines umgestürzten Früchtekorbes geschmückt. Der Goldbart knickte den Briefkopf ab, schnitt ihn herunter und fuhr zu schreiben fort –

»Teuerste Franziska!

Ich weiß nicht, wie ich es wagen soll, Dich aus dem kläglichen Zustand, in dem ich mich derzeit befinde, anzusprechen. Wahrlich, in einem kläglichen Zustand befinde ich mich, und nur das Vertrauen auf Deine Große Seele gibt mir den Mut –«

»Große Seele« ist gut, dachte der Goldbart. Sie müßte keine Bourdanin sein, wenn ihr die »Große Seele« nicht ins Auge stäche.

»– – gibt mir den Mut, mich Dir zu entdecken. Teuerste Franziska, ich habe eine schlaflose Nacht hinter mir. Hätte ich je geahnt, daß

Dein Bruder, den ich so achte und ehre, gegen unsere Heirat aufzutreten gesonnen ist! Auf meine Ehre, ich weiß nicht, welche Gründe es sein mögen –«

Wanka blickte auf. Der Kellner war an den Tisch getreten und hatte die Speisekarte vorgelegt. Wanka ergriff sie, lief sie mit den Augen hinab, dann sagte er: »Nein, nichts von den Novitäten. Eine Portion Kaviar und eine kleine Flasche Champagner, wie immer.«

»Sehr wohl, gnädiger Herr.«

Wanka griff wieder nach der Feder. »Deine Eröffnung gestern abend hat mich tief erschüttert.«

Schon hatte der behende Kellner den Kaviar gebracht. Gleich auch kam die Flasche heran. Beim Entstöpseln knallte es, wie es sich gehört. Wanka spähte schmunzelnd nach dem sprudelnden Schaum.

»Ich wünsche dem gnädigen Herrn besten Appetit.«

»Ist schon vorhanden, Standa.«

Wanka nahm einen Schluck. Die Marke war vorzüglich. Er nahm eine Gabelspitze Kaviar, beste russische Qualität. Dann schrieb er weiter.

»– – – tief erschüttert. Mein Glück ist vernichtet, denn ich weiß, daß ich nicht zwischen Dich und Deinen Bruder treten darf. Blutsbande sind heilige Bande. O teuerste Franziska, darum muß ich scheiden.«

Wanka leerte das Glas. »Ich kann das Opfer nicht annehmen, das Du mir bringen willst. Ich bin zwar nur ein schwacher Mensch, aber so elend nicht, daß ich das Pflichtbewußtsein und den Opfermut einer edlen Seele mißbrauchen würde. So verzichte ich, blutenden Herzens, das ist klar, aber ich verzichte. Ich reise ab, um Dir alle Bitternisse zu ersparen. Du hörst von mir. Erhalte unserer Tochter Deine mütterlichen Gefühle, erhalte mir Deine Freundschaft und habe Mitleid mit Deinem von tiefem Kummer erfüllten

Wanka.«

Die letzten Worte schrieb der Goldbart mit so fröhlichem Schwung, daß er mit der Feder über den Rand des Papiers hinausfuhr. Er ließ den Halter fallen und griff nach dem Glase. Der Kellner hatte es unterdessen zum zweiten Male gefüllt. Begeisternd durchrieselte ihn die moussierende Frische. Er schlug das Blatt zu-

sammen, senkte es in einen Umschlag. In der Tiefe seiner Seele fühlte er, daß er – nach seinem Vermögen – ein gutes Werk getan.
Der Kellner schlich heran. »Hat es geschmeckt, gnädiger Herr?«
»Wie noch nie, Standa, wie noch nie.«
»Das ist recht, gnädiger Herr. Darf ich noch einmal?«
»Später – Standa. Wie geht's?«
»Danke, gnädiger Herr!«
»Danke, gut oder danke, schlecht?«
Der Kellner zögerte. Er war ein kleiner, hagerer Mensch mit einem zerknitterten Zwergengesicht. »Weil der gnädige Herr schon fragen: es heißt danke, schlecht.«
»Aber Standa – wieso denn schlecht?«
»Ach.« Der Mann wand das weiße Serviertuch zwischen den Händen. »Der gnädige Herr sind sehr gütig. Der gnädige Herr muß wissen: wir wohnen draußen in Skurnan, im Pongratzschen Dwur. Jedes Jahr kommt dort das Hochwasser. Und da ist uns vor einem Monat die kleine Maschka ersoffen.«
»Oh!«
»Drei Jahre war sie –; wenn ein kleines Kind stirbt, so sagt man halt: in Gottes Namen. Aber wenn es schon größer ist, dann – dann tut's weh.«
»Hm.« Der Goldbart zog seinen Geldbeutel und kramte nach einem Guldenstück. »Glaub's Ihm, Standa. Wieviel Kinder hat Er denn?«
»Sechs lebende, drei sind schon gestorben, mit der Maschka sind's vier. Die Frau sagt, sie macht es nicht weiter, sie will fort.«
»Fort? Wo will sie denn hin?«
»Das weiß sie auch nicht. Aus dem Elend halt fort. Darum – –«, der Kellner senkte die Stimme, »darum trinkt sie auch. Sie trinkt Schnaps, und damit sie welchen kriegt, darum – na, der gnädige Herr verstehen schon – darum geht sie manchmal auf den Strich.«
Der Goldbart schwieg. Das Geständnis des Kellners machte ihn betreten. Er, der sich in seidenen Nestchen zu vergnügen gewohnt war, fand den Gedanken an eine streunende Schnapstrinkerin, die zehn Kinder geboren hatte, wenig angenehm. »Na, es ist gut«, beschloß er das Gespräch. »Bring Er mir Kerze und Siegellack.«

Am Nebentisch lärmten andere Gäste. Unter ihnen war Herr Zerff. Auch Egon Zerff war kein seltener Gast in Gottjeschowetzens Leckerstube. Doch erschien er fast niemals allein; meist waren andere Herren mit ihm, begüterte, besser bestallte: er lieferte ihnen spaßhafte Anekdoten, beim Zahlen verschwand er; die Herren beglichen seine Rechnung gern. Auch heute stand er, als es so weit war, auf und schlenderte durch den Raum. Dabei erblickte er Wanka in seiner Boxe. »Gott zum Gruße, Herr Wanka. Ich sehe, wir schmausen!«

Wanka hatte sich eine schwedische Platte bestellt. Er winkte. Zerff saß nieder und ließ sich einen Teller reichen.

»Wie geht's? Was macht Ihr Patron, der Baron?«

»Was er macht? Pomaly, pomaly!« antwortete Zerff. (Pomaly heißt auf deutsch: langsam.) »Langsam macht er fort, der gute Alte. Er kraut sich das Haar und beißt seine Nägel. Dieses freilich nur in unbewachten Augenblicken. Die armen Staatsbeamten! Sogar Bürgermeister müssen mangels reichlicher Dotationen ihre Nägel benagen.« Er schlenkerte eine Schnitte geräucherten Aales über die Gabel. »Diese Kost lasse ich mir besser gefallen.«

Da, unversehens stieß Zerff an Wankas Reisekoffer. »Oha! Herr Wanka – auf Fahrt begriffen ...? Das tut mir aber leid. Nein, das tut mir aber sehr leid. Ich hätte Ihnen etwas so Hübsches erzählen wollen.«

»Sie mir –?« Der Goldbart lächelte zweiflerisch. »Was sollte das sein?«

»Ah, wenn Sie wüßten ... Als ich Sie vorhin da sitzen sah, dachte ich: hat der Mann ein Glück. Und nun reisen Sie. Wahrhaft, es könnte einen der Teufel holen.«

»Zerff, Sie sprechen in Rätseln.«

Jener beugte sich über die abgeerntete Platte. »Wanka«, fragte er mit raunender Stimme, »haben Sie Geld?«

Das Wort »Geld« wirkte auf den Goldbart wie ein elektrischer Schlag. »Geld – es kommt darauf an, wieviel?«

»So viel, daß Sie den Pongratzschen Hof ersteigern können.«

»Nein, so viel habe ich nicht. Was fällt Ihnen ein? Was stellen Sie für phantastische Fragen?«

Der beamtete Doktor legte den Zeigefinger vor die Lippen. »Pst, nicht so laut!«
»Was wollen Sie mit dem Pongratzschen Hof? Ein Rattennest, und so viele Hypotheken drauf, daß jeder Sparren kracht. Nicht ohne Grund hat sich der alte Pongratz in seinem Schlafzimmer erhängt. Pfui Teufel, ein übler Ort.«
»Das sagen Sie, Wanka. Aber ich kann Ihnen verraten: im Pongratzschen Hof liegt ein großes Geschäft.«
»Zerff, Zerff, wenn ich Ihnen glauben könnte.«
»Können Sie nicht?!« Der Junge tat beleidigt. »Nun, dann halt nicht. He, Kellner, zahlen!«
Wanka wehrte ab. »Ich habe hier ein Dauerkonto, lassen Sie –«
Zerff lächelte. Sein hübsches Gesicht zeigte eine Reihe kleiner spitzer, von Tabakrauch gelblich beschlagener Zähne.
»Meinen ergebensten Dank.«
Die Männer blieben allein. Einen Augenblick lauschten sie: auch der Kellner hatte den Raum verlassen. Wanka schob sich über den Tisch. »Was sagten Sie vorhin? Im Pongratzschen Hof liege ein großes Geschäft . . .?!«
»Ganz recht.«
»Und – wer weiß darum?«
»Noch niemand. Soviel wie noch niemand. Baron Pomaly, ich, ein paar Leute in Wien. In drei Wochen wird der Hof versteigert. Die Amelie Pongratz kann ihn nicht halten, sie ist verschuldet bis daher –. Wer den Hof ersteigert, der ist ein gemachter Mann.«
»Aber, Zerff, wieso, wieso?«
Dieser krümelte die Brosamen auf dem Tisch. »Es ist –«, murmelte er, »es ist nicht so leicht darüber zu reden.«
Wanka begriff. »Standa! Noch eine Flasche Französischen. Aber rasch!«
Die Flasche kam an.
»Und zweimal Gänsebrust.«
»Lieber Hummer«, warf der Junge ein.
»Also Hummer, gut! Viel Butter und den Toast ganz frisch!«
Das Zwergengesicht schoß davon. Wieder blieben die Männer allein. Wanka schob seine Hand auf die des Doktors. »Nun . . .?!«

Zerff kniff die Lider zusammen. »Bedenken Sie: ich vertraue mich Ihnen an. Von nun an bin ich in Ihrer Hand.«

»Mein Bester!«

»Also: es ist beschlossen, daß der Bahnhof verlegt wird.«

»Ah!«

»Vom Westen nach dem Osten der Stadt. Dort ist Gelände; Gelände – halten Sie sich fest, Wanka, Sie Glückspilz: auf dem Pongratzschen Dwur.«

»Oh.« Der Goldbart staunte, fassungslos.

»Das ist eine Nachricht, wie – –?«

»Ja. Aber – aber – ich verstehe es nicht. Wie ist das möglich? Der Dwur ist Inundationsgebiet. Wer wird Geleise legen, wo alle Jahre das Wasser kommt? Nein, Zerff, da stimmt was nicht. Ich kann's nicht glauben.« Mit bebenden Händen fingerte Wanka an seinem Augenglas.

In Zerff gurrte ein Lachen. »Ach, Sie sind doch ein Kind. Glauben Sie, es wolle niemand außer Ihnen an dem neuen Bahnhof verdienen? Es gibt Leute, lieber Freund, die, wie Sie, mit Gründen makeln. Es gibt andere, die Flüsse regulieren, Land entsumpfen und so weiter. Diese Leute sind alle Ihre Verbündeten.«

Wanka atmete schwer. »Zerff, warum sagen Sie mir das alles? Es klingt – ja, es klingt verführerisch. Aber ich habe – ich bin – nein, ich bin nicht so vermögend, wie Sie glauben.«

»Aber, Wanka, Kredit . . .!«

»Ich habe noch nicht so viel Kredit. Mir hängt das Jahr 73 nach. Ich konnte immer nur kleine Geschäfte machen. Nein, Zerff, ich kann nicht steigern.«

»Das sagen *Sie?* Haha, daß ich nicht lache. Sie, nicht nur Witwer, auch noch Bräutigam einer Bourdanin!«

Wanka zuckte zusammen. Unwillkürlich griff er nach seiner Brusttasche, in der der eben geschriebene, eben gesiegelte Brief knisterte. Seine zu Wallungen neigenden Säfte brausten.

»Seien Sie doch klug! Ihr Schwiegervater, habe ich mir erzählen lassen, war der reichste Mann der Stadt. Warum sollten nicht auch Sie der Reichste werden? Wollen Sie ewig nach Keuschen und Schrebergärten fischen? Pah! Der Pongratzsche Dwur ist das große Ge-

schäft. Was Sie heute billig kaufen als ein verkommenes Nest elender Hütten, das schlagen Sie morgen um das Sechs- und Zehnfache los. Zoll für Zoll und Hütte für Hütte. Vater Staat zahlt, man muß nur wissen, an welchen Schnüren des großen Puppentheaters zu ziehen ist. Da oben hängt auch ein jeder an feinen Fädchen. Mein Gott, Sie werden doch nicht so kindisch sein und glauben, es sei alles wahr, was in den Zeitungen steht von der Unbestechlichkeit unserer hohen Ministerien. Da weiß ich ganz andere Lieder zu singen.« Und Zerff begann allerlei Geschichten auszupacken.
Aber Wanka hörte nicht zu. Er saß wie in sich selbst versunken. Wieder tastete er nach dem Brief in seiner Tasche.
Standa legte das Besteck für den Hummer auf. Zerff lachte. »Das erfreut mein Herz. Es gibt für mich kein höheres Vergnügen als einen hübschen, feingekochten Hummer. Die Schalentiere haben's mir angetan; gepanzert sind sie und bewaffnet und müssen sich doch knacken lassen. Prost!« Er hob das Glas. »Aber was haben Sie, mein Guter! Sie blicken ganz verstört.«
Wanka schnaufte schwer. »Zerff – ja, ich muß mich Ihnen anvertrauen. Sie sagen, ich habe Kredit. Kredit als Witwer, als Bräutigam einer Bourdanin. Aber – aber – ich will nicht heiraten.«
»W-was?«
»Nein. Ich will fort. Hier steht mein Koffer. Ich reise nach Wien und von dort – nach Triest, nach Abazzia, irgendwohin. Ich will Fräulein Bourdanin nicht heiraten. – Hier ist der Brief: er enthält die Absage.«
Der andere war zurückgefahren, als hätte ihn eine Viper gestochen. »Wanka! Sind Sie toll geworden? Sie wollen eine *Bourdanin* sitzenlassen?«
»Allerdings –«
»Sie sind wahnsinnig. Sie werfen Ihre Chance fort, die größte Chance Ihres Lebens.«
Wanka stöhnte.
»Was haben Sie gegen Fräulein Bourdanin?«
Ehe der Goldbart antworten konnte, kam der Kellner mit der Platte. Zwischen zierlichen Sträußchen frischer Petersilie lag das rotgekochte Schalentier. Zersprungen lagen die Ringe der Panzerung, abgelegt die

Scheren. Obwohl die Männer doch erst gefrühstückt hatten, glänzte ihr Blick vor Lüsternheit. Zerff leckte sich die Lippen. Wanka erhob den Kelch. »Prost und guten Appetit.«
Eine Weile saßen sie und aßen. Die ausrasierten Kinne glänzten von Butter. Mit den Mundtüchern tupften sie sich ab.
Das Zwergengesicht zog sich zurück.
»Also: was haben Sie gegen Mademoiselle Bourdanin einzuwenden? Sie ist reich, sie ist ehrbar, sie ist bräuberechtigt. Also . . .!«
»Ach, mein Bester –«
»Damen ihrer Art gleichen ein wenig – verzeihen Sie! – den Hummern. Sie sind bewaffnet und gepanzert und sehr respektabel. Aber, was nutzt es ihnen? Wenn sie mal im Netz oder gar erst im Kochtopf sind –«
»Zerff, ich muß bitten . . .«
»O gewiß. Ich bin schon artig. Ich weiß, welche besondere Art von Ehrbarkeit in Ihrer Familie gepflegt wird.«
»Das ist's ja eben, was mich verdrießt. Ah, Sie wissen nicht, was diese Bourdanins für Leute sind. Immer haben sie es mit Ehre und Gewissen und Pflichterfüllung. Fürchterlich. – Meiner ersten Frau – Gott hab sie selig, – konnt ich's ein wenig aberziehen. – Aber Franziska, Fräulein Franziska, vierzig Jahre alt geworden in jungfräulicher Standhaftigkeit! Und wenn ich erst an ihren Bruder denke, den Rittmeister! – Der Rittmeister ist gegen diese Ehe. Er hat seine Schwester vor mir gewarnt. Nun, ich weiß auch warum.«
»Nicht möglich!«
»O ja. Eine alte Geschichte, eine dumme Affäre. Lächerlich, würden Sie sagen, wenn ich sie Ihnen erzählte. Man hat mich bei Bourdanin verpetzt.«
»Ich begreife. Cherchez la femme!«
»Natürlich. Ridikule, nicht wahr? So was kann doch unter Männern nicht zählen. Glauben Sie. Beim Rittmeister zählt es. Er ist ein so seltsamer Mensch. Er ist – ja, wie nenn ich's denn nur? – so tadellos. Neben ihm kommt man sich immer ein bißchen wie ein Schuftian vor. Ein greuliches Gefühl.«
»Wanka, Wanka, Sie werden doch nicht an zartem Gewissen leiden.«

Der Goldbart starrte düster vor sich hin. Der Rest des Hummers lag noch ungegessen auf seinem Teller. »Doch – vielleicht. Wie soll ich's Ihnen denn erklären? Als ich die Emma heiratete, damals, da waren noch andere Zeiten. Ich hatte die besten Absichten. Ich hatte sogar vor, der Gattin treu zu sein. Aber – Sie kennen das alte Lied. Wir wollten nur *ein* Kind. Was blieb mir übrig –? Die Frau ist gestorben. Ich weiß nicht, was sie wußte. Wir haben nie davon gesprochen. In den letzten Jahren war sie auch schon so korpulent, daß sie gleichgültig wurde in allen Belangen. Ich ging meiner Wege. Aber nun –«, Wanka blickte Zerff verzweifelt an, »Fräulein Franziska ist eine andere Natur. Sie ist wie ihr Bruder, der Rittmeister. Ich fürchte mich vor ihr: sie hat so durchdringende Augen. Ich fürchte mich davor, sie zu belügen. Ist es nicht ekelhaft, immer auf der Hut sein zu müssen? Immer eine Ausrede bereit zu halten? Ah. Und man hat schließlich auch ein Gewissen.«
»Haha! Sie Glücklicher!« rief Zerff. »Sie beneidenswertes schuldloses glückliches Kind!«
»Wie?« Der Goldbart war verblüfft.
»Sie leiden Qualen, bester Wanka, an einem Zustand, der im Grunde beneidenswert ist. Sie kennen doch das schöne Sprichwort von den verbotenen Früchten. Nun also: Lassen Sie sich sie schmecken, die verbotenen Früchte! Ihnen wässert der Mund, während andere Leute nicht mehr wissen, wie sie sich ein wenig Appetit machen sollen.«
»Aber – – –«
»Was ist an einem Verhältnis gelegen, das man ohne Gefahr genießen kann? Was ist an einem Weib, das man alle Tage haben kann? Nichts ist dran als Langeweile. Suppe ohne Salz. Das Salz, mein Bester, ist das Gran schlechten Gewissens, ohne das Vergnügen kein Vergnügen macht.«
»Sie reden wie ein Heide!«
»Haha! Lassen Sie's gut sein, die Christen sind auf diesem Gebiet die ausgepichtesten Schurken. – Ah! Sehen Sie mich an, Wanka. Ich habe die Weiber satt, satt bis oben hinauf; und warum? Weil ich sie *alle* haben kann.«
»Doch wohl nicht alle«, stotterte Wanka.

»Alle! Man muß sie nur zu packen verstehen. Das nebenbei. – Also, Wanka. Haben Sie keine Angst! Gerade der Umstand, der Ihnen Mißbehagen macht, wird Sie bei der neuen Gattin ins rechte Licht setzen. Glauben Sie mir, auch die tugendhaftesten Weiber werden kirre, wenn sie ein bißchen – Laster riechen. Ein treuer Ehemann wird nur zu gern zum Pantoffelhelden degradiert. Aber einer, der noch an anderen Orten gern gesehen ist, wird Hahn im Korbe. – – Oder ist es der Rittmeister, der Ihnen Kopfzerbrechen macht? Oh, ich begreife. Ich kenne ihn doch auch: ein rabiater Herr. Einmal erschien er bei uns im Rathaus. Es gab eine große Szene beim guten Pomaly. Der Rittmeister forderte irgendwas, – ah, ich erinnere mich, eine Kompanie Gendarmen, um eine Lasterhöhle auszuräuchern. Ein Vetter spielte dort das Flaschinettl.«
»Das war der Hans, in einem Zirkus ...«
»In einem Zirkus, meinetwegen. Der Rittmeister tobte. Pomaly ließ mich rufen. Der gute Alte. Immer läßt er mich rufen, wenn er nicht aus noch ein weiß. Ich bewies dem aufgeregten Herrn, daß man gegen den Zirkus nichts unternehmen könne. Er gab klein bei, er mußte klein beigeben. Sie werden sehen, Wanka, er wird es auch bei Ihnen tun. Ah, stöhnen Sie nicht so sehr. Es wird sich ein Mittelchen finden lassen, ihn zu zähmen. Er muß doch wohl eine weiche Stelle haben ...«
»Keine.«
»Das gibt's doch nicht.«
»Er hat nichts im Kopf als seine Ehre.«
»So werden wir ihn an der Ehre fassen.«
»O weh! Da ist nichts anzugreifen.«
»Wanka, Wanka, wer sagt Ihnen, daß wir des Rittmeisters Ehre *angreifen* wollen? Wir wollen sie nur kitzeln. Was gilt's? Wir machen einen Plan.«
Da kam der Kellner um die Ecke geschossen. »Gnädiger Herr, gnädiger Herr! Höchste Zeit zum Schnellzug nach Wien.«
Zerff fuhr empor. »Hinaus, Sie Botokude!«
Das Zwergengesicht starrte verstört.
Wanka blinzelte matt. »Geh er, Standa. Ich bleibe.«
Nachdem der Kellner gegangen war, rückte der Doktor dem Gold-

bart vertraulich noch näher. »Also, Verehrtester, wie ist's? Wir hekken was aus, machen was Hübsches zurecht und haben alle im Sack: das gestrenge Fräulein, den tadellosen Rittmeister und das Große Glück dazu.«

## *Zeichen der Verheißung*

Einige Tage später erschien Schwager Wanka im Hause Bourdanin. Er wünschte den Rittmeister zu sprechen. Der Rittmeister war nicht zu Hause. Fatal! Höchst fatal! Er, Wanka, habe dem Schwager Wichtiges mitzuteilen.

»Kann ich Bourdanin etwas ausrichten?« erbot sich Marie.

»Nein, liebe Schwägerin, das kannst du nicht, das ist eine zu heikle Sache, da müssen die Männer schon unter sich –. Übrigens, ja. Warum solltest du es nicht zuerst erfahren –? Es geht dich genauso an wie ihn, und vielleicht ist es ein glückliches Omen, wenn du's als erste erfährst. Halte dich fest, Mariechen, halte dich fest! Du bist eine so liebe, junge Frau, ich habe dich immer schon sehr verehrt.«

Marie schüttelte den Kopf. »Was hast du, Wanka? Du bist ja ganz aus dem Häuschen?«

»Also höre: es hat sich herausgestellt, mit vollkommener Sicherheit hat sich's herausgestellt, daß die Bourdanins *adelig* sind.«

»Oh«, Marie blickte den Mann aus ihren klaren blauen Augen verwundert an. »Wie denn das?«

»Ja, wie das?« – Wanka saß vor ihr auf dem Sofa nieder und versuchte, sich ihrer Hände zu bemächtigen. – »Wie das, liebe, kleine, so sehr verehrte Schwägerin?! Du schaust mich an, mich, den dicken, semmelblonden Wanka, den ihr alle ein bißchen verachtet. O doch, ich weiß. Aber so minder ist der Wanka nicht, obwohl er ein simpler Geschäftsmann ist und nicht ein Offizier oder sonst etwas Einmaliges auf Erden.«

Er, Wanka, fuhr er fort, sei in Klattau gewesen und habe dort das Grundbuch durchstöbert. Das sei so sein Geschäft; wer mit Grundstücken handle, der müsse sich auf alte Schriften und Aufzeichnungen verstehen, denn an Liegenschaften hingen gar oft allerlei Klauseln und Servitute. So habe er also in Klattau in den alten Scharteken gestöbert, und da sei ihm ganz zufällig ein Stammbaum Bourdanin untergekommen.

»In Klattau?« fragte Marie.

Daselbst. Und der Name Bourdanin sei dort gestanden, nicht wie er jetzt bekannt sei, sondern, recht apart, mit einem harten »P« geschrieben, und davor sei ein hübsches, rundes, liebes »von« gestanden.

»Ah«, tat Marie. Es klang aus ihrem Munde mehr verwundert als entzückt.

Hans von Pourdanin, so habe der älteste Stammvater geheißen und seine Gattin Katharina, eine geborene von Helmheim. Und beide seien erwähnt als Besitzer einer sogenannten Rabenburg.

»O weh!« sagte Marie. »Raben bedeuten Pech.«

Und ein Wappen sei auch gleich daneben aufgemalt gewesen, ein herrliches Wappen: ein schwarzweiß gekasteltes Feld mit einer Rose mitteninnen.

Frau Marie saß nachdenklich. Das schwarzweiß gekastelte Feld mochte seine Richtigkeit haben, aber daß die Bourdanins jemals eine Rose im Wappen geführt hätten, kam ihr weniger einleuchtend vor. – »Ja«, sagte sie, »wann sollen denn die gelebt haben?«

»Vor langer Zeit. Vor bald dreihundert Jahren; ach, Mariechen, so weit kannst du gar nicht zurückdenken.«

Nein, das konnte Marie freilich nicht. »Du mußt es halt dem Bourdanin erzählen«, sagte sie trocken.

»Und ob ich es ihm erzählen werde. Was meinst du, Marie, was er für eine Freude haben wird, wo er doch immer so auf die Familienehre ist. Und *von* Bourdanin klingt doch noch ganz anders.«

»Du denkst doch nicht, daß wir auch adelig sind!« rief die junge Frau.

»Aber natürlich«, versetzte Wanka. »Das ist ja der Witz! Und ist es nicht sonnenklar? Es bedarf nur eines Bittgesuches an die Hofkanzlei, und das Prädikat wird neuerlich bewilligt.«

»Du lieber Himmel«, flüsterte Marie, »das können wir uns nicht leisten.«

»Nicht leisten!« rief Wanka emphatisch. »Willst du mich kränken,

Mariechen? Wenn ich höre, daß ihr euch etwas nicht leisten könnt, gibt's mir einen Stich ins Herz. Darf ich euch denn nicht helfen? Ihr sollt auch endlich einsehen, daß das Geschäft, das ich betreibe, kein ganz und gar suspektes Geschäft ist. Ja, ja. Wenn ihr mal euer Wappen aufstellt, hat der dicke Wanka auch sein Verdienst daran.«
Da erscholl draußen die Glocke, dann des Rittmeisters Stimme im Flur. »Da ist er ja.« Der Goldbart sprang ihm entgegen. »Willkommen: der Herr *von* Bourdanin!«
Als der Rittmeister die Kunde vernahm, wurde er langsam krebsrot im Gesicht. »Hast du das Ding bei dir?«
»O nein! Noch nicht. Sollst es dir selbst ansehen an Ort und Stelle. Der Aktuarius Spitzhütel weiß Bescheid. Ein Fund! Ein Fund! Es geht nichts über die Altertümer.«
»Marie«, sagte der Rittmeister, »pack mir den Koffer.«
»Bravo, bravo! Fahr hin und sieh! Und übermorgen bist du *von* Bourdanin.«
»Hm.«
»Ei freilich, wie denn nicht?«
»Wir wollen schauen. Ich danke dir. Ich danke dir jedenfalls recht sehr. Nein: keinen Glückwunsch, ich bitte dich! Ich werde dir berichten, sobald ich wiederkomme. – Marie«, gebot er seiner Frau. »Geh hinaus.«
Allein geblieben mit dem goldbärtigen Schwager, räusperte er sich verlegen in sein Taschentuch. »Ich bin – ich habe – hm – hm.« Er blieb stehen und zwang sich dazu, dem anderen in die Augen zu sehen. »Du findest mich in Verlegenheit, lieber Wanka.«
Da war es wieder: das »lieber Wanka«.
»In Verlegenheit. Ja. Und du weißt auch, warum.«
Dem Goldbärtigen schoß das helle Rot in die Stirn. »Aber, mein Bester!« rief er aus. »Das soll doch alles vergessen sein.«
Bourdanins Stirn klarte auf. Sein dunkler Blick hob sich, von längst entwöhnter Freudigkeit belebt, vertrauend gegen die blaßblauen Zwickeraugen. So standen die Männer und schüttelten einander die Hände.

Indessen packte Marie die Reisetasche des Gatten. Mit dem ersten Zuge fuhr er ab, nach Klattau.

Vergessen wir die finstere Familienkabale, die sich um den Rittmeister spann! Vergessen wir das Gespräch zwischen Zerff und Wanka. Schauen wir auf ihn allein! Auf Bourdanin, den stolzen, aufrechten, unbedingten Mann.

Wer kennt nicht die Geschichte des armen Ritters Quixano de la Mancha, der aus seinem Heimatdorf auszog, um in seinem spanischen Vaterlande Ruhm und Ehren zu gewinnen? Er trug einen alten Spieß mit sich, eine Tartsche und hielt sein Haupt in einen selbstgeflickten Helm gepreßt. Hungernd ritt er, dürstend, auf seinem schlechten Roß. Aber in seinem Herzen wallten süße Gefühle, Hoffnungen und Versprechungen, die ihm das Schicksal zuzuraunen schien: Du, Quixano, wirst als Don Quichote den Kaiser von Trapezunf übertreffen!

Sicher wallten in Rittmeister Bourdanins Brust ähnlich süße Gefühle. Er ritt zwar auf keiner Rosinante, sondern saß nur auf der schlecht gepolsterten Bank eines Wagens zweiter Klasse in einem ratternden Personenzug. Auch trug er keinen Helm, sondern nur einen steifen schwarzen, mit einem Band umwundenen Hut. Er trug keine Rüstung, sondern nur einen Havelock und über dem steifgestärkten Hemd einen noch steiferen weißen Kragen, der ihn mit seinen Ecken unter dem Kinn wund scheuerte. Er reiste ohne Tartsche, dafür mit einer braunen und schon ein wenig abgeschabten Ledertasche, und er rauchte – wie immer, wenn er sich in Aufregung befand – eine Zigarre nach der anderen.

Aber auch ihm war, als führe er in dieser Stunde einem längst vorausgeahnten Schicksalspunkt entgegen. Stolze Gefühle schwellten seine Brust. Je weiter sich der Zug schlängelte, um so mehr wich der Dunst des Flachlandes zurück; so blieb auch Bourdanins Zweifel zurück, ob sich denn Wankas Ankündigungen bewahrheiten würden. »*Von* Bourdanin!« Wie das klang! Und schon meinte er, daß sich das Prädikat vorzüglich zu seinem Namen fügte. War denn seine Familie je mit anderen Bürgerfamilien zu vergleichen, war sie denn nicht immer schon etwas Besonderes, war selbstbewußter, aufrechter, unbeirrter gewesen? Angefangen mit Großvater Joseph,

dem mit dem eisenbeschlagenen Stock, der in der Völkerschlacht von Leipzig seinen Mann im dichtesten Kugelhagel gestellt? Dann sein Vater, der erste Balthasar, ein kluger und bedeutender Stadtregent, dem das Glück mit dem Los ein schicksalhaftes Pfand zuwarf? Schließlich er selbst, der Rittmeister!? – Er atmete tief. Er sah sein eigenes Leben heute wie eine Bilderfolge vor sich aufgerollt, und jedes Bild rief ihm zu: Recht so, brav so! Hast dich schon wie ein Edelmann gehalten. Hast dich als tapferer Reitersmann im Kampf für Kaiser und Reich geschlagen, hast dich nicht einzwängen lassen in einen faden geldrafferischen Beruf, hast vor niemandem kriechen und buckeln müssen, warst frei – bist frei geblieben. Ja ja, so stimmte doch alles zueinander: ein Ritter ohne Furcht und Tadel.
In Klattau fand er dann, was ihm Wanka angekündigt hatte: Im Grundbuchamt traf er den Aktuarius namens Spitzhütel, und dieser suchte ihm aus einem alten Schrank eine bräunlich verräucherte und an den Rändern vielfach angebrochene Rolle hervor. Vorsichtig streifte der Schreiber das Dokument auseinander. Da stand der Stammbaum der von Pourdanin samt deren Wappen. Das Ende der Rolle war abgerissen, ein Siegel war nicht daran geheftet.
Ergriffen blickte der Rittmeister auf das ehrwürdige Dokument. Mit Spitzhütels Hilfe entzifferte er es Zeile für Zeile.
Wo denn das Ding gelegen sei? fragte er.
Spitzhütel zeigte ihm eine mit verstaubten Kramuren gefüllte Kammer.
Ob er die Urkunde erwerben könne? fragte der Rittmeister weiter.
Spitzhütel wiegte bedächtig den Kopf. Er war ein kleiner Mann, kahlköpfig, nur auf seinen Ohren wuchs oben, wie auf den Ohren des Luchses, je ein borstiges Büschel. Er wisse nicht, sagte er, ob er ein so kostbares Ding wie das alte Papier fortgeben dürfe. Aber es werde vielleicht eine Ausnahme möglich sein.
Für einige Gulden ließ er sich zu dem Handel herbei.
Und ob denn nicht sonst Spuren aufzutreiben seien jenes alten Geschlechts? Ob man denn die Kirchenbücher nicht durchsehen könne?
Die Kirchenbücher seien leider verbrannt.
Oder ob man vielleicht auf dem Friedhof ein Zeugnis finden könne?

Der Friedhof sei in der Schwedenzeit dem Erdboden gleichgemacht worden.
Und was denn von jener Rabenburg übrig sei?
Die Rabenburg sei ein ganz einsamer Platz vor der Stadt, zwei oder drei Wegstunden weit, mitten im Wald.
»Gut«, sagte der Rittmeister. »Dahin werde ich gehen.«
Der Aktuarius räusperte sich. Er sage doch, die Rabenburg sei tief im Walde versteckt.
Dann möchte man ihm, dem Rittmeister, einen Führer mitgeben.
Zu dumm, sagte der Spitzhütel und rieb sich die von Tinte befleckten langen Finger. Er würde den Herrn selbst gerne begleiten. Aber er könne einen so weiten Weg nicht mehr machen. Allenfalls werde sein Sohn den Rittmeister führen.
Am anderen Morgen stellte sich der junge Spitzhütel in Bourdanins Gasthof ein. Zwar trug er, anders als sein kahlköpfiger Vater, noch einen dicken schwarzen Schopf auf seinem Kopf, aber auch auf seinen Ohren zeigten sich bereits die Ansätze jener merkwürdigen Haarbüschel, welche seinem Erzeuger ein so luchsartiges Aussehen verliehen. Sie machten sich auf den Weg. Es war ein heller Frühlingstag; wie es sich an einem solchen gehört, sangen die Vögel, die Apfelbäume blühten, die Goldregenbüsche standen im Feierkleid. Sie wanderten durch einen breiten Tannenwald, Felsen dräuten, Bäche rauschten. Endlich trafen sie auf eine steile Schotterhalde. Der Begleiter erstieg sie und rief von ihrem Gipfel herab, er glaube, hier habe die Rabenburg gestanden.
Der Rittmeister folgte ihm hinauf. Er kletterte über die Gesteinstrümmer, und wirklich war da etwas, wovon man denken konnte, es habe einst, vor undenklichen Zeiten, als Burg oder Festung gedient.
Der Rittmeister bat den Begleiter, ihn allein zu lassen. Er saß nieder auf einem der niederen Mauerreste und blickte feierlich um sich. Er hatte Mühe, seiner Bewegung Herr zu werden. Das war vielleicht der Burgfried gewesen, wo die von Pourdanin einst ruhmvoll erhaben gehaust. Der helle Sonnenschein lag auf den Trümmern, das Brombeerkraut schlang seine Ranken darum, über die Erika summten die Hummeln. Dem Manne wurde so wohl und weh zugleich. Zwischen den Wipfeln sah er weit draußen über dem Horizont eine

weiße funkelnde Tafel stehen. Der Begleiter sagte, das sei schon einer der Alpengipfel, die bei klarem Wetter manchmal hier sichtbar würden.
Ehe sie abstiegen, brach sich der Rittmeister einen Stein aus dem Geröll; den wollte er sich als Andenken nach mit Hause nehmen.

## *Die Hochzeit*

Zu seiner Überraschung fand der Rittmeister, als er heimkehrte, die Vorbereitungen für Franziskas Hochzeit mit Karl Wanka in vollem Gange. Er war doch kaum zwei Tage ausgeblieben und doch hatte man in dieser Zeit schon das Aufgebot bestellt. Aus Rücksicht auf die noch währende Trauerfrist um die erste Gattin des Bräutigams sollte nur die allerengste Familie zur Festtafel geladen werden.
Der Rittmeister fand diese Maßnahmen nun doch ein wenig seltsam überstürzt. In seinem Herzen regte sich etwas und flüsterte ihm zu, man habe ihn nur überrumpeln wollen. Aber das Glück, das er soeben erlebt hatte, machte ihn großherzig, ja, es stimmte ihn beschämt gegen den goldbärtigen Schwager, der offenbar alle Unfreundlichkeit so freundlich vergolten, der, während man ihm grollte, der Familie einen so unschätzbaren Dienst erwiesen. Die Trauung fand in der kleinen Annakirche, die Tafel in Wankas Wohnung statt. Im Speisezimmer, wo sich vor gar nicht langer Zeit die Trauergäste um Frau Emmas Katafalk gedrängt hatten, wurde die Tafel auf silbrig schimmernden Damastbahnen mit feinem Porzellan, vergoldeten Bestecken und funkelnden Kristallkelchen gedeckt. Dennoch versuchte man Halbtrauer hervorzukehren: die Tischkarten zeigten die Schrift nicht in Gold, sondern in zartem Dunkelgrau. Vor Emmas lebensgroßem Bild war ein Hain blühender Gewächse aufgestellt.
Vom frühen Morgen an lief der Bräutigam in Frack und Binde herum. Er schwitzte, seine Augen waren verquollen und sein Gesicht dunkel-rosafarben wie noch nie. Er war in Angst, daß irgend etwas an der Hochzeitsfeier mangeln, daß noch irgend etwas schiefgehen könnte. Mit dem gemieteten Koch hatte er einen großen Auftritt.

Er behauptete, der Koch habe die kalten Vorspeisen vorzeitig aus den Kellern geholt, jetzt sei das ganze Essen verdorben und man könne es den Schweinen verfüttern. – Die Braut hatte sich mit der kleinen Stieftochter eingeschlossen. Denn auch heute mußte diese ihre sittliche Freiheit üben und ihre Locken strählen. Karlinchen weinte und wehrte sich. Aber eisern hielt Franziska sie am Arm gefaßt, und die Kleine spürte ihre Hände.

Nach der Trauung in der Kirche fand das Diner statt.

Die Braut war in einem weißen Kleid, das zum Zeichen der Halbtrauer mit schwarzen Samtstreifen besetzt war. Am Halse trug sie ein großes goldenes Kreuz mit schwarzem Emailbelag. Man mußte gestehen, daß der Anzug nicht passender, nicht stilvoller hätte gewählt werden können. Auf dem schon ergrauenden Scheitel ruhte ein schmales Myrtendiadem. Sogar heute vergönnte Franziska ihrem Gesicht auch nicht das unschuldigste der zahllosen Mittelchen, mit welchen die Frauenwelt ihres Alters sonst so vertrauten Umgang hat. Ungeschminkt und ungepudert zeigten ihre Züge alle beginnenden Kerben und Falten. Auf ihren Backenknochen brannten zwei runde hochrote Flecke, brannten und verrieten, was Franziska sonst zu verbergen sich alle Mühe gab: daß nämlich in ihrer Brust ein banges Herz schlug und daß dieses Herz von stürmischen Gefühlen durchwühlt war.

Ehe man zu Tisch ging, gab es eine große Szene.

Nach einer sekundenlangen Stille, die immer eintritt, ehe man sich zu einer festlichen Tafel setzt, erscholl Rosinens flötende Stimme. »Fränzchen«, rief sie und winkte zugleich ihrem Mann mit den Augen – er eilte und schlug an ein Glas. »Fränzchen, mein teures, liebes Herz, laß dich umarmen.«

Frau Rosine war klein und mußte sich auf die Zehenspitzen stellen, um der viel größeren Franziska an das Gesicht zu reichen. Ihre weißen, von violetten Äderchen gesprenkelten Wangen berührten die glühenden der Schwester. »Heute endlich ist auch dein Ehrentag angebrochen. Wie lange haben wir dir alle schon ein trautes Heim, einen lieben Gatten gewünscht. Unsere unvergeßliche Emma – Gott habe sie selig – hat diesen Wunsch mit uns gehegt. Und als sie schied – ach, verzeiht, daß ich euch an das Furchtbare erinnere –, da handelte sie, wie eine treue Schwester handelt, eine gute Mutter, eine edle Gattin. Denn sie wußte, meine Lieben, ihr könnt nicht erraten, was sie wußte? – daß sich längst ein Band ganz besonderer gegenseitiger Wertschätzung um die beiden schlang, die wir heute hier miteinander vereint sehen. O Franziska, wie – du erschrickst? Aber nein doch, liebes Herz. Das Schicksal hat alles aufs beste gefügt.«

»Und du, lieber Schwager Wanka, zum zweitenmal uns verschwägert jetzt, ich heiße dich in aller Namen in unserer Familie abermals willkommen. Wir haben dich als rücksichtsvollen, zartgesinnten Gatten unserer lieben Emma gekannt und zweifeln nicht daran, daß du auch zum anderen Male alle in dich gesetzten Hoffnungen erfüllen und rechtfertigen wirst. Beglücke unsere Fränze, wie du unsere Emma beglückt hast.«

»Genug, genug«, murmelte der Rittmeister im Hintergrund.

Indessen reckte sich die kleine Eidechse gegen den Goldbart empor und setzte auch diesem ein schmatzendes Küßchen auf die rosige Backe. »Werdet glücklich, so glücklich, wie ich es bin mit meinem teuren Mann – nicht wahr, Rübchen, sehr glücklich!?! – Ich vermisse hier einen lieben Gast«, fuhr sie fort. »Es ist unsere Schwester Sibylle. Ich weiß wirklich nicht, wieso sie heute fehlen darf. Aber gewiß, ihr Herz ist bei uns.«

»Herrgottsakrament.« Der Rittmeister knirschte mit den Zähnen. »Die Rosine muß immer Komödien aufführen.«

»Aber es ist mir eine große Freude, daß ich dafür diesen jungen Mann wieder im Kreis der Familie begrüßen darf: zum erstenmal nach langer Zeit bei einem festlichen Anlaß. Lieber Hans, lieber Vetter: du hast heimgefunden, Gott segne dich.«

Auch der kleine Buckelmann mußte es sich gefallen lassen, daß sie ihm die Wange zum Kusse hinhielt. Er war bei Rosinens Worten so rot geworden, als wäre er in ein Faß roter Tinte gefallen: man sah es ihm an, daß er am liebsten in den Boden versunken wäre.

Aber Rosine war noch nicht am Ende. »Und schließlich –«, fuhr sie fort und hob ihre Stimme zu einem pathetisch flötenden Ton, »und schließlich wollen wir der großen Freude gedenken, die uns allen, die wir den Namen Bourdanin führen oder früher geführt haben,

zuteil geworden ist. Der liebe Schwager, der gute Wanka, hat auf einem seiner halb geschäftlichen, halb wissenschaftlichen Streifzüge ein Dokument entdeckt, ein hochwichtiges, das uns demnächst erlauben wird, unseren Stand – unseren Stand –«, Rosine warf Balthasar einen zornigen Blick zu. Er war mit einem großen Schritt an sie herangetreten, hatte sie am Arm gefaßt und ihr ein heftiges Wort zugeflüstert. Rosine schüttelte den Kopf und flüsterte ein Wort zurück. Die Anwesenden wurden unruhig. Rosine sammelte sich mit Mühe. Sie schob den Rittmeister zur Seite und vollendete: »Wie dem auch immer sei – immer sei – eins ist gewiß! Der Segen des Himmels schwebt offenbar über diesem Hause.«
»Amen!« rief der Rittmeister dazu. »Setzen wir uns, es ist höchste Zeit.«
Wanka putzte seine angelaufenen Zwickergläser. Franziska atmete schwer. Zerff – auch er war geladen worden – gluckste vor Gelächter. Onkel Johann schlug ein verstohlenes Kreuz. Marie band Karlinchen eine Serviette um. Vater Halik verlor sich in der Betrachtung einer Callablüte. Endlich wurden die Stühle gerückt, die Gäste nahmen Platz. Doktor Zerff hatte sein Kärtchen neben Ernestinens Platz erspäht. Schnell unterdrückte er seine Heiterkeit und verbeugte sich vor seiner Dame.
Er hatte sie schon in der Kirche erblickt und hatte sie, von ihrer Schönheit betroffen, die ganze Zeit mit seinen Augen verschlungen. Mit Entzücken nahm er jetzt die kleine Unsicherheit wahr, mit der sie sich neben ihm niedersetzte. »Wer ist die Dame, die gesprochen hat?« eröffnete Doktor Zerff sein Geflüster an Ernestinens Ohr. »Frau Doktor Rübsamen? Ah, eine charmante Dame. Eine Tante von gnädigem Fräulein, nicht wahr? Ah, und welche rednerische Begabung! Die Gnädige könnte eine Erzherzogin sein und alle Tage eine Wohltätigkeitsanstalt eröffnen.«
Ernestine lächelte matt.
»Und hat sie das nicht hübsch gesagt, von dem hochwichtigen Dokument? Leider hat man sie verhindert fortzufahren. Und wie überzeugend sie ausrief, daß der Segen Gottes sichtbar über diesem Hause schwebe. Sichtbar! Wohlgemerkt. Mit diesem Segen hängt es wohl zusammen, daß der Herr Ehemann gestern einen Wechsel auf

12000 Gulden ausgestellt hat. Er mußte doch den Pongratzschen Hof ersteigern, das Nest kam ihm verdammt teuer. Er steigerte, ließ ich mir sagen, daß es eine Freude war. Er war ganz wild darauf, den Dwur zu bekommen. Na, er wird schon wissen, warum. Daß er jetzt acht Prozent Zins zahlen muß für eine ungeheure Hypothek, das wird dem Segen Gottes gewiß keinen Eintrag tun.«

Ernestine blickte den Fremden an. Er erschien ihr recht artig, aber auf eine sie irritierende Weise aufgehübscht. Sein lockiges Haar war tiefschwarz, und es glänzte so sehr, als wären ihm metallische Stoffe beigemengt. Sein Gesicht war blaß, von gelblichem Elfenbeinton, wo es rasiert war, von bläulichem Anflug. Der Mann war parfümiert, in seiner Krawatte steckte eine modische Nadel.

Als Egon Zerff Ernestinens Blick auf sich gerichtet sah, trat in seine Augen ein eigentümliches Licht. »Ich spreche von Geld«, unterbrach er sich selbst. »Vor Ihnen von Geld zu sprechen, das ist ein Frevel. Geld – eine so schmutzige Sache! Und Sie – Sie! Sie sind so schön, meine Gnädigste, zu Ihnen dürfte man nur von den schönsten und erhabensten Dingen sprechen. Ist die Schönheit nicht der letzte Tempel, den die Menschheit noch besitzt? Ah – die Schönheit –. Waren Gnädigste schon einmal in Paris, dort hätten Sie Ihre göttlichen Ebenbilder im Louvre bewundern können!«

Am anderen Ende der Tafel wollte kein Gespräch aufkommen. Da saß Wankas Bruder, ein mißmutiger Mensch, gelbgesichtig, krank an der Leber. Er mußte einen Gang nach dem anderen an sich vorbeiziehen lassen. Da saß Tante Margarete, die die Hühneraugen drückten. Da saß auch der Rittmeister, der zwar guter Gesundheit, aber gleichfalls schlechter Laune war. Er war durch die von Rosine hervorgerufene Szene verstimmt. Ärgerlich blickte er nach der Schwester, er haßte ihre Rührseligkeiten und wollte es ihr einträanken.

»Nun, Rosine, was machen die Kinder?« fragte er über die Tafel weg; er fragte es ein wenig lauter, als nötig gewesen wäre. Die anderen horchten auf.

»Die Kinder« waren Frau Rosinens wunder Punkt. Es waren die *zwei* armen Wesen, welche das Doktorspaar in einer philanthropischen Aufwallung adoptiert hatte. Aber ach, das menschenfreundliche Experiment war ein wenig mißlungen.

Mit welchem Aufwand hatte man damals das gute Werk in Szene gesetzt! Wieviel Spielzeug war gekauft, wieviel hübsche Kleidchen, Schühchen und Ränzchen waren besorgt worden; wieviel Schokolade und Zuckerwerk hatte man beiden verfüttert! Beide, Pepi, der Neunjährige, und das jüngere Schwesterlein, Ännchen, hatten zwar die blonden Haare und blauen Augen, wie Frau Rosine sich's gewünscht und ausbedungen hatte. Diese runden und blauen Augen blickten immer ein wenig einfältig und starr geradeaus. Das gefiel Frau Rosine nicht so ganz, und auch sonst waren die Kinder nicht in allen Stücken das, was sie von den Adoptierten erwartet hatte. Ihr Schritt war schwer und bäurisch, sie schneuzten sich in die Ärmel und wußten nicht, was Bitte und Danke heißt; kurz, sie waren eigentlich keine Menschen, sondern zwei kleine ungezähmte wilde Tiere. Wenn Besuch erschien, und es erschien sehr viel Besuch in den ersten Tagen – flohen die kleinen Wilden in einen Winkel und verkrochen sich. Wurden sie hervorgezerrt, schlugen sie um sich und schrien, als stäken sie am Spieß.

Das war ein wenig verheißungsvoller Beginn.

Zu ihrem neuen Vater hätten sie mit der Zeit einiges Zutrauen gefaßt, aber gegen Frau Rosine blieben sie spröd und widerspenstig.

Eines Tages schnitt der Knabe mit einem Federmesserchen die Gardinenschnüre ab. Das Mädchen zupfte die Kirschen aus dem Kuchen und beschmierte mit ihnen die polierte Kommode. Das waren schwere Sünden. Aber vielleicht hätten gerade diese Sünden der jungen Familie zum Heil gereicht, wenn der Doktor – wie ein rechter Vater – dem Knaben die Hosen strammgezogen und wenn Frau Rosine – wie eine rechte Mutter – der kleinen Barbarin ein paar über die Finger gegeben hätte. Doch dazu konnten sich die usurpatorischen Eltern aus irgendeinem geheimen Gewissensgrund durchaus nicht entschließen.

Frau Rosine erklärte sich außerstande, das ungebärdige Pärchen zu erziehen, und nahm eine Bonne auf. Erst wurden die Kinder noch zu der elterlichen Tafel zugelassen; mit der Zeit verlor sich dieser Brauch. Die Bonne spürte, daß die Kleinen ihrer Machtvollkommenheit schutzlos überlassen waren. Sie ließ es sich angelegen sein, sie von den Eltern fernzuhalten. Das gelang ihr. Wenn der Doktor

auch manchmal versuchte, sich den Kindern zu nähern, so waren diese gerade fortgegangen oder mußten ihren Aufgaben obliegen oder sie waren eben so unartig gewesen, daß sie in die finstere Bodenkammer eingeschlossen werden mußten. Als die erste Bonne entlief, wurde eine zweite nicht mehr aufgenommen. Die grobe alte Hausmeisterin übernahm das Amt der Erziehung. Immer tiefer sanken die Adoptierten herab und zeigten endlich Züge rabenhafter Bosheit. Endlich hatten sie das Alter erreicht, daß man sie »außer Haus« geben, das heißt ganz abschieben konnte; den Knaben in eine militärische Anstalt, das Mädchen in ein Kloster der Schwestern vom Sacré coeur.
Sie kehrten nicht mehr nach Hause zurück. Auch die Ferien verbrachten sie in ihren Anstalten. Dafür hatte man sie vor ihrer Verschickung hübsch gekleidet und auffrisiert zum Lichtbildner geführt und sie vor einem romantisch bemalten Hintergrund photographieren lassen. Ihre Bilder standen in goldenen Rahmen auf dem nie gespielten Stutzflügel in Frau Rosinens Salon. Jeden Besucher führte die Doktorsgattin hin und erhob bewegliche Klage darüber, daß sie die lieben, guten engelgleichen Kinderchen nicht bei sich behalten könne; leider sei sie zu krank, sie habe es an den Nerven und am Herzen und müsse deshalb auf das Glück ihrer Mutterschaft verzichten. Manche, welche Frau Rosine nicht kannten, mochten den gefühlvollen Beteuerungen Glauben schenken. Aber ihr Bruder kannte sie, und Rosine wußte nur zu wohl, was der Bruder in der Sache dachte. Darum berührte sie seine Frage an einer empfindlichen Stelle.
»Wie es den Kindern geht?!« wiederholte sie. »Zu freundlich, Balthasar, daß du dich nach ihnen erkundigst. Gut geht es ihnen; es könnte ihnen nicht besser gehen. Nicht wahr, Rübsämchen, wir haben die schönsten Nachrichten?!«
»Wirst du sie heuer in den Ferien auch dort in ihren Käfigen lassen?« fuhr der Rittmeister unbarmherzig fort. »Ich kann mir nichts Trübseligeres denken, als daß Kinder in ihren Schulen bleiben müssen, wenn alle anderen nach Hause fahren.«
Rosine erblaßte. – »Aber Balthasar!« Sie ließ das Gäbelchen fallen, womit sie gerade eine Schnitte orientalischen Karpfens zerteilt hat-

te. – »Wie kannst du – weißt du denn nicht, wie elend ich bin? Ach, Rübsamen, hast du gehört, was Balthasar soeben sagte? Ich bitte dich, rede doch du.«
»Rosinchen ist wirklich nicht gesund«, murmelte dieser gehorsam.
»Soso.« – Der Rittmeister lächelte spöttisch. »Rosine sieht zwar ganz munter aus, aber sie muß halt die Kranke spielen.«
»Wollte Gott, es wäre nur ein Spiel. Es ist ein Wunder, Balthasar, ein Wunder, daß ich noch nicht auf dem Friedhof liege. Und ich läge längst dort, wenn nicht Rübsämchen mich am Leben erhielte.«
Der orientalische Karpfen wurde abserviert und ein Kapaun gereicht; Rosine wies zuerst die Platte zurück, nahm sich aber dann doch ein Brüstchen auf den Teller. Dem Leberkranken neben ihr trieb es den Blick aus den gelblich angelaufenen Augen. Sie bemerkte seine Gier, so wie sie längst seine Enthaltsamkeit bemerkt hatte. – »Herr Wanka«, sagte sie leise, »Sie leiden? Ich sage Ihnen«, fuhr sie fort und rückte auf ihrem Stuhl näher, »wenn Sie gesunden wollen, versuchen Sie's mit uns. Mein Mann ist ein herrlicher Arzt. Er durchschaut jede Krankheit, er erkennt jedes Symptom, er hat geniale Rezepte. Nehmen Sie – zum Beispiel – unseren Vetter Hans!« Rosine senkte ihre Stimme zu winzigem Flüstern ... »Sehen Sie ihn an: vor einem Jahr kam er ganz zerrüttet nach Hause, ich weiß nicht, was für ein Leben ihn so heruntergebracht hat, den Ärmsten. Aber Rübsämchen hat ihn beinahe durch Handauflegung geheilt. Oh, Rübsämchen verfügt über wunderbare Methoden.«
»Nu nu, Sinchen, übertreibe nicht!« mahnte Rübsamen.
»Da hören Sie ihn«, wisperte die Eidechse, »wie bescheiden er ist.«

Nach dem Hochzeitsdiner zerstreute man sich in der Wankaschen Wohnung. Wanka und seine Gattin machten die Honneurs von Gruppe zu Gruppe.
Der Rittmeister ließ seine Blicke schweifen. »Wo habt ihr denn das Vieh«, fragte er, »den weißen Pinscher?«
»Das Ninottchen meinst du?« sagte Wanka. »Ach, das ist eine traurige Geschichte. Auf einmal war das Tier verschwunden, wie vom Erdboden verschluckt, ich habe es überall suchen lassen, aber niemand will es gesehen haben.«

»Setze doch eine Anzeige in die Zeitung«, sagte der Rittmeister. »Das Vieh wird sich verlaufen haben.«
»Ach nein«, versetzte der Goldbart traurig, »ich habe eine ganz andere Vermutung.«
Er blickte zu Franziska hinüber. Auf deren ohnehin brennendroten Backen erhöhte sich die Glut zu wahren Flammen. »Ei was«, versetzte sie hastig, »geschlachtet wird man sie haben, die Pinscherin, sie war ja so fett noch von der seligen Emma her.«

In dem anschließenden Damenzimmer saßen Doktor Zerff und Ernestine beisammen. Der Mann war nicht mehr von ihrer Seite gewichen. Es war ihm gelungen, das Mädchen in eine abgelegene Ecke zu drängen. Dort saß sie nun in einem Lehnstuhl, er hatte sich rasch ein Taburettchen herangezogen und kauerte nun beinahe ihr zu Füßen. Ernestine wußte nicht, wie sie sich vor seinen zudringlichen Augen schützen konnte, sie bat um ihr Tuch und wickelte sich in dessen Falten. – Ein Blümchen Rührmichnichtan, dachte der Mann, eins von der echten Sorte, warte, mein Kind, laß mich nur machen! Ein gutherziges Wesen, stellte er fest, da muß man es zuerst mit dem Mitleid probieren. So begann er ihr zu erzählen, er kramte zuerst ein paar Episoden aus seiner Kindheit hervor, rührende Kapitel, in die er, weil ihn der Hafer stach, gewagte und im übrigen erdichtete Details mischte.
Sein Vater, erzählte er, sei ein armer Greißler gewesen, er habe einen häßlichen finsteren Laden in einer galizischen Stadt geführt. Schon früh sei er, Egon, zu schweren und seine Kräfte weit überfordernden Arbeiten herangezogen worden. Um sich einen Wachhund zu sparen, habe man ihn im Sommer und Winter in dem kalten feuchten Warengewölbe schlafen lassen. Später habe man ihn zum Hausieren geschickt. Da sei er mit seiner Ware von Haus zu Haus, von Dorf zu Dorf gezogen, habe im Heu übernachtet und sich von mitleidigen Gaben genährt. »Trotzdem denke ich gerne an diese Zeit zurück, sie lehrte mich, alle Unbill gelassen zu ertragen. Aber wenn ich dann heimkam und der Vater nur Augen hatte für den Erlös und nach dem Verbleib jedes Kreuzers forschte, dann –. Ich hatte mir einmal ein Brot gekauft! Das hielt er schon für ein Verbrechen.«

»Ach, wie traurig«, hauchte Ernestine.
»Traurig?« sagte der Mann. »Vielleicht. Damals schien es mir nur natürlich, daß der Vater mich schlug.«
»Haben Sie denn keine Mutter gehabt?« fragte das Mädchen.
Zerff runzelte die Brauen. »Ja, eine Mutter hatte ich auch. Ich habe wenig Gutes durch sie erfahren. Sie war eine schöne Frau und hielt sich wohl für – zu kostbar, um bei uns, ihrem Mann und ihren Kindern auszuhalten. Sie verließ uns. Ja. Sie fragen: wie kann eine Mutter ihre Kinder verlassen? Das ist eines der Rätsel, die die Natur des menschlichen, des weiblichen Herzens uns aufgibt. – Meine Mutter pachtete ein Gasthaus und wurde reich. Ja, sie war reich, indessen wir – – –. Erst, als sie starb, erinnerte sie sich unser. Da war sie von Reue gepackt. Und sie bat uns, ihr zu verzeihen. Meine drei Brüder versagten sich ihr – sie wollten ihr nicht ein einziges gutes Wort geben.«
»Und Sie?« fragte Ernestine atemlos. »Sie?«
Zerff beugte sich vor und suchte ihren Blick. »Was hätten Sie an meiner Stelle getan?«
»Ich? Ich glaube, ich hätte ihr verziehen.«
»Sehen Sie«, sagte Zerff. »Ich wußte es ja. Sie hätten nicht anders gehandelt als ich.«
»Nun begreifen Sie«, fuhr er fort, »daß ich mich in Gesellschaften wie dieser einsam und verlassen fühle. Ich bringe die Harmlosigkeit nicht auf, mich an solchen Festen zu freuen. Ich habe sehen gelernt, ich lernte die Maske der Menschen durchschauen. Oh, die Menschen, was sind sie für ein Gezücht!«
»Doch nicht alle«, sagte Ernestine.
»Nein, nicht alle, verzeihen Sie! Sie sind so rein wie ein Engel, so gut! Von allem Irdischen unberührt, ahnungslos –. Wie kann meinesgleichen vor Ihnen bestehen?«
»Bestehen?« fragte Ernestine. »Was meinen Sie damit? – Oh, ich bin nicht so ahnungslos, wie Sie glauben, Doktor!«
»Nicht?«
»Nein.« Ernestine verstummte verwirrt. »Ich – lassen wir das. Doktor, ich muß nun gehen.«
Das Mädchen hatte versucht sich zu erheben, aber Zerff wollte sie

hindern: er hielt sie fest. »Nicht doch – noch nicht!« Sie wandte den Kopf ab, aber ihre Brust berührte die seine. Sein Atem streifte ihr Gesicht. In diesem Augenblick ging die Tür auf. Hinter der aufgeschlagenen Portiere sah man Balthasar Bourdanin im Nebenzimmer stehen, mit zwei Herren im Gespräch begriffen. Er blickte herüber, ein finsterer Blick zuckte aus seinem Auge, er runzelte die Brauen, drehte sich brüsk um.

Die Tür fiel zu. Die Portiere schlug zusammen. Wieder war Ernestine mit Zerff allein. Sie sank auf ihren Sitz zurück.

Es ist alles zu Ende, dachte sie, alles, alles ist vorbei. *Er* hat mich hier gesehen. Jetzt verachtet er mich, wie kann ich weiterleben?

Zerff bemerkte, daß Ernestine nicht wohl war. Er brachte ihr ein Glas Wein, dann, als sie dieses ablehnte, ein Glas frisches Wasser. Er öffnete das Fenster, er fächelte ihr Luft zu. Sie duldete es, daß er ihr das Kaschmirtuch abnahm. »Ist es nun besser, liebste Gnädige?«

Ernestine nickte. Sie blickte Zerff an. »Ich habe Ihnen vorhin etwas gesagt«, begann sie. »Und möchte nicht, daß Sie mich mißverstehen. Mein Leben verlief nicht so, daß ich hätte Erfahrungen sammeln können. Aber ich habe gelesen, viel gelesen, und es waren Bücher darunter, die mir einige Kenntnisse verschafften. Kenntnisse, die – –.Ich habe diesen Büchern zuerst keinen Glauben geschenkt, und ich will ihnen auch keinen Glauben schenken. Doch da war – unter anderen – eines, Sie werden es nicht kennen, ich war nicht einmal imstande es zu Ende zu lesen, obwohl meine Herrin es von mir verlangte. Ein entsetzliches, ein widerwärtiges Buch, ein Buch, das mich am Leben verzweifeln ließ: ›Madame Bovary‹.«

»Madame –« rief Zerff aus. Er hatte sich zur Hälfte erhoben.

Ernestine war mit einem Male tief errötet. »Sie kennen es?«

»Und ob! Das größte Kunstwerk des Jahrhunderts.«

»Oh!«

»Doch, so ist es. Und Sie werden es noch lieben lernen.«

»Nie!«

»Warum denn nicht? Es erschreckte Sie? Gut. Das spricht nur für die Empfänglichkeit Ihrer Seele. Oh, es ist herrlich, daß Sie dieses Werk kennen«, fuhr der Mann fort. »Es ist voll Wahrheit, es enthält das ganze Leben, Fülle, Reichtum, Lust, die schrankenlose Hingabe an den Augenblick –«

»Aber das Ende«, rief Ernestine, »ist das Ende nicht fürchterlich?«

»Was kümmert uns das Ende?« antwortete Zerff. »Ah, ich möchte Sie lehren, das Leben zu nehmen wie es ist, in seiner Herrlichkeit und seinem Wagemut, als ein Fest, als ein Geheimnis der Liebe.« Seine Hand ergriff die ihre, es gelang ihm, seine Finger zwischen die ihren zu flechten. Seine Knie zitterten. Da hatte sie ihn von sich gestoßen, war an ihm vorbei und gegen die Tür gelaufen.

Auf dem Flur begegnete sie ihrem Vater. »Komm, Vater, wir wollen gehen!«

»Jetzt schon? Schickt sich das?«

»Dann gehe ich allein.«

Der Aufbruch des Professors und seiner Tochter gaben das Zeichen zum allgemeinen Abschied. Rosine rauschte an Rübsamens Arm davon. Der Rittmeister ging mit Onkel Johann, Tante Margarete stützte sich auf Mariens Arm.

Karlinchen hatte sich nach dem Diner bereits übergeben und lag zu Bett. Wanka und seine Frau blieben allein.

Sie wollten erst am anderen Tage zu einer Hochzeitsreise aufbrechen. Allmählich erloschen die Gaslichter und Kerzenflammen in der Flucht der Gemächer. Allmählich schloß sich eine Samtportiere nach der anderen, wurde ein Vorhang nach dem anderen zugezogen.

Da klopfte es ganz zaghaft an der Tür des Ehepaares.

Hastig erhob sich der Gatte, um zu öffnen.

Die Köchin stand draußen und schnitt ihr schuldbewußtestes Gesicht. »Es ist jemand da«, flüsterte sie. »Eine Frau ist es, über die Dienertreppe ist sie gekommen und wünscht die gnädige Frau zu sprechen. Ich habe ihr gesagt, es gehe nicht, aber sie will nicht weichen. Sie sitzt draußen in der Küche und sagt, sie sei eine Verwandte von der gnädigen Frau, aber sie schaut so schäbig aus und zittert immerfort.«

»Das ist Sibylle«, rief Franziska und lief hinaus.

In der Tat saß die Schwester in der Küche. Bei Franziskas Anblick erhob sie sich, sie schlotterte an allen Gliedern. »Fränzchen«, stotterte sie, »ich komme dir gratulieren.«

In ihren Händen hielt sie einen schon halbverwelken Strauß. Franziska umarmte sie. »Daß du zu mir kommst, Billchen, gutes Billchen! Den ganzen Tag habe ich schon an dich gedacht, den ganzen Tag hast du mir gefehlt. Komm doch herein.«
Ängstlich wich Sibylle zurück. »Ah-ah-ach nein, ich darf nicht, wenn Cyrill es erfährt, daß ich hier war, d-da-dann –. Ich muß auch gleich w-i-wieder fort.«
»Gut, dann begleite ich dich.«
Über die Hintertreppe war Sibylle gekommen, über die Hintertreppe ging Franziska mit ihr wieder hinab. Als sie auf die Straße hinaustraten, war es so finster, daß die Frauen zögernd innehielten. Franziska nahm Sibyllens Arm. Nach einer Weile nahm sie deren Hand in die ihre. Auf einmal blieb Sibylle stehen. »Fränze, du zitterst ja auch.«
»Ich zittere«, murmelte diese. »Ja. Ja, ich zittere, Billchen. Ich weiß ja nicht, was das ist: die Ehe.«
Mitten auf der Straße, unter dem Schutz der schwarzen Mainacht, fielen die Schwestern einander in die Arme. Brust an Brust, schluchzend, hielten sie sich eng umfaßt. »Die Ehe«, stammelte das Weib des Schimkowitz, »weißt du, Fränze, sie ist wie der Tod, so schwarz, so schwer – ach, und ewig; ewig.«

## *Die Tage der Verheißung*

Wenn der Goldbart gedacht hatte, der Schwager werde gleich nach Besichtigung der alten Stammbaum-Urkunde nichts Eiligeres zu tun haben, als ein Gesuch an die Hofkanzlei zu richten, um das in dem Pergament dokumentierte Adelsprädikat wieder zu erlangen – wenn also Wanka gemeint hatte, die Sache werde ohne Weiterung ihren geraden Weg ablaufen, so hatte er sich gewaltig getäuscht. Denn der Rittmeister war viel zu stolz, um mit nichts anderem als mit einem alten Papier um irgendein Recht einzugeben: er wollte noch andere Urkunden beibringen, noch andere Beweise sammeln. Aber das Meer der Vergangenheit dehnte sich gar so unabsehbar vor seinem Blick, seine Nachforschungen stießen gar zu schnell an eine Wand der Undurchdringlichkeit.

So begann sich der Rittmeister, der bis jetzt immer nur Kriegsgeschichte getrieben, mit dem Gedanken anzufreunden, daß er sich nun auch in dem noch weit verworreneren Gebiet der Genealogie umzusehen habe. Im Stadtmuseum war eine Bücherei, und der Rittmeister mußte hoffen, daß er vielleicht in einer der dort aufgestapelten Familiengeschichten ein Endchen der Bourdaninschen Vergangenheit werde entdecken können. So verbrachte er halbe Tage damit, die Zettelkästen zu durchstöbern und sich eine Liste der zu lesenden Bücher anzulegen; doch bald öffnete sich ihm eine viel freundlichere Möglichkeit.

Mariens Bruder Bohusch war auf Urlaub gekommen. Obwohl man übereingekommen war, daß von dem Stammbaum nichts weiter zu verlauten sei, machte man bei Bohusch eine Ausnahme und zog ihn ins Vertrauen.

Bohusch Halik war ein respektabler Mann. Er war nicht nur »sub auspiciis imperatoris«, das heißt, nach vorzüglichen Studienerfolgen zum Doktor beider Rechte promoviert worden, sondern er war auch rasch zu einer schönen Stelle in einem Ministerium aufgestiegen. Man sprach davon, daß er eine sichere Laufbahn habe. Das einzig Unsichere an ihm war seine Gesundheit.

Er selbst ließ nicht viel darüber hören. Aber dann und wann sickerte das Gerücht durch, daß er an Fieber, an Nachtschweißen leide, daß er auch ein wenig Blut spucke; dann lag er einige Wochen in irgendeinem Hospital. Er habe mächtige Gönner, hieß es, die es ihm nicht nur nicht ankreideten, wenn er solche Urlaube nahm, sondern die ihn sogar zu sich lüden auf ihre Güter, damit er sich dort erholen könne. Unter diesen Gönnern war ein Baron im Salzburger Land.

Als Bohusch von Balthasars Studienvorhaben vernommen hatte, schnippte er vor freudiger Erregung mit den Fingern. »Nein«, rief er, »lieber Bourdanin, du wirst nicht hier unabsehbare Mühen auf dich laden. Ich kann dir einen ganz anderen Vorschlag machen. Mein salzburgischer Baron ist ein Fachmann in allen genealogischen Fragen; wenn einer dir helfen kann, so ist er es. Komm doch mit mir, du bist dort willkommen, das weiß ich. Es tut dir gut, eine andere Gegend zu sehen. Und Marie« – der Bruder lächelte ein wenig – »wird vielleicht ganz zufrieden sein, wenn sie einmal Strohwitwe ist.«

Bohusch reiste nach Wien zurück. Bourdanin bedachte sich – und beinahe plötzlich entschloß er sich zuzusagen. Ihm war eingefallen, daß ihm damals auf der Rabenburg fern im Südosten ein silbriger Schneeberg erschienen war, ein blitzendes Spitzchen, das ihm – wie ein Zeichen oder Symbol – geheimnis- und verheißungsvoll zugewinkt hatte. So schrieb er dem jüngeren Schwager, daß er reisen wolle; daß er zwar nicht die Gastfreundschaft, wohl aber die genealogischen Ratschläge des Barons gern annehmen werde.
Marie war außer sich vor Freude über Balthasars Reise. »In die Berge kommst du, denke doch! Von den Bergen hat mir der Vater immer erzählt, und ich glaube, dort ist es so schön wie im Himmel.« So packte sie dem Gatten zum zweiten Male das Gepäck, größeres diesmal als zur Reise nach Klattau und mit besserer Garderobe. Sie geleitete ihn auf die Bahn, die sechs Kinder geleiteten ihn gleichfalls; wie die Orgelpfeifen aufgestellt, winkten sie dem Vater mit sechs schneeweißen Schnupftüchern nach, bis sein aus dem Wagenfenster geneigtes kupferfarbenes Gesicht hinter dem letzten Wagen verschwand.

Seit Jahr und Tag war der Rittmeister nicht mehr über die böhmische Grenze hinausgekommen. Auf holprigen Schienen fuhr der Budweiser Schnellzug die engen Kehren der alten Eisenbahnlinie gen Linz hinab. Heiter glänzte die Donau, der völkerfreundliche Strom, und heiterer noch lachte das Land, je weiter es gegen Salzburg ging und von Salzburg noch einmal auf einer Zweigbahn dem Gebirge zu. Nicht, daß er, der Rittmeister, dieses Land nicht längst gekannt hätte. Als junger Mann hatte er es einmal mit einer langen Alpenstange und einem wohlgemeinten, aber nicht ganz landgerechten grünen Hut durchwandert. Er hatte ein paar Gipfel bestiegen und hatte in rauchigen Almhütten salzigen grauen Käse und steinhartes Fladenbrot verzehrt.
Aber als er jetzt aus der böhmischen Heimat kam, leuchtete ihm die Landschaft noch ganz anders und tiefer ins Herz. Die rötlich umspielte Ferne schien ihm wie ein gelobtes Land.
Ein Buch hatte er mitgenommen auf den Weg; er hatte es vor seinem Aufbruch erstanden, um nicht allzu unwissend und unbeleckt

von historischen Forschungsmethoden vor den angeblich so gelehrten Baron zu treten. Es war ein Buch über alte Quellen und Urkunden. Seine Abschnitte trugen geheimnisvolle Namen wie: Über die Palimpseste, oder: De monumenta Germaniae historica. Diese Kapitelüberschriften allein erregten im Rittmeister unnennbare Gefühle freudiger Spannung. Und doch war ihm auch ein wenig ängstlich zumute, und er dachte zweiflerisch hin und her, wie er wohl von dem berühmten Baron werde aufgenommen werden. Es war ihm auf einmal nicht ganz recht, daß auch Bohusch dort anzutreffen sein werde. Bohusch schien ihm – allen ehrenwerten Eigenschaften und vorzüglichen Studienerfolgen zum Trotz – im Augenblick doch nur als kleiner Federfuchser, ein böhmischer noch dazu; das bereitete dem Rittmeister Unbehagen. Denn so sind die Einwohner der Wenzelsländer, daß sie zwar ihre Heimat lieben, sie aber in der Ferne doch gern verleugnen aus Furcht, gehänselt zu werden mit den ihnen zumeist unverkennbar anhängenden böhmischen Quisquilien: dem singenden Tonfall und dem Rollen des harten R, Böhmakeln genannt, mit der Vorliebe für Gänsebraten und Powidl, welch letzterer sogar blasphemischerweise als »Böhmische Krönungssalbe« bezeichnet wird.
Unruhig saß der Rittmeister in seinem kleinen Züglein. So redlich er sich plagte, seine Aufmerksamkeit auf die gelehrten Texte seines Buches zu sammeln, so unaufhaltsam wurde ihm der Blick doch weggezogen in das Land, das da wie ein Teppich von wunderbaren Farben heranzurollen schien. Die Matten leuchteten saftig und weich wie Samt, reinlich glänzten die Straßen, als wären sie geschaffen, daß nur Glückliche auf ihnen wanderten. Mit blanken Fenstern lauschten die Häuser aus ihren Blumengärten hervor. Als es dem Abend zuging, kränzte sich der Himmel mit Rosenwolken, blinkte ein See, und glockenklingelnd zog eine Herde nach Hause.
In der Station wartete ein Wagen. Zwar verlangte der Rittmeister in ein Gasthaus gefahren zu werden, aber der Kutscher meinte, das habe Zeit bis nachher, im Schlößl warte man auf den Herrn. Bald war das Ziel erreicht: durch einen mit Kletterrosen umwachsenen Torbogen fuhr man in einen Hof ein. Der Rittmeister erblickte zierliche Arkaden, schmiedeeiserne Gitter und rauhverputzte, schön

gegliederte Mauern, die so freundlich und warm herniedersahen, als hätten sie das Licht langer sonniger Sommertage für immer in sich aufgesogen. Der Rittmeister stieg aus dem Wagen und spähte nach Bohusch. Doch nicht der Schwager kam ihm entgegen, sondern ein kleiner alter behendgliedriger Herr, in dem er den wappenkundigen Baron, den Hausherrn, erriet.
Er fand sich mit großer, fast überschwenglicher Freundlichkeit begrüßt. Wie geschieht mir? dachte er, ist das ein Traum?
Mit Neugier und Spannung habe man ihn, den Rittmeister aus Böhmen, erwartet; denn längst sei er kein Fremder hier im Hause. »Aber wieso denn kein Fremder?« Der Herr legte ihm die feinfingerige Hand mit sachtem Druck auf den Arm. – »Später«, sagte er, »später! Lassen wir uns Zeit. Lange Zeit, wie ich hoffe. Und Ihrem Unternehmen, mein Verehrter, versichere ich meine ganze Hilfe und meine wärmsten Wünsche.«
Nun erschien auch Bohusch. Nach einigen Minuten fand sich Bourdanin in seinen eigenen Gelassen im obersten Turmstock des Schlößchens. Zwei kleine Stuben waren es, Jäger- und Reiterstuben, wie der Eintretende wohlgefällig bemerkte, denn die Wände waren mit Geweihen geschmückt, in einem gläsernen Schrank blitzten Gewehre, das Bett war unter der Hirschlederdecke ein sozusagen reisiges Lager. In den Fenstern lag – jetzt freilich schon fast ganz dunkel – in weitem Halbkreis unendliches Revier.
Der Rittmeister reckte die Glieder und atmete tief. Keine Pracht der Welt hätte ihn so beglückt wie dieses halb behagliche, halb puritanische Männerquartier. Wie fern dünkten ihn die haushaltswarmen Stuben daheim, Kindergeplärr und Küchendüfte. Vergnügt goß er sich eisiges Wasser über den entblößten Leib, vergnügt pfeifend wechselte er seine Kleider. Als die Glocke anschlug, ging er hinunter.
Man speiste zu dritt in der Halle bei Kerzenschein auf ungedecktem Tisch, aß Wildbret und trank guten Wein. In der Bibliothek brannte das Kaminfeuer. Dort mischte man die Karten und warf eine Partie aus. Aber ehe man zu spielen begann, vergaß man sich im Gespräch. Der Diener wurde entlassen, der Hausherr selbst schenkte Kaffee und Schnäpse ein.

Von den Flammen des Kaminfeuers bestrahlt, gewann jedes Gesicht an geistreichem Glanz. Auch das seine, der Rittmeister empfand es wohl. In der Tat, hier war er kein Fremder. Der Baron kannte ihn aus Bohuschs Berichten, und es schien, als habe der Schwager viel von ihm zu berichten gewußt: da war die Geschichte von der durchtanzten Glaswand. Heute durfte der Rittmeister für seine Tat den Applaus kassieren. – »Ich kenne die Komtesse, jetzt Frau von R ... Sie redet noch immer von Ihnen als von ihrem Retter und Engel, weil Sie sie damals vor dem lispelnden Marquese bewahrt haben. Acht Kinder hat sie ihrem Schweinezüchter geboren und blüht immer noch wie eine Pfingstrose.«

Dann war die Geschichte von einem Husarenstück im italienischen Feldzug; im Morgennebel war der Rittmeister einmal mit seiner Schwadron mitten in den Feind geraten; hatte diesen aber durch ein so gewaltiges Gebrüll seiner Leute erschrecken lassen, daß der Gegner, weil er eine Übermacht vermutete, ängstlich zurückwich. Erst als der Rittmeister zum zweiten Male durchbrach, um zu den österreichischen Linien zurückzugelangen, bemerkten die Franzosen, daß es ja nur eine Handvoll Reiter war. Die Schwadron mußte einen Hohlweg passieren, eine wahrhaft mörderische Enge. Aber wie durch ein Wunder flog sie unter den Kugeln unverletzt dahin; nur ein einziger bekam einen Streifschuß. – »Und wissen Sie«, fragte der Baron, »daß der Torresani die Geschichte in einer seiner Novellen verwertet hat? Wenn ich nur eben wüßte, in welcher?! Morgen werden wir das Bändchen suchen.«

Schließlich kam eine ein wenig lächerliche Episode zur Sprache: in der kleinen ungarischen Garnison, in der Bourdanin damals diente, sollte zur Feier des Faschingsendes ein Regimentsball abgehalten werden. Alles war vorbereitet, der Saal geschmückt, die Zigeuner engagiert, nur die Garderoben der Damen fehlten. Die Garderoben waren in Budapest bestellt, in ersten Schneidereien. Am Vorabend kommt die Nachricht, die Pakete seien in der Station eingetroffen. Aber ach, die Station ist an zwölf Meilen entfernt, und es beginnt mörderisch zu schneien. Der Pußtawind heult, die Wölfe heulen, niemand getraut sich auf den Weg. Der Oberst will ein paar Mann beordern, aber die Damen jammern, bei diesem Wetter kehrten die

Kerle in der nächsten Straßenschenke ein, tränken sich einen Rausch an und der Ball sei verdorben. – Aber ein gewisser Bourdanin, Rittmeister, stellt sich galant zur Verfügung. – – »Und auch er ist nicht zurückgekommen mit den herrlichen Garderoben«, fällt der Rittmeister dem Baron lachend ins Wort. »Siebenmal ist er im Schneetreiben um die Stadt gefahren. Die Ballnacht kam heran, und er fand den Weg nicht, und die Ballnacht ging um, und erst im Morgengrauen fand er sich auf einmal am Ziel. Aber da war es schon Aschermittwoch, und das Ganze hätte abgesagt werden müssen, der große Regimentsball wäre ins Wasser gefallen. Was aber hat der gute Feldkurat getan, der brave Pater Evarist? Ihn dauerten die Damen, die um ihr Vergnügen gekommen waren. So verkündete er, es sei ein Fehler unterlaufen bei der Einteilung des Kirchenjahres, der Aschermittwoch falle erst in die nächste Woche, man dürfe noch Fasching feiern. Vor lauter Freude über diese Wendung hielt man statt einer Ballnacht deren dreie ab. So dauerten die Fasten in jenem Jahr nur dreiunddreißig Tage, denn Ostern konnte man denn doch nicht gut verschieben.«

»Haha, das war ein prächtiges Stück von dem braven Pater Evarist. Ich habe gehört, daß jene falschen Faschingsbälle die allerschönsten waren, die das Nest je erlebt hat, und – denken Sie sich, eine meiner Cousinen hat sich auf einem dieser Bälle verlobt. Sie war ein blutarmes Mädel trotz ihrer hübschen Titel, wir dachten schon alle, sie würde uns sitzenbleiben, die Ärmste. Doch offenbar hatten es die siebenmal um die Stadt gefahrenen Garderoben in sich, und sie fand ihr Eheglück und heiratete den reichen Kelen.«

»Ach, die blonde Gustl«, rief der Rittmeister. »Sie kränkte sich so, weil es schon ihr sechster oder siebenter Ballwinter war und sie noch immer keinen Freier gefunden hatte. ›Bourdanin‹, sagte sie immer zu mir, ›noch einen Winter halte ich's aus, dann gehe ich ins Kloster.‹«

»Jawohl, ins Kloster!« – Der Baron lachte Tränen. – »Sie erbte Kelens Vermögen und führt jetzt in Nizza ein großes Haus.«

»Siehst du«, sagte Bohusch, »siehst du, Schwager, wie an einem jeden die Fäden des Schicksals hängen, er weiß es gar nicht, und doch spielen sie es ihm durch die Finger.«

»O durchaus nicht«, versetzte der Baron, »nicht *jedem* spielen sie so durch die Finger. Es ist eine besondere Menschenart, die in der Weltordnung dazu ausersehen ist, und vielleicht ist eben das eine der höchsten Auszeichnungen, die das Dasein zu vergeben hat.«

Als der Rittmeister am anderen Morgen erwachte, war ihm das Leben wie verwandelt. Er saß auf seinem Lager auf und blinzelte: er hatte Angst, er habe nur geträumt. Aber das Bild hielt stand: leibhaftig hing über ihm ein riesiges Hirschgeweih von der Wand. Vor den Fenstern stand der von ersten zarten Morgenwolken glühende Himmel. Bourdanin sprang auf, stieß das Fenster auf und beugte sich hinaus.

Da war ein Blick, so weit und so frei, wie er noch nie einen genossen zu haben glaubte. Zur Linken lief das Land in tausend kleinen spielerischen Wellen hinaus, zur Rechten schimmerten die Gebirgszüge in zart getönten Perlmutterfarben bis zu schiefen, rosig behauchten Feldern: das war der ewige Schnee. Der Rittmeister rieb sich die Augen, sog die kühle Frische gierig ein. Da vernahm er von drunten einen Laut auf einem grünen Anger vor dem Schloß weideten Pferde, Reitpferde, erkannte der Mann im Fenster, und eines, ein hellgoldener Fuchs, warf den Nacken empor und wieherte zu ihm herauf.

Wenn er noch gestern gedacht hatte, er werde in einem Gasthof hausen, er werde den gelehrten Baron nur aufsuchen, um in dessen Bibliothek eingelassen zu werden; er werde dort allein und gesammelt über riesigen Scharteken sitzen und sein streng methodisches Werk beginnen, sah er sich schon an diesem ersten Morgen einer ganz anderen Methode unterworfen. Denn niemand schien heute mehr daran zu denken, zu welchem Zweck er gekommen war. Der Baron ließ sagen, er sei soeben in der Reitschule und lade den Gast ein, dahin zu kommen. Der Rittmeister fand ihn dabei, Hohe Schule zu reiten. Die kleine zarte Gestalt hielt sich herrlich auf dem hohen Roß. – Einmal renvers, einmal travers – und endlich eine hübsche Pirouette! – »Bravo mein Tierchen, das hast du gut gemacht.«

Dann hielt der kleine, alte, behende Herr. – »Und nun«, versetzte er und blickte nach der Tribüne empor, »wie wäre es mit einem kleinen Spazierritt ins Grüne?«

Sie eilten in den Stall, gleich in der zweiten Boxe stand der Goldfuchs, den Bourdanin eine Stunde zuvor im hellen Morgenschein weiden gesehen hatte. Bourdanin blieb stehen. Der Baron trat rasch neben ihn. »Sehr gut«, sagte er, »ich sehe, Herr Kamerad, Sie können Klasse unterscheiden.«

Nun mußte sich der Gast noch einen Dreß aus den reichen Beständen wählen. Bald war ein passender Anzug gefunden für seine nicht große, stämmige, aber fast hagere Gestalt. Der Bursche führte das gesattelte Pferd aus dem Stall. Bourdanin war dankbar, daß sich der Baron in diesem Augenblick von ihm abwandte. Er näherte sich dem Tier, setzte den Fuß in den Bügel. Zehn Jahre, dachte er, habe ich das nicht mehr gehabt, endlose Zeit! Wird es mir noch gelingen? Da hatte er sich schon hinaufgeschwungen und die Zügel ergriffen. Er ordnete sie mit gewohntem Griff. Das, dachte er, habe ich noch nicht verlernt. Er fühlte den Bügelstahl unter seinen Sohlen, seine Knie und Schenkel erinnerten sich des alten Gefühls, sein Leib erinnerte sich der lange nicht mehr empfundenen leicht schleudernden Stöße. Das Spiel der Pferdeohren so nah vor seinen Augen entzückte ihn, wie Musik klang ihm der Hufschlag, und die Lüfte umspielten gleich Küssen sein Gesicht.

Als sie heimkehrten, läutete es Mittag. Nach dem Mahl legte sich der Gast, wie er glaubte, für ein Weilchen nieder, aber von der ungewohnten Anstrengung erschöpft, schlief er wie ein Stein bis zum Abend. Beschämt eilte er in die Halle hinab. Doch niemand schien ihn vermißt zu haben. Hier hatte sich eine bunte Gesellschaft zusammengefunden, Herren aus der Nachbarschaft, aber auch Jäger und Förster, die auf des Barons weitläufigen Gütern bedienstet waren. In herzlichem Durcheinander saß man zu Tisch: Schwarz- neben Grünberockten, da und dort auch ein geistlicher Herr in weißem Kolar und schwarzem Käppchen. Man aß und trank und befand sich aufs wohlste. Der Baron bat den Rittmeister neben sich. Weil die Gespräche in Landesmundart geführt wurden, verstand der Hergereiste nicht jedes Wort. Dann erklärte es ihm der Hausherr, erklärte ihm auch den Witz so manchen Spaßes, der zum besten gegeben wurde. Die Männer lachten gerne und ohne Scheu, mancher hieb die Faust dabei auf den Tisch oder bog sich unter brüllendem Hahaha! auf dem zurückgeneigten Stuhl. Auch die geistlichen Herren taten nicht anders. Schnell kreiste die große Korbflasche mit dem leichten Wein, schneller wurden die Schüsseln geleert und gewechselt. Schließlich wurde ein starker Wacholderschnaps ausgeschenkt. Das bedeutete nach Hausbrauch das Zeichen zum Aufbruch. Zuletzt blieben der Baron, der Rittmeister und Bohusch wieder allein.

Im Kamin brannte heute kein Feuer. Der Gast verstand; heute sollte der Abend nicht lange währen.

Aber er glaubte doch sprechen zu müssen.

Unvergeßlich, so begann er, werde ihm dieser heitere Tag bleiben, unvergeßlich auch die Art, wie er hier empfangen worden sei. Aber der Baron wisse wohl, daß er, Bourdanin, mit einem festumrissenen Vorsatz hierhergekommen sei, und er bitte nun um den Vorzug, den mitgebrachten Stammbaum vorlegen zu dürfen.

O ja, gewiß.

Bourdanin stieg in seine Stuben hinauf und holte die zinnerne Hülle, die er auf dem Grund seiner Reisetasche fürsorglich verwahrt hatte. Als er in die Bibliothek zurückkehrte, sah er, daß der Tisch abgeräumt und auf seine spiegelnde Platte zwei Leuchter mit je drei Kerzen gesetzt waren. Der Baron kam ihm entgegen.

»Ich möchte bitten!«

Der Rittmeister öffnete die Hülse, zog das Papier hervor und rollte es langsam auseinander. Mit fast bebenden Händen legte er es auf den Tisch und trat, nachdem, er die Enden beschwert hatte, zurück.

Der Baron beugte sich darüber. Auch Bohusch trat hinzu. Zum Glück verdeckte dieser dem Gast für einen Augenblick die Sicht auf den Hausherrn. Als sich Bohusch aufrichtete, hatte der Baron seine Mienen wieder in der Gewalt. Er tat, als wolle er eine momentane Trübung seines Gesichtssinnes durch eine wegwischende Handbewegung vertreiben. – »Ah«, rief er leise, »wie interessant! In der Tat, interessant! Wo wurde die Rolle gefunden?«

Der Rittmeister erzählte es. Er erzählte von Wankas Fund, von seiner eigenen Reise nach Klattau, von Spitzhütels Auskünften und seinem Gang zur Rabenburg.

Der Baron stand mit gesenktem Kopf, die Hände hinter dem Rükken verschränkt, und nickte zu Bourdanins Worten ein um das an-

dere Mal. – »Die Lupe«, sagte er dann. »Doktor, reichen Sie mir die Lupe.« – Bohusch holte das Glas.
Der Baron hielt es über eine der Anfangsinitialen, endlich untersuchte er den von Moder offenbar brüchig gewordenen Rand.
Vor Ungeduld biß sich der Rittmeister in die Lippen.
Der Baron klappte die Lupe zusammen und reichte sie dem Doktor zurück. – »Tja.« – Er schlug eine Hand in die andere, sein Blick war seltsam umflort. »Sehr merkwürdig, sehr merkwürdig, dieses Dokument«, fuhr er fort. »Eine Abart, aber sie kommt vor. Sie kommt so selten nicht vor, wir werden alles unternehmen, um Ungewißheiten zu klären.«
»Ungewißheiten?« fragte Bourdanin.
Der Baron blickte rasch weg. – »Jedes historische Dokument hat seine Probleme«, versetzte er. »Auch dieses hat die seinen.« – Er ergriff den Gast am Arm, führte ihn vom Tisch weg, führte ihn die Bücherschränke und Regale entlang. – »Sehen Sie, mein Bester, hier ist der Wust bis an die Decke gestapelt: so viele Bücher, so viele Rätsel; jede Quelle ein Geheimnis. Die Historie ist eine unabsehbare Wissenschaft. Wohin wir greifen, greifen wir in Dunkelheiten. Wohl dem, der statt an die Vergangenheit an die Zukunft denken darf. – Morgen ist Sonntag«, sprach er mit veränderter Stimme, »wenn mich nicht alles täuscht, wird es morgen trübes Wetter geben. So wollen wir uns dann in schöner Stille und Muße über die Fragen ergehen.«
In der Tat war der nächste Tag grau; aber wenn auch dann und wann ein leichter Schauer niederging, war das Wetter doch gut genug, daß die Herren in kleinen Spaziergängen den Garten des Schlosses und die nahen Felder durchstreiften; auch zu dem Meierhof stiegen sie nieder, zu dem benachbarten Fischweiher und zu den im unfernen Wald gelegenen Schlägerungen. Abends rüstete Bohusch zur Rückkehr nach Wien. In einer Woche wollte er wiederkommen, so versprach er.
»Vielleicht wirst du mich nicht mehr finden«, sagte Bourdanin, »bis dahin will ich das Meine erledigt haben.«
»Ich wünsche dir Glück«, sagte Bohusch.
Der Baron wandte sich mit einem leisen Lächeln ab.

Am anderen Morgen fand ihn der Rittmeister vor einer Landkarte der Gegend. »Ich habe einen Anschlag auf Sie, lieber Freund, und Sie könnten sich verdient machen, wenn Sie mir einen Wunsch erfüllen wollten.«
Der Rittmeister versicherte, daß er nichts Lieberes täte.
»Nun gut«, sagte der Baron, »dann begleiten Sie mich morgen auf eine Berghütte.«
Der Rittmeister erschrak, aber er sagte zu. Nach einer Weile ergriffen ihn selbst Freude und Ungeduld und die seltsame Spannung, die einer Bergfahrt vorausgeht. Eifrig besprach er mit dem Gastherrn den Weg. Danach gerieten sie in ein langes Gespräch über Wanderungen, Entdeckungsreisen und Kriegszüge. Über Hannibals Alpenüberschreitung fielen dem Rittmeister endlich wieder seine Vorsätze ein. Aber er hatte für heute nicht mehr den Mut davon zu sprechen. Am Abend wollte er in seinem Buche lesen, doch auch der Abend verging, und das Buch blieb ungeöffnet.
Nachdem sich das Wetter aufgehellt hatte, brachen die Herren zu ihrer Wanderung auf. Erst fuhren sie mit dem Wagen in das Gebirge. Das grüne Tal endete in einer hochgelegenen Mulde. Sie ließen das Gefährt umkehren und stiegen zu Fuß zu Almen und Mähdern auf. Allmählich rückten ihnen die unwirtlichen Bereiche entgegen, der schöne Tannenwald wechselte in niedriges, schwarzes Krüppelholz, die begrünte Erde ging in weißen Schotterrinnen und Halden unter, schließlich wanderten die Männer zwischen nackten Felsen dahin. In einer gewaltigen Aussicht lag das Land offen vor ihnen: Flüsse und Seen, Täler und Schluchten, das uralte zerfurchte Antlitz der Erde, und fern das Flachland im goldenen Rauch.
Einige hundert Fuß unter ihnen zeichnete sich der graue Würfel eines Jagdhauses von einem grünen Fleckchen ab. Dort kehrten sie ein. Als es dämmerte, saßen sie auf einem Bänklein im Freien und genossen die Ruhe.
»Ein schönes Land«, sagte der Rittmeister. »Wer hier lebte!«
»Ein gesegnetes Land«, fiel der Baron ein. »Ein heiteres Winkelchen Erde trotz seiner Felswüsten und Eisfelder; die Freiheit ist es, die das Land heiter macht. Haben Sie's nicht gemerkt, als neulich die Burschen bei mir waren, die Jäger und Förster? Die haben sich nicht ge-

niert, bei mir zu Tisch zu sitzen, mit mir oder mit Ihnen oder mit dem Hochwürdigen Monsignore, dem Päpstlichen Kämmerer. Sie tragen die Köpfe hoch. Der Bauer rückt den Hut vor dem Kruzifix, aber ob er ihn vor dem Herrn rückt, steht in seinem Belieben.«

»Das ist, weil sie nie leibeigen waren«, sagte der Rittmeister.

»So ist es auch«, antwortete der Baron. »Drum sind die Alpenländer anders als alle anderen Länder der Monarchie. Hier war Freiheit, dort Leibeigenschaft, das heißt Willkür und Unterdrückung. In Wien spürt man es, wie sich das kreuzt. Wien ist der Stolz eines jeden Österreichers, jeder begegnet sich selbst dort: der Ungar schaut auf das Belvedere als auf das Schloß des Türkenbesiegers. Der Polack freut sich, wenn er auf dem Kahlenberg das Andenken an den Sobieski findet; der Jude, nun, der hat sein Galizien wieder in der Leopoldstadt; nur der Seppl von der Alm, der weiß nicht recht, was er anfangen soll mit der ganzen Herrlichkeit und mit den vielen Brüdern aus dem Osten, die da herumwimmeln und seinesgleichen sein wollen. Er ist zwar stolz, wenn er bei den Deutschmeistern dienen kann, er geht schon auch einmal mit der Frau Voprschalek und der Tochter Vlasta in den Prater. Dann aber macht er kehrt und fährt heim in seinen Pinz- oder Pongau und läßt Wien sein, was es ist, was es wird –, er läßt es den Polacken, den Böhmen und den Zigeunern.«

»Das wäre aber schlimm auf die Dauer«, sagte der Rittmeister.

»Und es ist auch schlimm. Denn die Polacken, die Böhmen und Zigeuner, die kommen aus keinem freien Land. Sie haben noch die Leibeigenschaft in sich. Da wird vorne scharwenzelt und die Hände geküßt, und hinter der Tür werden die Fäuste geballt. Man kennt das.« – Der Rittmeister blickte den Baron an.

»Glauben Sie mir nicht?« fragte dieser. – »Vielleicht irre ich mich. Aber ich habe immer noch ein Bild vor mir: ich war zehn Jahre alt, da wurde ich auf das Gut eines Onkels nach Böhmen eingeladen. Ich trieb mich in der Gegend herum. Einmal lag ich am Waldesrand, in einem Roggenfeld. Da – es war schon Abend – kommt etwas aus dem Dickicht geraschelt. Ein Wild, denke ich und halte mich mäuschenstill. Aber es ist eine alte Frau, eine Reisigsammlerin. Es war verboten, Reisig oder Beeren oder sonst etwas in den herrschaftlichen Wäldern zu sammeln. Die Alte zieht und zerrt ihre

Traglast hervor, sie will sie aufhucken, es gelingt ihr nicht. Ich will schon hervor aus meinem Versteck, um ihr zu helfen. Da aber macht sie einen Satz und springt auf den Rain; drunten im Tal liegt das Schloß, es blitzt mit erleuchteten Fensterreihen aus den Parkbäumen hervor. Die Alte schaut hinunter, dann reckt sie die dürre Hand, sie kreischt etwas und geifert und endlich spuckt sie im Bogen hinunter gegen das Herrschaftshaus. Ich muß gestehen, mir war flau zumute, als wären wir jetzt alle, die in das Schloß gehörten, von einer bösen Hexe verflucht worden. – Am nächsten Tag gingen wir Kinder vom Schloß mit dem Hofmeister und der Frau Tante durchs Dorf. Die Weiber knieten am Teich und wuschen die Wäsche. Sie sprangen alle auf und knicksten. Auf einmal erkannte ich die Hexe, und auch sie knickste und war die allerdevoteste und haschte nach der Tante Rockzipfel, um ihn zu küssen.«

»Sehen Sie, lieber Kamerad«, fuhr der Baron fort, »so etwas kann einem hier wahrscheinlich nicht geschehen, hier wird nicht so viel verboten; aber es wird bestimmt auch nicht so viel verflucht. – Wenn ich mir nun denke, daß es die Kinder der Reisigsammlerin sind, die unser Wien bevölkern: als Stiefelputzer und Dienstmädchen in der ersten Generation, als Hausmeister und Schneider in der zweiten, als Hofräte oder Minister in der dritten Generation; lieber Freund, wenn ich das bedenke –«

»Man sollte sich dagegen zur Wehr setzen«, sagte der Rittmeister.

»Wenn es nur hülfe«, versetzte der Baron. »Aber da kommt eine Kraft herauf, der man nicht gewachsen ist. Man macht sein Spielchen wie eh und je, auch, wenn die Gegenseite regelmäßig den Gewinn einstreicht. Doch man macht gute Miene zum bösen Spiel und lächelt.«

»Nun, ich danke!« sagte der Rittmeister. »Wenn das alles ist –«

»Beinahe alles«, sagte der Baron und nickte traurig.

»Das gefällt mir nicht«, sagte der Rittmeister. »Warum sollte die Partie denn schon verloren sein?«

»Aus tausend Gründen«, antwortete der Baron. »Weil wir nicht mehr mit der Kutsche fahren, sondern mit der Eisenbahn. Weil wir nicht mehr mit Schwertern kämpfen, sondern mit Feuerwaffen. Es ist hundert Jahre her, daß man in Frankreich darauf kam,

daß man auch Könige um einen Kopf kürzer machen kann. Was werden wir noch erleben müssen? Der Schatten der Guillotine liegt über ganz Europa. Solche Errungenschaften machen Schule, schreckliche Schule. Denken Sie daran, Bourdanin, wie es im alten Römischen Reich gegangen ist! Wie die Soldatenkaiser aufkamen, wie einer den anderen ablöste, wie einer den anderen abschlachten ließ. Und schließlich erschien der Odowakar.«
»Ach nein«, rief Bourdanin, »das war in grauer, barbarischer Zeit. Die Menschheit hat sich doch entwickelt. Bedenken Sie, Baron, die Fortschritte der Technik, der Wissenschaft, der Kunst! Nein, nein, wir gehen doch einer besseren Zeit entgegen.«
Der Baron neigte seinen grauhaarigen Kopf. Er sah schmal und alt und beinahe unansehnlich aus, wie er da auf dem niederen Bänklein saß vor der bretternen Wand seiner Jägerhütte. Auf dem spitzen Knie lag die zarte, feingeäderte Hand, an der heute kein Ring glänzte. Doch man sah die Spur des Siegelringes an seinem vierten Finger wie eine blanke weiße Narbe.
Unwillkürlich blickte Bourdanin auf seine eigene breite, sehnige Hand. Er hatte seinen Ring für die heutige Wanderfahrt nicht abgelegt. –
Es wurde still zwischen den beiden. »Ich habe eine Bitte«, sagte der Baron endlich.
»Eine Bitte?« fragte Bourdanin zurück.
»Ja. Bleiben Sie lange hier! Bleiben Sie lange mein Gast.«
»Oh«, entschlüpfte es Bourdanin. Freude wallte in ihm auf. Aber gleich drängte sich ihm eine Entgegnung auf: »Ich bin doch nur gekommen, um eine Aufgabe zu lösen. Nicht meinetwegen allein, es gibt noch andere Bourdanins. Die Lösung schulde ich der Familie. Ich versichere Sie, es ist nicht eine törichte Eitelkeit, die mich treibt. Ich verachte leeren Standesdünkel. Und ich war glücklich, als ich auch bei Ihnen, Baron, die freieste Auffassung antraf.«
Der Baron lächelte ein wenig, aber er war gleich wieder ernst.
»Ich denke auch nicht daran«, fuhr der Rittmeister fort, »mir Vorteile zu verschaffen. Aber sehen Sie, Baron, der Bürgerliche ist immer nur ein Irgendwer. Nach meiner Verwundung bei Solferino legte man mir nahe, ich solle mich um den Adel bewerben. Damals

lehnte ich ab. Mein bürgerlicher Name war mir gut genug. Ich wollte kein Neugeadelter sein, ich kannte die Reden zu gut, die über derlei Leute geführt werden. Ein alter Titel dagegen, das wäre etwas anderes. Als Bürgerlicher blickt man auf drei oder vier Generationen zurück. Das Frühere verliert sich im Dunkel unbekannter Herkunft, dieses Dunkel ist mir unbehaglich. Sollte es mir gelingen, es aufzuhellen, dann – dann wüßte ich doch, wozu ich gelebt habe.«

»Aber, bester Bourdanin, darüber können Sie doch nicht im Zweifel sein! Sie haben Kinder, Sie haben Söhne. Und Zukunft ist mehr wert als Vergangenheit.« – Der Rittmeister schwieg.

»Oder?« fragte der Baron sachte. »Ist es nicht so?« Es war finster geworden unterdessen. Nur im Westen flammte ein ins Rötliche laufender blaßgelber Schein. Der Abendstern, die freundliche Leuchte, nahm mit jeder Minute an Helligkeit zu.

Plötzlich horchten die Männer auf. Tief unter ihnen erscholl ein Laut. Er klang wie ein Pfiff. Einige Sekunden darauf hörte man ein Schollern und Poltern. Es war ein Rudel Gemsen, das, aus einem Kar herüberwechselnd, die Bergflanke überquerte. Man hörte es im Geröll knirschen, hörte die abgetretenen Steine niederkollern und nach sekundenlangen Stürzen weit unten aufschlagen. Das Geräusch entfernte sich, schließlich verstummte es ganz. Nur da und dort, wie in geheimnisvoller Unruhe, rieselten Sand und Kies, die tagsüber von Sonnenglut und sickerndem Wasser gelockert worden waren, in den Rissen des gewachsenen Felsen zu Tal.

## *Das Glück am Himmel*

Bohuslav Halik an Marie Bourdanin:

Dernberg, den 30. Juli 1885

Liebes Schwesterherz, mein gutes Mariechen!

Rasch, ehe ich noch ein Auge voll Schlaf nehme, schreibe ich Dir, denn morgen muß ich mit dem frühesten Zug wieder fort aus diesem lieben Nest. In meiner Freude aber schreibe ich Dir noch zuvor, und wenn dieser Brief auch keineswegs ein stilistisches Meisterwerk wird, wie ich als ministerieller Beamter zu schreiben eigentlich verpflichtet wäre, so ist nur meine Freude daran schuld.

Liebes Mariechen, wie sehr denke ich an Dich, an unseren guten Vater und an die liebe edle Ernestine. Ich weiß, was Ihr mir geopfert habt, habe es immer gewußt. Geopfert! Ja! Wenn es mir nur gegönnt wäre, Dir, Mariechen, jetzt ein Weniges zurückerstattet zu sehen, was Du mir, Deinem Bruder, dargebracht hast.

Eine Freude also kündige ich Dir an. Ich sehe Dich vor Schreck erröten. »Hat Bourdanin am Ende wirklich eine Ahnenreihe gefunden? Bin ich am Ende Frau Baronin oder Frau Gräfin oder sonst etwas, wovon ich mir nie habe träumen lassen?« – Ach nein, Bourdanin hat nichts gefunden und – unter uns gesagt, es ist mit dem Stammbaum nicht sehr gut bestellt. – Genug davon, darüber einmal mündlich. Kurzum, mein Herz, Du wirst in Deine Leintücher keine Krone sticken müssen. Gott sei Dank, nicht wahr?

Nun also, in dieser Hinsicht scheint Dein Gatte den Weg hierher umsonst gemacht zu haben, aber schon mancher fand, wenn er auszog, um eine Eselin zu gewinnen, ein Königreich. Also, Mariechen, halt Dich fest, der Baron will Deinen Mann hierbehalten. Er bietet ihm eine Stellung, eine glänzende, angenehme Stellung, wie es keine zweite so rasch wieder gibt.

»Ach«, wirst Du sagen, »Bourdanin und eine Stellung!« – Mariechen, wir kennen Deinen stolzen Ritter. Aber dieses Mal *kann* er nicht Nein sagen. Der Baron hat ihn hier empfangen wie einen hohen Gast; hat alles so behutsam-zart, so kavaliersmäßig eingefädelt. Es war fast ein bißchen lächerlich, wie er Deinen eigensinnigen Haudegen flattierte.

Du mußt aber wissen: unser Baron hält es mit der Politik. Ich hab's nie ganz durchschauen können: hat er wirklich Ehrgeiz oder macht er sich nur lustig über die diplomatischen Geschäfte? Jedenfalls schwärmt er gerne in den Botschaften umher, bald in Paris, bald in Petersburg, dann und wann auch in

Monaco und Bukarest. Er scharmiert die Damen, erzählt Anekdötchen und läßt ganz unvermerkt seine Ideen einfließen. Er betreibt seine Missionen gleichsam zum Spaß.
Das ist Mode geworden in unserem guten alten Österreich, seine Missionen nur wie im Spaß zu betreiben. Der Spaß gehört zum guten Ton bis – wir werden ja sehen, bis zu welchem Ende. – (Ich sollte Dir, armes Kind, nicht solche ketzerischen Dinge schreiben.) Nur eins: der Baron hat keine Lust, auf seinen Gütern zu sitzen; ihn zieht's in die Welt und verdrießt ihn doch, das Seine daheim dann verwaist zu wissen. Oft habe ich ihn sagen hören, daß er einen Verwalter suche für Dernberg, der aber doch mehr sein solle als ein Verwalter, ein Treuhänder vielmehr, eine ihm selbst verwandte Seele. Was hülfen ihm die ordentlichen, aber beschränkten Burschen, die allenfalls wüßten, wie man eine Ernte hereinbringt und eine Saat hinaus? Die bringen ihm, so klagt er, in alle Dinge »den subalternen Odeur«. Und den, Mariechen, kann der alte Herr nun mal gar nicht ausstehen.
Kurz und gut: der Deine soll der Treuhänder und Verwalter sein, der seelenverwandte Stellvertreter. So hat's der Baron gesagt. Und Dein Mann? Er wurde nur krebsrot im Gesicht, schwieg und starrte vor sich hin, und ich bin doch sicher, im Innern zitterte er vor Freude.
Der Baron wird ihn bitten und ihm schmeicheln, er hat nun mal eine Vorliebe für den Deinen gefaßt. Er ist ein reicher Mann und kann sich vieles leisten, auch diese Marotte.
Mit mir sprach er in einer stillen Stunde über den praktischen Teil. Ich gab ihm gleich zu verstehen, daß Bourdanin nicht der sei, der ein Gehalt werde annehmen wollen. »Nun gut«, sagte der Baron, »so wollen wir es ganz feudal und altertümlich halten. Ihr stolzer Spanier wird es doch nicht zurückweisen, wenn ich ihm zu der freien Wohnung Holz und Milch, Butter und Obst, Gemüse und Wildbret und was sonst der Hof noch bietet, ins Haus schaffen lasse. Einen Wagen mag er haben und den gesamten Stall zu ständiger Verfügung. Auf die Pferde setze ich bei diesem Handel die größten Hoffnungen, denn

Bourdanin ist Reiter mit Leib und Seele und hat mir gestanden, daß er sich ohne Pferd nur als halber Mensch, auf dem Pferd aber als halber Gott fühlt.«
Ich hab's mir nicht versagen können und hab gejubelt: »Und wenn Sie erst meine Schwester sehen, Herr Baron, sie ist das liebste Frauchen auf der Welt.«
»Um so besser«, versetzte der alte Herr, »so soll sie auch meinen Rosengarten haben und die bravsten Mägde.« Im Kavaliersflügel des Schlößchens, da wäre Platz für Euch alle. Ein paar liebe Stuben, ein Gartensaal, in dem die Kinder springen können nach Herzenslust, und ringsherum Freiheit, Natur und grüne Wiesen. Und eine Gegend, Liebe, könnte ich sie Dir nur malen!

Einen glücklicheren Sommer als diesen hatte Marie noch nie erlebt.
Sie saß zwar mit allen sechs Kindern in der heißen, von Rußwolken umdüsterten Stadt; saß droben in ihrem zweiten Stockwerk und sah nicht viel mehr von aller Sommerherrlichkeit als die vom Staub grau bepuderten Wipfel der Alleebäume. Aber in Mariens Sinnen rauschte schon eine grüne, freie, selige Landschaft mit stürzenden Bächen und goldenen Hainen. Während ihr Blick noch an die rauchigen Häuser stieß, weidete sich ihre Seele schon im tausendfachen Grün und an den nie gesehenen märchenhaften Felspanoramen der Alpenberge. Seit Bohuschs Brief gekommen, lebte Marie schon wie im Paradies. Und die Kinder mit ihr.
Zum zwanzigsten Male hatte sie ihnen den Brief vorgelesen, in Auszügen, versteht sich, und jedesmal standen sie alle rings um sie aufgepflanzt, andächtig lauschend, mit roten Wangen und glänzenden Augen. Am Ende faßten sie einander an den Händen, sprangen einen Ringelreihen und sangen: »Nach Dernberg, nach Dernberg, nach Dernberg fahren wir.«
Marie hatte den Kindern eine Blechwanne mit Wasser auf den Küchenbalkon gestellt, dieser war ihre Sommerfrische und ihr Badestrand. Aber in der Küche ließ sie sie in eine flache Kiste eine Landschaft aufbauen, aus Sand, Steinen und Moospolstern. Roderich

hatte ein aus Pappe geschnittenes Schloß zusammengekleistert, das setzten sie hinein, eine Spiegelscherbe stellte einen See dar. Halbe Tage lagen alle sechs Kinder vor diesem Wunderwerk, jedes tat etwas dazu. Da wurden Zäune gebastelt und Wäscheleinen gezogen, und auf dem See segelte ein Kahn mit ein paar winzigen Papierpuppen, das war die ganze Familie Bourdanin, die sich hier in den Strahlen einer imaginären Sonne bräunte.

Das also war ihr Spiel den ganzen Sommer lang.

Noch nie war Marie so lange mit den Kindern allein gewesen.

O selige Zeit des Mutterrechts, wenn ein sanfteres Gesetz Leben und Haushalt regiert! Wenn kein feierliches Mittagsmahl zu bereiten, kein höllischer Kaffee zu filtern, keine Hemdkragen zu stärken sind. Der Tag fängt an, wann er will; er wird beschlossen, wie er will. Es geht nichts über die Eintracht einer Mutter mit ihren Kindern.

Nachts konnte Marie oft nicht schlafen vor lauter Glück. Sie lag im Dunkeln und machte im Geist ihre Haushaltsrechnuag für Dernberg. Sie sah in einer ländlichen Küche Gemüse und Obst in überquellenden Körben stehen, sah in reinlichen Nestchen frischgelegte Eier glänzen, sah frischgeknetete Butter zwischen tauigen Kohlblättern liegen. Der Städter neigt dazu, am Lande alle Fülle zu erwarten. Und in der Tat, was bedeutet es doch, wenn eine Hausfrau nicht jedes Büschlein Grünzeug vom Markte holen muß. Wenn, so dachte Marie, diese kleinen zehrenden Ausgaben nicht mehr sind, dann – oh, dann wird alle Not ein Ende haben. Dann gibt es Schuhe und Kleider für die Kinder, dann gibt es neue Wäsche für Bourdanin, dann kann sie vielleicht auch für sich selbst – ach, an sich will sie ja gar nicht denken. Aber es ist so bitter, immer sparen zu müssen, so bitter, den Kindern alle Wünsche zu versagen; herzzerreißend ist es für die Mutter, wenn sie gezwungen ist, sich ihren bettelnden Blicken zu verschließen.

Es ist zermürbend, immer in Furcht zu sein, ob Roderich auch ein Vorzugszeugnis heimbringt, damit er vom Schulgeld befreit werden kann; bedrückend, daß die Mädchen, wenn sie außer Haus kommen, in die billigste Anstalt gegeben werden sollen; daß der Älteste, Balthasar, obwohl er so wenig militärische Neigung zeigt, in eine Kadettenschule kommen soll, weil das die hohen Kosten einer an-

deren Ausbildung erspart; grausam, wenn man sich vor Krankheiten fürchten muß, nicht so sehr der Krankheiten, sondern des Geldes wegen, das Arzt und Apotheke kosten. Das alles ist grausam schwer in Mariens Ehe und soll jetzt zu Ende sein.
Und dann: Freiheit! denkt Marie. Freiheit für die Kinder!
Was ist denn das für ein Leben hier für die Aufwachsenden, hier zwischen Hausgerät, dessen Politur geschont werden muß, zwischen Gipsfiguren, die alle Augenblicke von ihren Postamenten stürzen können, zwischen Wänden, die nicht angestoßen, Türen, die nicht zugeschlagen werden dürfen!? In den Zimmern sollen die Kinder stillesitzen und nicht einmal mit den Füßen scharren. In Dernberg aber warten Luft und Licht und grüne Herrlichkeit. Mariens Herz bebt vor Ungeduld und Sehnsucht, es bebt in einer unendlichen Hoffnung.
Beim ersten Morgengrauen schlüpft sie aus dem Bett. Als junges Mädchen hat sie gerne diesen Brauch geübt, mit dem aufsteigenden Licht aufzustehen. Dann ist sie zur Kirche gegangen, zur heiligen Messe. So will sie es auch heute halten.
Wie sie die Tür öffnet, wird eines der Kinder munter. Fritzchen ist es, der blaß und verschlafen im langen Nachtgewand über die Dielen trippelt.
»Mutter, wo gehst du hin?«
»Ich gehe in die Kirche, schlafe du nur noch.«
»Ach nein, Mutter, nimm mich mit.«
»Wenn du schnell bist! Und mach leise, daß die anderen nicht aufwachen.« – Auf Zehenspitzen stehlen sie sich fort. Marie hält die kleine zarte Kinderhand in der ihren.
In der Kirche ist es wunderbar schön. Ohne Chorbegleitung spielt die Orgel einsam droben im Gewölbe. Die Heilige Mutter vom Guten Rat lächelt verheißungsvoll aus ihrem Schrein.
Nach der Messe geht Marie über den Markt. Auf dem Ringplatz werden Gänse, Butter und Gemüse feilgeboten. Aber in der Promenade am Alten Graben ist der köstlichere, der Beeren- und Schwammerlmarkt. Da liegen die goldgelben Pfifferlinge in hellen Haufen, die behäbigen Herrenpilze, die noblen Birkenschwämme. Der Duft des ganzen Waldes atmet aus ihnen. Da halten die Weiber

die leckeren Erdbeeren feil, die glänzenden Schwarzbeeren, die feurigen Marillen. Frau Marie und Fritzchen bleiben stehen, begierig saugen sie den Duft ein. Wie werden erst Beeren und Schwämme in Dernberg duften!
»Aber gelt, Mutter, in Dernberg sind sie noch viel, viel größer?«
»Vielleicht.«
»Und dort werden wir sie selbst pflücken!«
»Ja, ganz bestimmt. Dann schlag ich euch ein paar Eier über die Pilze, und das Essen ist fertig.«
»Und zu den Beeren, Mutter, gibt es Schlagobers, nicht?«
»Ja, Schlagobers.«
»Und viel, viel, viel.« – Fritzchen hüpft von einem seiner dünnen Beine auf das andere. – »Mutter, so viel, als wir nur essen wollen.«
Heimgekehrt fragt Marie nach dem Briefboten. »War er schon da? Hat er etwas vom Vater gebracht?«
»Ja, eine Karte.«
»Gebt her.«
Es ist eine Postkarte, an Luise geschrieben. Gewissenhaft schreibt der Rittmeister jedem Kind eine Karte in der Woche. Einen schönen Gruß an die Mutter, eine Ermahnung gehorsam zu sein, die Erklärung, was das Kartenbild darstelle. Aber Marie wartet auf andere Nachricht. Sie wartet nun schon lange und immer sehnsüchtiger. Bohusch war wieder in Dernberg und hat wieder geschrieben: es könne nicht fehlgehen, der Handel sei so gut wie abgemacht.

## *Bourdanin kehrt zurück*

Eines Tages schrieb der Rittmeister, er rüste sich zur Heimreise. Die Kinder brachen in ungemessenen Jubel aus. »Er kommt ums holen«, riefen sie, »er kommt uns holen.«
Marie hieß sie schweigen und stille sein.
Auf einmal hatte sie eine namenlose Angst ergriffen. Sie lief in die Kirche und stiftete eine dicke Kerze für den Altar des heiligen Antonius. Von tausend alten Wachstränen starrte der eiserne Ring, auf dessen Dornen die Opferkerzen verschmauchten. Mit zitternder

Hand stieß Marie die ihre zu den abgeschmolzenen Resten der anderen.

Am Abend kam der Zug aus Linz. Marie ging allein zum Bahnhof. Die Kinder hatte sie zuvor zu Bett gebracht und ihnen befohlen brav zu sein.

Noch blendete ein dunkelroter Streifen vom westlichen Horizont. Als der Zug hereinrollte und stehenblieb, entstand ein Gewühl auf dem Bahnsteig von schwarzen Gestalten. Hastig schossen die Träger hin und her. Grell schrillten die Pfiffe der Dampfpfeifen. Da erblickte Marie den Gatten, dunkel in seinem radweit gebauschten Mantel, mit tief ins Gesicht gedrücktem Hut. Ein Blick auf seine Miene genügte ihr. Sie wußte alles.

Beinahe schweigend fuhren die Gatten nach Hause.

Die Fenster des zweiten Stockwerkes strahlten in hellem Licht. Die Kinder schliefen noch nicht. Wie die Kerzen aufrecht saßen sie in ihren Betten, gewaschen, gekämmt, in blendend weißer Wäsche, zum Empfang des Vaters erglänzend. Seliges Erwarten blitzte aus ihren Augen. Frau Marie legte den Finger an die Lippen: tausendmal hatte sie es ihnen eingeschärft, daß sie nicht selbst den Vater fragen, nicht selbst von Dernberg anfangen dürften. Er ging von Bett zu Bett, zu jedem Kind sprach er ein paar Worte. Aber seine Züge erheiterten sich nicht.

Dann bat Marie den Gatten zum Abendessen in ihr gemeinsames Zimmer. Der Mann aß, die Frau bediente ihn. Es war, als hätten sie einander kaum etwas zu erzählen. Der Mann hatte keine Fröhlichkeit mitgebracht aus dem heiteren Dasein in dem gesegneten Lande; er richtete Bohuschs Grüße aus, die Empfehlungen des Barons. Dann öffnete er seine Reisetasche und nahm hervor, was er an Geschenken mitgebracht hatte: ein paar aus Holz geschnitzte Andenken, wie sie in den Alpenländern zum Verkauf an die Fremden hergestellt werden; ein Buch über Pferdezucht, ein Bild des Kaisers in Jägertracht, eine Uhr für Roderich; schließlich eine Flasche gebrannten Wassers. – »Die habe ich *mir* mitgebracht«, sagte der Rittmeister und hielt sie gegen das Licht. – »Dort haben wir gut getrunken«, fuhr er mit einem grimmig unterdrückten Seufzer fort. »Jetzt wird mir das Glas Pilsener wieder genügen müssen.«

»Es ist auch nicht schlecht.« Frau Marie versuchte ein ermunterndes Lächeln. Aber das ermunternde Lächeln gelang ihr nicht, sie fühlte, wie sich eine Starre über ihre Züge ausbreitete. »Vielleicht«, fügte sie nach einer Weile mit unsicherer Stimme hinzu, »vielleicht ist es daheim überhaupt am besten.«

»Wahrscheinlich«, sagte der Mann. Er stierte düster vor sich hin. Seine Backenmuskeln zuckten, seine Mundwinkel zogen sich herab. Er ließ die geballte Faust auf die Tischplatte niederschlagen. Von dem Schlag schrak er empor. – »Hast du etwas gesagt?« fragte er die Frau.

»Nein, ich habe nichts gesagt.«

»Gehen wir schlafen, ich bin müde.«

Frau Marie räumte ab und öffnete die Betten. – Da hörte sie hinter sich ein Geräusch.

Die Tür hatte sich einen Spalt breit geöffnet. Margret stand im Nachthemd auf der Schwelle.

Die Mutter erschrak. Der Vater hatte den Rock schon abgelegt. – »Na, was willst du denn noch hier?«

Das Mädchen trippelte auf bloßen Füßen, es antwortete nicht.

»Nun, red schon!«

»Was ist denn also mit Dernberg?«

»Was soll mit Dernberg sein?«

»Wann fahren wir hin?«

»Ihr? Hinfahren? Wieso?«

»Aber Margret!« mahnte die Mutter.

»Freilich, wir sollten fahren!« rief das Mädchen.

»Das ist mir neu!« sagte der Vater.

»Wir alle, natürlich, für immer!«

»Wer hat euch das gesagt?«

»Die Mutter hat es gesagt.«

Marie war bis in die Halsgrube errötet. – »Laß doch, Kind!«

»Die Mutter?« wandte sich der Mann jetzt gegen die Frau. »Was hast du den Kindern gesagt?«

»Aber nichts – oder doch – Bohusch hat geschrieben –«

»Wann also fahren wir?« erhob Margret abermals ihre Stimme.

»Sei still und geh zu Bett«, stammelte die Mutter bebend.

»Ich will erst wissen, wann wir fahren!«
»Gar nicht, wir fahren gar nicht.«
»Gar nicht?« schrie das Mädchen.
»Nein«, schrie der Vater zurück.
»Ja, aber dann –«, ihr Blick wurde schwarz, groß und starr. Ihr Gesicht lief brennend an. – »Dann ist ja *alles* nicht wahr!«
»Das kommt davon«, polterte der Mann gegen die Mutter los, »wenn du ihnen Flöhe in die Ohren setzest.«
»Dann haben wir ja keine Sommerfrische gehabt«, schrie das Mädchen, es riß vor Aufregung an seiner Nachtjacke herum. – »Und nie sind wir in den Wald gegangen, nicht einmal auf die Radina. Nur, weil die Mutter immer gesagt hat, du kommst uns holen, und dort ist dann frische Luft und Wald und alles, alles.«
»So, hat das die Mutter gesagt?«
»Und sie hat uns alles versprochen!« gellte das Mädchen. Sie brach in ein lautes Geheul aus.
»Jetzt mach, daß du hinauskommst«, rief der Vater, rot vor Zorn. »Das ist ja unerhört.«
Als das Mädchen gegangen war, blieb es eine Weile totenstill zwischen den Eheleuten. Nur der empörte Atem des Mannes stieß in seiner Brust. Die Frau, die dunkelrot wie eine ertappte Sünderin vor ihm stand, wagte die Augen nicht gegen ihn zu erheben.
»Was hat er denn geschrieben«, begann der Rittmeister endlich, »der gottverdammte Kerl, der Bohusch, der Leisetreter?«
»Bohusch hat geschrieben, daß dich der Baron gewinnen wollte für einen ehrenvollen Posten, daß du uns alle nachkommen lassen könntest, daß wir dort alle zu leben hätten.«
»So? Und hier habt ihr vielleicht nicht zu leben?«
»Das habe ich nicht gesagt«, erwiderte Marie.
»Und dann hast du nichts Besseres gewußt, als den ganzen Unsinn den Kindern aufzutischen, damit du sie gegen mich aufbringen kannst?«
»Nein, nie!« rief jetzt Marie mit heftiger Stimme. »Nie habe ich die Kinder gegen dich aufgebracht.«
»Davon habe ich heute eine Probe bekommen.«
»Die Margret« – Marie stammelte. »Du kennst doch die Margret,

Balthasar, sie hat sich am meisten gefreut, ich wollte doch nichts anderes, als daß sich die Kinder freuen.«
»Und was ich dazu sage, zu eurem wunderbar ausgeheckten Plan, das war wohl von gar keiner Bedeutung mehr, wie?!«
»Ach Gott«, flüsterte Marie und schüttelte den Kopf. »Ich habe halt so gehofft.«
»Herrlich!« schäumte der Mann. »Du hast gehofft, daß dein Mann als Ackerknecht und Liebediener beim Herrn Baron herumscharwenzeln kann, daß er recht brav und bescheiden nach höchstdesselben Wünschen fragen darf.«
»Es ist keine Schande, jemand zu dienen«, flüsterte Frau Marie.
»Für deinesgleichen nicht«, antwortete der Mann.

Es verging eine Zeit. Er hatte sich wieder angekleidet; er rüstete sich zum Ausgang.
Als die Mutter später noch einmal ins Kinderzimmer kam, sah sie Balthasar hellwach im Bett sitzen.
»Was ist?« fragte die Mutter. »Warum schläfst du nicht?«
»Das wollte ich dir sagen, Mutter«, sprach der Sohn. »*Ich* habe nie daran geglaubt, daß der Vater uns holen wird, ich nicht.«

Nach Mitternacht kehrte der Rittmeister nach Hause zurück. Langsam erstieg er die Treppe, schloß die Tür mit dem Schlüssel auf. Das kleine Petroleumnachtlicht hinter dem Pawlatschenfenster gab spärlichen Schein.
Der Rittmeister zündete eine Kerze an, verwahrte Stock und Hut. Im Flur zog er sich die Stiefel aus, da standen, wie er's gewohnt war, seine Pantoffeln.
Während er die Füße hineinsteckte, ließ er den Blick langsam durch den Raum wandern. Er kam ihm heute so eng vor und düster; widerwärtig war ihm der Geruch, der sich aus allerlei häuslichen Düften mischte. Armselig schienen ihm die Möbel, der Heimgekehrte sah jede schadhafte Stelle an den Wänden, er sah die Enge und Beschränkung des kleinen Bürgerdaseins. Er nahm den Leuchter und schlurfte ins Speisezimmer. Nebenan lagen die Kinder, drei Söhne und drei Töchter. Zukunft ist besser als Vergangenheit, klang es in

seinen Ohren nach. Aber die Gegenwart, die er lebte, die Gegenwart war bitter.

Weiter schlurfte er; da war sein eigenes Zimmer und dann die Stube, in der er mit Marie schlief. Er setzte die Kerze ab. Sie flackerte stark. Er sah sein Bett frisch überzogen. Er sah auf seinem Nachttisch das gewohnte Glas Wasser, das Fläschchen Medizin, auf dem Sessel lag das Schlafhemd ausgebreitet.

Er trat hin und dachte: Was hindert dich, daß du dich niederlegst? Widerwillig wandte er den Blick nach dem Bett der Frau.

War es möglich, daß sie schon schlief? Daß sie ihn nicht gehört hatte? Sie lag starr und blaß, hielt die Lider geschlossen. Ihr Zopf hing über das Kissen herab. Er schaute weg.

Mit steifen Fingern begann er die Weste aufzuknöpfen. Endlich stand er entkleidet. Die Frau lag noch immer und rührte sich nicht.

Auf der Straße vor dem Hause trappelten Schritte. Die Nacht war schwül, die Fenster standen offen. Offenbar waren jetzt die letzten Schänken geschlossen worden, die späten Zecher wurden hinausgesetzt. Stimmen erhoben sich. Überlaut scholl von außen ein fremdes Geschrei durch die totenstille Wohnung.

Es war eine Männerstimme und die Stimme einer Frau, sie stritten wild gegeneinander.

Der Mann sagte: »Hätte ich dich nie gesehen, mir wäre wohl.«

Die Frau sagte: »Gott hat mich gestraft, weil wir zusammengekommen sind. Verhaßt bist du mir, in die Hölle wünsch ich dich, in die Hölle hast du mich selbst gebracht. Nichts Gutes hast du mir getan, und ich – ich hab dir alles gegeben.«

»Was hast du mir denn gegeben?« höhnte der Mann auf der Straße.

»Frag doch nicht so«, weinte die Stimme der Frau. »Mein Leben habe ich dir aufgeopfert, du hast es weggeworfen, du böser Mensch, du Herzloser, du bist darauf herumgetreten.«

Und laut weinend lief die Frau fort und bog in eine Gasse.

Der Rittmeister hatte bei den ersten Worten des Gesprächs die Kerze ausgeblasen. Jetzt stand er regungslos, kaum drang ihm ein Atem über die Lippen. Er schauderte.

An Mariens Atem merkte er, daß auch sie gehört hatte, wie er.

Die Stille zitterte zwischen ihnen. Die schwarze Finsternis erbebte

vor ihrem Herzschlag. In der lichtlosen Grotte des Zimmers zuckten die unsichtbaren Blitze der Verzweiflung.
Da bewegte sich Marie. Sie drehte den Kopf auf dem Kissen und flüsterte: »Ja?«
»Du bist noch wach?« fragte der Mann. Es überfiel ihn eine Schwäche, daß er sich festhalten mußte.
»Ja«, sagte sie, »ich bin noch wach.«
Er setzte sich auf sein Bett. So verging eine Weile.
Da hörte er, daß die Frau mit tastenden Händen gegen ihr Tischlein stieß. – »Suchst du etwas?« fragte er. Seine Stimme klang heiser. »Was suchst du?« fragte er noch einmal. –
»Wasser«, hauchte sie.
Er ging und schlug Licht. Seine Finger zitterten so sehr, daß er mit dem Hölzchen den Docht verfehlte, endlich brannte die Flamme. Der Mann griff nach seinem Glas und reichte es ihr.
Sie war bleich. Ihre Lider zuckten, das helle Haar fiel ihr über dem Scheitel in zwei glatten Strähnen auseinander.
»Warte«, sagte er. »Du solltest einen Schluck nehmen, das täte dir wohl.« – Er eilte nach den Flaschen, die er mitgebracht hatte. An seinem Taschenmesser stak ein Korkzieher, rasch trieb er ihn in den einen Flaschenhals.
»Laß«, wehrte die Frau.
Doch der Mann hatte schon ein Gläschen geholt. Er goß es voll. Der Strahl schoß über den Rand hinaus. Er wischte das Verschüttete ab, dann näherte er sich der Frau. – »Versuch!« sagte er. »Es wird dir helfen.«
Marie saß ganz aufrecht vor den zerdrückten Kissen. Sie beugte sich gegen ihn, ihre Nachtjacke war alt, der Mann sah den Flick am Ärmel. Sachte nahm sie das Gläschen, sie führte es an die Lippen und trank. Der Schnaps war scharf. Sie hustete.
Der Gatte blickte sie an. – »Die andere Flasche«, sagte er, »werde ich Korman schicken.«
Als Kormans Name fiel, schaute Marie empor. Ihre Züge veränderten sich. »Korman? Korman! Ach ja –!«
Kormans Name war seit Jahren nicht mehr genannt worden zwischen ihnen. Kormans Name klang in ihnen auf wie der Ton einer

Stimmgabel, der geheime Ton einig gewordenen Lebens. Er zitterte zwischen ihnen wie vorhin der tobende Streit auf der Straße – in ihm hatte die Hölle gezetert. Jetzt sprach die andere Macht, lautlos flüsternd in ihren Herzen.

»Weißt du es noch«, fragte Marie leise, »wie wir ihn damals getroffen haben in Wien, den Korman?«

»Freilich weiß ich es«, antwortete der Mann.

»Und wie er uns in den Prater führte? – Es war doch schön.«

Der Mann saß auf dem Bette, auf dem schmalen eisernen Bett, das neben dem Mariens stand. Er hielt ihre Hand gefaßt. »Damals –«, sagte er.

Mehr zu sagen vermochte er nicht.

Damals –, nickte die Frau stumm. Damals, dachte sie, hätte etwas beginnen können. Damals war uns etwas Gutes nah. Aber dann – dann war es doch nichts.

Verzeih, mein Gott, dachte sie später, ihre Hände faltend, verzeih, daß es nichts war. Nichts, mein Gott, und doch vier Kinder und dreizehn Jahre gemeinsamen Lebens. Gott, war es wirklich nichts?

Danach lag sie und nahm alles hin. Über die Zimmerdecke zogen Lichter und Schatten. Die Uhren schlugen, daher, dorther, die erste Stunde des neuen Tages.

## *Trübungen*

Es war eine der schmerzlichen Unbegreiflichkeiten in Mariens Leben, daß die Schwester unvermählt blieb.

Ernestine war zwar nach jenem Weihnachtsabend, den sie gemeinsam mit dem Vater, mit Marie und dem kranken Kind verbracht hatte, nicht mehr zu Frau von Wetzstein zurückgekehrt. Aber sie kam auch kaum in die Jagemannstraße, sie lebte bei ihrem Vater in fast klösterlicher Zurückgezogenheit.

Die einzige Freude, die sie sich selbst gönnte, zu der sie sich fähig erwies, war ihre Teilnahme am Kirchenchor.

Ernestine hatte ihr dreiunddreißigstes Jahr überschritten; sie hatte aber kaum etwas von ihrer Schönheit verloren. Sie trug sich aufrecht wie eine Kerze; nur ihr mit dunklen Haarflechten umwundener Kopf war, als lauschte sie in sich hinein, immer ein klein wenig zur linken Schulter geneigt. Das gab ihrer hohen, strengen Gestalt einen Ausdruck von lauschender Anmut. Immer schon hatte sie schön gesungen. In den letzten Jahren gewann ihre Stimme an Kraft und Glanz. Der Dirigent des Kirchenchors übertrug ihr die Solopartien in der Messe. – »Sie singt jedesmal noch schöner«, sagten die Leute zueinander. Ihr Vater, der Professor, spielte unter den Geigern. Von Wehmut ergriffen, blickte er oft zu der Tochter hinüber. Sie schien ihm in solchen Augenblicken von überirdischem Lichte zu leuchten.

In der Tiefe des Kirchenschiffes weilte Marie irgendwo unter der Menge. Manchmal fand sich auch der Rittmeister vor der Wandlung ein. Er lauschte, bis die *eine* Stimme verklungen war. Dann öffnete er leise ein Seitenpförtchen, davor er gestanden und ging.

Er hatte mit Ernestine nur mehr selten gesprochen, seit sie einander damals an des kranken Kindes Bett getroffen hatten. Begegnete er ihr in der Stadt, trat er zur Seite und grüßte sie artig. Sie neigte das Gesicht und drückte die zarte Hand enger an die Brust.

Sie kam nur selten, bei besonders dringlichen Anlässen, in das Haus in der Jagemannstraße, er betrat die Wohnung im Kameralamt nur, wenn er wußte, daß Ernestine nicht zugegen war. Niemand befragte ihn nach dem Grund dieses Verhaltens, niemand befragte Ernestine. Man nahm an, Schwager und Schwägerin wollten nichts miteinander zu schaffen haben.

Zu ihrer Schwester und deren Kindern war Ernestine voll Zärtlichkeit. Sie war immer bedacht darauf, ihnen eine Freude zu bereiten. Aber wie Unvermählte so oft, schien sie nicht den rechten Begriff zu haben von dem, was Heranwachsende brauchen. Den kleinen Mädchen verfertigte sie seidene Taschentuchbehälter und winzige, kunstvolle Nadelkissen; Marie strickte ihnen wollene Strümpfe und dicke Hauben. Zu Weihnachten und Ostern machte die Tante jedem Kind ein Körbchen mit feinen Süßigkeiten zurecht; die Mutter buk große Ladungen dicker Lebkuchen.

Auf irgendeine Weise war Ernestine nicht mehr dieselbe, die sie gewesen war, ehe sie nach Rokycan zu der störrischen Großmutter

und später zu der kaltherzigen Frau von Wetzstein gegangen war. Auch der Vater schien die Verwandlung zu spüren.
»Sie hat einen Kummer«, sagte er, »ich weiß nicht, was das für ein Kummer ist.«
Eines Tages kam er aufgeregt in der Jagemannstraße an. »Denke dir, Marie, Ernestine will ins Kloster gehen. Sie fährt heute noch und will bei den Schwestern vom Heiligen Herzen eintreten.«
»Das ist nicht möglich«, rief Marie. »Warum läßt du sie gehen, Vater? Du dürftest das nicht dulden.«
»Es ist ja erst eine Probezeit«, sagte er.
Marie weinte fassungslos.
»Warum weinst du denn gar so sehr?«
»Weil das kein Leben für sie ist, Vater, kein Leben.«

Wirklich kehrte Ernestine nach einem halben Jahr aus dem Hause der Schwestern vom Herzen Jesu zurück. Die Oberin habe ihr abgeraten, den Schleier zu nehmen; die Oberin habe gemeint, sie tauge nicht zur Nonne, nicht – Ernestine lächelte bleich – zu einer Braut Christi. – »Die Ehrwürdige Mutter wird schon recht gehabt haben«, fuhr sie in einer Art trübseligen Scherzes fort, »ich tauge ja wohl zu gar nichts auf der Welt.«
»Sprich doch, bitte, nicht so, Tinchen«, bat der Vater. »Was finge ich denn ohne dich an?«
»O Vater, damit tröstest du mich nicht. Du hast Marie, Marie und ihre Kinder. Ich sehe es doch«, sagte sie mit leiser, bebender Stimme. »Sie kommen zu dir, sie hängen an dir, sie bringen dir Leben ins Haus.«
»Freilich«, versetzte der Professor mit gerührtem Lächeln. »Die lieben Hascherln!«
Wirklich erschienen Mariens Kinder alle Tage: Schon morgens, ehe sie zur Schule gingen, klopften sie dem Großvater ans Fenster. Am Nachmittag kamen sie, um die Hausaufgaben unter seiner Anleitung zu verfertigen. Dann mußten sie alle still nebeneinander rund um den Tisch sitzen, der Professor ging hinter ihnen auf und ab. »Immer nur schön schreiben!« mahnte er. »Immer sauberen Rand lassen, Haarstrich, Schattenstrich, feine Häkchen! In der Form spiegelt sich die Seele.«

Wenn die Enkelkinder fertig waren, dann gab es Spiel und Spaß. Dann durften sie den Großvater auf den Kameralamtshof zerren, dort tanzten sie im Reigen. Manchmal ließ er die Augen mit einem Tuch verbinden und tappte im Blindekuhspiel wie ein großer flügellahmer Storch im Kreis herum. Die Kinder jubelten. Manchmal stand Ernestine im Hoftor und sah zu. Wenn sie aber der Vater oder eins der Kinder zum Mitmachen aufforderte, wehrte sie ab und schlüpfte in das Tor zurück.

Am Abend, wenn sie beide allein waren, Vater und Tochter, wenn es still und leer war in der Wohnung, sah er wohl, daß Ernestinens Mienen blaß und daß ihre Lider manchmal wie vom Weinen gerötet waren. Es wallte etwas wie ein dunkles Schuldgefühl in ihm auf. Dann holte er irgendein Buch aus dem Schrank, den Orbis pictus oder eines seiner alten Kompendien der Naturgeschichte. Aus ihnen las er dem Mädchen vor, und dann hieß er sie in seinem Zettelkasten kramen: hier hatte er Ausschnitte gesammelt aus Zeitungen und Zeitschriften, in denen von Entdeckungen, von neuen Naturgesetzen die Rede war. Er ließ sie Ernestine vergleichen mit den Angaben, die in den alten Büchern standen. Mit einem feinen Stift oder einer spitzen Feder trugen sie dann die neuentdeckten Wissenschaften zu den alten ein. Diese Tätigkeit schien Ernestine zu zerstreuen. Auch lehrte sie der Vater, Blumen zu zerlegen und nach bestimmten Systemen ihre Arten zu erkennen. Er brachte ein Vergrößerungsglas nach Hause, einen kleinen, aber teuren Apparat. Auch mit diesem versuchte er die Tochter zu vergnügen, indem er bald ein Blütenblatt, bald ein totes Insekt darunterschob und sie durch die Linse darauf niedersehen ließ.

Schließlich lächelte sie. Welche wunderbare Kraft, dachte der alte Mann, wohnt doch in den Dingen der Natur, und wie heilsam ist die Beschäftigung mit ihnen! – und getröstet ging er zu Bett.

Seit jener Hochzeit im Wankaschen Hause schien sich eine Wendung in Ernestinens Schicksal vorzubereiten: Doktor Zerff war in ihrem Leben aufgetaucht.

Als sie am Arm ihres Vaters das Hochzeitshaus verlassen hatte, war er ihr nachgefolgt. Am anderen Tag schon sah man ihn vor den Fen-

stern des Kameralamts auf und ab gehen. Jeden Abend erschien er von nun an und machte zumindest eine Runde um den Block. Sein Anzug, der immer stutzerhaft gewesen, verfeinerte sich noch mehr. Um zwei Fingerbreit ließ er seine schwarzen Koteletten tiefer in die Wangen hinabwachsen. Seine grünen Glitzeraugen blickten in einer Art düsterer Verwegenheit. Vor dem Kameralamt zog er, gleichgültig, ob jemand hinter den Fenstern zu erblicken war, den Hut und verneigte sich. Er schien darauf zu rechnen, daß man diese Huldigungen wahrnahm, die ansonsten lächerlich gewesen wären; nahm sie jene nicht wahr, der sie galten, nahmen andere sie wahr, die ihr davon berichten würden. Seine Augen, durchdringend wie sie waren, hatten in Ernestinens Gesicht gelesen; hatten gelesen, daß sie, die Keusche, Unberührte, gegen die Fieber der Phantasie wehrlos war.
Überdies streute er das Gerücht aus, daß er eifrig daran arbeite, den nächsthöheren Rang in der Rathausbeamtenschaft zu erreichen – und überließ es den Leuten, zu erraten, aus welchem Grund er nach dem besserbezahlten Posten strebte. Natürlich legte man seinen Eifer dahin aus, daß er seinen Stand verändern wolle, und auch diese Vermutungen trug man Ernestine zu.
Überhaupt waren die meisten der Meinung, es sei für das alternde Mädchen ein unbezweifelbares Glück, daß sie die Aufmerksamkeit, ja vielleicht sogar die Leidenschaft des schlauen Doktors erregt habe. Manche ältere Damen fanden seine Art der Werbung ganz besonders rührend und ritterlich. (Nirgends werden ja Tugend und Liebe höher geachtet als an einem Mann, der bisher nur Herzen gebrochen und leichtfertige Abenteuer abgehaspelt hat und nun endlich zu erkennen gibt, daß er von derben und wechselnden Genüssen zu delikateren und ausschließlichen übergehen will.)

Am Morgen nach seiner Ankunft aus Dernberg sagte der Rittmeister zu den Seinen: »Ich bin für niemand zu sprechen, merkt euch das. Sagt es niemandem, daß ich gekommen bin. Ich pfeife auf jede Begrüßung!«
Doch die Ruhe genoß er nicht lange. Schwager Schimkowitz hatte zu feine Witterung. Als hätte ihm jemand die Ankunft des Rittmei-

sters verraten, lauerte er die Jagemannstraße hinauf und hinab. Als sich jener für einen Augenblick am Fenster zeigte, war er auch schon entdeckt. Durch trichterförmig gemuschelte Hände erscholl der Ruf: »Hallo! Heil dir, Zurückgekehrter. Warte, ich komme gleich zu dir.«

Drei Stufen auf einmal nehmend, kam der Riese heraufgekeucht.

»Willkommen daheim. Daß du nur wieder da bist und unsere Gegend zu zieren geruhst. Ich hoffe, in voller Würde. Was hast du entdeckt? Du siehst so düster? Was ist's? Wie steht's um deine vierzehn Ahnen?«

»Verzeih«, sagte der Rittmeister. »Ich bin nicht wohl.«

»Oh! Oh! Bedaure. Hast dich wohl übernommen beim Böckeschießen. Pardon. Ich meinte es nicht doppelsinnig.«

»Danke sehr.«

»Na also, was ist los? Was macht der Stammbaum? Die ganze Stadt spricht schon davon.«

»Der Satan hol's! Ich habe doch verboten – –«

»Bedanke dich bei Wanka. Wanka mußte schwatzen. Er protzte damit an allen Ecken. ›Von‹ Bourdanin, ›von‹ Bourdanin – – und er habe es entdeckt.«

»Verdammt.«

»Aha. Ja. Ich verstehe. So ist es nichts: nichts mit dem Adel und den sieben Zacken? Ja, ja. Ich dacht's mir schon. Man klaubt das nicht so auf der Straße auf.«

Der Rittmeister biß die Lippen zusammen.

»Ha, ha, der Goldbart!« Schimkowitz lachte behaglich. »Der liebe Knabe. Er wollt sich aufblasen mit vornehmer Verwandtschaft. Hat es wohl nötig sich aufzuputzen seit letzter Zeit.«

»Wieso?«

»Weißt du das nicht? Er mußte doch einen Wechsel ausstellen, um den Dwur zu kaufen. Weiß der Teufel, was er dort sucht. Ha, ha, ha. Und wieder hat er zu spielen angefangen auf der Börse. Ich sage dir, es brenzelt – –«

Der Rittmeister saß stumm, verschlossenen Gesichts.

»Und das Neueste noch. Dann gehe ich. Die kleine Ernestin hat einen Verehrer. Da schaust du, gelt!? Wer's ist? Der Zerff, der Pudelhund vom Pomaly. Ein hübscher Bursch, gewichst und schlau. Geht auf Karriere, und ich würde mich wundern, wenn er es ernst meinte mit deiner Schwägerin. Freilich: man kann's nicht wissen. Vorläufig spielt sie noch die Spröde. Das wird sich ändern, denke ich. Schließlich ist sie die Jüngste auch nicht mehr, und jedes Mädchen will mal unter die Haube – – –«

»Marie!« rief der Rittmeister, nachdem Schimkowitz gegangen war.

Die Frau hetzte herein, hochrot vom Küchenherd.

»Weißt du etwas davon, daß der Zerff deine Schwester belästigt?«

»Ich? Nein, Balthasar, ich weiß nicht viel –. Er macht ihr Fensterpromenaden.«

»Gefällt dir der Mensch?« fragte der Gatte schroff.

»Nein.«

»Und was sagt dein Vater dazu?«

»Wir sprachen nicht davon, aber ich glaube – –«, Marie errötete noch tiefer auf ihren glühenden Wangen, »ich glaube, Vater macht sich Sorgen. Was soll aus Ernestine werden, wenn er nicht mehr ist?«

## *Im Hause Goldbart*

Indessen war das erste Vierteljahr der neuen Wankaschen Ehe abgelaufen. – Kurz nach der Rückkehr von der Hochzeitsreise hatte Franziska ihren Gatten um Einsicht in seine Geheimbücher gebeten.

Franziska und Wanka lebten in Gütertrennung; auch mit der ersten Frau hatte es Wanka nicht anders gehalten. Das Vermögen der Verstorbenen war auf die Tochter übergegangen.

Wanka fand nichts dabei, daß sich seine zweite Gattin für seine Geschäfte interessierte; auch Emma hatte gerne über Pfandbriefe, Kursberichte und Hypotheken geschwatzt, hatte getan, als verstünde sie etwas davon, und sich wichtig gemacht. Das war ihre Art gewesen, dem Gatten Liebe und Achtung zu zeigen. Er tätschelte ihr dafür die Wangen und nannte sie sein gutes Kind. Er dachte, Franziska werde ähnliche Vorlieben zeigen. Arglos legte er ihr die ver-

langten Bücher vor. Auch nach ihrer Wange streckte er die gepolsterte Hand. »Unterhalte dich gut damit, Fränzchen, und wenn du etwas nicht verstehst, so stehe ich gerne zu Diensten.«
Franziska verzog ihren Mund darüber, daß sie etwas nicht verstehen sollte. Sie verließ sich auf ihren Verstand, und sie verließ sich nicht ganz zu Unrecht. Gründlich studierte sie die Kolonnen, auf einem Zettelchen rechnete sie nach, was ihr nicht ganz einleuchtend vorkam. Im übrigen hatte sie längst verstanden, worin das Geschäft eines Maklers bestand. Es schien – auf den ersten Blick – ein Geschäft wie jedes andere, ehrenwert-bürgerlich, achtbar. Anders aber, wenn man es sich einfallen ließ, hinter die Kulissen zu blicken. Da zeigten sich eher unerfreuliche Dinge: abgewürgte Existenzen, Skalpe und Häute sozusagen, die der erfolgreiche Makler seinen Mitmenschen abgezogen ...
Da war, zum Beispiel, der arme Flickschuster, der irgendwo am Stadtrand eine winzige Keusche besaß. Man hatte ihn beliehen; sein Pech, daß er den Star bekam und erblindete. Jetzt war es aus mit jedem Verdienst, man forderte die Schuld ein und nahm, weil der Mann nicht zahlen konnte, das Hüttchen dafür. – Daneben bebaute eine arme Witwe einen Acker, zog Kartoffeln und Rüben und fütterte ihre neun Kinder damit. Man ging zu ihr, man bot ihr einen Preis. Die Frau schüttelte den Kopf, ach nein, sie wolle nicht verkaufen, sie war die Tochter eines Bauern und das Äckerchen der letzte Rest des väterlichen Erbes. Gut, gut! Der Makler nickt gelassen. Aber wenn sie in Not gerate, solle sie sich seiner erinnern. – Nach sechs Wochen kratzt es an seiner Tür. Da war sie, im schwarzen Sonntagskleid –. Ob sich der gnädige Herr entsinne? Sie möchte nun doch – ihr Ältester habe die Stelle verloren, sie wisse nicht ein noch aus. – Heute zeigte sich der freundliche Herr seltsam kühl. – So, so, die Stelle verloren habe der junge Mann, er werde schon etwas ausgefressen haben. – Ach Gott, sie wisse es nicht, er habe halt schlimme Kameraden. – Die Zeiten seien aber schlecht, fuhr der Herr fort, so viel wie das letzte Mal könne er heute nicht mehr bieten. Sie müsse sich schon in ein billigeres Angebot schicken. – So ging auch der Acker – für einen Bettel – in den Besitz des Maklers über.
Das also war – offenbar – eines Maklers Geschäft. Nun ja, was wei-

ter? Franziska hatte das gewußt oder doch geahnt; wenn ihr jetzt auf einmal ein unbestimmtes Etwas gegen den Beruf aufstieg, biß sie sich auf die Lippen und schluckte es. Vorerst noch schluckte sie. Doch was sie nicht schlucken konnte, was ihr unerträglich aufstieß beim Studium der Wankaschen Geschäftsbücher, war, daß sie nicht nur die Namen bankrott gegangener Flickschuster und kinderreicher Witwen in den Büchern fand, sondern auch den ihres eigenen leiblichen Bruders Balthasar Bourdanin. In diesen Namen bohrte sich Frau Franziskas schwarzer Blick, auf ihm blieb ihr knöcherner Zeigefinger liegen und mit dem anderen Zeigefinger winkte sie den Gatten heran.

»Ich dachte, Karl«, sagte sie, »du habest mir deine Geheimbücher gegeben. Aber du wirst mir doch nicht weismachen wollen, mein Lieber, daß du für das Grundstück Zur Großen Glocke nicht mehr als zweihundert Gulden gegeben hast, wo es doch unter Brüdern schon das Doppelte wert ist.«

»Das Geschäft hat die selige Emma gemacht«, erwiderte der Gatte sanftmütig. »Sie hat zwar nichts vom Geschäft verstanden, aber dann und wann hatte sie doch einen glücklichen Griff.«

Zwischen Frau Franziskas Brauen zuckte es wie von einer verfinsternden Anwandlung. Ihr Finger glitt ein Stück weiter und blieb auf einer neuen Stelle liegen. »Und Balthasars Anteil am Kameralamt hast du für zweitausendzweihundert bekommen, wo er auf dreitausend und mehr geschätzt worden ist.«

Der Goldbart zuckte die Achsel. »Dein Bruder ist ja so merkwürdig, er wollte nicht mehr.«

»Er wollte nicht mehr!« rief Franziska und erhob sich aufgeregt. »Das ist so seine Narrheit. Aber du, Wanka, hast diese Narrheit ausgenützt, und das ist nicht recht in der Familie.«

In des Mannes Gesicht erschien ein mißmutiger Zug. Er begann zu begreifen, daß es ein Fehler gewesen war, seiner Gattin die Praktiken seines Geschäfts preiszugeben. Er antwortete ihr auf seine Art: »Wer will von Recht oder Unrecht reden? Dummheit ist die größte Sünde.«

Ein Blick in Frau Franziskas Augen hätte ihn warnen können; aber heiter fuhr er fort: »Und du, Fränzchen, spiel dich nicht auf als die

barmherzige Samariterin. Ich weiß es längst: deine Mieter haben auch nichts zu lachen, keinen Groschen läßt du ihnen nach.«
»Miete muß sein«, erwiderte Frau Franziska, »wie kommst du mir vor? Das hieße schon die Weltordnung umstürzen, wenn man jedermann Pflicht und Schuldigkeit nachließe.«
Herr Wanka lachte herzlich und versuchte abermals, mit seiner weißen wohlgepolsterten Hand Frau Franziskas Backe zu streicheln. »Ha, ha, das hast du hübsch gesagt, Fränzchen, und daß dir um die Weltordnung zu tun ist, wenn du auf deinen Säckel schaust, das, siehst du, gefällt mir ganz besonders an dir. Aber so ist das nun einmal bei euch Bourdanins: ihr gebt es nicht unter dem kategorischen Imperativ.«
So sprachen die Eheleute in der ersten Zeit miteinander. Jetzt waren drei Monate seit dem Tag vergangen, an welchem Franziska dem Goldbart angetraut worden war. Das Jahr war über den Hochsommer gekommen und steuerte dem Herbst zu, die drei Monate hatten ein seltsam niederziehendes Gewicht. Dem Mann war manchmal, als hätte er noch niemals eine so mühsame Zeit gelebt. Die Tage schleppten sich im Schneckengang; der Makler wartete. Um sich das Warten zu versüßen, bestellte er Doktor Zerff mittels eines Billettchens in Gottjeschowetzens Leckerstube.
Zur angegebenen Stunde betrat Wanka das Gewölbe. Der zwergengesichtige Kellner kam herbei.
Ob Doktor Zerff schon erschienen sei?
Leider nein, gab der Dienstbare Bescheid, das Billett sei zurückgebracht worden, der Bote habe Doktor Zerff nicht finden können.
»So?« Wanka blickte betreten. »Dann gib mir das Billett wieder her.«
Der Kellner brachte den versiegelten Umschlag, dazu die Speisekarte. Er wedelte freudig mit der Serviette. Was dem gnädigen Herrn beliebe? Die Auswahl sei exquisit.
Der Goldbart betrachtete noch immer das unbestellte Brieflein. Sei denn der Doktor nicht sonst fast alle Tage hier zugekehrt?
Doch, früher schon; aber seit einiger Zeit zeige er sich nicht mehr.
»Nicht möglich, Standa. Vielleicht erinnert Er sich nicht.«
»Oh, ich erinnere mich an alles.« Der Doktor Zerff sei ein heikler

Gast gewesen, immer gut bei Appetit, nur beim Zahlen habe es manchmal gehapert. Dazu: von einem Trinkgeld niemals die Spur. Nun ja, die Herren seien verschieden. Der gnädige Herr zum Beispiel, Gott segne ihn – der sei immer splendid.

Wanka lächelte flüchtig. Er nahm die Speisekarte.

Der Zwergengesichtige scharwenzelte eifrig. »Darf ich empfehlen: Prager Spezialität, Kapaun mit Trüffeln gefüllt? Oder orientalische Eierspeise? Etwas Delikateres haben der gnädige Herr noch nie gekostet.«

»Hm.«

»Oder das Neueste, Karpfen in Sauce à la polonaise.«

»Er überbietet sich ja, Standa. Was hat Er nur?«

Das Zwergengesicht lächelte schlau. »Was werd ich mich nicht bemühen für den gnädigen Herrn, wo er, mit Verlaub gesagt, nicht nur ein Gast ist, sondern auch mein Hausherr.«

»Sein Hausherr? Wieso?«

»Wohn ich doch im Pongratzschen Hof, gnädiger Herr.«

»So, so.« Über Wankas Miene lief ein Schatten. »Und ist Er zufrieden mit dem neuen Hausherrn?«

Der Kellner dienerte geschmeichelt. »Oh, aber wie der gnädige Herr nur fragt. Wenn nur der gnädige Herr selbst zufrieden ist.«

»Hm. Ja. Es geht. Bring Er mir jetzt den Kapaun.«

Nach einer Weile winkte der Goldbart wieder. »Na, Standa, was sagen die Leute dazu, daß ich den Dwur gekauft hab, hm?«

»Was sollen sie sagen, gnädiger Herr?«

»Sie wundern sich wohl?«

»Jawohl, weil es der gnädige Herr selbst sagt: sie wundern sich.«

»So, so.«

»Und teuer haben der gnädige Herr den Dwur gekauft, das sagen die Leute. Die Amelie hat noch ein Geschäft dabei gemacht. Denn der Dwur ist ja nur ein Rattennest, mit Verlaub gesagt. Alle Jahre kommt das Wasser, einmal schwemmt es den ganzen Krempel weg.«

»Macht nichts, Standa. Die Leute sollen sich nur wundern, haha! Je mehr sie sich wundern, um so besser. Eines Tages wird ihnen schon ein Licht aufgehen, aber dann – dann wird es Heulen und Zähneknirschen geben bei euch im Rattennest. Ich sag Ihm was im Vertrauen, Standa, weil Er mir immer so fein serviert: Schau Er sich bald um eine andere Wohnung um. Es könnte mit dem Dwur am Ende nicht mehr lange dauern. – Der Kapaun war wirklich –«, der Goldbart schnalzte leutselig mit der Zunge. »Und jetzt noch einen Indianerkrapfen und das Börsenblatt, Standa, neueste Ausgabe.«

Der Pongratzsche Dwur, den Wanka auf Zerffs so dringenden Rat ersteigert hatte, war freilich kaum mehr zu nennen als ein Rattennest. Er war kein *Gut,* sondern eher der Kadaver eines solchen. Die Ränder der Städte sind üble Orte. Der Pongratzsche Hof lag am äußersten Rand der Stadt.

Die Geschichte des Dwurs reichte weit zurück. Zuerst hatte sich hier ein Befestigungswerk befunden. Nachdem dieses geschleift worden war, hatte man eine große Meierei eingerichtet. Dann war eine Textilmanufaktur gegründet worden. Aber auch dabei war nichts Rechtes herausgekommen. Durch unsinnige Versprechungen angelockt, hatte sich zwar eine Menge Volk neben den Spinn- und Webesälen und neben den Färbereien in rasch errichteten Hütten angesiedelt, doch das Unternehmen verfiel, der Besitzer stieß es ab, die Maschinen wurden weggebracht, nur die Menschen blieben. Es waren viele Familien, die da siedelten und die sich mit dem Eifer und dem offenbar unbeirrbaren Lebenswillen von Insekten vermehrten. Sie bauten zu den alten neue Hütten aus Lehm, aus alten Brettern, Lauben aus Blech. Sie füllten jeden Winkel. Über Planken und Zäune gebreitet, trockneten ihre schlechten Kleider; Lärm und Gestank schwebte über den Gebäuden, Hühner gackerten auf den Abfallstätten, und in nässenden Kisten wurden Geschlechterreihen degenerierter Kaninchen gezogen.

Das war der Ort, den zu ersteigern Doktor Zerff dem Makler so dringend geraten hatte. Der Dwur war das größte Elendsquartier der Stadt. Nichtsdestoweniger trug er seinem Besitzer mehr als manche respektable Siedlung. Für jede Kammer, jeden Pferch wurde Miete genommen, unnachsichtlich wurde jeder Groschen eingetrieben. Niemand durfte es wagen, sich unangemeldet einzuschleichen. In jedem Haus war ein Aufpasser angestellt, über diese aber war ein Hlidatsch gesetzt, ein Eintreiber, der auch für Ordnung und Ruhe verantwortlich war. Zu diesem Amt wurde meist ein gewalttä-

tiger Mensch gewählt, der, nötigenfalls, mit Knüppel und Schlagring vorging. Die Stelle eines Hlidatsch war sehr begehrt.
Trotz der unbarmherzigen Methode der Überwachung und Eintreibung war der Pongratzsche Hof durch eine fast unglaubliche Schuldenlast seit Jahrzehnten entwertet; diese Last war durch die letzte Besitzerin, Amelie von Pongratz, noch weiter hinaufgetrieben worden, so daß schließlich jeder Ziegel mit drei- und vierfachen Hypotheken überzogen war. Endlich kam das Gut unter den Hammer.
Zerff war am Morgen des Lizitationstages bei Wanka erschienen und hatte ihm unter dem Siegel der strengsten Verschwiegenheit anvertraut, daß schon zwei Herren aus Wien gekommen seien, die den Auftrag hätten, den Dwur um jeden Preis zu ersteigern. Sie seien vom Eisenbahnministerium mit großen Vollmachten ausgestattet.
Wanka ergriff eine heftige Erregung. In der Tat waren zwei Männer zu der Lizitation erschienen, welche gleich zu steigern begannen und Wanka überboten. Es entspann sich ein Kampf, in dessen Verlauf der goldbärtige Makler, Zerffens Versprechungen eingedenk, auf die doppelte Summe steigerte, die er zuerst veranschlagt hatte. Er gewann. Schweißgebadet und zu Tode erschöpft, setzte er seine Unterschrift unter die Urkunde.
Amelie Pongratz, die zugegen war und, während der Versteigerung keine Miene verziehend, mit der Spitze ihres Sonnenschirmes unaufhörlich im Staub gestochert hatte, lachte plötzlich laut, raffte ihre weinroten Frou-frou-Röcke zusammen und rauschte am Arm ihres Anwalts davon.
In den ersten Wochen lief Wanka seinem Berater die Tür ein: Wann denn nun endlich das Projekt spruchreif werde? Wann der Bahnhof gebaut, wann der Gewinn sichtbar werde?
Zerff lächelte und versprach goldene Berge. Dann aber änderte er seinen Ton und bedeutete dem Makler, daß, wenn er schon seinen Sack füllen wolle, er auch ein wenig Geduld üben müsse dabei; es sei noch keiner von heute auf morgen Millionär geworden.
Wankas erstes Entzücken entfloh. Er hatte unterdessen Franziska Bourdanin geheiratet und, um den Dwur zu bezahlen, einen Wechsel ausgestellt. Tag für Tag erwartete er die Nachricht aus Wien.

Langsam begann er zu zweifeln, ob das Geschäft, auf das er mit allen Sinnen versessen gewesen war, sich auch so einmalig glänzend und leicht anlassen werde, wie man ihm versprochen hatte.
Von allen Seiten erreichten ihn verwunderte Fragen, was ihn denn bewogen habe, den schrecklichen Dwur zu ersteigern?! Ob er, Wanka, denn niemals eine der Überschwemmungen gesehen, welche den Dwur fast alle Jahre in der Zeit der Schneeschmelze und auch dann und wann im Sommer nach starken Gewitterregen heimsuchten?
O doch, der Goldbart hatte sich diese Überschwemmungen öfter als einmal angesehen und sich an dem Anblick ergötzt: wenn der Fluß aus seinen Ufern trat, dann lag der Dwur bald wie eine Insel im Wasser. Stieg die Flut, so überschwemmte sie auch die Siedlung selbst. Die Einwohnerschaft flüchtete unter großem Lärmen, die Feuerwehr rückte aus, den Unglückseligen zu Hilfe zu kommen, eine Kompanie Soldaten stand ihr dabei zur Seite. Zuletzt sah man nur noch die Dächer und schiefen Schornsteine aus den Wassern ragen, und von Zeit zu Zeit hörte man in der Strömung eine der Hütten zusammenstürzen; losgerissene Balken und Pfosten trieben als Wrack davon.

Als Wanka, nach Hause zurückkehrend, seine Wohnung aufschloß, hörte er Franziskas Stimme aus der Wohnstube. Die Stimme der kleinen Tochter antwortete dem stiefmütterlichen Ton. Unwillkürlich trat der Mann auf sachten Sohlen näher.
»Karline, in welchem Jahr wurde Amerika entdeckt?«
Das Kind antwortete.
»Karline, welches sind die sieben himmelschreienden Sünden?«
Das Kind schnurrte das Register herunter.
»Karline, wie hieß der falsche Kronprätendent, der sich über Polen aufwarf?«
Karline murmelte den Namen des Demetrius.
»Du kannst gehen.«
»Danke, Mama.«
»Führ den Batul spazieren, aber nicht über die Promenade hinaus. Und daß du mir den Maulkorb nicht vergißt.«

»Gewiß, Mama.«
Die Kleine öffnete die Tür. Es war staunenswert, wie sittsam das Kind geworden war. Es war gekämmt, gestrählt, geschnatzt. Ohne Verzug begab es sich an die Ausführung seiner Aufgaben. In einem Winkel des Flurs lag Batul auf einer dünnen Matte. Batul war der neue Hund im Hause Wanka, ein brauner stichelhaariger Boxer von mürrischem Charakter. Das seidenhaarige Hündchen, die fröhliche Ninotte, war und blieb verschwunden. Frau Franziska hörte nicht auf zu betonen, daß sie wahrscheinlich von herumstreunenden Zigeunern geschlachtet worden sei. Herr Wanka aber wußte es anders. Gegen ein großes Trinkgeld und unter dem Siegel der Verschwiegenheit hatte ihm der Hausmeister verraten, daß er einmal bei einbrechender Dunkelheit einen Dienstmann mit einer verdächtigen Last gesehen. In dem Sack habe etwas gezappelt, und die gnädige Frau, damals noch Fräulein, habe den Sackträger bis an die Haustür begleitet und ihm leise nachgerufen: »Nur tüchtig Steine hinein, daß er rasch sinkt!«
Zögernd öffnete Wanka die Tür. »Nun, Fränzchen?«
Diese saß am Tisch, hatte Karlinchens Schulbücher noch vor sich aufgeschlagen.
»Nun, Fränzchen, willst du mir nicht guten Tag sagen?«
»Guten Tag«, sagte Franziska.
Der Gatte stand still, er zuckte die Achsel, seufzte und begab sich, halb kleinlaut, halb ärgerlich zu seinem Schaukelstuhl. Dort, nahe dem Fenster, stand der Zeitungstisch. Er schlug eines der Blätter auf und begann zu lesen.
»Ist es wahr«, fragte Franziska von ihrem Platz, »daß du gestern bei Balthasar warst und daß sich Balthasar weigerte, dich zu empfangen?«
»Wie?« Das Zeitungsblatt knitterte. »Sich weigerte? Wie kommst du darauf?«
»Man hat es mir erzählt.«
»So, hat dir erzählt?! Hm. Ja. Ich weiß nicht, dein Bruder scheint sonderbare Launen zu haben.« Der Goldbart erhitzte sich. »Ist es nicht zum Tollwerden mit ihm? Er macht uns den Trauzeugen, wir trennen uns im besten Einverständnis, er fährt weg, kommt wieder,

und auf einmal weigert er sich, mich zu empfangen. Begreif es, wer will. Ihr Bourdanins seid aus sehr seltsamem Holz geschnitzt.«
Die Frau wandte den Kopf. »Da hast du einmal recht, Karl.«
In dem Mann stieg ein dunkler Zorn empor. Etwas wie Haß überkam ihn, wenn er ihr backenknochiges Gesicht erblickte, ihre flache Gestalt, ihre eckige Stirn.
Ihre Stimme, das Geräusch ihrer Schritte rüttelte an seinen Nerven. Er hatte nie gedacht, daß es ein besonderes Vergnügen sein werde, mit ihr zu leben, aber jetzt schien es geradezu, als würde es unerträglich.
Er hatte Sorgen. Seit er Franziska geheiratet hatte, kam er aus den Sorgen nicht heraus. Und dabei war er so vergnügt gewesen, so zuversichtlich. Er hatte Wechsel ausgestellt in der Gewißheit, daß er sie bis zum Fälligkeitstermin würde spielend begleichen können. Aber – es ging alles schief. Seine Schuldner konnten nicht zahlen, seine Gläubiger aber forderten. Jetzt fehlte nur noch, daß man ihm die Hypotheken kündigte. Ah. Dem Goldbart war, als trüge Franziska an allem die Schuld.
Wanka war abergläubisch. Wenn ihm eine schwarze Katze über den Weg lief, spuckte er dreimal ins Taschentuch. Jetzt war ihm manchmal, als habe er sich eine schwarze Katze ins Genick gebunden.
Franziska hatte sich erhoben. Sie näherte sich der Tür, irgend etwas an ihrer Bewegung machte den Mann aufmerksam; er fragte: »Wo gehst du hin?«
Franziska stand mit der Hand auf der Klinke. »Ich gehe zu Balthasar.«
»Ei.«
»Zu Balthasar«, wiederholte sie. »Ich will ihn fragen – ich möchte wissen, was er für Gründe hat, dich nicht zu empfangen. Von dir werde ich sie wohl nicht erfahren – oder?« Sie ließ die Klinke los und kam auf den Mann zu. »Oder – wirst du mir antworten?«
Wanka starrte sie an.
»Was war das mit der Urkunde?« fuhr sie beinahe flüsternd fort. »Was war das damals mit dem Stammbaum? Hm? Da war doch irgend etwas faul?«
Wanka überlief es.
»Es kam mir gleich so seltsam vor«, sagte die Frau. »So, als ob etwas

dahintersteckte. Daß gerade *dir* die Urkunde unterkam – und just damals –«

Der Makler war so tief dunkelrot geworden, daß selbst das Weiße seiner blaßblauen Augen blutfarben anlief. »Franziska, ich verbitte mir –«

»Und daß es dann gleich in aller Leute Mund kam, das rührte auch von dir her. Und Balthasar hat alles geglaubt und ist zu dem Baron gefahren, und seither geht er umher wie einer, der sich schämt. Balthasar –«

»Balthasar!« rief der Goldbart voll Zorn. »Balthasar hin und Balthasar her, was hast du für einen Narren gefressen an deinem geliebten Bruder?! Was hat er dir nicht alles gesagt, ehe du geheiratet hast? Daß du zu alt seist und nur unter die Haube willst und derlei Liebenswürdigkeiten. Und jetzt –«

»Und jetzt –«, rief die Frau und trat um einen Schritt auf den Mann zu, »jetzt denke ich, daß er recht gehabt hat.«

»Haha!« rief der Mann.

»– recht gehabt hat, als er mich warnte, deine Frau zu werden«, vollendete Franziska.

Damit kehrte sie sich um und ging hinaus.

Am anderen Tag erhielt der goldbärtige Makler Besuch. Zwei Herren in Gehröcken und Zylindern hatten sich angemeldet. Wanka empfing sie in seinem Büro. Zwei Stunden verhandelten sie hinter geschlossenen Türen. Als die Herren gingen, kam Wanka schwankenden Schrittes hervor. Sein Haar war zerrauft, seine Krawatte saß schief, seine Wangen zitterten. Langsam ging er den Flur entlang, öffnete jede Tür, spähte hinein. Schließlich fragte er nach seiner Frau. Die gnädige Frau sei ausgegangen, aber sie habe gesagt, um sechs Uhr werde sie zurück sein. – Gut. Gut. Wanka setzte sich in seinem Zimmer nieder. Doch nach einer Weile kam er wieder. »He, Anna – sag Sie mal; was gibt es jetzt für Blumen zu kaufen? Weiß Sie, was die gnädige Frau bevorzugt? Ja, ja, meinetwegen einen Strauß Gladiolen. Und dann – halt! Hier hat Sie noch drei Gulden. Spring Sie zum Theater und frag Sie, ob es noch Karten gibt für heute oder morgen; ist ja gleich, was man gibt, aber erste Reihe oder Loge.«

Rastlos schritt der Mann auf und ab.
Das Mädchen brachte die Blumen und die Billetts. Pünktlich um sechs rauschte Franziskas Robe durch den Flur.
Auf der Schwelle stehend, hatte sie schon den Strauß entdeckt. Sie schob die Unterlippe vor, ein spöttisches Lächeln blitzte über ihr Gesicht. »Du willst heute abend wohl fort?«
»Wieso, Fränzchen? Weißt du was?«
»Ich dachte es mir – wegen der Blumen.«
»Ich will auch fort«, versetzte der Mann und näherte sich ihr. »Aber nicht allein. Mit dir, Fränze. Man gibt ›Die Walküre‹, ein neues Stück, soll süperbe sein. Da sind die Karten.«
»Ah.« Franziska legte ab. Sie ließ sich nieder, wickelte aus ihrem Korb einen Strickstrumpf hervor. »Du kannst gerne gehen, Wanka. Ich bleibe zu Hause. Mir ist das Geld zu schade.«
»Aber Fränze.«
Die Frau begann zu stricken. Der Mann betrachtete sie, es stieg eine ohnmächtige Wut in ihm auf, die aber, als ihm seine Umstände einfielen, in weinerliche Verzweiflung umschlug. »Fränze«, murmelte er, »wenn du wüßtest ...«
Sie klapperte mit den Nadeln.
»Warst du – warst du – bei Balthasar?«
Sie schüttelte den Kopf.
Er faßte Hoffnung. »Du solltest dich zerstreuen. Du bist so streng, so mönchisch! Du hast nichts vom Leben. Heut in der Oper –«
Die Frau ließ die Hände sinken. »Sag doch gleich, was du willst!«
Der Goldbart wollte auffahren. Dann aber stand er, senkte den Kopf, ein Beben durchlief seinen Körper. Er glich einem gefangenen Stier, der mit wild-ängstlichem Blick nach dem Ausgang seines Pferchs späht, hinter dem er die Freiheit wittert, aber auch die Gefahr. Er schwieg.
»Du hattest Besuch?«
»Ja.«
»Aha.«
»Sie haben – sie wollen – Fränze, sie kündigen die Hypothek.«
»Soso.«
»Ich kann sie nicht zahlen.«

»Hm.«
»Und Pavel sagte, mein Wechsel sei verkauft. Er wollte nicht sagen, wer ihn gekauft hat. Aber ich weiß es. Swoboda. Mein Konkurrent. Swoboda will mich umbringen. Schon lange lauert er darauf. Aber ich habe noch einen Trumpf. Ich – ich brauche nur Zeit. Und du, Fränze, du mußt mir helfen ...«
»Ich?« Franziska wandte sich ab.
»Fünfzehntausend für ein halbes Jahr. Fünfzehntausend – du hast sie.«
»Nein.«
»Fränze!«
»Ich habe sie nicht mehr.«
»Was soll das heißen, du hast sie nicht mehr?«
»Es ist besser, du erfährst es gleich. Ich war heute beim Notar. Ich habe mein Testament gemacht. Das weitere kannst du dir denken.«
»Was kann ich mir denken? Gar nichts kann ich mir denken, gar nichts –.« Der Mann schrie hysterisch.
»Du hast Balthasar betrogen.« – »Wieso?« – »Du hast ihn bestohlen. Wenn einer nicht zahlt, was eine Ware wert ist, obwohl er nur zu wohl weiß, was sie wert ist, der stiehlt.«
»Das Geschäft hat Emma gemacht.«
»Laß die selige Emma in Ruh!« flüsterte die Frau mit heiserer Stimme. »Auch sie war eine Bourdanin, und wenn – wenn sie etwas getan hat, was nicht recht war, dann hast du sie verdorben.«
Der Goldbart fuhr sich mit der Hand an den Hals.
»Und darum –«, fuhr sie fort, »weil ihr – weil du ihn betrogen hast, den Balthasar, will ich es gutmachen, an seinen Kindern.«
Der Mann taumelte. »Du hast doch nicht – du wirst doch nicht – für sie ein Legat ausgesetzt haben.«
Die Frau lächelte, kniff die Lider zu und entblößte ihre Zähne. Es war furchtbar, daß sie das tat in diesem Augenblick. »Ich habe Balthasars Kinder zu meinen Alleinerben gemacht. Was starrst du mich so an? Ich kann tun mit meinem Geld, was ich will.«
Der Mann stieß einen heulenden Ton aus. Er wandte sich ab und tat einen Satz durch das Zimmer. Es sah aus, als spränge ein Raubtier gegen seine Gitterstäbe. Dann kehrte er zurück und schrie:

»Das darfst du nicht tun, das ist gegen das Gesetz. Zuerst komme ich und Karlin. Und dann – dann – du könntest doch auch noch ein Kind bekommen.«
Die Frau zuckte zusammen. Es war, als hätte man sie mit einem glühenden Eisen gestochen. Sie spreizte die Hände, ihr Gesicht verzerrte sich.
»Freilich –«, fuhr der Goldbart fort. »Und das Kind –«
»Ein Kind?« schrie sie, gellend schlug der Ton aus ihrer Kehle. »Etwa von dir?«
Der Mann erschrak, errötete, krümmte sich. Die Frau stürzte hinaus. Sie stürzte in das nächste Zimmer, von dort in das dritte. Dort warf sie sich quer über das Bett. Es war das doppelschläfrige Ehebett mit dem rosenbestickten Himmel.
»Ein Kind«, zischte sie in ihre vorgehaltenen Hände. »Ein Kind!« Sie lachte laut, winselte dann. Mit bebenden Händen riß sie das Laken heraus, warf die gesteppte Daunendecke zu Boden. »Ein Kind!« schluchzte sie und raufte sich das Haar.
Es war allerdings so, daß ihr das Wort des Mannes wie krasser Hohn klingen mußte. Seit langem konnte sie die Nächte ihrer Ehe zählen als die Nächte ihrer Vernichtung. Bald nach der Hochzeit, kaum eine Woche danach hatte es begonnen: der Mann hatte sich ohnmächtig erwiesen, das natürliche Recht auszuüben, das ihm das Gesetz gab, das ihm Franziska, wie sie sich jetzt zähneknirschend vorwarf, nur allzugern, allzuwillig eingeräumt hatte.
Ohnmächtig – das flüsterte ihr der wache Instinkt des Weibes zu – ohnmächtig war Karl Wanka nur neben ihr. In Raserei versetzten sie die Szenen, in denen er sie um Geduld bat. Mit zusammengebissenen Zähnen, stumm und starr wie ein Stück Holz blickte sie Abend für Abend denselben Erbärmlichkeiten entgegen.
»Gib dir keine Mühe«, sagte sie. »Gib dir keine Mühe! – Du beleidigst mich.« Nach einer Weile des Stillschweigens: »Weshalb hast du mich denn geheiratet?«
Ein Seufzer antwortete. »Das weißt du doch.«
»Aha.«
»Die Ehe ist ein Geschäft. Man fährt am besten, wenn man sie so betrachtet. Dann ist sie eine reelle Sache. Nicht wahr?«

»Ja, ja, natürlich.«
»Nun, siehst du, Fränze. Wir verstehen uns. Nicht wahr, wir verstehen uns trotzdem?«
Die Frau warf sich herum. »Und ob!«
Jetzt saß sie auf. Sie betrachtete das auseinandergerissene Lager. Dann bückte sie sich, nahm ihr Kissen, ihr Nachtkleid, klemmte sich eine Decke unter den Arm. So ging sie. In einem abgelegenen Raum schlug sie ihr Lager auf. Sie prüfte Schloß und Riegel.
Karl Wanka schickte die Opernkarten zurück.

## *Katschenka*

Unterdessen nahm das Leben auch im Hause der Johanniter seinen Gang. Es waren Jahre verflossen über Hansens Rückkehr aus dem Bereich des blauen Fensterkreuzes; Jahre waren verflossen über den Tag, an dem sich die Zirkusköchin Katschenka mit einem Federhut und einer zottigen Boa im Hause der Johanniter vorgestellt und den Eltern Bourdanin ihre Pflichten vorgehalten hatte, daß sie der Schande zu trotzen und den Sohn, das verlorene Schaf, wieder in die sichere Hürde des Vaterhauses zu nehmen hätten. Jahre schon lebte nun dieselbe Katschenka mit ihnen unter einem Dach. Mit Schrecken nur hatte man ihrem Einzug entgegengesehen: Wußte man doch nicht, welche Rolle sie zu spielen gedachte, die Rolle einer Geliebten, einer Braut oder gar einer Herrin. Man glaubte, auf alles gefaßt sein zu müssen.
Aber die Zirkusköchin war in ihrer Liebe durch Angst und Kummer von aller Eigensucht genesen. Mit Hans angekommen, hängte sie ihren Federhut und ihre Boa auf einen Nagel in der Küche und suchte sich in einer fensterlosen Kammer ein Quartier. Nachdem sie den dort aufgestapelten Wust zusammengeschoben, machte sie sich auf zwei Kisten einen Strohsack zurecht, schüttelte sich einen alten Polster voll Hühnerfedern auf, band sich eine Küchenschürze vor den Leib und trat zur Arbeit an.
Hans lag in der guten Stube des Johanniterhauses; unter einer hellblauen Daunendecke lag er, er trank den heilsamen Tee aus goldge-

henkelten Tassen: Die Eltern saßen bei ihm; sie waren verlegen vor dem Sohn, der ihnen fremd geworden war in dem fremden unheimlichen Leben der Erniedrigung. Sie schämten sich seiner und schämten sich doch wieder vor ihm ihrer Kleinmütigkeit wegen. Er sah sie nur mit müden Augen an und schien sie kaum wahrzunehmen. So war ihres Bleibens nie sehr lange an seinem Krankenbett. Unter allerlei Ausflüchten wußten sich Vater und Mutter davonzustehlen: die Mutter zur Arbeit im Hause, der Vater zu Spaziergängen und zur Kirche, wo er, wie er sagte, für des Sohnes Genesung betete. Dann erschien Katschenka in der verlassenen Stube, sie trug einen ungeheuren Henkelkorb ungeflickter Strümpfe am Arm, damit ließ sie sich bei Hans nieder. Sie stopfte die Löcher und rührte den Tee und wurde nicht müde, bis er einschlief unter der hellblauen Daunendecke, auf den gestickten Kissen aus Seidendamast.
Da ließ die Katschenka den Stopfschwamm sinken, die Brille rutschte auf ihrer Nase gegen die Spitze hinab. Über den blechernen Rand des Glases ging ihr Blick auf das Gesicht des Schlummernden. »Blby, maly, mily!« murmelte sie. Dummer, Kleiner, Lieber. »Jenom spij!« Schlafe nur!
Sie streckte die Hand aus und hielt sie über die seine. Zuckte er im Schlaf, dann schrak sie zusammen und beugte sich wieder über ihre Arbeit.
Anfangs hielt sie sich von Hansens Eltern zurück. Aber mit der Zeit faßte sie doch Zutrauen auch zu ihnen, und sie faßten Zutrauen zu ihr. Bald diente sie ihnen mit beinahe derselben Ergebenheit wie dem Sohn. Mit Leidenschaft ergriff sie das Zepter in der Küche, und da zeigte es sich, daß in ihr etwas wie eigensinniger Stolz war. Denn alles, was sie jemals bei Herrn Jungmann gekocht, wollte sie im Hause der Johanniter auch kochen, und wehe, wenn eines ihr zu verstehen gab, daß ihm etwas anderes besser mundete. Dann schossen ihre Augen Blitze der Empörung, hochaufgerichtet ergriff sie das geschmähte Gericht, trug es weg und servierte ein neues mit der Miene einer beleidigten Souveränin.
Ansonsten aber war ihre Dienstfertigkeit fast grenzenlos. Sie hielt Vater Johanns schwierige Garderobe in Ordnung. Sie besorgte alle Einkäufe und Bestellungen, sie machte sich über das Gerümpel her,

das sich in allen Ecken des Hauses schon seit Jahrzehnten zu staubbedeckten Wustgebirgen aufgehäuft. Und schließlich begab sich Katschenka in den allerpersönlichsten Dienst der Hausmutter: sie wurde deren oberste Hühneraugenpflegerin und versah auch dieses Amt mit Geduld und Demut. Ohne Messer und Schere, allein mit Bädern und Pflastern und erweichenden Packungen rückte sie Mutter Margaretens langjährigem Leiden zu Leibe, so daß die geplagte Frau am Ende erlöst und gleichsam wiedergeboren war.

Aber leider sollte es sich herausstellen, daß sich die Mühe an Frau Margaretens Füßen nicht mehr recht gelohnt hatte. Denn während diese gepäppelt und geheilt wurden, nistete sich in die Eingeweide der Unglücklichen eine tückische Krankheit ein. Sie währte zwei oder drei bitterschmerzliche Monate, da hatte sie die Ärmste überwältigt.

Vater Johann verwand den Verlust nur schwer. Einen Winter lang kränkelte er, und es sah aus, als wollte er der Frau nachfolgen. Wiederum war es Katschenka, die den Vater, wie zuvor den Sohn, durch treueste Pflege rettete. Neben einer jungen Dirn war sie nun die einzige Frau im Johannitischen Haushalt. Rückte sie in Frau Margaretens Pflichten ein, so rückte sie auch allmählich in deren Hausmutterrechte.

Längst war sie auf dem Markt und in der Fleischhalle eine gefürchtete Kundin ihres wählerischen Anspruchs wegen, den sie unnachsichtig zur Geltung zu bringen wußte. Dem Kohlenmann sah sie scharf auf die Finger, bei den Mietern bestand sie auf pünktlichem Zins. Sie ließ Gäste ein und wies sie ab, je nachdem sie sie für erwünscht oder lästig hielt.

Am Abend, wenn die beiden, Vater und Sohn, beisammensaßen, lesend oder schreibend, saß Katschenka fernab vom Lichtkreis der Petroleumlampe in einem dämmerigen Stubenwinkel und ließ ihre Stricknadeln klappern. Wenn die Lampe rußte oder wenn Hans seinen Grog ausgetrunken hatte, stand sie leise auf von ihrem Stühlchen, drehte an der Dochtschraube oder schenkte aus dem summenden Samowar das Wasser über die geistige Essenz. Die Männer blickten kaum nach ihr, kaum brummte einer Dank, wortlos kehrte die Frau an ihr Plätzchen zurück und klapperte an ihrem Strumpf

fort. Begaben sich Vater und Sohn zu Bett, fand der eine sein Buch aufgeschlagen unter dem Lesezeichen, der andere fand die Pille im Löffel und das Wasserglas daneben.
Katschenka streckte sich in ihrer Kammer auf den Strohsack. Ihr Herz war erfüllt von heimlichem Lieben und Trachten, und nur Gott wußte, was es für sich selbst erhoffte.

So vergingen zwei Jahre, und wieder waren es zwei Jahre des Alterns für sie, und niemand mehr konnte auch den geringsten Zusammenhang herstellen zwischen dem blonden, zarten, geschonten Sohn des Johanniterhauses und der grauhaarigen abgeplackten Dienstmagd, die Katschenka war; ein Knochengerüst in dem Futterale einer faltigschrumpfenden pergamentgelben Haut. Niemand konnte noch denken, daß diese Frau einst Hans zu sich in den Wagen gelockt und daß vor einigen Jahren – es waren ja nicht einmal so viele – sie in des Mannes Armen vor Wonneschauern gezittert hatte.
Aber was Katschenka selbst dachte, wessen sie sich selbst erinnerte, wer konnte es sagen? Wenn sie ihr altes Gesicht einmal in der Woche, ehe sie am Sonntag zur Kirche ging, in einem Spiegel betrachtete, da sah sie vielleicht noch den Abglanz längst erloschener Feuer in den dunklen Augen glosen, sah auf dem welken Munde vielleicht noch die Reize der Jugend blühen und die schattenhaften Spuren von Küssen brennen; in den knochigen Armen rieselte noch ein Nachgefühl von Wärme, verwöhnender Zärtlichkeit und schmiegsamen Gliedern.
Noch zu Lebzeiten der Hausmutter, ein Jahr etwa nach Hansens Rückkehr, hatte sich für diesen die Frage erhoben, was er denn beginnen könne. Er war von seinen körperlichen Leiden, von seiner Schwermut genesen; Rittmeister Bourdanin hatte dem Onkel zu verstehen gegeben, daß er des Vetters Lebensgewohnheiten, Müßiggang und Schlendrian nicht gutheiße. Also mußte er sich wohl oder übel nach einer Arbeit umsehen.
Sein kleiner Laden bestand nicht mehr. Er war, wie wir wissen, dem Delikatessenhändler zugefallen. Die staubbedeckten Regale waren samt den Elaboraten der Dichtung und Philosophie verschwunden. Goldbärte tafelten dort Hummer und Kaviar. Nur ungern ging

Hans Bourdanin an Gottjeschowetzens Laden vorbei. Noch weniger wagte er sich in die östliche Vorstadt, wo ihn Herr Jungmann vor nun fast zehn Jahren zu der abenteuerlichen Fahrt angeheuert hatte. Anfangs hatten die Leute neugierig nach ihm gespäht, so als wäre er zumindest in Afrika gewesen und hätte dort unter Menschenfressern gelebt. Mit der Zeit lief sich die Neugier ab. Nur Herr Zerff beehrte ihn, sooft sie einander auf der Straße trafen, mit spöttisch herablassender Anrede:

»Gott zum Gruße, der wackere Mann, der Freiheit und Gleichheit verfochten! Ich höre, man ist an höherer Stelle unzufrieden mit Euer Liebden. Man möchte Euer Liebden zu bürgerlichen Ehren gebracht sehen, wie? Ist es nicht so?«

Hans drehte seinen Hutrand und lächelte verlegen.

»Nun, wie wäre es mit einer Schreibstube auf dem Magistrat? Soll ich ein Wort einlegen bei Pomaly?«

»Ihr gehorsamster Diener, Herr Doktor. Ich wüßte die Ehre zu schätzen.«

Also erhielt Hans Bourdanin ein Pöstchen als Schreiber bei der Stadt. Alle Morgen wanderte er nun mit einer Mappe unter dem Arm zum Rathaus, um dort in einer der lichtlosen Hinterstuben des alten Gebäudes, beim grünlichen Schein eines flackernden Gaslämpchens, die schwungvollen Buchstaben seiner hübschen Handschrift auf weißes Papier zu malen. Gewissenhaft oblag er diesem Geschäft, und er machte sich viele Skrupel damit. Manchmal, wenn er ein wichtiges Konvolut abgegeben, fuhr er nachts aus dem Schlaf empor: ihm war auf einmal, als habe er eine Aktenzahl falsch kopiert, ein Parenthesenzeichen an die falsche Stelle gesetzt. Von Gewissensbissen geplagt, wachte Hans den Morgen heran. Nicht selten pochte er den Pförtner schon bei Tagesgrauen heraus, um dem unglückseligen Dokument im ganzen Haus nachzujagen. Meist war, wenn es sich endlich gefunden, dann doch alles in Ordnung gewesen.

Hansens Amtsstube unterschied sich bald von allen anderen Amtsstuben im Rathaus. Diese waren nüchtern und unpersönlich. Aber in die seine hatte Hans zuerst einmal seinen eigenen hübsch eingelegten Schreibtisch schaffen lassen: wie hätte er auch auf dem alten häßlichen Tisch, den er vorgefunden, einen einzigen zierlichen

Buchstaben zuwege bringen können? Ein Lehnstuhl folgte nach. In einem Winkel wurde ein Spirituskocher aufgestellt, auf dem ein kleiner Imbiß zubereitet werden konnte. Unter dem Schreibtisch lugte ein Paar gestickter Pantoffeln schamhaft hervor.

Hans schien das Beispiel eines getreuen Beamten und Staatsbürgers zu sein. Wer glaubt auch schon, daß über verschnörkelten Kirschholzintarsien aufwieglerische Gedanken ausgebrütet werden? Wer glaubt, daß unter einer wohlwattierten Weste das Herz eines Revoluzzers schlägt? Aber dieser gewissenhafte Kopist kaiserlicher Erlässe, der sich um einen Schreibfehler beinahe totgrämte, beherbergte ein gärendes Gemüt. Er hatte die Erfahrungen seiner Jugend, hatte die Erweckung durch Herrn Jungmann nicht vergessen.

Ringsumher wuchs das tschechische Volkstum, und es regte sich aus tausendfachen offenen und versteckten, bewußten und unbewußten Kräften. Deutlicher und mächtiger schwoll auch der andere Strom; die Forderungen der unteren Stände und die Zahl jener, die diese zu vertreten bereit waren. Vor den zugeschütteten Wassergräben und geschleiften Befestigungsmauern der alten Bürgerstadt entstanden neue Viertel. Sie dehnten sich bis an die benachbarten Dörfer aus und schmolzen diese ein. Die Bauern dort stellten ihre Pflüge beiseite und traten an den Schraubstock. Immer weiter hinaus vor die Stadt drang das neue Leben, es vertrieb die alten Trachten, die festgefügten kindlichen Sitten. Andere Sitten bürgerten sich dafür ein. Zur Kirche ging man nicht mehr, aber man hatte am Sonntag statt der Andacht die Faust- und Fußballkämpfe auf heißen zertretenen Rasenplätzen; da fanden sich Hunderte und bald Tausende zusammen, man schrie, man klatschte und feuerte die Kämpfer an. Zu einer Predigt ging man nicht mehr; man hätte gelacht über eine derartige Zumutung. Um so lieber hörte man auf Redner, die in Wirtsstuben auftraten, dort ein rotgeschmücktes Podium bestiegen und mit geschickten oder ungeschickten Worten neue Lehrsätze vortrugen, die aufregend und herrlich waren: diese Lehrsätze lauteten dahin, daß die Welt nach genauen Gesetzen abliefe, nach den Gesetzen der Wirtschaft, der Nachfrage und des Angebots, in den Methoden der Ausbeutung und Bereicherung. Das schien den Leuten einleuchtend, denn alle fühlten sich als Ausgebeutete, alle, die da zu-

sammenkamen in den schmutzigen, übelriechenden Bierlokalen: die blassen, langhaarigen Jünglinge, die die Revoluzzer spielten, weil es ihnen nicht gefiel, in die Geschäfte ihrer Väter einzutreten, weil sie lieber in Kaffeehäusern saßen und die künftige Weltordnung besprachen; aber auch die anderen kamen sich ausgebeutet vor, die es wirklich waren, die von einer verhaßten und ausmergelnden Arbeit, aus feuchten, ungesunden, verkommenen Wohnungen kamen, und auch diese, von Krankheit und Elend Verfolgten, hatten keine Lust mehr, sich mit ihrem Los abzufinden. Sie waren nicht mehr so dumm wie ihre Vorväter; sie hatten lesen und schreiben gelernt. Sie konnten sich selbst informieren. Da waren die Zeitungen, aber auch Flugblätter und heimlich von Hand zu Hand wandernde Manifeste – aus ihnen erfuhr man, daß man sich nicht alles gefallen lassen mußte, daß man Rechte hatte und daß auch dem Ärmsten und Elendesten ein Anteil zustand an den Gütern dieser Welt. Das süßeste aller Güter aber hieß »Freiheit«. Sie war in aller Munde.
»Freiheit!« sagte der Tscheche und meinte damit staatliche Autonomie, ein Parlament in Prag, eine Schule ohne Deutschunterricht und ein Amt, in dem die tschechische Sprache die alleingültige sein sollte. »Freiheit!« sagte der Arbeiter und meinte den Achtstundentag, den besseren Lohn und daß dereinst kein Ausbeuter über ihn gesetzt sein solle. »Freiheit!« sagte der Fabrikherr und meinte damit die schrankenlosen Rechte der Wirtschaft, die Abschaffung der Zölle, Steuern und Grenzen. »Freiheit!« sagte die Frau und schien damit zu meinen, daß es ihr zu größerem Glück gereichen würde, wenn sie wie ein Mann arbeiten und sich die Haare abschneiden dürfte; wenn es ihr gestattet wäre, allein ins Kaffeehaus zu gehen und öffentlich Zigaretten zu rauchen.
Freiheit! dachte der deutsche Student und blickte sehnsüchtig hinüber ins Deutsche Reich, wo der Eiserne Kanzler schaltete, und verglich diese breitbrüstig-mächtige Gestalt mit dem alternden Franz Joseph, dem die Mühsal mit seinen widerspenstigen Völkern und die Sorgen mit seiner extravaganten Familie zusetzten. So dachte sich jeder die Freiheit nach seiner Art; Freiheit war das mächtigste Zauberwort in dem nach Neuigkeit lüsternen, nach Veränderung begierigen Europa.

Auch Hans Bourdanin hatte sich diesem Begriff, diesem herzentzückenden Phantom, zugeschworen. Er war zwar nicht mehr so kindlich wie damals, als er auszog, um bei Herrn Jungmann die Orgel zu drehen. Er hatte bei diesem und bei Burdas in Budweis mancherlei Lebensweisheit dazugewonnen; er glaubte jetzt nicht mehr so fest an den seligmachenden Frieden und an Gleichheit und Brüderlichkeit eines slawischen Jahrhunderts. Er las nicht mehr Herder, er las die »Delnicky listy« und studierte statt Rousseaus »Heloise« lieber »Das Kapital« von Marx.

Doch als Beamter war er gezwungen, diese Neigungen zu verbergen. Er wagte nicht, die aufrührerische Zeitung selbst zu beziehen; ein Mieter im Hause tat das an seiner Statt und legte das Blättchen täglich unter den Fußabstreifer, damit der aus dem Amte heimkehrende Hausherr es rasch unter seinem Rock verschwinden lassen konnte.

Noch viel weniger freilich wagte es Hans, in einer jener Versammlungen zu erscheinen, in denen von Freiheit und Gleichheit und von der notwendigen Ausrottung der kapitalistischen Weltordnung die Rede war. Aber von diesen Versammlungen erhielt er durch einen Mittelsmann genaue Kunde. Der Mittelsmann war Uzel.

Uzel war derselbe, der schon vor zehn oder zwölf Jahren den Buchhändler Bourdanin zum Trunk in den »Blauen Hecht« gelockt hatte. Uzel war Kutscher und fuhr, je nach Gelegenheit, Holz und Kohle, aber auch Müll und Lumpen. Selten durchquerte sein Gefährt die innere Stadt, ohne daß sein Lenker im Haus der Johanniter zukehrte.

Katschenka empfing ihn an der Hinterpforte.

»Hast schon wieder gesoffen, du altes Schwein, und führst auch den Dreck schon wieder, ich kann es riechen. Schau, daß du fortkommst, der gnädige Herr ist nicht zu Hause.«

»Lüg nicht, graupertes Luder«, erwiderte jener gemütlich, »schau lieber nach, ob du was findest für mich zum Futtern. Du riechst meinen Dreck, aber ich riech deine Kolatschen. Ah, hab ich's nicht gesagt, da sind sie schon, hast sie extra für mich gebacken, bravo, das ist fein.«

Und er saß in der Küche nieder; Katschenka hatte ihm den Eintritt nicht verwehren können.

Sie streifte ihm ein halbes Blech ab, den Rest verbarg sie im Schrank, drehte den Schlüssel um und verwahrte diesen am Busen.
»Hast gegessen jetzt, alter Freßsack, ist genug! Laß mir den gnädigen Herrn in Ruhe, du Kerl, sonst schlag ich dir, weiß der liebe Gott, noch einmal den Schürhaken über den Schädel.«
»Also ist er doch zu Hause. Sag ihm, daß der Uzel da ist; wirst sehen, wie er hupft, weil er auf mich wartet.«
Unter Schimpfen und Klagen schlurfte Katschenka aus der Küche, um Hans zu holen.
Uzel hatte wahr gesagt: als Hans den Namen des Besuchers vernahm, eilte er hinaus.
»Nazdar!« begrüßte er den Kutscher mit Handschlag. »Wie geht's? Wie steht's?«
Er schickt Katschenka aus der Küche, zieht sich einen Schemel bei, und nun geht es ans Diskutieren.
Manchmal führt er auch den Kumpan in seine Stube. Dann gibt es wichtige Neuigkeiten für ihn zu erfragen.
Solche gibt es oft, besonders, wenn es Hans gelungen ist, eine Flasche Slibowitz durch Katschenkas strenge Kontrolle in seine Stube zu schwindeln. Katschenka haßt diese Art geistiger Getränke. Gegen ein Gläschen Likör, gegen eine Schale Grog hat sie nichts einzuwenden, doch, so sagt sie: »Was das scharfe Zeug ist, das einem die Seel aus dem Leibe reißt, das ist verflucht.« Uzel aber schätzt eben das, was ihm die Seele aus dem Leibe zu reißen imstande ist, und auch Hans ist nicht abgeneigt, seine gestockten Lebenssäfte wieder in Wallung geraten zu lassen. Der Riegel fällt, die zwei Kumpane sitzen allein und trinken.
Auf Hansens blauem Biedermeiersofa ausgestreckt, erstattet Uzel seinem Gönner Bericht. Denn gestern war ein Sonntag, da war er »U Kupcu«, dort sprach Antonin Vlaka über den Kapitalismus; danach sprach Jan Musil aus Prag: Ein künftiger Krieg, hat er gesagt, werde nur ein Krieg sein der Reichen, und die Arbeiter würden so dumm nicht mehr sein, sich für die Blutsauger aufzuopfern; sie würden die Gewehre nehmen und die Kolben abhauen und die Hände hochheben, ehe noch ein Schuß gefallen ist; das hat der Musil gesagt, ein gescheiter Kerl, und daß es eine Schande ist, wie Österreich auf dem Balkan mit den slawischen Brüdern umgeht ...

»Eine Schande«, nickt Hans Bourdanin, der Vetter des Rittmeisters, und sein Blick glost starr nach innen.
Und der Straschnik, fährt Uzel fort, der Polizeihund, sei danebengestanden und habe sich nicht getraut, die Schnauze aufzumachen.
So, das sei recht, und was weiter?
Weiter? Weiter nichts. Aber er müsse noch ein wenig trinken, dann fiele ihm vielleicht noch etwas ein; und Uzel entkorkt die Flasche zum neunten oder zehnten Male.
Nach dem zwölften Male verlangt er nach Wasser.
Hans Bourdanin läuft und bringt ihm das geblümte Lavoir. »Bruder«, lallt der Kutscher, »Bruder, das vergesse ich dir nicht!« Dann taucht er seinen Seehundskopf in die Schüssel. Schließlich erhebt er sich, dankt gravitätisch und wankt hinaus.
Hans bleibt allein. Dann beginnt er in seiner Stube auf und ab zu schreiten. Jan Musil hat gesprochen und Antonin Vlaka; vortrefflich haben sie gesprochen laut Uzels Bericht. Aber er, Bourdanin, er hätte gewiß noch weit vortrefflicher gesprochen. Mit Engelszungen hätte er geredet, hätte Gott und die Welt zum Zeugen angerufen für Wahrheit, Freiheit und Gleichheit! Brüder, hätte er gerufen, reicht mir eure schwieligen Fäuste, Brüder, ich liebe euch!
Laut gegen die Wände sprechend, lief Hans umher. Er schlug sich die Hemdbrust über dem tobenden Herzen, Schweiß stand auf seiner Stirn, er schrie und schluchzte.
Am Ende lag er auf dem Bett, sah Fenster und Schränke in sanfter Drehung begriffen, sah den gläsernen Lüster wie eine Sonne kreisen und begann leise zu schnarchen.

Zu jener Zeit erkrankte Katschenka an einer Gelenksentzündung und mußte viele Schmerzen leiden. Sie humpelte elend herum und mußte sich fremde Hilfe ins Haus bitten.
So wurde für Flick- und Bügelarbeit eine Störnäherin aufgenommen, ein lungenkrankes Mädchen aus der Nachbarschaft. Da es Winter war, bat sie, man möchte sie doch im warmen Zimmer sitzen lassen; für drei oder vier Tage zog die Fremde in die Wohnstube ein.
Von seiner Schreibarbeit heimgekehrt, machte sich's Hans neben den Wäschestößen und Flickkörben bequem. Katschenka schickte

ihm das Tablett mit seiner Nachmittagsschokolade, der Näherin das Häferl mit dem Zichorienkaffee, dazu ein Scherzel Brot hinein. Als sie später kam, um abzuräumen, mußte sie sehen, daß vor Hansens Platz das schlechte Häferl stand und daß die kleine hasenzähnige Vlasta eben das letzte Restchen Schokolade aus der goldgeränderten Tasse leckte. Katschenka runzelte die Brauen und fragte, wie ihr denn die Jause geschmeckt habe.

Oh, sehr gut, gab die Näherin zur Antwort. Errötend beugte sie sich über das Stück Leinwand. Aber gleich darauf hob sie wieder den Kopf und warf Herrn Hans einen vertraulich blinzelnden Blick zu. Hans saß da, von Katschenka abgewendet, und hatte rote Ohren. Katschenka nahm das Tablett und hinkte in die Küche.

Am anderen Tag deckte sie für Hans die Jause im Salon. Doch als sie an der Tür lauschend stehenblieb, hörte sie, daß er das Brett ergriff und es hinübertrug ins Wohnzimmer, wo die Maschine rasselte; worauf die Maschine stillstand und sich ein leises Plänkeln und Kichern erhob.

Der dritte Tag endete damit, daß Hans die Näherin selbst nach Hause brachte. Es war bitter kalt, den Überrock hatte er im Vorzimmer hängenlassen; im Hausjackett, wie er war, lief er der fremden Kröte nach! Katschenka klammerte sich stöhnend an dem Geländer fest, über dessen Rand sie den beiden nachspähte. Zitternd schleppte sie sich in ihr Kämmerlein. Dort setzte sie sich und verbarg das Gesicht in den Händen.

Es währte nur noch ein paar Wochen, bis Katschenka im Bäckerladen und im Selchergeschäft alles haarklein erfuhr: daß der Herr Hans ganz verliebt sei in die Vlasta und daß er ihr die Ehe versprochen habe.

Nun wurde Katschenka schwer krank. Acht Tage lag sie in ihrem Bett, weinte, betete und führte halblaute Gespräche mit sich selbst. Nach dieser Frist stand sie auf, trat aus ihrer Zelle hervor und fragte rundheraus, wann Hans zu heiraten gedenke.

»Heiraten?« tat Hans. »Ich soll heiraten? Ja, wen denn?«

»Das soll nicht fragen der gnädige Herr. Denn der gnädige Herr weiß ganz gut, wen ich meine.«

Durchaus nicht, sagte der Mann; sein Gesicht lief dunkelrot an.

Das sei nicht schön von ihm, erwiderte die alte Frau, daß er die Vlasta verleugne. Die Vlasta sei ein anständiges Mädchen, niemand könne ihr etwas Schlechtes nachsagen.
Habe er das getan? fragte der Mann heuchlerisch.
Nein, antwortete die Greisin schon beinahe drohend, aber er habe manches getan, was dazu führen könne, daß der Vlasta von anderen etwas Schlechtes nachgesagt werde; und das dulde sie, die Katschenka, nicht.
Hans blickte die Magd erschrocken an. Dann zuckte er die Achseln. Er wisse selbst, was er zu tun habe, brauste er auf. Die Vlasta sei gut und recht, deshalb müsse nicht gleich geheiratet werden –
So! rief die Katschenka; auf ihren gelben Wangen erschienen dunkle Flecke. Warum lese er, der Herr, immer in den Zeitungen und warum lade er sich den Uzel ein und halte Reden zwischen seinen vier Wänden, daß Arm und Reich einander gleich sein sollen, wenn dann ein armes Mädchen doch zu schlecht sei, um geheiratet zu werden.
»Das ist mir schon zu dumm«, erwiderte Hans aufgebracht, »was soll ich denn immer heiraten? In Teufels Namen, einmal dich und dann wieder die ...«
»Erst mich!« schrie die Greisin aufflammend. Es war mit einem Male ein fremdes, wildes Starren in ihren Augen. Mit Fäusten schlug sie gegen ihre abgezehrten Brüste. »Erst mich«, schrie sie noch einmal. »Davon mußt du gerade anfangen, du!«
Hans duckte sich entsetzt.
»Hab ich nichts vergessen«, schrie sie fort, »hab ich nichts vergessen von damals. Aber schau ich nicht wieder zu, wie anständiges Mädel ins Unglück kommt. Sag ich's dem Herrn Vater, sag ich's dem Herrn Rittmeister, der wird es schon machen!«
»Sei still, Katschenka!« rief Hans beinahe weinend. »Ich bitte dich, sei still. Der Rittmeister, dieser stolze Deutsche – der wird dich jagen.«
»O nein«, erwiderte sie. Ihre Stimme brach. »Rittmeister, der hat Herz. Stolzer Deutscher – vielleicht ist er stolzer Deutscher. Möchte, daß du manchmal stolzer bist, Honsa. – Rittmeister war gut zu mir. Rittmeister hat Mut gehabt und gesagt: Katschenka, bist brave Person. Kommst von Zirkus, hast dir dort müssen Brot verdienen; gut; bist trotzdem brave Person, kommst her zu uns. – Rittmeister

wird zu Vlasta sagen: Bist anständiges Mädel, hast genäht, hast geschunden, bist zu gut, um das Mensch zu sein von irgendeinem.«
»Katschenka!« kreischte Hans.
»Ja«, sagte sie, von Tränen glitzernd, »kenne ich Rittmeister, ich! Und wenn du nicht gehst und heiratest Vlasta, so gehe ich und sage, sie kriegt ein Kind.«

In der Woche nach Ostern hielt Hans Bourdanin, städtischer Beamter und Magistratsschreiber, Hochzeit mit Vlasta Fiala, der Störnäherin.
Es war sogar eine schöne Hochzeit, die Braut sah in dem selbstgenähten weißen Kleid und dem langen Schleier aus schneeweißer Tüllspitze beinahe reizend aus.
Das Hochzeitsmahl wurde im Johanniterhause abgehalten, und die Katschenka, die unterdessen von ihrem Leiden Genesene, hatte sich redlich abgeplagt. Als die Gäste nach einem üppigen Mahl und vielen Trinksprüchen aufbrachen, wartete sie im Vorzimmer auf: sie half in die Mäntel schlüpfen, half Stöcke und Hüte aussuchen, Schirme und Galoschen an die rechtmäßigen Besitzer bringen. Mancher reichte ihr ein Trinkgeld, mancher reichte ihr sogar die Hand: »Das hat Sie brav gemacht, Katschenka, und das Ganserl, das war schon ganz exquisit!« – Bis lange nach Mitternacht spülte sie dann in der Küche das Geschirr, sie putzte das Silber und polierte die Gläser. Endlich weichte sie noch das Tischzeug zum Waschen ein. Als sie nichts mehr zu tun fand, begann sie endlich die Schürze aufzubinden. Dabei fiel ihr das Trinkgeld ein, das sie in der Tasche hatte. Sie beutelte die silbernen Münzen in die hohle Hand, betrachtete sie und schüttelte den Kopf.
Im Flur des frommen Johanniterhauses war ein Bild des heiligen Antonius in einer Nische aufgestellt. Zu seinen Füßen war ein Sparbüchslein angebracht, in das die Bewohner bei besonderen Anliegen eine Münze einzuwerfen pflegten und welches dann von Zeit zu Zeit von einem Franziskanerpater geleert wurde. In diese Büchse warf Katschenka ihre Silberlinge, ohne sie auch nur gezählt zu haben.
Denn der heilige Antonius ist der Patron der unglücklich Liebenden.

SECHSTES HAUPTSTÜCK

# *Der Vorhang fällt*

Du merkst es, lieber Leser, der du mir bis hierher gefolgt bist, daß wir uns dem Ende unserer Wanderschaft nähern.

Der Vorhang beginnt sich zu senken. Ausgespielt sind die Szenen des bürgerlichen Glückes, der standesgemäßen Unangefochtenheit, der freundlichen Verheißungen. Als wir das Theater betraten, da stand alles im Flor; der (Papier-)Blütenbaum der Illusionen, das stachlige Palmgewächs der Ehre, das Bäumlein mit den goldenen Blättern, das Beet der schimmernden Liliensorte »Weißvongarnichts«. Diese begannen inzwischen zu welken, dem Blütenbaum der schönen Täuschungen wurden Zweige und Äste geknickt und sogar der stachligen Ehrenpalme einige Einbuße zugefügt. Aber zum Glück steigt aus dem Proszenium eine kleine, leichte, liebe Gestalt empor, hebt sich hoch und höher, immer heller, je düsterer es hinten wird, ein einzelner stiller, tapferer Stern vor der hinabsinkenden Dämmerlandschaft.

So setzen wir zum letzten Hauptstück an (das freilich nur das letzte ist eines ersten Aktes, dem ein zweiter und dritter folgt, und der dritte wird mitten unter uns gespielt sein). Noch einmal müssen wir in die Vorvergangenheit hinab, müssen noch eine Figur aus der großen Kiste des alten Puppenspielers holen. Sie heißt:

## *Die Seraphin*

Seraphin war ein wenig anrüchiger Herkunft; sie war die Tochter einer Dichterin.

In irgendeiner kleinen Stadt Süddeutschlands lebte in den Tagen des Vormärz ein junges, hübsches, begütertes Mädchen. Sie hieß Viktoria Kellermann und erfreute sich einer eigentümlichen Gabe: sie konnte das Dichten, sie konnte es seit Kindheitstagen. Mühelos, aus dem Stegreif, ohne mit der Wimper zu zucken machte sie Verse, Verse über Verse zur Weihnacht, zu Neujahr, Ostern und Pfingsten, zu allen Namenstagen und Geburtsfesten, sie schüttelte die Dinger aus den Ärmeln, kunstvoll verzwickte und künstlich einfache nach Belieben. Sie dachte sich Stücke aus, in denen Rose und Vergißmeinnicht, Feen und Elfen auftraten. Ihr Vater, ein gutmütiger alter Knabe, hatte einen Narren gefressen an dem Töchterchen und ließ es gewähren. So heuerte sich Viktoria kleine Vetter und Bäschen an, sie bauten sich eine Bühne im Gartensaal, steckten sich in bunte Kleider und schweiften umher, daß das ganze Haus widerhallte von Geträller und Gesumme; voran schweifte Viktoria in wallenden Phantasiegewändern, eine Krone auf dem Kopf, und die Rotte der kostümierten Gaukelwesen zog hinter ihr her: Knaben mit aufgeklebten Zwergenbärten, Mädchen mit ausgestopften Hexenbuckeln und ein Gewimmel beflügelter Elfen und Engel.

Das Spielchen wurde aufgeführt. Das Publikum klatschte Beifall, und Viktoria verneigte sich. Und bald schrieb sie ein zweites Spiel und ein drittes, es wuchs wie eine holde Sucht in ihr, und sie hatte nichts mehr im Kopf als ihre poetische Gaukelei. Sie war in einem Alter, in dem andere Mädchen kochen lernen und sich darauf vorbereiten, einen Haushalt zu führen. Aber Viktoria tat nichts derlei, sondern hielt es lieber mit Prinzen und Prinzessinnen und bösen Zauberern. Am Ende ihrer Stücke gab es immer Hochzeiten. Die dreikäsehohen Prinzchen mußten ihre Prinzessinnen küssen, dann und wann auch ein braves Köhlermädchen, das sie im Walde gefunden. Die Zuschauer jubelten, und die alten Basen und Gouvernanten, die mit ihren Schützlingen zu den Märchenspielen gekommen waren, sagten zueinander: »Das hat sie ja wieder ganz allerliebst gemacht, die Viktoria. Und wie sie von der Liebe zu dichten weiß, ganz so, als hätte sie alles schon selbst erlebt.«

Aber das war es: Viktoria hatte nichts erlebt, sie hatte gar keine Zeit gehabt zu leben, denn sie mußte immer nur dichten. Sie ging nun schon in das fünf- oder sechsundzwanzigste Jahr, die wallenden Feengewänder standen ihr nicht mehr ganz so lieblich zu Gesicht, sie begann ein wenig dicklich zu werden, und die Krönchen saßen um ein weniges zu kindisch auf der blonden, toupierten Frisur. Viktoria hatte schon ein paarmal ihre Spielgemeinde wechseln müssen, denn die Kleinen, die ihr einstmals Gefolgschaft geleistet, waren längst aus den Kinderschuhen gewachsen. Die Knaben waren Gesellen oder Studenten geworden, die Mädchen waren zum Teil schon verheiratet, nur sie, die Anführerin, war in ihrer Traumwelt stehengeblieben und hatte sich zu neuen Spielen neue Elfen und Zwerge und Liebespärchen abrichten müssen. Viktoria ging in ihr dreißigstes Jahr, und es hatte sich noch kein Freier gefunden.

Eines Tages wurde es ruchbar in der Nachbarschaft des Kellermannschen Hauses, daß es dort nicht mehr sauber zuging. War es eine liederliche Magd, die nachts aus dem Pförtchen schlich, oder war es am Ende sie selbst, die Tochter des Hauses? Die Nachbarinnen ruhten nicht, ehe sie das Geheimnis ergründet hatten, und eine unter ihnen, eine erpichte Jungfer, legte sich den Schlachtplan zurecht.

Als eines Nachts zwischen zwei und drei eine dunkelvermummte Gestalt um die Ecke glitt und in das Kellermannsche Haus verschwinden wollte, da sprang jene aus einem Versteck hervor und blendete mit einer bereitgehaltenen Laterne: Der Schein zuckte Viktoria grell in das entsetzte Gesicht.

Und schon klirrten auf allen Seiten die Fenster und rasselten die Jalousien, und überall flammten die Lampen auf, aus allen Stockwerken fuhren Nachtmützen hervor, es zeterte der Chor der Tugendwächter. Wie Viktoria sonst beklatscht auf der Bühne stand, so stand sie jetzt mitten in einem Kreuzfeuer des Hohnes und der Beschimpfung. Endlich nahte jemand aus dem Kellermannschen Hause. Es war der Vater, der Radau hatte ihn geweckt. Er kam nachzusehen und fand seine Tochter vor dem Tor, vom Schein der

Laterne und von den Blicken vieler Augen wie mit hundert Nägeln an einen Schandpfahl geheftet.

Er zog die Tochter herein. Was dann geschah, erfuhr niemand. Niemand hörte, was Vater und Tochter miteinander sprachen und wie das Geständnis hervorkam, welcher Vorwurf ihm folgte. Viktoria hatte ihren Umhang verloren, da stand sie und konnte es nicht verbergen, in welchem Aufzug sie auf ihr Abenteuer gegangen, gekrönt, im blauen Feenkleid mit den gestickten Silbersternen. Der Vater riß ihr die Krone vom Haar, die kindische goldene Krone, er warf sie ihr zu Füßen und schlug der entzauberten Fee ins Gesicht. Es war heraus und offenbar, was Viktoria getrieben, Viktoria, die Reimeschmiedin, Viktoria, das Verstalent; zu ihrem Haarekräusler war sie nächtlich geschlichen, nicht einmal, sondern viele Male schon, und sie erwartete ein Kind von ihm. »Ah, oh«, schrie der alte Kellermann und wieder: »Ah, oh!« Diesen Laut nur hörte man aus dem verriegelten Hause, in der totenstillen Gasse, in der jetzt so viele Ohren lauschten, als Augen zuvor gespäht hatten. Und dann vernahm man ein langes, dröhnendes, fürchterliches Gelächter.

Lag es an diesem Gelächter oder lag es an dem Schrecken, den das Mädchen unter dem Tor erlitten hatte: Ihr Geist versank in einer milden Umnachtung. Sie mußte den Haarkräusler heiraten, Kriechbaum hieß er. Der Vater bestand auf der Trauung. Aber gleich danach wurde sie von dem Mann getrennt, in einen Wagen gesetzt und weggebracht. Man fuhr sie in ein abgelegenes Dorf, hier sollte Viktoria bleiben, bei einer Muhme ihres Vaters, einer alten Frau.

Viktoria blieb, bis sie das Kind geboren hätte. Aber zwei, drei Tage danach stand sie in einem unbewachten Augenblick auf und begab sich auf die Altane, die vor ihrem Zimmer lag und auf den Fluß hinausging, der dort über ein Wehr brauste. Niemand sah, wie es geschah, man fand ihre Leiche zwischen den Wurzeln einer Weide hängen.

Vater Kellermann wurde herbeigerufen. Zu der Schande hatte sich nun das Entsetzen gesellt. Man hätte meinen mögen, dem alten Manne wäre nichts übriggeblieben als Verzweiflung. Aber das menschliche Herz weiß sich immer noch zu helfen, auch in der finstersten Grube des Unglücks.

Da war doch Viktoriens Kind, ein kleines Mädchen, man hatte es Seraphin genannt. Es lag in seiner Wiege und lächelte ahnungslos. In dieses Lächeln verliebte sich Vater Kellermann. Er nahm das winzige Wesen zu sich, und es waren noch nicht zwei Jahre vergangen, da führte die Kleine ihren strahlenden Opa an der Quastenschnur seines Schlafrocks, wohin sie wollte. Abgetan schien die schlimme Vergangenheit, man vergaß sie über der holderen Gegenwart. Und für die Enkelin erhoffte Kellermann eine glänzende Zukunft.

Leider war Seraphinchen nicht ein klein wenig hübsch. Dürftig war ihr farbloses Strähnenhaar, und die Nase, von früher Rötung bedroht, bog sich zu einem Haken. Indessen lernte sie alle weiblichen Handfertigkeiten, lernte sticken und französisch parlieren, sie lernte auch Klavier spielen und die Mandoline handhaben; das, fand Vater Kellermann, stand ihr ausgezeichnet zu Gesicht.

Später führte er sie auf Bälle.

Seraphin war schon drei oder vier Winter vergeblich herumgewalzt, und der Ehrgeiz, der ihr wie fast allen, an denen ein heimlicher Makel haftet, die Seele erfüllte, trieb sie zu einem gewagten Schritt. Sie setzte eine Notiz in die Zeitung, eine anbietende, ausbietende, in der kurz und bündig gesagt wurde, daß ein begütertes Mädchen heiraten wolle und daß Diskretion Ehrensache sei.

Es meldete sich ein verkrachter Student. Er machte kurzen Prozeß und verlobte sich mit der heiratslüsternen Hopfenstange gleich beim ersten Zusammentreffen.

Großvater Kellermann machte ein langes Gesicht, als sich der Freier vorstellte. Der gute Alte hatte doch immer gehofft, daß seine Seraphin eine glänzende Partie machen werde. »Junger Mann, was haben Sie? Einem Habenichts kann ich meine Enkelin nicht geben.«

Der junge Mann, er führte den Namen Freudenschuß, geriet in Verlegenheit. Endlich schien ihm etwas einzufallen. Er sagte: »Ich habe ein Haus in Paris. Ein Onkel von mir, der dort gestorben ist, hat es mir hinterlassen.«

Kellermanns Miene heiterte sich auf. »Bringen Sie mir die Urkunde, lieber Herr Freudenschuß«, sagte er, »und, wenn möglich, auch ein Bild des Hauses, dann wollen wir weiterreden.« Der junge Mann ging und brachte die Urkunde der Erbschaft, aber mit dem

Bild sah es übel aus, er hatte keines oder wollte es nicht zeigen. Wie er mißmutig und verlegen durch die Gassen schlenderte, fiel ihm ein Kupferstich in der Auslage eines Altertumshändlers auf, der Stich zeigte ein hübsches Haus, fast ein Palais, und wie die Unterschrift besagte, stand das Haus sogar in Paris. Ei, dachte sich Freudenschuß, das trifft sich gut.

Er trat ein und kaufte das Bildchen, beschnitt den Rand und setzte Straßennamen und Nummer darauf, auf welche seine Erbschaftsurkunde lautete: 10, Rue Salaire. Damit ging er zu Großvater Kellermann.

Dieser betrachtete das Palais mit schmunzelnder Miene und überschlug, was das Ding wohl wert sein könne. Er riet auf eine gute Summe, so wurde der Handel abgeschlossen, und die junge Kriechbaum wurde eine Freudenschuß in allen Ehren und mit angemessenem Pomp.

Das junge Paar ging auf seine Hochzeitsreise. Seraphin hatte nach Paris fahren wollen, aber der Bräutigam hatte Italien zum Ziel gewählt. Seraphin fand sich nach einigem Schmollen darein. Der gute Opa hatte ihnen eine hübsche Wohnung ausstaffiert, im Empfangszimmer an der sichtbarsten Stelle hing der gerahmte Kupferstich des sagenhaften Hauses in Paris.

Freudenschuß hatte versprochen, seine Studien zu beenden, und wirklich ging er jeden Tag auf die Hohe Schule, redete von Prüfungen und Dissertationen, wälzte dicke Bücher und schrieb dicke Hefte voll. Seraphin, die Ehrgeizige, wollte ihn am liebsten schon Herr Doktor genannt sehen. »Aber dann, nicht wahr, Männe«, pflegte sie zu sagen, »dann fahren wir gleich zu unserem Häuschen nach Paris.« – »Ja«, sagte der studierende Gatte, »dann fahren wir.« Aber lag es daran, daß er die Reise scheute, die nach abgelegten Examina er fürchtete, nicht mehr aufschieben zu können, oder lag es an seinem ein wenig schwachen Kopf? Die Zeit verging, und der Doktorhut war ihm noch immer nicht aufgesetzt worden. Da geschah es, daß der große Börsenkrach des Jahres 1873 auch das Kellermannsche Vermögen hinwegfegte und daß der alte rosige Opa, die hopfenstänglige junge Frau und damit auch ihr immer noch ungebackener Doktor mit einem Schlage

fast bettelarm waren. Den Alten traf vor Schreck der Schlag, er fiel zusammen und war tot.
Seraphin heftete ihre nahezu wimpernlosen Augen auf ihren Gatten. »So ist das nun«, sagte sie, »und das einzige, was wir noch besitzen, ist dein Haus in Paris.«
Dem Gatten trat der Schweiß auf die Stirn.
»Und nun wirst du mich nicht mehr zurückhalten, ich fahre hin, es zu sehen, und wenn du nicht mitfahren willst, so fahre ich allein.«
Sie nahm den gerahmten Kupfer vom Nagel und versenkte ihn in ihren umfangreichen Pompadour. So machte sie sich auf den Weg.
Sie stieg aus dem Zug und nahm eine Droschke. Vor der Rue Salaire ließ sie halten und legte das letzte Stück des Weges zu Fuß zurück.
Sie irrte ein wenig in einer schmutzigen Gasse umher, da standen lauter kleine elende, verkommene Häuser, und endlich blieb sie vor einem stehen, dem elendsten fast in der Versammlung der erbärmlichen Unterkünfte – das war das Luftschloß ihrer Träume.
Seraphine schnappte nach Luft. Sie hatte es geahnt, aber jetzt war es ihr doch wie ein Stoß vor die Brust, sie taumelte und hielt ihren Pompadour in der Faust, so stand sie eine Weile, dann ging sie fort.
Sie ging und ging, ihr war auf einmal so leer im Kopf und so hohl in der Brust, sie hätte heulen mögen oder lachen, aber sie tat nichts von beidem, sondern schleppte sich nur stumm von Stadtteil zu Stadtteil.
Paris ist groß, doch wie durch Fügung, wie durch magnetische Wirkung geheimer Kräfte gelangte Seraphin dorthin, wo das Palais wirklich stand, das kupfergestochene, das sie im Beutel trug. Da war es, unzweifelhaft dasselbe, dieselbe so oft betrachtete nobel gegliederte Fassade, dasselbe so oft betrachtete hübsche Portal, dasselbe elegante Mansardendach, und vor dem offenen Tor lehnte ein in eine grüne Livree gekleideter Concierge in der Sonne.
Seraphine blieb stehen, der Beutel zuckte in ihrer Hand, und in ihrer Seele die wilde Hoffnung; die verwegene, wahnsinnige Hoffnung, daß vielleicht doch noch alles ganz anders sei, daß dieses schöne stolze Haus vielleicht doch 10, Rue Salaire sei, Freudenschussens Haus, ihr Haus; daß sie nur die Straße zu überqueren brauche, nur zutreten müsse auf den grünen Portier; da würde sich

dieser ehrerbietig verbeugen: »Madame, wir haben Sie längst erwartet!« Dann würde er sie hineinführen in einen der prächtigen Säle, und dort würde die Versammlung der Bewohner warten, und alle würden sie, Seraphin Freudenschuß, als die Herrin des Hauses komplimentieren.
Diese Hoffnung zuckte in Seraphinens Seele auf, aber nicht, wie sie in jedem anderen Menschen auch als ein Wenn und Als-ob aufgezuckt wäre; in Seraphin, dem Kind einer kranken Mutter, war die Hoffnung von einer anderen, zügelloseren, gefährlicheren Gewalt. Das Rad setzte sich in Bewegung, das den Hebel von gesund auf krank stellt, das Rad begann sich zu drehen, und am Ende der Drehung wäre Seraphin verloren gewesen. Da aber kam ihr Hilfe. Ein Dienstmann ging vorbei; der Dienstmann trug eine Kiste auf seiner Schulter, und mit dieser Kiste versetzte er der Dastehenden versehentlich einen Stoß in den Kopf. Er war nicht einmal sehr stark, dieser Stoß, aber ehe Seraphine noch ihren schiefgerutschten Hut wieder zurechtgesetzt hatte, war ihr das Bewußtsein ihrer selbst wieder zurückgekehrt. Ich werde verrückt, dachte sie, wie meine Mutter; sie ist mit ihrer verlogenen Dichterei verrückt geworden, ich werde verrückt über dieses erlogene Haus. Sie faßte sich an die Stirn und dann nach dem Kupferstich; indem sie ihn auf die Straße warf, drehte sie sich um und stürzte davon, wie von Dämonen gejagt.
Mit dem nächsten Zug fuhr Seraphin nach Hause.
Sie kam in ein leeres und verödetes Haus. Die Gläubiger des alten Kellermann hatten die Möbel weggetragen, auch das Haus war in fremde Hände gelangt, der neue Besitzer zog ein und gab ihr aus Barmherzigkeit ein schmales Mansardenzimmer. Auch Freudenschuß war verschwunden. Seraphin fragte nicht viel nach ihm. Doch bald erfuhr sie, daß er im Krankenhaus lag. Er hatte sich aus dem Leben stehlen wollen, indem er ein Gift schluckte. Aber man hatte ihn gerade noch zur rechten Zeit gefunden und ihm den Magen ausgepumpt.
Als er endlich – halbgenesen– seiner Frau übergeben wurde, empfing ihn diese als einen nichtswürdigen Lumpen und Betrüger. Sie ließ ihn nicht mehr in ihr Zimmer. Er mußte im Dachboden nebenan kampieren. Das Essen stellte sie ihm vor die Tür. Sie lebte

eine Weile vom Verkauf ihrer Schmucksachen, dann brach sie ihre Zelte ab und verließ, ohne sich um Freudenschuß zu kümmern, die Stadt. Sie war entschlossen, sich zu retten.
Wozu hatte sie auch sticken und nähen gelernt, sticheln und schneidern? Auf diese Fähigkeiten gedachte Seraphin ihr neues Leben zu gründen.
Sie zog in eine andere Stadt, es war die uns wohlbekannte Stadt dieser Geschichte; dort hatte die Freudenschuß eine Freundin, bei dieser nahm sie Wohnung. Sie hatte einen Koffer selbstverfertigter Broderien mitgebracht, die packte sie aus, tat sie in einen gläsernen Kasten, hängte diesen vor das Haustor und schrieb auf ein Schild: Hier werden feine Arbeiten gemacht nach *Pariser Art.*
Die Pariser Art nämlich, die hatte es der armen Seraphin nun einmal angetan. Bei keiner Gelegenheit versäumte sie zu betonen, daß sie in Paris gewesen sei.
Auch sprach sie das allerspitzeste Französisch. Wenn sie sich der deutschen Sprache bediente, durchwirkte sie diese mit so vielen französischen Redensarten, daß sie schließlich nur mehr die Pariser Gräfin genannt wurde. Es wurde Mode, sie zu beschäftigen, die Damen höherer Kreise zogen sie zu Rate. Natürlich gab sie sich nicht mit gewöhnlicher Näharbeit ab; aber wenn es galt, Brautkleider und -schleier, Taufkleidchen oder ähnliche Duftgebilde herzustellen, da fand sich Seraphin ein und wußte das Verlangte mit sehr viel Geschick und einem Riesenaufwand an Tüll, Spitzen, Bändern und Volants zu montieren. Sie dichtete – sozusagen – in zarten Stoffen, Fältchen und Maschen, wie ihre Mutter einstmals in Reimen gedichtet hatte. Ihren Kunden ging sie bei der Auswahl neuer Möbel, passender Teppiche, Vorhänge, Blumenkörbe, Bilder und Vasen zur Hand.
Was liebte man in jener Zeit doch Blumenkörbe, Vasen, Sofakissen und Wandschoner, die Unsumme zierender Nutzlosigkeiten, die alle zusammen den Zimmerschmuck bildeten, den man für unerläßlich hielt. Für unerläßlich hielt man, daß man sich neu ausstattete und nichts beim Alten ließ.
Auch im Rübsamischen Haushalt war der Geist der Unruhe erwacht. Man hatte umgebaut: Rosinchen hatte zu ihrem fünfzigsten

Wiegenfest eine Verschönerung ihrer Wohnung gewünscht, hatte auch gewünscht, daß die übelriechende Ordination und das unwirtlich karge Wartezimmer für die Patienten ihres Mannes in das Hintergebäude verlegt würden; Rosinchen bekam ihren Willen. Aber Rübsamen, der seltsame Mensch, fühlte sich in dem neustaffierten Haus nicht recht wohl. Angeödet schlich er umher und sehnte sich offenbar nach der alten Winkelbude.

»Wäre es nur geblieben, wie es war! Jetzt habe ich nicht einmal mehr Platz für meine Fischchen.« – Und voll Betrübnis blickten seine blassen rotgeränderten Augen nach seinem Aquarium.

»Aber Rübsämchen, im Salon –«

»Da hast du doch dein Klavier und die Zimmerpalmen vor dem Fenster.«

»Und im Wohnzimmer –«

»Da stehen dein Nähtisch und die Etagere mit den Nippes.«

»Und in der Ordination?«

»Dahin kommt kein Sonnenstrahl. Sag, was du willst, Sinchen, es war früher besser; mir ist so ungemütlich, so fremd zumute.«

– – – »Heute habe ich's gefunden«, verkündete Frau Rosine eines Tages strahlend. »Jetzt weiß ich, wie die Frage zu lösen ist.«

»Welche Frage? Wohin wir die Fische stellen?«

»Auch die, auch die!« antwortete die Gattin und klimperte ein wenig ungeduldig mit den Augendeckeln. »Nein, ich meine die Frage, wie wir uns überhaupt ein schönes, gemütliches Nestchen schaffen. Mein Männchen soll doch zufrieden sein. Ich habe nach der Gräfin geschickt.«

»Nach welcher Gräfin?«

»Ei, nach Frau Seraphin. Sie hat der Frau Oberlandesgerichtsrat das Damenzimmer eingerichtet; ganz in Blau und Gelb, ein Traum. Sie kommt heute noch zu uns, Frau Seraphin. Du wirst so lieb sein, sie mit mir zu empfangen. Sie soll uns ein wenig helfen zur Gemütlichkeit.«

»Eh.«

»Es wird sich ohnehin nur um ein paar Kleinigkeiten handeln: dort ein Kissen, da ein Bildchen, aber die Kleinigkeiten geben das Gesicht.«

»Ja, ja, aber sag mir nur: Warum wir dazu die Gräfin brauchen, warum wir das nicht alles selbst machen können?«
»Aber, Herz! Haben wir denn etwa Zeit dazu? Und haben wir den feinen –«, Frau Rosine senkte ihre Stimme zu bedeutungsvollem Flüsterton, »– den hochherrschaftlichen *Pariser* Geschmack?«
Ist es nicht seltsam mit dem Mannsvolk? In der Welt kann es ihm nicht toll und umstürzlerisch genug zugehen. Da macht es Kriege, Revolution, wirft das Unterste zuoberst. Aber daheim soll Ruhe herrschen; da soll kein Stuhl gerückt, keine Bürste gezückt, da soll mit keinem Eimer gescheppert werden. Das Geschlecht der Scheuergeister ist dem Mannsvolk von Grund auf zuwider. Wie zuwider muß ihm erst eine Gräfin Seraphin sein?
Seraphin war im Rübsamischen Haus erschienen, sie kam und sah, und was sie sah, erregte ihr Mißfallen und ihre Neuerungssucht. Vor allem war es ihr viel zu hell in allen Räumen. Trotz der Butzenscheiben drang noch eine Menge Licht herein und mußte – im Zeichen verdunkelnder Dünkelhaftigkeit – gedämpft werden. Fort mit dem simplen weißen Voile, dem unansehnlichen Rest aus biedermeierischer Zeit! Dichte, schwere Samtkatarakte mußten von geschnitzten Vorhangstangen niederfluten. Fi donc, die kahlen Wände! Sie mußten mit dicken violetten oder roten Stofftapeten überzogen werden. Quelle idée, den Tisch mit einem einfachen Deckchen zu zieren! Wozu gab es Couverturen, die von Litzen, Troddeln und Fransen strotzten?
Frau Seraphin zog mit ihrer willigen Auftraggeberin aus und kaufte gewaltige Ballen von Webwaren. Daheim verarbeitete sie diese zu ganzen Wagenfrachten schwellender Polster, Decken, Portieren und Wandbehängen. Verwundert mußte Doktor Rübsamen sehen, wie sich sein bisher bürgerliches Heim in ein üppiges Serail verwandelte. Allenthalben breiteten sich wollüstige Lagerstätten aus, lockten Bärenfelle zu schläfriger Träumerei.
Die alten bescheidenen Bilder mußten großen, protzig gerahmten Gemälden oder Gemäldekopien weichen. Im Rübsamischen Schlafzimmer wurde ein verkleinerter Abguß von Canovas zärtlichem Werk »Amor und Psyche« aufgestellt.
Jeden Tag gab es eine neue Überraschung. Die Frauen bewegten

sich in dem Tumult, als wäre er der ihnen natürliche Zustand. Aber der Mann stolperte über Ballen und Rollen, riß sich an den nägelstarrenden Kisten Hosen und Haut in Fetzen, rannte an Leitern und wußte nicht wohin mit sich – und seinen Fischchen.
Es schien, daß Frau Seraphin über das Aquarium verächtlich die Nase gerümpft hatte, denn jetzt stand es auf einmal überall im Wege; Frau Rosine fand keinen Geschmack mehr daran, die stummen Wassertiere zu bewundern. Der Besitzer flüchtete damit von einem Raum in den andern. Trübselig darüber gebückt, führte er mit seinen Lieblingen lange Gespräche: »Wartet nur, Kinder, wartet nur noch eine Weile! Dann ist die Remasuri zu Ende, dann geht die Seraphin, dann haben wir es wieder gut.«
Nun: die Remasuri ging zu Ende, nicht aber ging Frau Seraphin. Zwei Monate schon währte ihre Anwesenheit, und noch immer hatte Frau Rosine nicht genug von ihr. Seraphin erschien am Morgen und blieb bis zum Abend, sie gab sich zu schaffen wie und wo auch immer. Als ein Mann von Bildung befleißigte sich Doktor Rübsamen der besten Manieren gegen den bezahlten Gast. Wenn sie zu dritt bei Tische saßen, wagte er es nicht mehr wie früher, seine Serviette hinten am Halse zusammenzuknüpfen. Noch weniger wagte er etwa ein Hühnerbeinchen abzunagen, was er sonst für sein Leben gern getan. Er fürchtete Seraphinens durchbohrende Blicke. Ach, und er begann auch Rosinens Blicke zu fürchten.
Das war das Unbegreifliche, Erschreckende an seiner neuen Lage, daß auch Rosine begann, scheele Augen auf ihn zu machen. Auf einmal konnte sie es nicht mehr leiden, daß er in seinem Sessel schaukelte, daß er sich nach genossener Mahlzeit die Weste aufknöpfte oder am Abend, wenn es kühl wurde, eine blaue Zipfelhaube über die Glatze zog.
»Die blaue Mütze, Liebling«, hieß es plötzlich, »die blaue Mütze steht dir nicht mehr.«
Betrübt zog man sich die Vielgeliebte vom kahlen Scheitel, rollte sie zusammen und versenkte sie in die Tasche auf bessere Zeiten.
Die besseren Zeiten ließen auf sich warten.
Frau Seraphin wohnte, wie wir wissen, im Hause einer Freundin. Diese war nicht allein, leider, sie hatte einen Gatten und einen

Sohn, und Sohn und Gatte waren rohe Männer, ungebildete Lümmel: uneingedenk der vielen Wohltaten, die sie von ihr empfangen, zeigten sie sich grob und setzten den schon allzulange bei ihnen einquartierten Gast nach einem Krawall vor die Tür. Schluchzend kam Frau Seraphin zu Rosine gelaufen. Zu Tränen gerührt, schloß diese sie in die Arme. Nein! Nimmermehr sollte Seraphin den Insulten der Unverschämten ausgesetzt sein, und wenn sie vorlieb nähme, so solle sie im Rübsamischen Haus bleiben.

Der Doktor traute seinen Ohren nicht, als ihm die beschlossene Tatsache bei Tisch, zwischen Suppe und Rindfleisch, mitgeteilt wurde.

»Und wir freuen uns«, sagte Frau Rosine und streichelte Seraphinens Hand. »Oh, wir freuen uns so sehr.«

Der Doktor saß stumm und starr. Dann tat er etwas, was er noch nie getan: er schob seinen Fuß gegen den Platz seiner Frau und stieß sie unter dem Tisch an.

Frau Rosine tat nichts dergleichen.

Hatte sie es nicht gefühlt, daß er, der Mann, in seiner Not nach ihr stieß? Er gab seinem Bein einen noch heftigeren Schwung und trat der Gattin kräftig gegen das Schienbein.

Frau Rosine zuckte zusammen. Eine Röte schoß ihr ins Gesicht, Zornesröte, und über ihre Stirn zuckte ein Strahl eisiger Entrüstung. Da saß der Gatte still und rührte sich nicht mehr.

Am Abend, als er in der Einsamkeit des ehelichen Schlafgemaches ihr mit zärtlichen Vorwürfen nahen wollte, fand er sie in tiefen Schlaf versunken. Niemals noch hatte er sie so tief schlafend angetroffen. Seufzend blickte der Gatte auf die Unerweckliche nieder. Nebenan raschelte Frau Seraphin noch mit Koffern und Hutkartons. Sie war mit allen ihren Habseligkeiten bei Rübsamens eingerückt.

## *Geständnisse*

Es war Winter geworden, kalter, grauer, freudloser Winter. Dann und wann sah man Doktor Rübsamen einsam durch die kahlen Alleen streifen. Eines Tages begegnete er Marie. Sie war in Eile.

»Weißt du es, Eduard«, sagte sie, »daß die arme Sibylle gestern ganz zusammengebrochen ist? Schimkowitz wollte sie in eine Anstalt schaffen lassen. Du weißt ja, wie er ist. Aber ich habe sie zu uns genommen. – Mein Gott, was hast du? Du zitterst ja!«

Für einen Augenblick stützte sich Rübsamen auf die Schulter der jungen Schwägerin. »Oh! Oh, ist das möglich?! Das Billchen, sagst du, ist zusammengebrochen?!«

»Willst du sie sehen?« fragte Marie. »Komm gleich mit mir!«

In der Jagemannstraße angekommen, führte sie den alten Mann vor die Tür des letzten Zimmers. – »Geh nur hinein! Sie ist jetzt ganz still.«

Doch ehe er die Klinke niederdrückte, hielt er inne. »Marie!«

»Ja?«

»Marie, *muß* ich zu ihr hinein?«

»Wie?«

»Ob ich zu ihr hinein muß?«

»Aber nein, doch – warum?«

»Ich kann nicht«, stammelte er. »Ich kann sie nicht sehen.«

Marie stand stumm.

»Gib mir deine Hand«, sagte er.

Sie tat es.

»O liebe Marie.« Er nahm ihre Rechte zwischen seine beiden schon greisenhaften Hände. »Deine gute Hand! Wie warm, wie gut.«

»Aber Rübsamen«, sagte Marie sanft, »was hast du denn, du bist ja außer dir.«

»O Marie, wenn du wüßtest!« Er starrte sie aus abwesenden Augen an. »Es ist eine alte, alte Geschichte.«

»Willst du sie mir nicht erzählen? Setz dich nieder, Eduard. Sprich ruhig, ich höre dir zu.«

»Ich bin feige, das Unglück meines Lebens ist, daß ich feige bin. Ich habe es niemand erzählt, keinem Menschen noch: Billchen und ich, wir waren einmal verlobt.«

»Nein?! Wirklich?!«

»Ja, wirklich, Marie. Dreißig Jahre ist das nun her. Ach Gott, was waren wir beide jung.

Ich kannte die Bourdanin-Mädchen von Kindesbeinen an. Die Bourdanin-Mädchen – viere waren's, doch das Billchen war die beste von ihnen, das Billchen war gut. Aber zu scheu, zu ängstlich. Eines Tages, sie war vielleicht zehn Jahre alt, wollte sie nicht mehr zur Schule gehen. Der Vater schalt, aber es nützte nichts. Jeden Tag kam sie von der Schule zurück, war vor dem Tor umgekehrt. Schließlich ließ man sie gewähren. Frau Josefin bat mich, ich war damals vierzehn, Billchen noch ein wenig zu unterrichten. Das tat ich, und ich merkte, das Billchen war nicht dumm, und nicht aus Dummheit war sie von der Schule weggeblieben. Sie erzählte mir, was ihr geschehen war. Die Mädchen hatten ein Spiel gemacht, und Billchen hatte daran teilnehmen wollen. Zuerst hatte man es ihr erlaubt, dann aber war eine der Kameradinnen auf sie zugegangen, hatte sie weggetrieben und gesagt: Schau, daß du fortkommst, so eine wie du bist, brauchen wir nicht. Das war genug, um Billchen für immer zu vertreiben. – Billchen hatte gar kein Selbstvertrauen, und niemand schien daran zu denken, daß es an ihrem Selbstvertrauen lag, wenn sie sich ungeschickt zeigte. Sogar ihre Mutter nahm sich kein Blatt vor den Mund. Wie oft habe ich sie sagen gehört: Mit dir, Billa, wird ein Mann seine liebe Not haben! Dann weinte Billa, und sie tat mir leid.

Ich kam dann weg auf die Prager Universität. Endlich war ich fertig und sah das Billchen wieder. Sie war ein so liebes Mädchen geworden, nein, du glaubst es nicht, Marie, fast so lieb, wie du gewesen bist, nur viel ängstlicher und scheuer. – Ich hatte sie gern. Eines Abends, als ich sie von der Maiandacht heimführte, da faßte ich mir ein Herz und sagte es ihr. Das Billchen schaute mich an, ich kann dir nicht beschreiben, wie sie mich anschaute. So glücklich – vertrauensvoll, wie ein beschenktes Kind. Ich ging heim und schrieb einen Brief an den alten Balthasar, deinen Schwiegervater, Gott hab ihn selig. Ich hielt um das Billchen an in diesem Brief; ach, ich hätte nicht schreiben sollen, ich hätte hingehen und selbst sprechen sollen, aber siehst du, Mariechen, dazu war ich zu feig.

Den Brief gab ich einem Boten. Ich wartete, lief in meiner Stube hin und her und betete zu Gott um Erhörung.

Da, es ging schon gegen Abend, da klopfte es, und ich fahre zusammen und hab kaum die Kraft, die Tür aufzumachen. Eine fremde Person steht draußen und sagt, sie hole mich zu einem kranken

Kind. Ich starre sie an und verstehe gar nichts, denn meine Gedanken sind bei Billchen und ihrem Vater. Da sagt sie es noch einmal, und jetzt verstehe ich sie, ja, ja, ein krankes Kind braucht Hilfe; gut, wir gehen.

Die fremde Person führt mich in die Sachsen-Vorstadt vor ein kleines Haus.

Da bleibt sie stehen: ›Ich habe Sie angelogen‹, sagt sie, ›es ist gar kein krankes Kind da, sondern ein Fräulein, ein sehr feines, vornehmes Fräulein aus bestem Haus. Das wird der Herr Doktor respektieren und keine Schande über sie bringen.‹

›Billchen‹, rufe ich, ich weiß nicht, rief ich's wirklich oder rief ich's nur in mir. Ich springe hinein, reiße die Tür auf, und da steht sie, eine kleine, schlanke Gestalt, tief verschleiert und streckt mir die Hände entgegen. Aber wie ich ihr den Schleier vom Gesicht ziehe, da ist – da ist es die Rosin.«

»Ist das möglich?« flüsterte Marie.

Der alte Mann krümmte sich. »Ja, die Rosin. Ich weiß nicht, wie das geschehen war. Hatte sie den Brief abgefangen und aufgemacht? Hatte sie mit Billchen zuvor darüber gesprochen? Nie haben wir darüber geredet, in den dreißig Jahren kein einziges Mal; sie tat immer so, als hätte ich von allem Anfang sie erwählt. Oft begriff ich es nicht, wie sie das zuwege brachte. Aber solche Dinge kann man nicht bereden.«

»Nein«, stammelte Marie, »solche Dinge kann man nicht bereden.«

»Offenbar liebte sie mich so sehr. Da hatte sie das Unglaubliche beschlossen und – und dann waren wir ja auch sehr glücklich miteinander.«

»Ja«, sagte Marie. »Aber Billchen?«

Der Mann zuckte zusammen. »Billchen –«, sagte er. »Siehst du, das war ja das Schlimme. Wäre jener Maiabend nicht gewesen, hätte es mir so viel nicht ausgemacht. Aber immer standen ihre Augen vor mir, mit denen sie mich damals angesehen hat. Sie waren mir wie eingebrannt. Ich mußte denken: Ich habe sie zum Spiel aufgefordert und danach weggestoßen wie damals die rohe Kameradin, gemein, hinterhältig, treulos. Ich konnte sie nicht um Verzeihung bitten, denn ich wußte nicht, was sie wußte, und konnte die Schwester

nicht preisgeben, die jetzt meine Braut war und bald meine Frau. Ich glaube, sie grollte mir nicht einmal. Sie war nur traurig, schrecklich traurig. Bei der Hochzeit schaute sie mich an, wie – wie – ich kann's nicht anders sagen, wie ein Reh den Jäger anschaut, der es angeschossen hat. Oft hatte ich Angst, sie würde sterben aus Kummer, sie war ja bis ins Innerste so scheu und zart. – Wenn sie nur heiratet, dachte ich oft, dann wird es besser sein, dann wird mich der Vorwurf nicht mehr so brennen.«
»Ach«, sagte Marie. Sie bedeckte das Gesicht mit den Händen.
»Ja, ja«, sagte Rübsamen, und nun begann seine Stimme so heftig zu beben, daß seine Worte kaum noch verständlich waren, er schluchzte laut, die Tränen liefen über seine Wangen herab. – »Sie heiratete, es war der Schimkowitz, der sie nahm, ausgerechnet dieser Schimkowitz, der sich immer nur lustig machte über sie. Er hat sie gequält, immer gequält, und auch sein Sohn, der Lümmel, war nicht besser. Einmal bin ich zu ihr gekommen, da ist sie am Boden gekniet und hat die Dielen gescheuert. Der Bub ist auf dem Tisch gesessen, hat mit den Beinen geschlenkert und ihr zugeschaut. ›Wie du dich anstellst, Mutter‹, so hat der Kerl gesagt, ›die reinste Putzfrau; man merkt, daß du plebejischer Herkunft bist.‹ –«
»Ach, ach«, murmelte Marie. Sie war nicht imstande, mehr zu sagen.
»Und nun ist sie, wie sagst du? Sie ist zusammengebrochen?!« Marie wischte sich die Tränen aus den Augen. »Ja. Gestern kamen Roderich und Balthi gelaufen: Sie wären dem Vetter begegnet, dem Cyrill, der habe auf der Straße geheult und gesagt: Die Mutter liege daheim und sterbe, und er, er könne das nicht ansehen. – Zum Glück waren die Buben so gescheit und haben mich geholt.
Ich bin hingelaufen, da hab ich die arme Sibylle gefunden: Sie lag im Flur auf dem Boden und war nicht bei sich. Ich habe sie hineingeschleppt und auf das Bett gelegt, habe ihr kalte Kompressen gemacht und sie mit Essig abgerieben. Die Buben sind zu dir gelaufen, du warst nicht zu Hause, da haben sie den Doktor Levi geholt.«
Rübsamen ächzte und schüttelte trostlos den kahlen Kopf.
»Der Doktor Levi kam und untersuchte sie. Er sagte, es habe so

kommen müssen bei ihr, die Kopfgrippe, die sie gehabt hatte, habe diese Wirkung. Dann ging der Doktor ins Nebenzimmer. Dort war der Schimkowitz, auch mein Mann war angekommen, da fingen sie zu streiten an.«

»Zu streiten?« fragte Rübsamen.

»Der Schimkowitz schrie und sagte: Sie müsse nach Dobřan, nach Dobřan, ins Narrenhaus, er halte es nicht aus, er könne ihren Zustand nicht ertragen. Balthasar widersprach, auch der Doktor widersprach, aber der Schimkowitz tobte und hämmerte mit irgend etwas auf den Tisch, es gab ein entsetzliches Getöse.

Da kam zum Glück die Kläre, und ich sagte ihr: ›Schnell, hol einen Wagen.‹ Sie holte einen Fiaker, das war klug von ihr, daß sie einen geschlossenen Wagen holte; sie führte den Kutscher herauf und leise herein, da sagte ich ihm, er solle die Kranke anfassen und hinuntertragen, er tat es, ich fuhr mit ihr hierher zu uns nach Hause. Als die Männer in das Schlafzimmer kamen, fanden sie das Bett leer. Die Sibylle war schon bei uns, und der Schimkowitz konnte sie nicht mehr nach Dobřan schaffen lassen.«

»O Mariechen, guter Engel.«

»Lobe mich nicht. Ich hätte das nicht ausgehalten, das Billchen unter den Narren zu wissen. Sie ist krank, aber *so* krank ist sie nicht, sie wird sich schon wieder erholen.«

»Meinst du, Marie? Meinst du das wirklich?«

»Ja. Und nun geh du heim, Rübsamen. Ich verstehe das, daß du sie jetzt nicht sehen willst, ich kann's begreifen.«

Mit bebenden Händen klaubte der alte Doktor seinen Hut, seinen Stock, seine Siebensachen zusammen. Marie lieh ihm ein Taschentuch, weil er das seine ganz naßgeweint hatte. Sie begleitete ihn bis an das Tor. »Das alles ist traurig«, sagte sie. »Aber mit einem kannst du dich doch trösten, daß du mit der Rosine so glücklich gewesen bist.«

»Ja.« Der alte Mann schluckte. »Damit, da hast du recht, , damit kann ich mich trösten.« Und mit kleinen, unsicher trippelnden Schritten entfernte er sich.

Als er bei seinem Hause ankam, stieg er doch noch nicht zu seiner Wohnung hinauf. Am Torflur stand er still, hielt den Stock

mit dem Elfenbeinknauf gegen das bebende Kinn gepreßt und lauschte.
Der Torflur war leer. Aber im oberen Stock mußte die Wohnungstür offenstehen; man hörte Seraphinens metallene Stimme erschallen; ihr antwortete ein Gelächter, Rosine lachte, durch alle Skalen perlte ihr Lachen hinauf und hinab. Der Mann griff sich mit der Hand an die Stirn, er ging. –
Eine Stunde noch streifte er ziellos in der Stadt umher. Da war es dunkel geworden, nun mußte er doch nach Hause gehen.
Die Köchin öffnete ihm. »Die Damen sind im Boudoir.«
Rübsamen starrte sie verstört an.
»Na, im Boudoir«, wiederholte die Person. (Sie sagte »Pudor«.) »Dort, wo früher das Wartezimmer gewesen ist.« – Alle Gelasse der Wohnung trugen jetzt neue Namen.
Rübsamen ließ sich helfen abzulegen. Dann tappte er langsam nach dem bezeichneten Raum. Teppiche dämpften seinen Schritt. Hinter der Portiere hielt er inne, er hörte die Seraphin sprechen. »Und du glaubst, daß ich ihn geliebt habe, den Freudenschuß – haha. Vom ersten Augenblick war er mir etwas widerlich.«
Nach dem Schall der Stimme schloß der Mann, daß Seraphin auf dem Ruhebett saß und daß Rosine neben ihr lag auf dem neuen Bärenfell. Man hörte das leise Klappern von Stricknadeln, es setzte nur aus, wenn eine Reihe zu Ende gestrickt war oder wenn der Knäuel nachgezogen wurde. »Der gute Freudenschuß, hätte er doch wenigstens bessere Zähne gehabt. Aber seine Zähne waren ziemlich parterre, und sein Mundgeruch – na –. Ich mußte immer auf seine Zähne schauen, wenn er lachte oder redete. Hm. Und als dann die Hochzeit kam und die Hochzeitsnacht – les noces, nicht wahr? –, da erlebte ich noch einige Überraschungen. Freudenschuß trug nämlich ein Korsett. Incroyable, was so ein Korsett ausmacht.« Seraphin lachte. Es klang scheppernd.
»Im ersten Jahr«, fuhr sie dann fort, »hab ich mich etwas gekränkt, dann gewöhnte ich mich an den Zustand. Ich fand ihn eben widerlich. Er hat nie etwas gemerkt – pas du tout. Au contraire: ich stellte mich immer, als sei ich weiß Gott wie verliebt. Und er glaubte mir, er – glaubte mir wirklich.«

Die Frauen lachten.
»Dann freilich, als die Geschichte aufkam mit dem Haus und so weiter, da hab ich ihm freilich nichts mehr geschenkt, das kannst du dir denken, Rosin. Ich hatte damals nur die Mansarde, und er schlief im Dachboden, und als der Winter kam –, ich habe ihn nie mehr zu mir hereingelassen, nie mehr, Rosin. In der Nacht hat er manchmal an meiner Tür gekratzt und gebettelt. ›Mach auf, ich halt die Kälte nicht mehr aus.‹ Und dann ging es los: ›Du hast mich nie geliebt. Warum hast du mich nur geheiratet?‹ Das fragte er. Der Idiot! Als ob eine Frau heiratete, weil sie liebt. Ich denke, kein Mann hat noch begriffen, warum eine Frau heiratet. Die Männer bilden sich ein: aus Liebe, pah! Man will eben doch nur *geheiratet* sein!«
Rübsamen stand immer noch hinter seiner Portiere. Ihm war, als schwebte er, von einem unsichtbaren Draht emporgerissen, über einem gräßlichen Abgrund; er wartete darauf, daß Rosine ihre Stimme erhöbe und der anderen widerspräche: ›Nein, pfui, wie kannst du so lästerlich reden? *Ich* habe aus Liebe geheiratet, ich, Rosine Rübsamen, aus Liebe zu meinem Eduard, und diese Liebe währte und dauerte dreißig Jahre bis zum heutigen Tag.‹ – So mußte doch Rosine sprechen! Der Doktor wartete atemlos. Aber Rosine blieb still.
Sie lag drinnen auf ihrem Ruhebett und verschlang die Freundin mit ihren Augen. Ihre kleinen Hände knüllten ein Taschentuch, über ihre Oberlippe perlte der Schweiß, und Schweiß näßte ihr das taftene Kleid unter der Achsel. –
»Ich bin zur Tür gegangen«, fuhr Seraphin in ihrer Erzählung fort, »so als wollte ich aufmachen. Aber ich habe ihm nicht aufgemacht. Und dann bin ich zum Ofen und habe eingeschürt, fest eingeschürt, das Feuer hat geknackt und geprasselt, daß er es draußen hat hören können. Aber geöffnet habe ich nicht.
Vielleicht denkst du, das war nicht schön von mir und ich hätte mich doch seiner erbarmen sollen. Aber sei du mal barmherzig gegen einen solchen Menschen! Und auf einmal war mir leichter. Verstehst du. Rosin, auf einmal war ich wie erlöst.«
»Ja, ich verstehe das.«

»Das weiß ich«, versetzte die andere und klapperte mit ihrem Strickzeug fort. »Darum erzähle ich's dir auch, ich hab es gleich gemerkt, daß du mich verstehen wirst.«

## *Die schöne Tante*

Im Spätherbst stellte Doktor Zerff seine Promenaden vor Ernestinens Fenster ein. Seitdem kam das Mädchen öfter in das Haus ihrer Schwester in der Jagemannstraße.

Die Stunden zu diesen Besuchen wählte sie so, daß sie dem Schwager nicht begegnen mußte. War er dennoch einmal zu Hause, blieb es bei einem kurzen Gruß zwischen ihnen. Manchmal gelang es ihr, hinter seinem Rücken unbemerkt in das nächste Zimmer zu schlüpfen. Bei den Kindern blieb sie, dort fühlte sie sich am wohlsten.

Marie nahm sich eine Arbeit vor, bei der sie mit der Schwester plaudern konnte. Die Nichten und Neffen kamen heran, um mit der Tante zu schwatzen. Sie breiteten ihre Aufgaben vor ihr aus, ihre Spiele und Basteleien. In der Kinderstube war jeder Tag voll Leben: eine Welt im Werden, voll Erwartung, Spannung und Hoffnung.

In diesem Winter sollte Margaretchen in ihre erste Tanzstunde geführt werden. Der Vater hatte es angeordnet, er wünschte, daß die Tochter »Benehmen« lerne und sich allmählich vorbereite, eine Dame zu werden. Margaret selbst schien sich nicht viel daraus zu machen, aber welche Quelle der Aufregung und erwartungsvoller Freude für ihre jüngeren Schwestern! In Bewunderung versunken standen sie neben der Mutter, als diese das Batiströbchen nähte, das Margaret anhaben sollte, wenn sie zum Tanz ging. Entzückt betasteten sie die Bänder, die luftgestickten Volants. Marie mahnte sie, an ihre Bücher zurückzukehren. Sie nahm sich alles sehr zu Herzen, was die Erziehung der Kinder, was ihre Fortschritte in der Schule betraf. Die meisten Sorgen verursachte ihr Roderich. Roderich war klug, er lernte leicht, aber er litt an einem Übel, einem unüberwindlichen und mundfertigen Vorwitz, mit dem er es sich mit allen seinen Lehrern verdarb. Nie konnte er in seiner Bank stillsitzen, muß-

te immer etwas handhaben, rücken, schaben, mußte Grimassen schneiden und die Lehrer verspotten. Insbesondere der Katechet, ein dicker, kurzbeiniger und kurzatmiger Tscheche, der nie recht Deutsch erlernt hatte, führte Klage über den gottlosen Schüler: Roderich verfertige Beichtzettel für seine Mitschüler, frevelhaft abgefaßte und spitzfindig blasphemische Protokolle, durch welche die Beichtkinder zum Lachen gereizt, die Beichtiger geuzt und das ganze Sakrament der Buße lächerlich gemacht werden solle.
Mit Klärchen ging es gut, und Fritzchen lernte gewissenhaft; am liebsten hatte er Rechnen und die patriotischen Gedichte, die in den Lesebüchern seiner Geschwister zu Dutzenden zu lesen waren: »Kaiser Rudolfs Zepter« oder »Maximilian, der letzte Ritter«; der kleine Junge trug die Strophen hochglühend vor Begeisterung vor. Ernestine hörte sich's an, geduldig lächelnd; sie schloß sich dem mütterlichen Lob an, wo eines gespendet wurde, und gab, wo es zu tadeln galt, ihrerseits einige Ermahnung. Dann und wann nahm sie auch der Schwester eine Arbeit aus der Hand und stichelte selbst eine Reihe herunter.
Am liebsten hatte sie Balthasar, den ältesten Neffen. Mit ihm redete sie wie mit einem Erwachsenen. Sie ließ sich von ihm über die Bücher berichten, die er las. Er wußte schon allerlei über sein Schulwissen hinaus, verfolgte die Entdeckungen, die man in Afrika und Asien machte. – »Du bist gescheit«, sagte sie und betrachtete ihn mit seltsam glänzendem Blicke. »Bald, Balthasar, gehe ich zu dir in die Schule.«
Am vertrautesten aber war sie doch mit der kleinen Luise. Dieses Kind glich ihr, wenn es auch nicht so schön zu werden versprach wie Ernestine. Es war sehr blaß, beinahe durchsichtig, und seit dem Scharlach, den es im letzten Jahr gehabt, neigte es zu Ohnmachtsanfällen. Sein Haar war hell und so dünn, daß Maschen und Bänder keinen Halt fanden, sich lösten und verlorengingen. Da half die Tante aus mitgebrachten Schätzen aus. Unermüdlich spielte das kleine Mädchen mit seinen Puppen. Es saß der Tante zu Füßen und kleidete die schon abgeschabten Docken an und aus und wiegte sie voll Besorgnis wie eine kleine Mutter. »Sag, Tante«, begann es eines Tages, »warum hast du denn gar keine Kinder?«

»Weil ich nicht verheiratet bin«, versetzte Ernestine.
»Und warum bist du nicht verheiratet, Tante?« fragte Luise weiter.
Ernestine schwieg. Sie war rot geworden bei dieser Frage. Sie zog den Faden durch ihre Handarbeit, nach einer Weile antwortete sie: »Weil mich keiner hat haben wollen.«
»Ich will schon heiraten, ich!« versetzte das kleine Mädchen und hob das weiße Gesichtchen mit zuversichtlichem Lächeln zu der Tante auf. »Mich wird schon einer haben wollen, damit ich doch auch Kinder kriegen kann.«
»Luise, komm her!« rief die Mutter aus dem Nebenzimmer.
Luise ging.
»Rede nicht solche Dummheiten«, hörte Ernestine die Schwester leise sagen. »Von solchen Dingen spricht man nicht.« Später, als Marie zu der älteren Schwester herankam, wollte sie dieser entschuldigend zulächeln. Aber jene saß abgewandt, regungslos. Sie hatte die Arbeit in den Schoß sinken lassen und blickte durch das Fenster in die graue Luft, aus der einzelne Flocken niederschwebten.
Leise setzte sich Marie an ihren Platz.
»Ich gehe jetzt«, sagte Ernestine. »Leb wohl.«
»Schon?« fragte die Schwester. »Du wolltest doch heute länger bleiben.«
»Ja, ich wollte, aber ich will nicht mehr.« Und ein wenig brüsk, wie das in letzter Zeit ihre Art geworden war, erhob sich Ernestine und ging.
Sie ging nicht nach Hause. Die klammen Hände unter der Brust in ihrem Müffchen verschränkt, eilte sie durch die vereisten Straßen. Vor der Kirche, in der sie zu singen pflegte, hielt sie inne. Ein Weinen würgte in ihrer Kehle. Sie wollte weitergehen, dann kehrte sie doch zurück. Raschelnd glitt ihr schleppendes Kleid die Stufen hinab. Die Kirche war wie eine Krypta in den Boden gesenkt. Sie war fast dunkel, wenige Beter saßen in sich gebückt im altersschwarzen Gestühl.
Ernestinens Blick gewöhnte sich an die Dämmerung. Sie schaute empor zu dem gotischen Kreuzgewölbe, sie las in dessen Sternen und Netzen wie in einer geheimnisvollen Schrift. Das war der

Raum, in dem sie so oft sang, die hohe und tiefe Halle, die sie so oft mit ihrer Stimme erfüllte. Es war doch jedesmal, als breitete sich mit dem Ton auch ihr eigenstes Selbst aus, als stiege mit dem Gesang ihre Seele empor und schwebte frei und schwingend durch den Raum.

Agnus Dei, qui tollis peccata mundi. Gotteslamm, das du hinwegnimmst die Sünden der Welt! – Ernestine sank in die Knie: »Ach, wär es wahr, daß Du uns erlösen kannst – !«

## *Angstträume*

Es ist nicht wahr, daß nur die Dichter träumen; auch Geschäftsleute träumen, auch Grundstückmakler. Nur haben sie ihre besondere Art zu träumen.

Karl Wanka träumte:

Er saß an einem Tisch, der war wie eine riesige Landkarte, mit grünen Flächen, Häusern, Strömen, Teichen. Alles war wie aus glasiger Gallerte gemacht. Darüber schwebten gläserne Schüsseln, die waren mit gebackenen Schnecken gefüllt. Er, Karl Wanka, mußte die Schnecken essen. Alle. Sie schmeckten schleimig und fad. Eine von ihnen trug Emmas Züge. Die Landkarte verschwand. Eine Unzahl nackter Mädchen kam herangestürmt. Sie umringten ihn, hüpften umher und lachten gellend. Eine wandte ihm das Hinterteil zu; er schlug ihr drauf. Da verschwanden alle.

Es war finster. Ein großer Hummer, so groß wie ein Schafbock, kam aus der Finsternis heran. Standa ritt auf ihm. Der Hummer war schon gekocht. Standa handhabte ein riesiges Silberbesteck, um ihn zu zerlegen. Plötzlich sprang Franziska aus den Scheren hervor, sie war winzig klein, nicht höher als ein Daumen. Mit der Behendigkeit eines Insekts sprang sie an Wanka vorbei. Sie flitzte zwischen Tisch und Stuhlbeinen umher, auf einmal war sie fort. Der stichelhaarige Boxer Batul lag auf dem Teppich und gähnte faul.

Wanka erwachte. Er saß auf und schaute um sich. Es war noch dunkel. Aber durch das Fenster kam ein blasser Schein herein; auf der Straße brannte das Gaslicht. Das Bett neben ihm war leer.

Wanka riß ein Zündholz an. Er war naß von Schweiß. Noch schlotternd in dem durchfeuchteten Hemd durchstöberte er seinen Schrank nach einer erleichternden Droge.
Nach einer Weile schlief er wieder ein.
Diesmal kam ihm der Traum aus anderen Revieren. Er war in einer Druckerei und sah zu, wie die Blätter aus den Maschinen fielen. Es waren Zeitungen – – jemand sagte: Lesen Sie!
Wanka versuchte ein Blatt zu ergreifen. Aber es rann ihm unter den Händen weg. Auf einmal wußte er, daß das Blatt eine ungeheuer wichtige Neuigkeit enthielt, eine Nachricht, von der sein Leben, sein Vermögen, von der alles abhing. Voll Gier griff er nach dem Papier. Endlich entdeckten seine Augen den Namen: *Wanka.* Er stand fett gedruckt, Wanka; Wanka, hieß es auf jedem Blatt – – er schrie auf und wollte die Maschine aufhalten.
Die Maschine stand still. Zwischen ihren Rädern tat sich ein Gang auf. Durch den Gang kam Doktor Zerff geschritten. Wanka wollte ihn stellen. Aber der glatte Doktor bog zur Rechten aus. Ein zweiter Zerff kam aus dem Gang hervor. Dieser wich links zur Seite. Ein dritter kam, ein vierter, fünfter. Auf einmal sah Wanka: es waren Nullen, die aus der Tiefe gegen ihn heraufliefen, die Nullenreihe, die an den Ziffern seiner Schulden hing. Jede Null verbeugte sich und flüsterte: Bitte sehr, bitte sehr, bitte sehr – – –

Zum ersten Termin seines Wechsels hatte Wanka eine Teilsumme bezahlen können. Beim zweiten Termin hatte er eine Prolongation erwirkt. Der letzte Termin fiel in den März.
Man schrieb Februar.
Der Februar ist in jener Gegend eine freudlose Zeit.
In anderen Landschaften regt sich in diesen Wochen schon eine Ahnung von Frühling und jungem Wachstum. In jener Gegend aber regt sich noch nichts. Das Becken, in dem die Stadt liegt, ist voll dichtem Nebel. Mag sein, daß draußen im Land die Sonne leuchtet, hier nieselt der Himmel von düsterem Grau. Die Luft riecht nach Rauch, in den Lungen sticht der Kohlendunst. Auf der Straße brennen die Gaslichter bis in den späten Morgen, Atemdampf wölkt um blasse mißmutige, rotnäsige Gesichter.

Herr Wanka tritt in Gottjeschowetzens Leckerladen. Zögernd geht er an den Tischen vorbei, hinter denen die Pudelhupfer Käse, Reis und Kaffee auswiegen. Im Hintergrund des Ladens öffnet sich die Tür zum Herrenstübchen.
Das Zwergengesicht kommt mit allen Zeichen der Freude auf ihn zu. »Guten Morgen, der gnädige Herr. Daß der gnädige Herr auch wieder einmal zu uns findet ... Lange ist es her seit dem letzten Mal. Hat es dem gnädigen Herrn damals vielleicht nicht geschmeckt? Und schlecht schauen der gnädige Herr aus. Ja, das schlimme Wetter! Hier ist es doch warm und mollig. Was darf es sein?«
»Nimmt Er das Börsenblatt fort, ich mag's nicht sehen.«
»Bitte sehr –«
Der Goldbart läßt sich nieder, wirft seinen verregneten Hut auf den Tisch nebenan. »Der Doktor Zerff kommt wohl überhaupt nicht mehr hierher?«
»Nein, leider.«
»So, so. Laß Er mich sehen, was es Gutes gibt bei euch! – Aber teuer seid ihr, Standa, verteufelt teuer. Die Zeiten sind schlecht. Nimmt Er die Karte weg. Ein Kognak tut's auch. Und setzt Er sich dann zu mir, Standa, es redet sich besser.«
»Ich darf nicht, gnädiger Herr, das ist mir verboten.«
»Wohnt Er immer noch im Pongratzschen Hof?«
»Ja, immer noch. Unsereiner findet schwer ein anderes Quartier.«
»Wohnt Er schon lange dort?«
»Es geht – neun Jahre.«
»Er kennt wohl alle Leute, wie?«
»O ja.«
»Was war denn das für eine, die Amelie?«
»Mit Verlaub gesagt, gnädiger Herr, ein Luder.«
»Oh, Er ist aber streng, Standa.«
»Gar nicht, gnädiger Herr. Unsereiner ist nicht streng. Du lieber Gott, streng sein, das können sich nur die feinen Herrschaften leisten. Aber die Amelie, das war ein Luder. Sehen Sie, gnädiger Herr: Meine Wanda, die geht auch dann und wann mal auf die Straße. Aber gegen die Pongratzova ist die Wanda ein Engel.«
»Hm.«

»Die! Was hat die eine solche sein müssen? Hat alles gehabt, Essen und feine Kleider, hat alles vergantet und vertan, hat sich das schlechteste Mannsvolk genommen und dann wieder so feine Herren wie den Doktor Zerff.«

»Was, wie? Den Zerff?!«

»Aber ja doch, freilich. Hat das der gnädige Herr nicht gewußt?«

»N– nein – nein.«

»Er war oft bei ihr, wir haben ihn kommen gesehen, und die Wanda hat ihm einmal den Bonjourl nachtragen müssen, den er vergessen hat im Schlafzimmer von der Amelie. Aber, was ist denn, gnädiger Herr?! Ist dem gnädigen Herrn schlecht?!«

»N– nein – nein.«

»Soll ich was bringen? Tropfen? Gnädiger Herr, wir haben Tropfen hier. Ist nicht so selten, daß wir welche brauchen für die Herrschaften. Die Herrschaften sind heikel und, wenn sie getrunken haben –.« Wanka ließ sich einen Löffel mit Baldrian einflößen. Dann saß er still und atmete tief. »Standa, Standa, ich hab's geahnt.«

»Ja, gnädiger Herr?«

»Kann Er beschwören, daß der Zerff bei der Amelie gewesen ist?«

»Ja, das kann ich beschwören.«

»Gut, Standa, gut. Dafür kriegt Er was. Dafür mach ich Ihn zum Hlidatsch.«

»Oh, gnädiger Herr! Ich küß die Hand.«

»Kommt Er mit. Er muß es mir bezeugen, das vom Zerff und der Amelie.«

Als altem Stammgast fiel es Wanka nicht schwer, den Kellner von seinem Dienst freizubitten. Jetzt nahmen sie den Weg zum Rathaus.

»Wohin denn, gnädiger Herr, wohin? Warum aufs Rathaus?«

»Sei Er jetzt still, Standa. Dort soll Er dann reden.«

An dem altehrwürdigen Bau tat sich das Tor auf. Drei Stufen auf einmal nehmend sprang der dicke Goldbart zum ersten Stockwerk hinauf, rannte den Gang entlang: da war die Tür zu Zerffens Amtsgemächern. In einem Vorraum saßen drei hagere Gestalten. Eine von ihnen erhob sich hinter dem tintenbekleckst en Tisch: Was die Herren wünschten?

Den Zerff wolle er sprechen, keuchte Wanka hervor.
Der Hagere hob die Brauen, sandte einen sprechenden Blick nach seinen Gesellen: Der Herr Oberkanzleirat sei leider nicht zugegen.
»Schon wieder nicht zugegen? Niemals ist er zugegen, der Herr Oberkanzleirat, der Zerff, der saubere Kerl.«
Die Sbirren erschraken über die ungeheuren Worte. Sie beugten sich über ihre Akten und krümmten die schwarzen Finger um die Federstiele. Stille entstand. Totenstille; es war, als stockten die Herzen der Amtsknechte unter ihren Lüsterkitteln. Man hätte eine Fliege summen hören können, doch war keine Fliege da, nicht einmal ein einziges armseliges Exemplar von einer Amtsstubenfliege, die letzten ihrer Gattung moderten, längst von Frost und Hunger überwältigt, zwischen den geschlossenen Doppelfenstern.
»Dann will ich den Pomaly sprechen«, versetzte Wanka mit schon gedämpfter Stimme. »Der Pomaly, ist er am Ende auch nicht da?«
»Der Herr Stadtoberbürgermeister Baron Pomaly von Pomaletz!« verbesserte ihn einer der Beamten würdevoll. »Der Herr Oberbürgermeister werden möglicherweise zugegen sein.«
Eine Minute später wurde dem Makler die Tür des Barons geöffnet. Mit bebender Stimme trug er dem silberhaarigen Herrn die verworrene Geschichte seiner Leiden vor.
»Und dieser Zerff hat mich zugrunde gerichtet. Dieser gewissenlose, lasterhafte Mensch! Zum Stadtverordneten haben Sie ihn gemacht, Herr Baron, die ganze Stadt redet davon, wieviel Sie auf ihn halten. Eine Schlange nähren Sie am Busen.«
»Mein Herr, ich möchte bitten – –«
»Ich hab jemand mitgebracht, der kann Ihnen mehr erzählen. Standa, komm herein.«
Wanka zog die Portiere zurück und ließ den Kellner eintreten. Der Baron zog die Brauen in die Höhe.
Er saß hinter seinem Tisch aufrecht in dem hohen Amtsstubensessel, der den Scheitel seines Hauptes noch um Ellenlänge überragte. Die schmalen, in Lackstiefeletten steckenden Füße standen unter dem Tisch nebeneinander auf dem Parkett. Die Hände, die in den Gelenken vor Zartheit zerbrechlich schienen, lagen auf der polierten Platte des Tisches. »Das ist der Standa!« rief der Besucher

triumphierend und suchte die ängstlich sich windende Gestalt des Kellners in die Mitte des Gemaches zu drängen. –
»Standa, jetzt rede du!«
»*Wer* ist das?« fragte der Baron in gedehntem Tonfall.
»Standa, wie heißt du?« – »Knoflik.« – »Stanislav Knoflik – Kellner bei Gottjeschowetz, wohnhaft im Dwur.«
»Wo bitte?«
»Im Pongratzschen Hof. Er kennt Doktor Zerff.«
»Aha.«
»Nun rede schon, Standa, der Herr Baron wird hören.«
Standa machte die dritte oder vierte Verbeugung, »Bittschön, gnädiger Herr, zu Befehl.«
»Was war mit dem Zerff und der Amelie?«
»Zu Befehl, gnädiger Herr.«
»Red doch, Kerl, und stottere nicht herum.«
Standa windet sich. »Zu Befehl, ich rede schon. Aber ich kann nichts dafür, ich bin ein armer Mensch: Unsereiner sagt, was er hört.«
»Schnick-schnack. Der Zerff war bei der Amelie, ja oder nein?«
»Bitt schön, ich glaube: Ja.«
»Du glaubst?«
»Zu Befehl, bitt schön, gesehen hab ich ihn nicht. Aber alle haben so geredet in den Abruzzen.«
»In den – wo, bitte?« Der Baron hatte gefragt. Er hatte seine silbrig-schimmernden Brauen noch höher in die Stirn gezogen, hatte mit der Hand den Rand seines Ohres berührt.
»In den Abruzzen, in Skurnian, in der Vorstadt, Euer Gnaden.«
»Standa, rede doch, rede doch endlich«, schrie Wanka verzweifelt.
Standa trippelte auf einem Fleck hin und her. Er sandte einen furchtsamen Blick nach dem Goldbart, sein zerknittertes Gesicht zitterte.
Der Baron winkte ab. »Es genügt. Es genügt, Herr – wie war Ihr Name? Herr Wanka. Ich bin im Bilde.«
Standas Zwergenmiene leuchtete auf. Rasch wie ein Wiesel war er in der Portiere und dahinter verschwunden. Der Goldbart blieb mit dem Baron allein.
Es wurde still. Der Baron senkte die Stirn. Mit dem Anstand des

Weltmannes zog er die Füße sachte unter sich, legte die Hände auf die äußerste Kante des Tisches. So suchte er anzudeuten, daß er sich zu erheben gedachte. »Es tut mir leid«, sagte er mit zartfühlend näselnder Stimme. »Ich bedaure außerordentlich. Aber Sie werden nicht erwarten, lieber Herr – Herr – Wanka, daß ich Argumenten dieser –«, der Blick des Barons streifte den Platz, auf dem der Kellner gestanden, »– dieser Art großen Vorteil einräume.« Jetzt erhob er sich. »Es ist sicher aller Ehren wert, daß Sie, lieber Herr, der Unantastbarkeit unserer Beamten auch in der – privatesten Sphäre so große Beachtung schenken, allein –«, der Baron seufzte ein klein wenig, »allein es ist nicht üblich, die persönliche Moral zum Gegenstand amtlicher Erörterungen zu machen. Ich danke Ihnen.«
Aber Wanka stand wie festgewurzelt. »Persönliche Moral!« wiederholte er, seine Stimme klang dumpf. »Herr Baron, auf die persönliche Moral pfeife ich. Aber der Zerff hat mir unter dem Siegel der Verschwiegenheit – – ein *Amtsgeheimnis* verraten. Verstehen Sie: ein Amtsgeheimnis! Sehen Sie, da wird Ihnen anders zumute.«
Der Baron erblaßte.
»Er hat mir verraten – soll ich Ihnen sagen, was er verraten hat?«
»Ich – muß Sie darum bitten –«
»Er hat mir verraten, daß ein neuer Bahnhof gebaut werden soll. Ja«, fuhr Wanka fort, Triumph blitzte aus seinen verquollenen Augen. »Er hat mir auch verraten, *wo* er gebaut werden soll, Herr Baron. Das *Wo* nämlich, Herr Baron, das ist der springende Punkt, das interessiert uns Makler.«
Pomaly öffnete langsam den Mund.
»Am Dwur soll er gebaut werden«, vollendete Wanka. »Drum hab ich den Dwur auch gekauft.«
Der Baron setzte sich nieder. Die Farbe kehrte in sein Gesicht zurück. Er griff nach seinem Zwicker, setzte ihn auf, setzte ihn wieder ab, schüttelte den Kopf. »Ich weiß nicht, was ich dazu sagen soll. Ich weiß von keinem Bahnhof, der gebaut werden soll, ich weiß von keinem Dwur, der verbaut werden soll. Ich begreife nicht, wie der Zerff zu solchen Scherzen kommt. Nein, nein, lieber Herr, Sie dürfen's mir glauben, da wurde kein Amtsgeheimnis verraten, ist alles blauer Dunst.«

Eine kleine Viertelstunde später klopfte der Baron an Zerffens Tür.
»Ich darf wohl eintreten? Guten Tag, lieber Freund. Was treiben Sie? Viel Arbeit?!«
Zerff schlug ein Zeitungsblatt zusammen. »Eh, es geht.«
Pomaly ließ sich nieder. »Schlimmes Wetter, nicht wahr? Ich spüre meine Rheumatis.«
»Herr Baron sollten es mit Freiübungen versuchen.«
»Hm. – Ich komme zu Ihnen, Doktor, nicht von ungefähr. Soeben spielte sich bei mir eine unerquickliche Szene ab. Eine höchst unerquickliche Szene – – und leider Ihretwegen.«
»Nicht zu glauben.«
»Kennen Sie einen Makler?«
»Einen – wie bitte?«
»Einen Grundstückmakler.«
»Nicht daß ich wüßte –«
»Groß, blond und ziemlich beleibt. Ein Schwager von Bourdanin. Er war bei mir und klagte, klagte Sie bitterlich an. Sie hätten ihn zu einem Kauf verführt, der ihn ruinierte. Sie hätten ihm unter dem Siegel der Verschwiegenheit Dinge anvertraut, die Sie niemals hätten unbefugt mitteilen dürfen. Überdies waren diese Dinge ganz absurd und aus der Luft gegriffen. Der Mann hat seine Spekulationen darauf begründet. Er stehe, sagte er mir, vor einem dritten Wechseltermin und werde in Konkurs gehen müssen. Und Sie, Zerff, haben ihn ins Unglück gestürzt.«
Zerff hatte die Hände in die Seiten gestemmt und starrte den Baron aus grünlichen Glitzeraugen an. »Ich verstehe kein Wort«, sagte er. »Kein Wort! Was hätte ich getan? Ich hätte etwas verraten, was ich nicht hätte verraten dürfen. Und im übrigen war, was ich verraten hätte, absurd. Herr Baron, das geht über meine Fassungskraft.«
»Aber, Zerff –«
»Ich soll ein Amtsgeheimnis mißbraucht haben, habe es aber nicht mißbraucht, weil das Geheimnis nicht bestand. Das verstehe, wer will!«
»Zerff, ich will Sie nicht anklagen. Aber der Mann – der Mann tat mir leid.«

»Und was sagten ihm Herr Baron?«

»Ich sagte, es müsse ein Mißverständnis bestehen. Ich sagte, Sie könnten höchstens einen Scherz gemacht haben.«

Zerff schwieg. Dann brach er in ein Gelächter aus. »Da haben Herr Baron auch genau ins Schwarze getroffen. Ja, ja, jetzt kann ich mich entsinnen: es war ein Scherz. Ich traf den Mann, wie heißt er gleich? Traf ihn – offenbar nach einem Mulatschak – in entsprechendem Zustand. Na, Sie erlassen mir die Beschreibung. Er faßte mich am Knopf und schwadronierte; er wolle etwas von mir wissen, wolle einen Rat von mir haben. Da sagte ich ihm irgend etwas, nur um ihn loszuwerden, etwa: Kaufen Sie sich am Monde an. Oder: Steigern Sie den Pongratzschen Hof! – Prompt hat der Mann ihn ersteigert. Kann ich dafür, daß er ein Narr ist?«

Der Baron saß und betrachtete seine Fingernägel. »Aber er weinte«, sagte er nach einer Weile leise.

»Nicht möglich.«

»Er zitterte am ganzen Leib. Er schien äußerst erbittert.«

»Wie dramatisch!«

»Zerff«, sagte der Baron, »ich fürchte, Sie sind ein hartgekochter Bursche.«

Zerff brach abermals in ein Gelächter aus. »Aber mein verehrter Herr Baron, wo käme man denn hin, wenn man sich über jeden Zufall des Lebens erregte. Glauben mir Herr Baron, wir gehen ganz anderen Zeiten entgegen. Hier – in der Presse steht eine köstliche Notiz: Der Zar hat einen baschkirischen Stamm unterworfen und die Männer dezimieren lassen. Weiters: In Afrika ist Gordon zu Chartum von den Derwischen ermordet worden, und die Engländer, die ihn hingeschickt haben, sahen kaltblütig zu und rührten nicht den Finger. – Dann: In Frankreich haben streikende Bergleute den Sohn eines Grubenbarons, einen fünfzehnjährigen Knaben, an Zaunlatten aufgespießt. Dafür hat Militär in die Demonstranten gefeuert: Sechs Tote, darunter vier Weiber.«

»Ja, ja, ich weiß schon.« Der Baron winkte ab. »Ich kenne Ihre Prognosen für die Zukunft. Allein nicht jedermann ist dazu geschaffen, sich an ihnen zu ergötzen.« Er erhob sich, Zerff begleitete ihn an die Tür.

»Auf heute abend!« schloß der Baron das Gespräch mit einem müden Blick in des jungen Mannes Gesicht. »Meine Frau hat Sie, wie ich hörte, zum Souper geladen.«

## *Im Johanniterhaus*

Jener Winter war im Haus der Johanniter eine stille Zeit, still und tief wie Moorwasser, wie Wasser im Grunde vermauerter Brunnen. Vlasta erwartete ein Kind.

Es war ihr schon bei der Hochzeit schwergefallen, das Kleid, das weißseidene Brautkleid über dem Mieder zuzuknöpfeln. Jetzt schon, im vierten Monat, verriet ihre Figur ihren Zustand. Vlasta war von Natur nicht geschaffen, Nachkommenschaft in die Welt zu setzen: die arme Störnäherin, das unterernährte Proletariermädchen, Tochter einer kränkelnden Mutter und eines trunksüchtigen Vaters, war in der Kindheit schon von der englischen Krankheit befallen worden. Ihr Becken war verengt, ihre Brüste dürftig. Sie hielt sich schlecht und sah bald elend aus. So war sie in das bürgerliche Haus und damit in ihr fremde Lebensumstände gekommen.

Hans hatte sich, wie es seinem gutmütigen Wesen entsprach, noch einmal, gleichsam pflichtgemäß, in seine junge Frau verliebt. Er wollte noch einmal Flitterwochen mit ihr feiern, fand sie lieb und sogar hübsch und gewöhnte es sich an, ihr wie einer Dame die Hand zu küssen. Vlasta lächelte ein wenig spöttisch über sein Gehaben. Ihr hasenzähniges Gesicht magerte ab, es bedeckte sich mit bräunlichen Flecken, die Augen sanken in ihren Höhlen ein.

Vlasta hatte nicht mehr Vater noch Mutter noch Geschwister. Katschenka stand ihr jetzt am nächsten von allen Menschen. Katschenka hatte ihr, das wußte sie genau, die Heirat verschafft. Die alte Zirkusköchin war ihr jetzt Mutter und Freundin. Lange Stunden saßen sie und steckten die Köpfe zusammen. Katschenka sprach: »Das merke dir, Vlasta! Was deine Zeit ist: sieben Monate müssen es sein nach der Hochzeit, bis du das Kind kriegst. Sieben Monate, kein Tag darf fehlen, so lange mußt du aushalten.«

Und ein anderes Mal: »Soll dein Kind ein Bankert sein, Vlasta, eine

Schande für dich und den Honsa? Die Schande verzeiht er dir nicht. Einmal wirft er's dir vor. – Laß dir nichts einreden von Liebe, Vlasta, ist nur ein Getue von den Herrschaftlichen. In Wirklichkeit sind sie alle gleich, die Männer. Kriegst einen Fußtritt so oder so. Sieben Monate müssen's sein, Vlasta, dann kann er nichts sagen.«

»Sieben Monate«, wiederholte die junge Frau und ballte die Hände zu Fäusten. »Wenn ich's nur aushalt, Katschenka!«

»Werd ich dir helfen, Vlasta, kannst dich verlassen. Wenn die Katschenka verspricht, dann hält sie. Mußt mir nur folgen und brav sein.«

»Will ja, will ja«, nickte die Junge und zog die Lippen über die Zähne hinauf. »Und kost es, was es wolle.«

Fürs erste verbot die alte Köchin der Schwangeren sich zu schnüren. »Dick werden kannst«, sagte sie, »geht niemand was an. Sollen sie gaffen und klatschen, was muß es dich kümmern? Brauchst nicht mehr schön sein, Vlasta, bist dem Hans seine Frau; kann dich niemand wegjagen vom warmen Platzerl.«

»Ja, aber – –«

»Nichts mit aber, Vlasta. Mußt mir folgen, sonst kriegst das Kind zu früh und jeder darf mit Fingern auf dich weisen dein Leben lang. – Sachte mußt du gehen, Vlasta, darfst dich nicht bücken. Laß den Honsa dir die Schuhe schnüren, oder ich tu's dir selbst, tu's dir gern, armes Hascherl, hast niemand gehabt dein Lebtag, der dir was Gutes getan hätte. Und nicht Stiegen steigen, Vlasta; Stiegen sind gefährlich. Und den Honsa halt dir fort, sonst ist's aus und geschehen.«

»Ja«, sagte Vlasta. »Mir soll's recht sein.«

»– Und sitzen sollst du, Vlasta, immer sitzen oder liegen, das tut gut. Das dickt das Blut, das macht die Säfte faul. Die Faulen kriegen die Kinder nach der Zeit.«

Vlasta gehorchte und hielt sich an Katschenkas Worte. Sie legte die Schnürung ab, sie ging nicht mehr aus. Sie durfte nichts heben, nichts tragen, sie durfte nicht an die Nähmaschine. Sie wurde träge und dick, dick auf die besondere Art und Weise ihrer Konstitution; ihre Wangen fielen ein, ihre Hände wurden durchscheinend dünn, ihre Lippen waren ohne Farbe; ihr Leib aber wölbte sich, unter der flachen Brust trat der Bauch hervor.

Als der Tag in die Nähe rückte, den die Weiber als den Tag der Niederkunft errechnet hatten, hieß die Alte Vlasta zu Bett gehen. Das Lager stand in dem finsteren Alkoven, abseits vom Licht, fern vom Lärm. Immer hielt Katschenka das Fenster geschlossen, kein Besuch durfte mehr zu Vlasta hinein. Die Zirkusköchin zog ein Fläschchen aus der Rockfalte.

»Das ist es, was ich dir versprochen hab, Vlasta, mein Täubchen. Davon nimmst du jetzt einen Löffel und in ein paar Stunden wieder einen Löffel. Das wird dir zu den sieben Monaten helfen, dann ist dein Kind ehrlich geboren.«

Vlasta nickte und nahm, was ihr die andere an die Lippen hielt; es war ein brauner, bitterer Saft, Vlasta schluckte ihn, sie schluckte immer wieder, des Tages drei- und vier- und fünfmal.

Sie versank in einen Dämmerschlaf, schlief Tag und Nacht, oft mit starr geöffneten Augen, wie die Hasen tun.

Und wieder störte sie Katschenka mit dem Löffel auf.

»Schon wieder?« murmelte die junge Frau und wälzte sich ächzend herum. »Bin schon ganz dumm davon. Ich habe Durst – – Durst! Gib mir Wasser!«

»Kriegst Wasser, kriegst Tschaj, kriegst alles, mußt aber vorher schlucken. So – so ist's gut. Wirst sehen, wie es nutzt.«

»Ja, ja, Katschenka, ich glaub es dir.«

»Und daß das Flascherl niemand sieht, Vlasta, niemand! Hörst du? Auch der Honsa nicht.«

Hans kam aus dem Amt nach Hause. Ehe er die lederne Tasche abgestellt hatte, guckte er zu Katschenka in die Küche hinaus.

»Wie geht's? Ist's endlich so weit?«

»Wieso? Was soll so weit sein?«

»Aber die Vlasta doch . . .«

»Die Vlasta schläft.«

»Immer schläft sie jetzt. Es wäre doch Zeit.«

»Was heißt: Zeit? Pah. – Nur immer wegbleiben von ihr, Herr Honsa. Und leise sein.«

Hans begab sich zu seiner Frau. »Vlasta, Vlastitschko!«

Sie regte sich nicht.

Er setzte sich sacht auf den Bettrand, nahm ihre Hand. »Hörst mich denn nicht?«

Vlastas Gesicht zuckte. Sie öffnete ihre Lider einen Spalt breit, murmelte etwas – Hans verstand es nicht.

»Vlasta, was hast du? Bist du krank?«

Die Lider fielen ihr zu.

Der Mann sprang auf. »Um Gottes willen, was ist dir denn?«

Von seinem erregten Ton erschreckt, tat sie die Augen auf. Sie richtet sich sogar auf, sie starrte ihn blöde an. »Honsa?«

»Ja, ich bin's. Mein Gott, was ist denn eigentlich mit dir? Ich weiß ja nicht, wie andere Frauen sind, wenn sie ein Kind bekommen sollen. Aber das hab ich doch noch nicht gehört, daß eine so war wie du, – – so totschlächtig, so – – wie vergiftet.«

In den starren Pupillen der Frau zuckte es auf; aber gleich sank sie wieder zurück und wollte schlafen.

»Soll ich einen Doktor holen? Ja, ich hole einen Doktor.« Er sprang auf. »Ich halte das nicht mehr aus, das geht nicht mit rechten Dingen zu.«

Aber als er zur Tür hinauswollte, stieß er auf Katschenka. Sie mußte die ganze Zeit gehorcht haben. »Wo gehst du hin? Zu Doktor? Nix da, zu Doktor – – bleibst schön zu Hause.«

»Aber sie stirbt.«

»Nix stirbt sie«, versetzte die Greisin düster. »Und stirbt sie, brauchst nix klagen, du! Hättest sie sitzenlassen im Elend, schlimmer als der Tod.«

In seiner Stube saß Vater Johann, der alte Patriarch. In den letzten Jahren war er sehr zusammengeschrumpft. Noch immer zwar trug er sein Lockenhaar sorgfältig gescheitelt und den Backenbart so schön gebürstet, daß sich jedes Härchen in eine Krause bog. Aber das Gesicht war hohlwangig geworden, die Lippen waren verschwunden, und die klaren, blauen, immer noch schönen Augen blickten mit einem kindisch-hilflosen Ausdruck in die Welt. Er hörte schlecht, das machte ihn schreckhaft. Sooft ihm jemand unvermutet ins Gesichtsfeld kam, fuhr er zusammen.

So erschrak er auch heute, als Hans zu ihm in die Stube trat.

»Du bist es, Honsa!« sagte er und führte das Taschentuch an den Mund. »Ah, ich habe dich nicht kommen gehört.«
»Ich habe schon zweimal gegrüßt«, versetzte der Sohn. Es geschah ihm jetzt oft, daß ihn Ungeduld überwältigte im Gespräch mit seinem Vater. Allein daß er gezwungen war, jedes Wort laut herauszuschreien, stachelte ihn zu zornmütiger Wallung.
»Guten Tag!« Der Vater hatte sich gefaßt und lächelte jetzt heiter. »Du bist heute früh aus dem Magistrat gekommen.«
Hans nickte zerstreut. Er ging in der Stube umher und suchte nach dem Schlüssel zur Glasservante, in der, wie er wußte, eine Flasche stand. Der alte Johann pflegte den Schlüssel abzuziehen und vergaß dann regelmäßig, wohin er ihn gelegt. Endlich hatte Hans den Schlüssel gefunden. Er öffnete den Schrank und goß sich ein Gläschen voll. Dann begann er in der Stube auf und ab zu schreiten.
»Ich bin wegen Vlasta gekommen«, sagte er laut gegen das Ohr des Vaters geneigt. »Ich glaube: Vlasta ist krank.«
Der Vater lächelte unverändert freundlich. »Krank –? Ach nein, das denkst du nur.«
»Krank, freilich krank!« rief Hans aufgebracht. »Merkst du denn gar nichts, Vater? Sie sollte doch längst niederkommen.«
Aus des alten Mannes Zügen verschwand das Lächeln. Es malte sich ein Erschrecken auf ihnen. »Wie«, sagte er, die Hand hinter das Ohr haltend. »Wer ist zu Vlasta gekommen?«
»Niedergekommen sollte sie sein«, schrie Hans so laut er konnte. »Weißt du denn nicht: im vierten Monat war sie, wie ich sie geheiratet habe.«
Der alte Patriarch fuhr zurück, seine Augen weiteten sich. »Oh!« Eine zarte Röte verbreitete sich auf seinen eingefallenen Wangen. »Aber Hans –« Hans starrte den Vater aus zornblinden Augen an. Es packte ihn wie ein böser Geist: Die Unwissenheit des alten Mannes empörte ihn. – »Freilich. Was hast du denn gedacht? Ich habe sie doch nur deshalb genommen; so eine wie die Vlasta nimmt man doch nur, wenn sie ein Kind kriegt.«
Vater Johann errötete noch tiefer. Er öffnete die dünnen Greisenlippen, hinter denen die zahnlosen Kiefer bebten. In seinem Gesicht erschien etwas wie Furcht. »Das – das verstehe ich nicht.«

»Nein, du verstehst ja überhaupt nichts, hast nie etwas verstanden vom Leben, bist immer nur in deinen vier Wänden gesessen und hast dir den Rücken am Ofen gewärmt. Was denkst du denn wohl, daß die Vlasta vielleicht eine Jungfrau gewesen ist? Aber deshalb ist sie doch nicht schlechter, nicht um einen Deut. Das sind doch nur die alten Faxen und Firlefanzen, die neue Zeit wird nicht mehr nach solchen Dummheiten fragen. Ob sie das Kind zu früh bekommt oder nicht, das ist mir gleich, wenn es nur mein Kind ist und einmal ein guter Tscheche wird.«
»Ein Tscheche?« fragte der Vater stammelnd.
»Freilich, ein Tscheche und ein guter Roter, verstehst du, ein Sozialist. Wirst doch nicht denken, ich werde meine Kinder zu deinesgleichen erziehen, zu Bürgern und Deutschen, zu Pfaffenknechten und Kanonenfutter. Damit hat es ein Ende, Gott sei Dank.«
»Aber – aber«, stammelte der alte Mann.
»Was hast du an deiner deutschen Verwandtschaft?« schrie jener fort. Er hatte inzwischen ein zweites und drittes Glas in sich hineingestürzt. »Belogen und betrogen haben sie uns, von deinem Bruder angefangen, dem hochverehrten Balthasar. Das Glück hat er dir gestohlen, deinen Anteil am Los, der Ehrenmann.«
»Nein!« Der Greis hatte dieses Wort ausgestoßen, hatte sich halb von seinem Sitz erhoben und seine Rechte, die hagere, bläulich-weiße, hochgeäderte Hand gebieterisch gegen den Sohn ausgestreckt. »N–! Nein!« stammelte er. Da knickte er zusammen, fiel über den Tisch und glitt, zu einer leblosen Puppe geworden, in den Sessel zurück.
»Vater!« schrie Hans.
Aber der Vater antwortete nicht mehr.
Ein paar Sekunden stand der Sohn wie versteinert. »Was ist denn?« schrie er dann und sprang hinzu. »Was ist denn, Vater?«
Endlich begriff der Sohn, daß etwas Schreckliches geschehen war, etwas Nichtwiedergutzumachendes. Er umfaßte den schwarzberockten, krummgebückten Rücken, er rüttelte an den Schultern und an dem schwankenden, schmalen, blondergrauten Haupt. Dann lief er und holte Hilfe. Mit Katschenka trug er den vom Schlag Gerührten in sein Bett.

## *Versuchung*

Indessen war es Februar geworden. Seit Wochen herrschte in Stadt und Land ein überlustiger Fasching. Abend für Abend rollten in allen Gaststätten und Sälen die Lustbarkeiten ab: Redouten, Kränzchen, Bal parés. In allen Geschäften lagen Masken und Larven ausgestellt, bei allen Coiffeuren wurden Perücken und falsche Bärte angeboten. Auf den Straßen hörte man die Leute von nichts anderem sprechen: Heute abend, als Kolombine – – –! Hast du die Maske gewechselt? – Was macht dein Harlekin? — Am Morgen war das Pflaster mit Konfetti besät, und in dem frischgefallenen Schnee lagen die roten Papierschlangen wie blutige Schnüre.

Auch in dem Hotel Baldetzky, das dem Kameralamt gegenüberlag, wurde ein Fest nach dem andern gefeiert. Fast jeden Abend erscholl die Tanzmusik aus den honiggelb erleuchteten Fenstern. In endlosen Reihen fuhren Kutschen und Schlitten vor. Vermummte Schattengestalten eilten gegen die schwingende Drehtür empor.

Wenn Ernestine spät am Abend das Haustor des Kameralamtes schloß, geschah es zuweilen in solchen Nächten, daß sie noch in das Vorgärtchen trat und sich an den niederen Zaun lehnte, der es von der Straße schied. In ihr Tuch gehüllt, lauschte sie hinüber. Stärker oder schwächer, je nachdem die Luft wehte, drangen die Töne herüber, die bald jauchzten, bald klagten. Hinter den hohen Fenstern sah man die tanzenden Paare, Schattenrisse hinter den hellen Milchglasscheiben. Dann und wann kamen Maskierte vorbei. Ängstlich wich das Mädchen zurück, huschte in das Tor, schob hastig den Riegel vor. Der Vater lag meist schon zu Bett, las in einem Buch oder er saß im Schlafrock auf dem Sofa und schmauchte seine Pfeife zu Ende. Die Kuckucksuhr schlug zehn. Das Mädchen wünschte eine gute Nacht und ging in ihre Kammer.

Auch heute war es so gewesen; doch kaum hatte Ernestine den Vater verlassen, als sie wieder zurückkehrte. Etwas an ihrem Gehaben ließ den Vater aufblicken.

»Was ist, Ernestine? Du siehst so erschrocken? Ist etwas geschehen?«

»Nichts – nichts ist geschehen.« Das Mädchen atmete stoßweise, krampfhaft bemüht, seine Aufregung zu verbergen. – »Aber ich wollte dich fragen, Vater: Ist jemand heute hiergewesen?«

»Wer sollte denn hiergewesen sein?«

»Ah – –. So – –. Ja – – gute Nacht.«

Ernestine zog die Tür ihrer Schlafkammer wieder hinter sich ins Schloß. Innen drehte sie den Schlüssel um.

Auf ihrem Bett lag ein Brief, auf dem Tisch stand ein Korb roter schwarzgetupfter Tigerlilien.

Davor stand Ernestine still und versuchte ihres Entsetzens Herr zu werden. »O Gott«, flüsterte sie, »wie kam das herein?«

Noch nie hatte sie sich gefürchtet in dem altvertrauten, engen Gelaß. Jetzt aber fürchtete sie sich. Wer war hier gewesen in ihrer Kammer, wer hatte sich erdreistet hier einzudringen? Ein Fensterflügel stand halb geöffnet. Ernestine stürzte hin und drückte ihn zu. Doch ehe sie den Riegel noch ordentlich festgehakt, fuhr sie erbebend zurück. Ihr war, als bewegte sich etwas vor dem Fenster. Im Fensterglas spiegelten sich die Blumen. Aber mischte sich nicht in ihr giftiges Rot der starre Blick grünlicher Glitzeraugen? Ernestine schlug die Kerze aus. Jetzt war es finster um sie, aber war sie allein? Noch immer waren die Blumen da, der fremde Duft, den sie wie einen Hauch von Schändung atmete. Was stand rings um sie in der Finsternis, was lag unter dem Bett verborgen, was wehte hinter dem Vorhang oder streckte die Hand schon nach ihr aus?

Auf dem Boden lag der Umschlag, den sie zuvor gefunden, aufgerissen, zerknüllt und weggeworfen hatte. Ohne Unterschrift war der Brief, in ihm eingeheftet ein Billett zum Kehraus, zum letzten Fest im Hotel Baldetzky.

Am anderen Tag sagte Vater Halik, als die Tochter von einem Marktgang heimkehrte: »Denke dir, Ernestine, wer hiergewesen ist?«

Das Mädchen fuhr zusammen. »Wer?«

»Du errätst es nicht«, fuhr Vater Halik fort. »Die Baronin Pomaly, die Frau Bürgermeister.«

»Oh!«

»Und was sie wollte – ach, Stinchen, das errätst du erst recht nicht.

Sie wollte dich zu einem Ball einladen, stell dir nur vor! Und sie wolle dich dort auf dem Ball chaperonieren.«
Ernestine stand stumm.
»Das ist eine Ehre, Ernestine! Sie hat dich so oft in der Kirche gehört, sagte sie, du habest ihr mit deinem Gesang dort Freude gemacht; da habe sie nachgedacht, wie sie *dir* eine Freude machen könne. Ist das nicht freundlich von ihr? Nun, was hast du denn, Ernestine, du stehst ja da wie eine Salzsäule. Freust du dich nicht?«
Ernestine schien kaum gehört zu haben.
»Bist du jemals auf einem Ball gewesen?«
»Wie?«
»Ich fragte, ob du jemals auf einem Ball gewesen bist?«
»Ich? Auf einem Ball? Nein, Vater. Das weißt du doch.«
»Hast du denn jemals getanzt?«
»Getanzt? Nein, ich glaube nicht. Oder ja – einmal – – – auf der Bauernhochzeit, damals, an dem Tag, bevor sich Mariechen verlobte.«
Der Vater trat näher. »War das alles?«
Ernestine wich zurück. »Ja, das war alles.«
Der Vater schwieg. – »Ich finde«, sagte er dann, »daß Frau von Pomaly sehr gütig ist.«
Ernestine wandte sich heftig ab. Mit fliegenden Händen begann sie den Marktkorb auszupacken, sie warf, was sie mitgebracht, auf Tisch und Bank, und manches fiel zur Erde.
»Ernestine!« bat der Vater begütigend.
Das Mädchen hielt inne. Sie versuchte sich zu fassen.
»Verzeih!« sagte sie leise. »Aber ich werde nicht auf den Ball gehen, zu dem mich Frau von Pomaly geladen hat. Die Frau von Pomaly ist sehr liebenswürdig, aber ich werde ihr doch absagen.«
Über das Gesicht des alten Professors glitt ein Schatten. Er seufzte und sagte: »Du mußt wissen, was du tust. Aber ich –«
»Sprich nicht weiter!« fiel Ernestine dem Vater ins Wort. »Sprich nicht weiter, Vater. Ich bitte dich.« Sie war nahe zu ihm getreten. Mit zitternder Hand hatte sie ihn am Rock gefaßt. »Glaubst du das Märchen von Frau von Pomaly? Du weißt nicht, wem du das

Wort sprichst. Das wollte ich dir sagen, Vater, ein für allemal: Wenn ich jemals dazu zu bringen wäre –, du weißt wozu –, dann häng mir lieber einen Mühlstein an den Hals und ersäuf mich wie eine Katze!«

Der alte Professor fuhr zurück, er erblaßte. »Was soll das? Was redest du?«

»Ja!« sagte die Tochter. »Und wenn es dir einfallen sollte, Vater, mir – *auch* mir von der Ehre zu reden, die mir da widerführe – –. So hast du die Marie zu ihrer Ehe überredet. Du weißt ja nichts, du weißt ja gar nichts, Vater, du hast nur Furcht; Furcht um mich, der Zukunft wegen, nicht wahr? Ihr alle habt Furcht vor der Zukunft eines Mädchens, es könnte hungern müssen und betteln gehen, es könnte auf Abwege geraten. Aber vor der Schmach, Vater, vor der Schmach in der Ehe, da habt ihr keine Furcht.«

Am Abend des Balltages, es war der des Faschingsdienstags, ging Ernestine zu Marie.

In der Jagemannstraße hatte sich unterdessen in der Kinderwelt etwas Seltsames ereignet. Klärchen lag mit einem verwundeten Fuß zu Bett. Ihre große Zehe war gequetscht und schaute, mit einem dicken, weißen Verband umgeben, unter dem Deckbett hervor.

Die Kinder begrüßten die Tante mit Jubel. Wie immer, wenn es etwas Lustiges zu erzählen gab, hängten sie sich an ihre Rockfalten, jedes wollte zuerst gehört werden, jedes wollte zuerst berichten. Marie war noch mit dem Abendessen beschäftigt. Später mußte sie die kranke Schwägerin versorgen. Sibylle weilte nun seit fast drei Monaten in ihres Bruders Haus. Sie hatte sich soweit erholt, daß sie sich von ihrem Bett erheben konnte. Aber die immer schon Schattenhafte war durch die Krankheit noch einmal zum Schatten ihrer selbst geworden. Das Zittern war noch schlimmer geworden: Sie konnte sich weder an- noch auskleiden, noch vermochte sie sich zu kämmen. Ihre Augen blickten starr. Wenn man sie auf ihre Füße stellte, so trippelte sie hin und her, tat einen Schritt vor, einen zurück. Die Sprache hatte sie fast ganz verloren. Nur dann und wann brachte sie ein Wort hervor. Marie wiederholte es ihr lobend. Dann breitete sich ein Lächeln auf Billchens erstarrtem gelbglänzenden Gesicht aus, es war merkwürdig, rührend, wie das Blinken eines Lichts.

Seit die Schwester in seinem Haushalt lebte, aß der Rittmeister abends außer Haus. Er wollte Marie damit entlasten. Man richtete ihr aus, daß er im Gasthaus niemals mehr nehme als ein Glas Bier und ein Stück Butterbrot. Marie bat ihn, doch nicht so sehr an sich zu sparen. Er aber winkte ab und sagte: »Was willst du? Ich habe glänzend gespeist.« So standen die Dinge in des Rittmeisters Haus.

Während Marie umherlief, von Arbeit zu Arbeit, wurde Ernestine von den Kindern umringt und mußte die Geschichte von Klärchens Verwundung anhören.

So lautete sie: Das Margaretchen sei in die Tanzstunde gegangen. Sie habe dort knicksen gelernt, Walzer tanzen, Mazurka und Galopp. Die Mutter habe sie begleitet. Da sei es geschehen, erzählte Luise, Margaretchen habe einen Verehrer gefunden.

»Einen Verehrer!« rief Roderich. »Red doch nicht so dummes Zeug! Ich kenn ihn doch, den Bobby, er hat Ohren, so groß wie Fliegenklatschen.«

»Aber er ist doch Margaretchens Verehrer gewesen«, beharrte die kleine Schwester trotzig. »Er hat sie immer geholt und hat ihr in den Mantel geholfen, er hat ihr sogar einmal die Hand geküßt.«

»Das war Pflicht«, versetzte der eifersüchtige Roderich. »Das mußten alle tun, der Tanzmeister hat es kommandiert.«

»Also hat er es kommandiert. Aber das hat er nicht kommandiert, daß der Bobby dem Margaretchen nach der Klavierstunde aufgepaßt hat.«

»Den hätt' ich erwischen sollen, dann hätte ich ihm eine gegeben.«

»Ah, der ist doch viel größer als du und viel dicker. Tante Ernestin, er war der allerdickste von allen Tanzstundenbuben – ja, und er ist dem Margaretchen nachgelaufen bis vor das Haus.«

»So ein schlimmer Junge.«

Margaret hatte bis jetzt in einem Eck gesessen und hatte auf das Geschwätz der jüngeren Geschwister anscheinend nicht acht gegeben.

Jetzt kam sie langsam aus ihrem Winkel hervor, ihr Gesicht war rot; sie schnaubte mühsam, dumpf erregt.
»Na, jetzt erzähl du weiter, Margaret!«
Da trat die Mutter herein. – »Was ist das? Wovon redet ihr, schon wieder von der Geschichte?! Fort, fort ins Bett! Schämt euch, die Ungezogenheit zu wiederholen. – – Ich erzähle dir später davon – –«, flüsterte sie der Schwester zu. »Noch hab ich zu tun.«
Die Uhr schlug acht.
Die Kinder trollten sich. Ernestine blieb allein. Sie trat ans Fenster.
Sie hatte nur mit halbem Ohr auf das Geschwätz der Nichten und Neffen gehört. In ihr pochte das Herz mit schweren Schlägen. Acht Uhr, dachte sie und verschränkte die Hände über der Brust. Um acht Uhr beginnt bei Baldetzky der Ball.
– – Der Saal, dachte das Mädchen bei sich, groß, hell, feierlich. Die Lichter strahlen. An den Wänden hängen die hohen Spiegel, vor ihnen, in ihnen wogt die bunte Menge: Faschingsnarren, Dominos, Zigeunerinnen, Harlekins und Kolombinen. Auf der Estrade sitzen die Musikanten in schwarzen Fräcken und stimmen ihre Instrumente. Das Cello brummt, die Geigen tirilieren. Der Pianist versucht einen Lauf. In den Logen drängen sich geputzte Leute. In der Mittelloge thront Baronin von Pomaly, die Bürgermeisterin.
Der Maître de plaisir fegt eilig durch das Gedränge. Gleich soll der Tanz beginnen, der große Kehraus. Der Maître ordnet den Maskenzug, treibt die Gruppen zusammen, schwingt seinen weißen, goldbequasteten Stock. Und nun ist Raum gewonnen, der Kapellmeister hebt den Stab, die Polonaise beginnt.
Unwillkürlich hat Ernestine das Fenster geöffnet und lauscht. Ihr ist, als hörte sie wirklich in ganz verwehten Tönen die süße, herzbetörende Polonaise von Chopin.
Dann fährt sie zusammen. Marie ist hereingekommen. Sie trägt ein Tablett mit dem Abendbrot für die Schwester. »Komm und iß, Liebe. Die Kinder sind jetzt im Bett, gleich komm' ich auch und setze mich zu dir.«
Zerstreut folgt Ernestine der Einladung. Am Tisch stützt sie das Kinn in die Hand und starrt vor sich hin. – Ja, es ist die Polonaise

von Chopin, die stolze – wilde Zaubermusik, halb Reigen, halb Marsch, Signal zum Fest der Lust, Signal zur Sammlung und Attacke. Wie sich in ihrem Takt die Angesichter heben, die Gestalten straffen, die Augen blitzen, die Füße die blanke Fläche des Parketts stampfen. Lippen bewegen sich zu verzücktem Flüstern. Rings in den Logen funkeln die Lorgnetten. Frau von Pomaly hält das goldene Glas vors Angesicht. Neben ihr ist der Platz leer. Wie aber wäre es, wenn dort eine Maske säße, schwarzgekleidet, tief verhüllt, mit einer roten Tigerlilie an der Brust?

Ernestine würgt es in der Kehle. Sie gießt die Tasse aus dem Kännchen ein, das ihr die Schwester hingestellt, sie nimmt sich Zucker und rührt, nimmt noch einmal: sie weiß nicht, was ihre Hände tun. – – Da kommt Marie herein.

Ernestine blickt die Schwester an. Es ist ihr anzusehen, daß sie einen endlosen rastlosen Tag hinter sich hat, zwölf Stunden Arbeit und Plage, zwölf Stunden Sorge, Kummer, Ärger, Freude. Ihr Gesicht ist schmal, aber von hohem Rot belebt, ihr Haar ein wenig verwirrt, ihr Kleid ein wenig bestaubt. Sie klopft es ab, fingert an der Schürze nach einer eingesteckten Nadel. »Ach, endlich – –. Ich bin müde. Laß es dir schmecken, Ernestine. – – Was wollt' ich dir erzählen? Ja, stell dir vor: wie das zuging mit Klärchens gequetschter Zehe. – – Aber, Liebe, du hast ja nicht genommen. Nicht einmal den Tee hast du getrunken. Iß doch, ich bitte dich. Du bist so blaß.«

»Nein, nein. – Erzähle mir, Marie.«

»Wo soll ich denn beginnen? Ja, das Margaretchen ging in die Tanzstunde, und da war der junge Blecha, ein rechter Lümmel, sag ich dir. – Aber ihm hatte es halt das Margaretchen angetan. Ich war gleich voll Angst; mein Gott, man hat doch immer Sorgen um die Kinder. Ich hab sie scharf im Auge behalten. Nun, ich bemerkte nichts; sie wurde zwar rot, wenn er sie holte, aber sie hielt dann das Gesicht immer weggewandt und gab ihm patzige Antworten. Gut denn, dachte ich; das Margaretchen weiß, was sich gehört. Aber dann, – dann – hat sie etwas getan, was mich doch erschreckt hat, was nicht schön war, gar nicht schön und aller weiblichen Anmut zuwider. – Der Bub lief ihr auf der Straße nach, da bleckte sie ihm die Zunge heraus und machte ihm eine lange Nase.«

»Aber nein, Marie.«
»Doch, doch, es war so. Sie kam herauf und erzählte es den Geschwistern, merkwürdig aufgeregt, in einer sonderbaren Mischung von Triumph und Haß. Die Kleinen lachten, du kannst dir denken, sie fanden es nur lustig. Aber ich erschrak, und als ich sagte, das sei nicht schön gewesen, und es dem Margaretchen verwies, da veränderte sich das Kind auf einmal, es wurde rot und blaß und sagte dann, es werde nicht mehr in die Tanzstunde gehen und auch auf das Kränzchen nicht, mit welchem die Tanzstunden beschlossen werden sollten. Als Balthasar meinte, das seien Faxen und dürften nicht geduldet werden, da begann das Margaretchen zu schreien und zu heulen, warf sich auf den Boden und schlug um sich. Endlich ließen wir sie gewähren. – Aber, Ernestine, du hörst mir ja gar nicht zu.«
»Doch, Marie, ich höre.«
– – Die Polonaise, dachte Ernestine. Wäre nur erst die Polonaise vorbei. Das hatte sie sich immer am meisten gewünscht, in einer Polonaise mitzutanzen, in einem großen, festlichen Saal, zu dieser feierlich schmetternden Musik. Und wie, wenn die Schwarzgekleidete mit der Feuerlilie wirklich in der Polonaise schritte? Und an ihrer Seite ein Mann, auch seine Maske ist schwarz wie die ihre. Er wie sie, beide in den Farben der Hölle. Er bewegt sich geschickt mit biegsamen Schritten, geschmeidig reicht er den Arm herüber, seine Hände stecken in Handschuhen, schwarzen Handschuhen, alles an ihm ist versteckt, verborgen, maskiert.
Dreimal umwandeln die Tänzer den Saal. Ist es derselbe Saal noch? Die Lichter sind erloschen oder fern in die Wände zurückgewichen, aus Höhlen glühen sie, aus rötlichen Grotten. Mäandrisch bewegt sich der Reigen in enger Schlinge, sie verlieren einander, sie finden sich wieder. Das Orchester ist verschwunden oder hat sich verwandelt, zu diesem Tanz spielt keine irdische Musik – –
Marie hat ihre Stopfarbeit aus der Schublade gekramt. »Aber weil die Liste für das Kränzchen schon subskribiert und auch das Kleid schon fertiggenäht war, so sagten Balthasar und ich, es soll nicht alles umsonst gewesen sein. Da hab ich dann das Klärchen hingeführt statt Margaret.«

Auf dem Gesicht der Mutter erblüht ein zärtliches Lächeln.
»Ich hab ihr einen Saum in den Rock geheftet, da hat ihr das Kleidchen schon fast gepaßt, und sie war so herzig und lieb darin, rein wie ein Engel. Als wir in den Saal kamen, riefen die Damen alle: Wie hübsch! Wie herzig! Und ließen die Augen nicht von ihr. Der Tanzmeister kam und walzte mit ihr davon. Ich weiß nicht, wie das kam, daß das Klärchen tanzen konnte, aber es konnte, es hing wie ein duftiges Wölkchen dem Tanzmeister am Arm. So ging alles gut, bis der Bub kam, der junge Blecha, der Bobby.«
Ernestine rührt noch immer in ihrem Tee. Sie hört die Schwester sprechen, aber ihr Blick ist abwesend, sie ist weit fort.
– – Dort in dem Saal ist die Polonaise jetzt verstummt. Zu Ende ist die herzbeklemmende Musik, abgesunken in eine noch beklemmendere Stille. Paarweis, Aug in Aug, um Schrittes Breite nur voneinander getrennt, stehen die Masken einander gegenüber. Feierlich werbend verbeugen sich die männlichen, feierlich dankend die weiblichen Gestalten. Langsam greift Hand in Hand, nähert sich Brust an Brust, ein Atem haucht, eine heisere Stimme flüstert: ›Ernestine‹ – Da singt der Eröffnungswalzer den ersten schmachtenden Ton – –
Indessen fährt Marie zu erzählen fort:
»Da, gerade hat der Galopp begonnen, hör' ich einen gellenden Schrei, das ist das Klärchen, denke ich und stürze schon hin. Ich weiß nicht, wie ich durch den Saal kam, da fiel sie mir in den Arm, kreideweiß. Der Lümmel von einem Blecha war ihr auf den Fuß getreten.«
»Ach nein!«
»Mit voller Gewalt. War's Zufall oder Ungeschick, oder war es Rache dafür, daß das Margaretchen ihm so übel mitgespielt hatte? Als wir das Schühlein auszogen, war der Strumpf voll Blut.«
»Armes Klärchen.«
»Armes Klärchen!« wiederholte die Mutter. »Beim ersten unschuldigen Vergnügen ihres Lebens muß ihr so etwas geschehen.«
»Und was hat die Margaret dazu gesagt?«
»Die Margaret?!« Marie lachte ein wenig. »Die sagte: ›Da hab ich aber Glück gehabt, mir hätte das Rüsselschwein den ganzen Fuß zerquetscht.‹«

Jetzt mußte auch Ernestine lächeln. »Das sieht ihr gleich, der Margaret.«
Eine Weile sitzen die Schwestern still nebeneinander. Emsig zieht Marie den Faden durch die zerrissenen Strümpfe. Die Uhr schlägt neun. Ernestine faltet die Hände im Schoß.
»Wie ist es dir, Marie«, fragte sie leise, »wenn du deine Kinder tanzen siehst? Du hast ja selbst keine Jugend gehabt.«
»Wieso?« fragte Marie zurück. »Keine Jugend?«
Ernestine antwortet nicht.
Langsam läßt die Schwester die Arbeit sinken. »Ich weiß schon«, sagt sie leise, »was du meinst. Ich war nie auf einem Ball, kaum auf einem Fest. Das einzige, was mir damals auf der Weltausstellung gefiel, war der alte Korman und die Fahrt durch die Grottenbahn, zu des Teufels Urgroßmutter. Ich war unwissend und kindisch, und vielleicht hätte der Balthasar eine ganz andere Frau gebraucht als mich. Oft denke ich daran, daß ich die Rosen vergessen habe, die er mir am Hochzeitstag gebracht hat. Mit leeren Händen bin ich zum Altar gekommen.« Jetzt ist Mariens Stimme nur mehr ein Flüstern: »Das war wie ein Zeichen, verstehst du, ein Zeichen dafür, daß ich noch nichts begriff von dem, was ein Mann braucht, wenn er eine Frau nimmt. Ich habe es auch später nicht gelernt oder doch nur sehr unvollkommen. Oh, ich glaube oft, ich bin ihm vieles schuldig geblieben, doch wie soll ich ihm das sagen?«
Tränen stiegen Marie auf. Die Schwester senkte die Lider.
»Du hättest heute auf den Ball gehen sollen«, fuhr die Jüngere fort. »Der Vater hat mir davon erzählt. Du bist nicht gegangen, den ganzen Abend schon denke ich daran, daß du hier bist statt dort; und nun fragst du, Ernestin, wie mir ist, wenn ich meine Kinder tanzen sehe, wo du selbst doch dort tanzen solltest. Du fragst, wo *meine* Jugend geblieben ist. Ich frag' mich oft, wo die deine war.«
Ernestine erhob sich, sie blickte ihrer Schwester fest in die Augen. »Ich will es dir heute sagen. Ich, Marie, wäre ich an deiner Stelle gewesen, ich wäre anders in diese Ehe gegangen; *ich* hätte meine Rosen nicht vergessen am Hochzeitstag. Aber mir war das nicht vergönnt. Du weißt, daß ich's dir keine Stunde geneidet hab, daß ich's

nur besser für dich hätte haben wollen: freier, fröhlicher: glücklich. Du weißt auch, was mir jetzt geschieht.«
Ernestine war bei den letzten Worten tief errötet. Plötzlich lachte sie auf. »Vielleicht«, sagte sie, ihre Stimme bebte, »vielleicht sollte ich so verfahren, wie das Margaretchen gegen den Bobby. Aber das ist, wie sagtest du? gegen die weibliche Anmut. So muß ich's wohl weiter ertragen und dulden und mich versuchen lassen. Ja, Marie, ich *fühle* mich – versucht.«
Marie saß zitternd still.
»Aber habe keine Angst, Marie, ich *falle* nicht.«

## *Tod und Geburt im Haus der dunklen Krüge*

Am nächsten Morgen traf die Nachricht ein, daß es dem alten Johann schlechter gehe. Er hatte zwar nach dem Anfall das Bewußtsein wieder erlangt, aber seine rechte Seite war gelähmt geblieben. Jetzt zeigte ein Fieber an, daß eine Entzündung in seinem alten Körper um sich griff; der flache Atem ging qualvoll in der kranken Brust.
Der Rittmeister begab sich in das Haus der dunklen Krüge. Er fand Katschenka um den Sterbenden beschäftigt. Auf seine Frage, wo denn Hans sei, sagte ihm die Alte, Hans sei durch den Fall so sehr erschüttert, daß er es noch nicht gewagt habe, in die Krankenstube zu kommen.
Und wo denn Vlasta sei, die Schwiegertochter?
Vlasta sei, das wisse der Herr Rittmeister doch, in ihren Umständen und dürfe nicht aufgeregt werden. Sie wisse nicht einmal, daß den alten Herrn der Schlag gerührt habe.
Der Rittmeister runzelte die Brauen. Er sagte nichts. Er verbrachte einen großen Teil des Tages im Hause. Auch am Abend weigerte er sich, den Kranken zu verlassen. Hans und Vlasta blieben verschwunden. In Bourdanin regte sich Mißbehagen, wenn er dachte, daß der alte Johann allein bleiben sollte mit der Zirkusköchin, daß er vielleicht in ihren Armen seinen letzten Seufzer aushauchen sollte.

Lieber wollte er selbst Nachtwache halten.
Gegen zehn Uhr erschien Rübsamen. Nicht er war der behandelnde Arzt, man zog ihn hinzu, nur um der verwandtschaftlichen Rücksicht zu genügen. Bedächtig vollführte er an dem alten Johann seine gewohnten Handhabungen, klopfte den armen, greisen Körper ab, horchte auf den schon müden Schlag des Herzens. Nach seiner Gewohnheit brachte er sein »Hm, hm« und »Aha« hervor, trocknete dem Kranken den Schweiß, bedeckte ihn wieder und trat mit bedrückter Miene vom Bett zurück.
Im Hintergrund wartete der Rittmeister. »Nun, was meinst du, Eduard?«
»Was soll ich meinen, lieber Balthasar? Der Doktor Levi hat mich schon vorbereitet. – Wir müssen wohl mit dem Schlimmsten rechnen. Armer Onkel, so geht er dahin.«
Rübsamen legte sein Instrumentarium zusammen. Er saß nieder, rieb sich die trüben Augen. »Armer Onkel«, wiederholte er. »Ich habe ihn sehr verehrt.«
»Ein guter, redlicher Mann. Nur zu schwach gegen die Seinen, viel zu schwach.«
»Ach, ach«, sagte Rübsamen, »was hätte es ihm genützt, anders zu sein, der Hans wäre seiner Wege gegangen so und so.«
Der Rittmeister schwieg. Die Uhr schlug elf. »Willst du nicht nach Hause gehen, Eduard? Am Ende wartet man auf dich.«
Der Doktor antwortete nicht. So saßen sie eine Zeitlang nebeneinander, schweigend und lauschend. Im Hause wurde es allmählich still. Nur noch Katschenkas Schritt war zu vernehmen. Einmal öffnete sie die Tür: Ob etwas nötig sei?
»Nein, nein, geht Sie nur schlafen!«
Schlafen gehe sie nicht; sie sei in der Kammer vor dem Zimmer der jungen Frau, und wenn etwas geschehe, solle man klopfen, aber leise, damit Frau Vlasta nichts höre.
Schon gut.
Die Alte verschwand.
Abermals fragte der Rittmeister den Schwager, ob er nicht nach Hause und zur Ruhe gehen wolle.
Nein.

Er sehe nicht gut aus in letzter Zeit, magere ab. Ob er, der Doktor, selber krank sei?

»Ach nein, krank bin ich nicht. Aber mich freut das Leben nicht mehr.«

»Wie das?« fragte der Rittmeister. »Du bist doch sonst immer so allegro.«

»Bin ich das?« Der andere lächelte trüb. »Du lieber Gott, man tut halt, was man kann.« – Und wieder neigte er sein fahles Gesicht in trauriger Grübelei. »Sag mal«, begann er nach einer Weile, »hat deine Frau auch eine Freundin gehabt?«

»Eine Freundin? Wer? Die Marie?«

»Ja.«

»Wieso?« Dem Rittmeister klang die Frage absurd.

»Sagen wir eine – Busenfreundin?«

»Nein – und gar eine Busenfreundin! Wozu?«

»Nun, das ist bei Frauen doch Brauch.«

»Eine Frau hat ihre Familie, und mehr braucht sie nicht.«

»Meinst du? Du bist aber sehr gestreng, lieber Balthasar.«

»Hab ich nicht recht?«

»Ja, aber wenn eine Frau keine Kinder hat – keine eigenen Kinder, verstehst du, so könnte es doch sein, daß in ihrem Leben ein leerer Fleck bleibt, eine öde Stelle –«

»Aber höre!« Der Rittmeister hätte beinahe gelacht, nur die Gegenwart des Schwerkranken hielt ihn zurück. »Redest du etwa von der Rosin? Nein, das kannst du doch nicht glauben, daß in ihrem Leben eine – wie sagst du? leere Stelle ist, wo sie doch dich hat, Eduard, und mit dir, wie sie immer sagt, so glücklich ist. Nimm's mir nicht übel, aber ich fand es schon manchmal abgeschmackt, wie sie immer in allen Tönen euer Glück versicherte; sie wußte schon beinahe von nichts anderem mehr zu reden.«

»Ja, ja, *geredet* hat sie immer davon.«

»Na, – und?«

»Ich will mich nicht beklagen, aber jetzt – ach, Bourdanin. Ich weiß nicht, wie das kam, aber seit die Seraphin aufgetaucht ist, die Freudenschuß, scheint alles verändert. Sie hat sich doch sogar bei uns einquartiert, schläft in unserem Wohnzimmer, weil ihr die Gaststube zu abgelegen ist, in allen Räumen geht sie um, ich weiß nicht mehr, wo ich bleiben soll. Sitze ich da, bin ich im Wege, sitze ich dort, bin ich wieder am falschen Platz. Nach dem Essen nicke ich immer ein in meinem Eckchen, schließlich sind die Sechzig nicht mehr weit, da hat man wohl ein Recht auf ein bißchen Bequemlichkeit. Nachher sind, das will ich zugeben, die Kissen zerknautscht und durcheinander. Hie und da bröselt auch der Tabak aus der Pfeife. – Gestern hatte ich nun gar keine Zeit zu schlafen, die Flora war krank.«

»Flora – wer ist denn das schon wieder –?«

Der Doktor wurde rot. »Der hübsche Goldfisch mit dem hellen Bauch. Also, um es kurz zu machen: die Flora war krank, und ich kam nicht zu meinem Schläfchen. Später kommt die Seraphin herein, schaut auf mein Sofa und flötet: ›Ei, heute ist es aber schön hier, kein Polster verknautscht, kein Tabak verstreut, das laß ich mir gefallen!‹ – Und dann hat sie recht heuchlerisch gelacht.«

»Du bist aber sehr empfindlich, lieber Rübsamen.«

»Das ist aber nicht alles, Bourdanin. Die Seraphin steckt mit der Rosine zusammen und sie spricht mit ihr –, sie spricht mit ihr über Dinge, die mir nicht gefallen.«

»Das würde ich mir verbitten.«

»Verbitten? Du lieber Gott, verbitten! Sie sind ein Herz und eine Seele, und wenn ich etwas sagte dagegen, dann hätte ich sie beide gegen mich.«

»Wie? Auch die Rosin?«

»Ja, ich glaube, auch die Rosin.«

Der Rittmeister schwieg. Sein Gesicht verfinsterte sich. Er trommelte mit den Fingern auf der Tischplatte. »Ah«, sagte er dann, »hab ich's dir nicht gesagt? Eine Freundin taugt nicht. Setz die Person hinaus, dazu hast du das Recht.«

»Das Recht?« fragte Rübsamen.

»Du bist doch der Herr im Hause.«

»Ach, Bourdanin, sage das nicht! Du weißt, das Geld hat die Rosine mitgebracht, und ich – ja, ich habe eigentlich immer davon gelebt –«

»Papperlapapp! Bist du nicht Arzt und hast deinen Beruf, deinen Verdienst?«
»Ah, Bourdanin!« Rübsamen schlug die Augen nieder. »So ist das ja nicht, es ist ja alles ganz anders. Arzt – sagst du, ich bin Arzt, aber was ich für ein Arzt bin, das sagst du nicht. Meine Patienten werden immer weniger. Du und deine Familie, ihr seid mir treu. Sonst –. Der Wanka nahm den Klofatsch, der Schimkowitz den Zunterstein. Niemand sucht mich auf, nur armes Volk, ganz arme hilflose Leute, die froh sind, wenn man ihnen nur geduldig zuhört. Und diesen Armen schreibe ich keine Rechnungen; das tätest du auch nicht, oder?!«
»Hm.«
»Und ein bißchen«, fuhr der alte Mann mit bewegter Stimme fort, »ein bißchen hab ich ihnen vielleicht doch geholfen in den leichteren Fällen. Einige sind doch gesund geworden. Und wie froh und glücklich war ich, daß ich sie umsonst behandeln konnte, daß ich kein Geld von ihnen nehmen mußte. Wenn sie in ängstlichem Ton nach ihrer Schuldigkeit fragten und ich ihnen dann sagen konnte: ›Geht nur, ich tat's für Gottes Lohn!‹, da floß mir das Herz oft über vor Dankbarkeit gegen Rosinchen. Ich ging zu ihr und erzählte ihr, und sie war lieb zu mir, trotz allem lieb, begreifst du, Bourdanin, was mir das für ein Glück war?«
»Und jetzt?« fragte Bourdanin mit grollender Stimme.
Das zitternde Tränenlächeln erstarb auf des anderen Gesicht. »Ja«, murmelte er, »jetzt kenn ich mich nicht mehr aus.«
»Ich will dir etwas raten«, versetzte Balthasar. »Fahr nach Prag und hol dir die Kinder und wirf die Freudenschuß hinaus, die sich an ihrer Stelle bei euch eingenistet hat.«
Eine Weile später ging Rübsamen nach Hause. Der Rittmeister blieb allein mit dem kranken Onkel. Er schraubte den Docht tiefer in die Petroleumlampe, rückte den Lehnstuhl näher an das Bett, schlang sich eine Decke um die erkaltenden Füße, so richtete er sich für eine lange Wache ein.
Die Uhr tickte. Der Onkel schlief. Schlief er oder röchelte er in Todesschwäche? Der Rittmeister beugte sich vor. Er wußte nicht, wie er sich die Schatten deuten sollte, die in den Höhlen dieses Ange-

sichts lagen. Bourdanin hatte noch wenig Menschen sterben gesehen, außer auf dem Schlachtfeld, wo der Tod die Jugend fällt. Vielleicht dauerte dieses Sterben noch lange. Der Rittmeister dachte: Vielleicht irren die Ärzte? Der Onkel war siebzig Jahre alt, aber geschont seit Kindheit. Die Zarten leben lange, dachte der Rittmeister, sie nützen sich nicht ab, sie bleiben wie die Schnecken in ihren Schutzgehäusen.

Er schlug ein Buch auf und wollte lesen. Kaum hatte er vier Seiten bewältigt, als sich ihm das Gelesene verwirrte. Da war er eingeschlafen.

Indessen bewegten sich auch in Johann Bilder und Träume. Aber es waren die Träume eines Sterbenden: die Landschaften seines Lebens lagen vor ihm, weit ausgebreitet und wie von den Blitzen eines fremdartigen Gewitters erleuchtet, eines Gewitters, derlei es nicht gibt in irdischen Bereichen. Seine langen tödlich grellen Blitze konnten nur die vorausgeschickten Strahlen einer anderen göttlichen Helligkeit sein, Vorspiele der großen furchtbaren Wahrheitserweisung, Vorspiel des Jüngsten Gerichts.

Da war der Ringplatz der Stadt, aber schrecklich verändert, zu einem riesigen Rund erweitert, die Häuser an den Rändern klein, dann winzig, zu Ruinen zerfallen, zu schwärzlichen Gerippen verkohlt. Die Kirche in der Mitte des Platzes ist verschwunden, statt ihrer steht eine einzige einsame schwankende Gestalt, es ist Hans, der Sohn, in zerfetzten Kleidern, die Flasche in der Hand, er schwingt sie wie eine Keule gegen den Himmel. Betrogen, heult er, betrogen, betrogen. – Schweig, will Johann sagen, schweig, Sohn, wer hat dich betrogen? Niemand, wenn du dich nicht selbst betrogen hast. Aber er, Johann, hat keine Stimme, und das Wehgeheul des Sohnes dröhnt ihn nieder.

Auf einmal Stille. Wo der Ringplatz war, ist jetzt das Meer, himmlisches Blau, von weißen Segeln gesäumt. Ein großer Mann schreitet über die Mastspitzen dahin, Wolken tragen ihn, es ist Bruder Balthasar, der Hamburger. Er schwingt einen Stab in der Hand, als wäre er auf Wanderschaft, und hat einen Ranzen auf dem Rücken. Auf einmal aber scheint dieser Ranzen schwer und schwerer zu werden, er drückt den Mann hinab, er sinkt zwischen die Masten und

Schiffe und sinkt zuletzt in die Flut hinab. Da ist das himmlische Blau erloschen, und auf der schwärzlichen Wasserfläche schwimmt nur noch der Ranzen, und nun sieht Johann, was in dem Ranzen steckte, der den Bruder niedergezogen hat: er selbst steckt in dem Ranzen, liegt im Bett in Schlafrock und Zipfelhaube, das Katzenfell auf der hüstelnden Brust.
Und zum dritten Mal verwandelt sich die Szene. Der Neffe, der Rittmeister hat ihn, den Onkel, ins Dampfbad gezerrt. Es ist dunkel, Wassergeruch und Geplätscher erfüllen die Luft, ein Katarakt braust heran und vorbei, Dampf wölkt auf, und irgendwo flackern Flammen. Der Neffe ist nackt, schwarze Locken kräuseln sich auf seiner braunen Brust. Zur Vorhölle, sagt er, zur Vorhölle sollst du kommen, dort wirst du mein Reich erblicken. Plötzlich tut sich ein Krater auf, ein Abgrund, drin fließt es heiß und rötlich von Lavagluten. Zuinnerst, zuunterst steht ein Schmied beim Amboß; der Neffe? Es ist der Neffe nicht mehr. Es ist Josefus, der gefürchtete und verhaßte Vater, Erdvater, Urvater, Wieland, Hephaistos, Saturn.

Als Rittmeister Bourdanin erwachte, nahm er verwundert wahr, daß zwischen seinem Lehnstuhl und dem Bett des Kranken ein Wandschirm stand, der zuvor nicht dagestanden. Dahinter bewegte sich etwas, eine Stimme flüsterte; der Rittmeister erkannte die Stimme seiner Frau. Beschämt fuhr er empor. Er hatte geschlafen, hatte sogar überhört, daß jemand gekommen war. Rasch sprang er auf.
Da saß Marie auf dem Bett des sterbenden Onkels. Dieser, aufgerichtet, lehnte in ihrem Arm. Sein Kopf ruhte auf ihrer Schulter. Sein Gesicht war entsetzlich verfallen, es sah aus wie aus gelbem Holz geschnitzt, aber Marie schien sich davor nicht zu erschrecken, sie streichelte seine schweißnasse Schläfe und sprach ihm leise und tröstend zu. »Kein Feuer, nein, keine Feuer wirst du sehen, Onkel, gewiß kein Feuer, Gott ist gut . . .«
Der Rittmeister begriff nicht. »Was ist?«
»Es geht zu Ende«, flüsterte Katschenka, auch sie war da. »Der gnädige Herr redet davon, daß er Feuer sieht. Er hat Angst.«

»Feuer? Unsinn! Wo sollte denn Feuer herkommen?«
»Die Gnädige hat um den Pater geschickt. Der Honsa ist gegangen. Wenn er nur noch zurecht kommt, ach – ach, es ist zu spät.«
Der Sterbende begann zu röcheln.
»Gleich, Onkel, guter Onkel, gleich kommt der liebe Gott zu dir. Er kommt, er läßt dich nicht allein, und droben ist eine grüne, grüne Wiese –«
Der Rittmeister blickte seine Frau an. Sie weinte. Aber sie weinte gleichsam strahlend, gleichsam verklärt, als glaubte sie selbst, was sie sagte. Der Sterbende regte die Lippen, suchte die Augen nach ihr zu bewegen, da sah er Balthasar.
Er erschrak. Seine Lider öffneten sich, daß das Weiße hervortrat, seine Lippen verzerrten sich, er stieß einen heiseren Laut hervor. In seinen hageren Armen zuckte ein Entsetzen.
»Was hat er denn?« fragte der Rittmeister fassungslos.
»Gib ihm das Kreuz«, rief Marie. »Das Kreuz.«
Der Rittmeister wollte zögern. Aber Katschenka hatte schon nach der Wand gelangt und das kleine Elfenbeinkruzifix vom Nagel gerissen. Marie faßte danach. Sie drückte es dem Sterbenden in die Hände. Sobald er es berührte, sank er zusammen. Der Kopf nickte gegen die Brust, lächelte noch einmal. Das Kinn fiel herab. Es währte noch Sekunden, dann war er tot.
In diesem Augenblick erschollen Stimmen und Schritte auf der Treppe und im Flur. Hans hatte den Priester gebracht.

Gegen Morgen verließ der Rittmeister mit Marie das Haus.
»Wo ist Vlasta?« fragte Marie, ehe sie gingen.
»Sie schläft.«
»Weiß sie noch immer nichts?«
»Nein.«
Als die Eheleute aus dem Hause traten, wurde es langsam licht in dem grauen regenschweren, von Wind und schwarzen Wolkensträhnen gepeitschten Himmel. Gestern nacht hatte es noch einmal geschneit, jetzt regnete es. Das Wasser wusch die alten Schneemassen hervor, die schwarzgrauen zusammengeschaufelten, festgestampften Eisgebirge. Die vor dem Tagesgrauen erblaßten Lampen

zuckten grünlich in ihren Laternen. An den Häusern rasselten die Läden hinauf.
Der Rittmeister und seine Frau überquerten den Ringplatz. Marie hatte ihren Schirm aufgespannt und hielt ihn über ihnen beiden. Sie sprachen nicht.
Auf einmal stockte dem Mann der Schritt. In seinem Inneren ballte sich der Gram, übermächtig. Eine Träne rollte ihm die Wange hinab. – Diese Träne schien ihn zu erleichtern. Er murmelte etwas, suchte nach seinem Tuch. Als er die Taschen seines Havelocks leer fand, zog Marie ihr Tuch hervor und reichte es ihm mit einem stillen Blick.

Indessen stand Katschenka in der Küche und bügelte die Grabgarderobe des toten Patriarchen. Oft genug hatte er ihr Hemd und Rock und Gilet bezeichnet, in denen er zur letzten Ruhe gebettet sein wollte. Gewissenhaft führte die Zirkusköchin den Auftrag aus.
Da ertönte die Klingel, Katschenka fuhr zusammen. Das war Vlasta, die nach ihr schellte.
Die Alte eilte hinein. »Vlasta, mein Täubchen, wie hast du geschlafen?«
Die junge Frau richtete sich schlaftrunken auf. Sie klagte: »Ich habe Schmerzen.«
»Sei ruhig, Vlasta, ich bin schon da. Nimm einen Löffel, dann schläfst du wieder.«
Die Hasenzähnige bewegte sich ächzend in den Kissen. »Katschenka, ich muß dir etwas sagen.«
»Sprich, Töchterchen, sprich.«
»Es rührt sich nicht mehr. Schon ein paar Tage rührt es sich nicht mehr. Es ist wie tot.«
Die Zirkusköchin schwieg. Dann sagte sie: »Laß mich hören.«
Gehorsam schlug Vlasta das Deckbett zurück. Als die andere das Ohr hob von dem gewölbten Leib der Hochschwangeren, flackerte etwas wie Angst in ihrem Blick.
»Es wird doch nicht gestorben sein?« fragte die Jüngere furchtsam.

»I wo, i wo. Sei nur ruhig, Vlasta, es wird alles gut. Aber brauchst nichts mehr zu nehmen von dem Saft. Hast genug . . .«
»Ich möchte aufstehen«, bat die junge Frau. »Ich kann nicht atmen, mir ist so bang.«
Nachdem Vlasta eine Weile in der Stube umhergewankt war, griff sie sich ins Kreuz. »Ich glaube, heute wird es sein. Aber – was ist denn für ein Tag? Sieben Monate –? Ist die Zeit schon vorbei?«
»Laß gehen«, sagte die Alte, »es ist schon alles gleich!«
Unter gräßlichen Qualen gebar Vlasta das übertragene Kind. Mit Zangen mußte es zuletzt aus dem engen Becken der Mutter hervorgezerrt werden. Es war tot, und die Hebamme sagte, es habe schon seit Tagen tot im Mutterleib gelegen.
Vlasta ging fast zugrunde an der entsetzlichen Entbindung. Acht Stunden lang schrie sie, daß die Wände davon gellten. Acht Stunden scholl das wilde Jammergeschrei bis in das Zimmer des toten Patriarchen.
Hans irrte zwischen der Bahre des Vaters und der Tür, hinter der sich das Grauen begab, halb wahnsinnig hin und her.
Endlich stürzte Katschenka mit einem verhüllten Etwas heraus. Er wagte nicht zu fragen, was es sei. Später fand er am Fußende des Sarges, in dem die wächserne Gestalt seines Vaters ausgestreckt lag, ein winziges Särglein stehen. Es war mit weißem Flitter verkleidet. Drinnen lag sein Kind, der erstgeborene Sohn und Erbe, der einzige Mannessproß des Johanniterstammes. Doch leider war es zu keinem Freigeist mehr zu machen, zu keinem Tschechen oder Roten. Tot war es, nie zum Mensch geworden; ein Häufchen Ungestalt und Grauen. Das konnte auch der weiße Flitter nicht verbergen, nicht das Jäckchen und Häubchen, das man ihm angelegt. Der Vater ließ den Schleier, der es bedeckte, gleich wieder fallen.
Zwei Kerzen brannten neben dem Särglein, das Bild der Muttergottes vom Weißen Bergl lehnte dabei. Das hatte wohl Katschenka hergestellt; es war ein Versuch, auch diese arme, vorzeitig vom Baum gefallene Frucht der unendlichen Muttermacht der Liebe anzuvertrauen. Aber was hielt Hans von der Muttermacht der Liebe? Er glaubte so wenig an sie wie an die Barmherzigkeit des Sohnes, des-

sen Bild, das elfenbeinerne Kruzifix, aus den starren, gefalteten Händen seines Vaters ragte. Hans glaubte nichts. Ihm war so elend zumute, so öd und traurig. Scheu zog er den Kopf zwischen die Schultern und schlich beiseite wie ein Verräter.

## *»Ich kenne sie nicht mehr . . .«*

Wehe dem Hasen, der die Rolle eines Löwen spielen will:
Es war an einem dunklen Morgen, an dem sich Doktor Rübsamen nach qualvoll durchwachter Nacht leise von seinem Lager erhob. Rosine schlief noch. Er lauschte auf ihren Atem, dann schlich er hinaus, barfuß, vor Aufregung zitternd. Im Flur schlüpfte er in Hose und Hemd.
In der Küche war schon ein Feuer angemacht, und über der Flamme brodelte der Kaffee. Die Köchin war des Hausherrn einzige Vertraute. Rasch packte sie ihm die kleine Reisetasche fertig.
»Immer mutig!« flüsterte sie ihm zu. »Der Herr Doktor tut nur, was recht ist und schon lange recht gewesen wäre an den armen Kindern. Was die Frau Seraphin ist, die Kriechbaum-Freudenschuß, die soll sich nur fortmachen in ein anderes Quartier, die brauchen wir hier nicht, die hat schon viel zu lange bei uns gewohnt.«
»Ist schon gut! Ist schon gut, Fanda. Ich wollte bloß, es wäre schon alles vorbei.«

Zwei Stunden später erwachte die Gattin. Als sie das Lager des Mannes leer sah, hob sie sich auf die Ellenbogen ihrer dünnen welken Arme und starrte auf das verlassene Kissen. Dann ließ sie sich wieder niedersinken, zuckte mit den Schultern, murmelte etwas, schlief abermals ein.
Später läutete sie der Köchin und fragte nach ihrem Mann. Der Herr Doktor habe fort müssen, versetzte jene, der Herr Doktor komme erst am Abend zurück.
»Ah.« – Rosine kniff die Augen zusammen. Dann sprang sie auf, warf den Schlafrock über und rief nach der Freundin.

Die Frauen verbrachten den Tag in heiterster Stimmung. Sie ließen sich ein leckeres Mahl bereiten und verzehrten es mit fröhlichem Appetit. Nachmittags tranken sie Kaffee und Likör und schlenderten in die Stadt hinaus. Es war ein Samstagnachmittag, auf der Promenade spielte die Militärmusik.

»Ich werde dir eine neue Mantille machen lassen«, sagte Rosine zu Seraphin. »Wenn du erlaubst, werde ich gleich den Stoff besorgen, ich habe zufällig zwei Zwanzig-Gulden-Stücke eingesteckt, da gibt es schon was ganz Prächtiges dafür, meine Seraphin soll hübsch sein, mein Kriechbäumchen soll blühen.« Kichernd wie Backfische kehrten die Frauen nach Hause zurück.

Der Herr Doktor sei noch nicht gekommen, verkündete ihnen die Köchin schon im Flur. Seraphin stieß Rosine in die Rippen, beide lachten laut.

»Was wird's zum Nachtmahl geben?«

»Fischfilet mit Kartoffeln und Rübensalat.«

»Nichts da! Hol Sie ein paar Schnitzel und Schlagobers und eine Flasche Wein aus dem Keller.«

Die Frauen schmausten im Boudoir. Es wurde acht Uhr abends, die Gläser waren leer getrunken, die Schälchen vom Schlagobers ausgeleckt. Seraphin hatte den Stoff der Mantille um sich drapiert, Rosine hatte sich, fast jugendlich behende, vor den Ofen gekauert und schob ein paar Holzscheite ein. Da erscholl draußen die Glocke, die Köchin lief, die Kette rasselte. Dann trappelte es, Türen wurden geöffnet, geschlossen, und des Doktors Stimme erscholl seltsam erregt: »Ist meine Frau zu Hause?«

»Schnell weg mit der Flasche!« Seraphin ließ die Bouteille unter das Sofa gleiten, deckte die Mantille mit dem Bärenfell zu. Rosine erhob sich und öffnete die Tür.

Da stand, von der Ampel bestrahlt, der Herr des Hauses, der sanfte Doktor, und rechts und links von ihm standen zwei weitere Gestalten, es waren die Kinder, die blonden, rund- und blauäugigen aus dem Böhmerwald: Der Knabe in der Montur des Kadettenschülers, das Mädchen im schwarzen Habit der Zöglinge von Sacré cœur: beide gewachsen, seit sie das letztemal hier gewesen, mit hellen gespannten Gesichtern. Frau Rosine prallte zurück. Sie fuhr sich mit

den Händen nach den verrutschten Lockenfransen und stotterte: »Was soll das heißen?«
Rübsamen tat einen Schritt vor und antwortete, die Kinder an den Armen ergreifend: »Ich bring sie dir.«
»Wen?« fragte Rosine so blöde, wie nur die Überraschung fragen kann, und starrte die fremden Wesen feindselig an. »Wen bringst du da? Wo bist du denn gewesen?«
»Ich bin in Prag gewesen«, antwortete der Doktor, »und habe die Kinder geholt, den Pepi aus der Kadettenanstalt und das Ännchen aus dem Kloster, jetzt sind sie da.«
»Aber wozu denn?« schrie Frau Rosine, und plötzlich schoß ihr die hohe Glut in das verschrumpfte weißgepuderte, rötlichgeäderte Altweibergesicht. »Aber wozu denn, in Satans Namen?«
Die Kinder schlugen die Augen nieder und zuckten zurück. Aber der Mann, der eine Tat der Verzweiflung gewagt hatte, stieß jetzt die Halbwüchsigen mit dem Mut der Verzweiflung vor sich her: »Damit sie bleiben und die dort geht, die Seraphin! Wir brauchen die Seraphin hier nicht.«
»Ah!« kreischte Frau Rosine auf. »Das ist es!«
Da stand die Freundin, Kriechbaum-Freudenschuß, die Vertraute, die Liebe, Seelenverwandte, die ein ähnliches Schicksal erlitten hatte wie sie, Rosine Bourdanin. Wie sie war sie mit einem Ungeliebten vermählt gewesen, wie sie hatte sie Jahre der Langweile und Öde und heimlichen Bitternis geschleppt. Dann freilich hatte sie gehandelt, kühn und frei und ohne Rücksicht, hatte die unwürdige Kette zerbrochen und die Mördergrube, die ihr Herz gewesen, mit einem eisernen Besen ausgekehrt.
Da standen die Kinder, die fremden, die man nicht mochte, und der Mann hatte sie herbeigeschleppt als Hilfstruppe gegen Seraphin.
Der Mann! Frau Rosine wendete sich gegen ihn. Da stand er, und sein Gesicht war fahl, und sein Haar grau und verwirrt, und alles an ihm war zum Ekel.

Manchmal brechen aus den lang glosenden Gluten der Umstände rasch lodernde Flammen hervor: ein Zufall, ein Hauch kann sie

entfachen. Schicksal ist ein leicht entzündbarer Stoff; lang gehütete Geheimnisse sind explosives Material. Gewaltsam sprengen sie die Kapseln, vernichtend bricht sich aufgestaute Rache Bahn.
Beim ersten Morgengrauen des anderen Tages läutete Doktor Rübsamen am Tor der Atlanten. Das Mädchen öffnete ihm. Rübsamen verlangte nach dem Rittmeister.
»Der Herr Rittmeister schläft noch«, bedeutete ihm die erschrockene Magd. »Aber ich werde ihn wecken«, fügte sie rasch hinzu. Sie hatte dem Besucher ins Gesicht gesehen.
Zwei Minuten später erschien Bourdanin in Pantoffeln und Mantel; unter diesem war er noch im Nachtkleid. »Was ist geschehen? Rübsamen, du?!«
Der andere saß am Tisch, hatte seinen kahlen Kopf in den Arm gebettet. Als er ihn aufhob gegen den Schwager, erschrak dieser.
»Ist ein Unglück passiert? Ist jemand tot?«
Rübsamen bewegte die Lippen, ohne einen Laut hervorzubringen. Endlich sagte er, auf den Platz neben sich weisend: »Setz dich, bitte.«
Der Rittmeister ließ sich nieder.
Da sah er, daß des Schwagers Auge blutunterlaufen war; über seine Backen liefen drei Striemen, als habe ihn jemand mit Nägeln angefallen. Eine Stelle in seinem Bart schien ausgerauft. Das Herz stand dem Rittmeister still.
Rübsamen bedeckte das geschändete Gesicht. »Du bist ihr Bruder«, murmelte er.
»Was?« fragte der Rittmeister. »Rosine?«
Der andere nickte. Er tastete nach seinem Auge, nach seiner Backe. Er flüsterte: »Ich kenne sie nicht mehr.«
»Ich kenne sie nicht mehr«, fuhr er lauter fort. »Bourdanin, du bist ihr Bruder. Aber ich kenne sie nicht mehr. Dreißig Jahre, Bourdanin, dreißig Jahre Liebe, Ehe, Friede! Und jetzt – nein, ich kenne sie nicht mehr.«
»Aber was ist denn geschehen?«
»Ich weiß es nicht. Ich verstehe es nicht. Es war so wild, so wüst. Es war auf einmal wie in der Hölle. Und die Seraphin stand dabei und die Kinder –«
»Die Kinder?«

»Ich habe sie geholt. Du hast es mir geraten. Ich wollte die Seraphin aus dem Hause haben und dachte, dann würde sie gehen.« Er faßte sich an die Stirn. »Mein armer Kopf.«

Der Rittmeister fühlte, wie ihm der Schweiß aus den Poren brach. »Und? Und was geschah dann?«

Rübsamen antwortete nicht. »Sie ist eine Fremde«, murmelte er ein um das andere Mal. »Ich habe sie nie gekannt.«

»Aber das ist doch nicht möglich!« rief der Rittmeister, plötzlich aufspringend. »Vielleicht ist Rosine verrückt geworden. Verrückt! Ja, Rübsamen, das wird es sein.«

Aber dieser schüttelte nur den Kopf.

Der Rittmeister suchte sich zu fassen. »Die Kinder hast du gebracht? Wo sind jetzt die Kinder?«

»Ich, – ich weiß es nicht. Ich glaube, der Hausmeister hat sie zu sich genommen.«

»Und die Seraphin?«

»Die Seraphin ist oben geblieben.«

»Und du?«

»Ich? Ich bin die ganze Nacht auf der Straße gesessen.«

»In diesem Wetter, Eduard?! Es regnet und stürmt. Du kannst dir den Tod geholt haben.«

»Ach, und wenn schon – was meinst du, was mir noch am Leben liegt?«

An diesem Morgen weckte Marie ihre Kinder früher als sonst.

»Steht auf, macht euch fertig. Seid leise.«

Sie bezog zwei Betten mit frischem Zeug.

»Was tust du, Mutter? Kommt wer zu uns?«

»Fragt nicht. Ja. Es kommt wer zu uns.«

»Wer denn, Mutter?«

»Das werdet ihr sehen.«

Da erschollen Stimmen und Schritte im Flur. Der Rittmeister öffnete die Tür, er schob zwei fremde Kinder vor sich her. Sie waren groß, totenblaß, taumelten wie trunken. Die Lider hingen ihnen über schlafstumpfen Augen. Sie hatten die letzte Nacht auf dem Sofa des Hausmeisters, aneinandergekauert, zugebracht.

Marie ging auf sie zu, faßte sie an den Händen. Sie wollte sie begrüßen, ihnen ein Frühstück anbieten. Aber sie sah sogleich, was hier nottat. Sie führte sie zu den Betten, begann ihnen die Kleider zu öffnen. Fast noch unter ihren Händen schliefen die beiden ein.
Marie sammelte ihre Wäsche zusammen, stellte die Schuhe paarweise, deckte die Schlummernden zu. Dann beugte sie sich zu ihnen hinab; still wehte der Atem von den sich allmählich im Schlaf entspannenden Kindergesichtern. Sie waren nicht hübsch, ihre Züge waren bäurisch derb. Bäurisch? Nicht einmal bäurisch, sie verrieten die Herkunft der Kinder aus Armut und Elend. Aber jetzt belebte sich die blasse Haut rosig, etwas wie Anmut breitete sich um die Münder aus. Marie berührte leise das Haar der Schlafenden. Da lag sie, die junge Unschuld, über der ein so dunkles Schicksal hing, die Mißbrauch und Unrecht erlitten hatte. Ach, ihr Armen! Marie dachte an die Mutter, die irgendwo lebte und nicht wußte, wie es ihren Kindern erging. Heißes Erbarmen schoß in ihr Herz. Wie glücklich war sie selbst – an jener gemessen ! – sie, die noch keinen Tag von ihren Kindern getrennt gewesen war. Oh, meine Kinder, dachte Marie und faltete die Hände. In einem stummen namenlosen Aufblick bat sie um Segen und Schutz für die Ihren, bat auch für diese, die Elternlosen, Preisgegebenen, die sie nun hereingenommen hatte in das schützende Nest.

## *Das Gewissen*

In der Wankaschen Wohnung herrschte drückende Stille. Der Hausherr war seit gestern Abend verschwunden. Das Mädchen, das ihm am Morgen das Frühstück in sein Zimmer bringen wollte, kam verstört zu Franziska gelaufen: Das Bett des gnädigen Herrn sei unberührt, das Zimmer sei leer.
Franziska kniff die Lippen ein; sie stand auf und begab sich hinüber. Aber es lag kein Brief da, keine Erklärung.
Sie kehrte in ihr Zimmer zurück; da kniete Karlin auf dem Fensterbrett und drückte sich die Nase an den Scheiben platt.
»Was ist mit dir? Setz dich nieder und lerne was. Hast ohnehin wieder eine Vier in Französisch heimgebracht.«

Karlin holte die Schulsachen und starrte in ein Buch. Aber kaum hatte die Stiefmutter-Tante das Zimmer verlassen, als sie abermals ans Fenster sprang und auf die Straße blickte. Irgend etwas flüsterte dem Kinde zu, daß es nach seinem Vater Umschau halten müsse.
Es regnete. Seit Tagen schon regnete es, der böige Wind peitschte die Güsse schräg gegen Dächer und Fronten. Auf der Straße wimmelten die schwarzen Halbkugeln der Schirme.
Die Dienstmagd kam herein und begann die Teppiche abzukehren.
»Du, Anna! Schau, wie es gießt.«
»Ja, es gießt«, versetzte das Mädchen. »Und der Fluß ist hoch, die Wiesen stehen schon unter Wasser. Der Dwur, den der Herr Papa gekauft hat, der wird noch davonschwimmen, wenn es so weitergeht.«
In den Gassen klingelte die Feuerwehr. Neugierig beugten sich die Magd und das Kind hinaus. »Die fährt nach Skurnian«, sagte die Magd. »Möcht' wetten, daß sie beim Dwur die Leute aus dem Wasser fischen müssen. Schau! Jetzt kommt gar eine Kompanie Soldaten! Mein Bruder, der Jaro, hat einmal eine alte Frau in einem Waschzuber über das Wasser fahren müssen.«
Karlin nagte an ihrer Unterlippe. »Der Vater, gelt, der Vater ist heute nicht heimgekommen?«
»Pst, woher willst du denn das wissen?«
»Glaubt Sie, der Vater ist draußen im Dwur?«
»Nein.«
»Wo denn dann, Anna? Weiß Sie nichts?«
»Nein, ich weiß nichts. Und jetzt setz dich wieder hin und lerne; denn, wenn die Frau Mama kommt und sie merkt, daß wir geplaudert haben, dann gibt es Schelte für dich und mich.« Später schlich das Mädchen wieder an das Fenster. Auf der Straße stand ein Mann und blickte herauf. Er stand, als einziger fast, ohne Schirm im strömenden Regen. Er sah ältlich, hager und arm aus. Sein Gesicht war grau, und sein Haar, von dem das Wasser niedertroff, war ohne Farbe. Karlin erinnerte sich, daß der Mann schon zuvor unten gestanden und heraufgestarrt hatte. Das Kind erschrak. Es liebte seinen Vater und witterte, daß zwischen der Figur dort unten und dem Verschwundenen ein Zusammenhang war.

»Mutter, darf ich den Batul spazierenführen?«
»Bist du verrückt?! Bei dem Wetter! Es ist genug, daß du am Nachmittag in die Klavierstunde gehst.«
Den ganzen Morgen pendelte Karlin zwischen Tisch und Fenster hin und her. Immer spähte sie nach dem Mann, der so geduldig unten im Regen stand. Nach dem Mittagessen war es endlich so weit: Karlin in Hut und Mantel, mit einem Schirm bewaffnet, die Klaviermappe unter dem Arm, knickste hinaus.
Als der fremde Mann Karlin erblickte, kam er auf sie zu. Sie sei das Fräulein Karlin, das kleine Fräulein Wanka? Das Fräulein möchte verzeihen, aber er wolle nur wissen: Sei der Herr Vater daheim?
Karlin blieb stehen. »Nein.«
»Nein?« Der fremde Mann blickte sie aus verstörten Augen an.
»Seit gestern abend ist der Vater nicht mehr nach Hause gekommen.«
»Oh!«
Karlin schaute dem Mann ins Gesicht. Ihr war so sonderbar zumute, als wäre ihr der fremde Mensch in diesem Augenblick der Nächste auf Erden. »Er kennt meinen Vater?«
»Ja, ich kenne ihn.«
»Meinem Vater geht es schlecht? Nicht wahr, es geht ihm schlecht?«
Das Zwergengesicht nickte, eine Träne drang ihm unter den Lidern hervor. »Gott steh' ihm bei«, murmelte er.
Karlinchen stieß einen Laut aus. Sie ließ Mappe und Schirm fahren und stürzte sich an des Fremden Hals »Wo ist der Vater?« schrie sie. »Du weißt, wo mein Vater ist?«
Das Zwergengesicht erschrak. Die Heftigkeit des Kindes erschreckte ihn. Er stieß es zurück und rannte davon.
Karlin lief nach Hause zurück. »Mutter, Mutter!« schrie sie durch alle Räume.
»Was ist?«
»Mutter, ein Mann hat mich nach dem Vater gefragt.«
»Was war das für ein Mann?«
»Ich weiß es nicht. Aber irgendwo habe ich ihn schon gesehen.«
»Geh in die Stunde, Karlin. Was soll das heißen? Wo hast du deine Mappe, deinen Schirm?«

»Jetzt weiß ich's, Mutter: es war der Kellner von Gottjeschowetz. Der Vater hat mich einmal dorthin mitgenommen auf eine Gänsebrust.«
»So, so.«
»Ja, und er hat mich so angeschaut, der Mann – wie – – wie, wenn ein Unglück geschehen wäre.«
»Schweig und geh in die Stunde. Gerade schlägt es zwei. Jetzt kommst du schon wieder zu spät zu deiner Lektion.«

Franziska blieb allein. In der dunkelprächtigen Wohnung blieb die geborene Bourdanin allein mit ihrem Gewissen. Lauschend erst, drehte sie die Augen nach der Tür, hinter der das Kind verschwunden war. Dann tat sie einen raschen Schritt, drehte den Schlüssel um. Aus ihrem Schreibtisch zog sie ein paar Zeitungsblätter. Es war nichts Ungewöhnliches zu sehen an den zerknitterten Papieren, außer daß sie an manchen Stellen mit einem Stift angezeichnet waren. »Ein Bankrotteur verübt Selbstmord.« – »Ein Defraudant richtet sich selbst.« – »Wegen Insolvenz ins Wasser gesprungen.« Die Anstreichungen hatte Franziska in den Blättern gefunden. Sie wußte, wer sie angestrichen hatte, sie glaubte auch zu wissen, warum.
Hastig verbarg sie die Blätter in ihrem Versteck. »Ins Wasser, ins Wasser«, flüsterte die Frau vor sich hin. An den Scheiben der Fenster strömte der Regen nieder, in den blechernen Rinnen trommelte er. Wieder brummte das Horn der Feuerwehr durch die Straßen. Franziska verschränkte die Arme über der Brust.
Gestern war Doktor Weinstein zu ihr gekommen, Wankas Rechtsberater und Freund. Er hatte sie um eine Unterredung ersucht. Hier waren sie einander gegenübergesessen, sie, Frau Wanka, und er, der den Bittsteller machte für ihren eigenen Gatten. Sie solle barmherzig sein und den Wechsel einlösen oder durch eine Erklärung, daß sie bürgen wolle, für Wanka noch einen neuen Termin erwirken. Doktor Weinstein trug ihr die Bitte vor als eine letzte, eine allerletzte und sozusagen untertänigste des verzweifelten Mannes. Der Doktor blickte sie dabei scharfgespannt und forschend an. Offenbar war es dem Juden unbegreiflich, daß es zwischen Ehegatten sei-

ner Vermittlung bedurfte. Franziska zog die Mundwinkel höhnisch herab: Das sah dem Mann ähnlich, daß er es vorzog, sich vor einem Dritten zu demütigen, ehe er ihr von Angesicht zu Angesicht sein Anliegen vortrug. »Ich verstehe nicht«, hatte sie dem Doktor erwidert, »daß Wanka Sie zu mir geschickt hat. Freilich würde ich ihm keine andere Antwort gegeben haben, als ich sie Ihnen jetzt gebe: Ich habe mich meines Vermögens entäußert, ich habe es den jüngeren Kindern meines Bruders vermacht. Herr Doktor, ersparen Sie sich weitere Mühe, was ich geschrieben habe, bleibt geschrieben.«

»Aber, gnädige Frau – –«

»Kein Aber, Herr Doktor Weinstein, wenn ich bitten darf. Ich bin am Ende. Sie sind, hoff' ich, im klaren.«

– – – Jetzt stand sie und starrte vor sich hin. Sie hatte nicht geschlafen. Die ganze Nacht war sie in ihrem Zimmer herumgegangen und hatte sich die Szene wiederholt. Unersättlich. So wiederholt sich der rachsüchtige Richter den Augenblick des ausgesprochenen Todesurteils.

Jetzt schauerte die Frau zusammen. Ihr fiel ein, was das Kind vorhin erzählt hatte: von dem fremden Mann, der Kellner sei in Gottjeschowetzens Geschäft. Das Herz begann Franziska in dumpfschmerzenden Schlägen zu gehen. Ein Zittern ergriff ihre Glieder. Irgendwo läutete eine Glocke. Franziska hielt sich die Ohren zu.

»Ich muß einkaufen gehen«, sagte sich die Frau. »Wir haben keine Kapern mehr im Haus, der Senf geht zu Ende. Also *muß* ich gehen. – Anna! Die Jacke, den Schirm, den Hut!«

Draußen regnete es immer noch. Franziska ging zu Gottjeschowetz. Dort kaufte sie Senf, Kapern, Kaffee. Der Kommis reichte ihr die Päckchen. Endlich war sie fertig. Sie zahlte, nahm die Tasche auf den Arm. – »Ihren Pompadour, gnädige Frau!« – »Ah, ja, ja. Ich danke.«

Als Franziska auf den Ringplatz trat, sah sie Marie des Weges kommen. »Du bist's, Marie?«

»Ich bin auf dem Markt gewesen.« Aus Mariens feuchtem Körbchen guckte ein Büschlein Petersilie und ein vorjähriger Kohl.

»Ist das deine ganze Herrlichkeit?«

Marie nickte lächelnd. »Was will man verlangen? Es geht dem Früh-

jahr zu. Da sind Keller und Mieten leer. Aber gar nicht lange, gibt es wieder frisches Grün.«
Beinahe gehässig blickte Franziska in das reine heitre Gesicht der jungen Frau. »Du weißt dir immer einen Trost.« Dennoch begleitete sie sie nach Hause.
»Oh, du kommst mit? Das ist schön von dir. Neulich hat Billchen nach dir gefragt. Auch Balthasar wird sich freuen. Wanka – ich hoffe, es geht ihm gut. Und Karlinchen ist gesund? Wie das Kind jetzt wächst, es ist schon bald ein Fräulein.«
»Hm. So. So.«
Sie stiegen die Treppe hoch und traten ein. Es wohnten jetzt zwölf Menschen in der Bourdaninschen Wohnung. In jedem Zimmer waren Betten aufgeschlagen, überall lagen Dinge umher, die in den Schränken keinen Raum mehr fanden.
Franziska ließ die Augen wandern. »Ja!« Marie lächelte. »Da ist nun eine Wirtschaft beisammen.«
»Das wohl«, meinte die andere, Ältere, herb. »Wie du das aushältst – –«
Die Kinder kamen herbei und machten ihre Verbeugungen und Knickse; auch die Rübsamischen Adoptierten waren dabei. »Wie ihr das nur fertigbringt, sie alle zu beherbergen?«
»O ja, das geht gut.«
Es stellte sich heraus, daß es ging, weil zwei der Bourdaninkinder ihre Betten abgetreten hatten und auf allabendlich hergerichteten Matratzenlagern kampierten; paarweise wechselten sie sich ab. Die Geschwister eiferten darum, die Gefälligkeit zu erweisen. Auch der Platz am allgemeinen Eßtisch war knapp geworden. Man mußte ein Tischchen daneben decken, die Kinder nannten es den Katzenplatz. Auch hier entspann sich ein freundlicher Wettstreit, wer den jungen Gästen zunächst sitzen durfte. Das Mädchen, Annerl, trug Margaretens Kleider, der Junge Balthasars Anzug. Ihre Scheu hatte sich gelöst; sie waren zutraulich geworden. Manchmal, im Spiel, hörte man sie lachen.
Rübsamen trieb sich in des Rittmeisters Zimmer herum. Am anderen Ende der Wohnung hauste, zart geschont, Billchens zittrige Schattengestalt. Marie eilte hin und her, trug Kaffeebretter, teilte

Milchbrot aus. Luise und Fritzchen erhielten ihren Löffel Lebertran. Dazwischen kam Kläre mit dem Strickstrumpf. »Mutter, ist es so recht?« Roderich schleppte Ännchen herbei. »Mutter, sie hat sich einen Span eingerissen.« Balthasar bat um ein paar Kreuzer, er müsse Hefte kaufen. Über die Köpfe zweier Kinder hinweg reichte ihm Marie das Verlangte.

Franziska saß daneben und knüllte ihr Rüdikül. »Du hast wohl keine Zeit für mich?«

»O ja.« Marie blickte sich suchend um. »Wie gerne. Aber, wohin gehen wir? Mein Gott, wenn es dich nicht geniert: in der Küche wäre es vielleicht am stillsten. Ich habe auch meine Maschine draußen, ich kann dort arbeiten. Wird es dir recht sein?«

Auch hier in der Küche herrschte das eigentümliche Wesen, das in den Räumen herrscht, die unausgesetzt benützt werden. Es kam fast nie dazu, daß das Feuer auf dem Herd ausging. Wurde nicht eben gekocht, so wurde gewiß gebacken, oder ein Medizintee bereitet oder ein Stück Wäsche in Lauge gesotten. Es roch nach Hefe, Zucker, Milch. Auf Brettern trockneten Fadennudeln. Hinter einem Vorhang war das Bett des Dienstboten aufgeschlagen. Marie breitete auf dem Tisch einen Ballen blauen Clothstoff aus.

»Was machst du da?«

»Ich nähe für die Kinder Schürzen.«

Marie bereitete die Ausstattung vor, die sie der ältesten Tochter Margaret im nächsten Jahr ins Kloster mitzugeben gedachte. Die Ausstattung war von der Anstalt vorgeschrieben, die ehrwürdigen Frauen versandten die Schnittmuster an die Eltern der angemeldeten Zöglinge, und es wurde keine Schülerin zugelassen, die eine andere Kleidung mitbrachte: es waren häßliche, jedem bescheidensten Anspruch auf Gefälligkeit hohnsprechende Habite, schwarz, grau, dunkelblau.

Marie schnitt und heftete. Bald rasselte die Maschine über die erste Naht.

Franziska saß daneben und starrte schweigend vor sich hin. Draußen rauschte der Regen.

Marie rief die Tochter zur ersten Probe. Sie steckte Nadeln, maß, merkte an. Dann entließ sie das Kind. Die Nadel flog in ihrer Hand.

»Du bist fleißig.«
»Ach nein, der Tag ist um, ehe man's denkt. Und nie ist alles getan.«
»Du hast Sorgen?«
»Wer hätte die nicht?«
Franziska blickte auf Mariens verarbeitete Hände. »Nun, ich glaube – –«
Marie schwieg eine Weile. Dann sagte sie: »Ja. Weil du fragst, Franziska: ich habe Sorgen. Die Kinder werden groß, der Haushalt wächst. Kläre und Margaret sollen nächstes Jahr ins Kloster kommen. Sie sollen Lehrerinnen werden. Aber es ist das Geld nicht da für eine teure Anstalt. Nicht einmal für die billigste. Bourdanin wird es aufnehmen müssen. Ach, und dann habe ich gehört, dort in dem Kloster haben die Kinder nicht satt zu essen. Ach Franziska. Die Kinder sollten doch keinen *Hunger* leiden. Und später, Balthi und Margaret bekommen doch einmal ihr Erbe. Aber die meinen – die meinen – –« Marie hielt inne, schluckte, überwand sich dann. »Die werden *arm* sein. Armut ist kein Unglück, sagt uns der Vater immer. Aber bitter, bitter ist sie doch.«
Franziska schwieg. Dann sagte sie: »Ich will dir etwas sagen: Sorge dich nicht. Deine Kinder werden mich beerben.«
Marie wandte der Schwägerin das Gesicht zu, und Franziska erschrak vor diesem Gesicht, es strahlte ein so reines ungläubigseliges Erschrecken aus. Sie sprang auf. Jetzt war es gesagt. Eigentlich hatte sie es noch für sich behalten wollen. Nun – um so besser! Jetzt war alles entschieden, für immer ganz entschieden. Marie, sei glücklich!
»Wundert dich das gar so sehr? Sind doch die Kinder meines Bruders. Zu Alleinerben habe ich sie gemacht, deine vier!«
Marie hat die Arbeit sinken lassen, die Nadel fiel ihr aus der Hand. Offenen Mundes starrte sie Franziska an: Meine Kinder, lieber, guter Himmel, liebste, beste, allerbeste Franziska, ist das möglich, meine Kinder ...? – Noch bringt Marie kein Wort hervor, kein Wort ihres Glückes.
Aber Franziska beginnt plötzlich zu zittern. »Niemand sonst soll einen Gulden kriegen. Schau mich nicht so an! Es ist *mein* Geld. Meines, meines. Sie haben euch betrogen. Ich kann mit meinem Geld tun, was ich will.«

Ja, das kann sie. Und wenn sie es meinen Kindern gibt, sind wir alle gerettet! – Aber was ist es denn, was ihr Gesicht so schrecklich macht? Warum schreit sie so? Warum zerrt sie an mir? Warum – warum blähen sich die Adern so an ihrem Hals?
»Und nichts dürftest du ihm geben, dem Halsabschneider, nicht einen Kreuzer, hörst du, wenn er sich umbrächte vor deinen Augen!« Von wem redet sie denn, mein Gott? Sie kann doch nicht – nein, sie kann doch nicht vielleicht Wanka meinen. Wanka! Hat er denn nicht auch ein Recht?
»Und was wird dein Mann dazu sagen?«
»Ich habe keinen Mann. – Ja, verstehst du mich denn nicht? Betrogen hat er euch, jetzt soll er's büßen. Er macht Bankrott, Bankrott, begreifst du? Was schert es mich? Soll er doch. Das Luderleben hat es ihm eingebracht. Jetzt hat er ausgespielt.«
»Um Gottes willen, nein.«
»O ja, ja, doch. Er möchte Mitleid, Hilfe. Jetzt. Ha, ha. Nein. Niemals. Nichts. Das Geld ist nicht mehr mein. Ich hab's vermacht. Eh ich's ihm gäbe, lieber würfe ich es ins Wasser.«
»Franziska, nein!«
»Freust du dich nicht? Was? Vierzigtausend Gulden. Ich hab gespart. Ein schönes Stückl Geld, Marie, für deine Kinder. Laß doch die Fetzen – – Zuchthauskleider. Die Kinder gib nicht fort, laß sie nicht hungern. Plag dich nicht wie eine Magd. Was liegt am Geld? Marie, wenn du willst, du kannst es heute haben. Ich – ich brauche nichts. Ein Stück Brot. Bis ich sterbe. Ach, ich wollte, ich wäre schon tot.« Sie schlug die Hände vors Gesicht und stieß ein rauhes Brüllen aus. Dann beugte sie sich vor, faßte Marie an beiden Schultern, rief: »So rede, rede! Freue dich doch.«
»Nein«, stammelte Marie. »Nein, Franziska. Nein.«
– – »Nein?«
»Nein!« rief Marie. Sie riß sich los. »Da ist etwas – – Wanka macht Bankrott? Ist das wahr? Und du, seine Frau, hilfst ihm nicht?«
»Ich bin nicht seine Frau. Ich helfe ihm nicht.«
»Franziska!«
»Schweig!«
»Du mußt, du sollst. Du darfst ihn nicht verlassen.«

»Er hat die Schuld.«
»Was heißt da: Schuld?«
»Sein Luderleben – –«
»Trotzdem ... trotzdem!«
Marie verstummte. Sie schlug die Augen nieder. Ihre aufgehobenen Arme sanken herab. Sie wußte es nicht, aber sie bot sich dar. So wie sie dastand, die junge Frau mit der unsichtbaren Last des Lebens auf den schmalen Schultern, so bot sie sich dar: »O Franziska! Hilf deinem Mann!«
»Nein, nein –«
»Du mußt –«
»Nein. Und dann – dann: Es ist auch zu spät.«
»Zu spät?«
Franziska zitterte an allen Gliedern. Sie rang die Hände, ballte sie zu Fäusten. Ihr Blick wanderte gegen das Fenster. Hinter dem Fenster sank die Nacht, rauschend vom Regen, der immer noch fiel, schauernd von Wind, ruhelos, wild.
»Warum ist es zu spät, warum?« Zitternd schlug Marie die Arme um Franziskas Leib. »Sag es mir: oh – – –« Eine Ahnung rührte sie an. »Wo ist Wanka?«
»Ich weiß es nicht. Fort. Seit gestern. Ich glaube, er ist tot.«
Marie schrie: »Franziska! Das kann nicht sein. Nein, nein, nein. Das darf nicht sein. Franziska, hilf!«
Da stieß diese einen gellenden Laut aus. Es war, als habe das Bewußtsein ihres Frevels in sie eingeschlagen wie ein Blitz. Marie hielt sie umschlungen: Brust an Brust, küßte sie sie mit zitternden Lippen, wahllos flehenden Mundes. »Liebe Franziska, gute Franziska, hilf, hilf, o hilf!«

## *Der Selbstmordkandidat*

Wenn ein Krokodil erkrankt, sucht es sich abseits von seiner Herde einen einsamen Platz; es ist, als erkenne es plötzlich die kalte Grausamkeit, die seiner Rasse innewohnt und die es selbst bis gestern bedenkenlos geübt. Jetzt freilich flieht es, verkriecht sich, siedelt ein. Nur der kleine Vogel, der sein Begleiter gewesen war in besseren Tagen, harrt bei ihm aus. Erst zuletzt, wenn das Krokodil verendet, im Schlamm vergeht, dem es, der Sage nach, entstiegen ist, macht sich das Vöglein auch davon, kläglich schreiend und betrübt.

So einsam, faul und verzweifelt wie ein krankes Krokodil lag in jenen Tagen Karl Wanka im Schlamm seines Elends. Eingewühlt in den Morast seiner Schulden, scheute er die Nähe seiner Artgenossen; er mied die bürgerliche Sphäre und zog von Beisel zu Beisel; der letzte Winkel, den seine Traurigkeit erreichte, war die Küche des Kellners Standa im Pongratzschen Dwur.

Das brave Zwergengesicht konnte noch immer freudig leuchten, wenn der frühere Gönner erschien. Auch seiner Familie hatte es Dankbarkeit gegen den Goldbart eingeimpft. Jovial räumte ihm die Frau ein Eckchen am Kochherd ein, Wanda, dieselbe, die dann und wann, um dem Elend ihres Lebens zu entgehen, zu sinistren Abenteuern auszog. Die Arme! Ihre Nase war zwar gedunsen vom Trunk, aber ihre Hände waren doch auch rauh von Arbeit, sie wusch und scheuerte für andere Leute und war, sah man ab davon, was dann und wann in verzweifelten Stunden geschah, eine leidliche Gattin und eine gute Mutter. Als Gastgeberin sparte sie nicht an tröstenden Worten, stellte dem fremden Mann ein Gläschen – vielleicht selbstverdienten – Schnaps auf den Tisch und ließ ihn im übrigen nach Herzenslust sinnieren, querulieren und die endlose Reihe seiner Klagen abpsalmodieren. Denn so weit war der Goldbart schon hinabgesunken, daß er sich nicht schämte, sein Elend vor jedermann auszubreiten. Er klagte über die Verkehrtheit der Welt, über die Herzlosigkeit seines Weibes, über die Bosheit des Verführers Zerff, über die vertrackten Wechselgesetze und darüber, daß er selbst immer so schuld- und arglos gewesen. Die Kinder saßen auf der Kohlenkiste und starrten den fremden Mann mit offenen Mäulern an. Frau Knoflik rührte in ihrer Suppe oder rumpelte über einem Zuber voll dampfender Lauge, sekundierte mit ja und ha und: »Freilich, so schlecht ist die Welt.«

Indessen reifte in Wankas Herzen ein schlimmer Entschluß.

Er mußte sich umbringen; das wurde ihm langsam klar. Er war un-

möglich gemacht in der Geschäftswelt, er war bankerott und ruiniert, er hatte nichts mehr zu suchen unter der Sonne.
Auch in jener Zeit, die wir die gute alte nennen, kam es häufiger, als wir heute glauben möchten, vor, daß ein Mensch sich entleibte. Meist trieb ein verletztes Ehrgefühl auf diesen Weg der Verzweiflung, war doch die Ehre damals empfindlicher als heute; uns allen ist im Zuge der Zeit allmählich ein dickes Fell gewachsen. Wer aber damals ins Unglück geriet, war ein Gezeichneter. So beschloß auch Herr Wanka, Schmach und Schande zu entgehen und sich selbst zu töten.
Aber: Geschäftsmann auch jetzt noch, rechnete er hin und her, welcher Tod ihn am wenigsten kosten würde an Qual und Grausamkeit gegen sich selbst. Herr Wanka wollte nur so ungern grausam sein gegen seine Person. Er hatte sich lieb, er vergoß Tränen im voraus über sein eigenes Ende. Wie grausam, daß man ihn in einen Sarg werde legen müssen, eingraben in ein tiefes, finsteres Loch! Wenigstens würde man ihm ein angemessenes Begräbnis geben und ihm in der Zeitung einen Nachruf widmen. Franziska als seine Witwe würde sich in Reuequalen winden, und seine geschäftlichen Widersacher würden geächtet und beschämt umherschleichen, denn jeder würde mit Fingern auf sie weisen: Schaut sie an, die Halsabschneider, den guten Wanka haben sie auf dem Gewissen!
Solche Vorstellungen gewährten dem Goldbart immer noch einiges Vergnügen. Aber er schrak, wenn er sich ihnen bis zur Selbstvergessenheit hingegeben, doppelt verstört empor, wenn ihm die Erkenntnis kam, daß es ja vorerst an ihm lag, an ihm, Karl Wanka allein, einen Schritt zu tun, einen fatalen, gräßlichen Schritt! Wie denn sollte er sich umbringen? Wie sollte er es anstellen, diesen rosigen, wohlgenährten und leider kerngesunden Leib zu verlassen?
Wanka dachte zuerst an Gift. Aber er fürchtete sich vor den Krämpfen und Zuständen, die der Vergiftung folgen mochten. Er dachte daran, sich in einen Strang zu stürzen, doch ihn graute vor der Entstellung durch die würgende Schlinge. Er überlegte, ob nicht der Gashahn der leichteste Ausweg sei, doch auch gegen diese Methode ließ sich vieles vorbringen, zumindest der Umstand, daß durch die ausströmenden Gase auch andere zu Schaden kommen konnten.

Der Goldbart rieb sich die Stirn und ächzte schmerzlich. Er wußte nicht, welchen Tod er sich zumuten sollte. Da hörte er, daß das Wasser stieg.
Das Wasser stieg rings um den Pongratzschen Hof. Seit Tagen regnete es in Strömen. Im Gebirge schmolz der Schnee. Es war die alljährliche Überschwemmung zu erwarten, die schlimme Zeit der Sintflut.
In Aufregung brodelte das schmutzige Babylon der Skurnanier Vorstadt. Jedermann richtete sein Bündel, daß er es im Falle der Not ergreifen und mit ihm flüchten konnte. Man durfte nicht warten, bis das Nest durch die steigende Flut vom festen Ufer abgeschnitten sein würde. Die ersten Wäglein, auf denen Hausrat, Bettzeug, Kaninchenställe und Kinderwiegen schwankten, ratterten durch die engen Gassen. Geschrei, Gejohl und Gezänk erfüllten die Luft. Das Wasser drückte schon aus Kellern und Gossen, stieg in den Rinnen, bildete Lachen und Seen. Plötzlich hieß es, die Ratten zögen schon aus. Das war für die Menschen das Signal: In überstürzter Hast zog man den sonst bekämpften und verhaßten langgeschwänzten Mitbewohnern nach. Hier trieb einer einen mageren Gaul vor einem hochbeladenen Wagen; dort führte eine einsame Frau keuchend einen Schubkarren vor sich her. Auch Standa kam aus dem Dienst gehetzt, um den Seinen zu helfen. Die Frau stieß den trübseligen Gast im Herdwinkel an. »Vorwärts, vorwärts, gnädiger Herr, es wird Zeit. Das Wasser kommt, das Wasser steigt, gleich ist es da.«
Es war schon finster und die Nacht fortgeschritten. Als eine der letzten brach die Familie des Kellners aus ihrer Hütte auf. Die Kinder rannten umher und fingen die Hühner. Standa lud sich eine Bettstelle auf die Schultern. Die Frau warf Pfannen, Töpfe, einen zerbrochenen Spiegel und einen zerfaserten Pracker in einen alten Kinderwagen. So zogen sie los. Wanka tat, als wollte er die Kellnersleute begleiten.
Doch ehe er den Pongratzschen Dwur verlassen hatte, kehrte er um. Er kehrte zurück in Standas Haus. Was lief er dem Wasser davon, wo sein Leben verwirkt war? Hier wollte er sein Ende erwarten. Vielleicht war es ganz gemütlich, da zu sitzen und ganz von selbst und hoffentlich recht sanft ersäuft zu werden. In einer heroischen

Anwandlung schloß er sich in der Hütte ein, zog den Schlüssel ab und warf ihn aus dem Fenster.
Eine Weile lauschte der Goldbart den Geräuschen nach, die allmählich in der schwarzen Regennacht verschollen. Man hatte jetzt auch die Kranken und Lahmen und das vergessene Vieh aus dem Dwur geholt. Das Horn der Feuerwehr, das zuerst laut und dringend durch die Gassen gebrüllt hatte, verlor sich nach und nach in der Ferne. Wanka war allein in der menschenleeren Siedlung zurückgeblieben. Weil der Menschen Laut verstummt war, drang das drohende Gemurmel der Natur nur noch deutlicher an sein Ohr. Trotzdem war ihm nicht einmal übel zumute. Der feste Entschluß schmeichelte seinem Herzen. Ein Lämpchen brannte, und der Herd war noch warm von dem Feuer, auf welchem Frau Knoflik eine letzte Suppe gekocht hatte. In einer Flasche befand sich ein lieblicher Rest Branntwein. Der Goldbart, der den ganzen Nachmittag schon dagesessen, vertrat sich ein wenig die Beine. Es tat ihm wohl, allein zu sein, des Zwanges enthoben, das Geplärr der Kinder, das Gezeter des Weibes anzuhören. Er stürte ein wenig in der Glut, warf eine Handvoll Späne nach. Er bereitete sich einen Tee und schonte den Inhalt der Flasche nicht.
Nach einer Weile begann das Lämpchen zu flackern. Fürsorglich drehte der Mann den Docht hinab. Vielleicht konnte er ein wenig schlafen. Kaum aber saß er im Finstern, als er draußen Schritte vernahm. Von weitem schon hörte man sie durch die Pfützen patschen – daran war zu merken, daß das Wasser stieg –, die Schritte näherten sich, standen still und eine Stimme rief: »Gnädiger Herr!«
Das war der Kellner. Wanka saß mucksmäuschenstill. Eine Hand rüttelte an der Tür. »Gnädiger Herr, sind Sie drinnen?«
Wanka rührte sich nicht.
Abermals rüttelte es und Standa rief: »Gnädiger Herr, Sie sind drinnen.«
Von ferne her drang ein schriller Ruf: »Standa, komm, komm zurück!« Aha! Das war das Weib, das nach dem Manne rief. Das Zwergengesicht aber gab noch nicht nach. »Er ist drinnen, ich hab's gesagt. Er will sich umbringen. Ich hab's doch gewußt. Eingesperrt hat er sich. – – Gnädiger Herr, machen Sie keinen Unsinn!«

Wanka duckte sich. Zwar drang ihm der Ruf von außen wie eine süße Lockung, gleichwohl kam ihm vor, daß er nicht antworten, daß er sich nicht retten lassen könne, wo er sich eben noch so heldenhaft zum Sterben entschlossen hatte. Wie ein trotziges Kind, nach dem die Mutter ruft, hielt er den Atem an, antwortete nicht.
»Standa! Standa!« schrie es von weit her im Ton der Angst. »Siehst denn nicht: das Wasser steigt! Mach fort, sonst ersaufen wir beide.«
»Aber –«, versuchte es der Getreue noch einmal.
»Soll ihn der Teufel holen!« klang es herüber. »Laß ihn krepieren, wenn er sich halt durchaus ersäufen will.«
Wanka hörte Standa seufzen. Dann hörte er den Kellner fortgehen. Das Wasser plätscherte. Dann war es still. Jetzt war Wanka allein. Auf einmal klapperten seine Zähne.
Ja, das Wasser stieg. Das verdammte Weib hatte die Wahrheit gesagt. Plötzlich fuhr er zusammen. Sein Fuß war in Nässe getreten. Nässe war ihm an die nackte Haut gedrungen. Da war es, das Wasser, das wilde, grausame, eisige Element.
Er lief und wollte Licht anzünden. Aber entweder hatte er das Lämpchen zu spät gelöscht oder er hatte den Apparat durch Ungeschick verdorben, der Docht fing nicht mehr. Das Streichholz erlosch, und mit Schrecken bemerkte Wanka, daß die anderen feucht und unbrauchbar geworden waren, nun saß er im Finstern, preisgegeben der Schwärze einer tödlichen Nacht.
Ganz anders als zuvor drangen die Laute und Geräusche auf ihn ein. Lauter rauschte der Fluß, der Regen strömte, er trommelte auf die Dächer, in die Rinnen, die losen Schindeln klapperten im Wind. In den Hohlräumen begann die Flut zu gurgeln, die Balken ächzten, die Pfosten knirschten, die unerklärlichsten Geräusche rieselten durch das Gemäuer.
Wanka hatte sich, nachdem er sich seine Füße naß gemacht, auf den noch warmen Herd geschwungen. Dort kauerte er und lauschte, das Grauen begann seinen Rücken hinauf- und hinabzulaufen wie eine Schar kaltfüßiger Asseln. Er hatte seinen Pelz angezogen, seinen warmen, herrlichen Stadtpelz, in dem ihn noch niemals gefroren, heute aber fror ihn, es nutzte nichts, den Biberkragen aufzuschlagen, und nichts, die elegante Husarenverschnürung über der

Brust zusammenzuziehen. Das Fell kam gegen die Angst nicht auf, gegen die Todesangst, die sein Gebein schlottern machte.
Ja, das Wasser kam. Er hörte es kommen. Es quoll aus allen Ritzen und Fugen. Schon stieg es gegen Wankas baumelnde Beine, so huckte er diese an. Nach einer Weile holte das Wasser die Beine ein, so angelte er nach einem Stuhl und setzte ihn auf den Herd und kletterte selbst hinauf, setzte sich auf den so gewonnenen Thron, sein Kopf stieß an der niederen Decke an. Jetzt begriff er längst nicht mehr, wie es ihm hatte einfallen können, hier zu bleiben, gerade diese Todesart zu wählen. Sie kam ihm jetzt als die grauenhafteste und scheußlichste vor, die ein Mensch sich je erkoren. Den Schlüssel hatte er abgezogen und aus dem Fenster geworfen und damit seinen Untergang besiegelt. Oh, oh! Was war er für ein Narr gewesen! Zum Teufel mit aller Ehre und Reputation, er hätte doch Konkurs ansagen oder nach Amerika reisen können, dort hatte er Verwandte, die führten ein Geschäft mit Limonade.
Daß er an diese Möglichkeit nicht gedacht hatte! Was war denn in ihn gefahren? Hatte er sich am Ende an den Bourdaninschen angesteckt, an ihrer verfluchten Art, immer nur an die Ehre zu denken? Ja, so war es, so mußte es gewesen sein. An dem Umgang hatte er sich verdorben.
Sie waren daran schuld, daß er nun dasaß und zittern mußte vor dem gräßlichen Tode. Sie hatten ihn dazu getrieben mit ihrer Tugend, sie waren seine Mörder.
Langsam graute der Morgen heran. Aber ach, was war es für ein Morgen für den verzweifelten Goldbart. Er saß gefangen in der überschwemmten Hütte, gefangen auf seinem Herd. Das Wasser leckte schon an der Platte, es war schwarz und gräßlich, und was es trug auf seiner Oberfläche, war ein neues Grauen: nicht nur Stühle und Tische schaukelten auf ihm, nicht nur Eimer und Zuber der Frau Wäscherin; es schwammen Fetzen Papier darin, üble, scheußliche Dinge; was umhergelegen war in der schmutzigen Küche, das kam aus seinen Verstecken hervorgeschwommen, und mitten drinnen der spitze Kopf einer Ratte.
Der Goldbart griff nach einer Waffe, er konnte nichts anderes denken, als daß die kämpfende Kreatur über ihn herfallen werde, um

ihm seinen Platz, sein Eiland streitig zu machen. Aber der spitze Kopf blitzte ihn mit spöttischem Zwinkern an und tauchte pfeilschnell davon. Herrn Wanka kamen die Tränen der Verzweiflung. Nach einer Weile begann er zu beten.

Er hatte nicht mehr gebetet, seit – er konnte nicht mehr denken seit wann. Er hatte auch nichts mehr für wahr gehalten, was man ihm einst erzählt hatte von einem lieben Gott, von einem guten Vater im Himmel droben. Ein Spekulant und Makler kann sich um einen solchen Gott nicht bekümmern. Was soll er ihm, solange er selbst munter ist und Geschäfte macht? Im Börsenblatt ist nichts von Gott zu lesen.

Jetzt betete Herr Wanka, der Goldbart, das Herz schlug ihm bang unter der Berlockenweste, und er erinnerte sich dunkel daran, daß man ihm einmal von jenem Gott erzählt: Er kümmere sich in Liebe auch um das geringste seiner Geschöpfe, er habe die Haare auf jedem Haupt und die Sperlinge auf jedem Dach gezählt; und wo ein Mensch in seiner Not ihn rufe, dort sende er seine Engel aus und rette ihn ...

## *Eine Zeitungsnotiz*

Skurnan, am 2. April

Wie uns berichtet wird, erschienen gestern bei dem Hauptmann der Bürgerfeuerwehr, Herrn Ottokar Fiala, drei Herrschaften, zwei Damen und ein Herr, bekannte Erscheinungen in der Gesellschaft, und erregten durch die Behauptung, im überschwemmten Pongratzschen Hof befinde sich ein Selbstmörder, fürs erste ungläubiges Erstaunen. Ein mitgebrachtes Subjekt namens S. Knoflik erhärtete diese Behauptung durch seine Beobachtung, daß sich jemand in seiner im Pongratzschen Dwur befindlichen Wohnung eingeschlossen haben müsse. Herr Fiala ordnete an, die Sache zu untersuchen. In seinem allseitig bekannten Diensteifer stand er nicht an, die Expedition in eigener Person zu begleiten.

Mittels eines Kahnes begab man sich in den Abendstunden in

das überschwemmte Gebiet. Nicht ohne Fährlichkeiten drang man in die überschwemmte Siedlung ein. In der Tat entdeckte man den Selbstmordkandidaten in seinem freiwilligen Gefängnis in der bedrängtesten Lage. Der Bedauernswerte – ein übrigens in besten Gesellschaftsschichten bekannter und bis dato allgemein geachteter Geschäftsmann – hatte sich vor dem steigenden Wasser auf eine Art Turm Babel gerettet, welchen er sich in der Küche des Knoflik aus verschiedensten Inventarien aufgebaut hatte. Nur noch zwei Zoll trennten die tödliche Flut von der Decke. Es gelang den braven Feuerwehrmännern und vor allem dem gütlichen Zureden der ihnen zugesellten Herrschaften, den Unglückseligen soweit zu ermutigen, daß er schwimmend den Raum durchquerte und sich aus der engen Fensterluke ziehen ließ. Auf schnellstem Wege brachte man den Erschöpften in häusliche Pflege. Wie wir hören, sollen mißliche Geldverhältnisse und fehlgeschlagene Spekulationen den verzweifelten Schritt des Betreffenden verursacht haben. Indessen dürfte es in Geschäftskreisen Befriedigung auslösen, daß, wie man uns versichert, ein Konkurs nicht angesagt, vielmehr allen Obligationen durch die Gattin des Betroffenen zu 100 Prozent entsprochen werden soll. Man versichert, daß sich die rührendsten Szenen abgespielt haben. Im übrigen soll sich der Gerettete dahin geäußert haben, daß er eine längere Reise nach den Vereinigten Staaten von Amerika antreten wolle. Wir wünschen Glück und Erfolg. Vor allem aber Heil den edlen Rettern!

So war's geschehen. Ja! Heil den Rettern: Herrn Fiala, dem für seine Tat eine Ehrenmedaille angeheftet wurde; den Feuerwehrleuten, die sich an gestifteten Bierrunden labten; Heil auch Franziska, die – fast wider Willen – ihr gutes Gewissen wiedergewonnen; Heil dem Goldbart selbst, der also nicht vergeblich gebetet hatte auf seinem schwimmenden Küchenthron! Heil allen, die mit dabeigewesen, ein Menschenleben zu retten und eine Seele, die sich an den Rand des Verderbens begeben, im letzten Augenblick zurückzureißen. Heil auch Marie . . . auch Marie?

Als der Morgen graute, als der neue Tag kam, lag sie noch in ihrem Bette wach. Auf dem Kasten ihr zu Häupten rasselte der Wecker. Marie hielt die Hand auf ihre Brust gepreßt. Über ihrem Herzen lastete ein Druck, schwer wie Blei. Sie tat die Lider auf, starrte zur Decke empor; auf der kalkigen Fläche lag das von den Schattenstreifen der Jalousien gefächerte Licht. Laut tickte die Uhr. Marie schloß die Augen wieder und hielt den Atem an. Oh, was hatte sich ereignet?
Langsam drehte sie sich auf die Seite. Ihre Beine streckten sich. In die Armbeuge preßte sie ihr Gesicht. Was hatte sie gestern getan? Was hatte sie getan? Kinder, – o Kinder!
Vierzigtausend Gulden. Vierzigtausend! – Wanka lebte. Gut, daß er lebte. Mochte er leben. Aber ihre Kinder hatte es vierzigtausend Gulden gekostet, dieses Leben.
Ach Kinder, Kinder, meine armen Kinder!
Da drang Bourdanins Stimme aus dem anderen Bett hervor: »Marie, was ist? Bist du krank?«
Marie schaute auf. Des Mannes Bett stand nicht mehr neben dem ihren. Sie hatten ihre Lager getrennt; am anderen Ende der Wand stand jetzt das seine, sie sah das eiserne Gestell, die federgeblähten Kissen. Jetzt hob sich der Kopf über die weißen Schwellen empor. »Bist du krank? – Weil du so stöhnst.« Und nach einer Weile mahnend: »Die Kinder sind schon auf.«
Ja, die Kinder waren schon auf. In ihrem Zimmer klapperte das Waschgeschirr. Luisens Stimme zwitscherte lustig. Während die Mutter nach ihren Kleidern griff, meldete sich Fritzchen schon im Türspalt, jammernd: er finde seine Strümpfe nicht, und Roderich habe ihm den Hosenträger zerrissen.
Die Mutter zog sich hastig an. »Ich komme gleich.« Ihre Hände zitterten. Sie lief hinüber.
Die Kinder saßen in Hemden und Leibchen auf ihren Betten. Margaret wusch sich unter großem Geplansche. Kläre hatte Luise schon gekämmt. Das Mädchen klinkte die Tür auf, es trug den Morgenkaffee.
Marie griff nach Fritzchens Hosenträger, mit dem der wilde ältere Bruder einen Sessel als Pferd aufgezäumt und den er dabei beschädigt hatte; mechanisch tastete die Mutter nach dem Nähkorb, das

Kind stand bei ihr und betrachtete sie großäugig aus flehentlichen Mienen. Aber ihr entfiel, was sie in den Händen hielt. Sie war bleich, wankte; wortlos sank sie auf einen Stuhl nieder.

Gleich war sie von den Kindern umringt. »Mutter, was fehlt dir? Mutter, bist du krank? Mutter, hast du es wieder an der Galle?«

Marie schüttelt den Kopf, lehnt die Stirn an die Brust einer ihrer Töchter. »Ach nein, ach nein, die Galle ist es nicht.« Der Vater kommt aus dem Schlafzimmer hervor. Er geht vorbei, dann schaut er um, irgend etwas zuckt in seiner Miene. Aber er schweigt.

Marie richtet sich auf, blickt im Kreise herum. Ihr ist, als müßten Blutstropfen aus ihren Augen treten. Wie blaß sie sind, ihre Kinder, hager, mit dem grünlichen Schein des öden Stubenlebens auf den schmalen Wangen. Ihre Ärmchen ragen eckig aus den Hemden, über den Schlüsselbeinen der Mädchen schatten die Gruben, an den Knabenleibern treten die Rippenbogen hervor. Roderich hat eine geflickte Hose an, Kläre trägt einen von Margarets abgelegten Unterröcken. Luisens Zehen schauen aus ihren Pantöffelchen hervor. »Mutter, dürfen wir Semmeln essen?« – »Aber nein, Semmeln sind nur für den Vater da.« – »Mutter, schau, mein Strumpf ist wieder zerrissen.« – »Mutter, schau, mein Leibchen wird mir zu eng.«

Vierzigtausend, denkt Marie, vierzigtausend Gulden habe ich ihnen gestern weggeschenkt, und ich raufe mir nicht die Haare, und ich falle ihnen nicht zu Füßen?

Indessen lag der Goldbart unter seinem rosenbestickten Betthimmel und schwitzte. Nachdem man ihn durchnäßt, frierend und fast von Sinnen gekommen aus dem Loch gefischt und nach Hause gebracht hatte, war er der Obhut des Hausarztes übergeben worden. Abgerieben, geknetet, gelabt wurde er zu Bett gebracht, mit Daunenbergen beladen, von einem starken Ofenfeuer gewärmt und zwischen heißen Ziegelsteinen geröstet. Überdies mußte der Goldbart Grog und treibende Pulver schlucken. So geriet er ins Schwitzen, aus allen Poren schoß ihm das Wasser hervor. So lag er die ganze Nacht und den folgenden halben Tag. Endlich glaubte der Hausarzt versichern zu dürfen, daß Wanka gerettet sei. Die peinlichen Hüllen wurden entfernt, er wurde gewaschen, rasiert, in frische Kleider gesteckt. Und so, zu einiger Würde wiederhergestellt, wurde er nun einer zweiten Kur unterworfen und einer zweiten Genesung entgegengeführt, denn jetzt erschien Doktor Weinstein und bald nach ihm der Besitzer des bewußten Wechsels und andere Gläubiger. Nun wurde in Büchern geblättert, in Dokumenten studiert, es wurden Anweisungen geschrieben und Unterschriften gegeben. Franziska gab die Unterschriften: sie saß im Nebenzimmer und nahm, steinernen Gesichts, alle Forderungen entgegen, die ihr Doktor Weinstein vorlegte: leise tat es der Jude, nicht ohne ein diskretes Mitgefühl erkennen zu lassen; es galt der erschütternden Verwandlung, die sich an Franziska vollzogen hatte, denn nun bezahlte sie, ja, sie bestand sogar darauf, alles zu bezahlen: Die letzte Rechnung sollte beglichen, die letzte fällige Rate sollte abgeführt werden. Unbewegt zählte sie die Banknotenbündel und teilte die Goldröllchen ab, die Doktor Weinstein in Wertpakete steckte, die er mit Adressen versah, sorgfältig versiegelte und zur Post bringen ließ. Da Franziska nun einmal die Obligationen des Gatten übernommen hatte, wollte sie sie auch bis zum letzten Kreuzer abtragen, eine bittere Lust büßend, die auszukosten wohl nur eine echte Bourdanin fähig war.

Zwei Tage später schlug die Stunde des Abschieds. Der Goldbart reiste nach Amerika. Seine Verwandten würden ihm, so hoffte er, forthelfen. Balthasar fuhr mit ihm bis Triest. Das hatte er Franziska versprochen; wie sie für den Gatten das Ihre abgeleistet, so wollte auch er das gleichsam Letzte, Äußerste für den gefallenen Schwager getan haben. Karlinchen hing heulend an ihres Vaters Hals. Zwar fielen, ihr zuliebe, ein paar Worte über eine befristete Trennung und über ein gelegentliches Wiedersehen, doch schien es das Kind besser zu wissen und zu empfinden: der Vater ging, um ihm für immer in graue Ferne zu verschwinden.

Bourdanin und Wanka reisten über den Semmering. Sie waren sehr schweigsam; jeder, in seinen Paletot gewickelt und in seinen Fensterplatz gelehnt, starrte hartnäckig an dem anderen vorbei. In Triest nächtigten sie noch einmal im selben Albergo. Am anderen Morgen lichtete Wankas Schiff die Anker.

## *Aber Ernestine erliegt ...*

Während das alles im Familienkreis Bourdanin geschah, während sich die Engel der Rettung einstellten für den Goldbart, daß er nicht ersaufen mußte, für den schwächlichen Doktor, daß er ein Plätzchen fand, wo er seine Lebenswunden hegen konnte, für die arme Sibylle, die tiefer und tiefer in die sanfte Nacht ihrer Selbstvergessenheit versank, für die fremden, verstoßenen Waisen, denen im Haus der Atlanten eine Art Heimat aufblühte, blieb Ernestine allein. Sie hatte keinen Selbstmörder zu retten, kein Vermögen zu vergeben, ihr war es nicht gewährt, anderen eine Heimat zu bereiten. Sie lebte in den vier Wänden bei ihrem alternden Vater. Sie begoß die Blumen und staubte die Möbel ab, sie setzte das Süppchen auf und wusch das Geschirr. Sie hatte Zeit, sie mußte sich nicht sputen, sie lebte wie im Schatten, fortgeschoben aus dem bunten Lichterspiel des Lebens. Der einzige, der sie nicht vergessen hatte, war Zerff, der Versucher.
Er zeigte sich zwar nicht mehr vor ihrem Fenster. Aber sie erhielt Briefe von ihm, einen nach dem anderen.

In der Nacht des 19. auf den 20. März

Mein gnädiges Fräulein!
Sie vergeben mir die Freiheit, die ich mir nehme, indem ich Sie mit einem Brief belästige. Er ist nicht der erste, den ich Ihnen schreibe. Seit Monaten sitze ich Abend für Abend in meiner einsamen Stube und schreibe an Sie. Am Morgen zerreiße ich die Briefe und überliefere sie dem Feuer. Welche Unsumme von Qual und Sehnsucht hat die Flamme nicht schon verzehrt. Mein gnädigstes Fräulein, ich will es Ihnen offen sagen: Sie sind schuldig an mir geworden.
Ich habe, hören Sie, niemals geliebt. Die Liebe war ein Gefühl, das mir von den Erfahrungen meiner Jugend im Keime weggezehrt worden ist. Einem Menschen meiner Herkunft, meiner Jugend taugt es, das Herz mit einem Panzer aus Eis zu umgeben. Ich erzählte Ihnen von den Leiden und Demütigungen meiner Kindheit, von den Seelenwunden, die ich im zartesten

Alter empfangen. (Ach, hätte ich Ihnen nicht erzählen sollen?) Ich habe Liebe nie gekannt. Ich härtete mein Gemüt. Diese Härte, diese scheinbare Empfindungslosigkeit war mein ganzer Reichtum. Ich weiß nicht, wie es in anderen Menschen aussehen mag. Andere haben die treue Fürsorge ihrer Eltern genossen, haben tausend zärtliche Erinnerungen sammeln können. Diese Erinnerungen bedeuten einen Schatz des Glükkes, aus dem sich schöpfen und immer wieder schöpfen läßt, bis zur Todesstunde; ah, diese Leute haben es leicht, wieder zu lieben. Auch Sie, meine Gnädigste, ich vermute es, verfügen über einen solchen Schatz. Aber ich, wo hätte ich ihn sammeln können? – Auf den Landstraßen, auf denen ich, weit über mein Alter und meine Kräfte überbürdet, an der Seite eines mürrischen Verwandten dahinzog? Auf den Schwellen der Häuser, auf denen wir zitternd im schneidenden Wind unsere armen Waren anboten und abgewiesen wurden? Oder gar bei meiner Mutter? – Ich breche ab.

So lebte ich. Ich überredete mich selbst, daß ich jedes Gefühl, jede Regung des Vertrauens in mir ertötet hätte; daß ich nichts sei als eine präzis arbeitende Maschine im Dienste der Verwaltung, eine Nummer unter Millionen Menschen im Apparat der Zivilisation, deren Sinn mir dunkel, deren Charakter mir verhaßt ist.

Überdies: ich mußte schweigen. Mußte das Geheimnis meiner Herkunft verbergen, um nicht aus den Zirkeln der bürgerlichen Mustertugend von vornherein ausgeschlossen zu werden. Über meine Jugend befragt, gab ich ausweichende Antworten. Da sah ich Sie ...

Da war der himmlische Augenblick, da ich Sie zum erstenmal erblickte. Bei jener Hochzeit in der Kirche. Sie waren so schön, so reizend! Sie glichen einer Fürstin, aber auch einem Engel, einem milden Engel. –

Und dann kam mir der Zufall entgegen. Ich hatte das Glück, bei der Tafel an Ihrer Seite zu sitzen.

Ein anderer hätte Sie mit Tiraden der Anbetung für sich einzunehmen gesucht. Ich gestand Ihnen meine Herkunft.

Zum ersten Male entsiegelte ich mein Herz vor einem Menschen. Ich glaubte Mitleid und Verständnis in Ihrem Blick zu lesen. Ich glaubte, Sie seien so anders als alle anderen, als Sie schöner sind als alle anderen. Ich glaubte, den ersten, einzigsten Menschen gefunden zu haben, dem ich vertrauen konnte. Was geschah? Sie verließen mich. Aber ich – ich liebte Sie. Wohin war meine Kälte, meine Abtötung verschwunden? Ich hätte zu Ihren Füßen hinschmelzen mögen.
Monate sind seither vergangen. Mit allen Zeichen, die mir zu Gebote standen, habe ich Ihnen meine Anbetung, meine Ergebenheit zu erkennen gegeben. Aber was haben Sie getan? Wie entschädigen Sie mich dafür, daß ich Ihnen mein Vertrauen schenkte, daß ich Ihretwillen die Grundsätze meines Lebens umstürzte? – Ich will nicht davon reden, daß Sie die unschuldige Einladung, die ich Ihnen durch die erste Dame der Stadt zukommen ließ, von sich wiesen. Ich will auch davon nicht reden, daß Sie immer – *fast* immer – mir Ihr Erscheinen am Fenster versagten, wenn ich, das Gespött der Menschen nicht achtend, vor Ihrem Hause promenierte. Ich will nur davon reden, ob es recht ist, wirklich und wahrhaft recht, wenn Sie mir, wie neulich auf der Straße, Blick und Gegengruß verweigern? Ruht nicht Ihr Auge täglich auf zehntausend gleichgültigen, ja auch niedrigen Gegenständen? Warum also wollte es mir ausweichen, eben mir? Dem Bettler, der den Hut vor Ihnen zieht, danken Sie. Warum nicht mir, der für Sie lebt, der für Sie sterben möchte? Sind Sie wirklich so kalt, so herzlos? Habe ich mich so schrecklich in Ihnen getäuscht?

den 21. März, im Rathaus

Meine Gnädigste,
ich erhalte eben mein Ernennungsdekret zum Stadtrat; eine Urkunde, um deren Besitz ich lange, in vielleicht falschem Ehrgeiz, gekämpft habe, um die mich Tausende beneiden, die mir den Weg öffnet zu Ämtern und Ehren. Ich habe sie zu spät erhalten. Vor einem Jahr hätte ich mich am Ziel meiner Wünsche geglaubt. Heute kann ich nur lächeln. Bitter lächeln. Was

soll mir das Ding? Was kann es mir gelten? Es ist mir gleichgültig. *Sie* haben mich verworfen. Damit ist alles vorbei.

am 26. März, in der Nacht

Mein gnädiges Fräulein!
Soeben kehre ich von der Feier heim, die mir, meiner Ernennung zu Ehren, das Stadtoberhaupt in seinem Hause bereitet hat. Man beglückwünschte mich, man ließ mich hochleben. *Hochleben!* Mein gnädiges Fräulein, mir klang es wie Hohn. Was ist das für eine Welt, in der wir leben? Sehe man sie nur an, wie sie von Furcht und Neid regiert wird! Von Heuchelei! Sehe man sie nur an, die stumpfen Bürger, wie sie im Chapeau claque und Plastron, im doppelgeknöpften Frack durch die Gassen stampfen! Und die Frauen, deren starre strotzende Gesichter die Enttäuschungen nicht zugeben wollen, die sie erlitten haben; die Mädchen, die, in künstlicher Unwissenheit gehalten, doch nur einen Gedanken haben und einen Trieb betätigen: eine *Partie* zu machen. Wohlgemerkt: eine Partie! Ich habe das meine davon heute zu merken bekommen. Nun, es ist besser zu schweigen.
Diese Welt ekelt mich, und ich möchte sie am liebsten verlassen. Vielleicht ist anderswo ein kräftigeres, reineres, unverdorbeneres Leben. Ich sehne mich danach.

am 28. März

Gnädige!
Die Tage vergehen. Sie verbergen sich. Ich begreife: Ich bin es, vor dem Sie sich verbergen. Ihre Tugend ist vollkommen. Aber – wenn sie vollkommen ist, warum scheut sie sogar die flüchtigste Begegnung?
Nein, meine Gnädige, Sie täuschen mich nicht. Ihre Stimme klingt mir noch im Ohr: »So ahnungslos, wie Sie glauben, bin ich nicht.« Und ich las in Ihren Augen, und in Ihrem Blick offenbarte sich mir etwas wie – Mitwisserschaft. Mitwisserschaft um etwas Geheimnisvolles, Köstliches. Die Welt ist ein Garten voll dunkler Rätsel; die Landschaft der menschlichen Seele

noch immer ein unentdeckter Erdteil; das Leben ein Dschungel, in dem Grausamkeit und Genuß gemeinsame Triumphe feiern, aber irgendwo blüht das Glück, die süßduftende Blume. Nur wenige wissen um ihr Versteck, nur wenige beginnen, den berückenden Geheimnissen des Lebens auf die Spur zu kommen. Einsame sind es, Eingeweihte – sie werden einander an den Augen erkennen. Wie, Ernestine, wenn ich in Ihren Augen etwas erkannt hätte?

am 29. März

Ernestine, Sie haben mich beschenkt. Unwissentlich, unwillentlich haben Sie mich beschenkt, dennoch – ach, lassen Sie mich Ihnen die Umstände wiederholen. War nicht heute der erste Frühlingstag?
Daß mich die Unruhe so früh weckte! Schon im ersten Morgendämmern trieb es mich vor Ihr Fenster. Der Tag kam. Er trocknete der Nacht die Tränen, die sie geweint. Ein entwölkter Himmel blaute über der Stadt. Die Luft war süß, rein, schien zu fächeln.
Da öffnete sich die Tür Ihres Hauses. Wie schlug mir das Herz! Sie waren es, Allereinzigste, die aus dem Torflur trat, das Körbchen am Arm, noch blaß nach der Ruhe der Nacht. Sie erblickten mich nicht. Tänzelnd wie ein Kind, das sich des Morgens freut, kamen Sie auf mich zu – aber auf einmal, auf einmal – meine Gnädigste, zog ich den Hut? Grüßte ich? Ich stand wie gebannt. Ich sah Ihren Blick auf mir ruhen, und ich sah Sie *erröten.*
Oh, es gibt so viele Arten zu erröten. Wer mit Menschen umgeht, tut gut daran, ihr Verhalten zu studieren, die Zeichen zu deuten, die ihre Seelen geben. Eines der verräterischsten ist das Erröten.
O diese Glut, die, von einem jagenden Herzschlag getrieben, unaufhaltsam, ungebändigt aus der Brust durch Kehle und Wangen steigt, Verwirrung ausbreitet, die Schläfen bis unter die Haarwurzeln färbt, Hals und Nacken überschwemmt: Pulsschlag der überwältigten Natur. –

Sie schritten vorbei, und ich sah Sie vor Verwirrung straucheln. Dafür, Süße, Liebe, Einzige, hätte ich Ihnen zu Füßen fallen können.

Am Palmsonntag

Jetzt weiß ich es, Sie sind die Meine. Ich erwarte Sie. Für ewig:

Ihr Zerff.

Am Morgen des Palmsonntags, während des Hochamtes in der Kirche der Franziskaner, war folgendes geschehen:

Ernestine Halik hatte wie jeden anderen Sonntag zuvor die Solopartien in der Messe zu singen. Das waren gewisse Sätze im Credo, das Sanctus vor der Wandlung und das Agnus Dei. Die Messe war fortgeschritten, man war an diesen letzten feierlichen Akt gelangt. Die Orgel präludierte, der Dirigent gab der Sängerin das Zeichen zum Einsatz. – Sie sang die erste Strophe:

»Agnus Dei, qui tollis peccata mundi, miserere nobis.« Der Chor fiel ein und wiederholte.

Auch die zweite Strophe sang Ernestine, zur dritten gab der Regens sein Zeichen. Da blieb sie stumm. Der Regens wiederholte seinen Wink. Sie sah ihn nicht. Sie stand und blickte über ihr Notenblatt weg in die Tiefe der Kirche.

Das Orgelspiel stockte. Vor dem Altar war die Handlung so weit gediehen, daß das Glöckchen jede Sekunde den Akt der Kommunion ausrufen mußte. Der Regens drehte sich um und blickte in das Kirchenschiff, um zu erkennen, was die Sängerin so erregte. Er sah nichts Ungewöhnliches. »Ernestine!« rief er leise. »Was ist ...?«

Das Mädchen schrak zusammen. Das Notenblatt knitterte in ihrer Hand. Sie sah den Taktstock gezückt, sie wollte beginnen. Aber nur ein unsicherer Laut drang aus ihrem Mund. Sie bedeckte das Gesicht mit der Hand, schüttelte den Kopf, senkte ihn dann mit dem Ausdruck hoffnungsloser Verneinung. Jetzt erklang das Glöckchen vor dem Altar. Ernestine legte das Blatt zurück, wandte sich ab und verließ den Chor.

Drunten im Kirchenschiff setzte sich ein Mann hastig in Bewe-

gung. Er hatte bis jetzt, an einer Säule lehnend und unbekümmert um die fragenden und tadelnden Blicke der Betenden unablässig zur Empore emporgestarrt. Jetzt drängte er durch die Menge, stieß rücksichtslos, was ihm im Weg stand, zur Seite. So kam er jener zuvor: er vertrat ihr den Weg durch das Seitenpförtchen.
Stumm standen sie sich gegenüber. Das währte Sekunden, dann ergriff er ihre Hand und hob sie an seine Lippen. Er flüsterte ein Wort. Sie nickte, sie wankte, dann ließ er sie vorbei. Mit glühenden Augen blickte er ihr nach. Dann setzte er sich den Hut mit Schwung auf den lockigen Kopf.
Drinnen in der Kirche war die Orgel mit raschen gewaltigen Tonfolgen eingefallen. Wenige hatten die kleine betretene Stille bemerkt, die den Gesang ein paar Atemzüge lang unterbrochen hatte.

Marie war eben an jenem Palmsonntag nicht in der Kirche gewesen. Es war ihr unmöglich gewesen, aus dem Hause zu kommen. Als sie hörte, was sich zugetragen hatte, erschrak sie. Ich will gleich zu Ernestine gehen, dachte sie. Ich will ihr zusprechen.
Aber auch das gelang ihr nicht. Sie konnte sich nicht losmachen. Das Mädchen verdarb die Suppe. Luise schnitt sich in den Finger. Roderich zerschlug eine Vase. Sibylle schüttete sich die Milch ins Bett und mußte gereinigt und umgezogen werden.
Erst spät am Abend konnte Marie in das Vaterhaus hinüberhetzen. Der alte Halik öffnete. »Wo ist Ernestine?«
»Sie ist weggegangen.«
»Weggegangen? Wohin?«
»Ich weiß es nicht.«
»Was ist eigentlich geschehen, Vater? Sie hat nicht gesungen?«
»Doch. Aber dann hat sie versagt – plötzlich und ganz ohne jeden Anlaß. Als sie von der Kirche heimkam, hat sie geweint. Später erschien der alte Köhler, der Regens chori, brachte ihr ein Veilchensträußchen mit und sagte, sie solle sich nicht kränken, so etwas könne immer mal geschehen, und sie werde am Ostersonntag dafür um so schöner singen. Doch sie antwortete, sie werde nie mehr singen, nie mehr.«
»Ach, Vater.«

»Das sagte sie wohl nur so. Ich kann nicht glauben, daß es ihr ernst ist damit.«
Marie schwieg. – »Und weißt du nicht, wohin sie gegangen sein könnte?«
»Nein.« Der alte Halik seufzte. »Sie hat in letzter Zeit Briefe bekommen. Viele Briefe. Aber gesagt hat sie nichts.«
Marie antwortete: »Ich warte hier, bis sie kommt.«
Doch nach einiger Zeit vergeblichen Dasitzens brach sie auf und kehrte nach Hause zurück. Es war eine klare Nacht, der Mond stand am Himmel, fast bis zum Kreis war die silberne Scheibe gereift. Nur einen schmalen Streifen noch schnitt die beschattete Wange aus dem vollen Rund.

## *In der Grotte*

So eilte die Zeit auf Ostern zu.
Ostern ist das einzige Fest, das sich in unserer ungläubigen Welt einen Rest reinen Ansehens bewahrt hat. Die Weihnacht ist zu einem niedlichen Rummel entartet, und die Bedeutung der pfingstlichen Herabkunft des Heiligen Geistes, dem Verstand des Menschen von jeher unfaßbar, ist eins der Geheimnisse geblieben, die man so gern auf sich beruhen läßt. Nur die Größe und finstere Herrlichkeit des Karfreitags übt noch immer eine gewisse Macht aus. Christi Todespein am Kreuz läßt in jedem, auch in dem rohesten Herzen, ein banges Gefühl aufzucken. Ist doch schließlich das Kreuz das Gleichnis jeder tieferen Lebenserfahrung. Zwei Balken, die einander schneiden: so schneiden und überkreuzen einander Leben und Tod, Handeln und Leiden, Vergehen und Werden. Das Kreuz spricht zu uns; heute bist du, aber morgen wirst du nicht mehr sein. Du willst währen und bestehen, aber du bist Staub und ein Nichts. Dein Herz ist begehrlich, doch es wird verzichten lernen. Du bist stolz und voll Trotz, darum wirst du gedemütigt werden. – Und zugleich spricht das Kreuz: Demütigst du dich, so wirst du aufgerichtet werden. Stirbst du, so wirst du leben. Verwandelst du dich, so wirst du bestehen. Gibst du, so bist du beschenkt. Der Mensch blickt auf das

Kreuz und ahnt: hier ist das Inbild der Welt, die einander schneidenden Balken bedeuten die Koordinaten, auf denen und zwischen denen alles seinen Ort hat. Alle Widersprüchlichkeit des Daseins, hier hat sie ihr Gleichnis. Aller Widersprüche Lösung, hier ist ihr Schlüssel.

Ostern fiel in jenem Jahr spät in den April. Balthasar Bourdanin hatte den Seinen angekündigt, daß er das Fest dieses Mal nicht mit ihnen begehen werde; weil er nun einmal an der Adria sei, wolle er nach Italien reisen und das Feld von Solferino besuchen, auf dem er einst sein Blut vergossen hatte.

Aber als er nach Wankas Abreise spät am Tage in seinen Gasthof zurückkehrte, reichte ihm der italienische Türsteher eine Eilpost, die soeben für ihn angekommen sei. Bourdanin zögerte, den Umschlag zu ergreifen. Dann nahm er ihn, zerriß die Schleife und las: »Marie schwer erkrankt. Komme sofort zurück. Höchste Gefahr.
Bohusch Halik.«

Der Zug hatte die Höhe des Semmerings erreicht. Mit langen, gellenden Pfiffen passierte er Brücken und Tunnels. Der Rittmeister stand am Fenster seines Abteils und starrte in die Nacht hinaus. In wilden Schwärmen stoben die Funken hinter dem Glase vorbei. Die Räder rollten und kreischten an den Bremsklötzen schleifend, als wollten sie aus den Zwingen springen. Abgründe öffneten sich unter schwanken Gerüsten, über denen das Geräusch des Zuges noch hohler und gräßlicher klang. Weiße Bärte stürzender Wasser glitten vorüber, Schlüfte und Felsen, ein Höllenland. Dann drehten sich Lichter tief drunten im Tal wie irre Sterne vorbei.

Der Rittmeister hielt das Blatt der Eilpost in der Brusttasche an sich gepreßt. Es ist nicht wahr, dachte er im Takt der rollenden Räder, es ist nicht wahr, nicht wahr.

Gegen Morgen kam er nach Wien. Erst Stunden später hatte er Anschluß. Voll Ungeduld nahm er einen Wagen von der Südbahn zum neuen Zentralbahnhof in der Brigittenau. »Schneller, schneller!« trieb er den Fiaker an.

Abermals währte die Fahrt den ganzen Tag. Abermals war es Nacht, als er ankam. Ausgestorben lag der Platz, finster unter den spärlichen Ketten der grünlich flackernden Gaslampen. Kein Mensch zu sehen. In einem Winkel stand ein schlafendes Pferd vor einer verlassenen Droschke. Die arme Kreatur lehnte auf müden Hufen, das zottige Haupt geneigt. Der schlaffe Futtersack hing ihm vom Halse. Vom Kutscher nichts zu sehen. Der Rittmeister ging zu Fuß nach Hause. Die Magd kam an die Tür. »Was ist geschehen? Wo ist meine Frau?«

Die Magd erhob ein Gezeter. Das sei ein Unglück! Die gnädige Frau so krank! Aber sie liege nicht hier, sie liege im Kameralamt.

»Wieso?«

Sie sei drüben gewesen, als die Krankheit kam: plötzlich, mit einer Ohnmacht. Die Herren Doktoren meinten, es komme von den Nerven, das Fieber und das Phantasieren.

»Schwatze Sie nicht. Wie geht's den Kindern?«

Die alte Magd kniff die Lippen ein. Statt einer Antwort öffnete sie die Tür zum Knabenzimmer. Der Rittmeister ergriff ein Licht und ging hinein.

An der langen Wand standen drei Betten: die seiner Söhne. An der kurzen Wand stand das des fremden Knaben. Im Mädchenzimmer das gleiche. Nur schlief hier Luise auf einer Matratze in einem Eck. Der Rittmeister schritt von Lager zu Lager. Die Fenster waren geschlossen, die Luft war schwer von dem vielfachen Atem und dem Dunst so vieler Körper. Auf den Stühlen, geschichtet, lagen die Kleider, in eine Reihe waren die Schuhe gestellt. Dem Rittmeister zitterte die Leuchte in der Hand. Auf einmal stellte er sie zurück, ergriff seinen Hut und ging. Zwei Stufen auf einmal sprang er die Treppe hinab. Auf der Straße lief er. In seinem Herzen klopfte es wie von dumpfen Hämmern. Er lief, was er konnte.

Marie lag in der Kammer, in der sie in ihrer Mädchenzeit geschlafen und mit ihrer Schwester gehaust hatte. Fast alles war hier so geblieben, wie es gewesen war; aber Marie nahm es nicht wahr. Sie wußte nichts von sich.

Es war geschehen, wie die Magd gesagt hatte: Die Krankheit hatte mit einer Ohnmacht begonnen. Im Fieber war Marie daraus erwacht. Schon seit ihrer Fahrt in den überschwemmten Pongratzschen Hof hatte sie sich krank, elend und müde gefühlt. Die Erinnerung an das schwarze Wasser verursachte ihr Übelkeiten. Irgendein Gift, irgendein Keim des Verderbens mußte ihr dort aus dem Rattennest zugeflogen sein. Es hatte sie so gegraut, den Kahn zu betreten; sie hatte es doch getan, aus dem Gefühl, daß sie nicht fehlen dürfe, wenn man den Lebensmüden zurück ins Leben holte. Sie war es auch gewesen, auf deren Stimme er zuerst Antwort gegeben. Ihre Hand hatte er als erste angefaßt. Marie schauderte, wenn sie dachte, wie kalt und naß und glitschig die seine gewesen war.

Eines Tages – Bourdanin war schon abgereist – war sie zu ihrer Schwester gegangen. Sie hatte sich eine Arbeit mitgebracht, aber sie war zu müde gewesen, nach ihr zu greifen. Kopf und Nacken schmerzten sie. Sie saß fröstelnd beim Herd und kämpfte gegen das Verlangen sich nachzugeben. Ernestine aber fand keine Ruhe; unaufhörlich eilte sie hin und her, räumte in Schubladen und Schränken, schleppte Kleider und Wäschestöße. Ihre Rastlosigkeit quälte Marie: »Ach, Ernestine, was tust du immer?« Jedesmal, wenn im Flur ein Schritt laut wurde, hielt die Ältere inne, lauschte, sprang zur Tür. »Erwartest du jemand, Ernestin?« – »Ich? Wieso?« – »Es kommt mir so vor.« – »Nein, nein.« Dann plötzlich lief sie ans Fenster, stieß einen Ruf aus: »Da ist er.«

Marie erhob sich. »Wo? Wer?«

Ein Wagen war, die Promenade überquerend, vorgefahren. Es war ein schöner, blauer, blankgeputzter Wagen von der leichten, modernen Art, mit giftgelben Räderspeichen und einem gemalten Wappen. Auf dem Bock saß der Kutscher in Bedientenlivree, sein blauer Frack funkelte von messingenen Knöpfen. Sein rotes, breitgedunsenes Gesicht war von einem Bart eingerahmt wie von einem rötlichen Flossensaum.

»Ist das nicht der Wagen der Wetzstein?«

Der Kutscher hatte sich erhoben, er zog die Bremse, steckte die buntgeflochtene Geißel in den Eisenring. Dann sprang er ab und wiegte sich breitbeinig auf das Tor des Kameralamts zu.

»Was ist das? Es sieht aus, als wollte er zu dir.«

»Jawohl, zu mir!« rief Ernestine und stieß die Tür zu ihrer Schlafstube auf. Da stand ihr Reisekorb, fertig gepackt.
Schon pochte es draußen.
»Was soll das? Tine, was hast du vor?«
Das Mädchen lief, um dem Kutscher zu öffnen. Er begrüßte sie mit einem vertraulichen Grinsen. »Ist das Fräulein schon bereit? So ist's recht! Die gnädige Frau wartet.« Und unverzüglich verfügte er sich in die Kammer, um den Reisekorb auf seine breite Schulter zu laden.
»Was tut er? Was soll das heißen? Deinen Korb – er nimmt ihn? Du willst fort? fort –? *Dorthin?* O nein!« Marie hängte sich an der Schwester Hals. »Was fällt dir ein? Bist du von Sinnen?«
»Sei ruhig«, versetzte die Ältere. »Ich weiß, was ich tue.«
»Das weißt du nicht«, rief Marie. Sie brach in Tränen aus.
»O doch«, murmelte jene. Sie hatte der Schwester Hand von ihrem Nacken gelöst, so stand sie und hielt sie fest. »Das ist mein Weg, der einzige, der zu gehen mir übrigbleibt, verstehst du nicht?«
»Aber doch nicht gleich!« weinte Marie.
»Gleich und auf der Stelle und je schneller, desto besser. – Nimm Er den zweiten Koffer auch noch mit«, rief sie dem Kutscher zu.
»Aber der Vater! Du wirst doch nicht den Vater verlassen!?«
»Allerdings, das werde ich, ich werde ihn und dich verlassen, alle und alles, für immer und ewig. Weine doch nicht!« Ernestine schrie es beinahe. »Ich bin nicht mehr wert, zwischen euch zu leben.«
Sie starrte einen Augenblick vor sich hin, wie von einem tiefinneren Schauder durchgraust, wie von einem Entsetzen vor sich selbst erfaßt. In ihren Augen, die unter den runden Bögen ihrer Brauen an den Augenschnitt scheuer Nachtvögel erinnerten, phosphoreszierte der Glanz einer seltsam kalten verzweifelten Entschlossenheit. »Ich habe«, fuhr sie nun mit ganz leiser Stimme fort, »damals, als ich noch dort war, mit ihr eine Wette geschlossen.« Sie nannte den Namen der Frau von Wetzstein nicht, aber Marie begriff, daß sie nur diese meinte, und sie erschrak vor dem Ausdruck abgründigen Hasses in Ernestinens Worten. »Eine gemeine und lästerliche Wette, und habe sie verloren. So gehe ich zurück in ihren verfluchten Käfig.« Sie hob die Faust, um ihre Lippen zuckte ein fremder Zug.

»Rühr mich nicht an«, fuhr sie heftig fort und schleuderte Mariens Hand von sich, die sie bis jetzt selbst an sich gepreßt und krampfhaft umklammert hatte. »Rühr mich nicht an, ich bin beschmutzt.– – – Was sagte ich dir damals im Winter? ›Ich fühle mich versucht, aber hab keine Angst, ich falle nicht!‹« Sie lachte auf. »›Ich falle nicht!‹«
»Ernestine!« flüsterte Marie.
Mit einer weitausfahrenden Bewegung riß das Mädchen ein Päckchen aus dem Ausschnitt ihres Kleides hervor. Im ersten Moment glaubte Marie, es sei das weiße, in Leder gebundene Gebetbuch, das Ernestine seit ihren Kindheitstagen besaß. Aber es war ein Päckchen Briefe, die mit einer roten Schnur umwunden waren. »Hier – lies!« Quer über den Tisch, hinter den sie sich bei den letzten Worten geflüchtet hatte, warf Ernestine der Schwester das Bündel zu. Die Schnur löste sich, das Bündel fiel auseinander, und die einzelnen Briefe flatterten zu Mariens Füßen auf den Boden.
In Windeseile warf Ernestine einen Mantel um sich. Der Kutscher hatte unterdessen auch den zweiten und letzten Koffer geholt. Er wartete an der Wohnungstür und hielt sie offen.
»Ernestine! Ernestine!« rief Marie und versuchte die andere einzuholen.
Da, vor der Schwelle, warf sich diese vor ihr auf die Knie. Sie ergriff der Schwester Hand und küßte sie. Mein Gott, dachte Marie, warum tut sie das? Sie hat es schon einmal getan. Aber in der Verwirrung dieses verzweifelten Abschieds konnte sie sich nicht erinnern, wann das gewesen war.
Ernestine war schon aufgesprungen, hinausgeeilt und in den Wagen gestiegen. Und im gleichen Augenblick hatte sich auch der Kutscher auf den Bock geschwungen, und die Pferde, die ungeduldig tänzelnd die Abfahrt erwartet hatten, griffen aus. Blitzend kreisten die gelben Speichen der Räder, die Geißel tanzte; vor Mariens Augen, die von Tränen geblendet waren, verging die Kutsche in einem blauen Gefunkel, in einem gelb und golden gefächerten Licht.
Sie stand eine Weile, dann kehrte sie zurück und sah in der Küche die über dem Eßtisch verstreuten Briefe liegen. Sie bückte sich, es schwindelte ihr. Trotzdem klaubte sie einen nach dem anderen auf,

den letzten behielt sie in der Hand, es war ein schmales steifes Billett mit dem Datum des vorletzten Tages; Marie las:
»Endlich bist Du vernünftig geworden, süßes, herziges Kind. Oder bist Du immer noch stolz? Herzchen, ich frage: Wozu? und vor allem: Worauf?«

Marie ließ die Briefe sinken. Sie atmete kaum. Dann, nach einer Zeit, sah sie sich mühsam um: Nein, niemand war hier, niemand hatte sehen können, was sie sah, und niemand, nicht einmal sie selbst, sollte lesen können, was auf diesen Blättern stand. Sie wankte gegen den Herd und riß das Türchen auf. Drinnen war graue Asche, hinten ein wenig Glut. Sie schob die Briefe hinein, da überkam sie eine Schwäche. Sie hatte die Kraft nicht mehr, das Türchen zu schließen. Ich muß nach Hause, dachte sie, die Kinder – die Kinder! Sie wollte sich halten, aber ihre Hände glitten ab, sie stürzte rücklings und wußte nichts mehr von sich.

Der Rittmeister war vor dem Kameralamt angekommen. Seine Knie zitterten. Aber ihn dünkte, er könne nicht anklopfen, eintreten, so außer Atem. Er blieb stehen, verwand sein Keuchen. Dann, als sich die Atemnot gelegt, versuchte er die Klinke an der Halikschen Wohnung.
Sie war versperrt. Der Schein einer Kerze wanderte drinnen vorbei, Schritte schlurften, eine Stimme murmelte, sie klang wie aus einem Totenhaus. Bourdanin wurde von Entsetzen ergriffen. »Hallo, hallo! Laßt mich hinein!«
Keine Antwort. Was ging drin vor? Jetzt schlug er mit Knie und Faust gegen die Tür. »Laßt mich hinein! Hinein!«
Endlich wurde geöffnet.
»Warum macht ihr nicht auf? Was ist geschehen? Man schickt ein Telegramm – Wo ist Marie?« Bourdanin, so ungewohnt, Angst und Sorge zu ertragen, wollte lospoltern. Aber irgend etwas überfiel ihn mit jähem Schrecken: war es die an Verwüstung grenzende Unordnung in der Küche, war es das Aussehen des alten Mannes, der ihm geöffnet hatte? Vater Halik war im Hemd. Er hatte nur eine Decke um sich geworfen, die er vor seiner greisen Brust mühsam zusam-

menhielt. Sein Gesicht, das sonst sanft-gelassene, war weiß, verzerrt, zerstört. Das graue Haar stand zerrauft zu Berge. Bourdanin stammelte: »Wo ist Marie?«
Der alte Mann gab keine Antwort.
Da erscholl ein Laut, ein leises heulendes Brüllen, es drang offenbar aus der rückwärtigen Kammer hervor, ein Tierlaut – Bourdanin fuhr zusammen: »Was ist das?«
»Das ist Marie.«
»Das –?«
»Drei Tage liegt sie dort und redet irr. Kennt niemand – ach – und schreit!« Der alte Mann hob die Hände gegen seine Ohren, als fühlte er sich durch das dumpfe Jammern bis fast zum Wahnsinn gepeinigt. »Ich hab's gewußt, ich hab es kommen gesehen.«
Bourdanin suchte sich zu fassen. »Wer ist bei ihr?«
»Die Wrbova. Sie hat nach ihr verlangt. Denn Ernestine ist ja fort.«
»Fort?«
Der alte Mann begann an allen Gliedern zu schlottern.
»Laß mich zu ihr, ich muß doch sehen –«
»Nein!« Vater Halik schrie es. »Du nicht –! Du – bringst sie um.«
»Ich –?«
»Ja, du – du! Du bist schuld.«
Bourdanin fuhr zurück. »Ich? Schuld? Woran?«
»An allem. Allem. An Mariens Krankheit, an ihrem Unglück. Du – du – ja! Du hast sie gequält. Du hast sie geknechtet. Nichts als Plage und Kummer, keine Freude jahraus, jahrein.«
»Vater!« murmelte Bourdanin. »Mäßige dich!«
»Nenn mich nicht Vater!« schrie der alte Mann. »Wie alt bist du? Fünfzig – fünfundfünfzig –. Ich bin nicht soviel älter als du. Aber was bist du für ein Mensch? Was hat dich das Leben gelehrt an Einsicht, an Verständnis? Alle fürchten sich vor dir, Marie, die Kinder.«
»Das – ist – mir – neu.«
»Als ich sie dir gab, war sie ein Kind. Hast du denn nie Mitleid gehabt mit ihr? Hat es dir nie ins Herz geschnitten, daß sie so unschuldig war? Oh, ich sehe sie noch vor mir, zitternd wie ein Opferlamm, und du – ein Mann von vierzig Jahren.«
»Das, glaube ich, hast du gewußt.«

»Und als Roderich geboren wurde und als du aus Dernberg zurückkamst – immer, immer war es dasselbe –! Warum habe ich sie dir gegeben? Das verfluchte Glück hat mich verblendet. Der Name Bourdanin. Man hat's erlebt, wozu beides gut war, Glück und Name: zu Streit und Ruin und Bankrott.«
Da erscholl eine Stimme hinter ihnen: »Um Himmels willen, was ist das?«
Auf der Schwelle stand der Sohn, Bohusch Halik, der gekommen war, das Osterfest beim Vater zu begehen. Auch er im Hemd, bloßfüßig, offenbar aus dem Bett gescheucht. »Vater –? Bourdanin –? Was ist geschehen?!«
Das Gesicht des alten Mannes verzerrte sich noch schrecklicher. »Geh fort! Du! Bohusch, geh fort! Mit ihm hab ich zu reden, nicht mit dir.«
»Aber Vater, Vater, höre doch ...!«
Der Rittmeister wich zurück. Immer war es ihm fürchterlich, irgendwelchen Ausbrüchen beizuwohnen. Nie aber hatte ihn ein Ausbruch so erschreckt wie dieser, des alten, sanften, stets gefaßten, artig-milden Mannes; ihm war, als wäre ihm plötzlich etwas Unbekanntes, Unfaßbares, Unbegreifliches entgegengetreten, eine Tiefe aufgebrochen, eine wilde, rasende, uralt gesammelte Kraft. Er suchte sich des Alten zu erinnern, wie er ihn immer gekannt; er fand das Bild nicht mehr hinter dem verzerrten, anklägerisch glühenden Gesicht.
Bohusch hatte den Vater umfaßt. »Tatinek, tatinek. Vater, Väterchen. Du bist ja außer dir.«
Die Berührung durch des Sohnes Hand schien etwas in dem Greis zu zerbrechen. Laut weinend, schlotternd wand er sich in einem Krampf. Der Rittmeister wich zurück.
Er sah noch, wie Bohusch den Vater zu dessen Bett hindrängte, sah die Decke von den greisen Schenkeln gleiten. Ein Grauen packte ihn. Er sagte sich: Fort, fort, fort von hier. Das ist die Hölle.
Aber es war nur das Leben.
Weinen, Stammeln, Schluchzen schollen hinter ihm her.
Er schlug die Türe zu.

Wer bewirkte es, was nun geschah, nämlich, daß Bourdanin auf der Straße stand und weinte? Mitten auf der Straße, in der Finsternis stand er und weinte.
Es war vorbei. Verloren alles und vorbei. Dort war es geschehen, dort, wo hinter schwarzen Gitterkreuzen die Lichter glühten. Sie glühten wie aus einer Grotte hervor, in rötlichem Schein. Hinter dem letzten, kleinsten lag sie und starb.
Sie starb. Marie starb. Ihm war sie schon gestorben.
Er hatte keine Frau mehr; keinen Menschen auf Erden. Er war verlassen.
Eine Erinnerung wehte ihn an: einmal schon war es geschehen, daß er die Fenster dort hatte leuchten gesehen. In einer Weihnacht war es gewesen, schon damals war er – wie jetzt – mit leisen, stockenden Schritten dem Lichte nachgegangen. Und wie jetzt hatte er sich zu der niederen Laibung gebeugt.
Damals hatte es geschneit. In sanften Sternen war der Himmel herniedergesunken, wie kühle, leise flüsternde Münder hatten die Flocken sein Gesicht berührt. Hinter dem leichten Schleiergewebe des Vorhangs hatte ein Bäumchen geglänzt, und dahinter war Marie gesessen, jung und lächelnd, lieblich und schön.
Der Mann faßte nach den Gitterstäben und preßte sein Gesicht dagegen. Er breitete die Arme aus, ein übermächtiger Schmerz ließ ihn an Leib und Seele erzittern. So zittert der Baum, ehe der Sturm ihn entwurzelt. So zittert der Mensch, wenn ihn das Schicksal berührt.
Er kniete nieder. Da war das Gitterkreuz, hinter dem Gitter das Glas. Hinter dem Glas hing ein dichter Vorhang. Hinter dem Vorhang zuckte ein schwaches Flämmchen.
Der Mann vergrub das Gesicht in den Händen. Verloren. Vorbei. Vorbei.
Dann stand er auf und ging.
Das Licht brannte still und leuchtete hinter ihm her.

Drinnen erwachte Marie. Es war seltsam, daß sie eben *jetzt* erwachte. Sie hatte nichts von dem Streit vernommen, der in der Nebenstube getobt; nichts von dem anklägerischen Geschrei des Vaters, nichts von dessen Schluchzen, nichts dann von Bohuschs Erscheinen, noch davon, daß er dem Vater, weinend auch er, flehentlich-begütigend zugesprochen. Frau Wrba war die ganze Zeit neben der Tür gestanden, bereit, den Eingang gegen die aufgeregten Männer zu verteidigen. Sie hatte die Hände gerungen und Stoßgebete geflüstert und die Fäuste geschüttelt über den Unverstand, der neben der Krankenstube den Streit entfesselte. Später war Bohusch hereingekommen, hatte, auf Zehenspitzen stehend, nach Marie gespäht und war leise, nach einigen zu der Pflegerin gesprochenen Worten, wieder gegangen.

Von alledem hatte Marie nichts gemerkt; es war, als ginge es sie nichts an. Aber jetzt – jetzt war etwas geschehen, was sie anging; es ging sie so sehr an, daß es sie erreichte in dem siedenden Labyrinth, in dem tiefen, von roten Schwaden wogenden Abgrund des Fiebers. Es war, als hätte sie etwas berührt, als zöge sie etwas empor, Licht sickerte ein, oberes, irdisches, himmlisch-wirkliches Licht. Stille teilte den Lärm, das wüste Brausen wich süßer, heilsam-heiliger Stille. Nicht mehr wankten die Wände, nicht mehr barst die Decke, rollte das Bett; vor dem Fenster brannte ein einzelnes Licht, in einem Halter steckte die Kerze, und es war, als bliese ein Atem sie an, sie zuckte ein wenig.

Marie stemmte den Nacken und starrte hinüber.

Da raschelte ein Kleid, Frau Wrbas Kleid. Frau Wrba erhob sich aus ihrem gepolsterten Sessel. Marie wußte auf einmal, daß sie dort immer gesessen hatte, die alte Wehmutter, Tag und Nacht, fast so lange, als die Krankheit währte. Frau Wrba hatte sie gepflegt und bewacht, aber Marie hatte es ihr schlecht gelohnt bis jetzt: immer hatte sie nur gefiebert und geschrien, hatte sich hin und her geworfen und hatte sich geweigert, jemand zu erkennen. Marie blickte auf, sie wollte so gerne zeigen, daß sie sie jetzt erkannte und Frau Wrba dankbar war, und daß sie sich bemühen wolle, ihr nicht noch mehr

Plage und Kummer zu bereiten. Darum versuchte sie zu lächeln. Sie zweifelte, ob es ihr gelang. Frau Wrbas Blicke waren voll Angst, ihr Mund zitterte samt dem stachligen Kinn. Dann aber, dann aber schien es doch zu glücken: Frau Wrba begriff, daß Marie lächeln wollte, ein Blitz glomm auf in ihren alten Wehmutteraugen, etwas wie Entzücken zog ihr breites Gesicht auseinander. Sie wandte sich rasch und ergriff ein Glas, tauchte einen Löffel hinein, mit dem Löffel beugte sie sich zu Marie. Marie sollte nehmen und schlucken, darum riß die Teufels-Urgroßmutter ihr eigenes Maul ermunternd auf. Und wirklich öffnete Marie ihren Mund, nahm den Löffel und schluckte. Frau Wrba lachte vor Glück, und als Marie auch den zweiten Löffel nahm, lachte sie so sehr, daß sich ihr Gebiß bis zum letzten Backenzahn entblößte, ihr Leib wackelte vor Freude, ihr Bauch hüpfte unter dem weißen Schurz.
Marie dachte, so habe sie die Alte nur einmal gesehen, damals, als sie sie von einem ihrer Kinder entbunden hatte, von Luise oder von Roderich, Marie wußte das nicht mehr genau. Das alles war jetzt auch weit fort und beinahe vergessen. Nur etwas war nah und wichtig: die Kerze dort vor dem Fenster, wie sie stand und brannte und ihre schmale Flamme zu einer Sichel bog. Marie spähte hin, und es war ihr mühselig und schwer, dennoch tat sie's, eine innige Freude ging von der Sichelflamme aus, ein zartes Entzücken. Nach einer Weile stand die Flamme still, sie schwebte unbewegt wie ein leuchtendes Blatt in der Form des Lorbeers.
Marie flüsterte ein Wort. Frau Wrba verstand es nicht. Dann sanken Marie die Lider. Etwas wie Friede breitete sich über ihre Züge. Eine Ahnung von Wohltat durchrieselte ihren Leib. Sie atmete tief und wie erlöst.
Des Teufels Urgroßmutter stand lauschend vorgeneigt. Sie deckte die Schlafende zu. Nach einer Weile sah sie deren Stirn sich feuchten. Die Haut rötete sich, das Haar färbte sich dunkel. Schweißperlen schlichen die Schläfen hinab.
Marie schlief und schlief. Die Genesung begann.

Drei Tage lebte Rittmeister Bourdanin in der Überzeugung und in dem Entschluß, daß er, im Falle daß Marie genas, und seltsamerweise hatte er auf diesen Fall zu hoffen begonnen, sich von ihr trennen und die Stadt verlassen werde. Er legte sich alles genau zurecht. Nie ist ein Mensch von Bourdanins Art geschäftiger in seinen Gedanken, als wenn er einen ungeheuren, selbstzerstörerischen Entschluß vorbereitet. Nie verfügt er mit leidenschaftlicherer Anteilnahme über seine Zukunft, als wenn es gilt, sich selbst die unerträglichste Lage zu schaffen. Dann schlägt sein Geist Funken, dann schwingen sich seine Gedanken über alle Schranken.

Marie war unglücklich an seiner Seite? Gut. In Hinkunft mochte sie allein leben. Die Kinder fürchteten ihn? Noch besser. Sie würden in Zukunft keinen Vater mehr zu fürchten haben. Sie litten an Sorgen, Plagen, Mangel?! Ausgezeichnet. Er würde ihnen kein Stückchen Brot mehr vom Munde wegzehren. Er war ein Mensch ohne Einsicht und Verständnis? Wunderbar! Mochten andere an seiner Statt Einsicht und Verständnis beweisen!

Er wollte nach Ungarn. Vielleicht ließ er sich reaktivieren, vielleicht konnte er um den Posten eines Verwaltungsbeamten eingeben. (Er hatte diese Sorte von Posten immer am meisten gehaßt.) Oder er konnte sich nach Podolien versetzen lassen.

Sein Gehalt: das mochte Marie mit den Kindern verzehren. Zum erstenmal in seinem Leben wünschte sich der Rittmeister grenzenlose Einkünfte. Es müßte wundervoll sein, dachte er, über solche zu verfügen, sie wegzuwerfen, als wären sie ein Bettel. »Da! Behaltet euch alles! Lebt in Freuden. Fragt mir nicht nach. Ich gehe.«

»Ich gehe!« wiederholte er sich unablässig, nimmersatt, hielt die Arme über der Brust verschränkt, das Herz in eisige Pein getaucht, so schritt er in seiner Stube hin und her. Von Zeit zu Zeit blieb er stehen, knirschte mit den Zähnen, stampfte mit dem Fuß, die Scheiben zitterten von seinen Schritten.

Rittmeister Bourdanin war nicht in die Jagemannstraße zurückgekehrt. Im Kameralamt stand noch ein Teil der alten Bourdaninschen Wohnung leer. Es waren die Stuben, die er selbst in seiner ersten Ehe bewohnt hatte. Einstmals waren sie schön, ja, glänzend eingerichtet gewesen. Jetzt enthielten sie nur mehr altes Gerümpel. Darauf achtete der Rittmeister nicht. Solange das Herz in ihm tobte, nahm er nichts wahr.

Ein Tag verging. Der zweite kam heran. Der Hausknecht, der schon seit Jahrzehnten hier im Bau seines Amtes waltete, brachte ihm Speise und Trank, machte ein Feuerchen an im alten Kachelofen.
»Laß Er das! Wozu?«
»Ei was, die Nächte sind kalt, hier bläst es durch alle Ritzen, und der Herr Rittmeister sind so hitzig. Sie werden noch krank.«
»Unfug. Zum Teufel mit Ihm. Ich bin kein altes Weib.«
Der Hausknecht stürte den Ofen durch. Dem Rittmeister fiel ein, daß es derselbe Knecht war, der ihn einst in die Halіksche Wohnung gebracht: damals nach dem Malheur der Zwillinge im Ganslteich. Ein fremdes Jungferlein war vor den Kindern gekauert, hatte den Fuß des kleinen Balthasar zwischen ihren beiden Händen gehalten und hatte auf die kleinen, runden, rosigen Zehen gehaucht. Um das zart erblühte Gesicht war ein Wölkchen brauner Locken gehangen – die Locken hatten ihr lieblich gestanden. »Bist du die Marie? Wirklich die Marie?«
Und der Knecht hinter dem Herrn lachte gutmütig-schwatzhaft: »Freilich ist's die Marie. Aber sie hat im letzten Winter die Masern gehabt, seither will niemand sie erkennen.«
Jetzt kniete der Knecht vor dem Ofen und schürte ein Feuer. Bourdanin sah ihm zu, wie er die Späne zerknackte, wie er die Flamme anblies. In der schwarzen Höhle hüpfte schon ein winziges Licht.
»Weiß Er noch –«
»Was denn soll ich wissen, Herr Rittmeister, bitte schön?«
»Nichts. Nichts. Ist Er jetzt fertig?«
»Ich glaube.« Der Knecht senkte den Kopf gegen das geschlossene Türchen, horchte dem Sausen der Flamme zu, das leise drinnen anhob. Befriedigt nickte er: »So, so, ich glaub, nun brennt's.«
Der Rittmeister hatte seine Börse gezogen. »Da hat Er Geld. Bringt Er mir Briefpapier, Tinte und Siegellack.«
Nachdem der Knecht das Schreibgerät gebracht hatte, zog Balthasar Bourdanin, allein geblieben, den Stuhl zum Tisch und setzte sich. Es war schon dunkel, die Lampe leuchtete, und in einer Ecke spielte ihr Widerschein. Dort hing ein Spiegel; der nämliche Spiegel war es, in dem sich der Mann einst – am Abend seines eigenen ersten Hochzeitstages – selbst besehen hatte: viele Jahre waren seit jenem

Augenblick, seit jenem stolzen, selbstzufriedenen Spiegelblick vergangen; er hätte damals besser nicht nach sich selbst gesucht, er hätte allen Grund gehabt, nicht an sich selbst zu denken, sondern an den anderen Menschen, der bei ihm war, seine Frau, jene erste Marie, die dasaß und zitterte. – Jetzt schaute der Mann nicht mehr zu dem Spiegel auf.
Im Ofen summte das Feuer. Der Knecht schien es gut angefacht zu haben: erste Wärme ging von den Kacheln aus. Der Rittmeister spürte sie als zarte und tröstliche Belebung. Er saß lange, die Feder in der Hand. Dann und wann stieß er die stählerne Spitze ins Tintenfaß. Zumeist war sie, wenn er sie endlich ansetzen wollte, wieder trocken geworden. Stunden vergingen, ehe er das Konzept entworfen hatte. Er legte einen neuen Bogen auf. Mit weitausholender Hand – sie bebte ein wenig – schrieb er das erste Wort:

Am Karfreitag

Geehrter Herr Schwager!

. . .

Am Ostersonntag-Morgen war die ganze Stadt voll Fröhlichkeit, Sonnenschein und Glockengeläute. In allen Straßen wimmelten bunt gekleidete, aufgeputzte, heitere Menschen. Jedermann war neu ausstaffiert und tat sich was darauf zugute. Die Damen trugen ihre neuen Hüte spazieren, die Herren ihre glänzenden Modezylinder, mit frisch gestärkten Kleidern rauschten die kleinen Mädchen. Ohne Pelerinen, in blanken Waffenröcken promenierten die Offiziere. Vor dem Theater spielte die Regimentsmusik.
Frau Wrba weilte noch immer, treulich und unverscheuchbar, an Mariens Bett. Sie genoß die Gesundung ihres Lieblings wie eine ihr selbst angetane Ehre. Wozu sie sich in keinem anderen Hause verstanden hätte, hier ließ sie sich dazu herab und tauchte ihre kostbaren Wehmutterhände in niedrige Arbeit. Sie fegte, scheuerte, wischte den Boden auf, kurz, sie brachte den Halikschen Haushalt, der in den Tagen der Krise in Verwirrung geraten war, wieder in einige Ordnung. Jetzt aber, am heiligen Ostersonntag, genoß auch sie die gebotene Ruhe, lehnte im Fenster und sonnte sich, das goldene

Licht, das über den First des Nachbarhauses herniederlenkte, lag wohlig wärmend auf ihrem Nacken.
Da war's, daß sich jemand rührte vor der Tür. Ein leises Pochen ließ sich überhören. Ein kräftigeres scheuchte auf; Frau Wrba stellte sich nicht mehr länger taub, sie ging, um zu öffnen.
Draußen stand der Hausknecht und hielt einen großen, dreifach gesiegelten Brief in der Hand.
Was er wolle, fragte Frau Wrba nicht ohne Barschheit.
Der Hausknecht hielt den Brief von sich und las, seine weitsichtigen Augen rollend, die in schwungvollen Lettern geschriebene Anschrift: »An den wohlgeborenen Doktor juris Bohuslav Halik, Ministerialbeamten in Wien, derzeit hier, Kameralamt.« – Ob der Herr zu Hause sei?
Frau Wrba wischte sich die Hand in der Schürze ab. Der Herr Doktor sei fortgegangen mit dem Herrn Professor, zur Kirche vielleicht oder vielleicht auch zur Platzmusik, um sich ein wenig zu erheitern. Aber sie kehrten bald zurück und sie, Frau Wrba, werde den Brief besorgen.
Oho! Der Knecht zog das Papier zurück. So ginge das nicht. Der Herr Rittmeister habe gesagt, der Brief sei wichtig, er dürfe ihn nicht ohne weiteres aus den Händen geben.
Frau Wrbas Gesicht belebte sich. Ei, ei – so, so! Von dem Herrn Rittmeister käme das Ding? Nach den Siegeln und der feierlichen Schrift zu schließen, könne er mindestens aus Amerika gekommen sein.
Der Knecht brummte über den schlechten Scherz. Der Herr Rittmeister sei sehr finster gelaunt, erwiderte er, sehr finster, sitze allein und einsam in seinen Stuben, wolle niemand sehen, rede sogar mit sich selbst. Es müsse etwas Schlimmes geschehen sein, daß es der Herr Rittmeister so schwer nehme; es sei eine Schande, daß sich ein so guter, wenn auch gestrenger Herr so grämen müsse.
Ei, ei, ei, sagte die Teufels-Urgroßmutter und hörte nicht auf, nach dem Brief zu spähen. Etwas Schlimmes habe sich ereignet, freilich: die gnädige Frau sei sehr krank, auf den Tod habe sie gelegen; das sei des Schlimmen genug. »Und jetzt gibt Er mir nur den Brief; ich will ihn schon richtig besorgen.«

Der Hausknecht schob die Brauen hinauf, schnupfte und räusperte sich und kratzte den schwarzen Nacken. Er wisse nicht, ob er dürfe – –

Ha! rief die Teufels-Urgroßmutter zornig. Was er denn glaube, der Trulda? Ihr sei die gnädige Frau anvertraut gewesen in ihrer schrecklichen Krankheit, die liebe, gute, gnädige Frau, die sie, die Wrbova, nun pflege den fünften oder sechsten Tag; und da wolle der Dummerjan Faxen machen wegen eines Briefes, eines beschriebenen Fetzens Papier? Und selbst wenn zehntausend Gulden darin eingewickelt wären, so sei das immer noch nichts im Vergleich zu der unvergleichlichen Kostbarkeit der ihr anvertrauten gnädigen Frau.

Endlich ließ sich der Alte herbei: aber der Brief müsse zart angefaßt, nicht etwa geknittert oder gar durch Fettflecke verunehrt werden.

Ach was, ach was, grollte die Wehmutter verächtlich, sie habe noch nie was verunehrt, was nicht verunehrt werden dürfe; und sie ergriff das Korpus, riß es an sich und knallte, ohne noch auf des Knechtes mahnenden Ausruf zu achten, die Tür vor seiner Nase zu.

Drinnen stand sie dann und senkte ihr Gesicht schnuppernd auf das Schriftstück nieder.

Sie hatte in jener Nacht nur zu genau gehört, was in der stillen Hallikschen Wohnung für ein Aufruhr entstanden war. Ihr altes, vielerfahrenes Wehmutterherz hatte schon zu viel von menschlichen Dingen, von bösen, leidvollen Verwirrungen erfahren, schon zu oft war ihm das Schwert fremder Entzweiung durch und durch gegangen. So begann es jetzt schmerzhaft zu schlagen. Sie glaubte den Rittmeister zu gut zu kennen, um hoffen zu können, daß der Gekränkte, Angeklagte, nun einsam und finster Hausende etwas anderes ausbrüten würde in seinen Stuben als neues Unheil. Was anderes würde da oben ausgeheckt als neuer Kummer, neue Sorge?

Frau Wrba drehte den Umschlag hin und her, sie kratzte an dem Siegellack, äugte die Kanten entlang – –. Endlich füllte sie ihren Busen mit einem tiefen Atemzug ungeheurer Entschließung und steckte den Brief entschlossen unter ihren Latz. Dann fegte sie mit rauschenden Röcken zu Mariens Tür.

Bei Marie hatte sich seit dem Beginn der Genesung vieles verändert, das meiste in ihrem schmalgewordenen Gesicht. Die Gedunsenheit

und Spannung der tobenden Fieberglut war daraus gewichen. Es war eingesunken, gleichsam in ein neues Lebensalter getreten, doch nicht in dem Sinn der Minderung und des Verfalls. Es war eingesunken auf karge, aber in feinsten Formen spielende Hagerkeit; es war durchsichtig, ohne doch bleich zu sein, und die Augen blickten in überirdisch blaukristallener Klarheit. Das Lächeln war noch zaghaft, aber wie die Blumen des Frühlings, von unentwegter, alles überstehender Lebenskraft. Die alte Wehmutter, die schon so vieles gesehen, konnte diesem Lächeln nie anders begegnen, als daß sich ihr ganzes borstiges Teufels-Urgroßmutter-Gesicht zu einer verzückten Grimasse verzog.
Als sie jetzt hereinkam in die Kammer – immer tat sie's auf Zehenspitzen, um Marie, wenn sie eingeschlafen wäre, nur ja nicht zu wecken, als sie jetzt um die Ecke schlich und Mariens Blick begegnete, wußte sie sogleich, daß jene gehört hatte; die junge Frau saß aufrecht vor ihren aufgetürmten Kissen; sie fragte sofort: »Jemand war da . . .? Die Kinder?«
»Nein, die Kinder waren es nicht. Die gnädige Frau braucht sich um die Kinder keine Sorgen machen; bei den Kindern ist die Baruschka, und die Frau Franziska schaut alle Tage bei ihnen vorbei; es geht ihnen gut, sie lassen die Mama grüßen, aber herein dürfen sie noch nicht.«
»Ach«, seufzte Marie, aber lächelte doch. Es war, als wäre etwas von der wilden, nimmermüden, nimmersatten Muttersorge in der schweren Krankheit von ihr abgefallen; es schien, daß sie es nicht mehr für unmöglich hielte, daß auch andere Leute verstünden, die kleine Schar zu atzen, zu bewachen und zu bändigen. »Die Kinder waren es nicht?« sagte Marie und ihr Blick nahm zu an heller Wachsamkeit. »Dann aber ist es mein Mann gewesen.«
Frau Wrba rang die Hände unter dem Schürzenlatz. »Der Herr Gemahl, ach, mein Kinderl, nein, auch er ist es nicht gewesen, nicht er selbst. Hört Sie mal zu, mein liebes Kinderl, liebe, gute, gnädige Frau, ich muß Ihr etwas sagen –«
Von der Straße erschollen Gesang und Rufen; ein Trupp junger Leute marschierte vorbei. Die Wrbova sprang ans Fenster und schloß die Luke zu. Sie schloß auch die Tür, sie schnaufte erregt. »Das ist's ja, gnädige Frau, daß der Herr Gemahl nicht gekommen

ist zu ihr. Glaubt sie vielleicht, er gondelt noch in der Welt herum? I wo, i wo – längst ist er wieder da. Aber, Kinderl, es ist was passiert: nebenan, es war, Sie hätte es hören müssen und miterleben, zwischen ihm und dem Vater, dem Herrn Professor – ach, du mein Gott, mein Gott! Hat man je gehört, daß Männer etwas Vernünftiges reden? Der Herr Professor gab dem Herrn Rittmeister die Schuld. Und der Herr Rittmeister ist keiner, der sich die Schuld geben läßt. Darum kommt er jetzt nicht, bricht sich das Herz lieber in Stücke, bevor er käme; so ist er doch. Nun aber, Kinderl, geht es immer darum, daß eins zum andern kommt – darum geht es im Leben um nichts anderes, glaubt Sie der Wrbova, die kennt sich aus.«
»Ja«, sagte Marie. Ihr Gesicht begann zu leuchten.
»Sie ist doch einmal, was ich weiß, in die Abruzzen gegangen um die Amme; und hat sich nicht gefürchtet und hat's bestanden. Und das Kinderl ist gesund geworden, Gott sei Dank. Zu den Schimkowitzschen ist die gnädige Frau gegangen und hat die Sibylle geholt, daß sie nicht hat müssen ins Narrenhaus, die arme Haut. Und vom Pongratzschen Hof hat die Gnädige den Wanka geholt. Immer ist sie im rechten Augenblick gegangen – und jetzt – jetzt – –.« An der Brust der Wehmutter knisterte das Papier, sie stotterte, stockte, ihr fehlte das Wort.
Aber Marie hatte die Decken schon von sich geschoben. »Und jetzt gehe ich zu meinem Mann!«
Die Hebamme lief auf Marie zu. »O Liebe, Gute, Goldige! Nur langsam, langsam, nicht zu wacker. Der liebe Gott hat Ihr die Gesundheit geschenkt, er wird Ihr auch helfen in dieser Stunde. Sie ist tapfer und stark, in der Seele stark wie ein braver Soldat.«
Marie hatte schon ihre Beine aus dem Bett geschoben; sie waren bleich und dünn, bis auf die Knochen abgemagert. Aber sie ließ sie niedergleiten und stellte sich; sie schien die Schwäche nicht zu spüren, die jeden ergreift, der sich nach schwerem Krankenlager zum erstenmal erhebt. Ihr Gesicht strahlte, strahlte von Lebensbereitschaft, das war ihr Wesen, das ihr die unerschöpfliche, nimmerverzagende Kraft verlieh. So hatte sie einst Bourdanins Werbung angenommen, hatte fremden Kindern ihre Liebe geschenkt, hatte die Summe der Sorgen und Mühen, die ungeheure, endlose, schier un-

bezwingliche Aufgabe auf sich genommen. So hatte sie ihre Kinder empfangen und geboren, hatte Nächte gewacht und Tage gearbeitet bis zum Zusammenbruch, und hatte auch diesen noch mit dieser Kraft bestanden. Jetzt wankte sie, kaum gerettet, auf taumelnden willigen Füßen. »Den Župan gibt Sie mir, Wrbova, und die Babutschen.«
Aber die Alte schien selbst erschrocken über den Ausbruch der Lebenskraft, den sie doch hervorgerufen hatte mit ihrer Nachricht.
»Oh, nicht so schnell, um Jesu willen: Sie war krank; sehr krank, ein Wunder ist's, daß Sie davongekommen. Mit Župan und Babutschen geht es nicht, Sie muß sich anziehen und muß sich stärken. Langsam! Langsam! Langsam!«
Aus Laden und Schränken rollte sie Strümpfe hervor, Leibchen und Unterröcke, Beinkleider, Jacken, ein Arsenal wollenen Zeugs. Mit diesem begann sie Marie zu bekleiden, eine Hülle über die andere zu ziehen, gestrickte, gewobene, gewirkte Häute. Marie setzte sich zur Wehr, aber die Wrbova ließ nicht nach: auf den zweiten Rock wurde ein dritter gefädelt, der Hals umwunden, eine Haube aus schwarzer Wolle auf den Kopf gesetzt. Schnaufend knüpfte die Alte Bänder und Schnüre, hakte zu, steckte mit sichernden Nadeln. Dann sprang sie fort, Stärkung zu holen.
»Genug! Es ist schon genug. Ich gehe!«
Frau Wrba führte Marie in den oberen Stock des Hauses. Eigentlich trug sie sie mehr, als daß Marie ging, über Treppen und Stufen mit manchen Rasten. Dabei wußte die Alte nichts anderes zu beklagen, als daß die liebe, gute, gnädige Frau gar so leicht geworden und kaum zu spüren sei unter den wattierten Röcken und Leibchen; wie eine Feder sei die liebe, gnädige Frau, ein weißer Schwanenflaum.
»Aber Sie schwitzt ja schon, Wrbova«, sagte Marie. »Ich kann so leicht gar nicht geworden sein.«
Endlich waren sie angelangt. Da war der Korridor, an dessen Ende Balthasar hauste. Ein hölzernes Gitter schloß ihn ab.
»Sie weiß doch, wo die alten Stuben sind?«
»Ich war nie drinnen«, sagte Marie.
»Die Stuben, in denen der Herr Rittmeister gewohnt hat mit der ersten gnädigen Frau, ehe sie von ihm fort ist aus lauter Todesangst.«

»Hinter dem Gitter, Wrbova?«
»Ja. Dort.«
»Wird es offen sein? Bet' sie, Wrbova, daß es offen ist.«
»Ja, ja, ich bete. Ich bete schon die ganze Zeit. Die Heilige Muttergottes vom Weißen Bergl beschütze Sie, Kinderl, und der heilige Antonius.«
Marie ging den langen Gang allein hinauf. Das Gitter war unversperrt. Jetzt hatte Marie nur noch wenige Schritte bis zur Tür. Sie schaute zurück, sah die Wehmutter winken. Deren Gesicht war rot, vom Weinen verzerrt. Sie glich der Teufels-Urgroßmutter mehr denn je.
Marie öffnete die Tür.
Im nächsten Augenblick lag sie in ihres Mannes Armen.

O Augenblick – Augenblick, kostbarer Splitter Zeit, weil in dir aufblitzt, was möglich wäre an Gutem, an Wohltätig-Freundlichem, Segensreich-Tröstlichem auf dieser verworren leidenden Welt; was nie geglückt ist, was verfehlt war durch Jahre, durch Jahrzehnte, hier ist es einmal greifbar, nahe- und fast schon geschehen; Mann und Frau, die zueinander gehören; Mann und Frau, die zueinander gefunden haben, einander lieben; ja lieben. Sie hatten es bis heute nur nicht gewußt.
Marie lag in Balthasars Armen: sie war so plötzlich vor ihm gestanden, so unerwartet. Er hielt sie an sich gedrückt, selbst nicht begreifend, was er tat. »Du bist's? Bist du es wirklich, Marie? Marie!«
Er tastete ihr über Schultern und Rücken, über Haube und Halstuch, Kragen und Jacke, über die ganze wollene Wirrnis, die ihr übergefädelt worden war, und spürte darunter *sie,* ihren Körper, ihre Arme und, daß sie ihn, den Mann, ebenso umfaßt hielt wie er sie: die Meine bist du, der Deine bin ich, endlich, endlich.
Marie taumelte. »Laß mich niedersetzen. Ich – weißt du – kann nicht mehr.« Und sank an ihm herab auf ein Ruhebett.
Das Bett war quer in den Raum gestellt. Es war alt, wackelig, sein Bezug abgeschabt, seine Federn gebrochen. Einst – da war es neu und schön gewesen – hatte eine andere Frau darauf gesessen, die erste Marie, und hatte vor Angst gezittert, daß jetzt das Leben an sie

herantrat ... Damals war die dunstige Glut des späten Augusttages am Himmel gestanden und hatte die Stube der Neuvermählten durch die Schleierbahnen der Vorhänge mit brandigem Licht erfüllt. Nun aber standen die Fenster unverhüllt, kahl und ließen das kühle Osterlicht ein, ihre Kreuze zeichneten sich in ein heiteres makelloses Blau.

Der Mann hielt das Gesicht der Frau zwischen seinen beiden Händen, ihr schmalgewordenes, vom Fieber ausgezehrtes und dennoch tief vertrautes Gesicht. Einmal – wie lange war's her! – hatte sich Eros' Feuerflocke auf ihrer beider Stirnen niedergesenkt. Dann – o Finsternis – war sie für Jahre entflohen. Jetzt, so schien es, war sie aus endlosen Fernen zurückgekehrt, die winzige gottgesandte feurige Zunge: »Oh, Liebe.« Aus Balthasars Auge rollte eine Träne und vermischte sich mit dem Tränenstrom, der über Mariens Wangen stürzte. »Wer hat dir gesagt, daß ich hier bin?«

Marie antwortete nicht. Sein Mund suchte den ihren, der ihre den seinen. Dann fragte er noch einmal: »Wer hat's dir gesagt?«

Und wieder schüttelte Marie nur den Kopf.

In Balthasar schlug eine Glocke an: Der Brief. Der Brief. In diesem Brief hatte er sie freigegeben. Wußte sie es? Hatte ihr Bruder gesprochen? Sein Herz begann zu pochen, dumpf wie eine Trommel. Da war es wieder, was ihm die Welt ergrauen ließ, wie von einem jähen tiefen Schatten: der Knoten in seiner Brust, Groll, Gram, Ungenügen – und die Anklage, die ihm der alte Halik ins Gesicht geschleudert hatte: Du bist schuld Du. Du. – Unerträglich.

Er rückte weg von ihr (nur seine Hand hielt noch ihre Rechte umklammert). »Du sollst es wissen, Marie. Du mußt es wissen: Ich habe Bohusch geschrieben. Ich gehe weg. Von dir, von allem. Ich gebe dich frei.«

»Frei?« wiederholte Marie das Wort, als hätte sie es noch nie gehört.

»Ja, frei«, fiel er lauter ein. »Ist es nicht so? Ihr Alle sollt frei sein von mir. Dein Vater hat es mir gesagt: Ich trage schuld, an allem schuld. Und es ist wahr: Du hast mir nie verziehen, daß ich Dernberg ausgeschlagen habe. Dort wäret ihr glücklich gewesen.«

Marie stieß einen Schrei aus. Sie war von ihrem Lager aufgesprun-

gen. »Nein. O nein. Da irrst du dich. Wie das in Dernberg war, das weiß ich jetzt.«
Dem Mann schoß das Blut in die Stirn. Er fragte langsam: »Du weißt –?«
»Mir hat der Bohusch jetzt alles erzählt. O Balthasar, wie hat man dich betrogen! Der Stammbaum war falsch –«
Der Mann senkte den Kopf.
»Und eine plumpe Fälschung noch dazu. Du konntest es nicht sehen. Aber der Baron hat es gleich erkannt, beim erstenmal.«
»Hm – ja.«
»– und hat's dir nicht gesagt, wollt' es nicht sagen; erst am letzten Abend – Balthasar!«
Er schaute auf. Er knirschte mit den Zähnen. »Ein schlechtes Machwerk hat er es genannt.«
»Da konntest du nicht bleiben. Nein. Auch ich – auch ich wäre nicht geblieben an deiner Stelle. Das kann man nicht. – Du hast das Papier an die Kerze gehalten und es verbrannt.«
Er nickte mit starrem Gesicht.
»O Balthasar. Es war dir – – wie eine Schande war es dir. Aber: ist es denn eine Schande, betrogen zu werden? Die Schande fällt auf den Betrüger zurück.«
Des Mannes Züge verzerrten sich, als hätte man ihm eine Wunde berührt »Glaubst du, Marie?«
»Ja, das glaube ich.«
»Ich kam mir vor, als hätt' mich wer – geschlagen.«
»O Balthasar!« rief die Frau an seiner Brust. – Sie war auf wankenden Füßen wieder auf ihn zugetreten, vor Schwäche zitternd, aber stark vor Mitleid. »Balthasar.«
Er sagte leise, abgewandten Blickes: »Der Baron versuchte mich ja zu trösten. Er sagte: Zukunft ist besser als Vergangenheit. Der Baron hat keine Kinder.«
»Siehst du«, rief Marie entzückt, sie rief es mit einer seltsam hohen, flehentlich jubilierenden Stimme – – Singvögel rufen manchmal so aus metallisch vibrierenden Kehlen. »Wir aber, Balthasar, wir *haben* Kinder. Was haben wir für einen Schatz an ihnen.«
Der Mann wandte ihr langsam die Augen zu. »Ja?« sagte er. – »Viel-

leicht.« Er schwieg. Eine Weile stand er so. Sein Herz hatte aufgehört, in den wilden tobenden Schlägen zu gehen, wie ein Traumwandler tastete er sich zurück zu dem ersten Augenblick ihrer Begegnung. »Aber dein Vater – –«, murmelte er.

»Laß!« Mariens Züge bebten zwischen Lachen und Weinen. »Was kann der Vater uns sagen? Er ist alt. Er kennt dich nicht. Was gehen uns andere an? Wir beide – – du und ich, wir beide, Balthasar – –« Sie faltete die Hände, hielt zitternd still.

Der Mann schaute sie an. Irgend etwas durchströmte ihn. Wie klein ist ihr Gesicht geworden, dachte er. Und das dünne Zöpfchen an ihrer Wange, ach, und der arme, tapfer lächelnde Mund! Ein Licht schien von ihr auszugehen, eine zarte, süße, erweckende Kraft. Er spürte in seinem Herzen ein unnennbares Gefühl, es dehnte seine Arme, es füllte seine Brust. Er dachte: Hab' ich ihr denn je gesagt, daß ich sie liebe? Marie. Marie. Du bist die Beste, Wahrste. Du bist das lautere Gold. Ohne dich könnte ich nicht leben; ohne dich wäre ich wie im Grab.

Das wollte er sagen. Das bewegte sich in seinem Herzen, das wollte auf seine Lippen dringen. Aber es war zuviel, er vermochte es nicht. Wieder nahm er ihren Kopf zwischen seine beiden Hände und streifte ihr die Haube zurück. Da fiel sein Blick auf ihren Scheitel. Er stutzte, es zuckte in seinem Blick, dann sagte er: »Du hast ja auch schon graue Haare?« Sie erschrak, wich zurück. Es war, als wollte sie die Hülle wieder über ihre Schläfen ziehen. Dann aber bezwang sie sich, ließ den Arm sinken, den sie dazu erhoben hatte, und sagte lächelnd: »Hast du das noch nicht gewußt, Balthasar? Langsam werden wir beide alte Leute.«